藏在影子里的人 ^上
hidden in the Shadow

兵兵 著

新世界出版社
NEW WORLD PRESS

图书在版编目（CIP）数据

藏在影子里的人：上下册 / 兵兵著. -- 北京：新世界出版社，2019.5

ISBN 978-7-5104-6740-0

Ⅰ.①藏… Ⅱ.①兵… Ⅲ.①长篇小说－中国－当代 Ⅳ.①I247.5

中国版本图书馆CIP数据核字(2019)第063232号

藏在影子里的人（上下册）

作　　者：兵　兵
责任编辑：黄　倩
责任印制：王宝根
责任校对：宣　慧
出版发行：新世界出版社
社　　址：北京西城区百万庄大街24号(100037)
发 行 部：(010) 6899 5968　　(010) 6899 8705（传真）
总 编 室：(010) 6899 5424　　(010) 6832 6679（传真）
http://www.nwp.cn
http://www.nwp.com.cn
版 权 部：+8610 6899 6306
版权部电子信箱：nwpcd@sina.com
印　　刷：北京亚通印刷有限责任公司
经　　销：新华书店
开　　本：710mm×1000mm　1/16
字　　数：504千字　印张：40.5
版　　次：2019年5月第1版　2019年5月第1次印刷
书　　号：ISBN 978-7-5104-6740-0
定　　价：92.00元

版权所有，侵权必究

凡购本社图书，如有缺页、倒页、脱页等印装错误，可随时退换。
客服电话：(010) 6899 8733

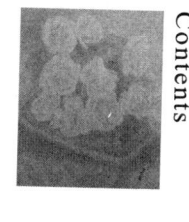

目录
Contents

上册

[0]	引子	001/
[1]	不是冤家不聚头	004/
[2]	吃货三人组	009/
[3]	初次过招	015/
[4]	有些人，一旦错过就不在	019/
[5]	烦不胜烦的相亲	024/
[6]	心理咨询师	030/
[7]	嫉妒的眼光杀死一切	036/
[8]	友情就像一杯温开水	043/
[9]	噩梦的开始	052/
[10]	没觉得她是什么大美女	062/
[11]	职场如战场	066/
[12]	前男友的电话	077/
[13]	赶鸭子上架	085/
[14]	Cathy 小姐	094/
[15]	火上浇油	101/

目录————2

[16] 哭笑不得的广州之行　　　　　　　　　108/
[17] 惊艳了时光的心动　　　　　　　　　118/
[18] 小风波　　　　　　　　　　　　　　124/
[19] 各怀心事　　　　　　　　　　　　　133/
[20] 一个人的冒险　　　　　　　　　　　139/
[21] 陆玲的话匣子　　　　　　　　　　　149/
[22] 一条红红的带血的印迹　　　　　　　155/
[23] 职场如战场　　　　　　　　　　　　159/
[24] 一个死局　　　　　　　　　　　　　173/
[25] 我老公可能得抑郁症了　　　　　　　179/
[26] 兼职咨询师的第一次面诊　　　　　　184/
[27] 温水煮青蛙　　　　　　　　　　　　196/
[28] 又是一个意外　　　　　　　　　　　203/
[29] 突如其来的邀约　　　　　　　　　　209/
[30] 你的身份是妻子，并不是保姆　　　　215/
[31] 不要说分手，说分别　　　　　　　　220/
[32] 突发奇想的恶作剧　　　　　　　　　225/
[33] 眼睛里仿佛藏着日月星辰　　　　　　230/

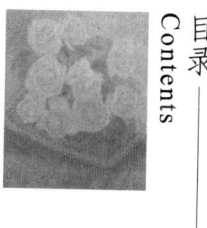

目录 Contents

[34] 所有该发生的真的都发生了　　　　　　　　246/
[35] 一场闹剧：他不爱我　　　　　　　　　　　251/
[36] 喜忧参半　　　　　　　　　　　　　　　　266/
[37] 抑郁症的源头　　　　　　　　　　　　　　271/
[38] 新同事上位　　　　　　　　　　　　　　　278/
[39] 晶晶表姐　　　　　　　　　　　　　　　　286/
[40] PAC 理论　　　　　　　　　　　　　　　　300/
[41] 胳膊拧不过大腿　　　　　　　　　　　　　305/
[42] 火箭式提拔　　　　　　　　　　　　　　　309/
[43] 和书呆子相亲　　　　　　　　　　　　　　318/

下册

[44] 无望　　　　　　　　　　　　　　　　　　325/
[45] 一个数没算对，就给一个处分　　　　　　　329/
[46] 居然还有这么巧的事　　　　　　　　　　　335/
[47] 人生头一次主动搭讪　　　　　　　　　　　341/
[48] 我这个部门解散了　　　　　　　　　　　　348/

目录————4

[49] 原来是个奇葩暴力男 356/
[50] 精神疾病真的比身体疾病更可怕 361/
[51] 干瘪得像个大烟鬼 369/
[52] 欲速则不达 374/
[53] 我老公有外遇了 379/
[54] 男人这个物种可以灭绝了 388/
[55] 那是积压多久才能成股流下的眼泪 394/
[56] 刀子嘴豆腐心 405/
[57] 朋友之间的友情也是有底线的 412/
[58] 高翔工作室开张 421/
[59] 塑料姐妹花 431/
[60] 罚款一万元 435/
[61] 梦的解析 446/
[62] 怪怪的眼神 455/
[63] 原来是个老色鬼 462/
[64] 遭遇4S店敲诈 471/
[65] 易经都不信了，我只信你 475/
[66] 最后一面 481/

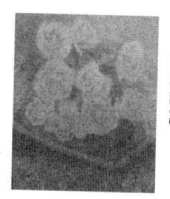

目录
Contents

[67] 替死鬼	490/
[68] 当一回媒婆	496/
[69] 过一天算一天吧	503/
[70] 一辈子最好的朋友	510/
[71] 十二月的最后一天	514/
[72] 第二个走的人竟然是她	519/
[73] 两场哭笑不得的相亲	527/
[74] 医院的意外偶遇	536/
[75] 五十步笑百步	543/
[76] 还是有好消息	549/
[77] 这一笑竟然是诀别	557/
[78] 艰难的寻人之旅	562/
[79] 他真的走了	568/
[80] 追悼会	575/
[81] 一场艰难的对话	580/
[82] 爱情走了,友情便来了	590/
[83] 天下哪有不散的筵席	597/
[84] 精疲力竭的告别	606/

目录 —————— 6

[85] 前门拒虎，后门进狼　　　　　　　　　　　　611/
[86] 半年后　　　　　　　　　　　　　　　　　　616/
[87] 尾声　　　　　　　　　　　　　　　　　　　631/

[0] 引子

早上五点多就醒了,不久又沉沉地睡去。

这是一个偌大的校园,破旧但很幽静。破旧——因为到处都在拆迁,乱得不堪入目;幽静——因为学生放假后整个学校人迹寥寥,空旷而又略显诡异。

我踩着干枯的树叶,在枝丫错落的梧桐树下碎步急行,天知道我的手机是在什么时候丢的。我心绪烦乱地回忆着丢手机的过程,但理不出一点儿头绪。走到校园里,莫名其妙地,手机竟不翼而飞了。

我绕过一堆堆被挖掘机摧毁的残垣断壁,登上一个土坡,忽然看到坡下一名黑衣男子正脚踩着一个手机,若无其事地东张西望。

离得不远,正看得真切,那手机分明就是我的!

我几步上前一把推开那黑衣男子,捡起了手机,正欲找那男人理论,不想那黑衣男子随即消失了。也许他逃得比较快,是怕我与他计较。

我正为失而复得的手机高兴,却发现那似乎并不是我的手机,样子差不多,但好像确实小了一号。也许我刚才错怪那人了?

环顾四周,没有一个人影,我干脆用这个手机给我的那个手机打个电话,期望被哪个好心人捡到能完璧归赵。

电话通了,响了两声,一个男人说话了,他说他捡到了我的手机。我客气地和他约好在不远处的一个小饭馆里见面。

路上,我回忆着电话中那个听上去有点儿亲切的声音——那声音如此熟悉,我竟怀疑会不会是哪个损友搞的恶作剧。

终于走到了小饭馆门口,在我盘算着该用何种方式感谢这个好心人的同时,在我满面笑容推开饭馆玻璃门的同时,我看见了饭桌后凝视着我的那张熟悉到不能再熟悉的面孔——高翔!

我的眼泪夺眶而出……我马上冲过去:"高翔,真的是你,你到底跑哪儿去了,所有的人都在找你……"

高翔只微笑着点点头,那善良的笑容能把人融化。

我一遍遍地追问:"高翔,你说话呀,你不认识我了吗?我是陈贝儿啊!你现在好了吧?你不想死了吧?"

他还是微笑着,平静地说:"好了,不死了!"

我抱着他号啕大哭:"你终于回来了!"

那一刻我悲喜交加!找了这么久,高翔终于出现了!

少时,我突然觉得对面的笑容凝固了。

我仔细看着他,这人分明就是刚才踩着手机的那个黑衣男子,又怎么会是高翔呢?

"你是高翔吗?你怎么有点儿变样了?"我盯着他的脸,不停地问。

黑衣男子不再说话,他的五官越来越模糊……

我赶紧拉住他的手,小心努力地看着他,温暖的五官,眉毛平平地舒展,眉心有颗浅浅的痣,没错的,他是高翔,他就是!

可是转眼那颗痣就消失不见了,我用力抓住他的胳膊问:"高翔,你是不是有什么话要跟我说?你是不是有什么话要跟我说?"

他张了张口,瞬间整个人便消失了……

此时,我已半梦半醒,果不其然又是一个梦境,我已无力挽留梦中的一切。我没有睁眼,只是泄气地摇了摇头,却摇落了满眶的泪水……

[1] 不是冤家不聚头

今天办公室里毫无声响，连平时聒噪的几个活宝同事都默不作声，这可跟平时的气氛完全差着级别，虽然一般周一的气氛都会紧张些，但今天陈贝儿还是觉得怪怪的。

上周大家都在议论，说公司内部很可能会有大的人事变动，郑总有可能调到深圳总部去，北京分公司将会有新的总经理上任。但具体是谁，大家都不敢肯定。有的说可能这次副总李辛有机会被提起来，有的说也可能会从集团总部调新领导过来，还有的说可能是空降来的关系户，总之说什么的都有。

对陈贝儿来说，她当然不希望郑总离开。要知道她接任郑总秘书这个职务才刚刚一个月。新办公室刚搬进去一个月，屁股还没坐热，郑总竟然要离开了。

说起来，她能当上这个总经理秘书还是因为之前的秘书崔晶怀孕了，公司临时决定让陈贝儿接替，毕竟从学历到能力，从外在到内在，她都有自己的优势。再加上崔晶极力推荐，她成了不二人选。还有一条就是她单身，暂时也不会有生孩子的麻烦，能适应随时出差的工作量。

这个职务落在她头上，已是把公司一半姑娘都得罪了，要知道郑总玉树临风，气质风度都不输银幕上的男神大叔，当然有大把的姑娘飞蛾扑火般要争着当这个秘书。

之前跟她以闺蜜相称的黎玉自从看她当了这个秘书后，人前人后半开玩笑地挤对她，那酸劲令她直冒冷汗。这又何必呢？她又不是挤破头跟谁竞聘这个职位，完全是郑总临时决定的。可越这样，黎玉越气，要知道她盯这个位置可不是一天两天了。

女人之间就是这样，能因为一件事就翻脸。而女同事之间的闺蜜情就更加脆弱，稍微有一点儿竞争关系、利益关系能直接鱼死网破，连敷衍都没有。

令人意外的是，陈贝儿才上任仅仅一个月，郑总就要离开了，不免让人推测，陈贝儿的秘书职位极有可能岌岌可危了。

新领导一般都会用自己的人当秘书，陈贝儿当然也想到了这一点。不担心是假的，但担心也无用，该发生的早晚会发生。她在职场一向也没多少野心，只是她想也许这个时候最开心的就是黎玉。

想到这儿，她抬起头来隔着透明玻璃望了一下对面的办公室。果然，黎玉也正眼神犀利地看着她，并给她投来一个略带深意的微笑。

陈贝儿感到一阵不舒服，刚收回目光，QQ上立刻有人点她："我一直把你当好姐妹。这次祝你好运！"

看头像正是黎玉，她要干吗？何必这么咄咄逼人。陈贝儿一句也懒得回她。

这几天郑总去深圳出差，名义上是开会，实则是交接工作。这个陈贝儿最清楚不过，走已成定局。况且到了集团总部，级别又升一级，谁都会替郑总高兴。

调动的事应该就这几天了,但至今无人跟她谈话。最坏的结果无非是换岗,换就换吧,用男闺蜜高翔的话说:此处不留爷,自有留爷处。

陈贝儿当初进这家公司也算是经过几轮面试、笔试,挤破头进来的。因为这家公司能解决北京户口,背景又挂靠在集团下,从各方面条件看都是一家不错的单位。目前公司在北京主营几家连锁咖啡书吧,其他业务郑总也在不停地尝试。集团给公司的政策很灵活,只要有盈利空间,又有不错社会效益的项目都可以开拓。

大家都陷在格子间里胡思乱想着,突然HR李莉的声音在耳边响了起来:"全体九点半在大会议室开会。"

这一语打破了刚才僵硬得有些怪怪的气氛,大家终于忍不住议论起来。

"喂,是不是新领导上任了?"

"不会吧,郑总出差还没回来,至少应该等郑总回来吧?"

"喂,陈贝儿,你应该知道啊。"

"赶紧去开会吧,就你们话多!"陈贝儿怼了回去,表情并不轻松。

难道郑总不用交代一下就调走了?至少也应该有个聚餐送别会吧?

进了会议室,大家碎碎低语,很快又鸦雀无声。

副总李辛领着一个西装革履的三十出头的男人走了进来,底下立刻炸锅了。

"哇,好帅,简直是男神啊!"

"这就是新领导吗?真的比郑总还年轻还帅!"

陈贝儿看着主席台上那个男人,似曾相识,但又有些不能确定。

"大家安静一下,今天我们热烈欢迎新来的总经理王一铭,王总！王总将接替郑总的工作，大家欢迎……"

李辛的话音刚落，掌声便如雷鸣般响起。大家脸上一派欣欣向荣，唯有陈贝儿的一张凝固着惊悚和不可置信的苦瓜脸突兀地呈现在人群中。

"王一铭？怎么可能是他？"错愕中的陈贝儿愣怔地望着主席台中央的那个人，半天都没回过神来，完全听不到他们在说什么。

紧接着又是一片掌声，陈贝儿机械地跟着拍了两下。

这是怎么回事？眼前的这个王一铭是两年前那个相亲对象王一铭吗？陈贝儿透过人群缝隙暗暗观察——像又有些不像，脸上的轮廓像，但有些地方又好似不是一个人。

这偷偷的注视正好与王一铭的眼光猛地撞上，陈贝儿吓得赶紧缩回头来。那投过来的眼神似乎真的是他——冷峻，犀利，不苟言笑，让人不敢靠近，满脸都是一个狠字。

再听声音——那声音洪亮、铿锵有力，但实在无法和记忆中的声音吻合。两年前的声音谁还记得住啊。

等等，陈贝儿的脑中突然闪出一个念头，她冷静下来仔细回忆——名字是一样的，五官有些类似，但她忘了重要一点：当时她清楚记得王一铭脸上有一块胎记，也就是这块胎记，陈贝儿拒绝了他。本身王一铭的长相就有些狠劲，再加上这么一块青色的胎记更让人有些不寒而栗。

怪就怪那个高翔，好好的，非要安排什么相亲。陈贝儿拒绝他之后，听说他恼羞成怒，跟高翔也翻脸了。估计像他这样的精英应该从没被拒绝过吧。可偏偏她就是外貌协会成员，见了一面就把人给拒绝了。当时高翔苦口婆心地劝她，说至少再多接触几次，要不然太让人下不了台了。可陈贝儿那时刚研究生毕业，心高气傲，本来就排斥相亲，一点儿不肯委屈自己。

又一片掌声袭来，大家纷纷站了起来，这是要散会了？

陈贝儿一激灵,这才发现就剩自己还没站起来,她赶紧站起身,匆忙地与王一铭打一照面。

这一瞬,陈贝儿倒是看清楚了,此人脸上并没有胎记,看来并不是一个人。

想到这儿,她突然放松下来,为了掩饰自己的失态,赶紧没头没脑地回别人一个微笑,五官尴尬地挤在一起。

陈贝儿捂着胸口,抚平刚才一波接一波的心跳。谢天谢地,幸好不是一个人,不然可真是死路一条了。

[2] 吃货三人组

"吃货三人组"的信息从微信里弹出语音,陈贝儿一听是高翔招呼大家晚上七点吃火锅。另一吃货邢宇涛立刻欢呼响应,两人同时@陈贝儿。

正想找曹操,曹操还送上门来。陈贝儿马上回复一个字:"去!"

到了火锅店,这俩哥们儿早在那儿候着她了。

"今天降温了,才四度,我赶紧订了火锅,让你们俩暖暖胃。"高翔白净斯文,永远一副面带微笑的模样。

邢宇涛就是个吃货,赶紧拿筷子敲碗边:"贝儿,我们俩的都点了,你自己再点点儿素的吧。我今儿可饿坏了,中午没吃东西,我得多整点肉。"

"你就该一天不吃东西,你都170斤了,还不赶紧减肥。"陈贝儿白他一眼,拿着菜单点了几样绿菜。

邢宇涛跟高翔是发小,两人整天形影不离,好得跟一个人似的。陈贝儿总调侃他俩是同志，幸好高翔结婚早，不然定要被宇涛扯后腿。

陈贝儿和高翔是大学同学，学的是社会学。现在想来都有些滑稽。陈贝儿当时一心想考到北京来，所以随便选了一个相对好考的专业和学校。高翔报考的是清华建筑系，没考上被调剂到了这所大学。这事陈贝儿没少取笑他。考清华他复读了两年，结果第三年还是没考上，也只得服从调剂了。后来工作三年后，陈贝儿转向心理学，读了研究生。高翔也重拾画笔，当起了插画师。

宇涛在一家IT公司搞编程，也够无聊，久坐成疾，胖成了现在这个样子，连女朋友也找不到。高翔总想撮合他俩，谁知陈贝儿一脸嫌弃，死活看不上他。宇涛倒是乐意，就等着哪天贝儿能点头。两人见面就掐，高翔就当和事佬，看着这一对欢喜冤家。

"吃货三人组"就是在日复一日、年复一年的饭局中茁壮成长，如今已迈向第九个年头了。时光是把杀猪刀啊！一晃九年，该嫁不出去的还是嫁不出去。

"喂，高翔，说件正事，你现在跟王一铭还有联系吗？"菜一上来，陈贝儿就转入正题。

"王一铭？早没联系了。"高翔一边涮肉一边应付道，"谁叫你当时不愿意跟人家，听说人家现在发达了。"

"是吗？他现在做什么呢？"陈贝儿紧张起来。

"听说他现在升官了。当时我在那个杂志社，他就是广告部经理，当时我就觉得他挺能折腾，能挣钱。你要跟了他，还用上什么班啊，早跟着享受荣华富贵了。你太傻了，这么好条件的男人都错过了。"高翔连连感慨，还不忘挖苦。

"那男的不是长得丑吗？"宇涛吃了一大口羊肉插话道。

"谁说长得丑，人家长得可比我帅多了，也就是脸上有块胎记。现在美容手段那么多，激光就能做掉，没准人家早就做掉了。你就看这些没用的东西，男人的外表是最没用的东西。"高翔抢白道。

陈贝儿心里立刻突突一跳，难道真是用激光做掉了？如果是这样，那这个王一铭就是那个王一铭，没跑了！

越想越纠结，陈贝儿连吃火锅的热情都没有了。如果他真成了自己的顶头上司，这以后的日子得过得多尴尬啊！

"怎么，贝儿，后悔了吧？那赶紧让高翔帮着再联系联系，说不定人家还等着你呢。"宇涛打趣道。

"去你的！吃还堵不上你的嘴。"陈贝儿一肚子话想说，可在事实确定之前她又不太想说，万一不是真的呢，还被这两个吃货取笑。

"哎，咱们吃完饭去唱歌吧。吃饭宇涛请，唱歌我请，好久没听贝儿唱歌了。"高翔不知怎么突然来了唱歌的兴致。

"你还真有好心情啊，我可没心情，公司老板调走了，说不定我就没岗了，哪还有心情唱歌啊。"陈贝儿开始吐苦水。

"心情不好更得唱歌了，唱歌就是一种发泄。"宇涛赶紧附和。

"喂，高翔，你老婆阎小姐不管你了？还敢晚上去唱歌。"陈贝儿脑子里立刻浮现出阎珍瞪眼的面孔。

高翔跟阎珍大学就是一对了，当时高翔复读的时候，阎珍也在复读，两人同病相怜，互相督促着学习，也就慢慢走到了一起。当时高翔还不太同意，阎珍就倒追他。

可说心里话，陈贝儿并不喜欢阎珍，那女孩比她大两岁，样子成熟，心机也重，当时为了追高翔，天天下课跑到学校来盯班。

大学时陈贝儿和高翔因为外形太般配，经常被人说成一对。阎珍自然不高兴，但高翔发誓，只是把陈贝儿当成小妹妹，不可能有男女感情，阎珍才算放下心来。但每次看陈贝儿的眼神还是怪怪的，永远充满了警惕。

大学毕业后，阎珍就催着高翔结婚了。可高翔那时工作也不稳定,并不想结。偏偏那会儿老天开眼,让阎珍怀了身孕,这下高翔也实在没有理由拒绝,因为之前阎珍已打掉过一胎,不能再打了,所以这次只好奉子成婚。

结婚前一晚,高翔也像今天一样,吃完火锅嚷嚷着要去唱歌,结果醉倒在KTV里,那狼狈相多年后都让人印象深刻。

他是恐婚族,却是"吃货三人组"里最早结婚的。宇涛为此老讽刺他不等兄弟自己先结了。而高翔却振振有词说:结婚要趁早。他说之前恐婚完全是错的,男人还是得有了家庭、孩子以后才能体会婚姻的美好。有了女儿的高翔再没抱怨过阎珍,结婚这几年还算甜蜜。

"唱歌你不跟阎小姐报备?"陈贝儿故意冲高翔道。

"发个微信就行了。"说着拿起手机语音了几句。阎珍并没回复。

"看见没有,没回就是同意了,回了肯定是不同意,赶紧走吧。"

三人撇下一桌子的杯盘狼藉,一起冲向常去的那家KTV。

进了包房,陈贝儿也没有一点心思唱歌,她预感明天新老板一定会找她谈话,如果他真的是相亲对象王一铭,那不用说,她一定会被转岗甚至辞退的。这后果她不敢往下想。拿着话筒,她一句也唱不出来。

"什么情况,贝儿,唱歌是你的强项,平时我们都抢不到麦的,今儿怎么这么高风亮节啊?"宇涛冲她做鬼脸。

"你们唱,我给你们点。"陈贝儿应付一句,脑子里却全是王一铭的脸。

"赶紧给我们唱一首,好久没听你唱了,唱那个王菲的。"高翔见她情绪不高,赶紧亮出底牌,"今儿可是大日子啊,宇涛,你没忘吧?"说完冲宇涛挤挤眼。

宇涛立刻会意道："贝儿，你不会是又担心自己老了一岁更嫁不出去了吧？"

"什么又老一岁，什么乱七八糟的。"陈贝儿没明白他俩要说啥。

"等着——"说着宇涛按了一下服务铃。

不一会儿，服务生推着一个大蛋糕进了包房。

"Happy birthday to you……"两人默契地唱起来。

这下陈贝儿惊着了，这才恍然大悟，今天竟是自己三十三岁生日。天哪，他俩竟然都还记得。这一惊喜，眼泪就跟着下来了。

"哎哟，感动吧……纸巾拿好，瞧这大小姐伤感的……没事，又老了一岁也没什么，有我接着你呢。"宇涛边递纸巾边笑。

"去你的——"陈贝儿破涕为笑，一把推开他。

"赶紧许愿啊！"高翔高声笑道。

陈贝儿赶紧双目紧闭，双手合十。这个愿谁也不用猜自然是解决终身大事，只是这回她加了一个愿望：保佑职场顺利。

这份工作她还是挺喜欢的，她可不想轻易丢掉。

可是天算不如人算，职场上的风霜是她日后万万没有想到的。

吃完了蛋糕，陈贝儿盯着这两个死党："喂，今天可是本姑娘三十三岁的生日，光有蛋糕可不行，有没有礼物啊？"

"那必须有啊！"说完宇涛拿出一个袋子，"这个礼物我可是早准备好了，而且你一定能用得上。"

高翔也不示弱，也拿出一个袋子："我这个也早备好了，而且你也肯定能用得上。"

"呵呵，你俩还挺默契。"陈贝儿赶紧打开礼物，调侃道，"我可要当面打开了啊，看看你俩的礼物谁的更贵啊。"

等两个袋子全打开之后，她傻眼了，两个礼物竟然是一样的，全是黑色羊皮手套。当即她就笑晕了："你俩真是兄弟，商量好的吧？可你俩也不用买一样的啊！"

看着两副大同小异的羊皮手套他俩也笑翻了。

"还真没商量过，你怎么也买手套啊！"宇涛看着高翔埋怨起来。

"你绝对是我肚子里的蛔虫，你怎么知道我要买手套？"高翔也笑得背过气去。

"你俩可真是好兄弟、好同志！行了，这两副手套我换着戴吧，你俩生怕我的手冻坏吧。"陈贝儿说完一脸坏笑。

"论款式，我看我的这副更好看，对吧，贝儿。"宇涛凑过来说。

"我看还是高翔的好看些。"陈贝儿故意气他。

"怎么不说实话呀，先戴我这副啊，他那副送你妈戴。"宇涛认真地说。

高翔也被他那样子逗笑了："可以，反正送给你了，你送给你妈也成。我当时买完给我妈看，她都抢着要呢。"

三人都绷不住地狂笑不止。陈贝儿握着两副手套，暖暖的，热热的，人生难得两个知己，即使往后真的孑然一身，有他俩在已足够了。

陈贝儿这样想着，那一室的欢声笑语多年后都记忆犹新，那个时候的高翔应该是快乐的吧？

[3] 初次过招

对面的那个男人表情冷峻，眉头不自觉地拧在一起，说话一字一顿，既客套又疏离。可那张脸没有任何青色的胎记，干净得很。

"你叫什么名字？"王一铭看了一眼陈贝儿，那样子就像在看一个陌生人。

"我叫陈贝儿。"机械地答了一句，也许真的是另一个人，他连名字也记不得了。或许他早认出来了，只是装傻。陈贝儿细细观察他，一种说不出的感觉笼罩着她，这种感觉并不好，像是在审讯。

"之前你是郑总的秘书，听说是临时替代崔秘书的？"那口气并不友善。

陈贝儿只点了一下头，她都懒得重复。

"崔秘书是在休产假的，几号回来上班？"

这一句倒像是射出一支冷箭，陈贝儿一哆嗦，这明显是要赶她走的节奏。这人太狠了。

"这个恐怕要问人事了，具体我也不清楚。"陈贝儿强装镇静。

"好，我回头问一下人事，你先回去吧。"王一铭不痛不痒地结束了谈话。

这叫什么谈话，这明显就是预警。

一回到座位上，苏苏就靠过来，不怀好意道："哇，贝儿，你可有福了，这么帅的老板让你接手了，真是羡慕、妒忌、恨！你看看，刚上班就找你谈话了，你的福利也太好了！"

"讨厌，不许胡说八道啊，小心老板听到。"陈贝儿睨了一眼王一铭办公室的方向，心下还是惴惴的。

这往后的日子可怎么过呀？陈贝儿愁眉苦脸地对着电脑，一句话也懒得和苏苏说。

"哎，贝儿，这个王总你之前认识？"苏苏不经意地问。

这句话吓了她一跳，赶紧直立起身子，正色道："我怎么可能认识。"

"逗你呢，我猜你也不可能认识。"苏苏说完扭头走了。

陈贝儿赶紧抚了抚胸口，她已预感到接下来会有一系列的悲剧和麻烦，她该怎么办？

下了班，刚接了房东催房租的电话，喘息未定，又接到了王琪的电话。

至少有半年没有联系了，不知她今天怎么会打来。

"亲爱的，忙什么呢，好久都没你消息，看你朋友圈好久没更新了。"王琪声音欢快，听起来心情不错。

"咳，忙着职场斗争，旧老板走新老板来，折腾呀。你怎么样？"

"这么巧，我们也来了一个新领导，叫严朋飞，刚来了几个月吧。哎，还是从北京来的，长得挺帅的，是个富二代呢。"

"是吗，从北京调到杭州工作？"

"算是借调吧，现在要想升官不都得到外地来挂职一段时间嘛。"说着王琪口气一转,"哎,我们这个严总听说还是单身呢!"

"啥意思你,想介绍?"陈贝儿直奔主题。

"你还别说,我原来还真有这个想法。之前我还把你的照片给他看过,结果他说你一般,我就没再接茬儿。我们严总家里条件好,可能眼光也高吧,一般女人他是看不上的。"

这话让人听着真不舒服,陈贝儿怪道:"你干吗把我照片给他看啊,我又没见过他,你这么做也没经我同意啊。"

"我有他照片,等会儿我发你啊,发你微信上。"说完王琪就发来了张头像。

陈贝儿一看,那男人眉清目秀的,倒是不难看。而且猛一眼看上去跟高翔还有几分相似。

"怎么样,我们这个新领导长得还行吧。等有机会我再帮你问问,反正我知道他是单身。"

陈贝儿马上打断道:"你也别问了,他都说一般了,你还说什么呀。"

"也是,我再找别的机会吧,一直帮你留意着呢。"这只是开头,接着王琪开始老生常谈了,"哎,我们家老邓特烦人,天天惹我生气,最近做的饭越来越难吃,我都瘦了两斤了。最近睡觉也不好,全是我老公打呼噜闹的……"

这个通话可真令人不愉快。王琪是陈贝儿的高中同学,当年在杭州上高中时,两人关系最好。但这些年陈贝儿留京后,两人来往也没那么紧密了,不像高中那会儿无话不谈。每次王琪打电话来就是说她老公那点儿事,听得人耳朵都快出茧子了。

王琪是相亲认识的老公,打一开始就看不上他。但这男人就是对她好,追了她两年,后来父母也催,两人也就结婚了。婚后的生活正如王琪所说索然无味,王琪脾气大,发多大火,她老公也愿意受着——让下跪就下跪;说滚出去,就乖乖滚出去,半夜才回来。

每次吵架,不仅她要把老公骂得半死,王琪的父母还得跟着骂一遍,这男人全都受着,没有半句怨言。

每次听到这些,陈贝儿就劝她,也别太作了,这样任劳任怨的老公上哪儿找啊。可王琪就是听不进去。嘴上永远挂着这几句:

"我们家老邓他学历没我高,收入没我高,连身高也没我高,他哪样也配不上我。"

"他一点儿生活情趣都没有,唯一优点就是听话,可光听话有什么用啊,一点儿阳刚之气都没有。"

"跟他过挺没意思的,但是呢,我也不想离婚,就怕再找个男人还不如他听话呢。"

哎,这些车轱辘话陈贝儿实在是听得太烦了。

对不满足的女人,就是下跪都没有用。陈贝儿打心底还是同情老邓的。她见过老邓几面,人长得挺正,挺憨厚,模样不算丑,正经还算中等偏上。唯一就是个子不高,一米七出头,因为王琪个子高,再穿上高跟鞋,两人走在一块儿王琪还要稍高一些,所以从结婚时王琪就已经嫌弃。

现在孩子都有了,王琪还在拿身高说事。到后来,陈贝儿也不劝了,只是听王琪唠叨一遍也就完了。女人之间若全是这些负能量的东西,也很难再有交集。

电话挂完,陈贝儿长长地吐了一口气,似乎想把这些晦气的东西全部吐出去。那个时候的她又怎么可能知道,这个叫严朋飞的人日后会跟她有着怎样翻天覆地的瓜葛。

[4] 有些人，一旦错过就不在

今天一上班，副总李辛就把陈贝儿叫到了办公室。

就这几步路，陈贝儿走得异常艰辛。她预感应该是王一铭让李总通知她转岗的事吧。他本人应该是不好意思直接和她说，所以让李总转达。那她该怎么办？反对、抗议？有用吗？想着接下来她该如何应付，竟咚的一声撞到了眼前那扇玻璃门上。

她狼狈地抚着额头，环顾左右，幸好没有同事看到，她赶紧调匀了呼吸，走进了李总办公室。

"贝儿，是这么回事，下周集团的领导要来北京视察，你去订购一百盆花，把公司大厅、走廊布置一下。另外每个办公室也放一些花，有个新环境，让领导也有个好印象。再说王总刚来，也应该布置一下表示个意思。这事本来应该让办公室的孙主任办，她正好休假了，就交给你办吧。"李总微笑着说。

陈贝儿点点头，她预感还有正题要说吧。

"李总，那我这就去办，您是不是还有别的事和我说？"陈贝儿小心翼翼地试探。

"没别的事了,你赶紧去办吧。买花的钱你先垫上,开个发票,等孙主任回来找她报销就行。"李总仍面带微笑,"对了,别买太次的花,质量品相好点儿的。"

"知道了,好的,那我去了。"话落,陈贝儿故作平静地转身走出去。

走出办公室,她才敢放松下来。好笑地摇摇头,也许真的是自己多虑了。

买花的事她不敢麻烦别人,叫上了闺蜜顾曼。

顾曼是典型的北京女孩,爽快大方,漂亮时尚,有她在挑什么都不会走眼。

两人周末直接去了花卉市场。

这一路花的事倒没怎么提,话题全在王一铭身上。

"这还用分析啊,这个人肯定就是那个王一铭啊,哪有重名重姓又长得一样的人。那个胎记肯定是去掉了,男人也爱美,肯定他也觉得那是影响他颜值的东西。现在这种激光去胎记太普遍了,我们院看大门的师傅都把脸上的痣去掉了。"顾曼一边开车一边说。

"那我不是死定了?这几天我一直提心吊胆的,这个总经理秘书我才干了一个月啊。"陈贝儿也只敢在顾曼面前和盘托出。

"你做好准备吧,我没见过这个人,但听你描述的我觉得他应该不是个省油的灯。这么年轻就爬到这个位置,他没两下子行吗?他两年前不就是个杂志社的广告经理吗,转眼现在成了集团分公司的总经理,差着好几级呢。他升得也太快了,背后肯定有关系。"顾曼继续分析。她在外企做HR,这方面的经验当然比陈贝儿多。

"那完了,我肯定得罪他了,这以后可怎么办……"陈贝儿无力地应道。

"这事依我说还得怪你,相亲对象可不能得罪,万一人家哪天发达了，你不是傻了？你得跟人家做朋友。"顾曼苦口婆心道，"这个问题我说你多少次了，相亲对象也是人脉啊，你能不能先搁在一边做朋友啊。"

"这怎么做朋友啊，多尴尬啊。"陈贝儿皱起眉头。两年前的那个相亲场面呼之欲出。

那天正好下雨，高翔和陈贝儿已经在餐厅落座，等了半天王一铭都没来。

下雨堵车，高翔打了一通电话后跟贝儿解释。

不急，等等吧。反正有高翔陪着，她也没觉得有多无聊。

等王一铭落座后，陈贝儿看他第一眼就略感失望。那块青色的胎记确实有点吓人。尤其是跟五官英俊的白面书生高翔一比，更显出差距。

高翔一眼看出陈贝儿的失望之意，赶紧轻踩了她的脚一下，让她打起精神来。

陈贝儿哪会装啊，会装的话婚姻问题早解决了。

全程基本都是高翔跟王一铭在聊，陈贝儿甘当听众，偶尔嗯一下，点个头，完全不在状态。

王一铭也是聪明人，走的时候二人连电话都没交换，弄得高翔夹在中间，累了一晚上。

"以后再不给你介绍了，你倒是说几句话啊，全都是我在哇啦哇啦地说，早知道我中途应该先走，让你们俩单独聊。"回去的路上高翔数落贝儿，一晚上说得他口干舌燥。可不说的话，气氛又尴尬得快疯掉。

"介绍前你可没说他脸上有块胎记啊，你说他长得比你帅啊。"陈贝儿还满嘴理由。

"人家确实也不难看，不就是有块胎记吗？我身上也有胎记啊，谁没有啊。"高翔气得摇头。

"你那块胎记长哪儿了?"陈贝儿咧嘴一笑。

"长屁股上了。"高翔瞪她一眼。

陈贝儿彻底笑开了,一笑还停不下来。

"你还乐得出来,这么好的一男人都被你吓跑了。你跟我们吃饭也就算了,相亲的时候你能不能注意一下你的吃相啊,还真往饱了吃啊!人家都停筷子了,你还在那儿吃,简直被你活活气死了,一点儿淑女的样子都没有。"高翔气道。

陈贝儿笑得更欢了:"谁叫你让我加入'吃货三人组',我本来好好一个南方姑娘,都被你们这俩北京爷们儿给教坏了。"

"少赖我们,你不好好改造别想嫁出去。"高翔翻脸。

"还有宇涛呢,实在不行我嫁他。"陈贝儿做鬼脸。

"我看行,除了宇涛哪还有男人受得了你。人家宇涛追你那么多年,你也该答应了吧。"高翔正色道,这一对才是他真正想撮合的对象。

"哎,他可没追我呀,都是你在这儿瞎说的。"陈贝儿反驳道。

"怎么没追啊,你的事他从来都是有求必应,你要星星都恨不得给你摘,你还要怎么样啊。我就没看过他对别的女孩儿这么好过。"高翔忍不住声音大起来。

"我什么时候要过星星啊?"陈贝儿故意道,"哎,咱能不提宇涛的事吗?我是外貌协会的你又不是不知道,宇涛那么胖,我可能看上吗?如果宇涛长成你这样,我准保同意。"陈贝儿声音也高了八度。

高翔没好气地瞥了她一眼:"你也老大不小了,都三十三了,过了三十岁想嫁都难了,你赶紧的吧。"

"总得找个喜欢的吧,不然结什么婚啊。"陈贝儿嘟囔一句。

"哎,你是不是心里有人啊,不然干吗这么坚持?"高翔一针见血地说。

这一问反而令陈贝儿手足无措了。她也一惊,是啊,她这么坚持是为啥?是等什么人?

这个问题她好久都没去想了。大学的时候不是没想过,所有的人都说她和高翔是最般配的一对,但那时他已经有阎珍了;工作的时候也想过,但他那么快地就和阎珍结婚了,她以为他们会分手,她以为她或许还有机会……现在他们连孩子都有了,还想什么?什么也不用再想了,现在的闺蜜关系反而是最好的。

有些爱,只能止于唇齿,掩于岁月。

"哎,我要下车了,差点开过了,你都忘了我家在哪儿了。"幸好到家了,陈贝儿正不知如何解围呢。

那个不为人知的秘密就永远留在心底吧。有些人,一旦错过就不在了。

[5] 烦不胜烦的相亲

那天跟顾曼聊得很晚,事情已经分析得这么透彻了,接下来的后果自不必说了。顾曼劝她赶紧做两手准备,万一被辞退也好有个退路。

陈贝儿还是有些怀疑:"有这么严重吗?不就是相亲没成吗,也不至于赶尽杀绝吧。"

"你呀太单纯。你想想,这事高翔后来说了,人家还过来问过能否继续发展,是你态度坚决断了后路。你看不上人家,就是直接把人家面子撕了,他怎么可能念你好呢?男人心眼都小,有机会报复你为什么不报复?"顾曼直白地说。

"可我又没碍他事啊,再说这都是两年前的事了。"

"怎么说了半天你都没明白呢,你没给人家面子就是把人家得罪了。再说他一直自我感觉良好,怎么能接受拒绝呢。人家现在是你的直接上司,你又知道人家过去的那些事,这是最让男人讨厌的。你知道得太多了!"

陈贝儿委屈地露出哭相:"真是阴魂不散,那我直接走人?凭什么呀!"忽然她口气一转,"对了,他们没权让我走人,我当时跟公司签了五年合同,因为公司给我解决北京户口,五年之内我不得离开公司。所以他们应该也不会让我走。"

"这个不好说,公司可以找理由说你这个人不能继续聘用,欲加之罪何患无辞。我是让你做两手准备。你不是一直想考心理咨询师吗?赶紧考啊,考下来至少是你第二条路。你研究生又是学心理学的,早该考了。"顾曼建议道,还有点恨铁不成钢的意思。

"还真是,早该考了,最近忙着这些乱七八糟的事差点把考试这事耽误了。"

心里有了目标后,陈贝儿整个人才放松下来。还得是顾曼来一语惊醒梦中人。

顾曼是去年结的婚,老公魏然是她大学同学,两人也爱情长跑了多年。顾曼是北大才女,干练有能力,人又聪明漂亮,陈贝儿一直视她为标杆。

说来也巧,陈贝儿研二时交过一个北大的男朋友,叫周健,他正好和顾曼同班,而顾曼的男朋友又和周健是哥们儿,于是他们四个经常在一起玩,久之就和顾曼成了闺蜜。只是研究生毕业和周健分手后,四人组就解散了。留在身边的也只有顾曼这个闺蜜。

分手的原因再简单不过,周健并不想留北京,而陈贝儿是坚决要留京,谁也不退步。分手后比较戏剧性的是周健回老家哈尔滨后一个月内就闪婚了。这事至今想来都有些不可思议。

她曾无数次地分析,周健跟闪婚的那个姑娘或许早就开始来往了,只是她不知情而已。但终归是旧事了,不提也罢。

所以说友情永远都会比爱情长久。可是反观别人的爱情,不还都在有模有样地生根发芽结果,唯独她偏偏落了单,是运气不好,还是命运捉弄人?

还在长吁短叹的空当儿,手机突然响了,谁会在这么晚还打电话过来?

一看来电,竟又是王琪。

"亲爱的,你还没睡吧?"王琪的声音软软的,完全不似先前那么尖厉。

"还没呢,我刚到家,怎么了?"陈贝儿把手机打开免提放到一边,准备迎接她那一堆车轱辘话。

不想电话那头却说:"贝儿,有件好事我可得跟你提,要不这么晚还打给你。"

"什么好事啊?"陈贝儿不得不又把电话拿起来。

"哎,我这次真给你介绍一个白马王子,这个可真是有钱人。"王琪声音悦耳,"我跟你细说一下啊。这个人叫马明,马总。自己开公司的,特有钱,跟我们严总是哥们儿。这不今天我们聚在一起吃饭,一聊起来,居然这个马总还是单身,我一下就想到你了,赶紧给你打电话。"

陈贝儿一下有点蒙:"什么严总,马总?"

"严总就是我们新来的领导,本来是想给你介绍那个,给他看过你的照片,但他说你一般,说想先忙事业,这几年不想考虑个人问题,我就没给你撮合。但这个马总就不一样了,马总特别想结婚,还特意托了我们严总给介绍。严总因为之前见过你的照片,他觉得你和马总合适,所以让我帮着介绍。"王琪热心解释道。

"你们这个严总也够逗的,自己还是单身呢,怎么还忙着给别人介绍?"

陈贝儿觉得有点儿好笑。

"他是热心肠,他跟咱们同岁,所以不着急。马总四十五了,所以想结婚,这个很正常。"

"四十五了,是否有点儿大啊?"陈贝儿问道。

"男人四十一枝花，四十五正当年，是男人的黄金年龄，最重要的是马总有钱，你跟了他就衣食无忧了。"

"他人在哪儿啊？杭州？"陈贝儿觉得有些不靠谱。

"他家在北京，只是公司开在杭州。他经常回北京的，他父母和孩子都在北京。"

"孩子？他是离婚的？"陈贝儿有些惊讶。

"是啊，他都四十五了，肯定是离婚的，四十五岁还不结婚的那都不正常。我觉得你找个他这样的挺好，孩子也有了，省得你生了。"王琪自认为考虑周到。

"我可不想当后妈。"陈贝儿回了一句。她这个年纪还实在不能接受有孩子的。

"你不想当后妈也可以跟他再生一个，他身体挺好的，再生一个也没问题……"因为严总托了她介绍，所以格外卖力。

"王琪，我觉得这人不是很合适。"陈贝儿忍不住打断道，"工作又不在北京，年纪又大，还有个孩子，这样的条件我还是不见了。"

"贝儿，这我可得说你，这样的条件已经非常好了，重要的是什么，是钱！他有钱你可以不上班，这是多少女人梦寐以求的。你像我们家老邓，穷得叮当响，你找个这样的就愿意吗？"王琪跟她辩论起来。

"我不看钱，我只看人，我只想找个自己喜欢的人。"陈贝儿反驳道。

"贝儿，你别傻了，我是过来人，你听我一句劝吧。这世上哪有爱情存在啊，那都是骗人的，只有钱是实实在在的，这个人你一定要见见。"王琪卖力推销。她可不想把严总交代的事办砸。

"我不太想见，你就别逼我了，你就说我有男朋友了，推了吧。"陈贝儿不妥协。

"贝儿,这么说不合适。再说我都答应人家了,你就算给我一个面子你就见见吧。"王琪口气软得不行。

"我真的不想见,这种事哪能逼啊。你随便找个理由拒绝好了。"陈贝儿坚持道。

王琪又足足劝了二十分钟,陈贝儿一看表已经十一点多了,为了赶紧挂上电话,她只得说:"那我考虑一下吧,先这样吧,我明天还得早起呢。"

王琪这才把电话挂上。

这个王琪是怎么了,以前托她介绍她都不肯,说自己太忙了,没时间当媒人,现在又这么苦口婆心,这是怎么了?陈贝儿百思不得其解。

那一晚她已困得眼冒金星,脑子里来回翻腾的全是王琪婆婆妈妈的话,弄得她一晚上没睡好。要是把这件事告诉顾曼,她又该数落自己交友不慎了。

这事过去没两天,那天下班王琪的电话又打来了。

"亲爱的,那事考虑得怎么样了?"王琪仍是悦耳的声音。这声音却令陈贝儿头都大了。

"什么事啊?"她故意没接话。

"马总的事啊!你这脑子!你什么时候有空,马总说过去见你。"

陈贝儿顿时觉得有些缺氧:"我最近特别忙,真的没时间,我有一个考试,还得备考,最近什么事也不想接。"

"什么考试啊?你们公司内部考试?"王琪马上问。

"是我自己的考试,我要考心理咨询师执照,正在补习,非常忙,这一个月我得全力准备。"陈贝儿实话实说。

"那……好吧,你什么时候考完?"王琪仍不放弃。

"我至少要忙到年底。"

"那好吧,等你考完咱们再联系,马总肯定愿意等你。"王琪又语气一转,"对了,马总的照片我帮你要到了,今天严总发我了,我一会儿转给你啊。你先看看照片,先有个印象,等你考完咱们再约见面。"

这个王琪真是服了,她为什么对这事如此执着,图什么呀?

果然电话一放,微信照片就发来了。陈贝儿一看差点没惊掉下巴。此人留着地中海发型,为了掩饰谢顶,故意将一边的头发留长盖住另一边。不仅谢顶,而且眼袋已经快掉出画面了。

这……这简直太气人了。

陈贝儿立刻把照片删了。这个王琪,太不靠谱了!

［6］心理咨询师

　　说到报考心理咨询师，就不得不提梅若琳。
　　梅若琳是陈贝儿的研究生师姐，读研时是同一个导师，两人虽说年龄上差了四岁，但脾气禀性合得来，也聊得来。两人亦师亦友，隔一段时间就会小聚一次，聊聊近况。
　　最近陈贝儿因为要报考咨询师，梅若琳又是资深的心理咨询师，两人见面次数自然更勤一些。梅若琳的心理诊所取名馨慈，就开在附近，陈贝儿去过几次，环境很幽雅。梅若琳的两个朋友去年共同入股开的，事业刚刚起步。
　　心理咨询师并不好考，目前国家最高级别的是二级心理咨询师，考试要经笔试、面试和答辩三个环节。笔试还要分理论、实操、案例和论文。三个环节都通过后，还要到心理咨询中心或者项目组、工作坊实习至少一年以上，才有资格挂牌进行正式的心理咨询。实习期主要进行心理技术层面的学习，包括精神分析、认知治疗和行为治疗。现在，技术实习还要加上抑郁症的心理咨询。因为现在得抑郁症的人越来越多,许多医院都开通了专业门诊。

以上这些还远远不够,还要有自己研究的课题。陈贝儿选择了"睡眠认知行为"这个课题。她自己睡眠不好,也算是替自己开个小灶,好好研究一下。

当然,要从事这一行,必须还得有个能指导你的老师。陈贝儿早就乖乖地拜在了梅若琳门下。心理咨询师不仅要学习心理理论、精神分析、心理诊断,还要学习绘画、医学常识,可不是光考试通过这么简单。

此外,陈贝儿还报考了二级婚姻家庭咨询师,因为在实际操作中,来咨询的多半都是冲着婚姻家庭问题来的。

许久没进考场的陈贝儿心里多少还是有些发怵。之前学的那点心理学的底早就交给老师了。

周末,在常见的那个咖啡厅两人相谈甚欢。但说笑之后,梅若琳转入正题,她今天要给陈贝儿做一次正式的心理咨询。已步入大龄剩女的行列,陈贝儿也想对自己的情感问题来个深度大剖析。

梅若琳手里拿了一叠扑克牌大小的图片,每张图片内容各异、色彩各异,让陈贝儿随机抽取。每抽取一张,就让她自己解读图片的内容含义。梅若琳在一旁记录。

陈贝儿表情严肃,神情紧张。她随机抽了一张图片,一对老夫妻坐在长椅上。

"你看到什么?"梅若琳马上问。

"我看到的是两人一起慢慢变老。"陈贝儿答。

"还有吗?"

"还有陪伴和爱。"

"很好,这说明你渴望陪伴和爱的婚姻,再看第二张。"梅若琳又让她抽出一张图片。这是一张抽象图,上面堆积着五颜六色的色块,其中有一大片红色。她问:"你看到什么?"

"我看到的是血。"陈贝儿凝重地说。

"你想到的是伤害对吗?你对红色有抵触?"梅若琳问。

"是,我闻到了血腥味。"

梅若琳分析说:"这说明你在情感中排斥暴力流血,你期待平和、安全的婚姻。"

陈贝儿点点头,又抽出一张——男人躺在床上,女人坐在一边。她自顾自地说:"我看到的是生病,女人在照顾这个男人。我想到的是责任感。"

"很好,你已经会玩这个游戏了。我连启发都不用了。你比一般病人聪明。"梅若琳笑笑说。

陈贝儿还击道:"我可不是病人,我只是有点儿感情困惑。"

梅若琳笑着摇摇头,让她继续抽图片。

她抽出一张男人穿西装的图片:"这是一个干净的男人,我喜欢干净的男人,穿着得体、干净会对我有吸引力。"说完她竟不自觉地想到了高翔,这张图片画得好似他!

她接着又抽出一张两个人哈哈大笑的图片:"我喜欢爱笑的人,幽默感是一个人身上最难得的特质。我喜欢有幽默感的男人。"眼前再次浮出高翔温暖的笑容,不带心事阳光般的笑能融化所有的灰暗。

……

陈贝儿完全进入了自我的世界,她喃喃自语般分析了每张图片她看到的和想到的。梅若琳在对面都插不上话,只是拿笔不停地记录。

就这样连续抽了二十多张图片,梅若琳示意她停下来:"差不多可以了,我觉得你的情感很丰富,丰富到你想要的东西太多。"

"我太贪心了,我知道。"陈贝儿微笑着点点头。

梅若琳拿起她的记录,开始做总结:"你一共抽了二十一张图片，每张图片你所看到的就代表你的内心。你渴望遇到一个好男人，这个男人外在要长得顺眼，能干聪明，脾气要好，还要干净。"

陈贝儿听到这儿不住地点头。

"内在你渴望两个人之间能平等，相互有空间，还有就是温暖和幽默感。"梅若琳的话句句打在陈贝儿的心坎儿上。

"这些具体图片的分析是你对男人细节的要求。比如你不希望两个人之间争吵、流血，你害怕暴力；你渴望收到爱的礼物；你喜欢倾听，也喜欢表达；你希望对方是个白领，有脑力和学历；你喜欢幽默感，希望对方能让你开心；你喜欢陪伴，两人能一起慢慢变老；你看重责任感，一方照顾另一方你觉得是义务也是责任；你看中男人的控制力、自控力，不乱来；你希望两人是因为相爱而结婚，而并不是其他的条件；你希望男人动手能力强；你喜欢两人之间能分享内心的东西；你希望对方身体健康；你希望这个男人时间观念强，靠谱，可信赖；你喜欢男人专一、不花心……"

"哇，太对了，每一条都总结得很到位啊。"陈贝儿啧啧叹道。

"你呀……不总结还好，一总结吓一跳，你说你的要求是不是太多了？"梅若琳睨着她。

"你让我看那么多图片当然要求就多了，如果只让我看一张，我不就一个要求了。"陈贝儿替自己辩道。

梅若琳有点儿哭笑不得："你记住，要想步入婚姻只能有一个要求，男人能满足你这一个要求就不错了。"

"如果只浓缩成一个要求，难度太大了吧。"陈贝儿吐吐舌头。

"所以说你现在还嫁不掉。"

陈贝儿白她一眼，可又无语反驳。

梅若琳接着说："男人通常有五种需要：一、身体接触，也就是性；二、服务的行为；三、肯定的语言；四、礼物；五、精心的时刻。性就不用说了，男人通常会把性放在第一位，没办法，谁叫男人是下半身思维。服务的行为是希望女人能为他服务,能为他洗衣做饭,照顾他的一切。肯定的语言是希望女人能肯定他,而不是否定、挖苦、讽刺。所以要想与男人建立良好的关系,语言上的肯定非常重要,甜言蜜语谁都爱听。礼物,男人也需要。以前总强调男人送女人礼物,其实男人也需要礼物,时不时送他礼物,会赢得他的心。精心的时刻说的是二人时间,即使再忙也要抽出时间来好好享受二人世界。男人眼中的女人通常都是在二人时间加分的。即使你们有了孩子,也还是要抽出时间来度过二人世界的精心时刻。"

听完这一席话,陈贝儿惊得发呆:"天哪,你知道得那么多,你老公得多老老实实地掌握在你手中啊!"

话落,梅若琳眉头一挑道:"理论上我是专家,实践中还在摸索。"

"实践出真知。"陈贝儿一脸坏笑。

梅若琳读研时就已经结婚了。她老公陈贝儿只见过照片。看样子很精明能干,做进出口生意的。两人也不要孩子,经常出去旅行,其乐融融的样子羡煞旁人。

结婚真的应该趁早,陈贝儿心里默默感叹。

两人正聊得热闹,被一个电话打断了,是梅若琳老公打来的电话,催她回家。

陈贝儿一看表五点多了。梅若琳赶紧站起身来:"有家就是有拖累啊,这不催我回去做饭呢,下回咱们再约。你的问题太多了,我得把你列为我的重点病人。"

"可是我一分钱都没交呢。"陈贝儿骇笑。

"先欠着,等你结婚时一起还。"梅若琳笑着冲她挑挑眉,便急匆匆地走了。

有个家,有个牵挂多好,那才是你生活的源泉和动力。

看着梅若琳的背影,陈贝儿忽觉得有些落寞。刚才做心理咨询时的那些图片又纷纷乱七八糟地跳出来,还有那个挥之不去的干净笑容也跟着那些图片不停地在脑中盘旋……

最深的孤独莫过于,明知道自己心里有渴望,却只能对它装聋作哑。

[7] 嫉妒的眼光杀死一切

北京的冬天干冷得有些刺骨。

清晨,陈贝儿瑟瑟地挤在地铁里,下意识地看看表已经快九点了,今天看来注定要迟到了。昨晚没睡好,五点就醒了,打开手机翻了翻,又接着补睡,这一下又睡过头了。

飞快冲进电梯间,见电梯的门正要关合,她大叫一声:"请等一下。"

扒开电梯门,一副狼狈相的陈贝儿一眼看见电梯里面唯一的一张面孔——黎玉。她永远留着齐耳的短发,额前厚厚的刘海,穿衣服的颜色多半是浅粉、浅蓝这些显嫩的颜色。苏苏总说她装嫩,三十多岁的女人可能都会抓住扮嫩的尾巴吧。

"哎呀,陈贝儿,你怎么今天又迟到了?"黎玉先发制人。

"咱们俩不是在一部电梯里,你也没比我早多少啊!"陈贝儿反唇相讥。

"我那是出去办事了。"黎玉反驳。

"我也是去办事了啊。"陈贝儿故意重复她的话。

黎玉突然哑声一笑,那笑意很奇怪,让人搞不清楚她为什么而笑。

"你这大衣挺漂亮的。"黎玉突然转了调调。

"你这大衣也不难看啊。"陈贝儿回敬。

这时电梯门开了,陈贝儿抢先走了出去,这电梯里的空气快把人憋死了。

黎玉慢慢悠悠地走出电梯,看着陈贝儿的背影,又是一脸灿笑。她预感今天的陈贝儿会有好戏上演。

一进办公室,看到苏苏冲她挤眼,就知道她又要发作。陈贝儿坐定后,侧身跟她说:"老板没来查岗吧?"

"查了。"苏苏一副幸灾乐祸的样子。

"骗人,看你那样子就是骗人。"陈贝儿没理她,自顾地打开电脑。

"真没骗你,一会儿等着领导找你谈话吧。"苏苏挑了挑眉。

陈贝儿瞥她一眼,没理会,知道她是在搞恶作剧。

不想,五分钟后,她桌上的电话就响了。打电话的人正是王一铭。

"你到我办公室来一下。"语气很冷淡。

陈贝儿心里一凛,放下电话后赶紧冲苏苏问了一句:"真的查岗了?"

"是真的,说了你都不信,你可惨了……"苏苏吐了吐舌头。

这下陈贝儿心跳加快起来,又不敢怠慢,赶紧硬着头皮走了出去。

惴惴不安地进了王一铭的办公室,语气上尽量柔和:"王总,你找我?"

王一铭冷淡地看了她一眼,随口问:"你是叫陈贝儿吧?"

"是的。"陈贝儿心里不舒服,这是故意的?

"你坐吧,有件事我想跟你确认一下。"

没提迟到的事,陈贝儿心下一松,可又不知会确认什么事。她小心地坐下,心里仍是不安。

"上周李总安排你买了一百盆花,这事是你亲手办的吧?"王一铭面无表情。

"是啊,我已经办完了,发票也已经交给办公室的孙主任了。"陈贝儿不明白他为什么提这件事,这件事是李总安排她办的,按理说应该李总问她才对。

"孙主任休假回来跟我汇报这事了,她仔细检查了这些花,说清点了一下只有九十盆,少了十盆。送货的时候你验收了吗?"王一铭表情严肃。

陈贝儿一愣,脑子飞快地回忆那天交货的情形:"送货是直接送到办公室的,我当时并不在,办公室的黎玉在,应该是她清点的吧?"说完她立刻觉得这事不妙。

"黎玉我们也问过了,她说她当时跟你确认过,你说没问题她才签收的。"王一铭不痛不痒地说。

"没有啊,她当时没给我打电话啊。"陈贝儿有些蒙了,到底是怎么回事?脑中马上浮出电梯里黎玉那一脸奇怪的笑。原来她早就策划好了,怪不得会这么幸灾乐祸。

"她给我们看了通话记录,她是拿公司座机给你打的。"王一铭肯定地说。

"没有啊,我真的没接到过黎玉的电话。"说着她赶紧拿起手机翻看上周的通话记录。她清楚地记得买花是和顾曼一起去的,那天是周末,周一送的货。她赶紧翻看周一的通话记录,竟然还真的有一个公司的电话。可是通话时间才显示三十秒。可她印象中根本没有和黎玉通过电话。

她绞尽脑汁又想了一下细节，好像当时是有一个座机电话，拿起来喂了几句没有声音，她就挂了。她以为打错了，那个电话又怎么可能是黎玉？

陈贝儿赶紧又跟王一铭复述了一下那天的情况，坚称那天并没有和黎玉通上话。这个黎玉怎么血口喷人呢！

"好吧，就算你没有和黎玉通上电话，这事是你负责的，为什么不检查呢？"王一铭拧着眉毛问。

"我当时没在办公室，当时送货的给我打过电话，我跟他确认过是一百盆花才让他送的。我当时还给办公室的小钱打了个电话，让他收一下货。"陈贝儿替自己解释。

"小钱我们也问了，他那天有事没来公司，那天只有黎玉在，她帮着签收的。"王一铭目露寒光，让人不敢直视。

"那小钱应该告诉我一下啊，我以为他在办公室。要知道只有黎玉在，我肯定会给黎玉打电话的。"陈贝儿预感此事解释不清了。

"这事李总交代你办，你应该全程负责，像收货这么重要的事你肯定应该亲自签收。"王一铭语气强硬。

"这个……"陈贝儿知道这个时候再怎么解释都是没用的了，"这个我有责任。但是，当时送货的时候我问过那个师傅，他说他点过了就是一百盆，他们也有出货单，我觉得是不可能少的。"

"事实上就是少了。"王一铭打断道。

"会不会是哪个同事觉得花好看就带回家了？"陈贝儿据理力争。

"少的是十盆花，难道都带回家了？"王一铭质疑道。

"这个不好说……"陈贝儿口气弱下来，自己都觉得说得有些无力。

"我觉得这事既然交给了你就不要推卸责任。"王一铭又强硬地补了一句。

"……那这样吧,"陈贝儿想了想,一字一顿地说,"我是没想推卸责任,丢的那十盆花我明天立刻补上。"

"这事你写个情况说明交给孙主任吧,你打算怎么解决也写在里面吧,孙主任批示后,你再交给我。"王一铭松开眉头,威严地看着她。

"……好吧,那我先出去了。"陈贝儿压抑住气愤站了起来。

刚走到门口,又听王一铭说了一句:"对了,以后上班不要迟到,影响不好。"

陈贝儿惊讶地回头看了看他,重重地点了点头。

回到座位上,她已经瘫了。脑子里不停转着刚才的对话,还没闹清是怎么回事。苏苏看她那样子赶紧凑过来:"被批评了吧?没说要开除你吧?"

陈贝儿瞪她一眼,一句废话也懒得说,赶紧拿起手机走出了办公室,她得找个安全的地方打电话。

来到了二层的茶水间,见里面黎玉正在沏茶,她吓得赶紧扭头去了一层。

一层甜品店里正好没什么人,陈贝儿赶紧躲到一个角落打起了电话。

她马上打给送货的师傅,说少了十盆花,想再跟他确认一下。

那师傅操着外地口音说不可能少货,卸货的时候他数过,正好一百盆。

这就奇怪了,这个师傅应该不可能说谎,那么说谎的人只能是黎玉。这个黎玉要干吗?我有什么地方得罪她了?就因为这个总经理秘书的职位?

这个孙主任也是,为什么只听黎玉一面之词,为什么不先来跟她核实一下就报告给王一铭?这不是成心嘛!

自己和孙主任无冤无仇的,她为什么也这样?多半是黎玉在背后挑事的。

这个小钱也是，那天他根本不在公司也不说一声，真可以！

哎，同事之间就是这样，钩心斗角，好没意思！

想了想，陈贝儿又回到办公室，写起了情况说明。下午她直接找到了孙主任，把材料交上去，并说明了情况。

孙主任看了材料不痛不痒地说："小陈啊，不是我故意刁难你，我休假一周不在，突然多了一百盆花，我肯定要去核对一下，哪想到一核对就出问题了。我一开始还真不知道这事是你来操办的。我以为是黎玉负责，哪想到是你。我们不是一个部门，论理我也说不着你，所以只能和王总汇报。我可不是针对你啊，小陈。"

这话说得既让人不舒服，还让人挑不出理，陈贝儿只得咽下肚子里的气，说："我知道您这是做事负责。这事确实是我疏忽了，那天我没在公司，我只让送货师傅点了，谁知道就出了问题。送货师傅也跟我说了，不可能少货，但是我没想到可能有些人喜欢花，可能也就没当回事拿回家了。这是我没想到的。"

"小陈，你这话我可不认同，这货是我们部门接的，你的意思是我们部门的人手短偷了这些花？"孙主任声音扬起来。

"我不是这个意思。"陈贝儿马上解释，转念一想，如果黎玉已经把孙主任买通了，那自己再解释什么都是徒劳的，便说，"我不是推卸责任，我也写了我会承担所有的后果。这十盆花我已经订了，明天就会再送过来。这次我一定亲自清点，绝不会少了，所有的费用我来承担。"

孙主任见状，恢复了正常语气："赔偿的事我再和王总商量吧，有些事不是光赔偿就行了，毕竟这事是跨了部门的，是不是也得给我们部门一个交代。不过这是领导的事了，我再和王总汇报吧。具体处理意见由王总跟你说吧，毕竟你是他的秘书。"

最后一句话又故意加重了语气。看来这个孙主任对自己当总经理秘书一事也是耿耿于怀。

陈贝儿面色一沉:"那麻烦孙主任了。"

"没事,咱们不都是为了工作嘛。小陈,以后工作可得认真点儿啊。"孙主任脸上这才挤出些语重心长的微笑。

"谢谢孙主任啊。"陈贝儿说完立刻转身走了。跟不喜欢的人待在一起,多一秒钟都是浪费时间。

孙娜看着她的背影小声嘟囔了一句:"跩什么跩,有什么了不起的,看你这个位置还能坐多久。"

陈贝儿自觉背后长了眼睛,孙娜的不屑她早已尽收眼底。

看来得罪一个女人,就意味着有可能得罪一片女人。嫉妒心是什么,就是女人的通病。

《红楼梦》里贾宝玉找王道士去讨治女人嫉妒心的药,王道士给他胡开了一个药方,说横竖是吃不死人的,害得宝玉空欢喜一场。

这世上哪有治嫉妒心的药?这家公司女多男少,女人多的地方只有一样好处:嫉妒的眼光杀死一切,可表面上还得见缝插针地你好我好。这倒比男人堆里大打出手要环保得多。

[8] 友情就像一杯温开水

公司买花事件最终以陈贝儿赔了十盆花外加一份检讨终结。王一铭找她谈话的时候,直接把处理结果给她一念,一句废话都没有。

陈贝儿还能说什么,第二天就乖乖交了检讨了事。新买的十盆花交到黎玉手上的时候,她笑容可掬道:"贝儿,以后你可得长点儿心啊,不能说郑总一走你都不好好工作了。王总人也不错,长得又帅,你可得好好把握啊!"

陈贝儿一股气一下子蹿出来:"我的事你就不用操心了,你这么喜欢王总,我一定替你转达。"

黎玉面色一沉,冲她使劲翻了个白眼。

这一周简直是鸡犬不宁,下了班,陈贝儿赶紧收拾东西,跟苏苏连招呼没打就走了。在公司多待一分钟都闹心。

刚走进地铁,手机又讨厌地响起来。

"亲爱的,你考虑得怎么样了?马总还一直等你信呢。"

王琪的声音一蹦出来，她头就大了，没好气地回道："王琪，我都跟你说过多少遍了，这个马总我绝对是不想见，你怎么还一遍遍地问啊。"

"哎哟，贝儿，我这可全是为了你啊，这么好的一个男人，我真舍不得再介绍给别人。你考试完了吗？什么时间有空啊？"王琪仍是和颜悦色道。

"王琪，我跟你说实话吧，我就是考完了也不想见他！"公司的事本来就够让人闹心的，此刻她把所有的火都发到王琪身上了。

"贝儿，你今天吃枪药了吧？你是不是心情不好？我真的是为你着想。你消消气，过几天我再给你打。"王琪仍不恼。为了哄严总开心，她也得忍。

"过几天你也别打了，我下周考试，我不想分心。"陈贝儿语速慢下来，她也意识到对王琪可能太不敬了。

"这样吧，贝儿，要不你先加一下马总的微信，你俩先网上聊着，如果聊得来再见面也不迟啊。"王琪退一步说。

"我不想加他微信，我要考试，也没时间跟别人瞎聊。我在地铁里信号不好，我先挂了啊。这事不提了。"陈贝儿赶紧挂了电话。这个王琪鬼上身了吧，这个马总跟她什么关系她要这样帮他？

接下来陈贝儿干脆请了一周的假，在家专心备考。考前一天还跟梅若琳碰了个头，捋了一下考试重点。

考试地点离她住的地方很近，早上她骑了一辆小黄车就去了。谁知那辆车刹车不灵，再加上她骑得又过快，在路口时一下撞上突然拐过来的一辆私家车。

那司机立刻把车停了下来，冲着陈贝儿就开骂。

可真够倒霉的，怎么考试当天能遇上这事！陈贝儿完全没时间跟他应战，赶紧跟他说对不起。她看了看车幸好没什么划痕。

"对不起就算了，我这是刚买的车，不赔钱你别想走！"男人一副流氓样。

"我只是碰了一下，车根本就没事，你这是讹钱！"陈贝儿也不示弱，她最烦这种社会渣滓。

"表面没事，你能保证里面没事吗？少废话，赔二百块钱，不然你也别想走！"流氓又靠近了些，做出要随时打人的架势。

"你再闹我就报警！"陈贝儿一看时间不多了，急道。

"报吧，赶紧报，让警察叔叔来！"流氓不依不饶。

就在这胶着的时候，突然一辆车在陈贝儿身边停下了。车窗摇下正是高翔！陈贝儿像抓住了救命稻草，赶紧冲过去跟他耳语了一番："……有你在我就不怕了，我拿你手机报警，你跟警察说明情况，我得先去考试。"

高翔赶紧下了车，直奔那个流氓去了。

陈贝儿担心地看着，以高翔这身板能打过这个人高马大的流氓吗？正担心不知怎么办才好，却见高翔拿出二百元塞到那人手里。

陈贝儿见状气疯了，赶紧上前阻止。

高翔一把将她按住："你先上我的车，听见没有，这个时候你还要什么小孩脾气，哪个重要啊？先上车，听见没有！"

高翔这一喊，陈贝儿也不敢吭声了，看看表确实没有时间了，只好忍气吞声地上了车。

随后高翔又赔了几句不是，把那个流氓打发走了，这才上车。

"是哪个考场？"高翔严肃地问。

"前面那个路口右转，路边那个学校。"陈贝儿又气又得忍着，说话都吐字不清了。

"好好考，能用钱解决的事一定要用钱解决，明白吗？你一个女孩还想跟人家流氓斗，万一他一刀捅过来你怎么办？这种垃圾人你得避！"高翔飞快地踩着油门，往学校开去。

"我……"陈贝儿刚想长篇大论，高翔立刻阻止道："行了，我的大小姐,你赶紧考试去吧。我车开不进去了,你顺着胡同进去吧。记住,什么也别影响情绪,好好考!你要考上了,我和宇涛轮流请你吃饭!"

"可是我……我气啊!今天怎么这么倒霉!"陈贝儿一肚子火撒不出来。

"行了,这样吧,你先考,考完我跟宇涛接你吃饭,提前请你还不成吗?"

"那我要吃海鲜!"陈贝儿还在讨价还价。

"行了,你赶紧去吧,再不去考场都不让你进了。"高翔催促道。

陈贝儿这才开始小跑起来。

高翔在背后冲她大喊道:"你肯定行,好好考啊,加油!"

这温暖的一喊,笑容才重新回到陈贝儿脸上。她转身回了一句:"一会儿见,我要吃海鲜——"

高翔摇摇头,又气又笑。

那天的考试虽然开头不利,幸好考试过程中还比较顺利,陈贝儿还自信地提前交了卷。

高翔跟宇涛来接她的时候,她还真的有些饿了。

"吃货三人组"去了附近的一家海鲜店大快朵颐。

陈贝儿吃了好一会儿才不好意思地说:"今天这顿我请吧,早上你还替我出了二百。"

"哟,贝儿,你还能良心发现啊。"宇涛挖苦一句。

"我,我就是气啊……"陈贝儿边说边往嘴里塞了一只虾。

"年纪不大,气性大,你这脾气是得好好改改了。"高翔补刀。

"怎么跟我爸似的,教训起来没完了。你俩再说我,这顿饭我就不请了。"陈贝儿赖皮道。

"我就没指望你能请。"宇涛坏笑。

"喊，好像我没请过你似的——"陈贝儿冲宇涛投过去一个白眼。

"行了，你俩不见面就想，一见面就掐。"高翔在一旁边吃边笑。

"哎，我可没想啊，我得澄清一下。"陈贝儿赶紧解释。

"我想了，行了吧，快吃吧你……"宇涛呵呵乐了一句。

那时陈贝儿就想"吃货三人组"永远也不要解散，也不能解散。她的那点儿小幸福都是"吃货三人组"带来的。

"可是天下哪有不散的筵席？"后来，当宇涛说出这句话的时候，陈贝儿痛不欲生。

有时，幸福就在眼前，触手可及；有时，幸福稍纵即逝，抓都抓不住。

周末，顾曼正好没事，约了陈贝儿去购物中心逛街。

考试总算告一段落，陈贝儿也想放松一下。

两人一见面，陈贝儿自然要倒些苦水，把公司让她写检讨和赔偿的事说了一遍。

顾曼听后也替她喊冤："这明显是有人故意设计陷害的，这个人在你身边太可怕了。一盆花六十，十盆六百，这是对你小小的警告。我担心后面不会还有更大的陷阱吧。"

"你可别吓我。"陈贝儿抚着胸口，立刻想到了黎玉，便把黎玉的事跟着说了。

"她为什么要这么做？就是因为嫉妒你现在这个职位？"顾曼怀疑道。

"我也想过这个问题，仅仅是出于嫉妒心好像又不至于。"陈贝儿拿起一件衣服在镜前比了比，一看自己暗淡的脸色也是吓了一跳。

"你仔细回想一下，肯定还有其他事得罪她了。"顾曼也走到镜前，那面色就是不同，灯光一打能透出光泽来。

陈贝儿羡慕地看了看她："我要是有你这么美，我什么烦恼都没有了。"

"哪跟哪啊，咱们不是正分析案情呢吗，真服你了。"顾曼好笑地说。

二人找了个甜品店坐了下来。

"我想起来了，我刚到公司的时候黎玉给我介绍过一个男朋友，结果没成。"陈贝儿拿着甜品单突然想到这个，"当时见面的时候就在一家甜品店。"

"为什么没成？你又没看上人家？"顾曼接话。

"没有，我还真看上了，我记得我跟你说过啊，他叫刘泽。"

"噢，好像有点儿印象，就是那个心眼特小，到处打听你隐私的那个对吧？"顾曼也想起来了。

"对啊，就是他。才见了一面，他就到处打听我以前男朋友的事，还紧逼盯人，每天盘问我跟什么人来往，简直疯了一样。这样的人谁敢找啊。"陈贝儿心有余悸道。

"是，记得当时我也劝过你，这样的男人很危险，一定不能交往。"

"但我拒绝他之后，估计就把黎玉给得罪了。因为那人是她家的亲戚。可这事都过去两年了，至于吗？"陈贝儿不解道。

"这背后肯定还有别的事，你肯定让她在亲戚面前没面子了。那男的对你还比较满意，但你拒绝后那人就会找黎玉说明情况，难免不对你添油加醋一番。"顾曼分析道。

"就算是这样，我觉得也不至于，这算什么深仇大恨呢？"陈贝儿吃了一口提拉米苏，味蕾慢慢打开，可面上还是遮不住的疑惑。

"难道还有别的事？你再想想。"顾曼问。

"我就是没想出来，我只想到这一件事。"

"也可能是好几件事加一起，让她想要报复你。这事明显有点儿处心积虑想害你。"顾曼喝了一口奶茶，"我看哪个公司都有这样的人，我们那儿也一样，只不过不会做得这么明显罢了。"

陈贝儿刚想接话，顾曼却突然换了一种口气说："哎，跟你说件事。"

头一次见顾曼这么严肃说话，陈贝儿好奇道："什么大事啊？你怀孕了？"

顾曼白她一眼："什么呀，我可不想要孩子。我跟老公可能会去美国。"

"什么？不会吧？你打算移民？"陈贝儿一愣，她可不想闺蜜搬走。

"魏然医院的同事在美国开诊所，主要是针灸，没想到生意特别好，想拉我老公过去一块儿做。魏然就是针灸专业的，正对路子。"

"那看来是真要走了？那你怎么打算，你现在的工作多好，真打算辞职过去？"陈贝儿瞪大了眼睛。

"我也没想好，我去那边肯定要放弃现在的工作。我英语没问题，随便找个工作应该问题不大。魏然英语差点儿，但那边华人多，针灸也都是华人过来做，倒也还能应付。"顾曼眉头微蹙。

"那你是真的要抛弃我了？"陈贝儿五官黯淡下来。

"还没最后定呢。我也是想再等等，等他们的诊所再稳定一些再决定。我也是怕万一我们过去了，那边生意又不好了，得不偿失。"

"就是啊，美国有什么好，现在中国发展得多好，北京你生活习惯了，去哪里都不适应。真的，还是北京好。"陈贝儿努力劝道。

"主要是魏然现在的医院没什么发展空间，每周值夜班也很辛苦，我也是想让他事业上能有发展。"顾曼满腹心事的样子。

"医院收入高啊,但上夜班确实比较伤身体。你们打算什么时候走?"陈贝儿不舍地问。

"最快也得明年。办那些手续很麻烦的。说不定几年都办不过去。"顾曼自己心里也没底。

"但是也有顺利的,听说最快的一年也办过去了。"

"先不想了,说不定又有好的机会也就不去美国了,看情况吧。"顾曼表情放松下来,"走一步看一步吧。"

可是那一刻,陈贝儿似乎已经看到了她俩注定要分开的那个画面,心中万般不舍。她已经习惯了有顾曼在身边的日子,她是她的军师、她的标杆,如果这个军师没有了,她都不知自己会错乱成什么样子。

友情就像一杯温开水,它没有浓烈的味道,没有吸引你欲罢不能的味蕾,却是你每天最离不开的东西。

爱情再轰轰烈烈,也终敌不过友情的平淡如水。

两人正聊着,王琪的电话又追来了,陈贝儿看着来电显示简直欲哭无泪。

不用问又是马总的事。

"贝儿,你已经考完试了吧?是这样啊,我今天得跟你好好说说。马总的事是这么回事。马总是我们这个新领导严总的哥们儿,他俩关系非常好。严总因为知道你是我的闺蜜啊,又是单身,所以特别想给马总引荐一下。他觉得你俩特合适。我呢也明白你不想找个离婚带孩子的,但严总毕竟是我的直接领导,他都发话了让我办这个事,我又不好推辞。你就当是给我一个面子,跟马总见一面,你看行吗?我也好交差。"王琪一口气说完,把她的为难和盘托出。

"你们这个严总怎么那么多管闲事啊!"陈贝儿冲顾曼挤了一下眼,她也大概明白了是怎么回事。

"你不如就见见吧,见一面又没什么损失。"顾曼在一旁敲边鼓。

陈贝儿遮住手机，冲她小声嘟囔："你怎么也跟着起哄啊。"

这边王琪又说："我们严总也是个热心肠，他也是想帮兄弟一把。你看你就给我们领导一个面子吧。"

"王琪，我觉得我没必要给你领导面子吧，我跟他又不认识。这样吧，如果你非逼我见，那就一起见吧，等你什么时候来北京出差，正巧碰上他也在北京，那再约着见吧，也不用刻意。"陈贝儿退了一步。

"我最近都没有出差机会。我们严总倒是经常回北京，这样吧，我再和严总商量一下，回头我再打给你。"

王琪的电话总算挂了，陈贝儿吐出一口气："这个王琪，我看就是想拍他们领导的马屁，她这个领导又想拍那个马总的马屁，所以非要介绍。"

"我倒觉得见见也无妨，你又没啥损失，没准本人一聊合得来就成了。"顾曼叹道，"你也赶紧结婚吧，省得我去了美国还得操心你。"

"又来了，我还没批准你去美国呢。"

"嫁鸡随鸡，嫁狗随狗。我呢，也得听我老公的。如果他非要去美国，我只能跟他去，不然两地分居，早晚会出事。"顾曼理性地说。

陈贝儿理解地点点头。何时她才会有嫁鸡随鸡、嫁狗随狗的感慨？

有时她甚至怀疑自己是否需要婚姻，身边这么多人结了婚，可她竟然没有半点想望。顾曼总说缘分未到。可她觉得缘分这个东西，神乎其神，遇对了人就说是缘分；嫁错了人，又该说是孽缘了。

这世间哪有什么缘分可言，完全就是命运使然。不管是在职场还是情场，每个人就像是提线木偶，明明身不由己，还依然奋不顾身地任人操纵。

[9] 噩梦的开始

　　这是一个古香古色的别院，一片嫩绿的竹林将溪边的亭子掩映得静谧而别致。
　　陈贝儿走在其中有些陌生，有些恍惚。这是北京吗？又并不像。应该是杭州吧？她这是回家探亲了？
　　身边的顾曼捅了捅她的胳膊："犯什么迷糊，这不是苏州嘛。"
　　何时跟顾曼去了苏州？她怎么腾出空来陪她散心了？难道去美国的事忙完了？
　　恍惚地走到苏州园林中，陈贝儿突然看到一个白面书生模样的人从前面走来。这不是高翔吗？他怎么也来苏州了？
　　她忙过去跟他打招呼，他却完全愣在了那里："你认错人了吧？我不是高翔。"
　　陈贝儿赶紧拉住身边的顾曼问她："你看他明明是高翔，非说我认错人了。"
　　顾曼白她一眼："哪有高翔啊，这院子里只有咱们两个。"

陈贝儿这才四下环顾，发现真的没有任何人。难道刚才我产生了幻觉？

"怎么这个园林里只有咱们两个人？不对吧？"陈贝儿有些害怕，脚步放慢了。

"这个院子人少，前面那个院子人多，咱们过去看看。"

陈贝儿跟着顾曼又来到了另一个别院。这个院子果然人多，大家走来走去，全是陌生人。

陈贝儿突然发现墙角处有一个古香古色的柜子，她走上前好奇地打开它。这一打开吓她一跳，里面全是过去的铜钱和银子。

"喂，顾曼，快过来看，咱们要发财了，这些古董钱币肯定很值钱。"陈贝儿刚想伸手去拿，顾曼立刻阻止道："快别动，你知道这是谁的？"

"这个柜子扔在这个角落应该是别人不要的吧。不然怎么会让咱们发现？"

"你再想想，这里面全是钱，怎么可能让咱们给撞上，别是什么陷阱。"顾曼小心地看看四周，并没有人注意到她们两个。

"那你说这是怎么回事？这次咱们可能真捡到宝藏了。"陈贝儿有些窃喜。

"现在人多，我觉得等到天黑的时候咱们再来看看，那时候再拿也不迟。不然被别人看到多不好。"顾曼谨慎地说。

陈贝儿觉得有道理，两人便转身去了一家小店休息，快到五点钟的时候再次进了这家别院。那排柜子依然隐在那个不起眼的角落，两人小心地走过去。

陈贝儿慢慢打开柜子抽屉，却发现里面早已空空如也，什么也没有了。

她惊讶又失望地埋怨起来："你看看，我让你早点儿拿走你不听，结果现在怎么样，被别人拿走了！"

顾曼又打开了另一个抽屉，果然什么也没有了："也可能被别人拿走了，但这东西本来就不是咱们的，也没什么可惜。"

"当然可惜了，本来有这些财宝我后半辈子就不用愁了，你也不用跑美国挣钱去了。"陈贝儿叹道。

忽然一个人影又从眼前飘过，这次陈贝儿看得仔细，就是高翔。她赶紧冲过去一把拉住他。

"你认错人了吧？"那男人一头雾水。

"你就是高翔，你怎么不认识我了？我是陈贝儿啊。"

"对不起，你真的认错人了。"男人还是发蒙的表情。

顾曼过来拉住她："贝儿，人家都说不是了，咱们走吧。"

陈贝儿也只得作罢，今天是怎么了，遇到的人和事都怪怪的。

"这个地方我觉得咱们隔天得再来一趟，太怪了。"陈贝儿边说边拿出了手机，"哎，咱俩在这个地方自拍一张，留个纪念。"

"拍什么呀，你都说这地方怪怪的了。"顾曼回道。

"用美颜相机，不会把你拍丑的，再说你又那么美，你还怕自拍？"陈贝儿打开了美颜相机，高举起手机，正准备对准镜头，突然发现美颜相机的自拍画面中闪出一个骷髅头。"啊——"的一声，陈贝儿吓得连手机都扔了……

"啊——"那一声惨叫余音未了，陈贝儿猛地惊醒了。

原来是做噩梦了，太吓人了，惊得她一身冷汗。

惊魂未定，突然枕边的手机响起来，她再次吓了一跳。

是一个垃圾电话，她挂断了。

握着手机，她有些迟疑地打开美颜相机，点了一下自拍按钮，赶紧又捂上眼睛，从指缝里偷偷看了一眼屏幕，并没有出现骷髅头，而是她自己那个披头散发、捂着眼睛的傻样子。这才把手放下来，把手机扔到一边。

"什么破梦，吓死我了。"

嘴上喏喏着，不想手机铃声再次响了起来，她浑身一激灵。

是一个陌生号码，八成又是垃圾电话，不想却是一个温润的男声："请问是陈贝儿吗？你好，我是严朋飞。"

陈贝儿握着电话一愣："严朋飞？你打错了吧？"

"噢，我是王琪的同事，你还记得吗？"

这下陈贝儿完全清醒地回到了现实中，这就是那个爱管闲事的严总！他怎么会打电话来？

"啊，我听王琪提过，你有事吗？"陈贝儿客气地回道。

"噢，是这样，我今天到北京，正好回来开一个会，如果你有时间的话晚上我想请你吃个饭。"严朋飞也客气地回道。

"今天晚上？"陈贝儿一惊，今天晚上正好是圣诞节，沉吟一下，直截了当道，"严总不用破费了，你是为马总的事而来？"

"也不都是，你是王琪的好朋友，我们认识一下也没什么不可吧。你定一个地方，在你家附近都可以，我开完会直接过去找你。"

那口气不容置疑，陈贝儿不好再拒绝。

这个王琪，她怎么也没说严朋飞要直接过来当说客啊。

放下电话，陈贝儿才想起两人并没约好几点见面。想了想，反正到时他会联系她的，便作罢。

到了晚上六点，仍没有动静。她看了看手机，并没有未接来电。难道他有变动？

还是沉住气再等等吧。可到了七点，手机仍没有电话。这个严朋飞怎么回事，说话靠不靠谱啊！

一直等到七点半都没有任何动静，她实在忍不住给他发了个短信："晚饭还约吗？你有事的话就取消吧。"

对方竟然没有回信。这下可把陈贝儿气着了，这人也太离谱了。

无奈之下她给王琪发了条微信："你们领导来北京约我见面，

怎么又没影了,你问问他是什么情况?"

王琪立刻打来了电话,惊道:"啊,严总居然真到北京跟你见面了?他约的你,还是你约的他啊?"

"你不知道吗?我又没他的联系方式。"陈贝儿反问道。王琪不说,严朋飞又怎么会有她的手机号。

"严总是跟我要了你的手机号,是给马总要的,他可能想到北京亲自当说客说服你吧。"王琪若有所思地分析道。

"可是约了晚上吃饭,到这点了人却失踪了,我给他发了短信也没回。"

"那他肯定在开会,不方便回短信。我们严总会特别多,我帮你联系他一下吧。我的电话他肯定还是会接的……"

正说着,陈贝儿的手机响了,一看正是严朋飞的短信:"不好意思,刚开完会,我现在马上过去,你告诉我地址。"

陈贝儿马上跟王琪说:"行了,你不用问他了,他回短信了,确实刚才在开会。我先不跟你说了。"

挂了电话,陈贝儿马上给严朋飞发了一个附近餐厅地址过去,心下嘟囔:"真是个不靠谱的人!"

这边王琪却坐不住了,她记得严总跟她要电话的时候可没说要去北京见面啊,这个严总葫芦里卖的什么药?她想发个微信问问严总,想想又觉得不太合适,也就作罢了。可是心里还是莫名其妙地不舒服,至少跟陈贝儿见面这事他应该事先告诉她一声,显然还是没把她当自己人。想到这点,王琪心里从不舒服渐渐生出了气愤,连晚饭都有些吃不下了。

地点就选在了家门口的一个西餐厅,有时陈贝儿会在这里相亲。可这次见面并非相亲,却仍有一种相亲的感觉。论理她跟这个严朋飞是没理由见的,王琪的新领导,有什么可见的?

在座位上等了半天,仍不见严朋飞的影子,服务生时不时瞟她。陈贝儿自己坐在餐桌旁不免有些尴尬。

片刻，一个个头不高的瘦削男人走了进来，一进来就奔陈贝儿这桌，面带尴尬道："实在不好意思，开了一天的会，连短信都忘了给你发，抱歉啊。"

陈贝儿与他四目相对的一刻突然有些愣怔，这个男人的眉眼简直和高翔像一个模子刻出来的，两人只是脸型有些不同。高翔是长脸，严朋飞的脸稍方些，可五官非常相似。

"啊，没事，你们当领导的就是忙，能理解。"陈贝儿莫名地对这人有了些好感，谁叫她是外貌协会的。

严朋飞也不拘束，俩人像早已认识一样打开了话匣子。

"你怎么一眼认出是我？咱们没见过面啊。"陈贝儿好奇道。

"我有一次看过你的照片啊。"严朋飞点了几个菜，又把菜单递过来，"你再点几个，这顿当我赔罪。"

"不用了，菜够了。"陈贝儿示意服务生下单，又接着说，"你不是见了照片说一般嘛。"

"我不记得了，我说过吗？"严朋飞说完自己都笑了。那笑容真的跟高翔神似。陈贝儿有一阵恍惚。

"一般的意思就是长得不怎么样吧。"陈贝儿故意道。

"反正也不是丑的意思。"严朋飞笑笑。

"既然觉得一般，怎么还打算把我介绍给马总啊？"陈贝儿快言快语。

"我没说一般吧，是因为你很优秀啊，所以才想介绍给马总啊。"严朋飞赶紧解释。

"听说你也是单身，怎么自己问题没解决，还帮别人解决啊。你是活雷锋啊。"陈贝儿挖苦道。

"我条件差啊，马总条件多好，自己开公司，财大气粗的，我可是一无所有啊。"严朋飞自嘲道。

"至少你长得比马总好看。"陈贝儿说了句公道话。

严朋飞反而不好意思起来:"我长得丑,也就是我妈不嫌我丑,我自己都觉得我自己丑。"

"你是把我当你妈了?"陈贝儿讪笑。

"你这是占我便宜啊。"

菜一下子都上齐了,两人就像老友聚会那样,自来熟似的边吃边聊。

两人很自然地聊起了王琪。

陈贝儿聊起了高中时代王琪的趣事,也聊起了她现在的老公。严朋飞也打趣道:"她在我面前不怎么提她老公。"

"你是男人,又是她领导,她当然不会提了。"

"王琪工作上帮了我许多,我刚到杭州挂职才三个月,听说你也是杭州人?"

"对啊,我跟王琪是高中同学,那个时候成天在一起玩,无忧无虑的。现在大了联系不如以前多了。主要我在北京上学后回去得也少了。"

"王琪人挺热情的,也帮了我不少。"严朋飞面带感激。

"你怎么想去杭州挂职了?工作调动?"陈贝儿好奇地问。

"我是主动提出要去的,在北京待烦了,也想去外地转转。"严朋飞的表情略有不自然。

"我看是失恋了,想离开北京这个伤心地吧?"陈贝儿调侃道。

严朋飞尴尬地笑笑:"随你怎么想吧。杭州挺好的,我挺喜欢这座城市的。"

"我特别奇怪,你自己单身怎么还替马总操心呢?马总这么有钱,又怎么会愁交女朋友的事呢。你应该替自己愁啊。"陈贝儿忍不住说。

"我这两年想把精力集中在事业上,还不太想结婚,等我到了四十岁再找也不晚啊。"严朋飞直白地说。

"也是,男人四十一枝花,还可以找一个二十岁的。"陈贝儿有些讽刺地说。

"女人是应该早点儿结婚,还有个生孩子的问题。男人就无所谓了。我是不打算要孩子,所以结不结婚也无所谓了。"

说得倒真是轻巧,陈贝儿心里默念,这个男人还真是自恃良好,那种大男子主义的优越感扑面而来。

"你平时喜欢什么运动?"严朋飞见陈贝儿若有所思的,便转了话题。

"喜欢打羽毛球。"陈贝儿吃了一口菜答道。

"这么巧,我也喜欢打羽毛球。你打得不错吧,哪天切磋一下。"严朋飞又展开招牌似的微笑。不得不说这种微笑对她来说很有攻击性。

"我不行,我打得差,我就是想出出汗。"

"能坚持打就已经很不错了。"严朋飞很健谈,根本不用陈贝儿想话题。只是她有些不明白,像他这样的男人怎么会不想结婚呢?

想了想,她还是忍不住问了这话。

严朋飞见话题又绕回来了,觉得这姑娘还真是执着,只得说:"我有一次在机场,看到一对白发苍苍的老夫妻,老太太送老伴上飞机,拉着他的手半天舍不得松开,一直不停地嘱咐。最后老伴上了扶梯,老太太也没走,就这么含泪目送他。这个画面在我脑中印象非常深刻。我想这就是婚姻的样子吧。我也希望遇到这样的婚姻。"

严朋飞说话的语气温柔极了,陈贝儿听得有些愣神了。她也被这个美好的画面打动了,她又何尝不是在寻找这样的婚姻?

心里好像突然咯噔了一下,她知道有个人正在敲她的心门。而这扇心门已经两年多没有打开了。自从周健离开她之后,她似乎对感情这个东西不上心了。没想到今天遇到严朋飞之后，心里尘封已久的闸门好像一下子打开了。

她压制住内心的悸动，生怕对面的男人看出什么来，故作平静地说："这样的婚姻我觉得很常见啊，我爸跟我妈就是。"

"上一代人也许会有，我觉得现在这一代似乎很少了。"严朋飞有些悲观。

"怎么会，我觉得一定会有的。"说完投给他一个大大的微笑。

严朋飞接住这个微笑，也跟着一笑："也许有吧。"这个姑娘不笑的时候一脸严肃，笑起来又会把人的心融化。本人确实比照片生动一些。但怎么说，这个姑娘不属于明艳动人的类型，有些知性美，有些善良，有些小脾气，这些似乎又与吸引他的那类女孩差得有些远。他喜欢漂亮开朗、性感风情一点儿的女人，而陈贝儿似乎与这些词都不沾边。

想了想，严朋飞又觉得自己想多了，赶紧正色道："好了，时间也不早了，我明天还得赶回杭州，今天就到这儿吧。话说回来，马总这个人真的不错，你一定要找机会见见他。"

"又来了，你今天见我的目的不就是当说客嘛。"陈贝儿不屑道。

"我只是好心劝劝你，没想当说客。"说着他站起身来结账。

两人一前一后走出了餐厅。冰凉的夜风迎面袭来，可陈贝儿倒一点儿不觉得冷，她脑中还在想着刚才严朋飞口中的那对老夫妻的温情画面。

"你家就在附近，那我就不用送了。"严朋飞冲她告别。

"对了，加一个微信吧。"陈贝儿忽然想到这个，毫不掩饰地说了。

"好啊，我的微信就是我的手机号，你加我吧。"

"好，再见！"陈贝儿冲他挥挥手。

第一次见面的场景总是在她日后的记忆中招之即来。她也不断地问自己，那一面究竟是怎么了，竟因为一对老夫妻的故事就轻易地沦陷了。

　　这个奇妙的圣诞节，多年后都让人印象深刻。

　　可谁又会知道，这次初遇竟然是噩梦的开始。

[10] 没觉得她是什么大美女

气温回升到了八度,可依然感受不到一丝温暖。

跟严朋飞见完面不足两天,果然王琪就追来了电话。

"贝儿,你跟我们领导见面感觉怎么样?"

听得出王琪的声音中充满了焦虑。

"就是吃了个饭,随便聊了聊。"陈贝儿觉得有些好笑,她又紧张什么。

"你对他什么印象?"王琪追问。

"一般人吧,没什么特别印象。"对这个话题,陈贝儿不想讨论。脑中却又浮现出严朋飞的影子。

"那你们都聊什么了?他是不是劝你半天让你跟马总见面啊?"王琪试探地问。她也没想到这个严总竟然专门去见了陈贝儿,为马总的事也确实太上心了。

"我这人能那么轻易被人说服吗?"陈贝儿随意答了一句。可心里却并不轻松。自那天见面后,两人加了微信,可微信上他也并未主动说话。真不知他究竟是何意？是真的只是当了一回说客来北京做她思想工作？

"也是，他太不了解你了。没事，之前我也是一直劝他跟你见见，当面做工作总比电话里强，我又不怎么去北京，他倒是经常回去开会。"

王琪又随意扯了几句别的就挂了电话。

放下电话，王琪在座位上朝严总的办公室看了看，透过灰色卷帘的缝隙看过去，好像房间里并没有其他人。想了想，她径直走了过去。

进了他的办公室，果然只有他一个人在。王琪试探地问："严总，那个陈贝儿跟我说你们见面了，你怎么有空去见她了？"

严朋飞看了她一眼，并不急着回答，其实也是没想好怎么回她。

王琪见状，马上笑笑："噢，我就是问问你对她印象怎么样？"

"挺直爽吧。"严总也回她一个淡淡的笑。

"只是直爽，没有别的印象了？"王琪又追问。直爽这个词实在判断不出来这算是什么印象。

"就是挺直爽的。"严总不带表情地说。

"你觉得她长得怎么样？"王琪顿了顿，又解释说，"她在我们班可是大美女，又是才女。"

"一般吧，没觉得她是什么大美女。"严总仍然没有表情。

"是吗？"王琪的表情反而轻松下来，"那你觉得她和马总合适吗？"

"挺合适的，回头我再劝劝让他俩见面。"

"好啊！"王琪立刻露出了灿笑，又怕有些失态，赶忙又收敛了一点，"那没别的事我先出去了啊。"

既然没觉得陈贝儿是大美女，这事就简单了。本来王琪听说他们见面之后还有些紧张，生怕严总对陈贝儿有意思，现在看来，这种可能性几乎是没有了。她不敢想象如果陈贝儿跟了严总,那她成什么了?她不仅要拍严总,连陈贝儿还得一块儿拍,这可得累死她了。现在倒可以放下心了。

想到这儿,她美美地给自己冲了一杯咖啡提神。

灰色卷帘下严总的身影时不时地在她眼前晃,不得不说,这个男人连剪影都那么英俊。

晚上在公司加班到七点,陈贝儿对着厚厚一叠资料苦不堪言。

今天快下班的时候,王一铭突然给她这些资料,让她了解一下红苹果公司。这家公司的项目一直是李总的秘书韩菲菲在负责,不知为什么要转给她过目。

陈贝儿预感不会是什么好事。可又不得不接,王一铭命她明天上午就跟他汇报红苹果公司的情况。

从五点一直看到七点,陈贝儿头都大了。直到肚子咕咕叫了,她才意识到必须得走了。

从写字楼出来,陈贝儿眼前一呆,高翔居然骑着辆摩托车正在写字楼门口打电话。

她赶紧小跑着过去,猛拍了一下他的肩膀:"喂,你怎么在这儿?这摩托车哪儿来的?"

高翔收了手机,咧嘴一笑:"怎么样,拉风吧,我新买的!我就是过来带你兜兜风,让你感受一下。"

"你怎么知道我还在公司啊,平时这点我早走了。"陈贝儿惊道。

"咳,我也是正好路过,想碰碰运气看你在不在,你要在呢就带你兜风,你要不在呢,我就带宇涛去。你别忘了明天就是元旦了,今天可是今年的最后一天啊。"

陈贝儿一拍脑门:"还真是啊,差点儿忘了!"

"你的电话怎么一直不接啊,我这不刚给宇涛打完电话。"高翔摇摇头。

陈贝儿赶紧掏出手机,果然有三个未接电话,她这才发现自己调静音了:"差点错过兜风了。"陈贝儿吐吐舌头。

"走吧,咱们找宇涛去,上车!"高翔又露出招牌笑容,露出好看的一排牙齿。

陈贝儿赶紧跳上车。

高翔还不忘嘱咐:"抱紧点啊,可别半路掉下来。你这么瘦,我真怕风一大把你吹下来了。等我见着宇涛一看后座,人没了。"

陈贝儿狠狠打了他一记,又赶忙抱紧些:"你可要慢点开啊,你开摩托车的技术怎么样啊,我都有点儿担心。"

"担什么心,我这老司机你还替我担心。"

"怎么想起买摩托车了?你那辆车呢?"陈贝儿坐在后面,脸上还有稍稍的担心,头一次坐摩托车在大街上这么兜风。

"限行的时候骑啊,北京这么大,没车哪行啊。"高翔惬意地边开边说,"怎么样,兜风的感觉特爽吧?"

"爽什么爽啊,前面有车,小心——"

"瞧你,不会享受,我还得拉宇涛,他肯定感觉跟我一样。"

二人接上宇涛后,宇涛也被这辆超大的摩托车惊到了:"说买还真买了,这车够牛的,可太气派了!"

"走,上车,换人了,贝儿下,宇涛上。"高翔总指挥一样神气。

"那我在哪儿等你们啊?"陈贝儿瞪着眼,她感觉已经饿得前胸贴后背了。

"对面那个馆子看到了吗?韩国烧烤,你饿了先点,我们俩再兜一圈过过瘾。"高翔说完就带着宇涛消失了。

看着二人消失的背影真有点儿哭笑不得。男人就是男人,骑摩托都比吃饭重要,真真服了!

可也就是这辆摩托车,还真的把高翔害惨了!

［11］职场如战场

谁能想到那天跟高翔骑摩托车兜风的事会传到苏苏耳朵里。

她一脸坏笑地埋怨陈贝儿有了男友还不告诉她。

弄得陈贝儿解释半天,苏苏就是不信。

"你那天加班,人家在门口一直等你,这还不是你男朋友?"

"大学同学男闺蜜行吗?人家早结婚了。"陈贝儿一再重复之后,突然反问,"哎,我就奇怪了,那天你早早下班了,你怎么知道得那么清楚?"

准是哪个八卦的同事传的话,可这个人会是谁呢?

"我的内线多呀,你的一举一动都有人向我汇报。"苏苏咧嘴笑。

"你有毛病吧,你监视我干吗呀?你说,谁这么八卦?"陈贝儿怒目相对。

"瞧你急的,门口保安告诉我的,不行吗?"苏苏解释。

"鬼才信呢,你连保安都收买了?"

"保安还用收买,我这长相,得他们来收买我。"苏苏扭一下腰肢,做出媚态。

这话倒不是吹的。苏苏以前是前台,一般长得漂亮的都会先往前台安插。加上苏苏嘴巴也伶俐,后来就调她去了企划部,负责宣传、接待媒体什么的。总之需要美女的场合都会有苏苏的身影。她的 CUP D 身材能打通各种关系。

"实话告诉你吧,这个保安在追我呢!"苏苏一笑百媚生。

陈贝儿差点笑出声来:"这个保安也太自不量力了吧?"

"就是,本姑娘哪是保安能追求的,怎么也得是王总这样的精英才行。"苏苏说着又凑近了些,"哎,贝儿,我怎么听说之前你就跟王总认识啊。"

陈贝儿一愣,忙稳住:"我怎么可能跟他这样的精英认识?你这些八卦消息都是从哪儿来的?"

"那个小保安说的,他说他曾经看到过你们俩一起吃饭。"苏苏压低了声音。

"胡扯!我跟王总吃饭,他又怎么可能看见,这也太可笑了!这个保安到底是哪一个,你给我指指,我得好好问问他!怎么张口就说瞎话啊!"陈贝儿气坏了,一边心虚着,一边还得理直气壮。

"那个保安之前在一家饭店当保安,说好像以前见过你们在一起吃饭。"苏苏使劲钻这个话题。她也对这事有些半信半疑。

"你问他是哪天看到的?王总才来了几天?"陈贝儿丝毫不嘴软。

"咳,我估计他也是瞎说。他说一两年前看到的。但他也不是很确定,他说那男的跟王总特像,只是脸上多了一块胎记,他说也可能不是一个人。"苏苏解释道。

这下陈贝儿倒有些害怕了,这个保安到底是谁?怎么可能还会记得两年前见过的人?可是又说得有鼻子有眼的,脸上胎记这事也确实不可能编出来的。陈贝儿越想越害怕，好像自己忽然成了被跟踪的逃犯一样。

她故作镇定地说："这个保安你以后不要理了，他有些妄想症吧！"

"我也觉得不可能是真的。这个保安我早不理了，放心吧。"苏苏恢复了正常语气。

陈贝儿却不能淡定了："你回头给我指一下这个保安，我看看到底是哪个。"

"我可不敢给你指，回头你该找他算账了。"苏苏害怕地说。

"我不会，我只是确认一下是否跟他认识。要不他怎么能记得我呢？"陈贝儿奇怪道。这事把她的思路都搞乱了。她坚信这辈子也没跟哪个保安打过交道。

"也可能他暗恋你，不敢跟你表白，但一直关注你。"苏苏打趣道。

"去你的，你不是刚才说他追求你吗？"陈贝儿正色道。

"我逗你呢，你还真信啊？"苏苏一脸坏笑。

陈贝儿又是一惊："你嘴里到底有没有实话啊？"印象中，她一直觉得苏苏就是个傻白甜少女，仗着年轻漂亮，自信心爆棚。但今天的聊天倒给陈贝儿打了一针预防针。她远没有想象中的单纯。

她还想说什么，桌上的电话响了，两人自然停止了对话。

是王一铭，陈贝儿这才想起要找他汇报的事。幸好晚上她在纸上写了重点。她赶紧从包里拿出那张纸，去了他的办公室。

王一铭在办公室正抽烟，见她来赶紧拧灭了烟头，顺便把窗户打开。他看她的眼神完全就是一个陌生人。有时连陈贝儿也恍惚，是否两年前相亲的事他可能真不记得了？

"红苹果公司的账你看了吧？你给我讲讲之前的合作是怎么回事？"王一铭一脸正色。

"王总，这事之前一直是李总的秘书韩菲菲在管，所以有些情况我可能不如她了解得清楚。"陈贝儿不带表情地说。

"没事，你只说你了解到的情况。韩菲菲那边的情况我已经了解过了。"王一铭看着她，那眼神依旧冷漠。

"红苹果公司之前跟咱们合作过两次。当时郑总在的时候做过一套世界名著精装套书，这套书码洋很大，定价极高，郑总拿了一部分在咱们书吧卖，另一部分就让红苹果公司包销了。红苹果公司的负责人叫沈连，签协议的时候我见过。后来也来过公司几趟，都是和郑总谈业务。之后好像还包销过几套别的书吧。他专门做这种高定价的礼品书。"陈贝儿一口气说完。

王一铭略有所思地说："我查了，他一共包销过三套大部头的书，听说有一套还是你策划的？"

没想到王一铭连这个都查到了。陈贝儿马上说："是。"

"听说卖得不错，公司已经没书了，你明天找一套来借我看看。我也学习一下。"王一铭难得露出点轻微的笑容。

"送你一套没问题，我手里还有样书，学习谈不上吧。"陈贝儿谦虚道。当然她也明白这些都是客套话。

"我听说这套书策划得非常好，我一直想拜读。"王一铭也露出了谦虚好学的表情。

不管他真心假意，能这样说也不易了，陈贝儿笑笑："没问题，明天我就带来。"

王一铭接着表情一收："但好像这套书咱们都没给他结账，这是为什么？"

"之前好像沈总的公司也欠过咱们的钱，所以后来的账也没急着给他结。"陈贝儿之前听郑总提起过。

"这个我也核查了，他欠咱们差不多七万多吧，但咱们欠他有十二万。现在他过来追债了，让咱们给他结账。"

"结账的事也是韩菲菲在盯着吧？"陈贝儿问道。她不明白王一铭为什么让她管这事，难道韩菲菲要调走吗？

"结账这事一直没谈妥，所以我想让你解决这事。"王一铭顿了顿。

陈贝儿一愣，凭什么结账的事要让我解决？想了想她说："结账的事是韩菲菲和营销部在管吧？我这么插手不合适吧？"

"没什么不合适，是因为他们都解决不了我才让你插手。这个沈总非常难搞，如果你能把这件事解决，我让你当销售部总监！"

话落，陈贝儿一愣，开什么玩笑？这是要提拔我？看王一铭的表情又不像是在开玩笑。

销售部总监是个肥差，工资至少比她现在的秘书职位能翻几番，而且年底还有业务提成，听说奖金就得几十万。想到这儿，陈贝儿定了定说："王总是在开玩笑吧，我哪能当销售部总监？"

"我说到做到，只要你能解决此事。因为沈总手里还有个非常好的项目，但他的条件就是先把之前的欠款给他结清了。只要结清了，这个新项目他马上跟咱们签合同。"

"……那好吧，我跟沈总谈。"陈贝儿接下了这事。不得不说重奖之下必有勇夫的道理千真万确。虽然她不知道此事她是否能解决，但她一定要尽力试一试。

说起这个沈总，嘴上总是逢人就说自己是清华毕业的，开的公司马上要上市。虽然到现在也没上市，但陈贝儿总觉得他不是那种爱吹牛的私企老板，至少他们自己连锁书店卖不动的书，在沈总那儿都销得不错。这也是一种本事。

沈总长得不难看，只是稍有些胖，五官并不丑，年轻时应该算是英俊小鲜肉。现在四十出头了，肚子也圆了，气质就差了一些。

苏苏也见过沈总，虽然沈总并没有拜倒在她的石榴裙下，但也是让他险些失态。因此，苏苏总结：这个沈总一定是好色的，但是还是很有自控力，毕竟有家有室，又有一儿一女，还是很自律的。

"现在的社会不是怕男人好色，而是怕男人不好色。不好色的男人你都摸不清他到底想要什么，谈判自然不会成功。"这是苏苏的名言。

陈贝儿却觉得像沈总这样的还好，还谈不上好色。至少人家不会明着占你便宜，只是适度微微表达他的一点儿好感而已。

之所以陈贝儿敢接下这个事，还有一个重要原因。当时她陪郑总与沈总见面的时候，沈总就夸了她一句，说她身上有些俞飞鸿的气质。这可把清汤寡水的陈贝儿美坏了，这算是对她最高的评价了吧。以前哪有人把她拔高到这个程度。

那次见面之后沈总就加了她微信。但只是有时礼貌性地转发个祝福之类，二人只是点赞好友，并没有多少私聊。但就凭这点，陈贝儿觉得沈总这个人还是可以的。那种加了微信玩命跟你聊的人，她才烦不胜烦呢。

沈总主动加了她微信，又给她这么高的评价，至少对她印象应该不坏吧。有了这个基础再去谈判，就应该没那么难。

听王一铭说沈总难搞，她倒觉得会难搞在哪儿呢？他看上去不像是那种蛮不讲理的人。至少以前也没听郑总说过他不好。

躺在床上，陈贝儿翻来覆去层层梳理这些细节，总觉得这件事她应该有七成把握。具体该怎么谈，还需要更深一层的挖掘。这样一轮又一轮地刨根究底，她竟一晚上失眠了，越想越兴奋，一遍遍在肚子里模拟谈判的场景。唉，她是不能有事，一有事整晚都别想睡了。都是这个王一铭给她找事，但想想还有销售部总监这个位置等着她，也就不计较了。

一抬眼，窗边竟微微发亮了，一看表，五点了。紧接着街边掏垃圾的声音就响了，还睡什么睡，洗洗又该上班去了……

一上班，陈贝儿先是把那套书送给了王一铭。

那气氛自然一团和谐。王一铭连连表达了谢意,把书放到了办公室的书柜里。陈贝儿面上带着笑,那一刻,他们的关系融洽了许多。

也许以后关系也会慢慢改善吧。陈贝儿这样想着,面上更多了几分笑容。

王一铭不经意地看着那甜甜的笑容,表情有些恍惚。陈贝儿笑的时候还真让人能对她增加些好感。但一想到之前的相亲经历,他马上又面色一整,恢复了常态。

接着陈贝儿就去了韩菲菲的办公室。沈总结账这个事她得了解清楚到底卡在哪儿了。

韩菲菲面色有点儿尴尬,毕竟这个事本来应该她来解决,跟沈总谈了一个多月了,结账的事都没谈妥。原来王一铭对沈总很不信任,要求沈总先把欠公司的钱还上,公司收到钱后再解决沈总欠款的问题。但沈总也并不信任王一铭,要求王一铭先解决他的欠款问题,他再还公司的钱。双方就开始扯皮,谁也不愿意先给对方打钱,就怕先还了钱,自己的欠款就追不回来了。

陈贝儿听明白了,就是双方互不信任的问题。

她再次确认道:"关于欠款的账目,沈总没有异议吧?"

"这个倒没有,因为都有单子,他欠咱们七万六吧,咱们欠他十二万九。这个数额他都是认可的。只是公司要求他先打来七万六,咱们再给他打十二万九,但他就是不同意。他要求咱们先打他十二万九。这个王总没同意,万一钱打给他,他不还那七万六,公司就损失了。"韩菲菲解释。

"这个跑不掉吧,如果他不打来,公司可以起诉他啊。"陈贝儿有点儿不解。

"没法起诉,因为咱们只有单子,但没有具体合同。当时郑总在时,因为和沈总的关系比较好,所以双方只有一个意向合同,没有具体项目的合同,这个比较麻烦。"韩菲菲皱眉道。

"原来如此,明白了。"看来这事还真不好解决。陈贝儿没再和她多聊,直接回了办公室。

打开电脑,她有点儿发愣。郑总是个多英明的人,这么大的项目为什么不签合同呢?即使跟沈总私交再好也应该把合同签了吧。没有合同怎么去要债啊?沈总完全可以赖掉。之所以现在没赖,也是因为公司还欠他的钱,所以那七万六他才认了。实际他就想追回公司欠他的五万三。

想明白了之后,她给沈总发了一条微信,大致说了一下账目的事交由她负责,问沈总何时有时间可以具体谈一下。

没想到沈总马上打来了电话,先客气了一下,马上进入正题:"小陈啊,咱们是老朋友了,虽然郑总调走了,但是咱们的合作一直都在。我也没说因为郑总走了而把项目停掉是不是。毅迅连锁书吧在业内还是很有影响力的,我很看好咱们的合作。手头也确实有不错的新项目想合作,项目书我都已经给王总了。但是旧账也不能这么一直拖着吧。毕竟郑总已经走了,我跟王总刚刚对接,我觉得还是把之前的账目清掉才好合作。"

"沈总,您说的我都明白,我就是想尽快帮您把账结清了。您什么时候方便,咱们见面谈谈?"陈贝儿边说边走向了一层咖啡厅。有些话确实不方便在办公室说。

"我下午要出国几天,这样吧,你直接在电话里说吧,你想怎么解决这件事?不是我不信任毅迅,我毕竟是私企,我觉得还是你们先还款比较合适,你们应该也不差这点钱吧。如果郑总在,说实话,我先打款都没问题。但这个王总我不敢说,万一他不打款,那我找谁说理去,毕意没签合同,都是君子协定。"沈总为难道。

陈贝儿马上说:"沈总,我有一个办法。谁也不用先打钱来,因为双方可能并不是很信任,让谁先打钱都会觉得有问题。我算了一下,实际上是我们公司欠你们五万三,您开一张五万三的发票来,我们见到发票就把钱打给您。这样不是就解决了。您也不用先打七万六,我们也不用给您打十二万九,只需要把差价解决了就行了。"

沈总口气一转:"这倒是个好办法,但万一我开了发票,你们又不打了怎么办?"

"沈总,您放心,这事交给我办,我肯定会盯着财务马上给您打。您可以派一个人来送发票,我直接给您开一张支票,您当场就可以拿走。有我在,您就放心吧。王总既然同意还您这笔钱,财务也没有理由不还的。这两笔钱都不用打来打去,直接对冲了差价就解决了您的担心。"

沈总紧绷的表情马上松开了:"小陈啊,你办事还真是麻利,行,就按你说的办。那我明天就派一个人把发票送过去,你开完支票,我当场拿走。"

"好的,没问题。一会儿我再和财务的人说一下这情况,您放心吧。"

二人都表情愉悦地挂了电话。

收了电话,陈贝儿马上去了王一铭的办公室汇报情况。

听完汇报,王一铭紧锁的眉头稍微松了松:"是啊,我怎么没想到只还这个差价呢,光纠结在谁先打款的问题上了。没想到,你还是挺聪明的。行吧,我跟财务说一声,你明天把这事办了吧。"

陈贝儿点了点头,心情那叫一个爽。

第二天,沈总的发票一送来,陈贝儿就给他开了支票。韩菲菲折腾一个多月的事,没想到她两天就给解决了。

当天下午,王一铭就把韩菲菲叫到了办公室,显然对韩菲菲的办事能力有些不满。他开门见山道:"这么一个非常容易解决的事,你怎么就没想到呢?"

韩菲菲满脸不自在："我哪知道可以这样对冲账目，我不是没想到过，我是怕财务不同意。"

"那你应该先去跟财务沟通一下啊，不能光想不做呀。"王一铭不满道。

"等我想到了，您不是已交给陈贝儿处理了吗？我就不好插手了。这一个多月，我一直跟王总您汇报进展，这个办法您不是也没想出来吗？"韩菲菲替自己辩解。

见王总没说话，韩菲菲自知说得有些欠妥，忙又说："王总，这事都怪我脑子太笨，陈贝儿就是比我聪明，这事只怪我能力太低了。"

见韩菲菲这般低声下气，王总头一抬："行了，这事我也有责任，确实我也没想到这个办法，咱们以后多总结经验，吸取教训吧。你出去吧。"

韩菲菲并没有马上走，而是又补了一句："王总，据我了解，陈贝儿其实也没那么聪明，只是她跟沈总的私交比较好，再用点儿美人计这事就很容易解决了。"

"美人计？"王一铭听到这个词明显想笑，陈贝儿也顶多算是清秀，也谈不上用美人计吧。他挥了挥手："行了，你先出去吧，我马上要开一个会。"

韩菲菲怯怯地走了，又生气，但又自觉理亏，留下个郁闷的背影。

王一铭点了一支烟，心情同样有点儿郁闷，他一个多月没解决的事，陈贝儿两天就给解决了。最要命的是，他还答应了让陈贝儿做销售部总监这事。这其实就是他的一个激将法，他只是想更快地解决此事。哪想到陈贝儿竟然真的给解决了。这个玩笑确实有些开大了。接下来该怎么收拾局面成了他的难题。

抽完了一支烟，他又点了一支。这事还真的不好办。

中午吃饭的时候,陈贝儿很是得意地把此事在苏苏面前显摆了一下。苏苏也惊得快掉了下巴。她赞许地说道:"贝儿,你太牛了,这下可好好收拾了一下韩菲菲。我早看不惯她那轻狂样了。仗着李总宠她,每次跟打了鸡血似的狂样,我看着就烦。贝儿,你太棒了!哪天我请你吃饭,你立功了!"

"你还老说人家韩菲菲狂,韩菲菲还说你狂呢。说你自称公司第一美女,她气不过。你把人家的位置给占了。"陈贝儿打趣道。

苏苏狠狠地白了一眼:"就她?公司第一美女?谁信呢!"说完又哈哈笑起来。

陈贝儿做了一个嘘声的手势,示意她小点儿声。可自己心下一沉,这回可能真把韩菲菲得罪了。

职场如战场,打赢了这一战,说不定另一场暗战又要来了……

[12] 前男友的电话

周末，正好朋友圈有人包场，知名演员转型当导演的处女作，许多朋友包场赞助。顾曼便约了陈贝儿去看电影。

看完电影，二人评论一番，也就是一个及格水平吧，遂不多谈。陈贝儿马上转入正题，她得向顾曼这个军师取经，便跟她说了严朋飞的事。二人加微信也有一段时间了，但从来没说过话。就连王琪这些天都消停了，也没提马总的事。这令她觉得有些奇怪。

顾曼听完一针见血道："你不会看上这个严朋飞了吧？"

陈贝儿脸一红，什么都瞒不过这个家伙，便说："我觉得还行吧，我觉得他长得挺像高翔的。"

仔细对比一下，两人的五官都极像，尤其是笑容。只是高翔脸更长一些，严朋飞偏方一些。这不免又让她想起了之前做的那个美颜相机的骷髅噩梦。梦中那个高翔完全不认识自己，现在想来那个人难道是严朋飞？

"你不会是在找高翔的替代品吧？"顾曼瞪大眼睛看着她，把她从噩梦中拉了回来。

"那倒没有，可能这一类男人的长相比较亲切吧。"陈贝儿不好意思地笑笑。

顾曼骇笑一下："别给自己找借口了。你说你大学的时候干吗去了，为什么不把高翔抢过来？"

"这事我可不干，如果他觉得我好早找我了，还用我抢。"这事陈贝儿早看明白了。抢别人男朋友的事她决不干。

"那倒是，你俩是有缘无分，算了，往前看吧。如果你觉得严朋飞这人不错就别犹豫了。"顾曼鼓励道。

"但我们加了微信以后，他一直没跟我联系，可能对我没意思吧？"陈贝儿皱起眉头。如果他和高翔一样对自己没意思，那又是竹篮打水一场空。

"你又不是丑八怪，我觉得他会不会是太忙了？我倒觉得如果你真看上他了，倒可以主动联系一下。现在女追男也没什么吧。"顾曼出主意。

"那不太好吧？女追男这事我可做不出来。"

二人说着走入了一家咖啡店。

"你这毛病是得改改，老这么矜持还想不想嫁出去了？你别忘了，我老公可是我追来的。"

"你气场多强大啊，你追哪个男的估计都能成。"陈贝儿不无羡慕地看着顾曼。在她眼中，顾曼就是一个完美的女孩，从外在到内在到性格都没什么可挑剔的。她这么优秀的女孩，往哪儿一站都能成为焦点，更别说她去追别人了，哪有不成的道理。

但她就不一样，性格有些内向，尤其是对不熟的人。工作上，她还敢作敢为，但一到谈恋爱这事上，她就放不开了。她在男人面前总是那么不自信，这跟她的原生家庭有很大的关系。

父母从小对她只有两个字形容——严厉。什么女孩要富养要宠养的道理在她家里完全站不住脚。家里一直把她当男孩养。父母从小到大很少赞美她，以致从小她就很自卑，总觉得自己不够好。

记得上高中的时候，她在家唱歌，父亲吼了她一句："就你那嗓子还能唱歌？可别丢人了！"

从此她再不敢唱了。上大学时班里组织卡拉OK，她坐在边上一句都不敢唱。她父亲那句话就像刀子一样刻在她心里。后来是高翔带她去唱歌，让她放开唱。在高翔面前她不顾忌，一出声却是惊人地好听。

"你唱得这么好，都该去参加中国好声音了，怎么还从不开口？"连高翔都不解。

陈贝儿才说出了父亲从小吼她唱歌这件事。父母吝啬赞美，确实间接对孩子造成了伤害。从小哪有自卑的孩子？孩子的自卑都是源于父母的呵斥。原生家庭对孩子影响最大的问题就是会折射到孩子的婚姻上。不自信就会导致男女关系的不平衡，一方总是没有安全感，总是患得患失，不能有良好的互动。遇到问题只会去隐忍，到最后还是抓不住。

学心理的陈贝儿对这些问题早就摸透了，可是想明白容易，做起来又难。

这个心结或许只有顾曼了解。

"可能南方比较重男轻女，我爸一直想要个男孩，所以从小对我就不够好。我妈呢崇拜我爸，他俩在对待我这件事上永远一条心，所以我当初为什么拼命考到北京来，就是想离开那个家。"陈贝儿喃喃地说，心头仍有隐隐的痛楚。

"你父母也够奇葩的，都什么年代了，还这么重男轻女。"顾曼同情地看着她。

"有时我经常会想，我是他们亲生的吗？每年过春节回去，其实我都挺心寒的。都是一些极小的细节，但都挺伤人的。比如我去年回去，吃完年夜饭洗碗的时候我妈就说我了，说我用自己的洗碗布洗他们的碗了，我们家三人一人一块洗碗布，说这样不会交叉传染细菌。我妈说的也没错。但我有什么传染病？你没看到我妈那个样子，她一把夺过碗赶紧用水冲，生怕我把什么病菌传给他们。"现在她已能很平静地去讲述这些。以前不行，以前一想到这些，眼泪就会飙出来。

"咳，老人就是小孩，你别和他们计较。"顾曼同情地劝道。

"瞧你多好啊，北京长大，从小父母宠爱，千金大小姐一枚，又是北大高材生，像你这样的能不早婚嘛。"陈贝儿羡慕的眼光直直地投射过去。

"咳，家家有本难念的经。我妈在我很小的时候就出了车祸，截肢了一条腿，只能坐轮椅，脾气变得特别坏，动不动就摔东西骂人，也从不管我。全是我爸料理这个家。小时候梳辫子都是我爸帮我梳。自从我妈出了车祸后我就特自卑，特怕同学来我家看到我妈这个样子，怕他们嘲笑我妈是个残疾人。所以我为什么那么早结婚，我也是想尽快离开这个家……"

头一次听顾曼说起小时候的事，陈贝儿也是不敢相信。哪想到高贵如公主般的顾曼居然也是从小在自卑中长大的，可是她后来竟能调适得这么好。陈贝儿问她是如何走出阴影的。

"结了婚以后我就原谅我妈了。她心里的苦总得发泄出来，也只能对家里人发泄。就像我生气也会向老公发泄一样。而且不住在一起有距离就产生了美。我现在一周回去一次，我妈也不怎么发脾气了，人也变了很多。可能这些年她也接受了一辈子坐轮椅的命运。"顾曼沉吟着，往事回忆起来仍令她沉重。那些不开心的事她总不想提，尤其是在朋友面前。

"看来命运给每个人都安排了苦难，只是你已经苦尽甘来，我还在苦海里挣扎。"陈贝儿自嘲地一笑。

"你呀,别那么悲观。我觉得这次你不妨去试试,喜欢谁就去追一回。这也是一种改变。以前你太被动,男人得不到回应自然就会离开。周健曾经跟我说过,说你太清高、太不主动。男人再大的热情也会被渐渐浇灭的。当然我不是替周健说话,我是想说他劈腿也是有原因的。"

陈贝儿沉默了,她真不想承认他们分手是因为周健劈腿。傻子都知道,二人分手后他马上就闪婚了,是闪婚吗?她心里明白,也许他们早就谈上了,只是自己还蒙在鼓里。顾曼那么聪明,早就一眼看透。

就个话题她不想碰,这事伤了她的自尊,她不想揭那道伤疤。

顾曼看了她一眼,明白她的感受,便语气一转:"我知道让你主动追你也做不到,但不联系你又觉得可惜。我倒有个办法,你可以问他点儿别的事,工作上的或者其他什么事,找他帮忙。这样一试就试出来了。如果他不想理你,自然不会帮你。怎么样,这个主意不错吧?"说完眉眼一弯。

陈贝儿点点头,终于面上一喜道:"那得找件事,我得好好想想。"

"可别随便编个事,被识破了反而不好。"顾曼提醒道。

"那当然。"陈贝儿若有所思地点点头。

"也别太刻意,想到了就问他,自然一点儿,别目的性太强。"

陈贝儿接住顾曼鼓励的眼神,夸张道:"怎么觉得这事压力好大啊。"

"你呀,遇到谈恋爱的事不自信就来了。你拿出工作上的劲头行吗?"顾曼瞪她一眼。

是啊,怎么能把工作中的自信转到这方面来?陈贝儿拍了拍自己的榆木疙瘩脑袋,真是尺有所长,寸有所短。

和顾曼聚完回到家已经快十点了。陈贝儿一进家门,竟然发现卧室亮着灯。她吓了一跳，赶紧掏出手机做好要报警的准备。顺便拿起门口的那把伞，蹑手蹑脚地走进卧室。战战兢兢地往里一看，空无一人。陈贝儿自嘲地把手里的伞一松，这两天脑袋不好使，竟连灯都忘了关。

真是虚惊一场。心跳刚恢复正常，手机铃声又响起来，又是一激灵。

一个陌生号码。陈贝儿接起来。

那声音如此熟悉地传过来，心脏又急剧地跳起来。

分手两年多了，他竟然今天会打电话过来。

"是我，怎么样，最近过得好吗？"

陈贝儿定了定神，故意道："挺好的，你怎么打电话来？你老婆没在边上吗？"

"她没在。我还是挺想你的。"周健的声音此刻听起来竟有些讨厌。

"不用说这个了，好没意思。说正事吧，打电话找我干吗？"陈贝儿冷言道。

"也没别的事，可能最近会去趟北京，想问你在不在。"

"不知道，我在和不在也不影响你出差。"陈贝儿冷到底。

"贝儿，我最近开了一家 KTV，你不是喜欢唱歌吗？有空你可以来哈尔滨玩。我买单。"周健热情道。

"不用了，北京有的是。"她直接拒绝。

"咱们还是朋友吧，我真的还挺想见你的，咱们两年多没见了。"周健语气温柔。

陈贝儿却不吃他这一套："没别的事我挂了，都几点了，我睡觉了。"

"贝儿，我开 KTV 借了一些钱，现在还需要两万，你能不能借我一下，年底马上就会还你。"周健温柔的语气中加了哀求。

陈贝儿听完脑袋仿佛被人狠狠敲了一记，原来深夜打电话就是为了借钱，这也太可笑了。她忍不住地骇笑起来。这就是她曾经爱过的男人，现在真让人看不起。她的眼光为何差成这样，以前竟是没有发觉。

僵了片刻，她突然回道："你确定我有钱？"

"我知道你也没钱，但两万块你还是有的。"

陈贝儿此刻可以用无耻来形容他了。但她还是平静地说："好吧，你来北京我借你。"

"贝儿，你太好了！我过两天就过去，到了我给你电话！贝儿，我真的非常想见你！"周健激动坏了。要知道为了开这家KTV他都快倾家荡产了。亲戚朋友他都借遍了，今天他才想到了陈贝儿，他坚信她还是爱他的，只要有爱，她一定会借的。

果然这个电话没有白打，他也没有看错。就在她答应借钱的那一刻，周健甚至有一丝丝后悔，也许他不该分手，也不该娶现在这个娇生惯养的老婆。当初就是被她年轻貌美和火辣的身材吸引，可是婚后她连工作也不做了，还整天嚷嚷着想当KTV的老板娘。磨不过她，周健只好四处筹钱。如果能开一家KTV也好，至少给她找点儿事做，省得天天在家游手好闲。

就这样，这大半年什么也没做，光借钱了。

收了电话，周健马上在网上订了张机票，美美地躺下了。想着马上能和陈贝儿见面，过往的美好片断都涌出来了。

其实现在想想，她除了身材一般之外，其他地方也都挺合适当老婆的。也怪自己太注重那方面了。两个人的生活究竟不能总靠鱼水之欢过下去，总归还要落到柴米油盐上。这方面他老婆就是一个白痴。别说炒菜，连煮个面条都不会。

哎，想到这儿，他不免叹气，为什么人总不能两全，上得厅堂、下得厨房，还入得洞房的凤毛麟角。不知别人怎么样，反正他是没遇到。

　　思来想去，竟一时睡不着。他索性打开手机，他记得相册里还有几张跟陈贝儿的合影，此刻，他竟突然想看看。

　　可翻遍了相册都没找到一张。不用问，肯定是家里这个大小姐全给删光了。她这个偷看别人手机的毛病他说过几回了，屡教不改。

　　又叹了一口气，他关了床头灯。想起明天一大早公司还有个会要开，他什么也不想了，倒头便睡了。

[13] 赶鸭子上架

今天刚进公司就被通知说要开会。陈贝儿和苏苏对视一眼，又不知会有什么大事发生。

进了会议室，才发现是个小范围的会。王一铭坐在正中间，看了一眼陈贝儿，马上又快速收回眼神。定了定神，他开始发言。

在郑总离开之前，公司与某网站文化频道签署了战略合作计划，共同进行品牌推广与合作。这个项目在郑总走后自然落到了王一铭身上。最近毅讯连锁咖啡书吧与文化频道计划搞一个国际女性论坛，请国内外的女性精英来做主题演讲。一方面公司想推广连锁咖啡书吧的品牌，另一方面文化频道也想在网上开女性专栏和直播平台，增加关注流量。

第一期文化频道请到了法国著名作家克里斯来中国巡讲法国女性文学。

王一铭说到这儿的时候提到了翻译工作："这次活动我们需要找一个精通法语的翻译，最好本身也是作家，能和克里斯对谈。这件事陈贝儿你去落实一下。"

怎么又落到我身上？陈贝儿心里嘀咕一句。平时找翻译这种事都是苏苏管。看来王一铭还真是紧盯她不放。但销售部总监的事他怎么到现在也不提？

"陈贝儿，这个人选最好一周内找到，你有问题吗？"王一铭又发话。

一周？陈贝儿一愣，这是要把人逼疯啊，到哪儿一周之内找到这么合适的人选？周围懂英语的多，会法语的就少，还得本身是作家这就更难。可面上又不好发作，只好说："我争取。"

苏苏冲她偷笑了一下，又掩饰地捂住嘴。

王一铭又说了一通才结束会议。

大家小声议论着走出会议室，唯独陈贝儿没有动。她看了看王一铭，王一铭也看了看她，知道她有话要说。

当会议室只剩下他们二人时，陈贝儿开口了："王总，有件事你一直忘了跟我说吧？关于销售部总监的事。"

"噢……"王一铭尴尬地笑道，"咳，我的一句玩笑话你还记得啊。纯粹就是想激励你一下，你还真上心了。"

什么？开玩笑？陈贝儿在心里冷笑了一下，果然不是个善主。

"王总，你可是咱们公司的一把手，说话不能这么随便吧？"陈贝儿忍住气道。

"当销售部总监这事我还真的挺看好你的，你聪明能干，但提拔任命的事还真不是我能做主的，都得集团领导定。"王一铭打官腔。他没想到陈贝儿能这么开门见山地跟他提，看来也是个野心不小的姑娘，跟她单纯的外表判若两人。

"那你既然知道提拔的事不是你能决定的，那你就不该随便给别人承诺吧？"陈贝儿依旧不依不饶。凡事要赢在开头，既然这个王一铭说话这么不负责任，应该给他一个教训。

"行，你的忠告我会考虑。"说完王一铭不等她开口就直接离开了会议室。面上他是微愠，敢这么和他说话的全公司也就是陈贝儿了。这要是换作别人他早发火了。偏偏在陈贝儿面前，他就是有些放不开。都怪之前的那个相亲经历，让他总觉得不自然。不用问，陈贝儿也早已认出了他。一个人的眼神是骗不了人的。

当初进这家公司本是让他很兴奋的事。谁知进了公司才知道陈贝儿居然也在这家公司，而且还成了他的秘书，真让人有些扫兴。那次相亲，本就不是很愉快，这个高翔他也并不熟络，只是当时是同事，又热情地给他介绍，他也没推辞。可明眼人一看就知道他和陈贝儿的关系并不单纯。尽管这样，他倒是觉得陈贝儿是个简单的姑娘，交往一下也无妨。谁知两人连第二面都没有。现在想来幸好没有第二面，不然现在的关系就更尴尬了。

也许陈贝儿是这家公司唯一见过他胎记的人吧。这该死的胎记他早该去掉了，耽误了他多少事。想到这里，再想到陈贝儿刚才那不可一世的样子，心里更加来气。她这个秘书位置早晚要换一换，放在身边也真是添堵。只是他万万没有想到的是，公司见过他胎记的还另有其人。

回到座位上，陈贝儿心里也不是滋味。这个结果她其实也早想到了，只是再验证一下而已。现在想来自己也有些可笑，居然还真能信他那些疯话。

苏苏适时地凑过来，嬉皮笑脸道："怎么，领导还把你单独留下开小灶呢？"

这话更让陈贝儿气不打一处来："你再说就把那个小保安追你的事告诉韩菲菲。"

"你敢！"苏苏噘起嘴。这事她可不想让公司的人知道，更何况是韩菲菲。

"那你必须得帮我一个忙，帮我找一下法语翻译。"陈贝儿讲条件。

"姐姐,我只有英语翻译,法语的真没有。"苏苏坦白道。

"你再帮我问问,英语的翻译肯定会认识法语的,让他们给推荐一下。"陈贝儿已用了祈求的口气。

"那我只能帮你问一下,别抱希望啊。"苏苏卖起了关子。

那表情就不像是要真帮忙的意思。陈贝儿领会地白了她一眼,坐在椅子上发愣。

一直到下班,她都没想出人选。浑浑噩噩地坐了一小时地铁,她脑袋一直发涨。出了地铁,她看了一眼手机,居然有一个未接来电,她一点儿没听到电话响,一看正是王琪。就在这个瞬间,她的脑袋顿时清醒了。怎么没想到王琪呢,她就在翻译公司啊!虽说在杭州,但她们公司总部在北京。陈贝儿差点跳起来,赶紧回拨过去。

"贝儿,你可真行,怎么不接我电话啊?"王琪酥酥的声音又响起来了。可是此刻听起来却如此亲切。

陈贝儿马上回道:"我在地铁上没听到,对了,王琪,我正有事找你呢。"

"你先听我说。"王琪打断道,"我们领导最近没找你吧?"

"哎呀,他找我干吗呀?你先听我的正事。"陈贝儿便把找法语翻译的事说了。

谁知王琪马上给了答复:"贝儿,这个忙我还真帮不了你,在北京的翻译我就没认识几个,我是负责英语这块的,法语的还真找不到人。"

陈贝儿又央求了几句,王琪都果断地拒绝了。

收了电话以后,倒让陈贝儿更加清醒了。她毫不犹豫地给严朋飞发了一条微信。他肯定会认识法语翻译,她有这个预感。

果然严朋飞马上给她回了微信,说帮她找一下。

陈贝儿终于兴奋地跳了起来。

第二天，严朋飞直接给她回了电话，说帮她找到了人选，而且本身是个作家，还出过法语小说，现在人就在北京。

太好了！陈贝儿乐开了花，说一定要请严朋飞吃饭。

严朋飞说马上要开会，可以晚上微信聊。

陈贝儿捂住胸口，生怕别人听到她狂乱的心跳。她握着手机久久放不下来。这一天她是什么都不用干了，只想快到晚上好好跟他聊一聊。

这种感觉应该就是爱恋吧？

自从和周健分开后，她已经久久没有这种感觉了。也许顾曼说得对，既然喜欢一个人就该主动表达出来。她是该改变一下自己了。总把自己尘封在自卑的那个怪圈中，她永远也找不到自己的幸福。

再想想周健那个可笑的借钱电话，她更加坚定了这个想法。

晚上吃完饭，看看表已经七点了。严朋飞的微信还没有来。

陈贝儿索性也不等了，她已想好要主动出击了。她直接点了他的微信，问他吃完饭了没有。

严朋飞果然秒回。说在外吃饭，还发了张吃饭的照片。

两人便有一搭没一搭地聊上了，而且也不语音，就是纯发文字聊。这一聊就聊到他饭局结束，再聊到他回家，再聊到他洗漱完毕躺到床上。从黄昏到深夜，再到天空微微泛起白光……天哪，他们竟这样聊了一个晚上。

天南海北，从小到大，工作到生活，二人无所不谈，相见恨晚。

"你这还睡不睡啊，越聊越兴奋可不行。"严朋飞握着手机也快两眼发直了。他看了看表五点了，再过一个小时他也该准备准备上班了。

"还不是你太能聊,害得我一晚上没法睡,今天上班该困死了。"陈贝儿嘴上埋怨他,心里却是甜美得开出一朵花来。

"我今天约了一个大客户谈合作,我得眯一会儿了。"严朋飞也困得不行。

"好,你赶紧睡一会儿吧。我是睡不着了,我一会儿起床了。"

二人这才结束了聊天。

本以为进了公司,她会上下眼皮打架,没想到往电脑前一坐,她竟然连一丝困意都没有。

她先跟严朋飞推荐的法语翻译Cathy联系,时间、费用等一些细节谈妥之后,她约Cathy到公司来一趟,也和王一铭见一下面。免得她定下来后,他又不同意。二人目前正是关系紧张阶段,走一步汇报一步比较好。

这一切办妥之后已是下午了,看了看表,四点多了。她又忍不住给严朋飞发了条微信,告诉他Cathy已联系好,并问他困不困。

严朋飞回她刚开完会,还一连发了五个困的表情。

陈贝儿回了五个坏笑的表情,就这样,两人又开启了这种没完没了的闲聊模式,一直聊到陈贝儿进了家门。

二人眼看就进入了热恋的边缘。谁知严朋飞突然转了话题:"我觉得马总你还是应该见见。"

这一个大拐弯差点让陈贝儿握在手里的杯子掉下来,她气道:"你弄了半天还是来当说客的呀!"

"马总多好,有钱,自己开公司,比我强多了。"

因为两人并没有用语音,光凭文字陈贝儿也摸不清他到底是什么语气。

"我可没觉得他比你强,我觉得他还不如你呢。"陈贝儿秒回。

"不可能,我多差呀。"

"我没觉得你差。"

"我觉得你还是先见见马总，马总真的条件比我好，你应该见见。"严朋飞一再重复。

陈贝儿思忖着，这个严朋飞今天又是哪根筋不对了。难道他是在试探我？

她马上走出办公室悄悄给顾曼拨了电话。

"我也觉得他可能在试探你，我倒觉得这个马总你不妨见见，见一面也没损失，万一比严朋飞好，你就跟马总；万一不如他，你就还继续和他谈。这不是很简单的事？"顾曼替她快刀斩乱麻。

"这样不太好吧？"陈贝儿犹豫道。

"有什么不太好的，贝儿，你吃过亏，对男人可不能太善良。如果见面后你对马总没意思就直接和严朋飞说明白，就说你还是觉得他好。他可能也是想拿马总来试探你是不是真心。"

"那……好吧。"陈贝儿还是听了顾曼的建议。

谁能想到跟马总的见面却成了日后她的重要失分项。

那天见面还是在那家西餐厅，就是和严朋飞见面的那一家。只是对面的人换成了马总。她有一种赶鸭子上架的感觉。

那天她先到，里面只剩一张桌子了。她赶紧坐过去。谁知服务生过来说有位先生已经占座了，现在去厕所了。

陈贝儿正不知如何是好，见一位光头先生从厕所出来，朝这边走来。服务生赶紧解释说就是这位先生已经占座了。

陈贝儿想和他商量，如果他是一个人的话能否把这个双人座让给她。

谁知那人马上笑了："你是陈贝儿啊，我是马明。"

陈贝儿立刻惊呆了："你是马总？"她努力回忆之前见过的照片形象，照片中的那个马总好像有些谢顶，但并不是光头吧。眼前这个马总，圆圆的脑袋寸草不生，满脸油光，笑起来露出两颗长长的虎牙，硕大的肚子好似五个月身孕……不可能吧，这绝不可能！

陈贝儿想死的心都有了,她恨不能找个地缝马上就钻进去,或者弄棵隐身草现在就消失。

这顿饭吃得如此艰难,她连吞咽都变得很困难。

"陈小姐,你本人可比照片好看多了。严总给我看过你的照片,远不如本人有灵气。"马总笑笑,那虎牙让人不忍直视。

陈贝儿更是气不打一处来。这个严朋飞什么意思,这不是成心嘛!

面上她只得尴尬地笑笑,一边应付,一边在心里骂着严朋飞。甚至她都怪起了顾曼,干吗非鼓励我来见啊,这下可好,如坐针毡,真是自找罪受。

"严总跟我关系非常好,我不仅跟他关系好,跟他父亲关系也非常好。他父亲是投资公司的高管,我们经常在一起打高尔夫。严总年轻有为,是我的小兄弟。"马总边吃边聊,心情颇好。

陈贝儿转念一想,倒不如趁此机会多打探一下严朋飞的情况。

于是她面上开始有了表情,口气转暖:"严总这么年轻有为怎么也是单身?"

"他才三十四岁,不着急吧。男人先得立业,事业立住了,还怕找不到好姑娘?再找个二十岁的都可以。"马总说完可能觉得有些直白,马上又说,"他也是挑,他长得又帅,挑也是应该的。"

陈贝儿心里白他一眼,面上却波澜不惊道:"你是在杭州开公司?"

"对啊,我是北京人,正好严总去杭州,我们也想一起做点项目。我们跟杭州机场有合作,严总的父亲也很支持,投了一笔钱。"

原来是生意伙伴。陈贝儿心里嘀咕,难道是为了给马总拍马屁?可想想应该马总拍他马屁啊。

"你这家公司严总也入股了?"陈贝儿小心地问。

"那倒没有,我只是和他父亲合作。但我和严总经常在一起喝酒，我们也玩得来，就是好兄弟。"那虎牙又毫无遮拦地冲出来。

"他怎么想给你介绍？还有王琪，你们都很熟？"

"我跟王琪不熟，只是吃饭时严总有时带她来。王琪挺能喝的，我们男人都喝不过她，她千杯不醉。"马总呵呵笑起来。

千杯不醉？王琪还有这本事，怎么从来不知道。

"那天也是喝多了，大家起哄说帮我介绍。严总和王琪都是特热情的人。"马总自顾自地继续说，"对了，我的情况他们都跟你说了吧？我有个女儿在北京上学，今年十五岁了。平时呢我在杭州上班，有时周末就回北京来，我得管女儿啊。听王琪说你就是杭州人吧？"

"嗯。"陈贝儿点点头，她可不想了解这个马总的情况，只想再问些严朋飞的事，可又没想好怎么问，最后冒出一句没头没脑的话，"你跟严总认识好多年了？"

"是啊，好几年了吧，我跟他爸认识的时间更长。我们关系非常好。"马总很健谈，后来基本上她连话也插不上了，他说了一堆公司的事，都是她不感兴趣的。

桌上的饭基本吃得差不多了，陈贝儿适时地说："今天咱们就到这儿吧，时间也不早了。"

马总仍意犹未尽："好吧，那咱们再找时间聚吧，我经常来北京，咱们微信联系。"

陈贝儿略显尴尬地点点头，笑容发僵。

相亲结束，她一回到家就给严朋飞写了条微信："你啥意思啊，非逼我跟马总见面？他是你说的那么好吗？！"可想了想，她又点了删除键。

来来回回编了好几条微信，写了又删，删了又写，都没想到合适的话。就这么折腾一晚上……

[14] Cathy 小姐

"吃货三人组"好久没动静,今天宇涛发了一个自助餐的链接,陈贝儿看了一眼都懒得点开。这要搁平时,她早点开嚷嚷着要去吃了。因为最近的注意力都在严朋飞身上,其他都没心思。尤其是见了马总之后,她那叫一个后悔。没想到他和严朋飞是这么铁的关系,她拒绝了马总,那么严朋飞也会没面子,这三人之间的关系就复杂了。如果马总没看上她,严朋飞可能也不会看上她;如果马总看上她了,严朋飞倒也更不好进一步发展了。

她叹了一口气,后悔不迭。

"这个自助餐不错,哪天去吃?两位吃货。"宇涛在群里喊了一句。

"那得有个由头吧?"陈贝儿回了一句。

"庆祝你心理咨询师通过考试啊!"宇涛发了一个笑脸。

陈贝儿脑袋一紧,还真是把这个茬儿给忘了:"你怎么知道我通过了,还没查呢,不过一月份也应该出结果了,我得马上查查。"

结果一查,说是一月底才出成绩,还得再等半个月。陈贝儿泄气地回了一句:"月底才出成绩,月底吃吧。"

"先预祝吧,还等什么月底。"宇涛说完@了一下高翔。

谁知高翔并没反应。陈贝儿觉得有点儿奇怪,最近好像都没高翔的消息,看他朋友圈也没有更新。她不放心地小窗点了一下他,好半天他才回了一个字:"忙。"

忙什么能忙成这样?

陈贝儿只好小窗点了一下宇涛,让他还是改在月底吃吧。

宇涛不甘心地说:"要不咱俩去吃吧,干吗非等他呀。"

陈贝儿当然明白宇涛的意思,但也装傻说:"你就等一下高翔吧,他忙我这段也忙,月底就好多了。"

宇涛只好不情愿地回了俩字:"好吧。"

这时高翔又回了一句:"你们俩去吃吧,不用等我。"

陈贝儿也明白高翔的意思,发了一个生气的表情,再不说话。

每次三人组吃饭,高翔总会时不时地跟她说:"你跟宇涛也可以单独吃啊,不用回回叫上我。"

每次陈贝儿都冲他翻白眼,让他死了这条心。三人组是不能随便分开的。

高翔冲她摇摇头:"宇涛多好啊,你要星星给你摘星星,要月亮给你摘月亮,你还想要啥呀……"

老生常谈的话又来了。陈贝儿无数个白眼扔过去都堵不上他的嘴。

中午在公司刚吃完饭,王琪的电话就打来了,陈贝儿脑袋一涨,不用问一定是为马总而来。

"亲爱的,听说你跟马总见面了,怎么样,你先说你感觉怎么样?"那欢快的声音连珠炮般地袭来。

"不怎么样,你不是见过马总吗?怎么还问我?"回想那个光头形象，陈贝儿就灰头土脸起来。

"人家马总特喜欢你，看上你了，想跟你交往呢！"王琪雀跃道。

"可是我不想跟他交往啊！"陈贝儿冷冷地回道。情况正如她预想的，这事她自己给弄复杂了。

"严总都跟我说了，让我做你的工作呢。"王琪赶紧补充。

不会吧？陈贝儿一听脑袋轰的一声："这是严总的原话？"

"当然，他今天跟我说的。我俩都觉得你们特合适……"

后面的话，陈贝儿都不想听了，她找了个借口说要出门，便收了电话。

紧接着她就给严朋飞发了微信："你真觉得我跟马总特合适？"

"这得看你啊，如果你也喜欢马总，这事就是好事啊！"正吃饭的严朋飞回了一句。

"我不喜欢马总，你的审美观是不是有问题啊！你从哪儿看出我们合适？"陈贝儿生气地回道。

"马总条件好，你找了他就跟着享福了，这不好吗？"

"我不看条件，我看人！我不会因为条件去选一个人！"陈贝儿快气炸了。

"我觉得马总比我强。"严朋飞一脸笑意。

"强什么强，我觉得你比他强。"陈贝儿气他装傻。

"我那么差，又穷又没钱。"

"没觉得你差，我觉得你挺好。"非让人点出来才明白，这不是装傻是什么。陈贝儿咬牙切齿地盯着手机打字。

"你觉得我好？"严朋飞发了一个吃惊的表情。

"装傻！"陈贝儿气得骂了一句。

"我就是傻呀，又穷又傻。"严朋飞笑中透着得意，他当然明白陈贝儿对他什么意思，只是故意逗她。

"你怎么那么讨厌！"陈贝儿又发了一个皱眉的表情。

严朋飞回了一个坏笑的表情。

她就这样在各种表情包中沦陷了。

人与人之间的关系怎么这么奇妙。有的人猛说自己好，你却看不上；有的人猛说自己差，你偏觉得好。这就是所谓的一物降一物？

两人聊了一中午，没一句正经话。

严朋飞最后发了一句："好好上班吧，都快两点了！"

陈贝儿把吐舌头的表情发过去，情绪才安静下来。谈恋爱也是折磨人，睁开眼闭上眼满脑子全是这个人，也够烦人的。

刚安静下来没多会儿，一个陌生电话打来了，原来是严朋飞介绍的那个法语翻译Cathy。陈贝儿记得之前已经跟她沟通好了，时间、地点、费用这些她都同意了，难道又有什么变动？

果然，Cathy慢条斯理地说："陈小姐，是这样，上次咱们谈得挺好的，你答应的那些条件我也同意，但是我有个更好的想法，我想和你沟通一下。"

原来Cathy最近出了一本小说，想让公司帮她做一次签名售书。

"这本书对我非常重要，我个人也认为这是我的代表作。你之前答应给我的翻译费用我都可以不要，我可以帮你们做免费翻译。但我要求翻译的活动结束后，你们能为我办一场像样的签售活动。我希望能在广州办，因为我出生在广州，想在那里办签售。这样我可以请一些朋友过来捧场。其实我算了一下也没多少费用，来回机票加住宿没多少钱，跟你们这次活动的费用也差不多。我希望是三天时间，因为我还要从广州去一趟香港，我是国外护照。必须过境一下香港，不然就超期了，这个你懂吧。"

陈贝儿点头道："好，这个我需要和领导汇报一下，如果领导同意我想我这边是没有问题的。从广州到香港的费用也需要我们承担?"

"能承担当然最好,其实也没多少钱。这个活动对我来说很重要,再说得直白一些,如果你们不帮我搞这个活动,可能翻译的事我也不想接了。"Cathy 直白地说。

陈贝儿心一沉,这样谈条件好像都没有回旋的余地,只好说:"好的,我明白你的意思,我尽量说服领导吧。"

"陈小姐,那谢谢你了,你一看就是聪明姑娘。"Cathy 声音中透出喜悦,"那我等你的消息吧。"

看来这个 Cathy 也不是省油的灯啊。她已然看出谁求谁的关系,适时地提了条件。

陈贝儿想了一下,马上跟王一铭做了汇报。这个决定当然得由他来做。

王一铭听后有些无奈:"你算一下,她这个活动搞下来得多少钱,比之前咱们付她的费用高吗?"

"机票好说都是差不多价格,就是再多一个从广州到香港的机票,从香港回北京费用也会比广州回北京高。另外就是住宿,三天其实还好,就看她什么要求,如果非要五星级的酒店,那肯定超标了。"陈贝儿解释道。

王一铭沉吟一下,说:"这样吧,机票给她出了,但酒店必须住咱们的协议酒店。如果她同意就做;如果不同意,那只能换人。公司也不能由她牵着鼻子走。本来她这个活动就和咱们公司一点儿关系都没有。"

"好吧,我跟她谈。"陈贝儿点点头。

刚要出去,王一铭又补了一句:"尽量谈成,注意方式方法,毕竟再找一个合适的翻译也需要时间。"

"这个我明白,而且再找翻译估计还是我的活儿。"陈贝儿没表情地回了一句。

王一铭心下一笑，目送她出门。这个陈贝儿倒是挺机灵的，好像什么事情交给她，确实比交给别人放心。但是她那个咄咄逼人的样子，他是极不喜欢的。每次他俩交谈，好像她都能压他一头的感觉。这种感觉太不好了。

陈贝儿马上和Cathy进行了沟通。

Cathy摊牌说："我肯定是要住五星级酒店的，不然我回广州太丢人了，我在国外这么多年，不可能五星级酒店都住不起。这样吧，酒店我自己订吧，房费你们按标准付我好了，不够的钱我自己补。"

"餐费我们出差公司也是有标准的，可能超标的地方都需要你来补的。"陈贝儿客气地说。对这种国外回来的，尤其要丑话说在前头，不然到时候打架可麻烦了。

"这个可以接受。你们把三天的餐费打给我就可。陈小姐，我对你印象非常好，我觉得能否请你跟我一起去广州，因为这个活动还是由你们公司主办，你们肯定也得跟一个人去，不然我到了那里跟谁联系啊？你们公司其他人我都不认识，所以我想你是比较合适的人选。"Cathy继续提条件。

"这个还要申请一下，看领导是否同意我去。"陈贝儿为难地说。打心里她并不想去，她直觉Cathy会是个非常麻烦的女人。

"这个我也会再跟王总打个电话，我估计他会同意的。我这本书的签售现在也算是你们公司的活动了，你们当然得出面啊。你可以当活动的主持人啊，活动现场肯定得有人主持一下。"

"我当不了主持人吧，这种活动我不擅长的。"陈贝儿苦笑。

"我看你行，你长相气质都可以啊，就是普通话没我标准，但我也不能自己给自己主持吧。"

她的广东腔这么明显居然还说自己普通话标准，陈贝儿有点儿哭笑不得："这个我还是需要跟领导请示的，稍后我再答复你吧。"

"住宿你可以跟我住一间。我不像一般外国人那么讲究，非自己一间。我可以接受两人住一间的。这样也会节省你们的成本。而且酒店费用我还自费了一部分，也是为了你们省成本考虑。"Cathy 有理有据的。

陈贝儿倒有些不好再说了，只好道了谢，再继续跟王一铭请示。

王一铭也觉得恐怕只有陈贝儿出面才能搞定，便批准她作为陪同去广州。她心里压根不想去。但这是工作，也不好推托。

之后，陈贝儿又跟 Cathy 打了电话沟通，这一下午全在跟这个中年女人打交道了。看 Cathy 的介绍，她生了四个孩子，嫁了老外，今年四十六岁了，还真是个有故事的女人。

Cathy 把活动时间定在了下下周。陈贝儿心里吐苦水，眼看二月份就过年了，谁有心思去书店参加签售啊。可这话只能自己说说，Cathy 的一腔热情她可不敢打击。

那时的她又怎么会想到接下来的这个广州之行竟成了一出可笑无比的滑稽戏。

[15] 火上浇油

想要一个全然放空的周末,可以无所事事地发呆看窗外的风景。

懒懒地躺在床上,就是不想起床。

窗外朦胧一片,看看表已经十点了。阳光还没有跑出来,越发想睡。即使不睡就这么半躺着看风景也不错。

手机铃声还是打破了这片宁静。

陈贝儿一看是陌生号码,脸上的表情就暗下来了。

"贝儿,是我呀,我到北京了,我现在过去找你吧。"

居然是周健,他果真到北京来了,还真是心切啊。她差点都把这件荒唐事忘了。真是心情刚好些就来添堵。

"你住在哪儿?"陈贝儿坐了起来。

"我还没订宾馆,或者住你附近,或者住北大同学那儿都行。"

"你还是住你同学那儿吧。"

"那咱们什么时候见面?"周健急切道。

"你可先跟你同学借。"陈贝儿奚落一句。

"我同学都挺穷的,没钱。"周健笑笑。

可陈贝儿却并不觉得好笑:"那你等我电话吧。"

"行,你先忙,忙完了咱们再见面。"周健笑着放下了电话。

陈贝儿盯着手机屏幕哼笑了一下,她只是觉得可悲又可笑。她也知道她不可能再给他打任何电话了。这个男人从此可以从生命中抹去了。

到了中午,手机又响了,她以为周健又追来了电话,一看却是宇涛。怎么这时候打电话,平时他都是发微信的。

一接起来,宇涛就急吼吼地说:"高翔出事了。"

"别吓人了,出什么事了?"心都提到了嗓子眼,陈贝儿紧张地问。最近不是说一直在忙吗?能出什么事?

"我也是才知道,前些日子高翔骑摩托车撞了一个老头,那老头讹上他了。"宇涛说得上气不接下气。

"啊,不会是故意碰瓷的吧?"

"我猜也是,但那老头没掌握好分寸,再加上高翔那天开得也太快,真把人给撞骨折了,这不这些天天天给那老头送饭。他那两个子女什么都不管,说也没钱治,都是打工的,所有医药费全是高翔出。"

"他怎么这么倒霉啊!我就说那辆摩托车不该买。"陈贝儿叹了口气。

"现在说这话也晚了。人都撞了,我让高翔把那辆破车卖了,太不吉利了。"

"是啊,赶紧卖掉。那他人在哪儿呢?"

"还能在哪儿,在医院啊。那老头天天喊头疼,说把脑袋撞坏了,让高翔伺候他一辈子呢!"宇涛气愤道。

"这就是讹诈啊。高翔也太老实了,这事得报警啊!"陈贝儿嗓门也大起来。

"报什么警啊,你又不是不了解他那人。他就说这事是他的问题,他应该赔人家。这不天天给老头送饭。医院的大夫以为那是他儿子呢。"

"唉——"陈贝儿就知道高翔心软,又不愿意惹事,能花钱解决的事他决不报警,"这是真准备养他一辈子啊。"

"说的就是。我劝他也不听,还特内疚。"

"那咱俩去医院找他吧,看看能帮他干点什么。"陈贝儿无奈地说。

"别去了,我刚从医院回来。他不让我待,说这是他自己的事他自己承担。"

"哎呀,这个高翔怎么回事?"

"你也别去了,他肯定也会赶你走。这事他还不想让别人知道,你可别乱说。他老婆都不知道这事。他就是死要面子活受罪。"宇涛吐槽道。

"腿骨折养三个月也该好了吧。医院也不可能让他一直住着不走吧。这个老头可真是找对了人了。"

宇涛补了一句:"反正那老头说了腿走不了路就不出院。"

"我看咱俩也只能请他吃顿饭安慰一下,但我估计他心情不好也不会去的。怪不得上次说去吃自助,他都不吭声。"陈贝儿终于明白他回的那个"忙"字是什么含义了。

"这事只能等到那老头出院。如果出院后他还闹,这事只能报警。"宇涛果断道。

"是啊。"陈贝儿跟着点点头。这个高翔不明白有时候太善良了也不是好事,会有无穷无尽的麻烦。这才刚一个月,至少他还有两个月忙活呢。

打完电话已经十二点了,陈贝儿下了碗面凑合吃了点儿。

刚放下碗，手机又响了。又怎么了？她拿起电话心里又打鼓。

"贝儿，是我，陆玲啊，我换手机了，一直没找到你的电话，前几天跟王琪碰上才要到你的电话。"

原来是陆玲，也是她的高中同学，再加上王琪，她们三个在高中时最要好，整天混在一起，形影不离。

"是啊，说起来一年多没联系了吧。"

陆玲长了一张圆脸，肉肉的，也挺可爱。她高中毕业后上了一个大专，大专毕业后就结婚了，现在孩子都上小学了。

"你怎么到现在都没结婚呢？我听说王琪最近给你介绍了一个？"陆玲直奔主题。

这消息传得还真快。陈贝儿只得把情况从头到尾说了一遍。

陆玲听完才明白："弄了半天王琪也是瞎撮合，但她那个领导严总我听着好像还行，为什么她不把严总介绍给你？"

陆玲还真是说到了重点。

"她说严总看不上我，所以不介绍了。"陈贝儿也如实说了。

"先别管王琪怎么说，你们俩现在不是已经联系上了吗？你个人感觉呢，他对你有意思吗？"陆玲直接问。

"我也说不上来，有时会经常聊聊天，但也没有挑明吧。"

"都什么年代了，你现在就是要找一个人赶紧结婚生孩子，今年你可三十三了，过了三十五连生孩子都困难了，趁现在赶紧的呀。我听着这个严总条件还行，你可要抓紧。该挑明你就挑明吧，先把关系确定下来，不然别的姑娘扑上去先挑明了，你可傻了。我是过来人，你可要长个心眼。"陆玲倒是一片好心。

陈贝儿点点头，这个严朋飞不会不知道她的心思，说没挑明其实也挑得差不多了，他这么聪明，怎会不知道，他只是装傻。

"我总觉得这种事欲速则不达。"陈贝儿理性地说。

"但时间不等人啊，贝儿，如果你二十出头可以等待细水长流，但你都三十三了,你还等?"陆玲急道,"我跟王琪可都是有孩子了,你连婚都还没结呢!"

"是啊……"这又说到了陈贝儿的痛处。她何尝不想早点儿结婚生子,可偏偏老天没给她安排捷径。

"我劝你赶紧挑明吧,先把男女朋友的关系确定下来,这是最重要的。别忘了你们不在一个城市,他要找一个杭州本地的姑娘,那是分分钟的事。我觉得你还是得抓紧,你不能等他。你不妨主动一下,现在女追男没什么的。我老公就是我追来的,不也挺好。"

怎么跟顾曼一个口气。二人又聊了好一会儿才收了电话。

陈贝儿看了看严朋飞的微信,只显示三天可见。

今天也没有任何动静,想了想她发了一个微信:"在干吗呢?"

"打高尔夫呢。"片刻他回道。

"跟马总在一起?"陈贝儿试探地问。

"是啊,马总刚才还说起你。"严朋飞看了一眼不远处的马总,心里也不轻松。

"你可别提我,我对他完全没意思,这话你负责带到。"陈贝儿不舒服道。

"我可不负责带话,要说你亲口跟他说。"严朋飞快速打字,马总喊了他一句叫他快跟上。

"什么人啊!你惹的祸当然你负责收场。"陈贝儿也觉得这事有些棘手了。

"我不管,我打球了,不说了。"他马上收起手机,跟了上去。

今天他到北京开会,下午没事,马总正好邀请他和父亲一起打高尔夫,他们三个说起来也好久没在球场上碰面了。

马总见严朋飞一直按手机,便打趣道:"是不是交女朋友了?业务繁忙吧?"

严朋飞掩饰地一笑:"哪啊,是同事。"

严父也走过来:"你俩聊什么这么开心?"

"噢,最近朋飞给我介绍了一个女孩,我觉得还挺不错的。"马总笑呵呵地应道。

"是吗?这是好事啊!怎么样,朋飞,这女孩条件如何?"严父也笑呵呵地关心道。

"还行吧,是我同事的同学。"严朋飞有些尴尬。

"那你可得好好替马总撮合一下,难得马总碰上喜欢的人。"严父提着球杆慢慢往前走。

马总跟在后面说:"也不知那女孩对我是否满意,见了以后也没再联系。"

严父转头对儿子说:"朋飞,那你还不问问情况。介绍人就得双方做些工作。"

"其实我跟那女孩也不是很熟,我回头问一下我同事吧。"严朋飞有些后悔,自己干吗揽这事。

"马总要是看上那女孩了,也可以主动追嘛。以马总的条件肯定没问题。"严父笑容可掬的。

马总呵呵了两声:"这事还得靠朋飞帮忙了。"

严朋飞继续尴尬地一笑:"行,我再找王琪问问。"

今天这球打得完全不在状态,严朋飞赶紧把话题聊到了工作上,问了马总最近公司运营的情况。

这也正是严父关心的情况,三人便就此展开了话题……

陈贝儿握着手机都快疯了。此刻她才意识到这个马总她真不应该去见,现在弄得骑虎难下。她和严朋飞的关系全卡在马总身上了。

正在她烦不胜烦的时候,周健的电话又打来了。

"贝儿,你忙完了吗?怎么还不给我打电话啊,咱们在哪儿见?"

正拱火的她一听周健的声音，更火上浇油："想借钱是不是，你怎么不找高利贷借啊，我该你的欠你的?!"

"贝儿，不是之前说好的吗？"周健也愣了，从没见她发这么大火。

"谁之前跟你说好了？你把我甩了，你还过来跟我借钱？你脑子进水了吧？我有钱也不借你啊，我凭什么借你这种渣男！我告诉你，以后老死不相往来，你也不用再给我打电话！也永远不会再见了！"

说完狠狠按下了手机。头一次她发这么大火跟一个男人摊牌，分手的时候她都是极冷静的，连一句抱怨都没有，只是默默离开。她今天是怎么了？

把手机扔到沙发上，人也跟着摔到沙发上。她何时变得这么歇斯底里了？

不过事后，当她把这件事告诉顾曼后，没想到顾曼都赞她骂得好！周健这种渣男是该有人这么骂骂他了。

可是骂了之后，她也并不解气。爱情从来都是两败俱伤的。你将一把刀刺向对方时，刀柄也因为用力过猛伤到自己了。

"一荣俱荣，一损俱损"说的就是爱情的双方，分手后，哪还有可能做朋友？

能做朋友的当初就不是真爱了。

可身边还是有大把的能跟前男友做朋友的姑娘，陈贝儿反思自己还是心胸不够宽。

后来的后来，严朋飞更正她："不是心胸不够宽，是胸围不够大。"

[16] 哭笑不得的广州之行

冬天的广州还是比北京好，气候没那么干燥，空气也没那么凉薄。

陈贝儿早早赶到了机场。看了看表，还有半小时就该检票了，Cathy 仍没有来。

陈贝儿赶紧打电话，几个电话打过去，她都没接。

不会是把签售的事忘了吧？这好像不应该，她如此看重这次活动，不可能误机啊。

片刻，Cathy 回了一条短信："我在机场吃早餐，你别打扰我，你自己先登机吧，到点我会过去。"

还真是个慢性子！语气却充满了不友善。

陈贝儿压住自己的负面情绪，努力把这件事当成工作，人不应该因为工作而影响心情。

登机后，直到机场广播读出了 Cathy 的名字，她才慢悠悠地进了机舱。

陈贝儿赶忙迎上去:"我真是怕你误了机。"

Cathy不以为然道:"怎么会?我天天打'飞的'的人怎么会误机?我计划的时间刚刚好,只是面汤还没有喝完,有些浪费了。我本来想带一碗给你的,但服务生没让我带。"

陈贝儿有些无语,但还要向她表示感谢。

Cathy见前排有空座便说:"我坐前排了,前面有空座,我就不跟你挤了。"

这倒也好,陈贝儿挤出一抹笑。这种国外回来的白富美她有些不适应,不知严朋飞从哪儿给她推荐的怪人,不自觉地竟怪到他头上。

飞机上一路无话,倒让人比较轻松。

临座是一个白面书生,看样子是学生。那男生看了陈贝儿一眼,微笑道:"你的眼瞳很特别,很好看!"

陈贝儿对这突如其来的赞美还一时没准备,愣了一下才冲对方礼貌性地笑了一下。

男生马上又问:"你是去广州出差吗?还是家在广州?"

"出差。"陈贝儿简单答道。

"我也是出差,我是北京的,你也是吧?"男生很有兴致地攀谈起来。

陈贝儿不想多谈,只点一下头。

"太好了!那咱们加个微信吧,我叫陈南,很高兴认识你。怎么称呼你?"男生拿出手机要加微信。

这下弄得陈贝儿不加都不行,只好也拿出了手机:"我叫陈贝儿。"

"你也姓陈啊,咱们五百年前是一家啊。"陈南笑起来有两个酒窝,人长得倒不难看,还挺阳光的。

"你还在读大学吧?"陈贝儿想给他泼冷水,提醒他年龄差。

"是啊,我已经大四了!现在在一家公司实习。"陈南摆出一副老成的样子,可笑起来明明像个高中生。

"我研究生毕业都工作三年了。"陈贝儿直白道。

"那我得叫你姐姐啊,可你看着好像跟我差不多大。"陈南投来质疑的眼光。

"我可比你大多了!"陈贝儿有些想笑。

"那也没关系,现在连性别都不是问题了,更何况年龄。"陈南咧嘴笑笑。

陈贝儿哼笑一下,她对这种小男生不感冒,只想快快结束话题:"我有点儿困了,我先睡会儿。"

"好啊,你睡吧,快到了我喊你。"

陈贝儿哪睡得着,闭着眼都觉得有道火辣辣的眼光刺过来。

不知过了多久,听到陈南喊她的声音:"姐姐到站了,咱们到广州再联系。"

陈贝儿礼貌性地笑笑,又摇摇头:"我还有一个朋友坐前面,我先走了。"她赶紧走到 Cathy 身边。

Cathy 看了她一眼,面无表情地打了个招呼。

二人出了机场就打了辆车直奔五星级酒店。

"打车你付钱吧,票留好,你们公司肯定会给你报销的。"Cathy 抢先说。

陈贝儿点了点头,这个 Cathy 确实非常计较。

进了酒店,Cathy 开始挑剔:"中国的五星级酒店现在做得很差啊,你看看这装修、这厕所,很倒胃口啊。"

陈贝儿在一旁默默收拾行李,也不想多话。

"对了,陈小姐,下午我会出去见几个朋友,晚上我再回来和你讨论明天签售的事。你中午自己找东西吃吧。公司应该也会给你报销的。"Cathy 说完开始忙着化妆,边化边说,"我这人就是不会化妆，眉毛也总化不好。陈小姐，你会化吗？你帮我化一下？"

换成别人，陈贝儿早过去帮忙了，但换成 Cathy，她可不敢上前给她化，万一化坏了，不知她会怎样。

"我也不太会，你看我的眉毛也化得不成样子。"

Cathy 特意看了一眼陈贝儿的眉毛，说："我觉得化得还蛮好的呀。算了，我赶时间，我先出门了，晚上见。"Cathy 换了身衣服，抹了一嘴口红就出门了。

陈贝儿这才放松下来。她赶紧给严朋飞发了微信，问他 Cathy 是何方神圣。

严朋飞说也跟她不熟，只是请她翻译过一本书，具体为人并不清楚。

那就不能怪他了，合作关系有时就是淡如水。

这一下午待在酒店可烦死了，严朋飞提议她去市中心转转，吃点广州美食。

就这样有严朋飞微信陪伴，这一下午倒是还挺充实，她随手拍了街景和美食都给他发过去，还不忘发了一张自拍照。

谁知严朋飞回了一句："一般。"

陈贝儿气不打一处来："你就会说一般，我哪儿一般了？"

"一般又不是说不好，只是一般啊。"

"一般就是不好，你换个词。"

"丑。"

陈贝儿气得发了一个捶打的表情："哪儿丑了？"

"也不是丑，就是不美。"

陈贝儿更气了："不美你还理我？"

"我没理你啊，一直都是你理我呀。"

这个严朋飞太损了。陈贝儿气得一时语塞。

"怎么不让说实话呀。"严朋飞又回了一句。

"你说说哪儿一般了？"陈贝儿跟他抬杠。

"长相一般，身材一般，气质一般。"

"你是故意气我，还是你的真心话？"陈贝儿有些不可置信，如果是开玩笑也有点儿让人下不了台。

"你特美，真美！"严朋飞语气一转。

"假话！你能不能说句发自内心的话。"

"说丑不行，说美也不行，那我不说了。"

"讨厌！你就会忽悠！"

……

总觉得说不过他，陈贝儿又气又甜蜜。只是这种隔空聊天总不如面对面真实，但他不提见面，她也不好提，就这么内心挣扎着。

顾曼劝她："先这么聊着，聊着总比不聊好。男人肯花时间跟你聊说明还是喜欢你。再聊一段时间见面也好，这样更有感情基础。我觉得你们俩有戏，好好发展吧。"

好吧，顾曼的话她是信的。

那时的她们对爱情都是抱着期许和希望的。只是后来，当现实血淋淋地摆在面前时，她们谁都不愿相信了。

晚上，Cathy的电话打过来，声音不疾不徐："陈小姐，晚上我们有个同学聚会，我可能会晚一点回去，你自己吃饭吧。"

陈贝儿只能内心呵呵一声，嘴上客气道："那你聚吧，最好别太晚回来，咱们还要讨论一下明天的活动。"

"OK，没问题。"

哪想到等Cathy回来的时候已经夜里十一点多了。

她醉醺醺地吐着酒气："不好意思，同学聚会有点儿喝多了，他们一直灌我酒，不让我回来。"

"你没事吧？"陈贝儿赶紧从床上爬起来过去扶她。

"我没事，我酒量很大的。咱们讨论一下明天的安排吧。"

Cathy 坐到床边，摇头晃脑地说，"明天我想了一下，你还是不要当主持人了，我单独请一个主持人吧。毕竟你也不专业，普通话也不标准，我难得回来一趟，还是要讲究一下。"

陈贝儿沉下脸："单独请主持人这块公司没有预算，这个费用可能要由你来支付。"

"凭什么由我支付啊！你们公司就这么小气吗？我请的可是广州当地著名的主持人，这是给你们公司面上增光的事！"Cathy 借着酒劲声音大起来。

"很抱歉，这次活动的预算报表我都已经交上去了，现在突然要改预算肯定是不行的。"

Cathy 见她这么说便缓和了口气："那这样吧，如果主持人的费用你们不出，至少要出一个化妆费吧？我不能就这样素面上台吧？明天上午我请了一个化妆师。"

"很抱歉，这个费用我们也出不了。预算上也没有这一项。"陈贝儿依旧客气地说。

"化妆费你们都不出？那才几个钱？你们也太过分了！"Cathy 失态地吼起来。

"这些你之前都没有提过，现在到了广州才提肯定不合适啊。"陈贝儿忍住火。这个女人真有些无理取闹！

"我也是到了广州才想到的啊，之前怎么会想那么细。"Cathy 理了理头发，努力让自己镇定下来，"这样吧，既然你们公司什么都不出，那明天的活动你也不用参加了。"

陈贝儿表情严肃道："这个活动既然我来了，肯定要参加，而且我还要拍图片给公司发过去。公司的活动我必须全程参与。"

Cathy 面色潮红，不屑地看着她："那好吧，随你的便。但是这个酒店是我订的，我现在要求你出去！别睡在我的房间！"

陈贝儿立刻惊呆了，这个女人简直是病态啊！她冷静一下道：

"酒店的钱公司也承担了一部分,现在已经十二点了,你让我上哪儿订酒店去?今天只能先这样,明天一早我会搬出去。"

"脸皮够厚。"Cathy 小声骂了一句。

陈贝儿再不说话,重新躺回床上。可是心里那个气,根本无法睡觉。

Cathy 躺到另一张床上,把台灯的亮度拧到最大。拿出手机,开始发微信。

陈贝儿忍无可忍道:"明天还要搞活动,你今晚是不想睡了吗?"

"我向来是喜欢开灯睡觉的,我怕黑,不好意思,这事我也忘了提前告诉你了。"Cathy 露出满嘴的黄牙,冲她狰狞地一笑。

那笑容把陈贝儿吓了一跳,真是活见鬼了!

她二话不说爬起来,把东西往行李箱一塞,逃也似的跑出了房间。

何必在这里受这个气。

"FUCK,还在飞机上勾搭小男生,不要脸——"Cathy 把这句话砸到她背后。

陈贝儿深深吐出一口气,更加快了脚步。头一次遇到这样没素质的女人,更可笑的是对方还是位作家,真是玷污了作家的头衔。

按公司规定她是不能住五星级酒店的,她忙打了一辆车,去了附近最近的一家快捷酒店。但是到后才知道都已经客满了,最快也得明天才有空床。

陈贝儿无奈,只好在大堂沙发上半躺着。这次的广州之行真的是场噩梦。

她想给严朋飞吐苦水,想想这么晚了,也别打扰他了。可又气得完全无睡意,只好生生坐了一晚上。

第二天下午两点,陈贝儿赶到了广州书城。

广播里已放起了 Cathy 签售的消息。还有五分钟活动就要开始。陈贝儿看到主席台的位置 Cathy 穿了一条红旗袍，旁边那个穿粉色纱裙的主持人已拿着话筒开始读 Cathy 的简介。

可看台下的四五排临时摆放的椅子却空无一人。

陈贝儿赶紧走到服务台，让他们能否给找些观众，不然这个签售会也太尴尬了。

服务台的工作人员面露难色道："现在只有小鲜肉或者明星搞签售才有粉丝来，一般不出名的作者谁会来啊。我估计像她这种情况一本也签不出去的。你们是主办方吗？"

陈贝儿尴尬地点点头："是啊，她就是广州的作家，在当地应该有些知名度吧？而且她还出过外语书，在法国也挺有名气的。"

"那有什么用，在广州反正是没人认识她。而且像她名气不够应该请个有名的主持人捧捧场，怎么还找了个婚庆公司的主持人，完全不专业嘛。"

陈贝儿想想幸好自己没有上台，不然也是跟着一起出丑了。

"这个主持人说是在当地挺有名气的，也是作者花钱请的。"陈贝儿解释道。

"你们认识她吗？"工作人员互相看了一眼，又都摇摇头，"看她的打扮就是婚庆公司的。"

"签售就要开始了，还是一个人都没有，你们工作人员能否冒充一下读者？不然场面太尴尬了，对你们书城影响也不好吧？"陈贝儿哀求道。

五六个工作人员见状也只好点点头："好吧，我们冒充一下吧，确实场面也不好看。"说完他们换上了便服，走进了签售区。陈贝儿也跟着坐在了前排充当读者。

这时她才看清了 Cathy，她把头发盘得高高的，快耸入云端了。夸张的耳环配上红唇，再和她身上的红旗袍交相呼应，那样子惨不忍睹。这是哪儿请来的化妆师，也太不厚道了。

　　Cathy 也一眼看到了陈贝儿，目光中仍是不屑，但自知场面冷清，也顾不上跟她翻白眼了。

　　她清了清嗓子开始了她的演讲，从小时候一直讲到她出国生了四个孩子，再到如何用法语写作，如何写成了这本书……不得不说，在没有任何人呼应的情况下，她还得自顾自地说得这么流畅生动，口才确实了得。

　　足足讲了四十分钟，读者席上仍只有那五六个工作人员。

　　陈贝儿用手机拍了几张照片，尽量选人多的场面。

　　主持人终于接过 Cathy 手中的话筒，朗声说："现在我们开始签售，请大家不要错过机会，Cathy 女士特意从法国飞过来，机会难得，请大家踊跃购书。"

　　广播也再次响起旅法作家 Cathy 签售的消息，可依旧没有人来。

　　五六个工作人员签完，陈贝儿也只好硬着头皮上前假装读者购书。

　　Cathy 看了她一眼，一句话也没说，签上名后就站了起来。

　　主持人适时地说："由于 Cathy 女士今天还要赶飞机回法国，所以今天的签售活动到此结束！请大家鼓掌感谢 Cathy 女士莅临广州书城！"

　　总算还有一些稀稀拉拉的掌声。

　　陈贝儿也跟着拍了几下，看着 Cathy 转身，她也离开了现场。

　　两人最后四目相对的那一瞬，陈贝儿看到了 Cathy 脸上的一丝落寞。也许 Cathy 自己也没想到整场签售活动才签出了六本书。这个打击对她来说是致命的。以前她在国内办签售的时候场面是相当火爆的，那时她还没生孩子，脸蛋也美得发光，现在虽然生了四个孩子，但她自觉风韵犹存，场面也不该这么冷清吧。又是请主持人，又是请化妆师，又是订五星级酒店，她这是忙什么呢?！想想都替自己委屈。还平白跟陈贝儿闹了一场，想想也有些后悔。

陈贝儿看着她落寞的背影，竟也替她难过了，那一瞬，似乎也原谅了这个疯女人的无理取闹。

只是这样的人她再也不想打交道了。

跟书城的工作人员道谢后，她走出了书城。正好碰到了那个一身粉纱裙的主持人。那女人边走边和身边的朋友说："真是尴尬死了，以后这种活动你不要替我接了，挣这点钱还不够丢人现眼的。以后没名的一律不接，听明白了吗？"

那人赶紧点点头："我哪知道她没名，她自己吹得挺有名的，还给我看了以前她签售的照片，场面挺火的。"

"你都不看看她多大了，她拿十年前的照片你也信啊！"女主持人抢白道。

"好的，我知道了，以后我一定吸取教训。"

看着两人从身边走过，陈贝儿有些哭笑不得。

暖暖的阳光从肩头洒下来，白云好似近在咫尺，一伸手就能抓到。

"嗨，你好！我们又碰面了！"一个温柔的男声突然从背后响起。在这样晴朗的阳光下，那声音格外好听。

陈贝儿一转头，竟吓了一跳……

[17] 惊艳了时光的心动

阳光里一脸灿笑的男人竟然是陈南。

"你怎么在这儿？你不会跟踪我吧？"陈贝儿蹊跷地问。

"我有那么无聊吗？公司正好在附近搞活动，结束得早我顺便到书城来转转。没想到会碰到你，好巧！"陈南露出标致性酒窝。

"好吧。"陈贝儿沉吟一下，就算偶遇吧。

"既然碰上了，你要是没别的安排，咱们一起吃晚饭吧。"陈南赶紧邀约。不得不承认他对面前这个姐姐很有好感，她的知性气质很迷人，跟身边那些浓妆艳抹的迷妹完全不同。

"……"陈贝儿一时不知如何作答，去不去倒是两可，她也并不反感这个男孩，只是觉得陌生人聚在一起吃饭有些别扭。

陈南见她犹豫，赶紧凑上前开玩笑道："我的姐姐，就是吃一顿饭而已，我还能把你吃了，况且我还是个学生，也没这个胆量啊。我就是想请你吃顿饭，我一个人吃也怪无聊的。"

陈贝儿见状也就同意了。二人去了附近一家中餐厅，随便点了几样广东小吃，聊了聊工作和生活。当说到私生活时，陈贝儿理直气壮地说已有男朋友了，她满脑子想的都是严朋飞。

陈南听后有些失望，但还是强颜说："反正我们可以做朋友，回北京后咱们也可以联系啊。"

陈贝儿笑笑，却又笑得没有底气。她心里明白，严朋飞跟她目前也只是普通朋友。

广州之行陈贝儿挑重点跟王一铭做了汇报。一些细节她自己都不忍张口。

王一铭面色不悦道："这次活动办得不成功啊，才签出去六本，这叫什么签售会?！Cathy没有来公司找麻烦吧?"他也觉得那个女人不好惹。

"目前还没有。签售这种事也由不得主办方，作者自己名气不够她应该也无话可说。"陈贝儿回想Cathy那噩梦般的脸都有些心悸。

"不找最好，千万别给公司找麻烦。"王一铭顿了顿，"以后再有翻译的活动还是不要找她了，换人吧。"

陈贝儿点点头："Cathy的账目已交给财务了，按之前谈好的结算。"

王一铭点了一下头："让财务核对一下，别出什么差错，免得又惹麻烦。"

"好，那没什么事我先出去。"

陈贝儿刚要走，王一铭又说："你替我约一下沈总，新项目的事我得再和他谈谈。"

陈贝儿点点头，走了出去。

回到位子上，她有些发呆，梳理了一下最近发生的事，一件件好似都不太令人开心。对着电脑，她开始上下眼皮打架。在广州就没休息好，回来睡眠质量也差。莫名地她脑袋一紧，刚想起了一件大事,她赶紧打开了一个网址。心理咨询师的考试成绩也该下来了,她才想起来。

可边看心里却沉笃笃地跳着,生怕自己名落孙山。输入考号后,她的成绩终于通过了!

这恐怕是最近唯一的喜讯了吧,她赶紧把好消息发到"吃货三人组"的微信群里。

宇涛马上回道:"自助餐终于可以吃上了!今晚庆贺吧!"

陈贝儿马上@高翔。这次高翔发话了:"吃什么自助餐,没创意。周末带你们上郊区吧,吃豆腐宴、红鳟鱼去!"

"好耶——"陈贝儿和宇涛都欢呼起来。看来高翔已经从撞车的阴影中走出来了。

说起来已有一个多月没见着高翔了。那天去郊区的路上,兴奋的陈贝儿坐在车里不停地感慨。

宇涛不服气道:"咱俩也一个多月没见了,成吗?"

陈贝儿吐了吐舌头,这个宇涛最爱和她斤斤计较。

陈贝儿在车里大吐苦水,讲了悲催的广州之行。高翔打趣道:"别给我们讲老女人,讲讲你这趟有没有艳遇?"

陈贝儿一下想到了陈南,但她嘴上还是说:"有什么艳遇啊,别气我。"接着便脱口说,"以后你可别再开什么摩托车了,多危险!"

宇涛立刻拍了她一下,示意她别提这事。

陈贝儿才意识到失言,刚想找补,高翔却说:"是啊,那玩意儿再不能碰了,害得我好惨。那老头死活不想出院。最后医生强迫他办了出院手续。"

宇涛接口道:"骨折这事就是要养三个月,医院床位紧张,不可能让他住满三个月的。"

"出院后他没再找你麻烦吧?"陈贝儿马上问。

"能不找吗？后来我也烦了，就给了他一万块钱。"高翔边开车边说。

坐在副驾上的陈贝儿惊得张大了嘴巴："一万块？你疯了吧？"

"不给他，他就没完没了。"高翔为这事气得人都瘦了一圈。

"哎，让你报警你不报。"宇涛也在一旁叹气。

"算了，人家老头也不容易，六十多岁了，伤筋动骨一百天，给人赔点钱也是应该的。"高翔想通了似的说。

"真服了你了！你以为给了一万块这事就完了？他还会再来讹你的！"陈贝儿提醒道。

"是啊，他后来又打电话找我，没办法我只能换了个手机号。哎，这事真够背的……"高翔叹了口气。

"幸好你还聪明，你要是不换号估计他会讹你一辈子！"宇涛插了一句。

不管怎样这事总算解决了，陈贝儿心里一块石头落了地。

那天延庆的豆腐宴、红鳟鱼可能是她这辈子吃过的最好吃的菜，饭桌上就听她一直在赞不绝口。

高翔好笑道："瞧你这没出息劲的，一顿豆腐宴都给你美成这样！"

"就是，弄得好像以前我们没带你吃好吃的似的。"宇涛也笑着白她一眼。

陈贝儿吃到两眼放光，她也奇怪为什么那天她的胃口特别好，以致日后再去吃完全没了当初的滋味。或许就是因为这两个好哥们儿在。陈贝儿笑笑说："就是因为跟着你们俩吃得太少，所以以后你们得带我多去吃！"

"你放心，只要我们俩在世一天，你都有饭吃！"宇涛开玩笑道。

"那你们俩必须比我晚死，不然我不是要饿死了！"陈贝儿也跟着口无遮拦。

"呸呸！大过年的说这不吉利的话，什么死不死的！"高翔打断道。

"也是，下周就过春节了，贝儿，你得回杭州吧？"宇涛这才正经道。

"是啊，一年回一次，不回也说不过去。票都买好了。"陈贝儿说起回家就发怵。跟父母的关系始终亲不起来，回家也成了一种负担。

"好好陪老人过年吧，咱们也好好庆祝一下！"高翔举起酒杯。

"祝'吃货三人组'永不倒闭！"陈贝儿举杯笑道。

"还是祝你明年赶紧结婚吧！"高翔碰杯道。

"那就祝咱俩明年赶紧把事办了！"宇涛也举起酒杯，冲陈贝儿挤挤眼。

"讨厌——"三人又笑成一团……

饭后高翔把车开到了湖边。天气乍暖还寒，冰面已融化，湖水泛出深色的蓝，莹莹地折出道道蓝光，煞是好看。

"我就在湖边洗车，你俩去那边拍照去，宇涛可把单反带来了，好好给贝儿拍拍，我等着看大片啊。"高翔说完拿出水桶、马扎这就开干了。

陈贝儿看着他哭笑不得："你真是劳累的命。"

"走吧，别管他了，咱俩拍大片去。你看我新买的单反，全画幅的，拍出来别人肯定以为你是请专业摄影师拍的。"

"你就吹吧。"

两人边说边走到湖边，陈贝儿这边摆 POSE，宇涛那边喊着口令。陈贝儿嫌他按快门慢，浪费她表情；宇涛嫌她 POSE 不专业，找不着感觉。两人边拍边互相埋怨，都快打起来了。

高翔远远地看着，边笑边擦车，真是一对欢喜冤家。

时光悠然地过了一下午。天边那一抹红云浮上来时，陈贝儿惊喜地叫道："火烧云来啦！快拍！"

宇涛赶紧狂按快门。陈贝儿印在霞光里的剪影被宇涛抢拍到，他回看着定格的画面，有一种惊艳了时光的心动。

他赶紧跑过去拿给贝儿看，得意道："怎么样，这张美呆了吧，你可以用作微信头像了。"

陈贝儿也吓了一跳，宇涛竟能拍出这种有意境的照片，她赶紧跑去拿给高翔看。

高翔擦完车正坐在马扎上玩手机，也被这照片惊艳到了，大夸了一通宇涛的摄影水平。

陈贝儿噘嘴道："怎么就没人提一下模特的水平。"

宇涛笑笑："那还用问，没有好的模特哪来好的照片。"

宇涛把三脚架立好，提议三人拍张合影。

陈贝儿赶紧跑到相机前面站好了位置，把高翔喊过来。宇涛调好焦距后也跑过来。陈贝儿一左一右扶着他俩，三人齐喊："茄子——"

三张动人的笑脸定格在镜头中。三人又狂摆了多个造型，最后干脆走起了搞怪路线，不同的鬼脸在陈贝儿面前晃，笑得她直不起腰来……

那一天应该是"吃货三人组"最快乐的一天吧。

谁能想到，那天的合影竟成了他们三个人唯一的一张合影，至今还挂在陈贝儿的房间里。

只是后来她再也不能看到那个画面——因为不是只有失去爱情才会让人痛不欲生，失去友情一样会让人生不如死。

这种失去的痛，也只有宇涛能明白。

[18] 小风波

　　风放肆在路口，夜太黑，伴着狂乱的呼啸声，扰得人一夜无眠。
　　马上就是春节，陈贝儿期待能回杭州和严朋飞见面。
　　因着这个憧憬，放假前那几天总是笑容满面，惹得苏苏都笑她面带桃花。
　　只是，现实总会把人一下打入谷底。
　　本来她想提前两天回杭州，这样两人可以不期而遇。不想严朋飞春节前被派到外地出差，见面的计划又成了泡影。
　　陈贝儿落寞地发了一个不开心的表情。
　　"大过节的还不高兴啊！"严朋飞回道。
　　"谁大过节的出差啊。"陈贝儿沮丧道。
　　"我也不想出差啊，公司安排的，我也没办法。"
　　两人正说着，马总突然给她发了条微信，说明天就回北京，希望能见上一面。

陈贝儿随手将信息转发给了严朋飞:"你看看,让你转达你又不转,马总又约见面了。"

"那你就见吧。"严朋飞发来一个坏笑的表情。

"我不喜欢为什么要见,我直接告诉他我喜欢的人是你。"陈贝儿气得咬牙切齿。

"随便,你敢说吗?"严朋飞以为她在开玩笑。

"我当然敢了,不说清楚早晚是个事。"

想了想,陈贝儿给马总回了条微信:"不好意思马总,我已经有男朋友了。祝春节快乐!"

马总并没有回,估计心情不会太好。

陈贝儿转头就发给了严朋飞:"行了,跟马总说清楚了,这下你也不用有什么负担了。"

"我有啥负担。"严朋飞不以为意道。目前的状态他可不想被一个女人拴死,事业没有起色,他什么也不想投入。

见气氛有些僵,陈贝儿转了话题:"你是去哪儿出差?"

"云南。"

"云南是个好地方,我还没去过,要不我也去?"陈贝儿试探地说。

"你去没地方住。"严朋飞还是有些害怕,这姑娘对他是认真了。

"你住哪儿我也住哪儿,多订一个房间好了。"陈贝儿索性主动到底了。

"那多不好,万一我喝多了,爬到你房间去了,多不好。"严朋飞见招拆招。

"没事,我会管着你的。"陈贝儿乐了。

"你还是别给我捣乱了。"严朋飞是跟马总一起出差,当然不能让陈贝儿出现。

"我看你是跟王琪出差吧。"陈贝儿故意道。

"你想象力真丰富。"

"哎,说说你前妻的事吧。"

她本想说前女友,一打字成了前妻。刚想撤回,却看到严朋飞回了一句:"没什么好说的,她挺好的,都是我的错。我太差了。"

陈贝儿立刻蒙了:"你真有前妻啊!什么时候离的?"没想到还歪打正着。她没料到严朋飞竟然结过婚!

"离了三四年了。我们没孩子,离起来也快。她挺恨我的,离的时候连婚纱照都撕了。"严朋飞毫不掩饰道。男人对女人不在意时,总喜欢把不堪的一面和盘托出,让她知难而退。

"啊,不会吧,她那么恨你?你究竟做了什么对不起她的事?肯定是你搞外遇被她发现了,一气之下离了。"陈贝儿还是不能相信,总觉得他在跟自己开玩笑。王琪也从没提过他结过婚啊。

"她是我同学,结婚太早了,磨合不好,主要是我的问题。"严朋飞这点倒不错,不像有些男人一离婚全是抱怨对方的不是。

"你到底什么问题啊?"陈贝儿急道。

严朋飞就是不回。

"我知道了,肯定是你不能生育,人家只能把你甩了。"陈贝儿只得给他台阶下。

严朋飞哈哈笑了:"我不能生育你怎么知道?"

"你不是没孩子嘛,那还能有什么理由?"

"好吧,你就当我不能生育吧。我也不想要孩子,所以也不想再结婚。"

"不想再结婚?你也不用这么悲观吧?这段婚姻不适合你,未必下一段婚姻也会失败。"陈贝儿心急如焚。

"至少这几年不想结吧。结一次再离一次太麻烦了。"严朋飞有些心灰意冷。

"你们现在还联系吗?"陈贝儿追问。

"早不联系了,也不可能联系了。"严朋飞决绝地说。

"确实做朋友也比较难了。"这又让她想起了周健,分手后再做朋友对她来说不可能了。

"是,如果能做朋友也不可能离婚了。"严朋飞说了一句大实话。

"真没想到你是离婚的,这事王琪知道吗?"她忍不住问。

"她不知道吧。公司的人应该不知道。这事也没必要到处说去吧。"

"你爸妈也同意你们离婚?"陈贝儿索性打破砂锅问到底。

"他们早在我十岁的时候就离异了,现在又各自组织了家庭,也有了自己的孩子,他们哪儿会管我?"

"啊,不会吧?"陈贝儿又惊了一次,"你这么小他们就离了?"

"他俩成天吵架,离了也好。我从小是和奶奶一块儿长大的。我离婚那年我奶奶正好去世了,我就提出调到杭州来挂职。我想换个环境也好,北京待烦了。"

陈贝儿这下有些明白了,离开伤心地或许是最佳的疗伤办法,但也是最消极的。

"你跟奶奶感情很好吧?"陈贝儿忽然有些心疼他,也许就是从那一刻她彻底爱上了这个男人。

"对啊,我奶奶身体一直很好,那天不知怎么了突然就呕吐,后来送到医院就不行了。医生说是心梗,救不了了。"

陈贝儿给他发了一个大大的拥抱,手里握着手机却突然有些握不住了。这些话令她想起自己的奶奶。她和奶奶也是感情很好,只是奶奶去世得太早,上大学时就走了。

"现在回北京我还是住奶奶的房子,那是她留给我的房子。"严朋飞越说越伤感了。

陈贝儿竟然不知不觉流下泪来："房子在哪里？离我近吗？"

"离你不近，在西边，有机会带你去。"

"好啊！"因为这句话，陈贝儿破涕为笑。也因为这句话，她有了长久的期待。她盼着赶紧去看看那个老房子，看看他奶奶的样子。

"行了，不和你聊了，一会儿吃饭去了。"

看来这个严朋飞并不像外表给人的感觉，之前一直觉得他像高翔那样，是个阳光大男孩，其实他的内心应该复杂得多。

那天他们聊了很久，也就是从那天开始，陈贝儿深深地陷入了那个情感旋涡。

就在春节放假的前一天，王琪又打来了电话。

她先问了陈贝儿春节哪天回杭州，又说回来一定要聚聚之类，然后转入正题。

王琪问她："最近你跟我们领导还联系吗？"

"联系啊。"陈贝儿并不打算隐瞒。

王琪眉毛一挑："是他主动和你联系，还是你联系他？"

"有时他联系我，有时我联系他，我联系他的多吧。"陈贝儿如实说。

"这么说你想跟他表白？"王琪不舒服地眼皮一跳。

"这种事不表白，他也应该知道吧。"陈贝儿索性也不想瞒了，这事总躲不过她。

"可是我专门问过他，他对你没意思啊。他说你长相一般。"王琪也挑开天窗说亮话。幸好二人只是通电话，如果面对面，估计双方的面色都不太好看。

"是，他一直这么说，还说我丑。"陈贝儿想想又觉得好笑。

"说你丑，你还喜欢他？"王琪不可思议地问。

"喜欢一个人很奇怪，就是没什么理由，好像对上眼了，他说什么你都可以不在意了。"陈贝儿一脸甜蜜。

王琪听后,心里莫名地有股气:"女追男可不是什么好事,我劝你还是别追了,省得最后追不上还挺尴尬的。"

"好不容易遇到一个喜欢的,你不试一下会后悔的。我不想吃后悔药。"陈贝儿表明立场。

"反正我是过来人,该劝你的我都劝你了。你愿意试试那就试试,但我们严总可是富二代,家境优越,一般人他是看不上的。"王琪泼冷水。

"他条件再好也是个离婚的,我配他也不算高攀吧?"陈贝儿直白地说。

"他是离婚的?你怎么知道的?他亲口跟你说的?"王琪听后也是一惊。她一直以为严朋飞没结过婚。

"是他亲口跟我说的。"

"他能跟你说隐私,看来你们的关系也不普通了。他从来都没跟我说起这个。"王琪有些心理不平衡,她一直觉得自己和严朋飞的关系怎么也比他们俩近些吧。现在看来不同了。想到这儿她不免又有些失落。

"你们是同事,他也不好提吧。"陈贝儿一直把同事和朋友分成两个组的。只有前同事才能做朋友,现任同事只有竞争利益关系。

王琪又问了一堆诸如他是如何离的、前妻是什么人等八卦问题。陈贝儿轻描淡写地回了。她总觉得王琪对严朋飞有些过于关心,女人的直觉告诉她,王琪也喜欢严朋飞,只是碍于她有老公,只能隐忍住。

那天电话里的所有话题全是围绕严朋飞,傻子都能看明白这是出什么戏码。

最后王琪语重心长地说了一句:"我觉得你们俩不合适。其实在公司,好多人都以为我们俩是一对。因为严总确实对我非常好,非常照顾我。我们也很聊得来,有时公司应酬他喝醉了,都是我送他回家;有时我身体不舒服了,他也会开车送我回家。就连我父母都以为严总在追我……但我毕竟有家庭,我也不能给他承诺什么。而且我也不想再生孩子了,他肯定是想要孩子的,我确实也不想耽误他……"

这一连串话把陈贝儿都搞晕了,这是什么情况?

她定了定神,正色道:"你的意思是严总一直在追你,而你因为有老邓所以一直拒绝他?"

"差不多吧。我们确实挺合适的,我们很聊得来,性格也很合适。如果我要是单身我肯定会选他……"王琪骄傲地说。

"可你有老邓啊!"陈贝儿打断道。

王琪面色一沉:"反正我是想告诉你,严总不适合你,真的,你别浪费时间在他身上。"

还真变成了二女抢一男的戏码。这不禁让她想起来了二人小时候的一段对话——

"贝儿,如果长大后咱俩喜欢上同一个男生怎么办?"

"那就看那男生更喜欢谁吧。"

"贝儿,你放心我一定会让给你的,我不跟你争。"

"这不是争不争的问题,如果他一个都不喜欢,还说什么让不让。"

"也是啊。"

"所以把难题交给那个男生,看他选谁好了。他如果选你,我当然会主动退出啊。"

"呵呵……"

对话和笑声仍清晰如昨,难道曾经的戏言要成真?

幸好王琪还有老邓,想到这儿,陈贝儿故意提醒道:"对了,最近老邓怎么样了,怎么好久都没听你提了。"

以前王琪每打电话是必提老邓的，最近确实很少听她提起了。

"我们挺好的，行了，我不跟你说了，见面再细说，给你拜个早年。"王琪先挂了电话。

陈贝儿握着电话半天僵在那里，难道严朋飞跟王琪真像她说的那样？以她的性格，这种事是绝不能忍的。她马上给严朋飞发了微信："你喝醉酒了都是王琪送你回家？"

严朋飞闪回："有一两次吧。就我们俩参加饭局，只能她送我呀。"

陈贝儿气道："送到家就没事了？你没往人家身上扑吗？"

严朋飞觉得好笑："怎么可能，送完她就走了，我就睡了。"

"鬼才信呢，你喝多了，酒后乱性太有可能了！"陈贝儿都不敢想那个画面。

"随便你怎么想吧，反正我没有。"严朋飞坚决否认。

"她不舒服你还送她回家？"陈贝儿继续发问，满满的醋意。

"她有两次也喝多了，那也只能我送她回家啊。"严朋飞继续解释，他早闻到了醋味。

"公司就你们两人吗？你天天应酬只叫她，合适吗？"陈贝儿噼里啪啦埋头打字，心里气不过。

"公司就那么十几个人，做业务的也没几个。"说着他发了一张公司合影照片，"你看看，我们公司的这些姑娘哪个能带出去啊！也只有王琪还稍将就能看。"

"所以你就看上她了？人家有老公，你还追她？公司里都在传你们俩好呢！"陈贝儿越想越气。

"公司里是有人传瞎话，但那都是捕风捉影，我俩就是一般同事，没什么进一步的关系。"严朋飞耐心解释。

"兔子不吃窝边草，你怎么想的？"陈贝儿又急又乱。

严朋飞也失去耐心了："我不会找窝边草，这个你放心！再说你觉得王琪好看吗?"

陈贝儿一愣:"你的意思是她不好看?"

"她还不如你呢,我怎么会看上她?"严朋飞交底道。

陈贝儿这才一块石头落了地:"那你以后应酬别叫她了,省得公司里的人都误会。你是领导,你也得注意分寸,再说你又单身,人家已婚,对你影响不好。"

严朋飞一笑:"好吧,你提醒得对!"

两人终于笑着结束了对话。

这场由王琪挑出来的风波才算过去,不然这个春节陈贝儿都会过不好了。

只是这个风波过后,另一个风波又来了。

[19] 各怀心事

明天就是除夕了，今天公司里多半人都请假提前回家了。

春节前那几天总是人心惶惶的，没人有心思上班。

王一铭接着副总李辛递来的一封信，快速看了一下。他眉头一皱，示意此信李辛去处理，尽量不要扩大影响。

陈贝儿还是订了明天的票，不太好意思提前走，生怕王一铭有意见。临座的苏苏早提前走了，今天的办公室显得格外空。她便给顾曼留了语音，约晚上见面。今天估计会下班早。

刚放下手机，不想竟接到了副总李辛的电话。李总叫她马上去他的办公室。

李总找她会有什么事？陈贝儿想了半天都猜不出个所以然。

刚进李总的办公室，见他沉着一张脸，陈贝儿心里不免一凛，看来情况不妙，可能是什么事呢？

李总示意她坐下，却什么也没说，交给她一封信。

陈贝儿犹疑地打开匆匆一看，便全明白了，原来是 Cathy 写给公司的投诉信。信里把她说得十恶不赦，把签售效果不佳的原因全怪到陈贝儿头上，最后还请求公司立即开除她。

还真是恶毒的女人，本以为这事就这么过去了，哪儿想到投诉信接着就来了。

陈贝儿面上没急，不疾不徐地把此事的前因后果全跟李总解释了一遍。幸好李总好脾气，能耐心听她说完。如果换作王一铭，估计早打断她了。

李总听完解释，面色才缓和下来："我也听说这个Cathy比较难搞。这事你也委屈。我先跟你了解一下情况，咱们尽量大事化小，所以这封信我并没有转给王总。"

陈贝儿马上感动地说："太谢谢李总了！我也是给公司添麻烦了。"

平常她和李总接触不多，没想到李总为人这么和善。

李总又劝了她几句，以后代表公司的事还得多忍耐，以免这种投诉信再次寄来。陈贝儿一个劲地点头。李总却并没有让她走的意思，看来还有其他的事要说？她观察李总的微表情，有些不确定。

果然，李总沉吟一下说："对了，陈贝儿，还有件事，你跟沈总比较熟，沈总那个新项目你之前也参与了吧？"

陈贝儿一愣，看来此事才是李总关心的重点："没有啊，沈总什么新项目我并不知情。之前王总让我跟沈总约了一次，沈总说放到节后了。其他的我就不知道了。"想了想，她又补充说，"其实我跟沈总也并不熟，郑总跟他比较熟。"

李总点点头，心里嘀咕："不熟那笔账会清得那么快？他和韩菲菲谈了几次都没谈拢，这事王总还怪他办事效率不高呢。看来这个陈贝儿也并不像表面看上去那么单纯。就凭她和沈总的关系，她能不知道新项目的事？"他边琢磨边看她的表情，确实也不好判断她是否真的知道。

他顿了顿说:"行,我知道了,这个新项目我问问王总看看是否安排你进来。现在韩菲菲正在落实,她毕竟跟沈总没你和他熟,有什么需要沟通的到时候我再让她找你。"

陈贝儿心下了然,便说:"好啊,需要我沟通的没问题。我觉得沈总还是挺好沟通的吧。"

李总心里冷笑了一下。以他的阅历他能不知道谁好沟通吗?沈总要是个好沟通的人,王总早接手了,还轮得到他去接这个新项目?

可面上他还是波澜不惊地说:"好,节后再沟通吧。"

陈贝儿回到座位上开始思忖,沈总的新项目为什么又交到韩菲菲手上?上次她已经办事不力了,这个王一铭是怎么想的?难道是故意的?

如果这次韩菲菲再没谈拢,那李总面上也不好看呀。所以李总故意给她打了预防针,意思是想让她帮韩菲菲一把,好让这个新项目能顺利谈成。

想到这儿,陈贝儿慢慢厘清了思路:首先是王一铭也有点儿怵沈总,但又很想谈成这个新项目,所以先让李总接手此事,他并不亲自出马。其实李总也有点儿怵沈总,毕竟上一次结账的事没解决好,还是陈贝儿出面解决的。李总心里也有阴影,但他又不能表现出来,所以他只能给韩菲菲施压,但又担心韩菲菲的能力,所以找上陈贝儿,让她能协助韩菲菲。

可转念一想,他们也太高看她了吧,她陈贝儿出面,这个项目就能谈成吗?她和沈总根本就没有私交,二人现在的关系也只是加了一个微信,最多是个点赞好友,也从没在微信上谈过工作之外的事。因为沈总设置的是三天可见,陈贝儿也不怎么发东西,所以二人在微信上几乎也没什么互动,连点赞的机会都没有。那次结账之所以这么顺利,纯粹就是她想出的折中办法正好合了沈总的心意,纯粹是巧合而已。可所有的人都认为他们是因为有私交，才结清了这笔账。这事陈贝儿自己都觉得冤枉。可又没法向外人解释，这就更叫人郁闷。

今天李总的谈话又更加明显地提到了这一点，真叫人心情不爽。

晚上跟顾曼见面时，陈贝儿忍不住说了这事。

谁知顾曼却笑称这是好事："你想想，所有人都认为你跟沈总有私交，沈总又是你们的大客户，这下谁还敢得罪你，都得巴结着你啊。这是多少人求之不得的。你还在这儿愁眉苦脸，真服了你了。"

"我可不想让人有这个误会，我是凭本事吃饭，可不是凭什么私交，再说本来就没什么私交，我多冤啊！"陈贝儿哭笑不得。

"行了，这事不讨论。这事你都郁闷，你也太闲了！我只关心你个人问题，最近有什么进展？"顾曼搞人事工作，她对这些职场关系早就不感冒了。

陈贝儿拿她没脾气，就把王琪的事跟她说了。果然顾曼和她看法一致："看来这个王琪也看上严朋飞了，这下你可麻烦了。毕竟他们在一个公司，低头不见抬头见的，难免日久生情。"

"可是王琪有老公！"陈贝儿赶紧挑明身份。

顾曼摇摇头："你知道吗，她已婚反而是个优势。有些男的并不想结婚，可又想找个伴侣，选已婚女人是最安全的。我分析，严朋飞肯定不会看上王琪，但并不妨碍两人做情人。"

"严朋飞应该不是这样的人吧？"陈贝儿不能接受地说。

"他是什么样的人你也不知道，你们才接触几天。你开始也没想到他是离异的啊。现在的离婚男人都不想马上再婚，但又想找个情人，这个阶段他选择王琪的可能性都比你大。"顾曼一副旁观者清的样子。

"他应该看不上王琪，但如果王琪真的往上扑，我不敢说他是否会拒绝。"陈贝儿又想到了那个酒后王琪送他回家的画面，确实不敢往下想。

"还真不好说，他们总在一起应酬，真的不好说。两个人都是过来人，发生一夜情的概率是非常高的。因为他们和你的目的不同。你是想结婚，人家可能就想一夜情。"顾曼分析得头头是道。

陈贝儿还是选择相信严朋飞："我觉得他们应该没走到那一步。他知道我跟王琪是同学，如果他和王琪已经是那种关系了，他何必又来招惹我？"

"你呀，真是太天真了。你这都是少男少女的想法。你和王琪一个在杭州，一个在北京，有什么关系吗？"顾曼骇笑。

"我坚信严朋飞不是这样的人吧？"陈贝儿眉头紧皱，底气明显不足。

"你还是留个心眼吧，别犯傻。不过我倒有另一条思路。别太把王琪的话当回事，这个人你可以忽略不计。她有老公，也只是玩玩。你不一样，你是找人结婚。所以你别管她怎么说，你如果铁了心地就想跟严朋飞，那你就豁出去，别管别人说什么，你一心一意跟他发展。因为你的时间紧，你的目的就是结婚。"顾曼沉思道。

陈贝儿点点头，现在这个时候可能任何人也无法动摇她的念头。女人一旦中了情蛊，也很难抽身。

"你最近怎么样，移民办得怎么样了？"陈贝儿转了话题。

刚才还表情果断的顾曼面色一沉："唉，别提了，最近我老公怪怪的，一下班就把自己关在房间里，也不出来。我敲门他也不开，说想休息。我本来还真以为他累了。可是有一次，我在门口听他好像是跟谁在聊天，我敲门，他就是不开，怎么跟变了一个人似的……"

"那你听他聊什么？"陈贝儿也好奇道。

"听不清,声音特小,但肯定是跟谁在聊天或者打电话。"顾曼表情凝重。

"是不是比较机密的事不方便让你听到,比如工作上的事?"陈贝儿试着分析。

"医院又不是什么保密单位,有什么机密。我觉得他应该是不想让我知道跟别人聊天。"顾曼眉头一蹙道,"他不会是有外遇了吧?"

"你别瞎想了,有外遇早出门约会了,谁还待在家里啊。"陈贝儿反驳道。

"那你说他这么神神秘秘的到底为什么啊?"顾曼百思不解道。

"我觉得你找时间和他聊聊,没准工作上遇到什么麻烦了也说不定,别动不动就往外遇上想。"

顾曼点点头,表情不轻松。

陈贝儿看着她的样子不得不感慨,即使内心再强大的女子在面对感情和家庭问题时都会变得脆弱和无助。

春节前的这次小聚,两人都各怀心事。

"但愿节后一切都能好起来。"顾曼投过来一个疲惫的微笑。

"那必须的!"两人眼神一碰,可是面上的微笑都掩饰不住内心的忧虑。

谁也说不好春节后等待她们的又是怎样的风暴。

[20] 一个人的冒险

　　春节的杭州并没有暖多少，气温8℃，还是瑟瑟发抖的感觉。在北京已习惯了有暖气的日子，一回到南方，反而不适应。

　　刚进家，陈贝儿就发现客厅里多了一排古香古色的屏风。正打算问这是谁买的，母亲刘婉就走过来抱怨："你看看你爸干的好事，这是上个月他在大街上买的，说一个人挑着个扁担卖清朝的屏风，卖四万块，你爸砍到了三万，还美呢！你看看这东西，刚买到家就裂口了，什么清朝家具，就是骗子啊！"

　　陈贝儿上前仔细看了看，果然有一条长长的裂缝。她也跟着应道："这一看就是假的啊，我爸怎么了，这种骗术电视里早曝光了，怎么还能上当啊！"

　　刘婉气道："说的就是，昨天我就跟他吵了一架，让他退了去。他还跟我犟，非说是古董，哎，气死我了。"母亲是直肠子，什么都要说出来才痛快。

　　"现在到哪儿找人退啊，人肯定早跑了。"每次回家，基本上就是准备迎接父母大人各式各样的奇葩事。

"是啊，大街上摆摊卖的，肯定是找不到人了，我是心疼那三万块就这么扔了，这老东西真是气死我了！退了休成天就气我，还不如上班去。"

自从老伴陈其退休后，确实夫妻俩两天一小吵三天一大吵，不得安宁。以前上班工作忙，陈其倒不怎么惹闲事。现在退休了，天天在家无事做，不是买古董就是跟朋友打麻将，全是败钱的事。关键还总是上当受骗，那点儿退休金都快被他败光了，弄得家里鸡犬不宁。

刘婉细细跟女儿唠叨起来。陈贝儿听着这一件件闹心事也是烦不胜烦，但她又能劝什么呢，自己的父亲从来就是大男子主义，任谁劝也是不听的。

想起去年春节他们三个开车去郊区游玩，陈贝儿开着导航，陈其就是不按导航走，称自己方向感强，脑子好使，绝不用导航。陈贝儿有些哭笑不得，都什么年代了，用导航就是为了方便出行，有什么不能用的。

陈其就是犟，导航指的路他就是不听，按自己的感觉走，结果开了俩钟头都找不到地方，结果还迷路了。可嘴上还是不认输，称自己没错，是路改了。赶上这样一个父亲，陈贝儿无语凝噎。

"哎，你说怎么办啊，今天又跑出去打麻将了，又得输一笔钱回来，他真是快把我气死了！"刘婉眼泪都快出来了。

陈贝儿赶紧一通劝："咳，他反正有退休金，输光了，你也不给他用，治他几次，他自己也得收紧了。你的钱自己留着用，可别借他花。"

"是，我现在钱不交他了，我自己的钱自己留着用，不然得全给他败光。"刘婉咬牙道。

父母这一闹，反而没人关心她的个人问题了，这倒也省心了。

陈贝儿又劝道:"这个卖假古董的人肯定还会再出现的,既然他在附近骗成了一次,肯定还会再来,等你再碰上这个人就报警。"

"我又没见过这人,碰上了也不认识啊。"刘婉为难道。

"我感觉这种东西肯定是批量生产的,不可能只做一件。他还会提着屏风来卖的。我爸没说卖给他的是男是女?"陈贝儿问。

"说了,好像是个女的,说这女的特可怜,一天没吃东西了,家里人病重,只好卖了家里的传家宝救命。一听就是骗子的话,你爸是一点儿防人之心都没有,简直是没办法。"

晚上父亲才回来,正如刘婉所料,又是输光了才回来。

刘婉忍不住又骂他:"家里还有多少钱让你败啊!"

"我的钱我爱怎么花就怎么花,又没花你的钱!我自己心里有数,不用你管!"陈其毫不嘴软。

"我不管你谁管你!那你自己做饭吧,我不伺候你了!"

两人就这么你一言我一句地吵开了。

陈贝儿赶紧又过来劝,这个春节真是热闹,外面还没放炮,家里先开炮了!

第二天,戏剧性的事发生了——早上刘婉出门,说要去超市买点儿馄饨皮,结果刚走没多远,就看到路边一男一女,男的抬着一扇古董屏风,女的在吆喝卖。果然又是那一套,说家里人重病,只好卖了家里的传家宝救命。

刘婉一眼认出这屏风和家里那个一模一样,而且一听说辞果然就是那个骗子,马上给女儿打了电话。

陈贝儿说:"那赶紧报警吧!"

"我还得去超市呢,再说我哪敢报警啊!你赶紧过来吧,就在菜场那个路口。你报警,想办法把钱要回来。这事就交给你了,你要是能把钱要回来,这钱咱们对半分,一分不给你爸。"刘婉躲在角落,眼睛还盯着那一男一女。

陈贝儿心里发笑，嘴上赶紧应下来，这事也只有她来干了。

来到菜场路口果然看到一堆人围着那一男一女，那扇屏风也和家里的一模一样，她赶紧打了报警电话。

几分钟后警察就到了现场，陈贝儿赶紧上前把前因后果说了一遍。警察便上前将那一男一女叫住，三人一起被带到了派出所。

那男人进了派出所，立刻做出了求饶的姿态："警察大哥，这事跟我没关系啊，我是她雇来的司机，只是帮她开车，其他的事我什么都不知道。这事真的和我无关，我能不能先走啊？"

警察看了一眼那女人，问道："和他没关系吗？能让他走吗？"

那女人点了一下头，倒真让他走了。

警察接着开始录口供。那女人蓬头垢面的，像是几天没洗脸了，一口否认自己卖假古董，说自己卖的就是一般的仿古屏风。而且她也不承认之前卖过，说是今天刚开始卖。

"你撒谎！前两天就是你，你卖给我爸了，卖了他三万块。当时我爸搬不动，你还帮着送到了我们家。"陈贝儿马上反驳。

"你怎么知道你爸是从我手上买的？你又没见过我！"那女人见陈贝儿模样显小，最多也就是刚参加工作的，又是一个人，便强硬地反驳。

"对啊，这事你不是当事人，得让你爸来派出所认人。"警察说道。

陈贝儿马上把电话打给父亲，说了一个大概。谁知陈其听后立刻大怒："谁让你报警了？谁让你退屏风了？你瞎折腾什么啊！你还让我去派出所认人，我才不丢人现眼呢！我不去！"说完就挂了电话，简直把陈贝儿气坏了。

警察见状说："既然当事人都不来，这事我们就没法管了。如果你认为她卖的是假货，你就去工商部门举报吧，或者打消费者热线，我们派出所管不了。"

那女人听后，脸上的表情放松了，很是得意地看着她。

陈贝儿冷静一想，说："这样吧，这间办公室借我用一下，我跟她单独谈谈。"

警察把陈贝儿叫到一边小声说："这女人的身份证是本地人，看样子也不像坏人，你是不是搞错了？你们俩还是私下解决吧。"

陈贝儿马上回道："我不可能搞错的，我跟她单独谈谈吧，就一会儿。"

见陈贝儿哀求的样子，那警察点点头："行吧，你们快点，别影响我们办其他的案子。"

门一关，气氛顿时紧张起来。

那女人赶紧嚷道："你认错人了，谁卖你爸屏风了，你别赖到我头上！"

陈贝儿却出奇地冷静："是不是你卖给我爸的，你心里有数。你别忘了你亲自帮我爸抬到家里的，小区都有摄像头。我也不用调出来给你看吧？"

女人一听，慌神了。

陈贝儿接着说："我看你的身份证是本地人，也不至于干这种骗人的勾当吧。这事很简单，你把三万块钱退给我，我把屏风退给你，你还可以接着卖，你也没什么损失。但如果你不退，我马上找人调出摄像头照片发来，那今天你我谁也别想走，春节也别过了，我陪你在派出所过！你是生意人，与其一天耗在派出所，不如带上这个屏风重新卖，你自己掂量掂量，哪个合算？"

女人脸上的嚣张顿时消失了，口气嗫嚅道："我没钱，我家里有病人，真的没钱。"

"没钱你跟别人借吧，旁边就有家银行，你把钱取出来，我收到钱后带你去我家，把屏风还给你，有警察在一旁监督，咱们一手交钱一手交货。"

女人看着陈贝儿如此冷静老练,多少有些诧异。看年龄她应该不到三十岁,而自己都四十多了,怎么还斗不过一个小姑娘?可是因为在派出所,对方又有证据在手上,好汉不吃眼前亏,也只好先还她钱了。

这样想着,女人便拿出手机给她一个朋友打了电话,之后对陈贝儿说:"那行吧,我跟朋友借了点儿钱。"

"那走吧,现在就去银行。"陈贝儿快马加鞭,她可不想大过节的在派出所待着。

两人从屋里出来后,陈贝儿跟警察说了解决方案。

警察回道:"那这是你们俩的事,我们就不管了,你们自己去银行交易吧。"

陈贝儿马上沉着地说:"那不行,如果你们不跟着,我跟她出去后路上她把我杀了,你们负得了责任吗?"

警察一听也一凛,这小姑娘还挺厉害,只好说:"那行吧,走吧,上警车。"

警察带着他们二人就去了银行。

到了银行,女人取出两万块钱交给陈贝儿:"我就两万块,其他没有了。"

陈贝儿面色铁青:"那不行,三万元一分不能少。否则,今天谁也别想走,警察就在边上。"

女人看了看警察,又看了看陈贝儿怒目相视的样子,心里叫骂真是大过年遇到鬼了,只好又取了一万元。三万元交到陈贝儿手上后,女人说:"那屏风我先不要了,改天再去你家取。我今天有急事。"

陈贝儿果断道:"那不行,这屏风你必须现在跟我回去取。我得当警察的面把东西交给你。不然你回头告我没还你屏风,那我找谁说理去?"

女人心里又骂了一句，还真是碰上厉害的主儿了。

警察也跟着说："走吧，上车。"

女人只好又上了车。

因为就在附近，几分钟便开到了家门口。下车后，陈贝儿拜托警察和她一起回家把屏风搬下来。

女人不吭声。

不一会儿，屏风果然抬了下来。

女人马上说："我一个人抬不动，这东西先放着吧，我改天来取。"

陈贝儿寻思，这女人一口一个改天，无非是想趁警察不在的时候再上门报复，那后果不堪设想，便说："今天这屏风我当警察面给你了，咱们打个收条。这屏风如果你今天不拉走，那我只能放院门口，如果谁拉走了，跟我可没关系了。你自己看着办。"

警察写了一个收条，让双方签上字："这个收条你们各自拍张照片，原件我们收走。"又冲女人说，"这个屏风你尽快找人拉走，如果丢了，我们不负责，听明白了吗？这事到此为止。"

女人点点头，低声骂了一句便走了。那扇屏风就立在院门口。

陈贝儿见警察也要走了，赶紧补了一句："如果这女人上门报复，可能我还得报警啊。"

警察一笑："你放心吧，我估计她应该不敢了，我们把她身份证复印了，她应该没那么大胆吧。"

陈贝儿也报以微笑，说了几句感谢的话，赶紧回家了。

刚到家，刘婉也回来了，她放下馄饨皮马上说："我看见院门口的屏风了，怎么样，这事解决了吗？钱要回来了？"

陈贝儿得意地从包里掏出三万块交到她手上："三万块，一分没少。"

刘婉马上乐了："天哪，我女儿也太能干了！那屏风他们也没拉走？"

"你放心，她肯定会找人拉走的。"陈贝儿笑笑。

刘婉却又担心起来："那她会不会找咱们的麻烦？她认识咱们家，万一找上门来怎么办？"

"应该不会，警察留案底了，身份证也复印了，她应该不敢了。再说她不是外地人，是本地的，应该没那么大胆。"陈贝儿安慰道。

两人正说着，陈其回家了。

一进门见客厅的屏风没了，便发作了："你们还真把屏风退了？退成了？"

刘婉马上骂道："你还有脸问，要不是女儿，你这三万块上哪儿找人要去！"

陈其其实心里也不好受，这屏风买回来就裂了，他也知道上当了。可他就是死要面子，非不承认被骗。尤其是女儿闹到了派出所，他更觉得丢人了。这一个月，他看着屏风也添堵，可又不能表现出来，也只能面上硬撑着。其实他心里也心疼那三万块啊！

现在见女儿把钱要回来了，其实他也松了一口气，但面上仍不能输："行了，要回来就要回来了，吼什么。钱呢，还我——"

刘婉白他一眼："还你？没门儿，这一男一女是我去超市的路上发现的，这钱是女儿要回来的，我做主这钱我和女儿分了，没你的份儿！"

陈其有些无奈，可想想确实说得也有道理，只好说："行了，你俩分就分了，你俩就知道占我便宜。"

刘婉不客气道："幸好咱们女儿能干，不然换成你，死也要不回来这笔钱！"

陈其倒也没有反驳，他确实也没想到女儿真能把这钱要回来。想想这事也过去一个多月了，还真有点儿不可思议。还别说，女儿还真有两下子。但这也仅限于心里想想，他嘴上是绝不会夸女儿一句的。虽说女儿这事干得不错，但毕竟是一个姑娘家，还跟着跑到派出所，成什么样子。如果是个男孩也无所谓了，女儿断不能让她没个姑娘样，因此便拉下脸来说："以后别动不动报警，你一个姑娘家，人家要是给你打一顿怎么办，或者一刀把你捅死，后悔都来不及。你又是一个人，太冒险了，以后别为了这点钱把自己放在危险的位置。"

刘婉气得插话道："女儿在派出所给你打电话叫你去，你也不去啊！你还好意思说一个人太冒险，你可真行！"

"我那么忙，哪有时间往派出所跑，你一个姑娘家，以后别老动不动就去派出所。"陈其还为自己狡辩。

陈贝儿马上反驳："报警才是最安全的，不然坏人怎么治啊？咱们院里都有摄像头，坏人也不敢怎么样。"

陈其厉声说："谁告诉你咱们院里有摄像头啊？你以为是在北京呢，咱们这个院大家都提了多少次了，都不愿意安，嫌贵！一个摄像头一万多呢，都不愿意出钱。"

陈贝儿心下一凛，还真是歪打正着了。

刘婉接着说："贝儿，你以后是得小心，万一这女人找上门来，是挺不让人放心的。"

"你们放心吧，杭州本地人没那么坏。如果有可疑的人一律别开门。如果在街上遇到可疑的人，马上报警，一定要相信人民警察！"陈贝儿嘱咐道。

陈其看了看女儿，忽然觉得她真的比以前成熟多了。看来在北京也没白待。

刘婉调节了一下气氛："好了，这事不提了。女儿把三万块要回来了，咱们就好好地吃上一顿，咱们权当捡了三万块，这个春节咱们好吃好喝，好好过个年！"

陈贝儿马上拍手欢呼："好啊，我要大吃大喝，长三斤！"

陈其嘟囔道:"什么白捡的,明明是我的血汗钱……"

陈贝儿和母亲相视一乐,都开怀大笑起来。陈其也被这气氛感染了,也跟着止不住地笑起来。一家人终于把这些日子的阴霾赶跑了。

陈贝儿看着这其乐融融的一幕,不禁感慨:"如果一家人天天这么开心,有多好!"

亲情始终还是最温暖人心的东西,它不像爱情那样悸动人心,但是那种细水长流的温暖能感动你的一生。

［21］ 陆玲的话匣子

知道陈贝儿春节回杭州，陆玲就提出叫上王琪，她们三个好好聚一聚。尤其她跟陈贝儿也多年没见面了，很是期待。

陈贝儿便让她去叫王琪。陆玲特意在微信上拉了一个群，商量聚会的时间和地点。谁知王琪好半天才回了一句："我春节去外地不在杭州，你们聚吧。"

只这几个字已看出她冷淡的口气。这不像是王琪的风格啊，她平时是最喜欢聚会的，难道出了什么事？

最后陆玲说不等王琪了，她们俩单独聚也好。

就这样二人约了初四见面。她们去了一家安静的茶餐厅。

陆玲明显发福了，陈贝儿还以为她怀了二胎。二人见面上来就打趣了一番，又说了说彼此的近况，陆玲才转入正题。

"贝儿，你没觉得最近王琪怪怪的。你知道吗，最近她给我打过一个电话，让我劝你不要和严朋飞发展。说你们俩不合适，让我劝劝你。"

陈贝儿一怔,她没想到王琪都劝到陆玲头上了。

"你怎么说?"陈贝儿冷静道。

"我就把她说了一顿。我说王琪,你我都是结婚有孩子的人了,可贝儿还没结过婚呢,现在她好不容易遇到一个她喜欢的人,咱们应该支持才对啊,你怎么还拆台呢?"

"王琪听你这么说肯定气疯了。"陈贝儿讪笑。

"她没敢多说,就非说你们俩不合适,说他们严总是富二代,说你配不上严总。我听了都很生气,我说贝儿条件又不差,有什么配不上的。"陆玲替她打抱不平。

"我也没想到王琪会这么说,她是怎么了?"陈贝儿也想探究背后的真相。

"我说最开始还不是她引荐你们俩认识的,现在非但不撮合,还拆散,哪有这样的?"陆玲气愤道。

"那只有一种可能——"陈贝儿定定地看着陆玲。

陆玲会意地接口道:"——那就是王琪也喜欢他!所以她不希望你们俩往下发展。"

陈贝儿点点头:"她对她老公本来就不满意,这个你也知道。她肯定觉得严朋飞比她老公强。"

"那是肯定的。可是她会离婚吗?我看可能性也不大吧。离了孩子怎么办?她那个人也还算传统,能为了严朋飞把婚离了?她老公也不会同意的。"陆玲关心道。

"谁知道呢,真不好说。她以前说过想离婚的。"陈贝儿心一沉,越想越觉得事情可怕。

"咳,我觉得你不要在乎王琪了,你和严朋飞发展是你们俩的事,和别人无关。你就当王琪不存在,你发展你的。"陆玲的话和顾曼如出一辙。

陈贝儿点点头,在爱情面前真的没有友谊可言了。

接着陆玲又聊起了自己的孩子。她这个女儿已经要上初中了，发育得特早，现在连陆玲的衣服都能穿了。

"你说现在的孩子怎么发育得那么早啊，她的个头都快赶上我了。我都愁给她买衣服，刚买一年，第二年就没法穿了，真够浪费的。"陆玲眉毛一挑，"对了，你这么瘦，你的衣服我女儿肯定能穿了。"

陈贝儿笑笑："那以后我的衣服都留着，给你女儿寄来。我是怕旧衣服小孩子都不愿意穿。"

"谁说的，我们女儿那天看你的微信，还说就喜欢你穿的衣服。你赶紧整理一下都给我寄过来吧。"陆玲爽快道。

"那好啊，我也正愁旧衣服没地方捐呢，扔了又可惜，正好可以都寄给你女儿。你回头让她挑挑，喜欢的就穿，不喜欢的就扔了吧。"

"那太好了！"说着陆玲打开手机相册，给她看女儿的照片，"你看，我女儿是不是跟你长得挺像的，都特瘦，你的衣服她肯定能穿。"

后来，陈贝儿回京后真给陆玲寄了三大包衣服。她女儿穿上后还专门发视频过来表示感谢。

但这事陈贝儿也有点儿百思不解。陆玲家住别墅，老公是做生意的，非常有钱，按理说这样的家庭怎么会要她的旧衣服呢？还是有钱人都比较低调和节俭？

说起她这个有钱老公，陆玲的话匣子就打开了。

陆玲高中毕业后上了一个大专，毕业后就进了一家小公司做前台。她老公那时有家有室，两人因为下班同路经常碰上，便总是约着一起走。时间长了，两人便互生情愫。男人比她大十岁，跟她表白后说想离婚娶她。可她当时并没同意。因为家里肯定会反对她找个大十岁又离婚的同事。后来公司里关于二人的闲话就传到了他老婆耳朵里，那女人便忍无可忍地到公司去闹了一场，当场还打了陆玲一耳光。这事闹得沸沸扬扬，影响非常不好。公司为了息事宁人就把陆玲给开除了。

这事陆玲父母知道后立刻要求她跟那个男人一刀两断，如果不断就和陆玲断绝一切关系。陆玲受了委屈，跑到男人那儿哭诉，她也不知该怎么是好。男人见状，立刻跟老婆提出离婚，执意要娶陆玲，不让她背这个黑锅。

陆玲跟父母摊牌后，想让父母见见这个男人。谁知父母一气之下便把她赶出了家门。陆玲没辙，只好和男人找了个地方住下来。后来男人跟老婆终于离了婚，陆玲也怀了男人的孩子，她再次找到父母，希望能同意他们二人结婚。

父母见状也没有办法，只好接受了这个婚姻。

可父母始终也看不上这个男人，总嫌他又老又没钱。

陆玲也是个聪明姑娘，她和老公一合计干脆自己开了一个公司。他俩以前所在的就是专门处理垃圾的公司，客户关系都在，于是二人也开了一家处理垃圾的公司，没想到一开张生意就很好。因为凡是大件垃圾、装修的垃圾小区都不让随便扔了，他们上门服务，生意越做越好。

几年后两人买了别墅，也算是苦尽甘来。

听完这个故事，陈贝儿唏嘘不已，简直能拍一部电视剧了。

"所以说，婚姻都是自己争取来的。如果当初不是我坚持，哪有现在的好日子。当初这事闹得满城风雨，父母跟我断绝关系，公司把我开除，他老婆还打了我，你想想……这些你能承受吗？但我都挺过来了。我就是觉得这个男人有担当，在关键时刻他能立住，像个男人样。"陆玲深深地陷在回忆里，一脸风雨过后就是彩虹的欣慰。

"现在这样的男人也不多了吧。"陈贝儿立刻想到严朋飞，他会是个有担当的男人吗?

"我认为这个严总如果你觉得好,你就追下来。想想当初我跟我老公在一起的时候,也是我追的他。当时我就觉得他长得不错,人也成熟,有男人样,就是我想找的男人。所以我就约他下班一起走,正好我们也顺路。每天我俩就这么聊着,慢慢就好了。是我当初就认定他了,所以后来即使他老婆过来打我,我也不后悔。我觉得我们是真爱。他老婆没文化,就是一只母老虎。生活上也不管他,哪像我这么细心。他也觉得我好。所以你看准了,你就主动出击。幸福都是自己争取来的,哪有天上掉馅饼的。"陆玲感慨道,两眼放出幸福之光,把陈贝儿羡慕坏了。

"你的故事还真是坎坷,跟你一比,我这都不叫爱情了。"陈贝儿自嘲地笑笑。

"你也抓紧吧,我等你好消息!"陆玲举起了手中的茶杯。

陈贝儿也跟着举起来跟她使劲一碰:"借你吉言,希望马上就有好消息。"

二人相视一笑。

接着陆玲话题一转,神秘兮兮地说:"对了,你跟咱班同学还有联系吗?"

"哪还有联系,我在北京都这么多年了。"陈贝儿不明白她要说什么。

"那天我碰到咱们班班长了,你猜他在美国出差时碰到谁了?"陆玲神秘地一笑。

"别卖关子了,谁啊?"陈贝儿懒得跟她绕了。

"谢琛啊。"陆玲叹道,"你说你要是当初跟了他多好啊,听说他在美国混得特好,进了一家五百强公司,孩子都生了两个了。"

"是吗……"陈贝儿心里咯噔一下。想当年谢琛和她同桌,两人关系极好,班里人都说他俩是一对。她也承认对谢琛有好感,但那时高考压力太大，都不敢想谈恋爱的事。后来高中毕业后谢琛就出国了，从此就失联了。

她也奇怪为什么到美国后就失联了，说起来一晃十年没联系了。

"哎，要不我把他微信号要来，你们先联系上，万一以后有机会呢。"陆玲热心道，"他也没在高中群里，班长说会把他拉进来。"

陈贝儿笑笑摇摇头道："都十年没联系了，即使联系上又怎么样？"

"先联系上再说，管他呢，万一他离婚了呢。"

陈贝儿有些哭笑不得："他在美国，也不可能回国啊。"

陆玲凑近说："你得抓住一切机会，现在交通这么发达，在美国也没什么。万一他有天离婚了，你俩就有可能啊。"

"咳，别提这些没影的事了，还是抓住眼前吧。"陈贝儿尴尬一笑。

陆玲点点头："这倒也是，你呀也别去管王琪了，先把眼前这个人抓住吧。人有时也得自私点儿，不然幸福怎么来？她现在有老公有孩子，还跟你争什么。别理她了，你得为自己打算，赶紧结婚生子，才算做一个完整的女人。"

陈贝儿会意地点点头，她又何尝不想做一个完整的女人。

可谁想到王琪的身份竟然在春节后发生了巨变，这个连陆玲都没预料到，真是人生如戏，戏如人生。

[22] 一条红红的带血的印迹

淡绿色的小碎花壁纸将墙面装饰得温馨宜人。再配上白色的家具、淡粉色窗纱,这里哪像是诊所,倒像是梅若琳的家。

前一段馨慈诊所装修,陈贝儿想象的都是医院的装修风格,没想到梅若琳亲自设计,倒令诊所焕然一新。

她坐到暖绿色的沙发上,环顾四周,不时啧啧地看看梅若琳。

"还满意吧?"梅若琳面带笑意地也坐过来。

"真不错,想想以后我天天在这儿上班都是种享受。"陈贝儿吐吐舌头。

"先实习一年再说。"梅医生不讲情面。

"一年太长了吧,实习期都没工资的,实习半年可好?"陈贝儿讨价还价。

"那要看你实习得怎么样?如果患者到我这儿来投诉,那我可帮不了你。"一到馨慈诊所,梅医生的权威全立起来了。

"我这么慈眉善目,没人会投诉吧?"陈贝儿说着便想到了

Cathy，投诉自己的大有人在，还真不敢说大话了。

"至少先干半年吧，半年后给你发工资。"梅若琳笑起来，她也不忍再给陈贝儿泼冷水。

陈贝儿马上一跃而起，兴奋地勾住梅若琳的肩膀："你真是我的大恩人。但实习的事可得保密，我想兼职在你这里做。毕竟我经验不行，先兼职干几年再说，积累些经验。以后周末我来这里上班，你看如何？"

"随你，我还能将你拒之门外吗？"梅若琳这才松开她的手，面上眉头一皱。

"怎么了？你肩上有伤？"陈贝儿看她那表情好像很疼的样子。

"……可能扭到了吧。"梅若琳欲言又止。

陈贝儿这才收起笑，她意外发现梅若琳耳边有一条红红的带血的印迹，便问："你最近是不是运动太猛了，打球要注意啊。"梅若琳每周都会去打网球，有时经常打伤，陈贝儿不得不再嘱咐她一句。

"没事，小伤。"

二人便去楼下吃午餐。

"你怎么初五就回来了，也不在家多待几天。"梅若琳问她。

"在家也无聊啊，跟父母也没什么话。无非就是关心你的个人问题，还不够烦的。"陈贝儿在家这几天转了转亲戚，会了会朋友，中间都是穿插父母逼婚的事，她也懒得再待下去。也可能一个人住惯了，跟父母住一起反而觉得拘束。

两人边吃边聊。

陈贝儿又跟梅若琳唠叨了几句公司的事，想了想，她又谨慎地说："我觉得我在你这儿干还得起个名字，不然很容易传出去。我就叫陈思吧。以后在馨慈你就叫我陈思，陈医生。"

梅若琳莞尔一笑："还不会走就想着跑了，你倒想得挺周到，陈思医生。"

"那可不，将来我在你这儿挂牌，名字很重要啊。可不能让公司的人知道我在外面兼职，不然肯定炒我鱿鱼。"

"也好，现在我这个诊所也是几个人合股的，有些事我也做不了主，所以你兼职也好，免得哪天诊所关了，害得你没饭碗了。"

细聊之后她才知道，现在馨慈的大股东是一对夫妻，男的是梅若琳的合伙人，叫贾里，但他并不来上班，他也不是这方面的专家，而他爱人陶莎是正经心理医生，馨慈的大部分工作都由陶莎掌管，而梅若琳和陶莎的关系就比较微妙。两人面上一团和气，可私下却较着劲，都有点儿一山不容二虎的劲头。可毕竟这对夫妻才是大股东，所以有些事梅若琳只得忍了。但这次装修的事，梅若琳是坚持现在的风格，为此还和贾里吵了一架，贾里没说过她，也就妥协了。梅若琳并不想跟陶莎吵，女人一吵就结仇，就别想共事了。但跟贾里熟了，吵了也不伤和气，倒也能相安无事。不然他们也不会成为合伙人。

看来，小小的心理诊所也暗藏危机，所以兼职恐怕是最好的选择。

陈贝儿从没见过陶莎，看来以后要经常和她打交道了。就怕她是个不好相处的人。这时，陈贝儿又想起了Cathy，如果那是个像Cathy一般的女人，那她连兼职的心都没有了。

"陶莎跟我较劲，是因为我们俩有竞争关系，她也怕我和贾里走得太近。这个你也懂。但你跟她不存在这种竞争关系。你刚入这行，对她也没有威胁，她没理由跟你搞不好关系。"梅若琳替她分析。

"但愿吧，希望我在你俩的夹缝中还能生存。"陈贝儿憧憬了一下未来，好似并不乐观。

"至少还有我在，你又不是一个人在战斗。"梅若琳白她一眼。

"也是，有你在，我还怕什么。咱们联手把陶莎给治了。"陈贝儿坏笑道。

"可不能这么想，你一定要当什么事情都不知道，不然你会活得很累，明白吗？"梅若琳正色道。

"明白，我的梅医生，原则上我绝不给你添乱。面上你是我的导师，我叫你梅医生，咱们俩客客气气；私下，咱们是战友，想联手时随时联手。"

梅若琳差点儿把刚喝到嘴里的汤喷出来，她面色一沉："在诊所你可不能说什么联手的事！"

"那当然，小的明白。"陈贝儿又给梅若琳盛了一碗汤，赶紧拍马屁。

二人眼神一碰，都笑得上气不接下气……

那个时候，一味想转行的陈贝儿又怎能明白梅若琳此时正遭受的煎熬。女人真是可怕的动物，能坚强到在一切苦难面前都用笑来代替，还笑得这么酣畅淋漓，这又需要多强大的内心……

[23] 职场如战场

上班第一天，好多人休了年假，公司的人稀稀落落，连苏苏都没来。

陈贝儿瞥了一下王一铭的办公室，静悄悄的，好似也没来上班。

春节这几天，严朋飞只发了一个拜年红包便再没有动静。陈贝儿问他忙什么，他只是说出差，看起来好像真的很忙的样子。

王琪也是一点儿动静都没有，可能真是去外地度假了。只是平时度假她都得发朋友圈，这次连一张照片都没发。她点开王琪的朋友圈，果然没更新，却意外发现她最近转发的几条微信严朋飞全给她点了赞。

可是他从来没给自己发的微信点过赞啊。陈贝儿有些不解地盯着手机屏，一种不祥的预感扑面而来，难道他俩真的……不敢往下想，赶紧收了手机。

不想手机铃声紧接着就跳出来，她吓了一跳，一看竟然是沈总。

她意外地接起来，沈总怎么会这时候找她？

沈总在电话里什么也没说，只是约她下班一起吃个饭。看来肯定是有事找她，她预感一定是新项目的事。但新项目并没交到她手上，她不知沈总为何还找她。

这反倒勾起了她的好奇心。

沈总订了一家高档的海鲜城。她补了点妆，准时赴约。

沈总比之前稍胖了些，五官还算英俊，只是要忽略他的大肚子。

"沈总气色挺好的，春节养得不错啊。"陈贝儿自觉已和沈总还算熟络了，轻松地说开场白。

沈总说出国玩了一趟，又肥了一圈，说完呵呵地笑，气氛不错。

又聊了一些春节的事，他才转入正题："最近和毅迅合作的新项目你听说了吧？"

陈贝儿马上解释这个项目并没让她经手，所以并不知情。

沈总皱眉道："我这次专门点了王总，希望这个新项目你能参与，没想到王总按兵不动。"沈总这才细说了新项目的来龙去脉。

原来沈总在云南买了一家茶园。那地方的茶天然有股香气，当地人称其为香茶。只是茶园经营不善，一直没盈利。沈总却觉得如果这茶园好好打造出品牌，应该会有市场。他便买下了茶园，想跟毅迅合作，打造"毅迅香茶"的品牌，可以放在连锁书店里捆绑销售。

这个想法，王总自然乐意，集团正让他开发新项目，这个香茶又愿意挂上毅迅的品牌，何乐而不为。

只是这个王总对他并不是很信任，合作进度就非常慢。尤其这个项目又交由李辛管，具体交接又是那个无能的韩菲菲，所以沈总对这个项目头痛不已。可是他又不能表现出着急，所以王总节前约他的时候，他故意放到了节后。他对王总并不了解，但总觉得此人为人并不诚恳，很难成为跟郑总那样的兄弟关系。再加上王总年龄也不大，办事总有些稚嫩，所以他心里一直没底。于是他才想到约陈贝儿出来探探底。

陈贝儿自然也明白沈总的来意，想了想说："我感觉公司还是很看重这个新项目的，可能王总手头的事太多，没法亲自抓，所以交给李总了。李总也是挺上心的。"她想起了那次李总找她谈话的事。

"说句实话，你们公司我只信任两个人，一个是郑总，一个是你。现在郑总调走了，我只信任你。而且你办事干脆利落，也公正周到，你办事我放心。这个新项目由你参与我觉得才有底。"沈总毫不掩饰地说。

陈贝儿听后反而不好意思了，这是多高的评价啊。她笑笑说："我也想参与沈总的新项目，但这事至今王总也没有发话，所以我也无法插手。"

"我是想这么操作，我提供茶叶，你们提供包装。茶叶的成本我来出，包装的成本你们来出。由你们公司主推，我来协助营销。"沈总继续说，"你放心，这个新项目我一定让你参与进来，否则像韩菲菲这样的人接手，非把这个项目毁了不可。笨人我是特别烦，这人一笨什么事也做不好。我就欣赏像你这样聪明能办事的人。"

陈贝儿不好意思地干笑一下："那我就等着沈总的消息，看看王总这边何时安排我介入这事。"她也预感王总会让她介入。但一定不是现在，一定是进展到一定程度，遇到麻烦时，王总才会让她介入。

"我看这个李总能力也很弱，都不知他是怎么爬上来的。王总比他稍强一些，但比起郑总差远了。"沈总不避讳地说。看来他真没把陈贝儿当外人。

"郑总也是因为干得好才提拔去集团的。王总是挖来的人才，应该能力也不错，不然公司也不可能会挖他过来。李总呢，脾气好，很少见他在公司发过火，为人挺老实的，也还行吧。"陈贝儿附和道。

沈总呵呵一笑："当官的哪有老实的？越是这种表面老实的，内心越不老实，你可别看表面。"

"领导的心思我就不猜了，反正我做好我的事。我跟领导也走不近，也懒得拍马屁，有个饭碗就行了。"陈贝儿也跟着呵呵。

"以你的学识和能力，你在这家公司有点儿屈才了。"沈总笑容可掬。

陈贝儿以为他接下来会说："不如你到我公司来干吧。"可等了一会儿沈总并没有说出这句话，看来自己还真有些自作多情了。但转头一想，如果沈总想跟毅迅继续合作，他当然也希望有个信得过的人。这个人还必须待在毅迅，怎么可能挖过来呢。

她停顿一下说："我在哪儿干都无所谓。工作只是生活的一小部分，我不是工作狂，只是把工作当成一个饭碗，所以也没什么抱负。"

在事业上，陈贝儿确实没有野心，这个总经理秘书的职位她也知道做不长。马上崔晶休完产假就该回公司上班了，到时她自然要让位。只是到现在也没人找她谈话，她心里也多少有些不安。但因为有梅若琳的诊所在，兼职的事也基本谈妥，所以心里的不安倒不似先前那么强烈了。万一失业就正式当心理医生，倒也不错。另外跟公司的五年合约还有两年才到期，所以她的心态还算平和。

"像你这样没野心的人才是最该重用的人。我都不明白像韩菲菲这样的能做什么事？长得也不行，能力也不行，李总怎么能看上她？"沈总直言道。

陈贝儿先是一惊,沈总怎么连这个八卦都知道。公司内部对李总和韩菲菲的传闻从来没断过。但陈贝儿总有些难以置信。两人都是有家有室的人,怎么还搞在一起?苏苏为此还批评过她,说她连这个人情世故都不懂。当然双方都是有家室的人才安全啊。她的原话是:"如果找你我这样未婚的,肯定会要求他离婚啊,但已婚的就不会啊。这不是少了不少麻烦。现在有些所谓的成功人士都是家里红旗不倒,外面彩旗飘飘。谁会真为了小三离婚啊!"

当时陈贝儿无言以对。只是每次见韩菲菲和李总在一起时总觉得怪怪的。苏苏说两个人是否有奸情就看他们之间看对方的眼神。眼神是骗不了人的。可陈贝儿观察过几次李总看韩菲菲的眼神,好像也没什么特别。苏苏说那是人家隐藏得深。

陈贝儿突然觉得自己想远了,马上接口说:"韩菲菲也有优点啊,她说话比较温柔,样子比较贤惠,应该是找老婆的标杆吧。"

沈总扑哧一笑:"算了吧,我还宁肯找苏苏这样的,至少看着养眼。"

陈贝儿一愣,看来苏苏还真是有点儿万人迷的路子。

见陈贝儿有些疑惑,沈总马上纠正说:"我是开玩笑,真要找老婆还是你这样的比较好,外形又好又能干,两项兼得了。苏苏这样艳丽的长相反而没有安全感。"

陈贝儿尴尬地笑笑。这种饭局上的夸奖听听也就算了吧。

之后沈总又把话题扯回了新项目,一直聊到九点多才散。

第二天上班,终于迎来了苏苏。

陈贝儿马上把沈总的夸奖告诉了她。

苏苏吐吐舌头先美了一会儿,然后说:"我才不信呢,你一上班就逗我开心。"

接着苏苏赶紧说了件大事:"哎,你听说了吗,崔晶要辞职了。"

陈贝儿眉毛一挑："我怎么听说她马上要回来上班了啊。咱们俩谁听岔了？"

"你的消息向来不准。人家崔晶多厉害啊，听说孩子生在美国了，找了家月子中心，怀孕九个月才过去的。生完她还上什么班，在美国养孩子吧。"

如果苏苏说的是真的，倒令陈贝儿放松下来。崔晶离职，那么她这个秘书职位还能继续做下去，这倒是好事。

苏苏也想到了这一点："你可美了，崔晶一走，你的位子坐稳了。崔晶对你太好了！"

陈贝儿白她一眼："我位子坐不稳对你有啥好处？"

"那倒也是，还是你坐我边上比较放心，换成别的妖怪我还真适应不了。"苏苏哈哈一笑。在公司她只跟贝儿走得近，其他的人她总觉得不太敢亲近，怕一脚踩空摔了跟头。

"不过也没准，说不定马上派一个妖怪来收拾你。"陈贝儿调侃道。

"千万别，我舍不得你，我已经习惯有你在身边的日子了。"苏苏做出深情状。

陈贝儿被她的样子逗乐了，忍不住笑了出来。

谁能想到这些调侃的话竟在日后成了真。有些事真不禁说，一说就成了真。

跟沈总见完面过了一周，王总仍没找陈贝儿谈话。看来他还真沉得住气。不过这也说明新项目应该进展得还算顺利。

又过了一周，王总终于把她叫进了办公室。

他用一贯表情严肃的脸递给她一份报告："沈总的新项目你也参与一下吧。这个是茶叶包装盒的报价单，你录入一下。另外茶叶的包装设计你也参与一下，文案你准备一下，设计一个方案出来。"

陈贝儿有些奇怪地问："这个项目一直是韩菲菲在做，王总的意思是……"

她心想肯定是韩菲菲的文案他不满意才找上她。她看着王一铭，观察他的微表情。

王一铭不动声色地说："沈总对之前的设计不太满意，所以你重新做一下。咱们这个香茶的定位不要太奢华，但也不能做得太寒酸，中档水平吧。首批我想先印两万盒，先试卖一下。你尽快弄出来。"

两万盒？会不会太多？但这话她只在心里想了一秒，并没说出来。生意上的事她还是少发表意见为好。

她只点点头回到了座位上。她细看了一下报价单，每个纸壳的报价是300元。虽然她对这种茶叶包装的成本没概念，但直觉上感觉这个成本有些高。她马上想到了高翔，他们做杂志的整天跟印刷厂打交道，一些基本的报价他应该了解。

想也没想，她就给高翔打了电话。谁知高翔马上挂断了她的电话，也许他在开会吧。等到下午，高翔的电话仍没回过来。这可不像高翔的风格啊，看来是有急事。她给高翔微信留了言，他也并没有回。

陈贝儿觉得事情不对，马上又给宇涛打了电话。谁知宇涛也说只在春节期间两人见过面，之后他也忙，两人一直没联系。

难道出差了？出差也该接电话啊。

那天直到晚上很晚高翔才回了电话。陈贝儿急得问他发生了什么事。高翔只轻描淡写地说一直开会。

他听完报价的事，便给她补了补课。听完陈贝儿才敢肯定这个报价显然过高了。一般的茶叶或者月饼的包装盒都是报价六十元左右，贵一点儿的一百左右。再高级一些的用特殊工艺的也就二百左右。现在这个报价是三百，明显是过高了。

第二天上班，她便找王一铭做了汇报。

王一铭看了看她，又再次看了看报价，皱眉道："你说的报价只是从你朋友那儿听说的，你要证明这个报高了，你得给我工厂的报价。"

陈贝儿点点头，确实自己工作没做细，口说无凭，还得要真材实料。

她便又找高翔要了那家他常合作的印刷厂的电话，跟对方要了报价。

下午再次找到王一铭，把材料交了上去。

王一铭愣愣地看了她一眼，这个陈贝儿这么雷厉风行的是要干吗？

他仔细看了看材料，确实报价都在六十至二百元之间。他皱起了眉头，说了一句："行，知道了，你先出去吧。"

"这个报价是韩菲菲做的？"陈贝儿忍不住问了一句。

王一铭并没答她，只是说："我问问吧。"那表情波澜不惊。

可是陈贝儿心里却是翻江倒海。如果一个包装盒报高了一百，两万个就是二百万啊。二百万可不是小数目啊，为何王一铭还如此坐得住。如果这事不是她去调查，恐怕也就这么印了，那平白公司就得多损失二百万啊。

但想想自己也是瞎操心，公司老总都不急，她急什么。

她走后，王一铭便坐不住了，赶紧找来李总商量。

之后他直接又把韩菲菲叫了进来，单独和她问了一些情况。

不想韩菲菲却说这个报价是小钱做的，因为小钱家里亲戚是开印刷厂的，所以顺便问了他报价。

这个韩菲菲脑子真的进水，兔子不吃窝边草，做生意也一样啊，怎么还能找本公司的人，真是笨到家了！

王一铭只好又把小钱叫到了办公室。小钱一听是报价的事立刻解释道："这个报价并不是我做的。我家是有亲戚开印刷厂，但是印杂志的,这种包装盒印不了。那天韩菲菲就是问了我一些情况,但我并没有报价啊。"

这事变得有意思起来。看来这个小钱还不是一般人物。

王一铭头疼地把百叶窗一拉,把身体埋进沙发里。过了半个钟头,他猛然从沙发上坐了起来,再次把陈贝儿叫了进来。

他开门见山道:"这批茶叶的包装盒就放在你联系的那个厂印吧,做中档价位吧,一百那个。"

陈贝儿点点头:"那韩菲菲那边你还得说一下吧。"

王一铭一点头:"我会说的。"

"这样也好,换家厂印,咱们能省一笔钱。"陈贝儿补了一句。

王一铭没接话,只是说:"赶紧让工厂印吧,我想尽快做出来。沈总那边也比较急。"

"好的。"陈贝儿想也没多想就走了。

只是接下来发生的事让她匪夷所思。

那天午间休息,她到楼下咖啡厅买了一杯咖啡,只见角落里有两个熟悉的身影,细瞧正是韩菲菲和小钱。这两人怎么凑到一块儿了?他俩并不是一个部门,平时也无交集,但看他们交谈的样子好像关系非同一般。

陈贝儿看了一眼,也并未上前打招呼,付了账便走了。

韩菲菲不用说,陈贝儿一直对她印象一般,两人也从来没有交集,最多见面点个头。这个小钱就有点让人恨了。上次买花事件就是小钱不靠谱,害她罚了钱。看他外表长得人高马大,内心可并不光彩。听苏苏说这个小钱是富二代,不学无术,眼看也快三十了,还跟小混混一样,听说是通过李总的关系调进来的。

这边韩菲菲眼尖,也同时看到了陈贝儿。

她悄声道:"这个陈贝儿真够讨厌的,要不是她,咱们这事都谈成了,包装盒早放你家厂印了。"

"是啊,幸好我在王总那儿没慌,还算反应快。你也是,干吗非把我卖了呀,你就不会说是别人介绍的厂子?"小钱白了她一眼。

"我哪像你这么聪明。我只敢老实说。反正我说的是你家亲戚的厂,又没说是你家的厂。再说这事李总也知道,我以为王总也同意呢,谁知道王总怎么突然变卦了,居然会听陈贝儿的。"韩菲菲赶紧解释。

"这不是废话嘛!"小钱哭笑不得地看着韩菲菲,还真是没见过这么笨的女人,也不知她怎么上位的,"记住以后不管是谁问你,你都说只是跟我了解一下情况,并不是我报的价,明白吗?!至于王总为什么会变卦,我估计还是陈贝儿使的坏。"

"明白,明白。我那天是没反应过来,王总突然找我,我哪有准备。以前都是他先找李总,再让李总找我,谁知他那天抽什么风,突然直接找我了。"韩菲菲一脸委屈道。

"以后有这事你先别急着回答,先跟李总说啊,至少李总还能教你怎么说。"小钱替她着急道。

"是,是,以后我得先问他,不然我嘴笨,脑子反应不过来。"

小钱严肃道:"以后这个陈贝儿得防着点儿,这事还得给她点颜色看看,让她再多管闲事。自以为是王总秘书就了不起啊,看我不收拾她!"

"你打算怎么做?"韩菲菲忙问。

"教训她一下。"小钱咬牙切齿道。本来快到手的买卖一下就黄了,二百万呀!可不是一笔小数目!至少他们几个可以平分呢,现在倒好,全都打了水漂。

韩菲菲有点儿害怕地说:"可别动真格的啊,吓唬她一下就得了。"

"放心吧,我有数。"小钱把余下的咖啡一口喝光。脑中慢慢酝酿好了计划。

这天下班，小钱看着陈贝儿走出写字楼，便一直跟在她后面。

见她要往地铁里拐，他故意加快了脚步，快挨近时，狠狠撞了她一下。陈贝儿本来就瘦，哪经得起一米八几的小钱这么一撞，整个人瞬间倒在地上。

她以为碰上了流氓，正打算喊人，却发现是小钱。

"是你？你要干什么！"陈贝儿爬起来厉声道。

"我还要问你想干什么！"小钱一副要吃人的样子，"你以为这公司是你开的，你想干吗就干吗！你特么想找死啊！印刷厂的事你都要管，你管得够宽的啊！你还跨部门指挥啊！我警告你，要是再有下次，看我饶得了你！"

"你有毛病吧，是王总定的印刷厂，跟我有什么关系？"陈贝儿还没反应过来。

"你特么少装了，你要再敢管到我头上，我抽你丫的！"说完他赶紧打了辆车走了。

陈贝儿立在街头，拍了拍身上的土，完全没弄明白到底是怎么回事。

回到家，她越想越不对，立刻打电话给高翔。

高翔骂她："你傻呀，你挡了别人财路了！这事明显就是他想捞一笔，你换了厂，所以他恨你。但这人也太卑鄙了，居然敢动手打女人，你当时怎么没报警啊！"

"我当时都没反应过来是怎么回事，他把我推到地上就跑了。"陈贝儿还心有余悸。

"这事你可不能就这么算了，你明天立刻到公司找领导，说明情况，必须让领导给你一个说法。动手打人是犯法的！"高翔气愤道。

"我现在的领导不是别人，就是你介绍的王一铭！你觉得他能替我主持公道吗？"陈贝儿泄气又绝望。

高翔也吓了一跳，怎么王一铭成了她领导了，想了想，他劝道："这事不管什么结果你都要争取一下，至少让公司的人都知道这人的恶劣行为，让他在公司混不下去。王一铭也没什么可怕的，你就照实说，他管不管是他的事，但你必须要说！"

"这事也太可怕了，二百万啊，不是小数目。这个小钱，他不会这么贪吧？"陈贝儿惊恐道。

"何止是他啊，这事经手的是谁啊？相关的人肯定都商量好的。"高翔分析道。

"难道李总和韩菲菲都要捞一笔？"这不可能吧？她越想越觉得有些可怕。

"你以为啊，弄不好王一铭也在其中，只是在你面前演戏而已。"高翔一语点破道。

陈贝儿浑身一激灵，一时不能言语："王一铭应该不会吧，如果他有份儿他应该不同意换厂印啊？"

"他当然不希望换厂，但这事被你发现了呀，他不得不换厂。他也担心你把这事说出去，万一被人查出来，他这个总经理也别想当了。所以他是逼不得已。"

"不会吧，太恐怖了！"陈贝儿觉得这事应该是李总和韩菲菲拉上小钱干的，王一铭刚来，他应该不会胆子那么大。

"你先别怕，这事你明天先找王一铭汇报，让他给个处理意见。打人犯法，让他必须严肃处理。"

"嗯。如果王一铭不管呢？"她预感这事会掀起更大的风浪。

"他不管的话，那就是有猫腻。你可要当心，这事你得罪了他们，估计他们也不会放过你。如果王一铭也有份儿参与，我看你就离职吧。"

"没这么严重吧？"陈贝儿握着手机的手有点儿发抖。

"走一步看一步吧，你明天先找王一铭再说。"

刚放下电话，还在焦头烂额中，微信提示音就响了。

是严朋飞的留言："赶紧打我手机，马上。"

陈贝儿没敢犹豫，立即拨了号码："出什么事了？你别吓我。"

严朋飞笑笑："没什么事，就是让你给我打个电话我好脱身，他们正灌我酒呢。"

"唉，我还以为出什么事了。你还在酒桌上？"

"我出来了，我借故接电话才好躲啊。"

陈贝儿忽然想起来，便问："怎么最近没王琪的消息了，朋友圈也不见她更新了，也变成三天可见了。"

"我也没更新啊，我也是三天可见啊。"

"你俩真是一对。"陈贝儿气不打一处来。

"又来了，我俩真不是一对。"严朋飞解释。

"越描越黑，谁知道你俩什么关系。"陈贝儿噘起嘴，心里始终有些怀疑。

"最近你不回杭州吗？"严朋飞突然问。

陈贝儿心里乐开了一朵花："怎么，你想见我了？"

"你不是要回杭州看看王琪吗？"严朋飞故意说。

"我什么时候说过啊？"

"你刚才不是还打听王琪的消息吗？那还不如你亲自来一趟。"

陈贝儿翻翻白眼："我俩没你俩关系好，有你看她就够了，人家可未必想见我。"

"谁说的，你俩是高中同学，关系当然比我好。"

陈贝儿故意说道："今天的饭局你没带上王琪啊，她替你挡酒啊。"

"你不是说了吗，让我注意影响，以后不带她出来啊。"严朋飞顺从地说。

"哟，我说过这话吗？"陈贝儿一脸坏笑。今天的严朋飞好像和以往不太一样，可又说不出来哪儿不一样。

"当然说过了。马上天也暖和了，有空回杭州玩玩，正好杭州我也没怎么玩，你当我的向导。"严朋飞笑笑。

"这算你邀请我了?"陈贝儿一脸灿笑。

"杭州是你家，不用我邀请。"

"喊——"陈贝儿不屑道。

"不过我这个月特忙，下个月吧，下个月你来。"严朋飞建议道。

"看情况吧……"陈贝儿故意卖关子，心里不知有多想去，恨不能马上订一张机票就飞过去。

刚才还焦头烂额被打的事，接了严朋飞的电话，心情已好了大半。

但高翔说的不无道理，她决定这事必须得讨个说法，不然以后在公司人人都会欺负你。

职场如战场，此刻她才真切体会到。

[24] 一个死局

百叶窗透出一点点微光,办公室并没有开灯,王一铭的脸看上去很疲惫。对面陈贝儿的面色也好不到哪儿去。

两人一个说,一个听。说的人气愤不已,听的人面无表情。

整件事情说完,陈贝儿定定地看着王一铭,等他给个说法。

这一瞬间,空气仿佛凝固了,除了沉默还是沉默。

好久,王一铭才开口:"这件事情我问问吧。"

之后就再也没话了。

陈贝儿看他那样子就是不想管的态度,便扔下一句:"我要求小钱必须道歉,动手打人是违法的。"

王一铭又重复道:"我问问吧。"

回到座位上,陈贝儿冷静地想了想,她知道王一铭这个态度就是不想得罪人,那么小钱这件事也会不了了之。

中午她和苏苏出去吃饭,一五一十地把这事说了一遍。这事必须经由苏苏的嘴传播出去。她是当事人自然不好说。

苏苏听后气愤道:"果然是狼狈为奸啊。"她跟韩菲菲本来就关系不好,出了这事,她对韩菲菲自然印象更差了,"没想到这个小钱胆子够大的,还真没看出来。"

"你不是说小钱是李总介绍进来的?"陈贝儿想确认一下。

"是啊,这个全公司的人都知道吧?就跟全公司都知道韩菲菲跟李总有一腿一样。"苏苏嘲讽道,"小钱这个角色他应该做不了主吧,我觉得幕后操纵这事的还是李总吧。"

这个话题陈贝儿不敢再往下探讨了,只怕越往下深究越麻烦:"这个没有证据,现在只能揪小钱打人这事,其他说不着啊。"

"也是,现在凡事都要讲证据。但小钱打你的事你有证据吗?如果他不承认呢?"苏苏问道。

这倒把陈贝儿给问住了,怎么倒把这事给忘了。事情很可能朝不认账的方向发展。

果然陈贝儿跟王一铭再次谈话时,他淡定地说:"我调查过了,小钱说他并没有打你,你有证据证明他打你吗?"

陈贝儿心里冷笑一下,嘴上说:"可以去地铁口调摄像头。"

"这个恐怕我们也做不到。当时他打了你,为什么不报警呢?"王一铭很官腔地说。

"你觉得我报警对公司影响好吗?一个同事打另一个同事,还要闹到警察局,公司内部不能解决吗?我只是要一个道歉,有那么难吗?"陈贝儿有些激动。

"抱歉,我没有权力要求他向你道歉。一、我没有看到他打你;二、你也拿不出证据证明他打过你;三、小钱也并不承认打过你,那我怎么要求他向你道歉?"

果然不出所料啊!

"这个项目我替公司省了二百万,却因此事被其他同事打了,你不觉得这事有蹊跷吗?他为什么打我?是我挡了他的财路了吗?!"陈贝儿都快气炸了。

"这个我不清楚,我劝你说话还是要讲真凭实据。你是替公司省了成本,但这个报价也并不是他个人报的,他只是给韩菲菲一个参考。就算这个报价是他报的,你也只能证明他报高了成本,但你能证明这钱他贪了吗?你有发票吗?你有证据吗?"王一铭口气坚决道。

陈贝儿听完不禁好笑起来:"我只是要求小钱一个道歉,我并没有说他贪了这笔钱啊,我为什么要去找证据?王总,你什么意思?"

这不是此地无银三百两吗?看来这个王一铭也有一份儿。

"我是想告诉你,现在没有证据证明小钱打过你,自然也不可能要求小钱向你道歉。如果你对这件事气不过,那么你可以选择报警,你也可以到相关机构去举报。北京市纪委、中纪委,你都可以去啊。"

"王总,我有点儿不明白了,哪有公司领导要求员工去举报另一个员工的?你怎么想的?"陈贝儿匪夷所思道,"当初要换厂印是你决定的,跟我有什么关系?小钱恨的人应该是你啊,他打错人了吧?"陈贝儿气极了,口气完全失控。

"我要说的就这些了,你们双方各执一词,我也决断不了。我也不想重复我刚才说的话了,就这样吧。多把心思用在工作上比什么都好。"王一铭扔下这句后并不打算再开口。

"什么叫双方各执一词?你手下的人报高了成本,导致公司损失二百万,你作为公司一把手,这样的人你觉得还能用吗?我要是你立刻就得把他开了!你非但不批评,反而还包庇他,你怎么想的?!"陈贝儿越说越不能理解了。

"随你怎么想,我也不可能只听你一面之词。还是那句话,如果你觉得你受委屈了,你可以去告。"王一铭阴沉着脸,故意埋头看桌上的文件。

陈贝儿一时无法控制自己的情绪，摔门就走了。

这个结果她想到过，只是没想到王一铭比她想象的水平还低。

看来这是一个死局了。

而就在她扭头出门的那一瞬，她看到了墙角的垃圾桶。平时她是不会在意的，但现在那桶里扔了几本书，还是她亲手送给王一铭的那套书——这画面如此刺眼，她的胸口猛地一紧，内心一股气霍地蹿上来，令她差点发作。

这种人品竟然还能当上公司总经理，他是哪辈子积的德！

她忍着气，直到走出那间办公室才长长地吐出来。她想从此她对王一铭、对这个公司都不抱任何希望了。

晚上她继续跟高翔讨论了今天发生的事。

高翔说："如果王一铭真的这么说，那只能说明这事他也参与了。只不过被你揪住后，他不得不换厂印。他肯定后悔这事让你参与进来了。"

"是合作方沈总跟他要求让我参与进来的。"

"怪不得，我是王一铭我也不希望你参与进来。"高翔一针见血道。

"那现在怎么办？看来李总、王总都不是什么好东西。"

"显而易见，人为财死啊。"高翔总结道。

"你还好意思说呢，当初你还把王一铭介绍给我，你安的什么心啊！"陈贝儿想想都后怕。

"都怪我有眼无珠，不过也没成，你也没什么损失。只是现在这种情况对你太不利了。你抓住了他们的把柄，他们还不治死你？"高翔担忧道。

"我查了一下他们之前的账。之前跟沈总还合作了一个项目，印了一批书，报价也是高于市场价好几倍。看来他们一直用这个方法吃回扣。"

"当官的不都这样，你也是，睁一只眼闭一只眼得了。别人不说你干吗说呀。现在他们矛头都指向你，到时会联手整你的。你赶紧想想后路吧。"

陈贝儿却笃定地说："后路都已找好了，再说他们想治我也得找理由吧。"

"欲加之罪何患无辞？你除非一点儿错都不能有，一旦让他们抓着，他们就得往死里整你。"高翔的话并不是危言耸听。他在职场多年也深有体会。

"但我跟公司签了五年约，因为公司给我解决了户口，五年之内我不能离开公司，否则就要赔偿。冲这点，他们也没法开除我吧。"陈贝儿想到了这一点。

"对了，这倒是个理由。那他们不会轻易让你走的，不然户口白给你解决了。不过你也要小心，别到时候开除你，让你再把户口退回来，那可麻烦了。"

"应该不可能吧。"陈贝儿吓道。

"我是说万一，坏人什么事都能做得出来，小心为好。"高翔语重心长地说。他也是故意把事情说严重点，也只是想提醒她。

陈贝儿沉重地点点头，看来以后的日子不太好过了。

果然一周后全公司开了大会，宣布由黎玉担任总经理秘书，陈贝儿转岗去了办公室，负责人员培训。

这个调动已在陈贝儿的意料之中，只是她没想到上位的会是黎玉。黎玉之前和小钱一个部门，两人私交甚密，难道他们之间还有什么阴谋？

苏苏气愤地拍桌子："怎么会让黎玉这个妖怪坐我旁边呢，那我不是要疯了！"

陈贝儿却淡定地说："我的座位要和黎玉对调，那么我旁边就是小钱，我应该比你先疯吧？"

苏苏同情地揽住陈贝儿的肩头，安慰道："咱们这对姐妹花怎么这么命苦！真是红颜遭人妒啊！"

"你是红颜，我是祸水。"陈贝儿澄清道。

"这个时候你还能逗我乐，咱们不愧是真姐妹，绝不是塑料花。"苏苏感动地拥住她。

"以后看来只能午餐时碰面了。"陈贝儿边收拾东西边说。

苏苏在一旁看着，眼泪差点没掉下来："贝儿，你不会真走吧？"

"走哪儿去啊？"

"我怕你辞职……"苏苏不舍地说。

"目前应该还不会吧。五年合约还没满呢，干吗辞职啊。"陈贝儿拾起了桌上的日历，扫了一眼，下周她就正式开始兼职了。

这个时候开始倒也还不赖。

[25] 我老公可能得抑郁症了

　　心情沮丧到极点。
　　陈贝儿盯着手机,一时不知打给谁。电话拨出去后,她才发现打给的是顾曼。
　　这个时候她才发觉竟好久都没跟顾曼喝下午茶了。
　　两人马上约了周末见面。
　　本以为这次见面肯定是她大倒苦水,哪想顾曼却先开了口。这一开口,陈贝儿连自己的事都放下了。
　　顾曼一开口便说:"我老公可能得抑郁症了。"
　　陈贝儿脑袋一蒙:"什么情况?"
　　"上次我不是告诉你,我老公有点儿反常,他一下班就把自己关在房里,不知跟什么人聊天,又像是自言自语。"顾曼表情痛苦。
　　"对啊,你上次说过,但仅凭这个不能说是抑郁症吧。抑郁症至少要经历失眠和早醒,而且对什么都没有兴趣,这种症状至少持续三个月以上。"陈贝儿是心理医生,她觉得魏然并不是抑郁症。

"你听我说啊。有一次我把门敲开了,问他到底跟谁在说话。他说跟想象中的人说话。你说多可怕,哪有什么想象中的人啊。"顾曼激动道。

陈贝儿也吓了一跳:"这是幻听啊。这可比一般的抑郁症要严重啊。"

"我就跟他聊,让他有什么话跟我说,他就哭了,说没法跟我说。然后就数落我一堆不是。说我光想着工作,不顾家里。我怎么不顾家里了?你知道我除了工作就是家里,连夜生活都没有。"顾曼委屈道。

这个陈贝儿绝对可以做证,别看顾曼外表时尚,可内心非常传统。

"他还让我辞职专门在家做饭,这怎么可能呢……工作是我生活的一部分,如果我只待在家里做个家庭主妇,我肯定会疯掉的。"顾曼五官都拧在了一起。

看来他俩的婚姻还是出了状况。陈贝儿安抚道:"可能他也是工作太累了,他天天面对的是病人,天天扎针灸,可能真的会烦。"

"他现在还经常喝酒,动不动就发脾气,我觉得他完全变了一个人。"顾曼痛苦地把脸埋在手掌里。

陈贝儿生怕她哭出来,赶紧拉住她:"你得带他去医院确诊一下。如果是抑郁症就得赶紧吃药。"

"他自己就是医生,他能不知道吗?"

"可他毕竟是中医啊,得专门去抑郁症专科确诊。他还有没有其他症状?抑郁症一般都会失眠、头疼头晕什么的。"

"我们俩分床睡,我还真不知道他是不是失眠。你想,他每周有三天夜班,我们作息完全不同,所以我没法跟他一床睡,不然我的生物钟都乱了。"顾曼痛苦地说,"头疼好像有,他说有时会头疼。我在网上查了一些资料,我觉得他这些症状应该就是抑郁症了。"

"如果是这样,我也觉得八成是抑郁症了,赶紧去开点药吧。抑郁症很危险的,弄不好会自杀,必须得吃药。你赶紧陪他去一趟医院,最好确诊一下。"陈贝儿急道。

"是啊,我也害怕。我准备下周就带他去。"顾曼长叹一口气,"你说说我怎么这么倒霉。从小我妈就身体不好,出了车祸一直坐轮椅,生活不能自理。嫁个老公现在又得了抑郁症,你说我怎么这么命苦……"

"别那么悲观,从来都是你劝我的,现在轮到我开导你了。你可比我坚强多了。这点儿事不算什么。他顶多算是轻度,吃点儿药能治好的。好多人得了这个病都治好了。"陈贝儿坐在顾曼身边,抚着她的肩膀。

"还有好多人都自杀了……"顾曼无助地看着她。

"对了,你们不是办移民了吗?也许搬到美国后就好了。"陈贝儿突然想到这个。

"办这个手续没那么快,至少也得一两年。"顾曼长长地叹了口气。

"别急,先看病,可能他连抑郁症都不是,顶多是焦虑,多休息一下,吃点儿药应该能好。你俩多沟通,可能他对你有不满意的地方,借机发泄出来。"

顾曼才回味过来道:"差点儿忘了你是心理医生。"

陈贝儿骇笑:"这病还真不是心理医生能治的。心理医生只能做到疏导缓解,真正治病还得吃药。心理医生是没有开药权的。"

顾曼点点头,仍是满腹心事的样子:"我知道应该是我们俩之间出了问题,我可能太注重事业,对他关心不够。我们俩其实一周都碰不上几次。我上班,他下班;我下班,他又去上班。他不值夜班的时候也是在家睡觉。所以我们俩也只有周末才沟通一下。但有时我周末加班……可能我真的把他忽略了。我以为老夫老妻了也没必要天天黏在一起了，他对我抱怨，也能理解。他说他得这个病都是我害的……"

那天争吵的场面又来了，从没见到老公如此暴戾，又哭又闹，完全变了一个人一样。那天她真的害怕了，究竟是怎么了？她反思了好久，他们的婚姻真的出问题了吗？

这事放谁身上也会不安。陈贝儿又从心理学角度劝了她一通。

等顾曼的情绪平稳下来，陈贝儿才敢说自己的那点儿烂事。

顾曼听后却说："越是这样你越不要走，你就要看着他们，看他们一个个下台。"

"他们能下台吗？目前看不到希望。"陈贝儿泄气道。

"你别忘了，你手里还有一张牌——郑总。他是你以前的老板，跟你关系也不差，现在又在集团总部当领导，你跟他提一下，他不会不帮你的。"顾曼冷静下来就是另一个样子。

"这个我明白，只是我不想开这个口。"陈贝儿要强地说。

顾曼点点头："现在还不到这一步，先看看他们下一步怎么走，你按兵不动。"

"下周我开始兼职了，这样也分散一下精力。"

"这样最好。公司的事别往心里去，家里的事才是最主要的。"说完她又想到了自己，烦不胜烦。

"咱俩这段可真是郁闷。走，唱歌去，吼出来发泄一下。"陈贝儿脑袋一热。

"可我唱不动啊，我连吼的力气都没有。"顾曼想到家里的烦心事，眼泪就在眼眶里打转。

"走吧，现在商场里就有 KTV，只能坐得下两个人，你在里面唱，别人也看不到，想怎么发泄就怎么发泄。"陈贝儿把她拉起来。

"音响效果好吗？"顾曼这么一问，差点让陈贝儿笑出声来，

"我服你这个麦霸了,你赶紧去试试效果怎么样,我都没去过……"

两人就这么歇斯底里了一晚上。

幸福的婚姻应该不会有眼泪吧,应该不是这样为了逃避争吵躲在KTV里发疯吧。陈贝儿无措地想着,手里的麦克风好像道具一样——发泄的道具。

[26] 兼职咨询师的第一次面诊

眼前的女人长发盘起，戴着细细的黑边眼镜，白色衬衣配上黑色短款西装套裙，气质出挑。

梅若琳上下打量她，却一言不发。

陈贝儿忍不住急道："怎么样，还不错吧？"

"我怎么觉得一下老了十岁。"梅若琳拿她取笑。

"好讨厌，一会儿患者来你可不能这么打趣我。"陈贝儿正色道，"另外可不能叫我贝儿，我叫陈思，陈医生，别忘了。"

梅若琳好笑地摇摇头："你这话至少重复了一千遍了。你赶紧先去和陶莎聊聊吧，她一直说要见你。"

"我怎么有点儿害怕啊。"陈贝儿吐吐舌头。

"你放心，陶莎不会难为你，我已经和她老公沟通过了。你别忘了，她老公才是大股东，现在馨慈也需要人。再说虽然我跟她的关系有些微妙，但面上还是过得去的，放心去吧。"

陈贝儿这才点点头，走进了陶莎的办公室。

陶莎圆圆脸，四十多岁，脸上化着精致的妆，身材虽有些微胖，但看起来还是很有气质。

陈贝儿赶紧做了自我介绍，笑容齐齐地挤出来，一丝不敢马虎。

陶莎也介绍了一下馨慈诊所的情况，只字未提梅若琳。

但最后她补充了一句："听说梅医生是你的师姐，你跟她好好学习吧。有什么不明白的，也可以直接来问我。"

陈贝儿马上点点头，一脸客气。

"对了，你实习这半年，只有一点劳务费，你不介意吧？"陶莎问。

"不介意，能学到东西是真的。再说心理医生必须得有实习过程的，我还得跟你们好好学习。"

见陈贝儿挺乖巧的样子，陶莎还算满意。

她们又寒暄了几句结束了会面。

陈贝儿走出办公室，抚了抚胸口，赶紧和梅若琳碰头。

"怎么样，陶莎没你想象的可怕吧？"梅若琳笑问。

"还好，确实看着挺和蔼可亲的。只是你俩存在竞争关系，我夹在中间反正也是不讨好的角色。"陈贝儿直言道。

"瞧你委屈的，能让你进来就不错了。"梅若琳白她一眼。

"那倒是，还算是给你面子了。以后，我夹在你俩中间估计会水深火热。"陈贝儿自嘲道。

"德行！"梅若琳敲了一下她脑袋，"你赶紧好好干吧，等你站住了脚，她也不会轻易赶你走的。她还是看重才气的，这点我得公平地说。"

"哎，今天的患者是什么人？"陈贝儿转入正题。今天是她头一次开始兼职实习，一切都还有新鲜感。

"今天这个是头一次面诊，我也一无所知。走吧，她应该快到了,具体情况具体分析吧。你负责记录,尽量不要吭声,有问题写纸条给我,以免打断患者的诊断。"梅若琳也严肃起来。

陈贝儿点点头,跟着她走入了诊疗室。

沙发上坐着一位不修边幅的短发女人,皮肤黑黑的,素面朝天,愁眉紧锁,一副很不开心的样子。

梅若琳简单介绍了一下自己,又介绍了一下助手陈思。开始正式进入心理咨询环节。

等贝儿走到对面坐下细看,才发现她的额角已有几根白发,眼角纹明显,应该也是三十好几的年纪了。

女子打了个招呼,便从口袋里拿出了一份报纸递过去,慢条斯里地说:"这是我写的文章。"

梅若琳接过来看了一下,陈贝儿也很讶异,竟看不出她是作家。她马上看了看文章的署名:诗兰。

梅若琳小心地问:"这是你的笔名吧?"

女子点点头,声音还是那样不紧不慢:"我没什么名气,但我觉得自己写得还不错。"

梅若琳读了几行,是写留学生活的,便问她:"你在法国留过学?"

诗兰点点头:"是啊,我工作几年后去法国读了个学位,两年前回来的。在那儿的时候我觉得我身体特别好,吃饭也香,睡得也好,也不胡思乱想。我也不像现在这样面如纸色,那时我很爱打扮,而且我居然还穿裙子,我同宿舍的女孩儿都夸我漂亮呢。我走在街上,还有男人搭讪呢!"

陈贝儿心里一沉,这女子不是一般的人物,她心里有事。

"为什么现在不爱打扮了?"梅若琳试着问。

"一回国,我又变回了以前的我,不知道为什么,精神一下就差了。吃不香,睡不着,对什么都没兴趣了。"女子说完头一低,一副厌世的样子,"我在法国的时候,法语特别好,连老外都说我法语说得特地道。可是我一回国,居然一句都不会说了。你说奇怪吧?我在法国时,一个人去旅行,完全是我一个人,也没报团,全凭我的法语一路问下来,感觉特别好。可是一回国,我居然连地铁公交都不会坐了,几次坐车都走丢了。"

陈贝儿有点吃惊,对面的这个女人应该是出问题了,可到底是什么问题?

梅若琳沉吟一下,问:"那为什么不留在法国,既然回国以后那么不适应?"

"我其实只在法国待了一年,那边也不太好留,而且我父母在这边,我肯定还得回国。签证到期我就回来了。"诗兰的语速快起来,"出国前我已经觉得不太好了,精神很差,特别累,跟我父母也总吵架。我有个表哥寄住在我家里,特别讨厌,总是嫌弃我有病。上一次我辞职,让他开车帮我把东西运回来,他居然在别人面前装作不认识我,好像有我这个表妹很丢人一样!"

看得出她很生气,梅若琳忙道:"那你现在辞职了,还是找到新工作了?"

"我没再找工作,我父母帮我在图书馆找了个工作,我干了一段不去了。我这身体不行,什么也干不了,只能在家待着。我喜欢在家待着,我写作,可以写我想写的东西,唯有写作时我才觉得自己还活着。"话落,诗兰又从包里拿出一本书,"你看这是我去年出版的书。"

梅若琳接过来,陈贝儿也忙凑上去,是一部长篇小说,厚厚的一本,看得出作者很费心力了。

陈贝儿粗略读了几段,发现她文笔真的不错,是个才女,便忍不住赞了她几句。

梅若琳这时小声问:"能跟我说说你得了什么病吗?"

诗兰略微把背一转，说："我背上长了两个瘤子，去年做手术做掉了。我怀疑是日本核辐射把我伤了！"

"你去过日本？"

"没有，我只是感觉，日本核辐射范围很广的，说不定就把我感染了，不然我怎么会长这瘤子？"

陈贝儿有些恍惚了，她听梅若琳问："医生怎么说？"

"医生说是良性的，去掉就好了，可说不出我为什么长这些瘤子。"

"能让我看一下吗？你的背？"梅若琳好奇地问。

诗兰也没拒绝，把衣服从后面一掀，给她俩看。

两人仔细一看，却吃了一惊，后背根本什么疤也没有！

梅若琳定了定神，和陈贝儿对视一眼，两人都有些心照不宣，眼前的这个女人真的是得病了。

梅若琳看着诗兰的眼睛说："除了背上的瘤子，能告诉我你还有什么病吗？"

诗兰摇摇头："自从长了这些瘤子我觉得精神就差了。但医生手术做得比较好，没留疤。"

两人都有些疑惑，难道真的是手术做得成功，一点儿疤痕都没有留？

"是因为精神不好，所以才辞职？"梅若琳心一沉，又问。

"不是，是因为我以前公司的老板给我现在的老板打电话，不停地说我的坏话，我受不了才辞职的。"

"你以前公司的老板认识你现在公司的老板吗？你确信他会打电话说你的坏话？"梅若琳有些不能置信。

"当然，以前那个老板很讨厌我，总说我坏话。现在的老板对我也不好，那一定是他们之间沟通了，不然我周围的同事怎么都对我不好，肯定是说我坏话了呀！"

梅若琳眉头蹙在一起,不知怎么往下说,感觉她应该是抑郁症,她的这些症状很吻合。但似乎还不只是抑郁症这么简单,很可能还有精神上的问题。

陈贝儿也在纸上写下"抑郁症"三个字,并打上了问号。

这时,诗兰突然向梅若琳凑过来,悄声说:"我这次来其实是想让你们帮我一个忙。我在网上查过你们诊所的资料,我觉得你们诊所挺可靠的,你们能否帮我?"

"你说,我们一定尽力。"梅若琳想帮她,这么一个有才华的女子,太可惜了。

"你们认不认识黑道上的人?你们诊所接触的人多,应该能认识吧?"诗兰认真地问。

梅若琳一怔:"你想干吗?为何要认识黑道的人?"

陈贝儿也是一惊。

"我们家楼上有个小孩儿,一天到晚不睡觉,每天晚上用棍子敲地板,让我整夜睡不着觉,我恨死他了!"诗兰露出一副恐怖的神色。

"小孩子怎么会不睡觉呢,一定是你的幻觉!"梅若琳叹了口气,对面的女人似乎已经到了幻听的程度。

"不是幻觉!"诗兰强调,"我上楼跟他们吵了,还在他家门上贴了条子。我说如果你们再敲地板,别怪我不客气。但这招也不管用,我是想吓唬一下他们,没想到他们根本不理我!而且你知道吗,他们居然监视我!"

梅若琳摇了摇头,越听越觉得云里雾里了:"他们为什么要监视你啊?"说完又觉得好笑。

"他们家安了一个接收信号的锅,我一开始以为那个锅是接收电视信号的,结果不是,是他们用来监视我的!而且那种锅在网上都能买到,他们竟然用这种方式监视我,多可怕呀!我每天就活在他们的监视下,这种日子我真的没法过了,我只想死!"诗兰越说越激动了。

梅若琳忙安抚她:"那不是监视器,那真的只是接收电视信号的,你放心,没事的!"这个女子看来病得很重,抑郁再加精神上的问题。

"这件事已快把我折磨疯了,我现在只想死!如果我不死,他们就得死!求你们了,你们能不能帮我找一个黑道上的人,我出两万块钱,让他们把我邻居杀了!他们不死,我就得死!"诗兰说得很平静,可那样的平静更让人战栗。

"你可千万不能有这样的想法!你这是雇凶杀人,杀人是要偿命的,你可不能做违法的事!"梅若琳吼了一句,"把你邻居杀了,你也别想活了!"

"我本来也不想活了,活着有什么意思!"诗兰绝望道。

陈贝儿以为诗兰会哭出来,没想到话说到这份儿上,她连一滴眼泪都没有。

梅若琳见状,抚住了她的手,用力地一握:"你还有父母呢,你还有写作,你当然要好好活下去!告诉我,你父母知道你生病吗?"

正说着,诗兰的手机响了,她接了起来:"我刚才手机没开啊,现在不是开了嘛……我丢不了,这个地方我认识……行了,我正和医生说话呢,先挂了。"放下手机,她接着说,"我爸打来的,他以为我走丢了,这地方离我家很近。我怎么会走丢呢?"

她俩心照不宣,做父母的一定是知道的。

诗兰又说:"他们总把我当孩子,我都三十好几了,有什么不放心的。"

梅若琳再次按住诗兰的手,恳求道:"他们是关心你的健康、你的病。你得接受治疗。"

"我没什么病,就是长了两个瘤子,现在就是精神差,没力气。"

"你肯定失眠,对不对?"梅若琳再次确认。

"是,我睡不着,好不容易睡着了又醒得非常早。这个失眠的病害死我了……"诗兰欲哭无泪,满脸的绝望。

"你听我的,你必须马上去医院接受治疗,你必须全面检查,而且你必须吃药。我们这里做心理咨询的是没有权力开药的,但你必须吃药。你这么有才华,精神差也是病,也是要治疗的。不然你一直这么下去,工作也无法做,让父母操心。"梅若琳揪心地劝道,"你有抑郁症,而且症状很严重,你必须要治疗。先把睡觉治好。另外安定医院你也要去一下,你的精神很差,需要系统治疗一下。"

梅若琳说得比较含蓄,她不想说得太过直白,怕会打击到她。

诗兰垂下头:"我觉得自己特失败,小时候只知道学习好就行了,没想到身体会出问题……你看你们多好,一个个这么漂亮,这么年轻,跟你们一比,差距太大了。我觉得自己太失败了!"

"你哪儿失败了,你看你写的书这么好,你的文章还能在杂志上发表,多少人没有你这样的成就!你要发现自己身上的优点,你现在一点儿也不老,刚进来时,我以为你是学生。你要改变,变回在法国时的你!"梅若琳鼓励她。

"是啊,在法国时我觉得自己的病全好了,还有男生追我呢。其实那时我也三十了,可那时就是显得年轻,觉得自己很聪明。但我这法语水平也是一阵阵的,有时觉得自己说得特流利,比外国人都好;有时竟连一句话也说不出来了,不知为什么……"

"所以你需要好好治病,找出原因,你必须接受药物治疗。"

诗兰忽然换了种表情,从袋子里拿出厚厚一摞稿子:"对了,我想请你们帮我最后一个忙。这是我新写的一个长篇,你能否帮我联系出版?你认识的朋友多,能否帮我推荐一下?我联系之前的出版社,他们不同意给我再出了,说我的书卖得不好……"

梅若琳点点头接过稿子:"……好吧,这个忙我试着帮你!"

诗兰终于笑了出来,她笑起来真的很好看。

"对了,我还给你们带了个礼物,这是我从日本买的手帕,希望你们喜欢!"

两人接过手帕又是一怔,刚才还说没有去过日本,转眼又错乱了。梅若琳还是努力地笑了一下:"我非常喜欢,可我都没给你准备礼物。"说着她冲陈贝儿使了个眼色。陈贝儿会意,马上去隔壁拿了一个馨慈诊所的纪念品,是一个印有馨慈LOGO的喝水杯。

诗兰接过杯子,很开心道:"这个杯子好可爱啊,这个颜色我也喜欢!以后就用它喝水了。"

那欢喜的样子颇让人动容。

梅若琳再次握住她的手,说:"一定要去医院确诊,答应我!这个稿子有了消息我会马上打电话给你!"

"能否加一下你的QQ号?我怕万一手机没听到。"诗兰担心地说。

"我不用QQ的,或者你留一下陈医生的QQ吧,到时她会联系你复诊。从医院回来后记得一定要来复诊。"

诗兰点点头,苍白如纸的脸上凝结着一个动容的微笑,这微笑印在陈贝儿脑子里久久挥之不去。

等诗兰走后,陈贝儿忍不住问:"她这种情况应该就是抑郁症吧?"

梅若琳点点头:"她应该是重度抑郁了。轻度比如睡不着觉、早醒、对什么事情都没有兴趣,这种症状只是抑郁症状,可能多半是出于焦虑。但这种症状持续三个月以上没有任何好转,就有可能变成抑郁症,是一种病症了,那就得吃药去改善。但如果持续几年都不能缓解,那就是重度抑郁了。像诗兰这种情况应该已经好多年了，但她一直没有接受治疗，所以只会越来越严重。而且她不光是抑郁的问题，还有精神上的问题。她已经出现幻听了，所以她必须去安定医院全面治疗。你赶紧跟她父母联系一下，把这些情况告诉她父母，让她父母带她去医院，否则后果非常严重。"

"如果不接受治疗，自杀倾向会很明显。"陈贝儿担心地说，"我真怕她想不开……"

"像诗兰这种情况还好些，她能说出来，能来诊所还好。最怕的是什么都不肯说的人。没有人知道他有病，他也生怕别人知道他的病，这种人是最容易自杀的。而且这种人自杀往往是带有计划性的，别人都救不了他。像诗兰跟父母住还好一些，有人监督一下。抑郁症病人绝不能自己住，会非常危险。"

陈贝儿心下一凛："诗兰的父母我马上联系！书的事我也帮她联系一下吧，如果能帮她出版，对她来说会有很好的疗效，但就是不知道能不能联系成。"

梅若琳点头道："这事拜托你了，出版社的人我一个也不认识。过一段时间再约她过来复诊，这种患者要经常和她联系，不然很可能会出事。之前有个抑郁症患者，一开始还很愿意来，后来自己偷偷停药了，说药的副作用太大，结果半年后就自杀了……很可惜。抑郁症的病人必须吃药，一旦停药就非常容易自杀。你再盯一下诗兰一定去医院接受治疗。"

"放心吧，我加她QQ了，我会盯着她。"

一场心理咨询下来并不轻松，陈贝儿这才发现自己的双手冰凉，可能是太紧张了。之前听梅若琳说一个患者在咨询过程中突然情绪失控，又哭又闹，几个人都安抚不住，遇到那样的情况，心理医生甚至比患者更崩溃。

刚才诗兰咨询的时候，陈贝儿生怕她也会情绪失控发作，一直捏着一把汗呢。

反而是梅若琳一身轻松,咨询完就能马上跳出现场,恢复常态。

"咨询完,你也要学会马上抽离,不然自己会很累的。"梅若琳建议道。

陈贝儿点点头,又摇摇头:"我可是个重感情的人,一时还抽离不出来,怎么心里这么难受呢。我觉得得抑郁症的人太可怜了,怎么许多有才华的人都会得这个病?"

"搞艺术的人容易得,因为他们通常都很内向,不愿意与别人分享内心的东西,把创作当成了一种与自己内心交流的方式,可是一旦灵感尽失,或者说江郎才尽的时候,他们会非常痛苦。因为和自己内心交流的这条线断了,创作不出好作品了,病也就慢慢积下了。而且外因也非常重要。比如家庭问题、感情问题、工作问题这些都会影响他们暴发抑郁症。以前一个患者婚姻家庭很幸福,可就是事业上出现了瓶颈,他的自信心一下子被击垮了,抑郁症马上暴发。不过还好,他就医及时,吃了一年多的药慢慢就稳定了,他隔几个月会来一次,我觉得他状态恢复得很好。"

"也可能他只是事业上出现问题,至少婚姻比较幸福,如果两头都没有,可能会好得慢一些。"陈贝儿有自己的看法。

"是,至少还有精神上的支持,这个也很重要。抑郁症的病人好多人会排斥吃药,一旦停药就会有自杀倾向。这个药也分人,有的人吃完没任何反应,有的人吃完就会恶心、头疼,因人而异。但不管有多少副作用,吃了总比不吃强。"

"像我这样的人一定得不了抑郁症,我太喜欢与人分享内心的东西了,对吧,梅医生?"陈贝儿自嘲道。

"是啊,你太懂得释放自我了。"梅若琳一脸坏笑。

她印象中的陈贝儿一点委屈也受不得,内心受了苦恨不能马上找人倾吐出来,反而活得轻松痛快。但她不行,有时候也可能出于社会地位或者职业习惯,她不敢把内心的东西太多与人分享,可能自己是心理医生,更多地学会了自我化解。有时化解不开的时候,也只有哭一哭发泄出来。只是她哭的那一面极少有人看到。她确实太要强了,也许她已经习惯这种生活状态了。

当心理医生这几年,看了太多的患者,她也越变越麻木了。说是抽离,实际是麻木。但在陈贝儿面前,她当然不能承认这种麻木。这种职业病不是好事,她当然不希望陈贝儿步她的后尘。

[27] 温水煮青蛙

小钱打人事件在王一铭的强势忽略下,最终不了了之;接着就是被撤职,陈贝儿的处境一天比一天差。公司最郁闷的人恐怕就是她了。

中午,在餐厅最隐蔽的一个角落,苏苏一边喝着奶茶,一边悄声说:"你说说王总为什么会选黎玉?我有些搞不懂。黎玉哪方面都不如你啊。"

陈贝儿无措地笑笑:"她长得美啊,能力强。"

苏苏知道她说的是反话:"拉倒吧,你说她长得土不土洋不洋,打扮也永远不伦不类,今天旗袍,明天公主裙,用力过猛的结果就是穿什么都丑。"

"那是你觉得丑,人家王总不觉得。"

苏苏点头:"也是,男女审美观差着一个银河系,还真一言难尽。不过我可听说王总和黎玉他俩有点儿关系不正常。"

陈贝儿一愣:"这个有证据吗?"现在她也聪明了,凡事讲证据，说话才有底气。

"当然有了，不然我怎么会告诉你。"苏苏故作神秘的样子。

"黎玉可是有老公的。"陈贝儿眉毛一挑。

"有老公也是可以离的啊。你还别说，我觉得她跟王总还真有夫妻相，两人风格差不多，都有些用力过猛，野心都不小，做事也有手段，尤其是面上那股狠劲，你没觉得如出一辙吗？"苏苏分析道。

"还真是……"陈贝儿以前没把他俩往一块儿想，现在经苏苏这么一分析，还真觉得夫妻相很明显，"赶紧说出证据，我听听靠不靠谱。"

苏苏四下看看没有熟人，便说开了——

原来是她有一次下班，那天加班有点儿晚，楼道里都没人了。但她刚下一楼时，发现有两个人往停车场走去，还有说有笑，这两人正是王总和黎玉。

说到这儿，陈贝儿打断道："这也不叫证据吧？"

苏苏马上说："你急什么，好戏在后面！"

二人上车后，苏苏一直在暗中观察他们，就在黎玉系安全带的时候，王总亲了她一口，那场面还真是香艳。

"真有此事？你看清楚了？"陈贝儿追问。

苏苏点点头，但陈贝儿突然说："你是近视怎么会看真切？"

"反正就是亲了一口，这绝对是真的！"苏苏急道。

陈贝儿马上笑了："这事如果我没分析错，这一幕并非是你亲眼看到的，因为你说话的时候摸了一下鼻子。"

"你这家伙不愧是学心理的。我是没亲眼看见，但有人真的看见了，我发誓！"苏苏认真道。

陈贝儿又是一笑："如果这个人我没猜错的话，就是追你的那个保安。"

苏苏吃了一惊:"天哪,你是神探啊,你怎么知道?"

陈贝儿哈哈一笑:"老实说,你跟这个保安谈上了?不然他为什么把这么重要的情报告诉你啊。"

"没有,我怎么可能看上一个保安呢。我就是跟他周旋。他知道的事太多,能给我当线人也挺好。但我肯定不会跟他的,我这么天生丽质,他实在配不上我。"苏苏清醒道。

"那倒是,不过这个保安你应该介绍我认识一下啊。"陈贝儿打趣道。

"他长得太丑了,你还是别认识了。"

"咱们楼下一共有四个保安吧,如果挑里面那个最丑的应该是那个谢顶吧?"陈贝儿故意道。

"胡说,那个谢顶我是连说话都懒得说,太恐怖了!"苏苏瞪眼道。

陈贝儿心下了然了:"我知道是谁了,那人长得还行,就是脸上有块青色的胎记。"

说起来这胎记还真跟以前王一铭脸上的有些相似。

苏苏大惊:"你怎么知道?"

"他每次看你的眼神不一样,而且他总跟你打招呼,我傻呀。"陈贝儿一语道破。

苏苏噘嘴道:"既然你知道了,我也不用瞒了。我就是当他是八卦情报站。他每天见楼里的人进进出出,什么事都瞒不过他的眼。"

"如果王总和黎玉的事真是他看到的,那他可是有价值了。"陈贝儿一脸的促狭。

苏苏接口说:"是啊,所以为了套更多的情报,我还得跟他周旋。上次他非要加我微信,我就加了。这人倒也不讨厌,经常微信上逗我开心,但就是脸上那块胎记太丑了。"

这又令陈贝儿想起了王一铭，不禁觉得这事有点儿意思。

"对了，这个保安也认识你，还夸你漂亮呢，当然除了我之外的。"苏苏笑笑，"他还说王总选黎玉还不如选你呢。"

"这是什么屁话。"陈贝儿忍不住说了粗口，她可不想和王一铭沾上任何关系。但她隐隐觉得这个保安应该也不是个省油的灯。

苏苏是公司的头号美女，男人一般不敢追，一个保安却敢这么大张旗鼓地追她，想来也不是一般的保安。但王一铭真的和黎玉搞在了一起，这事她还有点儿不能相信，看来好戏还在后头呢。

自从换岗以来，陈贝儿在公司的日子就变得水深火热了。尤其是旁边的座位由苏苏换成了小钱，可想而知她每天的心情。

那天她想了一晚上，不能再这么下去，她必须要找王一铭谈谈，他凭什么这么欺负人。

早上，她不管不顾地闯进王一铭的办公室，开门见山地质问他凭什么给她降职，好像所有的愤怒都在那一刻爆发了。

王一铭早料到她会来，二话没说，把一封信扔在她面前。

陈贝儿打开一看，竟然是Cathy的那封投诉信。这个李总，果然他们是狼狈关系。只是以前郑总在的时候，李总隐藏得深，谁也没看出他是一只披着羊皮的狼。

陈贝儿冷静一下："就凭这封信？"

"当然不只这一件事，之前给公司买花的事好像你也出了差错吧？"

陈贝儿有些哭笑不得："还有吗？一块儿都说出来。"

"还有一封举报信，原信我就不想给你看了，有人反映你和沈总的关系不正常，而且不是一个人反映。所以公司决定你不再适合这个位置。"王一铭不痛不痒地说。

陈贝儿愤怒地笑了出来："有证据吗？"她差点儿没忍住说出他和黎玉的事。

"有人证。这事不讨论了,这也不是我一个人决定的,集团领导的决定。"王一铭想快速结束谈话。

"这么说郑总也知道此事?"陈贝儿质疑道。

"这个我不敢确定,我只是执行。一会儿我要出去开会,先这样吧。"王一铭迅速结束了对话。每次跟陈贝儿对话,他都要死一堆脑细胞,太伤神。

陈贝儿二话不说就走了。话说到这份儿上,她什么也不想说了,多说一句她都恶心了。她本来还想提换个座位的事,每天挨着小钱她会疯的。但这话她知道说了也是白说。那一刻,她真的想到了辞职。可五年合约在手,她又不能辞,这不是温水煮青蛙嘛!

下了班,她冲到马路上就给严朋飞拨了电话,一通诉苦。

严朋飞笑笑:"我当是什么事把你气成这样,这种事多了,谁叫你跟领导搞不好关系。这事不能赖别人,就赖你自己。"

"你不安慰我,还骂我?"陈贝儿快哭出来了。

严朋飞听出她声音的异样,口气一软:"算了,别和公司置气了,每个单位都一样,都烦你这种不拍马屁的人。"

"我才不拍马屁呢,我又不想当官,我拍什么拍啊。"

"我这是劝你,跟领导搞不好关系,当然领导会治你,还是你自己吃亏。"严朋飞劝道。

"你不是要邀请我去杭州玩吗?"陈贝儿心烦地转了话题。

"杭州是你家,还用我邀请吗?"

"你这话是什么意思?"陈贝儿不舒服道。

"没什么意思,你家在这儿,想回来散散心就回来吧。不过最近我不在杭州。"

陈贝儿一激灵:"你在北京对吧?"

"是,我在北京培训。"

"你在北京都不约我见面?"陈贝儿更气了。

"真没时间,我们是封闭培训,连手机都不让带。"

"那怎么我还能打进来?"

严朋飞解释:"我这不刚出来上个厕所,你正好打进来了。"

"那还真够巧的,那晚上见个面吧。"此刻她是多么想见他一面。

"晚上也不行,晚上要陪领导应酬。"

"你怎么总有借口,你就是不想见我对吧!"她更气了。

"没有,我有空当然想见你啊,可真的是抽不出时间。等我回杭州吧,你到杭州来,咱们见。"

两人讨价还价半天,也只能达成这个协议。

"但你什么时候回杭州?"陈贝儿又问到了重点。

"看把你急得,你就那么想见我啊。"严朋飞呵呵一笑。他看得出陈贝儿已打算飞蛾扑火了,不禁有些得意。

"你会说人话吗?"陈贝儿又气又拿他没办法。

"会,我怎么也得两周之后,到时我联系你吧。"

电话一收,陈贝儿心里舒服多了。

爱情的力量大抵如此,它总能在你最脆弱无助的时候给你力量和坚强。万分沮丧的心情因为有了杭州之行的期待反而变得雨过天晴了。

那天沈总到公司来,顺便给她带了新鲜出炉的"毅迅香茶"。见陈贝儿换了位子,才知她被降职的事。沈总马上请她吃饭,细问原因。

陈贝儿把前因后果简单说了一遍,当然有人举报她和沈总的事自然不能提。沈总问她为何这么大事不告诉郑总。

"撤职的事谁好意思说得出口?郑总听了也会失望的。我也张不开这个嘴,郑总都离开一段时间了,我哪好意思找他帮忙。想想算了,我在哪个位置都能干,无所谓。现在只管培训这一块,更省心。"平静之后陈贝儿再说起来这些事，倒也不怎么生气了。

"这个王总看来也是有眼无珠不识人啊。"沈总感叹一句，"那我这个新项目后面的运作估计也不会让你参与了。"

陈贝儿点点头："我不是他们的人，他们也不会再用我，这个很正常。"

沈总也叹了口气："或者你也改变一下，多拍拍王总，可能情况会有转机。"

陈贝儿坚决道："我不是那种人啊。"

沈总看着她也叹了口气，现在这年头，哪个女人在职场上不是踩着男人的肩膀往上爬，像陈贝儿这样完全没野心的女人倒真是罕有，至少他没见过。他倒不是替陈贝儿可惜，只是他觉得这个新项目后面结账的事肯定会比较麻烦。看来跟毅迅公司的合作也只能到此为止了。

[28] 又是一个意外

周末,"吃货三人组"在微信上一大早就闪个不停,原来是高翔要请客。

"有什么好事啊?"陈贝儿看了一下表都十点了。

"你才起吧,大小姐。"宇涛闪回了她一句。

"还真被你猜中了。"

"赶紧洗洗出门吧!"高翔在群里发了饭店的位置。

见面才知,原来高翔给杂志画的连载漫画故事终于出书了。这当然是好事!

这顿饭一扫之前所有的阴霾,陈贝儿难得地露出久违的笑容。

"这本书稿费不少吧,你可发了。"她灿笑说。

"咳,别提了,这本书一分稿费不给我,全让杂志社自己拿走了。我也不好意思要,毕竟是杂志社帮我联系出书的。"高翔郁闷道。

"这也有点儿太过分了,最少也得四六分账吧,怎么一分都不给。你们杂志社也够意思。"宇涛评论道。

"杂志社能给你个人出本书就不错了，钱的事别想了。"高翔也算看开了，"如果这书卖得好，出版社肯定会找我合作继续出第二本，那时候我再提条件还说得过去，现在什么也别想。"

"已经非常不错了，祝我们的漫画家新书大卖！"宇涛举杯道。

"高翔，我怎么预感你要火呀！如果这书卖火了，你就成了著名漫画家了，那我们不就跟着沾光了。到时候我可是你经纪人啊！"陈贝儿见缝插针道。

"我也算一个，你看一男一女俩经纪人，你必定要火啊！"宇涛哈哈大笑起来。

那天的庆功宴大家欢乐不已，好似高翔已经坐稳了著名漫画家的宝座。

而事实证明陈贝儿的预感真的灵验了，几个月以后，高翔的这本漫画书登上了畅销书排行榜，多家出版社蜂拥而至找他合作。

但好事多磨，杂志社把这事拦腰砍下来。因为这个漫画故事是杂志社委托高翔画的，高翔虽然是作者，但版权却归杂志社所有。高翔若要出书，跳不开杂志社这一层关系。无奈第二本书，高翔只得以四六分账的方式和杂志社分成，这也被宇涛说中了。

等第二本书上市的时候，高翔真的成了著名的漫画家，而且坐客中央电视台访谈节目。正如陈贝儿预料，高翔真的火了！只是谁能想到，几个月以后，这本书却成了导火索，将高翔逼到了离职的境地……

晚上十点钟，陈贝儿洗漱完毕，躺到床上开始刷朋友圈。

几天也没看朋友圈了，身边这些人的新鲜事倒发生了不少。她竟意外看到王琪发了朋友圈，她放了一张风景照片，配图文字写道："人这一生从出生到离世，能够不离不弃陪伴你的只有你自己；只要自己不放弃自己，就没人能放弃你；只有自己爱自己，才是这一世对自己最好的报偿。"

陈贝儿若有所思地看着这条微信,这是出了什么情况?她忍不住小窗点了一下王琪,问道:"最近怎么样,怎么没你消息了?"

"人生苦短,凑合活着吧。"好一会儿,王琪回了这一句。

陈贝儿从未觉得她用过这样的语气,便问道:"心情不好?"

"就那样吧。"

"怎么了?出了什么事了吗?"陈贝儿感觉不对。

"没什么,你怎么样,跟我们领导还联系?"

"微信联系。"陈贝儿如实说。

"你们发展到哪一步了?"王琪关心道。

"一直没见面,只是微信联系。"陈贝儿重复道。

"你们挑明了没有?"王琪追问。

"没挑明,朋友。"陈贝儿让她吃定心丸,"慢慢发展吧。"

"你们天天聊吗?"王琪又问。

"差不多吧。"

"那他知道你喜欢他?"

"应该知道吧。"

"那他喜欢你吗?"王琪不死心道。

"不知道,你可以帮我问问。"陈贝儿故意道。

"我们是同事关系,这种私事不好问吧,毕竟他是我的领导。"王琪这口气突然令她不自在了,以前她可不是这口气。

"你也喜欢他是吗?"陈贝儿索性捅破窗户纸。

"我早说过我们俩特别合适,但我不想耽误他……"

果然又是这一句。

"如果你真喜欢他,那我让位。"陈贝儿挑明道。

"我们不可能的,我不能害他。因为我不想生孩子了,所以不想耽误他……"

陈贝儿有些想笑:"他也不想要孩子,你俩理念一致。"

"你怎么知道?他连这个也和你说?"王琪惊讶道。

"这有什么不能说的。"陈贝儿不以为然道,"王琪,咱俩是高中同学,关系一直不错,我不想咱俩之间因为一个男人闹得不愉快。如果你喜欢他,我让位;但如果你没打算跟他在一起,那我就不让了。但是你有没有想过老邓的感受?"

王琪半天没有回。

陈贝儿又回道:"我不想因为一个男人影响咱们姐妹的感情。"

王琪想了一下,回道:"亲爱的,不会的,他有那么大威力破坏咱们之间的姐妹情吗?"

"我不知道,我只是想把这事说清楚。"陈贝儿觉得他们三人好像在捉迷藏,谁都明白是怎么回事,谁都揣着明白装糊涂。可她偏想打破这种尴尬的关系,两女追一男的戏码她真的不想演。

王琪又是半天没回。

陈贝儿想了想,索性把话说透:"如果你真的喜欢严朋飞,老邓怎么办?你没有想过?"

王琪又是沉默。

"好久没听你提起老邓了,你俩……"陈贝儿引她说话。

"唉——别提了。"王琪欲言又止,心里是说不出来的一种滋味。

"怎么了?吵架了?他是不是已经知道你心里有了别人?"陈贝儿用了点激将法。

王琪马上反驳道:"不是,他不知道公司的事,他也不认识严总。"

"那就好,如果你俩不打算离婚,就好好过吧。老邓那人真的不错。这么多年他对你一直不错,任劳任怨,你说东他不敢往西。你那么对他,他也没一句怨言,像这样的老公到哪儿找去啊。以后你得对他好点儿，别老说他了，男人也要自尊的，你得给他面子啊……"陈贝儿开始劝道。

"咳……是，都怪我，可能老天嫉妒他对我太好了……"王琪有些说不下去了，胸中涌出一丝酸涩。

"什么意思？"陈贝儿有点儿听不明白了。

"我们家老邓……他……走了！"王琪终于说了出来。

"走了？什么意思？"陈贝儿一颗心快要跳出来。

"老邓春节前出车祸了！我春节就是赶到外地给他处理后事！"王琪到现在都不能接受这个事实，虽说她一直对老邓不满意，但他这突然一走，自己成了寡妇，这样的命运她是不能接受的。她可以接受离婚，但决不能接受老邓离她而去的事实。

"啊——"陈贝儿彻底傻了，这下王琪真的成了单身了，老天可真会捉弄人啊。

"这事严朋飞也知道了？"陈贝儿稳了稳情绪问。

"是啊，第一时间我就告诉他了，他陪我一起去外地办的后事。"

"啊——"陈贝儿又是大吃一惊。怪不得他春节期间不见面，原来是陪王琪处理后事，他竟然只字不提，他可真能忍。

"他怎么没跟我说？"陈贝儿心底有些气愤。

"我让他别说的，大过节的，我可不想别人知道我家里的事。严总是我的直接领导，我只能找他请假。我也没想到他会提出陪我一起去。他对我真的太好了！到现在我们同事都不知道老邓走了，是我让他别说的。他批了我两周的假，让我在家好好休息，我真的非常感激他。在我最难的时候都是他在陪着我……"

陈贝儿有点儿听不下去了，刚才还跟王琪摊牌，弄了半天她自己才是局外人！

王琪仍继续说："谁能想到老邓会出车祸，我一点儿没有心理准备。要不是严总陪着我,我早死过去了……"

"你也别难过了,节哀顺变吧。"她听着王琪断断续续的哀叹,可就是听不出悲伤,甚至她都不能确定老邓的死对王琪是打击还是成全。

王琪又唠叨了一些严朋飞如何帮她办葬礼的事,可陈贝儿一句都听不进去了。她一直在捕捉王琪声音里的悲伤,可是真的没有捕捉到。

最后陈贝儿说:"太晚了,早点儿休息吧。"

王琪还是说:"我睡不着,老邓扔下我和孩子走得太早了!孩子还不知道这事,我想过一段再和她说吧。唉,你说我怎么这么苦命啊……"

那一晚,不用问,陈贝儿也失眠了。

她几次想给严朋飞发微信,最后都删除了。

她不明白,严朋飞为什么对王琪这么好,这种好远远超出一般同事关系了。可他嘴上就是不承认和王琪有任何关系,既然没关系,又为何对她这样?!

一晚上都被这个问题纠结着,愣愣地看着窗外的天色由漆黑变成青白,她仍没想明白。

[29] 突如其来的邀约

早上顶着一对熊猫眼,陈贝儿就去了公司。

刚要关电梯门,黎玉就闯进来。只见她戴了一顶红色帽子,帽子边上还插了一根黑色鸡毛,再配上她的绿色大衣,那样子真是无法用语言形容。自从黎玉当上总经理秘书后,打扮的功力更甚一层。每次碰上,都好像撞上鬼。

陈贝儿看了她一眼,也懒得打招呼。

黎玉以胜利者的姿态开口了:"怎么,看你的样子好像对我顶替你的职位很不服气。"

"你何必在乎我的感受,王总欣赏你就够了。"陈贝儿回击了一句。

"王总其实也挺欣赏你的,还跟我提过好几次呢。"黎玉骄傲地说。

"是吗,他为什么跟你提?"陈贝儿不嘴软。

黎玉白了她一眼:"可能我比较善解人意吧。不过,我确实没想到你的位置能坐不稳,你是怎么得罪王总了?"

"这个你应该去问他呀,我怎么知道?"陈贝儿也白她一眼。

"我对你还没那么感兴趣,懒得问了。"黎玉笑笑。

"你感兴趣的人是王总,这个众人皆知,你不怕传到你老公耳朵里?"陈贝儿挑衅道。

"你胡说什么啊,少捕风捉影!"黎玉怒气冲冲地走出了电梯。

陈贝儿也跟着走出来:"若要人不知,除非己莫为。我劝你还是收敛些吧,别最后老公闹到单位来,这就不好看了。"

"你……陈贝儿你少在背后放屁!"黎玉终于骂了出来。

"头顶可是有摄像头的,注意你的仪态。"陈贝儿笑笑转身进了自己的办公室。

黎玉愤怒地剜着她的背影,心想:我不整死你誓不为人。便直接进了王一铭的办公室,这口恶气她当然要出。

陈贝儿刚坐下来,见隔壁小钱人不在座位上,但电脑开着。她不经意地扫了一眼,屏幕上竟是股票的走势图。她心下了然,便把自己埋在格子间里,当作没看见。

处理了几封邮件,她还是忍不住给严朋飞发了微信:"王琪的老公去世了,你怎么不说?"

严朋飞马上回道:"她不让我说。"

"她不让你说,你就不说啊,你俩什么关系?这是正常的同事关系吗?"陈贝儿压着火。

"你又来了,我俩就是同事关系!你觉得我能看上王琪吗?"

"我也奇怪你看上她什么了!"陈贝儿不客气道。

"我俩就是普通同事,说多少遍了!我要开会了,不说了!"严朋飞直接关了手机。

陈贝儿仔细翻看他们之间的对话,听这口气他好像真的对王琪没兴趣,但他的做法又让人不得不生疑。就这么魂不守舍地坐在位子上，根本没心思工作。

直到中午苏苏QQ上猛戳她，她才知道已到了午餐时间。

两人去了一家离公司稍远的餐厅，当然也是为了说话方便。

苏苏一见面就大吐苦水，原来黎玉把她辛辛苦苦写的策划案全给推翻了，气得她五脏六腑都移了位。

"我可是加班四天写出来的，她一句话就给我推翻了，她以为她是谁啊！你原来当总经理秘书的时候，你什么时候否过我的东西，这女人太缺德了。而且她只是个秘书哪有那么大权力啊！现在俨然一个副总的样子。你那时候哪有签字权啊？现在居然什么事都得她先签字，她签完才能找王总，气死我了！"

陈贝儿听了也吓了一跳。是啊，她那时哪有什么签字权，看来黎玉还真是一步登天了。这背后当然是王一铭的功劳。

"既然你都知道了王总和她的关系，还有什么好吃惊的。我看早晚她得坐上副总这个位置。"陈贝儿分析道。

苏苏哼了一声："她想干掉李总？没那么容易吧？李总你也知道，老奸巨猾，没那么容易。"

"李总擅长拍马屁，不得罪人。以前郑总在的时候他就拍郑总，现在就拍王总，所以在公司混得也不错。但他和黎玉之间关系怎么样，我还真不清楚。"

苏苏突然眼睛一眨，神秘道："我最近又得了一个新消息。"

"你的线人又提供情报了？"陈贝儿坏笑。

苏苏正色道："不是他，这事我是从我同学那儿知道的。你说巧不巧，我一个高中同学在妇产医院当医生，她当年给黎玉接生的二胎，你想不到吧？"

陈贝儿一愣："不可能吧，她不是到处跟别人吹她二胎是在美国生的吗？"

苏苏哈哈一笑："她真是天算地算也不会算到我能把她的谎言

揭穿。我告诉你,她根本没去美国。她以为她是谁啊,还谎称老公在美国,实际她就是在北京生的!"

陈贝儿大吃一惊:"她为什么要撒谎?在美国生就显得她高贵了?"

"你不知道,她生二胎那年国家还没放开政策呢,所以她谎称是在美国生的,这样她这二胎就合法了,但实际上她就在北京生的。那大半年她跟任何人都没联系,谎称自己在美国。哪想到给她接生的医生就是我同学!上周我们同学聚会聊起生孩子的事,现在二胎政策放开,她劝我赶紧生。我才不想生呢,我就说起黎玉了,我说一个同事生了二胎,老了十岁,脸上全是斑。我就把黎玉的照片给她看了一眼,谁知她竟一眼认出曾经给她接生过,你说巧不巧!"

"你这同学没认错吧,黎玉是几年前生的,她还能认出来?"陈贝儿还是有点不太相信。

"说来就是巧,黎玉前几天正好去找我这个同学,说她妹妹也快生了,想走个后门,还找她接生。所以我同学才记住了她。"苏苏解释道。

二人都促狭地笑起来。

"这个黎玉还真是鬼心眼。现在二胎政策早放开了,她是白折腾了。"陈贝儿觉得好笑,"如果她当时是在北京生的二胎,那这孩子怎么上户口?"

"花钱就能上啊!她不是有钱嘛!听说当年开价是二三十万呢。这事真得散散,这是人品问题啊,跟公司撒谎偷生二胎。"苏苏气愤道。

"不过现在提这事也没意义了,毕竟现在政策放开了,她还有王总罩着,公司也不会处理她的。"陈贝儿泼冷水。

苏苏嘴一噘:"那倒是,就是把这事告了,也没用。这个黎玉,什么好事都让她占尽了。"

"恶人自有恶报，我相信她不会有好结果。"陈贝儿阿Q了一把。

"哎，我真想休假了，现在这工作干得太没意思了。"苏苏叹气道，"我宁可回去当前台了。"

"我也想休假啊，你以为我的日子比你好过啊。"

两人同病相怜地倾吐一番，一想到下午还要继续回公司上班，都打不起一点儿精神。

回到公司后，她盯着手机屏发呆，正想约顾曼吃饭，不想严朋飞给她发了微信："你来杭州看看王琪吧，她老公走后她真的挺难过的，你来劝劝她。"

陈贝儿难以置信地又看了一遍。

王琪是真的伤心难过？还是在严朋飞面前演戏？

她不敢确定，只是回道："我只想见你。"

严朋飞回道："你来了不就见到我了，顺便也劝一下王琪。"

"怎么会突然发生车祸？"陈贝儿问。

"谁知道呢，就是意外。这种事是命中注定的，躲不开的。"

"你是真希望我回去？"陈贝儿又问。

"你来吧，你跟她是高中同学，你们是发小，你关心她一下也是应该的。"

"你这是正式邀请？"陈贝儿还在犹豫。她并不想见王琪，可是却真心想见严朋飞，正两难中。

"我不是早邀请你来了，现在天气也暖和了，这边已经春暖花开了。这样吧，我给你买高铁票，你过来吧。"

看样子严朋飞还算有诚意，陈贝儿故意道："干吗买高铁票，不能买机票吗？"

"买机票也行啊，你想坐飞机来也行，我帮你买机票。"

"算了,给你省点儿钱吧,还是坐高铁去吧。"陈贝儿终于露出微笑。

"坐高铁安全啊,那我买下周几的票?你什么时候方便?"

"买下周四的票吧,周日回,这可以吧?"

"可以,没问题。那我宾馆就不给你订了,你住你父母家对吧?"严朋飞又问。

"不行,不能住父母家,不然他们肯定会奇怪我为什么这时候跑回来,到时候又得跟他们解释,很麻烦的。"

"那你想住哪儿?住王琪家?"严朋飞建议。

"不方便吧,人家家里刚出了事,我还住人家里?"

"那倒是,那就住宾馆吧。不过我附近的宾馆都挺贵的呀。"

"那不管,你邀请我来的,再贵你也得出!"陈贝儿抬杠。

"你真是不心疼我啊!刚才还说给我省钱。"严朋飞发来一个白眼。

"那你什么意思,难不成住你家?"陈贝儿开玩笑道。

"如果你不嫌弃也可以啊。我那儿有两张床,两室一厅,也够你住了。"

陈贝儿吃惊道:"你不会真让我住你家吧?"

"逗你呢,你来了再说吧,反正我给你找地方住就行了。"

"好吧。"

陈贝儿心里乐开了一朵花。刚才还和苏苏半死不活的,现在好像立刻觉得重生了。爱情的力量真的不可言喻。

接下来的那一周,陈贝儿充满了期待,每一天都像打了鸡血一样。一想到马上要见面的情形,她都能偷偷兴奋好一阵。

爱情最奇妙的地方,就是这种让人起死回生的魔力。

［30］你的身份是妻子，并不是保姆

一大束玫瑰在阳光下怒放着，偶尔飘来的清香沁人心脾，再加上浓浓的茶香，这屋子立刻有了生气。

周末，梅若琳喝着陈贝儿送来的香茶啧啧道："你别说，你们公司这茶还真的挺香的。"

陈贝儿得意地扬眉："总之好东西我都往你这里送，这算贿赂吗？"

"算吧，不过应该不会有人举报你吧。"梅若琳笑笑，"对了，陶莎的那份你没少吧？"

"我有那么傻吗？先送的她，再送的你。"陈贝儿坏笑。

"你还真是变聪明了，好势利啊你！"梅若琳哼笑。

"没办法，我那边丢了饭碗，还得随时过来投靠。"虽说工作上一脑门子官司，但一想到下周就和严朋飞见面，心情又立刻好起来。

"那得看你表现了。"二人边调侃着边走进了诊室。

进了诊室，两人都马上转换了角色。

对面的女人面色憔悴，三十多岁的样子，头发胡乱地盘在脑后，眼睛肿肿的，看样子情绪比较糟糕。

女人冲她俩打了个招呼便开门见山地说起自己的遭遇。

"我是名家庭主妇，一直在家照顾孩子和老人。我孩子三岁，我婆婆七十了，老年痴呆，瘫在床上，家里也没请保姆，都是我在照顾。上周我老公突然跟我说，他还有一个儿子，刚两岁，是跟别人生的……"说到这儿，女人显然是气急了，一个劲地咳嗽。

陈贝儿马上递上茶水，安抚她慢点说。

女人喝了几口，稳定了一下情绪，接着说："我问他是不是想跟我离婚，他说不想，就是想让我再带一下这个儿子。说孩子的母亲比较年轻，不会带孩子，让我带！"

梅若琳有点儿听不下去了，现在还有这样的男人，太恶心了。

女人崩溃道："我凭什么给他带私生子？我凭什么?!"说着眼泪就下来了。

陈贝儿忙又递上纸巾，劝她消消气。

梅若琳问道："你们结婚几年了？感情怎么样？"

"结婚五年了，我觉得感情还行吧，有时候也会拌嘴，但正常夫妻哪有不拌嘴的。我觉得我们和其他夫妻差不多，不好也不坏，日子过得还行吧。但我没想到他会有外遇，居然还有这么一个儿子，我真的没想到……"女人边说眼泪边往下流。

"那你老公什么意思？他不想跟你离婚，只是想让你帮着带这个孩子？"梅若琳确认道。

女人边抹眼泪边点头："他找的那个狐狸精才二十多岁，连孩子都带不了怎么可能伺候他？现在的女孩我真不知怎么想的，当小三也就罢了，连私生子都敢生，生了还不要，有没有做人的底线啊！"

女人由悲转怒，一旁的陈贝儿也是听着怒气渐浓。

"那你打算怎么办？跟他离，还是继续现在的生活，替他养这个孩子？"梅若琳直接道。

女人的眉头又皱起来："我就是不知道怎么办，才来找你们咨询。我真的不知道怎么办……"说着眼眶又红了。

梅若琳和陈贝儿眼神一碰，都有些无奈。婚姻中的弱者为何永远是女人？

梅若琳拿出了那盒心理测试的图片卡，让女人挑了十张图片，按她的思路讲对图片的感受。女人一一说来。

梅若琳总结道："你是一个非常传统的人，对家庭、对老公、对孩子都非常好。但是这些表象的好并不能替代内心的沟通。你和老公精神层面的交流太少了。"

女人点点头，她每天忙孩子，还得伺候婆婆，每天累得半死，哪还有工夫跟老公花前月下、谈情说爱。现在想想，她跟老公说的话都是必须要说的，其他的闲话一概没有。

梅若琳继续说："你是把家里家外弄得井井有条，把孩子、老公、婆婆都伺候得不错，但你没觉得你就像一个保姆吗？你老公俨然已经习惯你这个保姆了，所以他不会提出离婚，他需要人照顾。但是他还需要有人谈情说爱，所以他找了小三，只是他更过分的是还跟小三生了孩子。可以说他完全没有顾及你的感受，他甚至公然把这些都告诉你，他知道你也不能把他怎么样，他认准你会接受一切。"

女人叹了一口气，她承认梅若琳都说对了。

"如果你想继续这段婚姻，你必须把自己从保姆的角色转换过来，你的身份是妻子，并不是保姆。如果你家里经济条件还可以，你应该请一个保姆，而不是你亲自担任保姆。你明白吗？"

女人看看梅若琳，点点头："我老公挣得还行，请保姆是完全可以请得起的。只是我觉得应该给家里省点儿钱,毕竟我也不上班,只有我老公挣钱。"

"问题就在这儿,你不出去上班,保姆就成了你的工作。你跟社会就日渐脱节。你在家打扮吗?我猜应该是素面朝天吧。"

女人再次点点头道:"在家还捯饬什么,穿那么好也没法干活呀。"

"你上班至少还能打扮一下,化化妆,因为不上班,在家连打扮都省了,你老公每天看到的是一个黄脸婆,你想想他是什么感受。这是逼他去找小三。我建议你赶紧找一个保姆,自己重新找份工作,女人首先要经济独立才能谈其他。自己没有经济收入,没有自己的天地,做一个依附男人的保姆,后果可想而知。"梅若琳劝道。

"可是自从结婚后我就没上过班,我能干什么呀?再说我也受不了朝九晚五天天上班的节奏,我已经不适应了。"女人为自己辩解。

"你能天天在家当保姆,不能在公司当白领?这是什么道理?"梅若琳不解道。

女人不好意思地埋下头:"我宁肯在家待着,也不愿意上班。从小我就不爱学习,我就是想找个老公养着我。家务我可以多干,但让我上班,等于受罪……"

还真是可怜之人必有可恨之处,梅若琳和陈贝儿同时叹了口气,不知该怎么劝她了。

"那你如果不想改变,那就只能接受现实吧。你继续当你的保姆,你老公继续养他的小三,你图他养你,他也图你当保姆,各取所需,也不用讨论了。"梅若琳有些生气,面对这样的患者,她真的恨铁不成钢。

陈贝儿忍不住插了一句:"你为什么不试一试呢?我给你举个

例子。我一直是和父母住在一起,我一直觉得自己是个离不开父母的人。后来考大学来了北京,没办法,必须自己独立。后来工作后我一个人在北京住,我觉得挺好的。现在如果再让我回到父母身边跟他们一起住,我反而不能适应了。有些东西你不尝试永远不知道自己行不行,你完全可以去尝试另一种生活。你可以先工作一段时间,慢慢适应,看看自己可不可以。说不定等你找到了工作的乐趣,你就绝不愿再回头当保姆了。"

女人点点头,她觉得也有道理。

"你先请一个保姆来,至少有人替你分担一部分家务。另外你也可以先试着找个兼职的工作,先做做试试。人的潜力都是无穷的,你不试试怎么知道?"梅若琳鼓励道。

女人紧锁的眉头终于慢慢舒展开了,她微笑道:"是,你们说得都对,我确实有些惰性,当家庭主妇当惯了,有点儿害怕接触社会。我先按你们教的做。"

梅若琳也终于松了一口气:"希望下次来能收到你的好消息。"

女人展颜一笑:"好的,我争取,我努力!"

总算还是一个比较好的收尾,不管这个女人会不会尝试和改变,至少她愿意争取了,这一个小时的咨询就没有白费。

梅若琳抽了一支红艳艳的玫瑰递给她:"这个送给你,女人如花,记得一定好好打扮,像这朵玫瑰一样,引人注目又芬香扑鼻。"

女人接过花,一边说谢谢,一边给梅若琳一个大大的拥抱。陈贝儿看着这一幕,竟然鼻子发酸了。

"你的鼓励就是我的欢颜。"这句话用在每个女人身上都贴切。

[31] 不要说分手，说分别

周一一大早，陈贝儿就填好了休假单，交给了王一铭。

王一铭只扫了一眼，便签了字，倒也没有为难她。她现在是归心似箭，只想马上飞到杭州。

公司最近静得很，"毅迅香茶"出炉之后，后续都交给销售部负责了，连沈总都没怎么露面。

虽说在公司遭受了不公平的待遇，但陈贝儿也没有任何办法，人在屋檐下，谁能不低头，这事也只能忍气吞声了。有了严朋飞的邀约，她把公司的那些破事全抛到了脑后。

"吃货三人组"见面时，高翔也劝她："如果这事王一铭也有份儿，那你只能忍了。我本来以为王一铭没参与这事，至少他还能替你说句话。但他这个态度已说明问题了。胳膊拧不过大腿，你得保护好自己，这事只能忍了。"

宇涛却不忿道："这种公司你干下去也没什么意思，不如走了算了。"

"你说得轻巧，你帮我找工作啊?"陈贝儿瞪他一眼。

高翔笑着打圆场："咳，你要是嫁给宇涛还找什么工作呀，他养着你就完了。"

陈贝儿狠狠打了他一记："少讨厌啊!"

"你不是考下了心理咨询师执照，你可以进心理诊所呀。"宇涛只好说。

"你以为考下了就能进啊，还得有一年实习期呢。"陈贝儿冲他翻白眼。

"别想那么多了，也不用急着走，干不下去了再说。"高翔劝和，"对了，下周末我要去广州签售，怎么样，你俩跟不跟我去?"

宇涛马上雀跃道："我当然要去了，我现在是你经纪人不去不合适。"

"我也要去!"陈贝儿刚说完就结舌了，差点把去杭州的事给忘了，只好又改口说，"糟了，下周末要出差，差点给忘了。"

"那没办法了，吃喝玩乐的事可都没你的份儿了。"宇涛故意道。

"下次我可一定要去!下次去哪一站签售啊?"陈贝儿笑道。

"这个月就广州了，其他地方我还没答应，老往外跑我老婆不愿意。"高翔淡淡道。

"那就下个月咱们一起去啊。咱们'吃货三人组'现在就是你的经纪人小团队。"陈贝儿笑逐颜开道。

"可能下个月会去新加坡，那边想邀请我。"高翔说。

"真的，太好了!我一定要去!新加坡我还没去过呢。"陈贝儿比高翔都兴奋。

"瞧你美的，人家只提供一间房，我和高翔住方便，你一个女的可没免费酒店住了。"宇涛气她。

"那不行，你必须说你还有一个女助理要一起去，让他们多提供一间才行。"陈贝儿无理搅三分。

"那还真不好说,带宇涛比较方便,或者带阎珍,新加坡她也想去。"高翔笑笑。

"得,你没戏了吧?"宇涛一脸坏笑地看着她。

陈贝儿吐了口气,只好说:"万一阎珍不想去呢,我再替补吧。"

"那也是我替补。"宇涛不失时机地补刀。

高翔见两人又掐起来,只好说:"你们轮流吧,大家都有机会。"

只是高翔口中的机会却并没有再来,"吃货三人组"始终没有变成经纪人小团队,三人去外地吃喝玩乐的愿望始终也没有成真。

有时总觉得机会就在眼前,一抓都是一把,却不知有些机会错过了再也没有了。

回家的路上,严朋飞的微信就来了:"吃完饭了吗?到家了吗?"

难得他这么关心,陈贝儿心里又开出一朵花:"马上到家了,你呢,在干吗?"

严朋飞马上发了一张书法:"我正练字呢。"

"哟,难得有闲心啊!写得一般般嘛,你写一下我的名字。"陈贝儿兴奋道。

不一会儿,他就发来了"陈贝儿"三个字。

"一般!"她用了以往严朋飞最爱用的评价,却又偷偷点了收藏。

"什么就一般,明明写得很好,不说实话。"严朋飞说完自己都笑了。

"哎,我想跟你说说话,你信不信我马上打给你。"严朋飞用了一种从未有过的语气。

陈贝儿一愣，确实以前他们都是微信联系，还从未打过电话。

不一会儿果然电话响了，陈贝儿接了起来，内心已沉笃笃地跳起来。

"今天这是怎么了？太阳打西边出来了。"陈贝儿打趣道。

"想跟你说说话不行吗？"严朋飞温柔地说。

"你不会是想我了吧？"头一次见他如此温柔，陈贝儿面上已飞红。

严朋飞却故意答非所问："你还在路上，还没到家啊？"

"我快了，我已经走到咱们俩第一次吃饭的西餐厅了。我就在路口，咱们俩上次分手的地方。"初见的画面又来了，陈贝儿沉浸其中，甜蜜涌上心头。

"不要说'分手'这个词，说'分别'。"严朋飞纠正她道。

那一刻，眼泪竟然不知不觉地下来了，陈贝儿噙着泪花点头道："好，永远不说分手，只说分别。我就在咱们上次见面分别的路口。"

"你小心过马路，到家咱们再通话，我先挂了。"严朋飞周到地说。

"不要挂，一直说下去吧。"陈贝儿撒娇道。连她自己都吃惊，已多久没有这样跟一个男人说话了。

"我在办公室，还在改文件呢。公司上下没一个文笔好的，全都要我重改一遍。"

"王琪文笔好呀，你找她帮你写。"陈贝儿又来了。

"我现在就是在改她写的东西，写的什么呀，太差了！"严朋飞皱眉道。

"我猜你都不敢当面跟她说这句。"陈贝儿调侃他。

"唉，她不是家里出事了吗，我也不好意思说她了。你到家了吧，我不和你说了，等见面说吧。"

"见面你可惨了,我要把之前你欺负我的全还回来。"陈贝儿进了家门。

"我哪欺负你了,净瞎说。"

"你可要小心了。"

"是我要小心还是你要小心啊……"严朋飞笑起来。陈贝儿也笑起来。

那晚,那个聊到彻夜都停不下来的夜晚,那句永远不要说分手的话如此刻骨铭心,却又如此如梦如幻。日后再回忆起来,陈贝儿始终不敢相信,这样的夜晚、这样的对话真的发生过吗?

[32] 突发奇想的恶作剧

从高铁站一出来，陆玲已转了向。

好几年没来北京了，这次来她有些犯迷糊。短短几年，北京变化也太大了。

这次她陪老公来北京谈事，两人在一家会所谈了一天，晚上还要陪客户吃饭，她实在有些受不了了，直接跟老公说晚上要去找陈贝儿，两人便分开了。

下班时，陈贝儿正打算收拾东西回家，却突然接到了陆玲的电话。

"我还正想找你呢，你就来电话了。你边上有人吗？"

谁知陆玲马上说："我就在你楼下呢，你赶紧下来吧。我跟老公到北京来谈事，谈完他陪客户喝酒去了，我正好过来找你。"

陈贝儿马上和苏苏打了个招呼，背着包飞奔下楼。

两人去了附近最近的一家餐厅。

落座后，陈贝儿马上问她："你听说王琪的事了吗？"

陆玲一愣：“什么事？看你这样子，她不会跟老公离婚了吧？我那天微信上点她，她爱搭不理的。”

"看来你还不知道，不是离婚……"

陆玲打断道："我也觉得她最近怪怪的，那天我想约她见面，她就说忙，就是不想跟我见，出什么事了？"

"你绝对不会想到的，她老公出车祸了。"

陆玲眉头一皱："什么时候的事？现在还在医院里吗？"

"人都没了，春节时候的事……"

"啊！"陆玲长长地叫了一声，这个结果太意外了，"她怎么一句都没说啊！她亲口告诉你的？"

陈贝儿点点头。

"她为什么不告诉我，我离她那么近。"陆玲同情地说，"看来她也是个苦命，这才多大就守寡了，真是没想到。"

陈贝儿愁云惨淡地看着陆玲，没有一点儿胃口。

陆玲见她那样子也明白了："这下她倒真成单身了。"

"是啊，你说她老公怎么偏偏这时候出事，这下她可以名正言顺地和严朋飞在一起了。"

"唉——"陆玲也跟着叹了口气，你也是苦命，你俩这是怎么回事啊。她老公是真的出车祸了吗？我怎么有点儿不太相信。"

"这个不会假。我只是觉得为何偏偏是这个时候，老天真是捉弄人。"

陆玲劝道："你可别因为她放弃，你们公平竞争嘛。你好不容易遇到喜欢的可不能就这么放弃。"

"我是不会放弃，但他们是同事，天天见，近水楼台先得月，这个没法比的。"陈贝儿眉心拧成了"川"字。

"那倒是，日久生情也拦不住。以前因为王琪有老公她还会有所忌讳，现在倒是更方便了。"陆玲同情地说，"那你打算怎么办？"

"他让我回杭州一趟,让我劝劝王琪,说她很伤心。"

"那你回去吗?"陆玲问。

"我是想回去,但我只想见严朋飞,不太想见王琪,见面多尴尬啊。"陈贝儿头都大了。

"这也没什么尴尬的。我觉得既然他邀请你了,你就大大方方地去。王琪我倒是觉得你可以不见,只见严朋飞一个人。两个事别混为一谈。"陆玲建议。

"那不行啊,他说我们俩是闺蜜,出了这么大的事我不回去劝劝她,也说不过去。"陈贝儿为难道。

陆玲点点头:"那倒也是,你不见她,倒显得没人情味了。那你就见,你可以先跟他接触几天,等走的那天再和王琪见,这样不就得了。"

"我也是这么想的。"陈贝儿无措地说。

"我觉得公平竞争也好,看那男的最后选谁。王琪还有个孩子,又是丧偶,我觉得一般男的不会选她吧。你没结过婚,经历比较简单,你又在北京,他早晚也是要回北京的,你肯定更合适。"陆玲替她分析。

"话是这么说,但感情这东西不好说。"陈贝儿埋下头,桌上的菜两人基本都没动。

"如果他想结婚,肯定选你是最合适的;但如果他不想结婚的话,那就不好说了,说不定会选王琪。"

陈贝儿怔怔地说:"他说过不想结婚……"

"那……还真是不好说了……"陆玲语气一转,"我看你也别在一棵树上吊死了。我怎么感觉这个男人有点儿朝三暮四啊。其实他条件也一般,又不是很有钱,长得算可以,但外貌对男人来说起不了决定作用。最重要的还得是他爱你。我怎么觉得他并没有想跟你真心发展啊。"

那晚的甜蜜场景偷偷地跑出来，陈贝儿坚信道："我觉得他应该是喜欢我吧，不然谁会和你聊一个通宵呢？"

陆玲吓一跳："你们聊一个通宵啊？那应该进展不错呀。"转念一想，又道，"不过谈恋爱男人都愿意，结婚就未必，现在只能说明他想跟你谈恋爱，但结婚不好说。"

"不能想那么多了，走一步看一步，你说呢？"

"也是。你哪天回杭州？"陆玲问。

"下周末吧。要不要咱们三个聚一下，省得我和王琪单独见有些尴尬。"

"行，如果我下周在杭州，就一起见，就怕又要出门。最近生意不好做，得出去开发一些新市场。我老公想转行，想开一个工作室，卖字画，光指着一个生意不行，最近一直陪着他见客户。"

陈贝儿会意地说："明白，等我到了联系。"

陆玲看看表八点了，她着急道："我得赶紧走了，晚上九点半的高铁。"

陈贝儿坚持送她去了南站。两人特意在南站合了张影，又聊了几句才就此告别。

回程的路上，她突发奇想搞了一个恶作剧，她把刚才南站的合影给严朋飞发了过去，说："我在高铁上了，一会儿到杭州。"

严朋飞马上秒回："你不是周四才来吗？今天才周二，你搞错了吧？"

"我提前来了。"陈贝儿故意道。

"啊，你几点到啊？我还没收拾呢。"严朋飞吓了一跳。

"哈哈，家里很乱吧，那你赶紧收拾吧，我差不多还有一个小时候到。"陈贝儿继续演戏。

"你怎么提前来了？我都没准备。"

"你要准备什么？"陈贝儿已笑到岔气，"对了，你是不是已经睡了？现在十点，我得十一点才到。"

"被你一吓，我都没法睡了，得赶紧收拾一下啊。"严朋飞一骨碌从床上爬起来。

陈贝儿捂着肚子快笑岔气："不用收拾，我不嫌弃你。你接着睡吧，快到了我电你。"

"那好吧，我今天还真困，明天一早还得开会。我先把地址发你，你直接打车到我这儿吧。"

"你不来接我呀。"陈贝儿忍住笑。

"我要是有车就去接你，但现在公车不能随便开。没车你就自己来吧。那我先睡会儿啊。"

"好，你睡吧，快到了我告诉你。"

陈贝儿收起手机，仍笑得上气不接下气。

不一会儿，严朋飞又发来微信："被你弄得再睡不着了，都是你害的我。"

"我又没招你，我还有半小时才到呢，你接着睡吧。"

停了一会儿，严朋飞回道："你这家伙还骗我，我查了北京到杭州的高铁今天就没有十一点到的，你骗我！"

"哈哈，你这个傻瓜太好骗了。"

"你害得我都没睡好觉，你得赔！"严朋飞气道。

"赔你什么？"陈贝儿幸灾乐祸。

"'赔'我睡觉。"

"你流氓啊！"

一车厢好似都有陈贝儿的笑声。走出地铁站，笑意仍噙在嘴边，久久散不去。

[33] 眼睛里仿佛藏着日月星辰

早上空气正好,天空蓝得接近无限透明,叫人神清气爽。

今天坐在高铁里的陈贝儿却是另外一番心情,表面不见波澜,内心早已翻江倒海。

一想到马上就要见到严朋飞,心里还真是小鹿乱撞。想想他们也聊了几个月,再次见面的场景不知在心里预演了多少遍。现在马上就要成真了,内心怎能不激动。

火车驶出北京后,陈贝儿就给严朋飞发了微信:"我下午五点左右到杭州,你来接我吧。"

"没空,你自己打车来吧。"严朋飞这样回道。

陈贝儿立刻恼了:"这是什么态度,你叫我来的,接都不接吗?"

"下午开会,现在打车也很方便。我妈来杭州看我,也是打车。"

"你可真没人性!"陈贝儿咬牙切齿地回道。心里暗叫不妙,这不是一个好的开端啊。久别重逢的人怎么会连接站都不愿意？

一路她不再说话，不好的预期一直包围着她。

五点多，她到了杭州站，打了几辆车都打不到。最后只好跟一个陌生人拼车。

到了严朋飞公司大厦的楼下，她发了微信。

严朋飞让她等一会儿，十分钟后他才下来。

一见面，陈贝儿有点儿发愣，只见他理了一个很短的寸头，竟一时没认出来。

"傻丫头，愣在那儿干吗？不认识我了？"严朋飞笑着走过来。

那熟悉的笑容一下子把她的心融化了，好像之前旅途的疲劳一下子都没有了。严朋飞过来帮她拉起了行李箱。

"咱们这是往哪儿走？酒店你订好了？"陈贝儿乖乖地跟在后面。

"酒店就在我住的地方边上，应该有房间，现在过去看看。"

"你没预订啊？"陈贝儿睨着他的侧面，那个轮廓还是很好看。

"我哪敢预订，万一你不来钱不是白交了？"严朋飞看着她，似笑非笑的。几个月不见，这丫头好像瘦了一圈。

"你可真鬼！"陈贝儿白他一眼。这只是他们的第二次见面，却没有任何陌生感，这种感觉她自己都觉得奇怪。他们好像已经认识多年，除了发型，其他都是熟悉的感觉。

两人一起进了酒店，到前台一问才知房间早就全订满了。

"你看看，不预订的结果就是这样。"陈贝儿又白了他一眼，"这下没地方住了吧？"

"先上我那儿吧，我那儿有两个房间，你要不嫌挤其实是可以住的。"

"你……"陈贝儿无奈地瞪着他，也只好跟他去了。

这是公司替他租的房子，就在办公楼的后面。陈贝儿跟在严朋飞身后,心跳随着脚步声不断加速。这是他们的第二次见面,却要住在一起,多少心里有些打鼓。

她小心地问:"住你家没危险吧?"

严朋飞笑道:"能有什么危险?"

"万一我晚上睡觉不老实搔扰你了可怎么办?"陈贝儿故意说反话。

"你应该不会吧?"严朋飞也顺着她说,"倒是我,万一喝了酒控制不住,你可别怪我啊。"

陈贝儿瞪圆眼睛:"你敢!"转念她又一笑,"你不是那种人,我要是不愿意,你还能强迫我啊?"

"我当然不会强迫你啦,那多没意思啊,搞得我跟坏人似的。"严朋飞看着她,发现她的轮廓衬着傍晚的夕阳还蛮好看的。

"就是嘛,你不会是坏人。你要是坏人,王琪还理你啊?"陈贝儿一脸坏笑。

严朋飞瞟她一眼:"你跟王琪说了吗,你到了。"

"没呢,等周末我再告诉她吧。"

"干吗等周末?"严朋飞问。

"我只想见你,这种劝人的事我也怵。"

"我看你是重色轻友吧?"严朋飞打趣道。

陈贝儿狠狠拍他一记:"你哪有色啊,个子那么矮。"

严朋飞不理她,径直往前走:"就在前面那个楼。"

越靠近严朋飞的家,她越是紧张。她不知道如果两人真正同处一室会发生什么故事。一边是期待和兴奋,一边又是不安和紧张。

严朋飞也看出她的紧张,回头道:"喂,你捂着肚子干吗?肚子疼?"

"是啊,刚才在风口可能喝了几口凉风,突然就肚子疼了。"陈贝儿自己知道她一紧张就爱肚子疼。

"瞧你这弱不禁风的劲儿。"严朋飞笑笑,"回去喝点热水就好了。"

陈贝儿躲在他身后偷笑,这家伙还挺会关心人。

进了房间,陈贝儿眼前一亮,屋子里意外地干净整洁,完全出乎她的意料。

她环顾房间,边走边说:"你平时不会这么干净吧?这明显是请小时工打扫过啊。"

"谁像你那么懒,我都是自己打扫。我平时就干净,可不是因为你来。"严朋飞把行李箱放好。

陈贝儿冲他笑笑,直接把行李箱拖到了主卧。

严朋飞在后面急了:"你倒是挺会挑地方,你应该睡次卧,主卧是我睡的。"

陈贝儿坏笑:"主卧床大,次卧床小,我当然要选大床。"

"就你瘦成这样,还想占大床?"严朋飞跟她理论。

"我是客,当然我选,而且我远道而来,你好意思让我挤小床吗?"

严朋飞笑着摇摇头,只好依她了。

陈贝儿打开行李箱取出了一个小盒子递给他:"这是日本的煎茶,给你带的。"

"什么煎茶,我都没听说过,日本的茶有什么好喝的,我只爱喝中国的茶。"严朋飞直白道。

"你可真不会说话,送你礼物了你连个谢字都没有啊,还挑毛病。"陈贝儿噘嘴道。她觉得严朋飞哪儿都好,就是礼貌性上差了些。这也是家教的一方面。也可能与他的原生家庭有关系,从小父母离异,谁来教他这些?

"我又没叫你带东西。"严朋飞还嘴。

"你可真可以!"陈贝儿摇摇头,也懒得和他计较了。

她蹲下来收拾行李,却突然看到了窗台上有一张黑白照片,照片前放着一盏小香炉。她走近看了看,照片里的老人慈眉善目,微微笑着,那种亲切感让人似曾相识。

"这是你奶奶吧?"她忍不住问。

严朋飞在厨房烧热水,随口应了一声。

"你到杭州来都带着你奶奶的照片啊,你真是孝顺。"陈贝儿夸了他一句,心里即刻暖了。别看严朋飞表面酷酷的,没想到有这么柔软的一面。也就是那一刻,她认定了眼前的这个男人。

"你先喝点热水,一会儿带你去吃饭,想吃什么?"严朋飞把热水端过来。

"大闸蟹!"陈贝儿换了身衣服,调皮地走出来。

严朋飞笑笑:"这个季节有吗?"

"海蟹肯定有吧。"

"那赶紧走吧,不然饭店卖没了你又该骂我了。"

"哪会那么早关门,现在还不到八点呢。"

"快走吧,附近只有一家做得还行,上次我们去晚了就卖没了。"

陈贝儿急道:"那赶紧走吧。"说完早跑到了门口。

严朋飞笑着摇摇头,拿她没脾气。虽然几个月没见面,严朋飞倒是觉得没有一点儿陌生感。看她弱不禁风的样子简直像一个小妹妹。

两人赶到饭店,果然只剩一只螃蟹了。

"得,今天你先吃一只吧,明天再给你补。"严朋飞主动说。

陈贝儿点点头,对面的这个男人已然让她放下了所有的心理包袱,她是如此踏实,又如此欢喜。她多想这样每天跟这个男人面对面坐在一起,不管吃饭还是聊天,就这么一直坐在一起,多好!

怀着这样的心思,她哪还有胃口好好吃饭,一门心思都在想着对面的这个男人，直到严朋飞问她好吃吗，她才回味道："一般吧，好像没什么味道啊。"

"本来这时候也不是吃螃蟹的季节呀，下回带你到海边吃。我有一个朋友在威海，下回带你到那儿吃。"严朋飞周到地说。

"好啊，好啊——"陈贝儿早感动得不知说什么好了，"威海我还没去过呢。"脑子里已全是两人在海边的画面了。

"你都去过哪儿啊，不是杭州就是北京吧？"严朋飞嘲笑她。

"是啊，光忙着上班了。"

一顿饭，陈贝儿吃得全无滋味，心思全在严朋飞身上，连菜的味道都忽略了。

"你吃饱了吗？你可得吃饱，不然我罪过可大了。你可别半夜跟我说饿，我还得爬起来给你做夜宵。"

这温柔攻势陈贝儿快招架不住了，只好连说饱了饱了。

饭后，严朋飞又带她去了超市，让她缺什么买什么，他买单。这下弄得陈贝儿真不好意思了。

"我就住几天，不缺什么。"

"早点、水果喜欢什么就买什么，怕你住得不习惯。"

"该带的东西都带了，那就买点面包当早点吧。"她已经被面前的这个男人融化了。

这时手机响了，严朋飞示意出去接电话，让她自己再逛一会儿。

就在这个空当儿，她才有机会看看微信。

顾曼早迫不及待地问她情况怎么样，当她听到陈贝儿住进严朋飞家里时，也吓了一跳："你们进展够神速的。"

"没有，纯粹是酒店没房间了。"陈贝儿解释。

"什么没房间，我看就是他故意的。那你打算晚上真跟他……"顾曼点到为止。

陈贝儿马上打断道:"我们是两间房,各睡各的。"

"你可别犯傻,这可是个千载难逢的机会,你若真喜欢他,可得把握这次机会噢。"顾曼劝道。

"你的意思是……"陈贝儿有点明知故问,其实她自己也没想好。

"生米煮成熟饭也好,你不是想结婚吗?"顾曼给她支招。

"我可不想用这样的方式逼婚呀。"陈贝儿心里也没底。

"你们住几晚还能什么都不发生?我才不信呢。你自己把握。"顾曼直白地说。

"我是挺喜欢他,但他对我还不确定啊。"

"其实别的不担心,我就是怕他占了便宜又把你甩了。"顾曼有点担心地说。

"会吗?"陈贝儿说得极不自信,她对严朋飞确实没有把握。她看上的人,总会有大把女孩也看上的。

"说不好,我是说万一。万一他日后把你甩了,你会后悔吗?"

顾曼的问题还没来得及回答,严朋飞已回到了超市。陈贝儿看着他过来,只好说:"他过来了,我不方便说了。"

顾曼补了一句:"你自己决定,如果你不后悔就没关系,你凭感觉走吧,也别太拘束,这个机会难得,也别让自己后悔。毕竟你也三十三了,顺其自然吧。"

顾曼的心思陈贝儿当然明白,来的路上她不是没想过这个问题。孤男寡女在一起难免会有事情发生,这条线到底越还是不越?自从和周健分手后,她再没接触过其他男性,论理好不容易喜欢上一个男人,她该有所期待。只是她莫名地总有些不安全感,她觉得对严朋飞 HOLD 不住。纠结了一会儿,她还是决定一切顺其自然吧。

"想什么了?半天不说话,肚子还疼吗?"严朋飞温柔地看着她。那目光快令她窒息了。

"不疼了，咱们走回家吧。"陈贝儿脸颊通红，故意转过头去。她不想让严朋飞看到她这个样子。

"从这儿走回家要两站地呢，你行不行？"严朋飞怀疑地看着她。

陈贝儿躲在夜色里："可以啊，饭后走一走吧，吃多了。"

"就你这身子骨，我都怕你走不动。"严朋飞拎着超市的袋子有些想笑。

"我每天都走一万步呢，两站地对我来说小儿科。"

两人就这样松松垮垮地走着，天南地北地聊着。谁也没有牵谁的手，就像两个认识很久的好朋友，一路聊着走回家。

那晚月色迷人，星星格外地亮，银白温婉的月光从肩头洒下，不经意的一个对视，严朋飞吓了一跳："你的脸怎么红成这样？"

陈贝儿捂着脸飞快地跑了，可跑了几步又停下了，冲他回头喊："喂，哪个是你家呀？"

严朋飞呵呵地笑，眼睛里仿佛藏着日月星辰，让人移不开目。也许那个瞬间——他们是真的喜欢过对方吧。

回到家已夜深，洗漱完毕，陈贝儿躺在大床上，心里那叫一个甜。

严朋飞躺在次卧，两人隔着一堵墙，谁也没有睡意。

陈贝儿憋了半天还是忍不住问："喂，你睡着了吗？"

"没呢，都是你占了我的大床，害得我换了个地方就睡不着了。"严朋飞那边抱怨。

陈贝儿偷笑不止："一会儿就适应了。"

"你也没睡着啊。"严朋飞也在被窝里偷笑。

"我跟你有同样的问题啊，我也是换了地方睡不着了。"

"那就别睡了，聊天吧。"严朋飞睡意全无，一时又兴奋起来。

就这样,两人隔着一堵墙又开始天南地北地聊起来。

聊到各自的父母,陈贝儿才说了实情:"你父母虽然离婚了,但还是很关心你。我父母虽然没离婚,但我觉得他们并不爱我,我结不结婚,他们也并不关心。平时我在北京,他们在杭州,电话也不多,一年见个一两次,感情好像越来越淡。"

"谁说的,你自己多想了。"严朋飞打断道,"他们肯定是爱你的,只是方式方法不对。"

陈贝儿便没有多想,娓娓道来:"有一次他们非给我安排一个相亲。那个人他们也没见过,连照片也没见过就非说好,逼我去见。我没去,那天就为这事大吵了一架。我爸就把我赶出去了……晚上我也没地方去,就去了我的好朋友那儿。她劝我半天,让我晚上还是回家,省得他们担心。我记得很清楚,那天已经十二点了,我就打了辆车回家了,结果我拿钥匙打不开锁,他们竟然把门反锁了!我当时真的气晕了。他们怎么能这么狠心?!他们真不怕我一个人在外面出危险?我只好又回到我好朋友那儿住了一晚上。第二天回家,他们才开了门。那次我和他们一个多月没说话。我就是想不通,他们为什么这么对我……"往事涌上心头,她头一次把这么私密的事告诉严朋飞。这件事除了当事人顾曼知道,其他人她谁也没说。那天她在顾曼家躺了一晚上,眼泪一直没干。

严朋飞听后半天没说话。

陈贝儿又问:"喂,你还在听我说话吗?你睡着了吧?"

"没有,听你说呢。"严朋飞缓缓地说,"那我觉得如果你家是这个情况,你还是应该找一个踏实的男人结婚。"

这话让陈贝儿一愣,这是什么意思,他明显把自己排除在外了。

陈贝儿刚想跟他理论几句,不想他却说:"四点了,我困得不行了,我得稍微睡一会儿了,不然明天我真起不来了。"

陈贝儿再也没说话，只好让他睡了。可自己浑身每个细胞都清醒了。虽然她跟严朋飞只隔了一面墙，可此刻她却觉得像隔着一座城。好似她依然在北京，他依然在杭州，两人同在一个屋檐下，却隔着深渊万丈。

一夜无眠。

七点钟，严朋飞起来做了早点，推门走了进来。

陈贝儿赶紧把被子拉到脖子，警戒地看着他。

严朋飞一笑："你接着睡，别管我，我得把这件衬衫烫一下，不然没法穿。"说着他就把熨斗拿了出来。

陈贝儿看着他烫衣服的样子活脱脱一个居家好男人形象，不禁说道："你明明就是个好老公的样子，怎么会离婚呢？"

"我可不是好老公，我这人也不怎么样，你千万别把我美化。"严朋飞头也不抬，认真地烫衣服。那样子颇让她心动。

"不过话说回来，你会烫衣服吗？看你那样子就知道你什么家务也不会。"严朋飞抬起头看了她一眼。

"谁说的，我什么都会。"陈贝儿赶紧反驳。

"你一晚上没睡？"严朋飞盯着她的脸看。

陈贝儿点点头，她知道自己那样子一定丑极了，赶紧用被子把脸蒙住。

严朋飞一笑："行了，你接着睡吧。中午我过来找你吃饭。"

"好，你中午早点回来啊。"那口气俨然像一家人。

"我怎么也得十一点半，我不能太早走啊。"严朋飞把睡衣脱了，换上烫好的衬衫。

陈贝儿看着他赤裸的上半身，竟又开始面红耳赤。

"喂，你不好好睡觉，怎么偷看？"严朋飞跟她眼神一碰，笑笑。

"谁偷看了——"说完她又把被子盖住脸，她知道自己已经完全沦陷了。

"我去上班了，早点在桌上。你别到处乱跑，省得王琪看到你。你上午就睡觉吧，哪儿也别去了。"严朋飞又嘱咐一句才出门。

大门一关，陈贝儿才把头从被子中伸出来，长长松了口气。

如果能成为一家人该多好！陈贝儿头一次对婚姻如此憧憬。但严朋飞的态度就是这样不明朗。

起床吃了早点后，放松下来的她才给顾曼打了电话。

"怎么样？昨晚有没有发生什么？"顾曼马上八卦起来。

"没有，一晚没睡，光聊天来着。"陈贝儿环顾四周，舒服地坐到沙发上，仿佛这里就是自己的家一样。

"你可真行，他居然也没有主动？"顾曼好奇地问。

"没有，我们就像两个同性朋友。"

"他不会是有什么问题吧？居然什么都没发生？"顾曼睁大眼睛不能相信。

"人家是正人君子，我觉得这样挺好的，他能给我安全感。"她想起以前和周健交往的时候，他总是找各种理由要亲近。严朋飞恰恰相反，连手都没拉。这样倒也挺自在的。

"傻瓜，他可是离过婚的男人，我觉得他不会是那方面有问题吧？不然他为什么会离婚？"顾曼分析道。

"不会吧？不过他一直没告诉我离婚原因，这也是他的隐私，他不说也不好问。"

"你赶紧试试他吧，万一他那方面不行，也别往下交往了。"顾曼放低声音道。

"不用那么现实吧。"陈贝儿回道，"我觉得他很健康，应该没问题。"

顾曼用过来人的口气说："这个外表可看不出来。你别犯傻啊，今晚上你一定主动一下，如果他还是不跟你亲近，我觉得就是有问题。"

陈贝儿若有所思地说:"我可不主动。"

"我可是过来人,这方面不行可千万不能结婚的。我就劝你到这儿,你自己想明白。今晚上我劝你试一下,至少证明他没问题才行。"

"这种事我可做不出来。"陈贝儿拒绝道。

"你都三十三了,还不好意思,我真服你了。"

放下电话,陈贝儿心全乱了。她当然也想跟严朋飞进一步发展,可是如果严朋飞不主动,她急也没什么用。如果她像顾曼说的,主动勾引一下,那她早不是陈贝儿了,她真的做不出来。

一直纠结在这个问题中,门铃居然响了。

紧接着她收到严朋飞的微信:"我在门口,你开门吧。"

"这么快就回来了。"陈贝儿还在愣神。

"你没睡觉啊,我以为你还躺在床上。"

"我睡不着。"

"你可真有精神,我可困死了,上午开个会都差点睡着了。"严朋飞打了个哈欠。

"中午去哪儿吃?"陈贝儿毫无睡意,反而精神无比。

"带你去喝鸡汤吧,有一家鸡汤炖得特别好。别在附近吃了,万一碰到王琪,你又觉得尴尬。"严朋飞周到地说。

"她要是知道我住你家,会不会把我吃了?"陈贝儿促狭地说。

"你问问她。"严朋飞坏笑道。

"你可真够坏的。王琪怎么会喜欢你?"

"你别把我们俩往一块儿扯行吗?"

两人边说笑着边出门了。

刚到饭店点好菜,严朋飞的手机就响了,他忙做了一个噤声的手势。

放下电话,陈贝儿才问:"谁啊?有事?"

"马总来杭州了,晚上要约着见面。晚上就不能陪你了,你自己吃啊。"

陈贝儿不悦道:"你就说有事,让他自己吃啊。"

"那不行,我们有事要谈。"

陈贝儿噘起嘴:"你就说我在你家住,不方便出来吃饭。"

严朋飞白她一眼:"赶紧喝鸡汤吧,昨晚没睡,好好给你补一补。"

陈贝儿最敌不过他的软刀子,幸好这鸡汤真的很好喝,她赞了一句。

"好喝吧。"严朋飞满足地看着她,那笑容像个孩子。

面对这样的笑容,她是断发不了脾气的:"下回咱们也这么做,我看食材很简单。"

"行,我晚上买只鸡,你炖好了等我。"严朋飞期待地说。

"美得你,你跟马总下馆子,让我在家做好了等你,你也太会安排了吧。"陈贝儿不服气道,"晚上你们在哪儿吃,我给你们捣乱去。"

"别闹了。附近有一家海鲜城非常好,昨天你想吃螃蟹都没吃好,今晚管够啊。"说着他拿出一千块塞到陈贝儿手里,"这是饭钱,你想买什么就买什么。"

"谁要你的钱。"陈贝儿把钱推回去,但心里还是感动了。

"这钱我放家里,你要用随时用啊,不够再添。"严朋飞大口喝着鸡汤,"快点吃,中午我还得赶回去睡午觉,现在我还没缓过来。今晚我一定要早睡,你别跟我聊了啊。"

"那不行,今晚你还得陪我聊。"陈贝儿这才笑出来。她就喜欢这样和严朋飞抬杠。

两人回到家后,严朋飞果然一头栽到床上。

陈贝儿还在跟他说话，他的鼾声已经微微传过来了。

陈贝儿蹑手蹑脚地走进次卧，悄悄坐到他旁边，就这样一动不动地看着他睡觉。那是张轮廓分明的脸，高挺的鼻梁，好看的嘴唇，脸上轻微的胡子楂儿，还有那浓密的眉毛，都好看得让人不敢错目。

她轻轻地抚了一下他的头发、他的眉头、他的嘴唇……突然他翻了一个身，陈贝儿吓了一跳，只好悄悄坐到了旁边的椅子上，仍是一动不动眷恋地看着他。这一刻时空好像都静止了，全世界只剩下那微微的鼾声，一波又一波地在她心头绕圈，那种感受真叫人意乱情迷。

一点半钟，严朋飞准时醒了，他一看边上的陈贝儿惊了一下："你坐这儿干吗？你不去睡啊？"

"我不困呀。"

"你真是铁打的。"说着他爬起来，穿好外套出门。

"喂，晚上我想看电影，你能早点回来不？"陈贝儿楚楚可怜地说。

那样子连严朋飞也心软了："好吧，我争取早点结束饭局，我一回来咱们就去看，看夜场的也行啊。你查查今晚有什么好电影，我也好久没看电影了。"

陈贝儿终于笑了："好啊，我订好票，等你回来。"

"先别订票，咱们去现场买，我还没定好什么时间回来。放心，晚上一定请你看上电影。"

陈贝儿把他送到门口，真想给他一个大大的拥抱，可见他扭头就走了，又只好作罢。

下一秒，严朋飞又打开门说："下午你可以去步行街逛逛，或者睡觉。晚上我来接你。"

"你不用替我操心了，我下午出去转转。"

"或者你回家看看父母？"

"那晚上我可就出不来了。"陈贝儿咧嘴一笑。

"好吧，你自己安排吧。"

"嗯。"陈贝儿不舍地跟他在门口话别，她就这样等着他，可是拥抱就是没有来。真是个木头人！陈贝儿不禁心里骂他。

严朋飞一走，陆玲的电话就打过来，本来陆玲想约她晚上吃饭，但临时又要陪老公去趟深圳，只好电话里聊几句。

"王琪我没和她联系，你还没找她吧？"陆玲问。

"没有，明天是周末，明天我找她吧。"

"你和严朋飞相处得怎么样？"

"挺好的。"

"那就好，记得把握机会啊，这次可要把男女朋友身份定下来，先别顾及王琪了，你自己的终身大事你想好了。"

陈贝儿点点头："我知道。"

"你也别太矜持了，现在女孩都往男人身上扑，你不扑，别人就扑了，你把握好机会。难得你能遇到一个喜欢的男人，你可别错过……"陆玲又劝了一番才挂了电话。

接着顾曼的微信又来了："今晚可不能再错过机会了。"

陈贝儿发了一个抓狂的表情。此刻她才是那个最无助的人。

顾曼也好，陆玲也好，她们的话更让她急火攻心。唯一冷静的人就是严朋飞。他总是一副气定神闲的样子，搞得陈贝儿始终摸不透他的心思。有时她觉得他们就像一对热恋中的情侣，有时又觉得像两个好久不见的老朋友，两种感觉交错而来，她也有些错乱。

严朋飞这边也好不轻松，马总临时到访，弄得他有些狼狈。本来他也想找个借口推掉，但这次老爸也跟着一起来了，弄得他推也没法推。

饭桌上，他们聊生意的事，严朋飞一边听着，也没敢多话，毕竟有些心虚。但老爸还是在饭局快结束的时候发话了："对了马总，上次那个朋飞同事介绍的女孩还联系吗？"

马总尴尬地说："也没怎么联系，工作太忙了。不过那女孩应该对我也没意思。"

严父立刻说："怎么会没意思呢？那这个女孩的眼光也太差了。她要是错过马总，她这辈子肯定会后悔的。"

严朋飞的面色比马总还要尴尬，只好呵呵干笑两声。

"朋飞，你让你的同事问问那女孩，她到底怎么想的？像马总这么好的条件，她还想挑什么？"严父继续说。

严朋飞只好点头说："那我问问吧。"

"你赶紧帮马总撮合一下。"严父下命令般。

严朋飞尴尬得额头都快冒汗了。

[34] 所有该发生的真的都发生了

春风沉醉的夜晚,两个人默默地走在夜色中,即使一句话也没有,都觉得浪漫。

看完夜场电影已经十二点多了。

"电影好看吗?"严朋飞不经意地问。说实话刚才的电影他全没走心,脑中全是老爸在饭局上的那些话。现在他的处境可真是尴尬无比。

"一般吧,就是看个热闹。今晚的饭局怎么样?马总说什么了?"这才是陈贝儿想问的。

"我爸也来了,说让我帮马总给你们俩撮合。"严朋飞无奈地说。

"哈哈,"陈贝儿骇笑,"你怎么说的?你没说我就在你家呢?"

"我什么也没说,我能说啥。你也是,马总多好啊,你干吗看不上人家。"

"我看上你了呀,当然觉得马总比不上你了。"

严朋飞又气又笑："我有什么好啊？"

"我也不知道你有什么好。"陈贝儿跟他逗，可两人始终隔着一个肩的距离，始终没有拉手。几次陈贝儿想主动牵他的手，可又有些不好意思。

这种事都是男的主动，这个严朋飞就是不主动。刚才看电影的时候，严朋飞一直倒向另一边，连胳膊都没有碰一下，这是怎么了？她记得以前和周健第一次看电影时，灯一黑，他就把手伸过来了，抓住了就没再放。这个严朋飞却始终跟她保持距离，又是为什么？难道真像顾曼分析的那样？想到这儿，她不禁打了一个冷战。

"赶紧回家吧，我还说今晚早睡呢，又弄得很晚。"严朋飞招了几次手都打不来一辆车。

陈贝儿好笑地看着他："咱们走回去？"

"疯了！这要走几个钟头啊，我可走不动了。"

陈贝儿这才觉得冷了，冷不丁地打了一个喷嚏。

"你看你感冒了吧，还不赶紧回家，咱们往路口走，那边车好打。"

陈贝儿实在有些看不过去，一下把严朋飞的手抓住："我的手冰凉。"

"还真是。"严朋飞团着她的手，一股透心凉。

"咱们为什么不这样走路，这样还暖和一些。"陈贝儿总算主动了一回。两只手一起插进严朋飞的口袋里。

"谁叫你这么瘦，你要是有点肉，手肯定不会这么冰凉。"严朋飞抓着她的手，摸她的每一根手指。从指尖传来的温度一寸寸蔓延开，这个细微的动作，引得陈贝儿的心突突地跳。她又害怕严朋飞听到那狂乱的心跳声，不得不用手捂住胸口。

"干吗，你不会又喝凉风了吧？"严朋飞关心地说。

"没有。"陈贝儿赶紧把头埋下，她感受着他手掌的温度，脸颊已绯红。

回到家两人洗漱完毕，各自躺在自己的床上。两人都有些辗转反侧。不一会儿就听到严朋飞在隔壁打了一个喷嚏。

"你感冒了？"陈贝儿忍不住问。

"都是被你传染的。"严朋飞故意道。

"喂，拉一下手就传染了？再说我又没感冒。"陈贝儿觉得好笑。

接着严朋飞又是一个喷嚏。

"你不会真感冒了吧？你家里有药吗？要不要吃点药？"陈贝儿睡意全无。

"家里没药，我从来不感冒的。我这个被子不行，太薄了，厚被子给你用了。"严朋飞也睡意全无。

"那要不然换换？我不落忍了。"陈贝儿便爬下床，把厚被子给他抱过去。

严朋飞见她真过来了，不禁笑起来："不用，你盖吧，我没那么怕冷。"

"你盖吧，别真把你弄感冒了，王琪该怪我了。"陈贝儿打趣道。

严朋飞直接把她连被子一起推到了主卧："这样吧，要不咱们一起盖吧，我也睡大床吧，睡小床实在不舒服。两个人睡肯定不冷了。"

"这……我该睡不着了，实在不习惯旁边多一个人。"陈贝儿心跳开始加速。她知道接下来会发生什么，心里又期待又有些害怕。

严朋飞直接把被子一铺，躺到了大床上："赶紧睡吧，再不睡明天起不来了，我困死了。"

陈贝儿战战兢兢地躺到严朋飞旁边，一动不敢动。

严朋飞故意把脸转过去对着墙。陈贝儿看了看他的后脑勺，有些无语。

她以为严朋飞肯定会转过身来，除非他对她一点儿感觉都没有。

两人静静地躺了五分钟。

陈贝儿忍不住问："你睡着了吗？"

"没有。"严朋飞也一动不动，仍拿后脑勺对着她。

陈贝儿侧过身，对着他的后脑勺说："喂，你到底为什么离婚啊？"

"怎么又来了？还睡不睡啊。"严朋飞哭笑不得地说。

"你不会是那方面不行才离的吧？"陈贝儿大着胆子说。以她对男人的了解，男人都是下半身动物，他不可能对躺在身边的女人无动于衷，要么他对这个女人没兴趣，要么就是无能。她自然往后者上想。

严朋飞这才转过头来："你怎么就不想我点儿好啊。"

这一转过来，两人的脸突然离得只有一寸近，吓得陈贝儿有些无措，手都不知往哪儿放了。

下一秒，陈贝儿正不知所措的那一秒严朋飞就吻了过来。

这一吻把陈贝儿吓得魂飞魄散。她浑身战栗。

"你这么紧张干吗？你可以抱着我，不用吓成这样，我又不吃了你。"严朋飞在她唇边耳语。

陈贝儿正想说什么，他的吻又袭过来，缠绵悱恻的吻，从头到脚，吻遍她的全身。

那一夜，所有该发生的真的都发生了。

之后严朋飞微微打起了鼾声，可陈贝儿却再不可能入睡了。一旦两个人有了肌肤之亲，女人总会想得更多些。她不知道以后两人会怎么发展，她一边是兴奋，一边又是隐隐的担心。

严朋飞翻了个身，她吓了一跳，以为他醒了。谁知他只是翻了个身,重新抓住了她的手,又睡了。

　　手被严朋飞握着,心跳又开始加速。以前和周健在一起时,她并没有这种心跳的感觉,但在严朋飞身边,她的心跳好似从未正常过,永远像赛跑似的不停地跳。

　　这是真爱吧?深爱一个人应该就是这样的感觉吧?

　　陈贝儿把脸埋进严朋飞温暖的胸前,那一刻好似日月星辰都停止了转动,唯有她沉笃笃的心跳,还有那一脸甜蜜成了永恒的记忆。

[35] 一场闹剧:他不爱我

爱一个人就再也不想与他温暖的胸膛告别。

早晨,第一缕阳光穿过窗纱投射进来的时候,严朋飞看着怀里的陈贝儿一愣:"喂,你不会又是一晚没睡吧?"

"没有,睡不着。"陈贝儿不好意思地把脸转到对面,生怕自己头发凌乱的样子吓到他。

"你可真行,来这几天还没睡过?"严朋飞边穿衣服边吃惊道。

"还不是因为你。"陈贝儿躲开他如炬的目光,用被子挡着脸。

严朋飞笑起来:"你还害羞啊。不过你也太瘦了,你这身材连 A 都不到,我看也就是 A 减吧。"

陈贝儿气得把枕头冲他扔过去:"你这个流氓!"

严朋飞笑笑,穿好衣服:"今天周六了,是不是要约王琪了?再不约明天你就走了。"

陈贝儿想想也是,只好说:"那就约今晚吧,一起吃晚饭。你直接约她吧。"

"你约吧,我作陪。我今天中午还有个客户要见,你先约她,我订个饭店,下午我来接你。"

陈贝儿点点头,严朋飞走后,她才给王琪发了微信。

王琪吃惊道:"你来杭州了?是严总请你来的?"

"对,晚上一起吃饭吧,他订了饭店。"

"你住哪儿啊?"王琪急急地问。

"他帮我安排住处。"陈贝儿回道。

"他不会把你安排到他家了吧?"王琪有些讽刺地说。

"晚上七点见啊,咱们见面说吧。"陈贝儿只好这样收尾。

"你们俩先吃吧,我晚上可能要接孩子。我晚点到,你们先吃。"王琪好一会儿发了这一句。

"我们等你,不急。"陈贝儿发完微信,想象晚上的情景,心里不禁发毛,不知道王琪会有什么反应。如果她知道自己真的住在严朋飞家,估计会吐血。

晚上六点,严朋飞先把陈贝儿接上,两人直奔饭店。

到了七点,仍没有王琪的身影。

"你发微信问问她到哪儿了?"严朋飞说。

"她说还有十分钟,让咱们先吃。"陈贝儿看着手机说。

"再等等她吧。"他让服务员上了凉菜。

"一会儿她来了,我住你家的事千万不能说啊。"陈贝儿嘱咐道。

"那还用你说,我有那么傻吗?"严朋飞白她一眼,又恢复到之前严肃的面孔,完全跟昨晚那个温柔如水的男人风马牛不相及。

"我看你就是傻,大傻瓜。"陈贝儿也白他一眼。

"嘘,王琪来了。"严朋飞做了一个手势。

陈贝儿果然见王琪走了进来,她赶紧迎过去,把早准备好的礼物送给她。

王琪接过礼物，也不说话，只看了一眼严朋飞道："哟，严总来了，不好意思我迟到了，请严总别见怪。"

陈贝儿有些尴尬地坐回位子上。

严朋飞给王琪倒了一杯红酒："迟到要罚酒。都说你千杯不醉，今儿得让你现原形。"

"哟，这是谁造的谣，我怎么可能千杯不醉，一杯都倒了。不过严总发话了，我认罚。"说完王琪便一口干了。

"不错，女中豪杰啊。"严朋飞又给她满上。

陈贝儿见状立刻说："你俩先别喝了，吃菜。"

"严总让我喝我能不喝吗？"王琪又是一杯。

陈贝儿冲严朋飞使眼色，示意他不能这么喝下去。

严朋飞笑笑："没事，王琪有酒量，能喝着呢。"话落他便站起来，"来来来，我再敬王琪一杯。"

"哟，严总，你不用站起来，我自己喝就是了。"说着又是一杯下肚，王琪面色已开始微微泛红。

"王琪，你可不能再喝了，你吃点菜吧，点了一桌子菜呢。"陈贝儿见缝插针地说。

"贝儿，你也得喝啊！不能光我和严总喝吧。"王琪这才看了陈贝儿一眼。

"我不会喝酒，严总替我喝。"陈贝儿冲严朋飞挤眼。

"来来，我替她喝吧，她不行。"严朋飞过来拿她的杯子。

不想王琪却一把将杯子夺了过来："干吗你替她喝呀，要喝也是我替她，哪有让领导替的道理。"说完就把陈贝儿杯子里的红酒都喝了。

"你俩这是疯了吧，都少喝点儿吧。"陈贝儿见王琪已有些半醉了。

"对对，别喝了，一会儿咱们去唱歌，我订了包间了。王琪唱歌可好听了。"严朋飞嘴甜道。

"哟，难得领导夸我一句。不过我今晚不想唱了，你们俩去唱吧。"王琪表情严肃，那样子有点儿吓人。

"别呀，都订好位了，我今天还就想听你唱呢。"严朋飞起哄。

"让陈贝儿唱吧，我不如她会唱。"王琪端起了架子。

"一起去吧，唱歌的地方就在旁边。"陈贝儿劝道。

"走吧，一会儿吃完就去，一起去。"严朋飞跟了一句。

"我真不想去，没心情唱。"王琪不断推托。

最后严朋飞好说歹说，才把她说动了。

整个饭局，王琪都没看陈贝儿一眼，好似完全没这么个人，一直都是和严朋飞对话。陈贝儿只觉得自己多余。

等三人去KTV的时候已经十点了。

一进包间，王琪便点了一首唱开了："他不爱我，说话的时候不认真，沉默的时候又太用心。我知道他不爱我，他的眼神说出他的心。我看透了他的心，还有别人逗留的背影，他的回忆清除得不够干净，我看到了他的心，演的全是他和她的电影，他不爱我，尽管如此，他还是赢走了我的心……我知道他不爱我……"

王琪歇斯底里地唱着，她并不是坐在座位上唱，而是直接坐到前台冲着严朋飞和陈贝儿唱。那几句歌词似乎全是怒吼。

陈贝儿坐在沙发上看着她，整个人都呆了，她从未见到王琪如此歇斯底里的状态。紧接着王琪就哭了，边哭边唱："他不爱我，我知道他不爱我……"

"王琪怎么了？她这是哭什么？"陈贝儿悄声问旁边的严朋飞。

"我估计哭他老公吧。"严朋飞也有些吃惊。

"你赶紧过去劝劝吧。"陈贝儿皱眉道。这个歌词分明是唱给严朋飞听的。

"你去劝呀。"严朋飞推给她。

陈贝儿见歌结束了，赶紧走过去抚了抚王琪的肩膀："别哭了，唱点欢快的歌吧。"

王琪却一句话不说，又点了一首《白天不懂夜的黑》，仍是边哭边唱，声嘶力竭。

音乐结束后，严朋飞赶紧鼓掌："哎呀，唱得真不错。来，王琪，我敬你一杯。"

王琪接过酒杯又是一口干。

陈贝儿冲他翻了个白眼："少喝点儿吧。"

严朋飞一脸坏笑，自己开始唱起来。

王琪坐在角落，仍是泪流满面。陈贝儿给她递纸巾，她也不接。那气氛别提有多难堪了。

陈贝儿唱了两首后，见王琪仍在那儿哭，小声说："要不咱们走吧，别唱了，再这么唱下去，王琪肯定疯了。"

严朋飞见王琪一杯接一杯地喝酒，心里也有些毛了，只好提前结束了。

坐进车里严朋飞把车钥匙交给陈贝儿："一会儿你开车，我们俩都喝酒了。"

"我车技不行啊。"陈贝儿有些怵，她还没怎么上过路。

"我坐你旁边不会有事的。"严朋飞给她吃定心丸，"先送王琪回家。"又冲王琪说，"送你回父母那儿吧？"

王琪坐在后排，面无表情道："不回父母那儿，送我回老公家吧。"

"别闹了，这么晚了你回老公家干吗？那房子不都没人住了吗？"严朋飞严肃起来。

"我要回去！听不明白吗？！"王琪大吼一句。

陈贝儿被她这一吼也吓了一跳："王琪，你一个人回那儿我们不放心，这么晚了，还是送你回父母家吧。"

"我不去！"王琪又歇斯底里地吼了一句。

"别理她了，我知道她父母家在哪儿，你开吧，我告诉你怎么走。"严朋飞自作主张道。

这下车里的气氛更尴尬了。

陈贝儿见王琪不说话了，只好调节气氛道："明天中午咱们可以去你那儿做饭，王琪你觉得怎么样？"

"我才懒得做饭呢。我也不会做，以前都是我老公给我做。"王琪总算把眼泪收干了。

"干脆去我那儿做吧，我那儿的厨房挺大的。你们俩买点菜到我那儿做。"严朋飞插了一句。

陈贝儿瞪他一眼，严朋飞才发现说错话了，只好又说："王琪要是不愿意做，那咱们还是去外面吃吧，我请客。今儿晚上没吃好，怪我。"

"哪儿敢再让严总破费啊，我可不敢这么不识抬举。"王琪挖苦了一句。

陈贝儿也觉得纳闷，以前王琪说话不是这个口气，这次是怎么了，全程说话都是讽刺带挖苦的语气，而且还处处针对严朋飞，这明显不是正常口气。

"一顿饭能吃几个钱，这算什么破费。"严朋飞找补了一句。

"我明天有事，你们去吃吧，我没空。"王琪斩钉截铁地说。

"一起吧，你先忙你的事，中午我们等你。就去上次咱们公司去的那家海鲜城，那家味道不错，我订那儿吧。"严朋飞建议道。

"我对吃海鲜没兴趣。"王琪冷冷地说。

"你可以不吃海鲜，点别的菜。"严朋飞又劝道。

陈贝儿边开车边想，这个严朋飞也是，明知三人在一起都这么尴尬了，干吗还要拉着王琪一起吃饭，他是怎么想的？她故意看了一眼严朋飞，他却没回应。

片刻，严朋飞对陈贝儿说："就是旁边这个院了，停车吧。你送王琪上楼吧。"

"不用了，我自己进去吧。"王琪下了车。

陈贝儿小声说："干吗送她上楼，不用吧？"

"你必须送她进家门。"严朋飞冲她瞪了一眼。

陈贝儿也不好发作，只好跟着王琪进了小区。

"我就是前面这个单元，你不用送了，我自己上楼吧。"王琪淡淡地说。

"我还是送你上去吧，你喝了这么多酒。"陈贝儿扶着她。

王琪甩开她的胳膊："我没喝多，我清醒得很！我自己家还不知道怎么走吗？你赶紧回吧，他不是还在车里等你吗？！"那口气分明是含着恨说的。

陈贝儿也不坚持了："那明天中午一起吃饭吧，他已经订那个海鲜城了。我下午回北京。"

"明天再说吧，我不一定有空，我得陪孩子。"王琪说着就扭头走了。

陈贝儿看着她的背影后背都有些发凉。这个严朋飞，还说让我来劝她，她怎么可能需要我劝呢？

走出小区，她坐回车上。刚上车，严朋飞劈头盖脸地问："你送她进家门了吗？"

"我送她到单元门口，她没让我上去。"

严朋飞发火了："我不是让你送她进家门吗，你怎么回事啊！"

陈贝儿也发火了："你这么关心她，你怎么不送，你送她进家门啊！她这么大人了，到了单元门口她还不会自己上楼吗？"

"你看着，十分钟后她马上会从这个小区出来，她肯定不会回家。"严朋飞看着小区门口说道。

"不可能，她疯了吧，她不回家干吗？"陈贝儿难以置信。

"那咱们等着，你看她出不出来。"

"行，那就在这儿等着。"陈贝儿赌气道。

果然十分钟后，一个熟悉的身影从小区门口走了出来。陈贝儿定睛一看，还真的是王琪，她真的疯了吧？

"你看，我说什么来着。"严朋飞笃定地说。

"你怎么那么了解她？那现在怎么办？"陈贝儿真有些无语了。

"你们俩是高中同学，你都不了解她？"

"我真不了解，我俩的关系照你俩差远了。"陈贝儿忍着气说。

"行了，现在别说这些没用的了，赶紧去拉住她啊。"严朋飞吼道。

那焦急的样子把陈贝儿吓了一跳，她气道："我能拉住她吗？你是男人，你去拉。"

严朋飞二话不说下了车，冲街边的王琪喊道："王琪，你回来！"

王琪一见是严朋飞也吓了一跳，他们居然没走。她赶紧撒腿就跑。

"你跑什么——你回来！"严朋飞边追她边喊。

王琪还在不管不顾地跑，可终究是赶不上严朋飞的速度，他几步就追上了。王琪见他追上来也不停，严朋飞只好一把抱住她。

她在怀里挣扎着喊道："放开我，你放开我——"

陈贝儿在车里看着这一幕，眼睛都绿了。这是唱的哪一出啊。原本这出戏的主角是她，现在看她仅仅只是一个配角，真正的女主正是严朋飞怀中挣扎的女子。

这简直就是电视剧情节啊。

严朋飞仍在劝王琪，可她疯了似的又哭又叫，最后终于挣脱开他的手臂，打了一辆车走了。严朋飞看着车呼啸而去，无奈地摇摇头。这个王琪撒什么酒疯呢。

回到车上，陈贝儿强忍着问："没追上，她跑了？"

严朋飞一腔怒气一下发出来："都怪你，你要送她进家了还能有后来的事？现在你都不知道她跑哪儿去了，万一出点儿事怎么办？我是她的领导，她要出了事我得负责任的！"

"你怎么不早点想这些啊，你干吗非把我叫来杭州劝她啊，她需要我劝吗？她哭成那样为什么呀？"陈贝儿知道这时候她不能急躁，反而比较冷静地把话说完。

"她是因为你来了才绷不住的，彻底发泄出来。她是哭她老公呢。我也从没看她哭成那样。"严朋飞替她解释道。

"是哭她老公吗？我看是受刺激了，她看见咱们俩在一起她才哭的。"陈贝儿客观地分析道。

"不可能，看见咱们俩有什么好哭的。"严朋飞若有所思地说。

"你傻吗？你是傻瓜吗？你看不出来她喜欢你吗？她如果不喜欢你会这么歇斯底里吗？她不回家干吗？就是演给你看的，让你担心她。"

"你别瞎分析了。"严朋飞决不接受这些说辞。

两人一路争论着回到家。

虽然两人仍是睡在一张床上，但谁也没看对方。

"你赶紧给王琪发微信，问她在哪儿呢。"严朋飞又把后脑勺对着她。

"我早发了，她没回。"陈贝儿也转过身去，两人背对背。

"她不会想不开做傻事吧？"严朋飞担心地问。

"不会。"陈贝儿坚定道。

"为什么？"

"她的目的就是让你担心她、同情她，我早说了是演戏给你看的，你不明白吗？"陈贝儿一字一顿地说。

"什么乱七八糟的，不明白。"严朋飞又把后脑勺留给她。

"不明白就睡觉吧。"

两人再也没说话，没多久严朋飞的鼾声就起来了。

陈贝儿哪有睡意，这几天没睡她却跟打了鸡血一样，一点儿也不困，她也快疯了。她悄悄握了握严朋飞的手，他已睡熟，浑然不知。

她就这样握着，昨晚那一幕现在想来如此不真实，她有时竟怀疑那一幕是否真实发生过？现在她握着他的手，却再也没有昨晚心跳如焚的画面。这才隔了一个晚上，王琪今晚上演的这一幕还真是发挥威力了。

可她竟然对王琪也恨不起来，也许爱一个人那种歇斯底里的状态女人都会心照不宣吧。

第二天一早六点钟，王琪回了微信："我在海边。"

"你在海边干吗？赶紧回家吧。"陈贝儿回道。

可另一边，严朋飞也在回王琪的微信。

王琪愤愤不平地冲他说："她住你家了？她可够主动的，一点儿女人的矜持都没有，我真是无语了。"

严朋飞看着王琪的这条微信一时也不知怎么回，想了想回道："她是你高中同学，她非要住我家我也没办法，我也没瞒你。"

"呵呵，你不是最烦这种主动上赶着的女人吗？"王琪冷笑。

"她下午就回北京了，中午一起吃个饭，算送行吧。"严朋飞没正面回答。

"你们俩吃吧，我得陪孩子，没空。"王琪故意道。

"订的十二点，你来吧，我们等你。"严朋飞执意让她来。他知道现在这个状况，他单独面对陈贝儿肯定也是一脑门子官司。

"我看情况吧。"王琪不痛不痒地回了一句。

"你在给王琪回微信？"陈贝儿看出了端倪。

"嗯，我约她十二点，咱们一起吃个饭。"严朋飞并没有抬头。

"为什么还要一起吃饭，你不觉得尴尬吗？"陈贝儿气道。

严朋飞坐起来边穿衣服边说："这有什么尴尬的，你俩是同学，我俩是同事，大家都是朋友。"

"那咱们俩呢？"陈贝儿气鼓鼓地问。

"咱俩是同事的朋友引荐的朋友。"

"什么屁话！"陈贝儿下了床，她已经有了预感，"前天那晚你并没有喝酒，你脑子是清醒的。"

"我……"严朋飞被噎得说不出话，只好说，"走吧，快去洗漱，一会儿带你去吃早点。"

"中午那顿饭我不去了，你自己和王琪吃吧，省得王琪看到我不高兴。"陈贝儿腾一下站起来。

严朋飞声音软了："别呀，你误会了，我们俩只是关系还行，但真不是你想的那样。我也不可能喜欢她。她可能对我有好感，但那仅仅是好感，不是什么不正常的关系，你明白吗？"

"兔子不吃窝边草，你要有分寸。"陈贝儿转过身来无奈地劝道。

"我当然有分寸。我是要回北京的，现在只是暂时在杭州，我不可能找一个杭州的。"严朋飞努力解释道。

"你说的是我吧。"这话真是一语双关，她就是杭州人。

严朋飞笑着摇摇头："我真是服你了，走吧。对了，我车里有单反，吃完饭可以给你们拍点照片。"

"你多给王琪拍吧，她会更爱你。"陈贝儿冲他噘嘴。

严朋飞扬起手："再说我就揍你了。"

"你敢！"陈贝儿扬起脸。

中午的饭局一直到十二点半才开始。严朋飞也没等王琪，十二点就开吃了。

"喂，你不等王琪，她不会生气？"陈贝儿故意问。

"说好了十二点,没理由等啊。"这次严朋飞倒是有了态度。

"再说她不爱吃海鲜你还点,她又会不高兴的。"

"你爱吃就行。"

两人正说着,王琪进了包间。

"没事我不饿,你们吃你们的,海鲜我也不爱吃。"王琪给自己打圆场。

"你再点你爱吃的吧。"陈贝儿把菜单递给她。说着她用餐巾纸擦了一下手。

这一细节严朋飞却看在眼里,他一脸嫌弃地说:"你擦过的餐巾纸能不能扔了啊,这是什么习惯。"

"我这不忙着给王琪递菜单,一时没顾上。"陈贝儿白了他一眼。

这一幕却把王琪逗乐了:"你俩怎么一见面就吵上了,快吃吧。"

那顿饭不用说,又是吃得相当艰难。

饭后严朋飞没事人似的说:"附近这一带景色不错,走,带你们拍照去。"

"我可不拍,我不上相,长得丑。"王琪边走边说。

"你们俩谁大啊?"严朋飞突然转头看着她俩说。

"我好像比王琪大点儿。"陈贝儿也记不清月份了,她们应该同年。

"我看出来了,年龄都写在脸上。一看就是陈贝儿大。"严朋飞一脸坏笑。

陈贝儿狠狠给了他一锤:"你赶紧给我拍,把我拍丑了找你算账。"

严朋飞赶紧咔嚓按相机,一连拍了好多张。

王琪自顾自地走在前面,头也不回。

"喂，王琪，别走啊，我给你拍啊，你回头看我——"严朋飞追在后面。

陈贝儿又给了他一锤："人家不愿意拍，你怎么还强迫人家。"

严朋飞白了她一眼，追了过去。王琪见他追过来，更拿劲了，就是拿背影对着他，害得他一通乱拍。最后严朋飞找了一个路人帮忙拍合影。王琪把嘴噘得老高，一副不愿拍的样子。

"王琪，下午我就回北京了，咱们拍个合影你都不愿意吗？"陈贝儿看不下去了。

王琪这才勉强拍了一张三人合影。

回北京后她才看到这张合影，照片里严朋飞站在中间笑容灿烂，她和王琪在一旁各怀心事。可再仔细看，她才发现严朋飞是紧紧靠在王琪这边，与她却隔了一条缝隙。这说明什么？她是学心理的，这个站位其实已很明显地说明了问题。可是当时她怎么愿意去多想，仅仅当成一张普通合影罢了。

下午跟王琪分别时，陈贝儿突然意识到一个问题，她开口解释道："王琪，不好意思，我才发现你没有耳洞，我给你送的礼物就是一对耳环，看来我送错了。"

"是吗？你送我耳环了？我没打开，这两天太忙了，我得带孩子。"王琪挤出笑容。

陈贝儿心里不免想笑，自己这解释还真是多余。

她不知道这一趟杭州之行是否意味着两个女人的友谊就此打住了，王琪眼神中透露的冷漠似乎已将这段友谊打入谷底了。

友情和爱情一样，一旦变质了分分钟就知道了，眼神是骗不了人的。

下午她和严朋飞回家收拾行李。两人都不多话。

"下午我正好也回北京出差，但我不能和你同班飞机。"严朋飞突然说。

"是怕别人看到？"陈贝儿看着他突然觉得无比陌生。

"你是四点的飞机，我是四点半的，咱们可以一起去机场。一会儿司机会过来接我，车上还会有两个同事，你在车里不要说话，也不要说跟我认识，你就说是王琪的同学就成。"严朋飞边收拾行李边说。

"呵呵。"陈贝儿心里已骇笑，"那你就不要送我了，我打车走就行了，不然我在车上说错话连累你也不好。"

"那倒谈不上连累，同事人多嘴杂，我只是不想生事。你也能理解吧。"严朋飞解释道。

"你为什么不说我是你女朋友，别人会说什么？"陈贝儿愣愣地看他。

"走吧，那么多话，司机已经来了。"严朋飞顾左右而言他，"一会儿行李箱你自己拿。"

陈贝儿冷笑："就算我是王琪的同学，你帮我拿一下怎么了？你心虚什么？"

"我没心虚，我自己也有行李啊。"

就这样两人上了车。车上陈贝儿一句话也没说，索性什么也不说了。

车上一个女同事反而冲陈贝儿说："一会儿咱们到机场比较早，可以一起喝咖啡。"

"不用了，她要早走，她是四点的飞机。"严朋飞赶紧插话。

陈贝儿白了他一眼。

女同事又说："没事，四点也早，可以喝杯咖啡。"

"不用了，谢谢了！"陈贝儿适时地解了围。

正说着她又收到一条微信，严朋飞说："家里钥匙你还没给我吧？你直接放座位底下，我下车的时候拿。"

陈贝儿投过去愤怒的目光，这个男人她已然开始失望。这算什么？

事后顾曼替她分析说："这明显是天亮就说分手的节奏。"

陈贝儿顾不得想那么多，到了机场，严朋飞替她从后备厢取出行李。

陈贝儿小声说："我只想要一个分别的拥抱。"

严朋飞赶紧打断道："别闹了，回北京再联系吧，那么多人在边上。你赶紧去安检吧。"

一个连拥抱都不肯给的男人，你还指望他给你爱情？

陈贝儿失望地拖着行李进了机场大厅。

这时，脑中却莫名地响起来了王琪歇斯底里的歌声："他不爱我，说话的时候不认真，沉默的时候又太用心。我知道他不爱我，他的眼神说出他的心。我看透了他的心，还有别人逗留的背影，他的回忆清除得不够干净。我看到了他的心，演的全是他和她的电影，他不爱我，尽管如此，他还是赢走了我的心……我知道他不爱我……"

[36] 喜忧参半

　　陈贝儿前脚走，王琪后脚就给陆玲打了电话，说到动情处义愤填膺："这个陈贝儿也太不自爱了，居然还住到我们领导家去了，你说她要不要脸！她妄想通过一夜情来搞定我们领导，开什么玩笑，她太自不量力了。我们领导是富二代，她一个北漂，怎么可能看上她呢？再说，她一点女人的矜持都没有，这种往上扑的女人我们领导最看不上了。你有空劝劝她吧，让她赶紧收手吧，别那么让人看不起了……"

　　陆玲实在听不下去了，打断道："王琪，你说得有点儿过了吧。是我鼓励她主动的。你别忘了咱们都是结过婚生过孩子的人，陈贝儿连婚都没结过，现在她好不容易遇到一个喜欢的人，咱们应该支持才对，你怎么能拆散呢？而且你这样说她也太不合适了吧。"

　　王琪被这话一噎，有些自讨没趣："我只是以同学的立场劝劝她，如果你不愿意劝就算了。我也是为她好，她这么不自爱，会让我们领导看不起的。"

"如果你们领导不喜欢她,为什么要让她住家里?"陆玲反问。

"男人对送上门来的为什么不要啊!不要白不要!但顶多也是玩玩她,你以为他会娶陈贝儿吗?不可能的事!"王琪信誓旦旦道。

"不管以后他们能不能成,不是咱们管的事,能成咱们祝福,成不了也是缘分没到,咱们也没有必要在背后拆散他们。"

"这个陈贝儿是不是一跟男人交往就喜欢住人家里啊,一点分寸都没有。她自己家在杭州,又不是没地方住,她这点心思也太明显了吧!"王琪越想越气。

"王琪,我觉得作为同学,咱们是不是应该撮合他们?你何必这么诅咒她?"

"我哪是诅咒她,我是为她好,让她本分点,好自为之。"王琪咬牙切齿道。

"他俩的事让他俩自己发展吧,我们旁人就别掺和了。"陆玲不想再继续这个话题了,她也没想到王琪能说这么过分的话。

王琪说不过她,只好气愤地挂了电话。

当然这些对话很快就传到了陈贝儿耳朵里。她听完一阵恍惚,这个王琪真是急红眼了。看来天时、地利、人合他们都不沾边了,她和严朋飞的关系确实比较危险了。

"如果王琪天天在严朋飞面前说我的好话,兴许还能起点儿好作用;如果她天天诽谤说坏话,八成严朋飞也信她了。"陈贝儿边说边回想在杭州她和严朋飞在机场分别的画面,那俨然不是分别,而是分手。

陆玲安慰道:"别想那么多了,走一步看一步吧。如果他真的只是玩玩,你就尽快忘了这个人。如果我是你,我就一定把他争取过来,给王琪看看。"

陈贝儿无措地笑笑:"我不是你,我也没这个斗志去抢一个人。顺其自然吧,如果他不是你的,抢也抢不来。我自己有感觉,也许他真的只是玩玩。"

"别想了，你这样只会让王琪看笑话。"

"我知道了。"陈贝儿用手支撑着头，浑身一点儿力气都没有。

回北京两天了，严朋飞没有任何消息。一条微信都没有，至少应该问个平安。

耳边王琪的笑声即刻传来，她一阵恍惚。还没有开始战斗，她就已然认输了。突然身后被人猛拍一记，陈贝儿吓了一跳，原来是苏苏。

"喂，到饭点了，赶紧走吧，愣什么？"

陈贝儿看看表已经快十二点了，但她完全没胃口。

苏苏心情大好，唇上那一抹鲜红晃得人眼晕。

她边走边拉着陈贝儿悄声道："你没发现你今天旁边那个人没来上班吗？"

"小钱？"陈贝儿哼一声，"我从不看他一眼，才不管他死活。"

"估计你还不知道吧，上周你休假，错过了一件大好事。"苏苏兴奋道。

"赶紧说吧！"陈贝儿白她一眼。

苏苏直到两人走出写字楼才敢大声说："告诉你吧，小钱被开除了！"

"啊！不会吧，他不是王一铭的人？"

"是又怎样，他家那个印刷厂出事了，听说牵出不少事，好几件是和咱们公司有关。为了息事宁人，王一铭也只能牺牲他了。"

"我就知道王一铭跟他之间肯定有猫腻，不然小钱上次打我，他管都不管。"陈贝儿回想那一幕就觉得恶心。

"他俩不定贪了公司多少钱，再不把小钱弄走，我估计他自身都难保。"苏苏叹道，"小钱这个事，李总应该也知道吧，他们应该是一伙的。"

"咳，走了就行了，也算老天替我惩罚他了，咱们今天好好庆贺一下，我请客！"职场斗争总算有进展，也算是个小小的安慰。

苏苏乐坏了，抱着陈贝儿转了好几圈。

饭后回到办公室，陈贝儿发现隔壁座位果然已被收拾干净，这下终于拨开云雾见月明了。这一整天都心情爽朗了。

快下班时，"吃货三人组"在微信上闪了好半天，陈贝儿打开一看，这二位都在找她。确实这些日子她心里只有严朋飞，早把这两个男闺蜜忘一边了。

他们约好时间、地点，陈贝儿看看表，等到了五点她就准时下楼。

刚走到一层，门口一个保安冲她打招呼："今天走得挺早啊，不加班了？"

陈贝儿一愣，从没有保安跟她主动说话，定睛一看，这人正是那个追苏苏的保安，唇边的那小块胎记醒目地提醒她。

不回话好像也不合适，陈贝儿忙回一句："你们该换班了吧？你是等苏苏呢吧？"

保安脸色一窘，忙笑道："我六点才换班呢，您慢走啊。"

看来追苏苏也不是易事，不然他不会是这个表情。

陈贝儿也没再说话，赶紧走出写字楼。

地铁坐了五站地才到"吃货三人组"约的地点。

见面一聊，原来这两人刚从新加坡签售回来，倒也没闲着。

"你们俩太过分了，说好新加坡带我一起去的。"陈贝儿一见面就开始发牢骚。

"你倒恶人先告状啊。群里喊你去，你都没回。"高翔笑笑，也没生气。

陈贝儿心虚那几天正好在杭州，哪有工夫回微信。

"我特忙，加班，也没顾上。"陈贝儿只好这样解释。

"你还忙,你是忙着诊所那边的事吧?"宇涛打趣道。

有一段时间没见,陈贝儿觉得他整个人瘦了一圈,陈贝儿赞道:"我没你忙,你怎么减肥成功了?"

"我跑步啊,在新加坡都没停,风雨无阻。"宇涛得意道。

高翔赶紧补充:"还真是,宇涛这毅力你别说,我都自愧不如,你看他这一段跑步减了十斤,不容易啊。"

"是不容易,十斤真的不少了。"陈贝儿点点头,也没多想。

"这都是为了你啊,不然宇涛哪那么有毅力减啊?"高翔敲边鼓。

"去你的,什么为了我,我看是为了你吧,当你经纪人也不能太掉价了,怎么也得带得出去是吧。"陈贝儿一脸坏笑。

高翔的书已经出到第三套了,越卖越好。陈贝儿看着手里的新书赞不绝口。这次高翔带他俩去了一家法国餐厅,菜价惊人。但高翔丝毫不手软,结账时陈贝儿看了一眼菜单一千多,实在有些不好意思。宇涛不客气道:"现在咱们高翔也算名人了,咱不差钱。"

三人都笑成一团。谁能知道那一餐之后,各种不可思议的事情都来了……

[37] 抑郁症的源头

万里无云的周末，一天交给梅若琳，看病问诊；一天交给顾曼，心灵鸡汤。

周六诗兰约了复诊，医院已确诊她就是抑郁症。

陈贝儿之前已在 QQ 上收到她发来的消息，情况似乎并不太好。

果然见面时，她面色蜡黄，一晃好像老了十年。

她一落座就开始说楼上的邻居骚扰她，让她睡不了觉。

"能否请你们帮我找个人把他杀了吧，他已经骚扰我多少年了，快把我折磨死了。"她又旧话重提。

"诗兰，你先别管楼上的邻居了，咱们先来面对你这个病。既然医院已经确诊了你是抑郁症，那么你就得好好治病吧。医生开的药一天都不能停，你得坚持吃药，吃一段时间肯定会有好转的。那时你就不会再怪你楼上的邻居了。"梅若琳担忧地看着她。

诗兰说吃药后难受，自己把药停了。陈贝儿只能不停地劝她必须坚持服药。这个病一旦得上,就很难再体会到生活的快乐,日常疗法是没用的。比如带他们去看花草树木、逗小猫咪,这些对他们来说没有任何作用。他们脑中的快乐回忆没有了,最典型的表现就是:生无可恋。以前爱吃的、爱玩的东西通通没兴趣了,也因此没有了求生欲。

如果能激活他们的快乐记忆,脑中能产生更多的神经元,他们才会有救。可是一旦得了抑郁症,这种神经元再生的速度就会减慢。神经元再生速度减慢,也就意味着大脑的反应会变慢,新陈代谢会变慢。过去的回忆久久不能消散,新的记忆难以形成。所以诗兰总是纠结楼上的邻居骚扰她,一直活在旧的记忆中。

这就牵扯出了童年的记忆。如果一个人童年积累了很多快乐的回忆,这样的人大多乐观。但如果这人童年都是眼泪,那么这样的回忆不是积极的,就会容易演变成抑郁情绪。

只有唤起记忆深处曾经的美好,才有治愈抑郁的可能。可是如何才能唤起曾经的美好记忆?这就是难题。

梅若琳试着让她回忆记忆中快乐的往事,但诗兰想了半天,只是说留学的时候很美好,但也是断断续续的,时而美好,时而也有不堪。

这个病光靠吃药还不行,确实要进行一些心理的疏导。梅若琳给她提了几条建议:

"一、不要待在狭小阴暗的地方,不要总待在室内,抑郁严重的人通常都不愿意出门,那么就必须逼自己走出去,实在不行就坐在窗边,看街上的人来人往,好比在半室外的状态;二、远离那些令你讨厌的人,比如你的邻居、你的老板,甚至你的父母,搬出去住,或者辞职,总之离开那些令你不开心的人,等有一天精神强大了,病好了,再回来;

"三、要积极社交,抑郁症病人都不想见任何人,总是活在自己的世界里,也走不出自己的世界,不要总重复那些你说了N遍的话题,比如楼上的邻居,试着打开自己,走出自己的怪圈;四、必须要锻炼身体,抑郁症的人都不喜欢运动,如果能每天微微出汗,一定能对身体有所帮助,当身体有活力时,精神也会好转;

"五、抛弃负面的想法,不要总沉溺在自己的世界里,多听听别人的想法,保持与朋友的沟通;六、多做感恩练习,每天在本子上记下你要感谢的五件事情,比如今天吃到了什么东西特别好吃,今天的空气特别好,今天看了场很好看的电影……这些美好的事情都记录下来,你会觉得生活越来越美好;

"七、每天学习一些新东西,比如看一本新书、学习书法、学画画、学化妆、学打扮、学做手工……选择你最感兴趣的东西学起,甚至学习梳辫子都是一项新技能,慢慢你会培养出生活的乐趣;八、不要脱离自然界,经常去公园走走,接触动物、植物,在家里可以养一些植物或者小动物,还可以多跟小孩子在一起,孩子能激发人快乐的源泉;

"九、学会记录和分享,比如每天在微信上分享一些感受或者照片,有仪式感,也有互动感;十、找到人生的意义,找到一种信仰,哪怕不知道自己活着有什么意义,但相信总会有一天知道,最简单的做法就是想一想,如果明天就要死了,还有什么遗憾没去完成,还有什么事情要去做,那么你就去做那件事,不让自己遗憾——比如还有一家餐馆一直想去却没去吃,有一件喜欢的衣服一直没买……慢慢你就会觉得有太多事情需要你去做,那么人活着的意义自然会浮出水面。

"这十条你能坚持做,同时坚持吃药,你的病情一定会好转。真的,诗兰,你一定要相信我们,也要相信你自己,我觉得你可以的!"

陈贝儿一边记录,一边心里微酸,她直想过去给梅若琳一个大大的拥抱，只见对面的诗兰眼眶微湿，努力地冲她们点点头。

一场咨询下来，陈贝儿自己都觉得是一种成长。想想自己如果明天就要死了，要做的事情太多了——一定把自己最爱的东西都给顾曼；请父母吃一顿最贵的晚餐；立刻辞职，把王一铭炒掉；约上"吃货三人组"到国外大撮一顿；还有严朋飞，如果还能静静地躺在他身边，拉着他的手入睡，人生也就圆满了……

想到这里，陈贝儿的眼眶也湿了，幸好还有很多个明天，可以慢慢处理所有想做的事。

前面这些愿望一条条都是可以去做的，唯有最后一条，她愣怔了半天，应该是没有机会去完成了，想想心里就开始酸了。

一场心理咨询下来，不是开导别人，正是解剖自己，这个过程虽不惊心动魄，但也好比温水煮青蛙，还是无比残忍的。

顾曼这边倒还算好，老公因为抑郁症确诊后一直吃药，效果还不错，吃药后也没再发过脾气，两人晚上还经常一起散步，感情倒明显进步不少。

陈贝儿忍不住叹气："现在抑郁症病人怎么那么多，我现在只要一进诊所接触到的全是抑郁症患者，再这么下去，估计我也很快抑郁了。"

顾曼也叹道："你还好意思说，我不是也天天接触抑郁症患者？你还好说，只是患者，又不是你老公，我呢？"

陈贝儿不吭声了，确实和顾曼一比，她还有什么好抱怨的。

二人说回严朋飞的事。回北京已快一周了，他没有任何消息。

"这家伙还真是够浑的，上个床就当没事人啊！太过分了！"顾曼替她不值。

陈贝儿沉下脸："算了，我打算把他删了，就当没认识过吧。"

"别删啊，又没说清楚，至少问清楚了再删。"顾曼还抱有一线希望。

"还问什么？问他为什么不联系我？这还用问吗？他如果心里还有你，早会主动联系了，还用你去问吗？"陈贝儿心里有说不出的痛。

"那倒也是，怎么是个渣男，我真没想到。按理说他这个身份地位用得着这么渣吗？"顾曼不解道。

"这跟身份地位有什么关系？只跟他原生家庭有关系。他从小父母离异，他自己又离异，他对感情不信任，所以也很难跟别人发展长久的关系。我去那儿的第一天，他还让我找个好男人嫁了，明显是把自己排除在外了。"陈贝儿不忍回忆，那画面不管曾经有多美好，现在想来全是痛。

"看样子他就是不想结婚。"顾曼总结道。

"是，我们最开始交往的时候他就说不想结婚。"陈贝儿强忍着，她不想在顾曼面前流泪。虽然她曾幻想过一千遍有可能的结局，但真正被抛弃后，她还是难以接受。她没想到严朋飞会绝情至此。

"我倒觉得这里面是否有什么误会？那个王琪会不会说了你不少坏话，严朋飞也就不敢再跟你继续发展了？"顾曼分析。

"别人说我坏，你就信吗？"陈贝儿反问。

"咱俩的关系自然容不得别人说什么，我了解你。但严朋飞不一样，他认识王琪在前，认识你在后，你们毕竟接触时间短。如果他更信任王琪，有可能会选择不相信你。"

"那他信了王琪的话，说明我们之间也不是真感情。"陈贝儿心如死灰。

"现在哪儿还有真感情？我跟我老公这么多年，我都不敢说这话。"顾曼轻叹一声。

陈贝儿拿起手机，点开严朋飞的微信，发现他也将微信设置成了仅三天可见。她哼笑一声，点了删除键。

"你真删了？"顾曼想拉她的手。

"删了，一切都过去吧，我这人不喜欢拖泥带水，快刀斩乱麻吧。"陈贝儿自嘲地笑笑，"谁的人生不遇到几个渣男呢？"

"你呀就是太冲动，要我就留着，当朋友吧。"

"分手了能当朋友吗？我做不到。"陈贝儿一字一顿地说。

顾曼沉吟一下："……其实我也做不到。"

二人默契地苦楚一笑。

"删了也好，旧的不去新的不来，赶紧寻找下一个目标吧。"顾曼扬手冲服务生打招呼，"再来一个冰激凌。"

陈贝儿笑笑："不减肥了？"

"减个鬼啊，自己开心最重要！"二人端起咖啡一碰，化解了闷在心里多时的郁气。

有时想想，男欢女爱脆弱得就像冰激凌，给点温度就化了。反而女人之间的闺蜜情倒像冰激凌里面的水果，奶油化成水，可水果依然香甜。陈贝儿看着顾曼大口吃冰激凌的模样不禁有些心酸。她也学着顾曼的样子，招呼服务生道："再来一个水果冰激凌。"

唯有笑声才能把心酸化掉，也唯有友情才能把这好滋味永记心间。

晚上回到家，洗漱完已近十一点，陈贝儿正要关手机，发现微信有人加她好友，竟是严朋飞。

他留言道："删微信是极不成熟的行为。"

陈贝儿只得将他又加回好友，反问道："从杭州回来你再没联系我，这是成熟的行为？"

"我多忙啊，哪像你这么闲。北京总部今年给我的任务是一千万，我压力多大啊！"

男人一说到忙，似乎都找到了正当理由，女人还不好辩解。

"王琪会帮你。"陈贝儿故意道。

"又来了，她能帮我多少，一份报告都写不好，还得我帮着重写，太累了！"严朋飞抱怨道。

"你们俩互相帮，挺好！"

"我其实挺想提拔她的，公司除了她其他那些人更差，可她没事业心，工作也不积极，想提她都不行。"

"你想提就提吧，又没人拦着你。"陈贝儿语气泛酸。

"不提她了。对了，那天拍的照片我发你信箱里了，你收吧。照得不好可别怪我。不过我看着挺好的，你说你本人这么丑，照片还挺漂亮，你就是上相。"

陈贝儿刚想发作，严朋飞又说："我还得加班写报告，不跟你聊了。"

对话结束，陈贝儿只好作罢。

努力睡了半天仍醒着，而且还越来越清醒。她再次打开手机，进入了邮箱，开始一张张翻看照片，拍得还算不错，翻到那张三人合影时，陈贝儿愣住了，严朋飞跟她隔得很远，身体全靠在王琪这边。这个细节不用分析了，她心里有数。即使他们睡在一张床上，他心里仍觉得和王琪更熟悉，他们毕竟先认识了一年。有时，时间效应会莫名其妙地发挥作用，让人无理可辩。

[38] 新同事上位

周一上班，刚进办公室，苏苏就发来了微信："一会儿你边上会有新同事来，你一定保持镇定，别怪我没提醒你。"

"什么情况？"陈贝儿吓一跳，这苏苏明显是话里有话。

"你少安毋躁，等中午再说。"

这个苏苏不知卖的什么关子。

不一会儿，果然见部门主任领着一位新同事进来了，并给大家做了介绍："这是咱们部门的新同事，叫袁刚，以后由他接替小钱的工作，大家欢迎！"

话落，只有零星的掌声。

陈贝儿定睛望过去，直到看清那人唇边的那小块胎记，才心里惊呼一声，居然是那个追苏苏的保安！天哪，他又是何德何能进了公司，并且坐了小钱的位置。小钱表面上是做行政助理，实际就是领导的男秘，领导吃喝拉撒的事他都管。尤其是陪领导出差，要么是销售总监，要么就是小钱。所以小钱这个位置多少销售部的人都盯着呢，哪想到内部人一个没捞上，竟然让一个大厦的保安占上了。

这里面定有内情。她记得以前苏苏说过，这个保安见过她和王一铭在一起吃饭，两年前的一幕他既然记得如此清晰，要么这个人脑子非常好使，要么他之前就认识王一铭。

正想着，陈贝儿眼见着袁刚向自己这边走来，很自来熟地打了个招呼："你好，咱们现在成同事了，请多关照啊！"

陈贝儿皮笑肉不笑地点了点头。看到他自信满满的样子，可能他跟王一铭真的早就认识。想到这儿又觉得自己有些蠢，认识是肯定的，不然他不会进这家公司。自从王一铭上任后，所有的人事关系必须经他批准。

那么他又是怎么认识王一铭的呢？

陈贝儿转念一想，不对啊，她记得王一铭和黎玉的八卦还是袁刚报的，显然那时他们不是一伙的。可后来怎么就攀上关系了呢？

再往深里挖，会不会是袁刚偷拍到了王一铭和黎玉的什么照片作为把柄，由此威胁王一铭，进了公司？

陈贝儿用余光瞥着袁刚，又觉得自己似乎是想远了。也可能人家就是应聘进来的。最近苏苏不是开始管招聘的事吗，难道会是苏苏走的后门？

好不容易等到中午，苏苏定时发来微信："中午袁刚请客，老地方集合。"

动作还真快，看来苏苏跟袁刚的关系不一般了。

老地方坐定后，三人一时有些尴尬。

苏苏赶紧打圆场："今天咱们新同事作东，大家别客气啊。袁刚，你也认识贝儿了吧，以后你们可是同一部门的，你们可要并肩作战啊。"

袁刚呵呵地笑："能跟两位大美女成为同事是我做梦都没想到

的事,幸好今天梦想成真了。"

"你是怎么进入公司的,你跟王一铭认识?"陈贝儿快人快语,赶紧提出心中的疑问。

"我跟王总之前就认识,不过是我认识他,他不认识我吧。"说完又是呵呵一笑。他心想如果不是凭自己的聪明才智又怎么可能进得来这家公司。但具体的细节他可不会跟这两个丫头片子说。即使他一直在苦追苏苏,但有些事情就是身边最亲近的人都不能说,更何况苏苏一直没答应他,也就更没说的必要了。

"苏苏,你早知道袁刚要来吧,你怎么一直不说呢,连我都保密啊。"陈贝儿看向苏苏,她直觉袁刚也不会说实话的。现在他们是同事了,竞争关系不言而喻,谁又会轻易把自己的底牌掀给别人看。

"冤枉啊,我昨天才知道的,我也是吓了一跳。"苏苏辩解道。

"是,我也是没想到王总会同意,我也是试试看,没想到就成功了。"袁刚有些得意地解释。

"我看了你的简历,没想到你还是大学毕业呢。"苏苏边吃边说。

这话虽没有瞧不起的意味,但听起来多少有些不舒服,但袁刚也不介意:"我当时进这个保安公司,也是因为公司答应为我解决北京户口。但现在五年过去了,户口的事连个影儿都没有,所以我才想去别的地方发展。听苏苏说了你们公司的一些情况,我觉得能进你们公司也不错,就过来试试了。"

"你是应聘进来的?"陈贝儿还是有点不太相信。

"也算经过面试吧。"袁刚欲言又止。自己跟王一铭的那场对话算是面试吗?姑且算吧。

"苏苏,你现在不是负责招聘吗?"陈贝儿又问她,也只有苏苏能对她说实话。

"招聘可是黎玉管的事,哪儿轮得到我,她只是让我复印材料什么的,总之把我当催巴儿使。"苏苏抱怨,"按理说招聘应该归HR李莉管,但自从黎玉得宠之后,都快凌驾于李莉之上了。现在招什么人好像还得黎玉点头,这叫什么事啊。"

"是黎玉面试的你?"陈贝儿好奇道。

"没有,是王总。我们聊得不错,他就用我了。"袁刚一脸自信的样子。他心想这事是王一铭拍板的,还轮不上黎玉。

能跟王一铭聊得不错?那肯定是臭味相投吧。这话陈贝儿心里琢磨了一下,当然没说出来。

事后,她提醒苏苏:"这个袁刚不简单,以后说话小心点儿。以前他是保安,跟咱们没关系,你说什么也无所谓,但现在是同事了,就有竞争关系。万一你说了什么不该说的,很可能就传到王一铭耳朵里了。"

苏苏忙说:"当然,这个我还不明白嘛。你放心,不该说的我什么也不会说。"

"喂,老实说,你俩现在什么关系?"陈贝儿警惕地问。

苏苏哈哈一笑:"瞧你紧张的,你生怕我俩现在是一对儿吧?"

"说正经的。"陈贝儿严肃道。

"放心,我早说过我不可能看上他的,他只是对我不错,仅仅是朋友关系。"苏苏强调。

"如果有一天你俩好了,你第一时间必须马上告诉我,可不能把我当傻子。"陈贝儿防患于未然。

"瞧你这口气,跟下命令似的,我就不告诉你,你也没辙啊。"苏苏坏笑。

"那以后我什么也不跟你说了,省得你后脚就告诉他了。"陈贝儿拉下脸。

苏苏正色道:"我觉得咱们应该把袁刚当自己人,总算公司多了一个熟人当然要拉拢，没准什么时候就能帮上忙了。"

"这个不好说，我对袁刚这个人看不透。"陈贝儿心想，光看他的面相直觉就不是好人。

"我觉得他没那么复杂，当保安出身还是老实的多。"

两人一同下班，边走边分析，也没说出个所以然。有了小钱这样的渣同事在前，陈贝儿对所有的男同事都有些敬而远之。

第二天上班，陈贝儿坐在位子上刚和袁刚打了声招呼，部门主任孙娜就把她叫过去了。

之前她和孙娜的关系就一般，自从调到她手下之后，两人说过的话加起来也没几句，永远是一副公事公办的样子。陈贝儿心想，只要孙娜不刁难她，给她摆臭脸也是能接受的。

一番谈话之后，原来是给陈贝儿布置了新工作，医保这块工作转交给她了。陈贝儿当然不能接受，之前这工作一直是人事小宁在做，为什么转交给她。但领导布置好了，肯定她也没有反驳的余地，只好硬着头皮接手。但她还是弱弱地问了一句："小宁是调走了？"

"这个我不知道，你应该去问人事，现在领导调整了工作安排，我也是执行。"孙娜面无表情地回道。

"那培训的事是我继续做，还是移交别人？"

"还是你继续做。"

话就到此为止了，再也不会说出个所以然，陈贝儿只好悻悻地走了。

每年医保报销是最麻烦的，每个人的账都得算，想想就头疼。从来就不喜欢和钱、账啊打交道，这下避无可避了。

午餐时，陈贝儿跟苏苏问起小宁的事，她也是一脸茫然："我跟小宁不熟，不过听说她一直在积极备孕，也没准是怀上了。工作自然就干不了那么多了，估计是去找领导申请了吧。"

"不会吧，那看来我也得积极怀孕啊！"陈贝儿瞪大眼睛道。

苏苏一脸坏笑："你跟谁怀啊？"

这话把陈贝儿噎住，她连个正经男朋友都没有，怀个鬼。这个严朋飞一直不痛不痒，到现在都不明确两人的关系，想到这儿她心里就有气。

晚上回到家，她想也没想就给严朋飞发了微信："咱们生个孩子吧。"

这话真把严朋飞吓了一跳，他正陪客户吃饭，一口酒差点没喷出来。他回道："生什么生，又没结婚生什么孩子？"

"那就结吧，结完了生。"陈贝儿紧追不放。

"我可不想结婚，你赶紧找个靠谱的人结吧。我可是结够了。"严朋飞回想离婚那一幕就心有余悸。当时前妻也是极力想要孩子，可他不想要，自己的事业还没起步，要孩子反而是个负担。但前妻为此总跟他吵，为了怕怀孕连那件事他都不敢做了，生怕万一怀上，自己可得傻眼了。那时他工作刚起步，哪里有时间带孩子；现在更不用说了，刚派到杭州分部，何时回北京还说不准呢，怎么可能生孩子。看来这个陈贝儿和前妻一个样，想想他都有些发怵。

陈贝儿骂他的力气都没了，一下子瘫坐到沙发上。严朋飞这话基本就是把他们的关系打了终止符，没有发展的可能了。

周末跟顾曼见面的时候，她愤愤地替陈贝儿总结："像严朋飞这样的男人完全是不主动、不拒绝、不负责。这样的男人确实也不适合当老公。"

陈贝儿郁闷得有些抬不起头，自己挑男人的眼光那么差劲，都有些无力替自己辩解了。

"或者你就先把他搁一边吧，也别总上赶着跟他联系了。说不定哪天他又回头了。"顾曼见她情绪低落，只好这么劝一下，"幸好我结婚早，不然也跟你一样，肯定到现在也单身。我倒是觉得如果遇不到好的干脆就别找了，自己过也挺好。我现在每天还得照顾我老公，自从他得了这个病，饭也不做了，家务全是我。我又不敢抱怨，又怕他一旦情绪失控再自杀，那我还活不活啊。如果让我选，还不如像你这样，至少自由啊。"

"城里人想出去，城外人想进来，总是自己没什么就想什么。哎，有时人活着都不知为了什么，目标是什么？难道就是结婚生子，把家庭经营好吗？像我这样的，要事业没事业，要家庭没家庭，想想都不知为什么活。"陈贝儿自嘲起来，现在的她一点目标都没有。以前她把事业当目标，自从王一铭上台后，她的事业梦也破灭了；后来把严朋飞当目标，可他又不愿意结婚生子，这个目标也破灭了。现在的她完全沦陷在迷茫之中，像一艘孤帆失去了航线。

"咱俩是不是该去拜拜了，听说五台山特灵，要不要去一趟？"顾曼突发奇想。

"我刚休假没多久，再请假估计领导也不会批。现在把医保这块工作又加到我身上了，感觉就是给我加工作量，工资倒不给涨。"陈贝儿失神地望着前方。

"诊所怎么样？干脆辞职去诊所吧。"顾曼建议。

"不行，不能辞职，五年合约还没满。公司给我解决户口了，五年内不能辞职，否则就得赔偿十万。再说那边实习才刚开始几个月，至少得有一年的实习期。而且梅若琳也没提让我全职转过来，她其实也无实权，只是股东之一，真正掌权的是一对夫妻。他们的关系也很微妙，不好说。"

顾曼沉思道："这个梅若琳我总听你说，没见过。但有一次在超市好像看到她了。她和一个男的在一起，应该是她老公吧。但两人的关系好像不太好。"

"你敢确定是她？你只是见过照片。"陈贝儿一怔。

顾曼回忆道："可她跟照片上一模一样。长长脸，很白净，戴一个无框眼镜。长卷发，样子挺清秀的。"

"难道真是她？她和老公关系应该不错啊，他们是大学同学，感情一直很好，只是没孩子。她很少说她老公的事，但我一直觉得他们很恩爱。"陈贝儿若有所思道。

"家家有本难念的经，她不说你永远也不会知道。但那天他俩好像为买一个什么东西在吵架，那男的脾气挺大的。梅若琳在边上特尴尬。我当时就觉得这对夫妻关系一定不会太好，不然怎么会在超市就吵起来。哎，不过也不一定是她，也可能是我看错了。"

陈贝儿没有接话，她突然想起梅若琳脖子上的那道带血渍的伤，难道那不是运动弄伤的？难道会另有隐情？她不敢再想下去。她承认自己有些悲观主义，什么事都喜欢往坏了想，这个毛病真有些伤神。

[39] 晶晶表姐

五月的北京气温一下飙升，火速进入夏天。

高翔第四本漫画书又创佳绩，上了畅销书排行榜。宇涛在微信群里嚷嚷要庆贺。

陈贝儿当然马上呼应，两人一通找地方，最后订了一家日料，宇涛说那儿的三文鱼好吃。两人在群里讨论半天，主角高翔却没反应。

陈贝儿觉得不对，赶紧@他。

半天他才回："你们定完地方通知我就行。"

宇涛定的是周五晚上。

高翔又回："那天可能有点事，你们先去，我可能晚到会儿，你们先吃。"

大家都没在意，现在的高翔是大红人，人家迟到是理所当然的。

可到了周五，高翔果真半天都不来。

"要不咱们先吃？我真饿得不行了。"宇涛忍不住道。

"你先要盘寿司吃吧，他是忙什么呢？"陈贝儿说着直接给高翔打了电话。

高翔回道："你们先吃吧，我今晚够呛了，你们俩吃吧，我买单。"

挂了电话，陈贝儿失望道："也不说忙什么，现在名人就是架子大了。"

"高翔才没有架子呢。我看可能是忙家里的事。他那老婆可不是省油的灯，现在高翔红了，万一有什么小姑娘扑上去，那可得看紧了。尤其是你，也得注意。"宇涛终于甩开膀子吃起来。

"我跟高翔清白得很，你可以做证。"陈贝儿身正不怕影子斜。

"我信有什么用，你得让他老婆信才行。反正我觉得他被阎珍看得挺紧的，总是打电话来问东问西。"

"看得紧说明感情深啊。"陈贝儿也大口吃起来。在宇涛面前完全不用顾及吃相，不像在严朋飞面前，什么都得拘着。

"他俩的感情好吗？我真表示怀疑。高翔长得帅，人又老实，又没有外心，现在虽然红了，但人一点儿没变。但你看他老婆，以前多纯朴啊，现在打扮得跟妖精似的，那下巴整得跟蛇精似的，整个一网红脸。高翔也不管她，随她去折腾。前两年阎珍调到外企去上班了，每天那个花费说出来都吓死你，什么都要名牌。我跟高翔去新加坡那次，什么都没玩，净陪她逛商场买包了。你说你跟阎珍年龄差不多，你一个名牌包也没有吧？人家那包我每次见她都没重样过。"宇涛滔滔不绝地说起来。

陈贝儿气不打一处来："你就不会替我买一个，光知道讽刺我。"

"我觉得那东西极其无聊，几万块钱一个包，你觉得值吗？你说那几万块钱干什么不好啊，吃喝玩乐样样都行，买一个包太不值了。"

"这你就不懂了，这是身份的象征。人家高翔现在有钱了，几万块钱算什么。"陈贝儿辩解道。

提到包，她又想起来了杭州之行。严朋飞一见她就挑剔她那个包："你这么大人了，也背个好包，这破包还能背出去吗？"

陈贝儿当时就白他一眼："你光说为什么不送我一个？"

严朋飞又说："自己买，你又不是没钱，我送不起。"

什么话都让他说了，真够讨厌的。

宇涛又把她从回忆中拉回来："我跟你说，高翔还真没什么钱，书虽然畅销了，但杂志社拿大头，他根本拿不到多少钱。为这个他也跟我唠叨过，但这漫画版权是杂志社的，他也越不开。"

"那他哪儿来的钱买那么多包啊？"陈贝儿问。

"拼命给别的杂志画稿啊，那都是挣的血汗钱。有一次高翔跟我说，他挣的其实还没有阎珍多。阎珍在外企，一个月两三万，他才一个月一万多，也就是阎珍的一半。他再不拼命画稿，头都抬不起来了。阎珍对他特挑剔，成天逼着他挣钱。"

"还有这事？不会吧？"陈贝儿一惊，高翔和他老婆的事她还真没怎么问，她一直不喜欢阎珍，所以他俩感情到底怎么样她也不关心。今天听宇涛说起，她才一怔。看来他们的感情也就那么回事。在她眼中，高翔已经算很成功了，又顾家、顾孩子，怎么都算是个好老公，没想到阎珍对这样的老公还横挑鼻子竖挑眼的。

"这些事他可能没跟你说，他这个人内向，不爱说，但我看在眼里。这个阎珍是变了。"宇涛感慨道。

"她现在什么样了？有照片吗？"陈贝儿还是几年前见过她一次，那时觉得她有些微胖，外表也土气。

宇涛还真从手机里翻出一张合影。陈贝儿一看啧啧几声，果然改头换面了，标准网红脸，把以前那个形象完全颠覆了。

"这下巴能戳死人啊。"陈贝儿叹道。高翔每天面对这么一张脸，心里该有些阴影吧。

"现在流行锥子脸，我是没觉得好看，可能高翔觉得好看吧。"

"这高翔什么审美观啊。"陈贝儿懒得评论了，埋头吃起来。

也许当初高翔不选她，也在于审美观不一致吧。如果他喜欢那样的脸，当然不可能看上她这样的。

"我觉得阎珍照你差远了，尤其是气质，你是清新脱俗，她是媚俗。"宇涛拍马屁道。

"你有本事当高翔的面这么说，我就服你。"陈贝儿激他。

"你就别搞内部矛盾了。不管别人怎么看你，我觉得你好看就行。"宇涛说完傻呵呵地笑起来。

陈贝儿看他那傻样也忍不住笑了笑，可面对宇涛她就是不来电。如果这话从严朋飞嘴里说出来，她可能早就脸红心跳、心花怒放了。可宇涛说出来，就像白开水一样，不咸不淡，无色无味。

究竟为什么两个人会来电，为什么又会不来电，她真有些搞不懂。论人品宇涛肯定比严朋飞强，可为什么就不来电呢？难道是认识太多年？

以前高翔总是制造他们二人单独见面的场景，总会有意无意地迟到一会儿，为的就是撮合他们能多单独相处一会儿，可就这么生生撮合，愣是也没产生什么火花，后来连高翔都放弃了。

缘分这个东西真的说不清楚。

今天一上班，刘婉就打来了电话，陈贝儿吓了一跳，一般没有急事，她是不会突然打电话来的。陈贝儿拿起电话走到楼梯间。

原来是在杭州的表姐晶晶要来北京出差，想在她那儿住几天。

"出差公司都会安排住宿啊，她干吗要住到我这儿来？"陈贝儿不解道。

"她这不是想出完差再多玩几天嘛，所以给我打电话说想住你那儿几天。"刘婉道。

"她干吗不直接给我打电话?"

"可能是怕你拒绝吧。"

"这个晶晶占便宜没够,她想多玩几天不会找个宾馆啊。我这儿这么小能挤得下吗?"陈贝儿一脸不高兴。

说起她这个表姐,只比她大一岁,也没结婚,在公司做销售,成天全国各地跑,疯疯癫癫的,还总想占别人便宜,陈贝儿尤其不喜欢她。

刘婉又说:"你表姐现在也改了,她这两年钱也挣了,不像以前那么抠了,上次来咱们家还给我带了一条丝巾呢。"

"我这儿地方小,你跟她说一下,最多住三天。"陈贝儿跟母亲摊牌。

"我跟她说了,她说就住四天,你就将就些吧。"刘婉又劝。

"你呀,一条丝巾就把你收买了,那东西说不定也是客户送她的。"

"不说了,她明天晚上到,房子你收拾一下,别乱七八糟的,让人家说。"刘婉又嘱咐几句挂了电话。

以前这个晶晶表姐也来北京找过她,总是一毛不拔,连一块钱都要跟你算计。陈贝儿对她一直没有好印象。只怕这次来又会是凶多吉少。

果然第二天下班,晶晶准时出现在她的视野里。她提着一个行李箱,一见面就套磁:"贝儿,你在这个公司上班啊,好气派呀,比我们公司强多了。我这次想在北京多玩几天,咱俩可以好好聚聚。"

陈贝儿也不好说什么,打了辆车,两人回了住处。

晚上吃饭时,晶晶开始掏心掏肺跟她痛说爱情史,控诉她遇到了多少个渣男,说到激动处眼泪差点没下来。

"咱们俩真是同病相怜，你也单身，我也一个人，还都是条件那么好，男人都瞎眼了吗?! 上周我还见了一个介绍的。那人先到了，点了一壶茶。我路上堵车让他稍等会儿。结果他跟我说什么，他说他忘了带钱包了，嘱咐我带钱包。我反问他现在都是微信支付了，没带手机吗？结果他说微信里也没钱，真是奇葩。我当时都不想去了，可我妈介绍的，我又不能不去。到了之后，我把那壶茶的钱付了就走了。什么垃圾！

"还有一次，去年吧，我去年见了一个，我当时对他印象挺好的，我们俩就说一起出国旅游一次。这人特抠，为了省钱，我们住那个青年旅馆，就是几个人不分男女都睡大通铺上。你说多恶心呀！然后玩完就完了，回来都没任何联系。你说说这都是些什么人渣啊……"

陈贝儿也跟着摇摇头，那些男的也真够过分的，听得她同情心泛滥开，完全把之前对晶晶的厌恶感打消了。

在女人面前打同情牌永远是最有效的沟通方式。

"我也是烦得很，所以想到北京来散散心。我知道你也是单身，跟你说你还能理解，这些我要是跟我妈说，她都觉得是我的问题，没法沟通。"

"没事，想住你就多住几天吧，只是我这儿地方小，就是有点儿挤。"陈贝儿心软了。

晶晶立刻说："没事，北京寸土寸金的，这一室一厅的房子就不算挤了。我就睡厅里沙发上，挺好。"

陈贝儿哪能让她睡沙发，只好说："没事咱们俩挤挤睡吧。我这床一米八的，你也不胖，应该也能睡得下。沙发上睡肯定难受。"

"哎呀，贝儿，你真是太好了，你要是最近不忙，干脆咱俩出国玩几天吧。我认识一个旅行团的朋友，能给咱们出便宜的机票。"

"你想去哪儿啊？"陈贝儿不经意地问。

"咱们去清迈怎么样？都说那个地方不错。"晶晶眼睛不大，但说起话来眉飞色舞的，倒也让人动容。说着她拿出手机打开几张图片给陈贝儿看，那画面美得让人神魂俱动。

"我也听说那地方不错，倒可以考虑。"陈贝儿也有些心动了。

在公司上班也烦，倒不如换个环境换个心情。

"咱们周末就可以走，你再请几天假，玩个五六天都行。我那个朋友有特价机票，我让他给咱们出票。我问了一下来回也就四千多，还直飞。"

陈贝儿问："四千多也不便宜吧。"

"这可是商务舱。这个价当然是最低了，也就是我这个朋友能拿到这个价位。咱们姐妹出游当然要坐商务舱了，不然怎么能有艳遇呢，傻瓜。"说完晶晶笑起来。

"那就订吧。"陈贝儿也没多想，还真被她说动心了。

"咱们俩这次好好玩玩，争取能遇到一个白马王子回来！机票你把钱转我就行，我让我那个朋友一起出票。"

陈贝儿当晚就把钱转给了晶晶，两人定好周六出发。

她也想开了，趁年轻多玩玩，或许旅行中真能认识什么人。

晶晶第二天便去商场采购了几条裙子，准备在清迈好好拍些美照。

"对了，贝儿，我那个朋友又帮咱们订了房间，一千块一晚，咱们俩一人五百，我觉得也还行吧，出去玩就得住好点儿的地方，不然哪有艳遇啊。第一晚咱们就住那儿，到那儿咱们再换其他的也行。"晶晶第二天晚上又说。

陈贝儿又给她转了五百。

周六上午，两人早早出发赶往机场。

到了机场，陈贝儿才发现这班飞机是要到昆明转机的，便随口说："怎么不订个直飞的呀，到昆明转机太折腾了。"

"直飞的哪是这个价啊，贵多了。没事，转就转吧，也没几个小时。"晶晶不以为意道。

"我看了看要七个多小时呢，够折腾的。"陈贝儿看了看手机，不悦道，"我怎么看手机上的价位比你订的这个还便宜啊。"

"那是普通舱，咱们这个是商务舱。商务舱当然比普通舱贵一点儿了，一分钱一分货。"

陈贝儿也不好再说什么了，看了看时间不多了，两人赶紧去办托运行李。

陈贝儿刚把行李箱放上去，那个工作人员便盯着她叫道："你是陈贝儿？"

她一愣，面前这个办托运的男人圆圆脸，微胖，眉眼有些熟悉，但又不知在哪里见过："你是？"

"我你都记不住了？不过你也变化不小，要不是看你身份证我还真有点儿不敢认啊。女大十八变呀，你真是越变越漂亮。"

陈贝儿还是愣神，这个男人她还是没想起来："咱们认识？"

"我是你高中同学啊。"男人笑道。

"高中同学？我高中在杭州上的，你是杭州人？"陈贝儿疑惑道。

"我是王程伟啊，我去年就调到北京来了。"

陈贝儿这才恍然大悟："你怎么长这么胖了，你以前多瘦啊，我真认不出来了，但五官没变。"

王程伟笑笑："没办法，中年发福啊。你看你的身材还是这么苗条。但你的轮廓没有大变化，所以我一眼就认出你了。"

"你的眼力真够好的，我可是一点儿也没认出是你。"陈贝儿笑笑，真没想到高中同学能在机场遇到。

"那时候咱们高中同学长得好看的不多，所以我肯定能记得住你啊。"

陈贝儿有些不好意思了。

王程伟又问:"你这是跟朋友去清迈玩啊?"

"对啊,出去散散心。"陈贝儿微笑。

"行,我先给你办托运,一会儿我去候机厅找你,咱们可真是多少年没见过了。后来我知道你考到北京来了,可真没想到还能巧遇上。"

办完托运,安检后,王程伟果然到候机厅找她来了。

正好晶晶去厕所了,两人便聊起来。

聊了聊彼此的近况后,王程伟说:"你们这票够牛的,我看还是两张里程票,你们怎么会有那么多里程?"

陈贝儿一蒙:"不是里程票啊,是我表姐找的朋友买的商务舱。"

王程伟也一蒙:"不可能啊,我办托运的时候看到了机票显示,这是返里程送的两张机票。"说完他看陈贝儿表情便马上又说,"我是不是说错话了,我不该说吧,我以为你知道。你这个朋友是什么人?你刚才说是你表姐弄的票?"

陈贝儿全明白了,这个晶晶还真是改不了本性,她忙解释说:"就是一般朋友出去玩,可能弄错了。"

"你也别往心里去,但你这个朋友你以后别理她了,用两张往返里程票骗你的钱,这种朋友也真够意思的。不过出去玩你就好好玩,这事你知道就得了,别往心里去。玩完这次,这种人就敬而远之吧。"

陈贝儿点点头:"谢谢你啊!"心里却百般不是滋味,什么亲表姐,真是骗到亲戚家头上了。

"对了,那票还送了一晚上住宿,如果我没猜错的话,肯定她也跟你要了房钱。"王程伟又补充说。

陈贝儿点点头,心里那个气啊。

"你也别生气,这种人不要来往就是了。对了,你还跟谢琛联系吗?"王程伟提到了他。

"没联系了,也失联了。"

"那时候我觉得好像你俩关系挺好的,我们一直以为你俩谈恋爱呢。"王程伟总算把心头的八卦之谜解开了。

"没有,就是关系不错,哥们儿。"陈贝儿没想到多年前的八卦还能有人记得,"我记得你们当时关系也挺好的,你们怎么也失联了?"

"我的手机丢了,电话号码也全丢了,后来又调到北京来就彻底失联了。我们也在找谢琛呢,等找到了我也告诉你。咱们是高中同学,以后到机场记得找我啊。我还得回去上班,有空咱们再聚。"

两人加了微信,就此告别。

此时正好晶晶回来了,满面春风道:"哟,你同学又来看你了,他对你有意思吧?我一眼就看出来了。怎么样,这人考虑一下?"

陈贝儿看着她那张脸,已经失去了语言能力,只好忍着说:"他已婚了,我头疼,休息一会儿。"

"那你休息吧,登机时我叫你,到那儿你可得打起精神来,咱们还得照相呢。对了,你先帮我拍几张机场街拍,我先发个朋友圈,多拍几张,我挑一下。"说完晶晶开始前后左右摆POSE,拗造型。

陈贝儿只好给她连拍数张。这个时候如果她发作,这趟什么也别玩了。一切只有忍。

清迈那五天可想而知陈贝儿的心情,她最痛恨的就是欺骗,而且还是亲表姐,真是江山易改,本性难移。

最后一天,宾馆要交一千泰铢押金,陈贝儿跟旅店商量,因为明天她们就回北京了,这一千泰铢也用不了,能否不收押金,改成押证件。店长很通情达理,说押护照没问题。

陈贝儿翻了一下包护照没在身上,放到楼上的行李箱里了,她让晶晶先拿护照押一下。

这时晶晶翻脸了:"凭什么拿我的护照押啊,万一丢了找谁呀。你怎么不拿你自己的护照,就在你箱子里你自己上去拿就行了。"

陈贝儿终于怒了:"你怎么那么自私,你带护照了押一下怎么了?押谁的不都一样吗?我们是一个房间。"

"既然一样,那就押你的吧。你上楼拿就是了,我在这儿等你。我的护照可宝贵,上面有好多国家的签证呢,万一丢了损失可大了。你就不一样了,你才去过几个国家,你连美国还没去过呢。"晶晶说着翻了一个白眼。

陈贝儿二话没说上楼找出了护照,取回那一千泰铢,扔了五百给她:"今天各玩各的吧,这一路我早忍了你很久了。还骗我什么旅行社有朋友订机票,拿里程票换钱,亏你做得出来,连亲戚家都骗,你穷疯了吧?!"

没想到自己精心策划的骗局能被识穿,晶晶一下愣在了原地,半天不敢言语。

陈贝儿背起包就走了。

她一个人去了家附近的咖啡馆,心里百般不是滋味。人与人的关系为何这般脆弱,连亲戚都尚且如此,更别说外人了。

她在微信上和顾曼诉说这些奇葩事,顾曼打击她说:"你不光男人看不准,女人也不灵,你这样还当心理医生呢,我看悬啊。"

"这就是我不敢辞职的原因啊,我怕误人子弟,耽误了患者的病情。"陈贝儿无措地笑笑,不知怎么眼泪就出来了。

也许人在异乡,稍受点委屈就极其脆弱。以往遇到这种事,她怎么可能会落泪。

"那倒是,不过你一个人在咖啡馆真可以有点艳遇了,赶紧跟别人搭讪一下。"顾曼调侃道。

没想到顾曼的话还没说完，真有个男人冲她走来，她吓了一跳。

"是陈贝儿吧，你好啊，我们又见面了。"一个年轻男子笑呵呵地坐到对面。

陈贝儿一愣，这是个什么人，怎么那么自然地坐到对面，还知道自己的名字？

"你是哪位？"

"我是陈南啊，怎么你这么快就把我忘了？你忘了咱们在广州碰到，我还请你吃过饭呢。"年轻男子灿然一笑。

陈贝儿这才恍然大悟："你怎么也到清迈来了？出差？"

"我是来度假的，真是约都约不来这么巧，在哪儿都能遇上你，看来咱们之间还有点儿缘分呢。"

陈贝儿笑笑，心想这就叫缘分了。

"怎么你还是一个人吗？"陈南马上问。

"有男朋友，他工作忙没来。"陈贝儿撒了个谎，对这种小男生，她真的不感冒。

"怎么你嘴上总说有男朋友，可你的表情出卖了你，你完全不像有男朋友的人啊。"陈南一语道破。

"这你都能看出来？"陈贝儿一惊。也许自己现在的样子太忧伤了，谎言总会不攻自破，微表情真的骗不了人。

"我猜是分手了吧，你好像不太情愿，还对那个人有感情吧？"陈南试探地问。

"随你怎么说吧，我无所谓。"陈贝儿避重就轻，只用呵呵来掩饰。

来清迈这几天她发了一次朋友圈，但严朋飞连点赞都没有。看来他们的缘分是真的尽了。

"知道你也不会说，那就不说了，我请你吃饭吧，你一个人，我也是一个人。"陈南笑笑，那笑容还真有点儿打动人。

到了机场，陈贝儿抬头便看到了晶晶，她知道避不开。陈南也跟着陈贝儿一起回北京。晶晶见她边上突然多了一个帅气的男人，心下一惊，这个陈贝儿还有点儿本事，居然还真捞了一个艳遇，长得还挺帅，心里那叫一个不平衡。

她故意走过去说："我不回北京了，我直接回杭州，我已经给你爸打电话了，让他去机场接我。"

"你太过分了！"陈贝儿气得面色铁青。

陈南在一旁有些不知怎么回事。

"谁叫你爸有车呢，都是亲戚，来接我一下有什么不可，你用得着这么激动吗？"晶晶得意道，"你爸已经答应来接我了。"

陈贝儿马上拿出手机到一边给老爸拨了过去，大致说了前因后果。

"你叫她自己打车回吧，我给她那四千多还不够她打车的吗？对了，还有那五百房费，这种亲戚真不能来往了，太不要脸了。"

陈贝儿说完心情都难以平复。

陈其有些不敢相信，刘婉忙过来问怎么回事，听了女儿这么一说，心里也有了数："哎，她那个表姐真是改不了本性，还骗到咱们家来了，这以后两家还怎么相处啊？"

"孩子之间的事咱们就当不知道啊，让她们自己处理去吧。"陈其息事宁人。

"女儿说得对，不是钱的问题。都是亲戚她完全可以说我这儿有里程票，机票我出，住宿你来，这也是 AA 的方式，这样说明白多好，干吗非要编那么多话骗钱呢。她就那么差钱吗？"刘婉气愤道。

"她要是说明白，女儿还能上她的当吗？你不想想。反正也就是四千多块钱，买个教训得了，也别计较了。要我说也是女儿笨，她为什么给钱的时候就一点儿没怀疑呢?"陈其说。

"噢,这被骗的没理,骗钱的倒有理了。我可不认同你这说法。以后这个晶晶真得少来往了。"刘婉还是向着女儿说话。

那次之后,果然陈贝儿再不和她打交道了。这种人也只有敬而远之为好了。

一旁的陈南想问到底是怎么回事。

陈贝儿懒得跟他再费力讲一遍,只好说:"不该问的小孩子千万不能问。"

"什么小孩子,我都参加工作了好嘛!"

看着他那张稚气未脱的脸,陈贝儿竟哑然笑了起来。

明明坐一旁的年轻男子样子迷人,可她看到的全是孩子的稚气。她这是真的老了吗?

[40] PAC 理论

周末见到梅若琳时，只见她双眼有些肿胀，那样子明明是昨晚上刚痛哭过。

联想到顾曼在超市碰到她的情形，如果那人真的是梅若琳的话，陈贝儿倒真的有些担心。

"昨晚没睡好吗？"二人午餐时陈贝儿试探地问。她知道梅若琳一向封闭自己，最隐私的东西永远藏在内心深处，不愿向人提及。

"有点儿失眠。"梅若琳边吃边说，面上写满疲惫。

"你专门研究失眠课题的，你还会失眠？"陈贝儿故意轻松道。

"当医生的还不能生病啦？你看看医生哪儿有长寿的？医生压力大，每天面对那么多患者，心情可想而知。你是刚入行，还没进入状态。所以有时候我也在犹豫，要不要真的拉你进入这一行，会不会真把你害了？"梅若琳若有所思地看着她，眼底有淡淡的阴影。

"没你说的那么恐怖吧，干了一段时间，我觉得还好。"陈贝儿回想面诊的这几位病人，倒没觉得多吃力。

"你才干几个月,而且你还是兼职,一周一次。如果你天天面诊你试试。"梅若琳有些抱怨道。这几年她确实有些心力交瘁。

陈贝儿又把话题拉回来:"那我还是一直兼职好了。对了,你怎么还没想要个孩子,真的做丁克了?"

梅若琳轻叹一声:"没想好,没孩子有没孩子的问题,但有孩子也有有孩子的烦恼,我不知道自己能否当一个称职的母亲。"

"你就是太专业了,什么都上升到研究领域。你先生下来再说,别强求那些理论的东西。"陈贝儿知道她处处以专业来要求自己,那样会弄得自己非常累。

"没办法,职业习惯了。脑子已经有了这些固定模式,如果不能给孩子这些合乎标准的教育,自己会自责;但如果给到孩子这样的教育,我确实也会很累,所以一直没敢要。"

"你老公也不要?"陈贝儿终于把话题扯到她老公身上。

"他想要,所以我们经常会有争论。"梅若琳坦白道。

似乎找到了原因所在,陈贝儿劝道:"那就生吧,别因为这个吵架影响感情。"

"我比较固执,不会轻易妥协,我的目标是在职场上,不是在家庭,你也知道我。"梅若琳眼神坚毅,可这样的眼神估计男人都会惧怕。

"别当什么女强人了,那样会很累的。男人谁愿意老婆比自己强。"从来都是梅若琳劝她,今天两人的位置互换了。

"不是我选择女强人,而是女强人选择我。就像不是你选择单身,而是单身选择你。这都是命运的安排。我对做饭、做家务、带孩子就是没兴趣,这个东西与生俱来吧。"

陈贝儿一直不知怎么答她,她这个水平又怎么可能劝得动资深心理咨询师呢。但她还是鸡蛋碰石头般地问:"你俩感情好吗?"

梅若琳一怔,缓缓地说:"老夫老妻了,谈什么好不好。感情肯定早转成亲情了。我也想过了，我不会离婚，即使我们感情已经转淡，我也不想离婚。因为任何一个男人都一样，我找谁都是这个样子，再浓的爱情都会转淡，那又何必换呢？"

陈贝儿也是一怔，看来如果连离婚问题都想到了，确实她也没什么可劝的了。梅若琳自信又固执，她决定的事情别人改变不了什么。

想了想，她又问："如果他坚持离，你也会不离？这样会不会很痛苦？"

梅若琳立即答道："你应该知道PAC理论，个体的个性是由三种比重不同的心理状态构成，就是父母、成人、儿童三种状态——PARENT、ADULT、CHILD。我跟我老公的关系目前是这三种关系的交互，有时我们是成人之间的关系，有时是父女，有时又是母子。以前谈恋爱的时候他就像我的父亲，我会撒娇；结婚后我们变成了成人之间的关系，我们都很独立；现在我可能把他当儿子看待，这样冲突会少一些，也容易原谅对方。换作另一个男人，时间长了也可能会变成这样的模式，所以就包容这种关系吧，跟谁都一样。我想我老公也明白这一点，或许他再找别的女人，一样也达不到他内心的理想，与其这样，大家都别找了，凑合过吧。"

"PAC理论到你这儿怎么变得如此消极？PAC理论最理想的交互作用是成人刺激——成人反应，哪有像你这样的。"陈贝儿跟她叫板。

"你没进入婚姻，你也没有发言权，对不对？"梅若琳一句话就把她噎住了。

陈贝儿确实无语反驳了，缓了缓她说："我反正说不过你，但我不想看到你这么憔悴。"

"我知道你疼我，走吧，下午还有一个预约的病人。"

这个话题就此打住了。陈贝儿知道她心里有一扇门，任谁也打不开。

宇涛的电话很少在周日的晚上打来过，因为他知道周一上班，陈贝儿必定要早睡，只是他心里憋着事，又睡不着，只好点了她的微信："睡了吗？"

"还没，刚躺床上，怎么啦？"陈贝儿把窗帘拉上，打开台灯。

"跟你说一个事。"说着宇涛就把电话打了过来。

陈贝儿吓了一跳，心想这么晚，宇涛不会是要表白什么吧，心里正想着怎么回应。没想到宇涛一开口便说："高翔出事了。"

"你吓死我了，出什么事了？"陈贝儿急问。

宇涛说了个大概。原来高翔的上本书版权仍归杂志社所有，杂志社和他签合同，出版社再和杂志社签合同。高翔和杂志社签合同时，有一个20%的预付版税，这笔钱签完合同就支付给他了，另外的80%书出版后再结算。但财务给搞错了，以为没有预付，所以给他结算了全部的版税。后来财务核算时发现多给了高翔一个20%的预付，就把这事赖到高翔头上，说他多拿了稿费。高翔一肚子委屈，他早忘了之前有过预付，就算记得预付，之后结算的这笔他也没有算过具体应该是多少钱，里面还有税的问题，他自己都弄不清楚。财务给多少他就拿了多少，这事怎么能赖到他头上呢？这明明是财务的工作失误。

财务的主任便把这事告到了杂志社社长那里，说高翔自以为是名人了，态度恶劣，多拿稿费还不认错。社长早对高翔四处签售的事有些意见，同事也经常反映他光忙自己书的事，杂志社的画稿经常拖欠。社长便找了高翔谈话，但高翔坚称自己没错，也绝不道歉。

社长当即给了高翔一个处分，让他写检讨。高翔脾气拧，到现在还没写，社里扬言要开除他。

宇涛说到这儿，陈贝儿忍不住说："这个高翔也是，平时脾气这么好，怎么这事他就不能妥协一下呢？这事肯定是财务不对，明显是恶人先告状。但你怎么知道社长和财务主任什么关系，不能硬碰硬啊。但我也奇怪，以高翔的脾气，他不会和领导顶撞啊。"

"咳，你不知道，高翔的这几本书画得这么辛苦，他却拿不到版权，因为这个漫画人物形象是归杂志社，所以这书卖得再好，他只能拿很少一部分版税。所以他为这事一直生气呢。现在又发生这事，他才和社长顶起来。"

陈贝儿自然明白，又说："那他一直不写检讨也不行啊，社长万一真开除他怎么办？"

"他倒无所谓，他说开除就开除，反正他也不想干了。他想自己开工作室。"

"那不就把铁饭碗扔了？行吗？"陈贝儿还有些老思想。

"现在也谈不上铁饭碗了，高翔有能力，现在又出名了，我觉得自己干未必是坏事。"

"我倒不希望他自己单干，自己开工作室是挣得多，可操心也多啊。嗐，咱们俩也别替他瞎分析了，没准人家早有主意了，下周把他约出来聊聊。"

当时陈贝儿哪想到这件事对高翔意味着什么，等"吃货三人组"再碰面时，情况急转直下。

[41] 胳膊拧不过大腿

最终高翔还是把检讨交了。原因是财务提交了一份证据，证明当时让高翔退回预付版税时，高翔不配合，说财务给他重复扣税了，理应财务赔偿损失。财务当然不可能给他赔偿损失，倒是社长因为他要挟财务之事在会上公开批评了他，并且要求他立即做出检讨，否则将扣回所有稿费。

这个决定明显是有些对人不对事，听得宇涛和陈贝儿都有些气愤。可是胳膊拧不过大腿，要么你走人，要么你妥协。最终高翔还是选择了妥协，原因是阎珍不同意他辞职。

"这事也太憋屈了，你老婆是怎么想的，咱不受这个气行吗？"快人快语的陈贝儿受不了了。

"检查一交这事就算过去了？你们这个社长有问题吧？你现在好歹是名人了，他们应该巴着你才对啊，怎么还这么对你？你要是离开杂志社了，他们不怕损失一个人才？他们怎么想的？"宇涛也不解道。

高翔骇笑一声:"他们觉得我还是借杂志社的光才出名的,恨你还来不及呢!"

"这都是什么思维啊!真搞不懂!"陈贝儿百思不得其解。再联想到自己在公司所受的待遇,真不明白现在的职场规则到底是怎么玩。

"你不知道,自打我出名后,好些人都妒忌上了,说我不好好上班,不交稿,成天忙着给自己的书宣传。我觉得特别可笑,这书本身就是杂志社的,挣了钱也是杂志社拿大头,我明明是替杂志社宣传,还说我不好好上班。签售也是为了卖书,最开始也都是社里联系的签售。现在书卖好了,倒说我不务正业了。你真没地方说理去!"高翔看着一桌子菜,连筷子都没动。

头一次"吃货三人组"没了吃饭气氛。

"既然阎珍不同意你辞职,那就再干一段吧。毕竟你跟杂志社的书还在卖,你还得盯着加印的版税,现在走确实也亏了。"宇涛冷静道。

"到第三本书杂志社才给我加印版税,之前的两本加印都跟我没关系,按理说杂志社也挣够了吧!"高翔气愤道,头一次见他如此愤慨。

"是啊,你为他们挣了那么多钱,他们还这么对你。说实话,要不是你画得好,这书也不可能畅销啊。"陈贝儿沉重道。

"他们可不会这么想,他们永远觉得我占了杂志社的便宜,说我借杂志社出名了。唉……"高翔深深地叹了一口气。谁又能听得到这叹息中的绝望。

"阎珍干吗不同意你辞职,她怎么想的?这么待下去也没意思啊!你现在出名了,自己开个工作室多好啊!"陈贝儿想到自己在公司受的委屈,再加上高翔这事更让她愤愤然。

"我也是这么想的,但阎珍怕工作室不挣钱,收入没保证。"高翔想起这事就恼火，两人为此还大吵了一架。阎珍说一个工作室靠什么挣钱，光靠画几本漫画书就能养家糊口吗？高翔心里也没底，吵完也只好妥协。确实他也不知道光靠稿费的收入能否养活一家人。

"总得慢慢来吧，谁刚开始干就能挣大钱啊，总得慢慢积累。"

见陈贝儿声音大起来，宇涛赶紧示意她小声点儿："工作室我觉得早晚得开，也可能阎珍思想保守点儿，等她想通了再开，先再忍忍吧。"

那一餐没一个人有笑脸，高翔心里不是滋味，也不好让两个朋友太难受，早早结束了饭局。

第二天上班，高翔一进公司，发现部门里的人正在看他的检讨。他明明交给人事了，怎么连他们部门的人手里都有了。他气不过，一把将那检讨给夺了过来。

同事吓了一跳，赶紧赔笑说："这可赖不着我们，是领导给每个部门下发的，让我们每个人传阅，看后还要签字呢。我们不敢不看呀。"

高翔气得直咬牙，将那检讨一把给撕了。这简直是侮辱人！欺人太甚！

回去他就把这事告诉了阎珍，谁知阎珍振振有词说："你写了检讨还怕人看吗？看就看吧，你就当没看见。这个杂志社就是你的饭碗，你跟饭碗较什么劲？现在是社长妒忌你，想给你灭灭威风，这也能理解。谁叫你现在的名气比他大呢。你有本事留下才是对他最好的报复，现在该忍就得忍，没什么可说的。你以为你开了工作室就能挣着钱？工作室哪那么容易开。你现在才出了三本书，版税才多少钱，你养活得了我和孩子吗？反正我是不同意你辞职，你忍也得忍，不忍也得忍！"

两人又谈得不欢而散。

他现在觉得阎珍眼里只有钱,只要能挣钱,什么尊严都可以放弃。她什么时候变得这么庸俗。他连吵都懒得和她吵了,直接进了卧室把门一关。

"砰"的一声,把阎珍吓了一跳。

她气道:"让你别退那预付款你不听,现在钱全退他们了,你拿什么跟他们讲条件?要是我绝不退,凭什么退啊,又不是我抢来的,这是他们自愿给的,凭什么退!要退就该财务退!"

"不退钱我早被开除了,你不就怕单位把我开了吗?!"高翔气得头痛欲裂,又从卧室冲出来跟她吼起来。

"你就这么没本事,你就不会把社长撵走?你有理你怕什么?!"阎珍向来嘴皮子不饶人。

"你有本事你去撵啊,你怎么不去啊!"

这一吵又把孩子吓得哇哇大哭。

"行了,你把孩子都吓到了,你就知道在家厉害,你在外面怎么那么尿啊!让人欺负到写检讨,你还有脸吓孩子!"

"你有病吧,写检讨不是你逼我写的,你脑子进水了吧?"高翔坚持不写检讨,是阎珍逼他写,说退一步海阔天空,什么话都让她给说了!越想越气,直接高声喊起来。

"我有病,我有病嫁给你了!我脑子进水你高兴了,我这是为了谁呀,我还出力不讨好了!我有病?你才有病呢!"

吵闹声、孩子的哭声,接下来就是摔盘子砸碗的声音——

"这日子我不过了!我还不够丢人的我,我要离婚……"

那一天究竟是不是高翔生命中的转折点,谁也说不好,但也许是从那天开始他真的再也轻松不起来了。

[42] 火箭式提拔

六月最热的那天,陈贝儿在深圳出差。

就在回北京的那一天,突然下起了小雨,鬼使神差的,没有任何预兆的,她竟能在高速路上发生车祸。

就在车祸发生后的一刻,她把电话打给了严朋飞,已经快一个月没有他的任何消息了。此时,惊魂未定的她第一个想到的人还是严朋飞。

"我在开会呢,晚上打给你。"严朋飞简单地回道,语气稍显客气。

陈贝儿知道他一定不会打的,便笑笑挂断了电话。她只想听听他的声音,想一个人哪怕只听听他的声音也是一种安慰。

可那声音一来,她的眼泪也来了。也许那一趟杭州之行不该去,也许不去还能像以前那样聊着,也许他们也不会变得像现在这样如此尴尬。

她握着手机还在说:"……我出车祸了,车撞烂了,还好人没事……"可是严朋飞早挂了电话,那凄惨的声音飘荡在半空中,没人听得见。

出租司机见陈贝儿吓得半死的样子连连道歉:"对不起啊,我也不知道怎么回事,这车突然不听使唤了,可能雨天路滑。"

刚才陈贝儿坐在后座,只顾看微信,突然那车没有任何征兆地就来了一个三百六十度大转弯,直接撞到路墩子上,车头已经撞到了高速路的另一方。

"不好意思,你换辆车去机场吧。哎,我也是倒霉……"司机懊恼地看着自己被撞得面目全非的车,也是一阵心疼。

"我让你别走高速,我说过不赶时间,你为什么非要走,你就为了挣个高速费吗?现在倒好,车撞烂了,高速路上我上哪儿打车去?!"陈贝儿把火都撒到司机身上。

"对不起啊,对不起,我不收你高速费了。"

见司机那可怜样子,陈贝儿也不忍再说了,只好把行李箱拖出来,招手打车,却没有一辆车愿意停下来。雨越下越大,她不断挥着手,全是徒劳。

二十分钟后,终于有辆私家车停了下来,问明情况后,那男人让陈贝儿上了车,并说要送她去机场。

陈贝儿一通感谢,并加了他微信,转了他一百元车费。

男人并没有收,说出门在外谁都会有需要帮助的时候,这个举手之劳不算什么。

看来这世上还是有好人,尤其是在最脆弱的时候遇到陌生人的帮助,好比雪中送炭。相比之下,严朋飞的客气和冷漠更让人心寒。

这次出差本是孙娜的活儿,公司总部召开办公室工作传达会,但她说家里有事,王一铭便派陈贝儿出来。

陈贝儿以为这次出差能在总部碰到郑总,满怀希望地去了。谁知不仅没碰到郑总，还出了车祸，差点要了人命。

回来后，苏苏听到她诉苦后，不怀好意道："这次车祸不会是场阴谋吧？不会是王总派人干的吧？"

陈贝儿吓了一跳："不至于这么深仇大恨吧？不至于要把我灭口吧？最近这段我们没有任何交集。"

"跟你开玩笑的，他再有本事也不可能杀到深圳去吧，吓唬你的。"苏苏坏笑。

"你开这种玩笑，想死呀！"陈贝儿想去捏她的鼻子。苏苏吓得赶紧一退："喂，这一针玻尿酸不少钱呢，别毁我容行吗？"

"你这鼻子是整的？"陈贝儿惊道。

"我这不是想再让它高点儿吗？是不是比原来好看了？不过只管半年，半年后还得再去打。"苏苏拿出了小镜子，对着鼻子左照右照。

"你可真能折腾。"两人今天吃饭并没有叫袁刚，陈贝儿打趣道，"怎么不见你提袁刚了，什么情况？"

"以后吃饭还是不叫他了，得保持距离。告诉你一个最新消息，黎玉被提成总经理助理了。昨天公布的，也就是你出车祸的时候，她被提起来的。"

陈贝儿又是一惊，这个黎玉还真是火箭式提拔啊。

"我真是搞不明白，王一铭看上她什么？"

苏苏也跟着重复："我也不知道。说明人家王总不注重外在，只注重内在，说明人家内功好。"

"别恶心我了。"陈贝儿想想黎玉和王一铭在一起的画面就浑身起鸡皮疙瘩，"最近你没发现黎玉、王一铭、袁刚这三个人走到哪儿都在一起，俨然是个铁三角了。"

苏苏点点头："我也发现了，我对袁刚挺失望的，我以为他不是那种人。"

"你看人不行，我一看就知道他是那种特会拍马屁的人。"

苏苏面色一沉："也许他指望王总给他解决北京户口吧。"

"开什么玩笑，王一铭自己都没有北京户口，还给他解决？想什么呢！公司只解决应届毕业生，像这种跳槽过来的机会不大。"陈贝儿发笑道。

"王一铭的户口应该集团给解决了吧？"苏苏疑惑道。

"看看吧，也许满三年可能给解决。这也不是我操心的事了。"陈贝儿严肃道，"所以你跟袁刚一定得保持距离，别什么都说。尤其是咱俩之间的话千万不能说。"她不得不一遍遍叮嘱。苏苏有时候大大咧咧惯了，北京女孩都有这毛病，没有任何防人之心，想法也简单，有什么就说什么，反而容易被别人利用。她跟苏苏反复说了多次，弄得她也烦了。

苏苏噘嘴道："你简直是唐僧啊！他现在给我发微信我都不怎么回了。我特看不上拍马屁的人，有本事凭能力上去，靠拍马屁上去的人我特看不上。现在的职场特恶心，男人靠拍，女人靠睡，多肮脏啊！"

"我就喜欢你这点，出淤泥而不染，咱俩是一类人。"陈贝儿笑着与她对视。经过了一些事，她和苏苏的感情反而越来越好了。

苏苏叹口气："哎，现在像咱们俩这样的人不多了，所以为什么嫁不出去，就是因为太正了。人家都是既对世俗投以白眼，又与其同流合污，咱们做不到。"

"这才是最聪明的处世之术，可这东西我学不来。如果我能同流合污，也不可能混得像现在这么惨了……唉，要是郑总不走就好了……"陈贝儿真怀念郑总在的时候，那时候公司风气多好，哪有这些乱七八糟的事。遗憾的是这次去深圳开会也没见到他，又不好意思私下联系。

"不如你让郑总给你调到集团去吧，你找找他应该管用。"苏苏提醒道。

"不是没想过,但做不出来,脸皮薄,不好意思求人。其实也有点儿舍不得离开北京。不知为什么,对深圳印象不好。"也可能是那场车祸闹的,她至今心有余悸。

"那倒是,深圳肯定没法和北京比吧。算了,你还是在北京待着吧,至少咱们俩还可以并肩作战。"苏苏表情一松道,"对了,你这次去深圳碰到秦岭没有?"

秦岭以前在公司是总经理助理,精明能干,为人也正派,郑总调动时把他也同时带到了集团。以前他们也经常一起吃饭,但调到深圳之后联系就少了,最多也是微信上点个赞,很少私聊了。毕竟高升了,总有些距离感了。

陈贝儿脑中浮现出秦岭的样子,略显失望地说:"这次开会我以为至少也能碰到熟人,没想到一个也没碰到。"

苏苏皱着眉头道:"如果他能回来也行啊,感觉现在公司都没正派人了。"

"不太可能,他刚提拔怎么可能再回来。"

"可是他家在北京,不能总在深圳待着吧?"苏苏还抱着一线希望。

"男人仕途要紧,这点你还不明白。"

两人边说边往公司走,正碰上HR李莉通知下午开全体大会。

两人一愣,上次开大会刚公布黎玉当总经理助理,难道这次又要提拔谁?

陈贝儿回到办公室,正碰上袁刚跟她打招呼,那笑意中带点得意的样子突然让她一阵恍惚,那神态竟然像极了王一铭,果真是物以类聚。

两点准时开会,王一铭神采奕奕地坐在主席台的位置,李总和黎玉端坐两旁,李总的边上是韩菲菲,黎玉的边上竟然是袁刚。

陈贝儿看到这一幕吓了一跳，难道下一个火箭式提拔的人物就是袁刚？这不太可能吧？

苏苏也看到了这一幕，她和陈贝儿碰了一下眼神，两人都心下一凛。

果然王一铭在说了一堆无关痛痒的话之后，宣布由袁刚担任销售部总监的位置。原销售部总监赵恒竟然已经辞职了！

在场所有人都哗然了。大家顿时像开了锅似的议论纷纷。

陈贝儿赶紧悄悄问苏苏："赵恒什么时候辞职的，你也不知道？"

"不知道啊，特别突然，这里面有问题吧？"苏苏小声回道。

"肯定有问题，显然赵恒是被挤走的。"

"这个袁刚太厉害了，居然能把赵恒挤走，赵恒都干了十年了。"

"太吓人了！铁三角真的成定局了。"

两人悄悄嘀咕，台上的袁刚已开始发言，那样子不可一世。

"完了，彻底完了，又一个活生生的王一铭，他们说话的神态都一个样！"陈贝儿看着袁刚那嘴边的胎记，活脱脱就是以前王一铭的翻版。她怔怔地看着，心里五味杂陈。

她已听不清袁刚说了些什么，脑中捋出一条思路：袁刚应该是借以前在饭店当保安的关系说认识王一铭，以此套磁。他能跟苏苏说看到王一铭和我在一起吃过饭，自然也会和王一铭本人说。然后再提黎玉的事，两方威胁之下提出想进公司。王一铭想息事宁人，所以同意袁刚进公司。按理说他是不太情愿的，但为什么袁刚进来几天却又将他提拔起来，而且还是这么重要的一个位置，这个王一铭是怎么想的？

陈贝儿有些百思不得其解。难道发现和袁刚是一类人，所以赶紧重用？还是另有目的？

这又牵出另一条线，或许王一铭和赵恒闹翻了，无奈之下只好提了袁刚？那么赵恒为什么辞职？这里面肯定有不为人知的故事。赵恒是公司的老员工，不可能说走就走。那个人虽不老实，但也谈不上奸猾，毕竟销售总监这个位置坐了多年，没点手段也不会坐那么久。问题是因为什么和王一铭闹翻了？

周末她和顾曼见面的时候，把这个难题交给顾曼。

顾曼分析多半是分赃不均。两个合作者分道扬镳利益一定是第一位的。

陈贝儿也有些同意，但具体什么利益她是不会知道的。

顾曼说："你放心，你刚才说的袁刚也不会有什么好下场，多半王一铭把他当成了棋子，只是暂时利用一下，我不相信他会因为欣赏一个人而提拔他。"

这话真是说到了陈贝儿的心坎儿里，王一铭心眼小，他绝不会轻易欣赏一个人，当然女人除外。

"这接下来又该热闹了，一个新人想要管好销售部也是难度不小。"陈贝儿有些幸灾乐祸。

"那肯定的，之前那个销售总监都干了十年了，大家也都服他，但这个袁刚之前听你说是一名保安，这一朝权在手的，非常可怕。估计也不会有人服他管。"顾曼是做人事的，她当然知道这里面的利害关系。

"一名保安突然当上了销售总监，确实比较可怕。有些人一步登天很难有好心态的，但愿他能把握住。不然我坐他旁边肯定要受牵连了。"陈贝儿有些害怕道。

"别和他起冲突，你不是说他还在追苏苏吗，至少不会对你们俩怎样吧？"

"那可不一定，因为苏苏一直没答应他。现在他摇身变成了总监，不知道对苏苏的态度会不会一百八十度大转弯？"陈贝儿担心道。

"静观其变吧。"顾曼停顿一下,才说,"我公公、婆婆来了,烦不胜烦,快要我半条命了。"

这世上似乎很少有婆媳和睦的。在陈贝儿眼中,顾曼已是非常通情达理的人,也很好相处,但遇到婆婆她就败下阵来。

比如婆婆在时,她老公就不能做饭,否则就是顾曼欺负她儿子;家务就必须得是顾曼做,不然就是使唤她儿子。所以这些天,她老公每天下了班就坐在沙发上陪公公、婆婆聊天,自己则像老妈子似的做饭、买菜、打扫卫生,她都快累疯了。

陈贝儿同情地看着她:"实在不行出去吃吧,别这么累了,或者叫外卖。"

"他妈事多,不愿意在外面吃,说饭店的菜不干净。叫外卖更不吃了,说快餐没营养,真是难伺候!"顾曼抚着脑袋,无所适从。

"他们待多久?"陈贝儿问到了重点。

"说要到年底。我肯定要疯了,我昨天跟魏然摊牌,他们要这么一直住下去,我肯定要搬回我妈家住,太累了。"

"你老公能同意?"

顾曼摇了摇头,痛苦道:"我再不搬,真怕会坚持不下去啊。我怕我会离婚啊,现在的生活没有一点儿幸福感可言。"

"先回去住几天吧,也别太长,时不时回来一下。哎,结婚也头痛,不结也头痛,怎么是好啊!"陈贝儿也抓狂道。

"他爸妈来了以后,魏然什么毛病也没了,药也不吃了,精神特好,一点儿也不像有抑郁症。你说我老公这病不会是装出来的吧?"顾曼费力地说。

"不会吧?魏然是那种人吗?这病有什么好装的?你不是看着他吃药吗?"在陈贝儿的印象中,魏然斯斯文文的,没那么多心机。

"唉,反正我看他爸妈来了以后,他倒没事了,我抑郁了。"顾曼无力地用手托着头。

陈贝儿忍着笑:"别胡思乱想了,你肯定不会抑郁的,有我在呢。"

"有时候真的觉得坚持不下去啊……"

常有人感慨有钱没命花,或者命长没钱花,都是痛苦,就好比结婚过够了想离,不结又发疯想随便找个人嫁了,也都是痛苦。人过三十,突然觉得好多感慨都能让人痛苦,还不如什么都不想,得过且过。

陈贝儿把梅若琳提到的那十条对抗抑郁症的方法给顾曼发了过去。

"我觉得如果魏然能按这十条去做,可能真的就会好了。"

顾曼仔细看了看,说:"不知为什么,我总觉得他不是这个病,可是医生确诊了,又不得不令人相信。"

"你别多想了,有病就治,没什么大不了的。"

"严朋飞那边怎么样?没有任何联系?"顾曼微微抬头。

陈贝儿不敢接这眼神,只是摇摇头。

"这混蛋还真是玩完就闪人啊……"

两张郁悒的脸在灯光下发出奇怪的光。陈贝儿不忍再陷在这种沉郁的氛围中,她换了张面孔道:"走吧,我请你看电影,什么都不要想,专心看电影。"她把顾曼拉起来,两人并肩朝电影院走去。

无论生活多痛苦,还有人倾诉,还愿意倾诉,都还是件庆幸的事情。

最怕的是连倾诉都找不到对象,连倾诉的欲望都没有了,那才是最可怕的。

[43] 和书呆子相亲

第二天，顾曼微信上突然转来一张照片，并附上简介。

"四面荷花三面柳，一城山色半城湖。我是山东人，定居北京（因为真诚，所以真实）。茫茫人海，能认识真好。有缘千里来相会，无缘对面手难牵，十年修得同船渡，百年修得共枕眠。仔细体味，会发现里面有太多和我们的感情和婚姻生活相关的问题，值得思考。生活在当今社会中的我们都是有故事的人，对于在北京发展的你我一样有更不同的故事。感情、爱情这个东西就像经典一样，它不会随着时光的流逝而褪色，反而会越显珍贵。

"记得一位作家说过：当今社会，年龄的意义是相对的，就看男人和女人需要什么的爱！在芸芸众生中，在茫茫人海中，有太多的人和你擦肩而过，或成为一个匆匆的过客，或成为朋友，或成为你的知己。但只有，也许只有一个人会与你相识、相知、相恋，最终和你携手走到一起，走完人生之路，两个人朝夕相处，同进一个门，同吃一桌饭。这个人自然就是你的丈夫或妻子。一个好男人一个能成事的男人，是需要积累和沉淀的，最重要的是学会忍耐。我相信不管事业、爱情、生活，只要用心经营，顺势而为，两个人就不会受世俗和传统的影响，因为只有双方感觉到幸福才是最真的，两个人的生活应该是相互在一个振幅上相互配合振动，偏差不大，相互影响，相互学习和理解，才能成就对方，达到夫妇共荣！愿我们共享，谢谢！

"最后谢谢你的关注，能认识你是我的荣幸。我作为男士更应该主动绅士地邀请你加我的微信号（也是我私人手机号），愿我们从这个实质性的缘分开始吧！"

这洋洋洒洒的一大篇，陈贝儿看完只觉得想笑。

顾曼接着说："今天还真有一个人选要介绍给你，这人我不认识，是我同事的朋友托我介绍的，正好送上门来了。你赶紧看看，如果满意你俩就加个微信聊聊，聊得好就见见，不行就算，也别耽误时间。我看照片还行，大学教授，年龄比你大五岁，也合适，其他条件就得你自己了解了。"

"你还真给我介绍啊。"陈贝儿发了一个笑脸。

"别在那一棵树上吊死，那人你就忘了吧，一切重新开始。"

陈贝儿知道顾曼是为她好，回道："好，全听你的。"

是该重新开始了，严朋飞的身影离她越来越远，连梦里都见不到了。

女人的绝情多半是死心，而男人的绝情多半是花心，遇人不淑总是没办法的事。

陈贝儿加了那个男人的微信。两人寒暄了几句，似乎有些聊不下去。

她打开男人的朋友圈看了一下，这一看吓了她一跳。

他一天几乎要发十几条朋友圈，全是谈革命理论，什么土改运动、政治经济学、红色记忆、学术大地震、马列主义、新革命史、黑格尔、大西洋立法……

天哪，陈贝儿差点晕过去。如果不说年龄，她以为这是一个六十多岁的老人的微信圈。这人是活在上个世纪吗？十足的书呆子。

她发了张截图给顾曼，顾曼也晕了，差距实在是有点大。

"算了，这种学究可能真不适合你。你看情况吧，如果他约你见就见一面，也可能本人不一样，你自己定。"顾曼回道。

"放一边吧，实在是没兴趣。"陈贝儿懒得应付了。

顾曼也没劝，她知道陈贝儿在乎生活品位、兴趣相投，这种书呆子她肯定不感冒的。

没想到第二天顾曼又来劝了："我同事说了，还是让两人见一下，咱们可以四个人一起见，这样也不会太尴尬。就是当一个普通饭局，约的是明天晚上，你就见一下吧。"

陈贝儿推托了半天还是拗不过她。

"你就当陪我吃顿饭吧，也给我同事一个面子，人家也是好意。"顾曼连连劝。陈贝儿只好硬着头皮同意了。

那顿有些戏剧性的晚餐原定是七点开始，结果堵车，陈贝儿七点四十才到，她进了包间连连道歉。顾曼和她同事早就到了，只是未见那个大学教授。

陈贝儿正疑问，顾曼的同事小芬说："他还没到呢，咱们再等等他。"

顾曼气道："我们俩坐这儿快一个钟头了，你们两个当事人都迟到，真服你们了。"

一直等到八点多，那个大学教授才到。

他面色发窘地说："不好意思，我从地铁口走过来竟然花了一个多小时，抱歉啊！"

陈贝儿和顾曼对视一眼，还真是奇葩啊，为什么不打车呢，宁可走一个多小时？

"怎么又想起联系了?"陈贝儿疑惑地问。

"一直联系啊。"严朋飞若无其事道。

"我记得以前咱们关系还挺好的,后来怎么不好了?"

"一直都挺好的啊。"

陈贝儿看着他们之间的对话,有些想笑,他装傻这招真的挺管用,你既挑不出理,还没脾气。

"一直挺好的,为什么两个多月不见面?"陈贝儿追问。

"我忙啊,哪有时间见面,连我妈都没时间见。"

还真是兵来将挡,水来土掩,陈贝儿正想怎么回他,陆玲打来了电话,她刚到北京,晚上约见面。不用问,肯定又是陪老公来见客户了。

放下电话,她又给严朋飞回道:"反正你有空见王琪,没空见我。"说完她才意识到自从杭州回来之后,她和王琪再没任何联系。

"我们是同事,不见也不行啊。"严朋飞知道她必要扯上王琪。

"怎么,你俩进展顺利?我祝你俩有情人终成眷属,结婚的时候一定去捧场。"陈贝儿不得不承认,这话说得有些酸。可明知道酸,她也要说。

严朋飞笑了起来:"又来了,你就忽悠吧,我开会了。"

知道他是故意避重就轻,哎,三个人的纠结何时才能厘清关系,真是烦不胜烦。

陈贝儿抱怨："谁知道领导抽什么风啊！这明显是治我嘛，生怕我闲着没事干。我也没弄明白是孙娜治我，还是王一铭，你怎么看？"

"王总不会那么小心眼吧，我倒觉得好像是孙娜吧，你俩一直关系一般，这也说得通。"苏苏分析道。

"这么干下去真没意思，你说还有部门可换吗？"陈贝儿绝望道。

"你应该没可能，我也没戏，先这么干着吧。哎，我怎么听说秦岭要回来了，如果他能回来，咱们俩就有救了。"苏苏突然一笑。

"这消息可靠？你不会又是从袁刚那儿听到的吧？"陈贝儿白她一眼。

"当然不是，现在袁刚得敬而远之。"

"那你听谁说的？"陈贝儿追问。

"我问的秦岭本人行吗？你就等好消息吧。"苏苏灿笑道。

"看你那样子，好像他真的要回来一样。你不想想，他来了以后坐哪个位置？他不可能比黎玉职位低吧，要么是副总，要么是王一铭这个位置，你觉得有可能吗？"陈贝儿瞪眼看着她。

苏苏赶紧躲："别这么看着我，我哪知道他会不会来啊，如果能来当然直接顶替王一铭是最好的。但我觉得这种可能性确实有点小。"

陈贝儿叹了口气："咱俩只能自生自灭了。"

两人正聊着，手机响了一下，有人发微信来。陈贝儿打开一看竟是严朋飞，是一个搞笑视频，他从来不发这种东西，难道是发错了？她随口问了一句："你发错人了吧？"

"没有啊，就是逗你一笑。"严朋飞秒回。

这是什么情况？陈贝儿不解，上次在深圳出车祸时联系理都不理人，现在又逗你一笑，他这是唱的哪一出？

"行，我听你安排，你看我多配合。"陈贝儿默契地笑笑。

有时想想，如果跟一个男人在一起也能像和顾曼在一起那样轻松愉悦，估计就能成了吧。可男女之间似乎很难达到女人之间的这种默契，男女之间总是目的性更强，可要放下这种目的性，一般人又做不到。所以总说男女之间没有友谊，其实就是放不下这种目的性。

孙娜从王一铭的办公室走出来，便把陈贝儿叫到了办公室。

不用问，一定又有新麻烦。

孙娜例行公事般地让陈贝儿把上半年的医保报销做了。

陈贝儿奇怪道："医保报销都是年底才报啊，怎么现在才六月就报？"

"领导说报就报吧，半年报一次更好啊，你还有意见？"孙娜奇怪地看着她。

陈贝儿无语了，这一定又是王一铭的主意吧。

本来一年折腾一回，现在一年折腾两回，真不嫌累。心里发发牢骚，该干的还是得干。她只好挨个部门通知，让每人交报销单。

孙娜说六月底必须报销完，如果超期就是她工作失误。陈贝儿看了看日历，还有一周时间，也真够可以的，没必要那么十万火急吧。这到底是孙娜的意思还是王一铭故意安排的？坐在位子上，陈贝儿思来想去也没弄明白，只好一遍遍催大家交报销单。

周四时，总算所有的单子集齐，每个人算好了账目，统一交给了财务。从财务室走出来，陈贝儿才松了一口气，总算赶在月底前完事，孙娜想挑她的理也不好挑了。

中午吃饭时，苏苏还忍不住问道："以前医药费都是一年报一次，怎么你一接手就变成半年报一次了，我觉得不对啊。咱们医保报销是有比例的，满一千八才能报吧。你看我半年肯定还凑不够一千八啊，那肯定不能报啊，没必要折腾啊。"

小芬让服务员上菜，四人开始了这顿尴尬的晚餐。全程都是顾曼和小芬在说话，教授男和陈贝儿只是吃，两人都不怎么说话。

顾曼轻轻踢了她一下，示意陈贝儿赶紧说几句话。

陈贝儿只好硬着头皮问了一些他的基本情况。

教授男很坦诚地说："我住在五环边上，这学期没课，所以基本都是待在图书馆里看书。我很感叹，现在的学生都不读书啊！不读书怎么完成学业？现在的学生太不努力了，哪像我们那会儿，每天啃书本。我当了老师以后更是天天看书，我觉得我们那一代还是很追求学问的。"

小芬也跟着夸了一下教授男。

顾曼忍不住问："那你平时有什么娱乐，除了读书？"

"我除了读书就是读书，我家里全是书。搬家的时候工人都不愿意搬，书太沉了。没办法，书是我的宝，宁肯家具不要，也得要书。"

大家都呵呵微笑了一下。还真是书呆子，陈贝儿心里暗暗想着，面上也不敢表现出来。顾曼知道这两人是无论如何也没有交集了。

吃完饭，顾曼开车，把男人和小芬送到了地铁口。两人下车后，陈贝儿才敢吭声："这顿饭吃得也太累了！"

"哎，真是不合适，你要是跟这种人生活在一起估计会闷死。"顾曼也是一脸苦笑。

"你看他发的朋友圈已经证明一切了。"陈贝儿总结道。

"看来介绍的就是不行，成功率太低。不过小芬的老公也是介绍的，人家也挺幸福的。这就得看运气。"

"我运气一般，估计比较难。"

顾曼短叹一声："也别气馁，我相信会有好的。这男的你也不能说人家不好，只是你不喜欢这类的。"

藏在影子里的人 下
hidden in the Shadow

兵兵 著

新世界出版社
NEW WORLD PRESS

[44] 无望

晚上和陆玲约好去吃泰国菜。

这次见面，陆玲一反常态，开始说老公的不是："我这老公最近疑神疑鬼的，总是怀疑我跟别的男的好了，真要命。你还记得上次我陪他来北京谈客户，我当时坐旁边没怎么说话，我老公主谈。后来那个客户也要了我的电话，我就给了，这不是很正常的吗，我老公非说那人看上我了，愣是把合作终止了，说这样的人不能合作。我简直哭笑不得。仅仅是要一个电话，你说我老公是不是有毛病了？"

陆玲喝了口茶，继续说："上周我老公请客户吃饭，他们喝酒我没上桌，在别的屋看电视。喝到一半，有个客户夸了我一句，说嫂子长得漂亮，结果我老公就疯了，跟人家打了一架，你说是不是有病啊！以前他不这样，最近不知道是怎么了，嫉妒心特别强，别的男人夸一句都不行，这不是没自信的表现吗？"

陈贝儿听着觉得好笑："你别忘了你俩差十岁，你现在正是风韵十足的时候,他开始老了,不自信是肯定的。"

"我看他是越活越变态啊。之前他也有这个毛病,但都掩饰得比较好,现在是明目张胆地忌妒。最近我们家装修,我找了一家装修公司,刚干了两天,他把人赶走了,就因为那老板是男的,而且是我联系的。简直都疯了!这日子没法过了!"

陈贝儿哈哈笑起来:"你老公也太逗了。但你要是跟他离婚,估计他得疯了,他是太爱你了。"

"这种爱谁吃得消啊!我们俩那么不容易走到一起,现在他简直像变了一个人,天天盯着我跟防贼似的。我女儿都说他爸有毛病了。"陆玲又气又恨道。

"这次你陪他来见客户,他能放心吗?"陈贝儿讪笑。

"别提了,我说这次不来了。他说不行,怕他一走我跟别人约会。我只好来,来了他又不让我见客户,让我在宾馆待着,你说是不是有病!幸好你在北京,咱们俩还能见见。"

"他没怀疑我啊?"陈贝儿笑道。

"怀疑,让我拍张合影发他。"陆玲气道。

陈贝儿赶紧拿出手机:"咱俩赶紧自拍一张发给他,省得他担心。"

两人对着手机屏幕都有些哭笑不得。陆玲拍了一张,立刻微信发了出去:"哎,你说这样的日子怎么过?那天他跟他一个哥们儿说,如果你嫂子有外遇,我就先杀了她再自杀。他哥们儿偷偷告诉我了,我听着都瘆得慌,他是不是真的得了什么病了?"

"心病。"陈贝儿解释道,"这种不自信的男人确实挺要命的,心眼还小,你要是真跟别人好了,他真能做得出来。你还是好好想想,你俩这个问题怎么解决。"

"没法解决,跟他谈过,他说改,以后不疑神疑鬼了,可是过不了多久,他又犯,他改不了。"陆玲快疯了。

"你也别激怒他了,万一他真干出点事可是要人命的。平时他有没有暴力倾向啊?"陈贝儿担心地问。

"也打过几次,都是喝酒以后,他只要一动手我就回娘家,直到他道歉我再回来。平时还好,只要一喝多了就犯病。"陆玲痛苦地回忆道。

"那你必须让他戒酒了,不然你太危险了!"没想到陆玲的老公能发展到这个地步,陈贝儿也是吓了一跳。

"哎,有时我真的挺害怕的,我现在跟女儿睡,不跟他睡。我都怕他别哪天一犯病,把我和女儿都杀了,多吓人啊!"陆玲惊叹道。

"你也别自己吓自己了,你老公还不至于做出这种事,他就是太爱你了,再加上自卑,心理有些扭曲,你要慢慢调整他这种心态。"陈贝儿劝道。

"怎么调整,我有时候买件新衣服他都得说,问我穿给谁看,是不是穿给相好的看。你说说,简直是神经病!那你说,我连打扮的权利都没有?天天黄脸婆一样对着他?他规定我不能化妆,不能打扮,不能和别的男人说话……你说这不是神经病是什么?!"陆玲越说越气。

"你俩这么吵下去也不是事啊。"陈贝儿听着头都大了,这样的男人真是太危险了,宁可不嫁。

"说的是啊,哎,不瞒你说我真想离婚了。可我一提出离婚,他就说杀了我,他再自杀,太可怕了!"陆玲面如死灰。

"你确实离不了婚,他也不会跟你离的。别再用离婚这个词去刺激他了。这种男人你要不断给他自信,多赞美他,让他觉得你特别爱他才行。"

陆玲叹道:"我们俩真的没有爱了。我每天都提心吊胆,这样的日子真不是人过的。当初那么难走到一起,不顾父母反对,还和他们断绝关系也要和这个男人在一起,结果怎么样,真是不听老人言,吃亏在眼前。这事我哪有脸跟我父母说啊,只能哑巴吃黄连了。"

这个话题一直聊了一个多钟头。后来陆玲也是聊烦了才问:"你跟那个严朋飞怎么样了?有进展吗?"

陈贝儿摇摇头。

"跟王琪也没联系吧?"

陈贝儿接着摇摇头。

陆玲说:"我跟王琪也没联系,你说说这事弄得还真是尴尬,她可能连我一起恨了。你们仨这事也够戏剧性的。"

陈贝儿无语凝噎。也许只有时间可以化解这种尴尬的关系。

"这个严朋飞也真够让人失望的,现在的男人都怎么了?女人越来越优秀,男人越来越差劲。"陆玲感慨道,"不过我觉得你可以换一种方法,比如给他寄一些礼物,他过生日或者什么节日,送些礼物给他,让他知道你惦记他、对他好。"

陈贝儿想了想,好像确实也没寄过什么礼物给他。

"你投其所好,他平时喜欢什么,你就寄什么。"陆玲建议道。

"他喜欢喝茶。"陈贝儿想到这个。

"那你就寄茶叶吧。我觉得他应该会感动吧。"

"他能感动吗?"

"肯定能啊,男人也喜欢收礼物的。"陆玲肯定道。

陈贝儿有些麻木,对严朋飞她真有些无能为力。

这种感觉就像抑郁症患者明知道自己有病,可就是调整不了自己的状态一样。

也许失望到一定程度,就会开出一朵花来,这朵花的名字叫无望。

[45] 一个数没算对，就给一个处分

一早，孙娜从王一铭的办公室出来，正碰上陈贝儿背着包进来。

她刚发完快递回来，听了陆玲的建议，给严朋飞寄了一盒精美的茶叶。顺便还把公司的香茶也给他寄了一份。

孙娜面色一凛，冲陈贝儿厉声道："到我办公室来一下。"

这神色倒把陈贝儿吓一跳，看来又是凶多吉少。

孙娜刚坐定便把手里的报告往桌上一摊："医药费报销这事刚分配给你，你就出错，你怎么回事？你自己看看，黎玉的医药费你就给算错了！"

陈贝儿把报告拿起来一看，上面写着少给黎玉算了一百多块钱。陈贝儿不解道："我算完之后，是交给财务核的，财务也没说钱数不对啊。"

"这是你的工作，你还赖财务，你为什么不从自身找原因？"孙娜气愤道。

"我也并不是财务出身,算错了就改,也不能全赖到我头上,不然要这个审核机制干吗。我的错我承担,但财务没有核出来,也有问题,不能所有的错让我一个人背了。"陈贝儿替自己争辩。

"我跟王总商量过了,这就是你工作不认真造成的,公司决定给你一个处分。你回去写检查吧,明天交过来。"孙娜板着脸道。

陈贝儿脑袋立刻蒙了:"一个数没算对,你们就要给一个处分,你们也太过分了!"

"有意见找王总说吧,我只是传达,明天下班之前把检查交我。"孙娜没有再抬头,示意陈贝儿出去。

一股气堵在胸口马上就要炸了,她立刻想到了高翔之前经历的那事,好像所有的事都和财务无关,财务永远不用承担任何过错。

陈贝儿并没有回到座位上,而是即刻去了王一铭办公室。她开门见山地说:"公司算错账的人多了,为什么只给我一个人处分,别人都没事?!"

"现在公司有新制度,凡是自己本职工作出错的,一律给予处分,这是纪律。"王一铭面色淡定地看着她,他早料到陈贝儿一定会是现在这个反应。

"财务核账难道不是本职工作吗?"陈贝儿面无惧色,她知道这是王一铭故意针对她的。

"财务的问题我会处理,这个不用你操心,这也不是你该管的事。"王一铭板着脸。

陈贝儿怒道:"那为什么就给我一个人处分?"

"因为这是你的本职工作,这是公司研究决定的。你尽快写检查,交给你们部门主任。"王一铭面不改色道。

"就因为是给黎玉算错了,你替她出口气?"陈贝儿怒视着他。

王一铭腾地站了起来,狠狠拍了拍桌子道:"你胡说什么?! 检查你明天交不上来,我就让这个处分进你档案,让你一辈子背着这个处分。"

陈贝儿反而笑了："你激动什么？以前的老总还从没像你这样拍过桌子。"她冷静一下道，"我现在就可以告诉你，这个检查我可以写，但财务也必须写，这个处分也可以有，但财务必须也处分，否则我概不接受！"

说完她头也不回地走了出去。她也不知自己哪儿来的胆量，敢跟王一铭叫板。但这事明显是欺负人，她不可能忍气吞声。

当天下午，陈贝儿的处分通知就发到了公司微信群里。大家都吓了一跳。

苏苏赶紧把她叫到了楼下咖啡馆里问情况。陈贝儿有气无力地说了一下，苏苏同情道："谁叫你算错的人恰好是黎玉，你这不是自己挖个坑往下跳吗？"

"谁工作中没有失误过，难道错一次就给处分，这是什么逻辑？！"陈贝儿气得都快虚脱了。

苏苏哼笑一声，安慰道："你别着急，你有贵人相助，告诉你一个好消息，秦岭回北京休假了，我今晚就跟他约，找他帮帮忙。"

"真的？他真在北京？"陈贝儿面上终于有了血色，总算是天无绝人之路。秦岭在公司的时候，他们三人在一个办公室，经常有说有笑，关系不错，相信他肯定会帮忙。

苏苏马上掏出手机给秦岭打了电话，直接约晚上吃饭。

陈贝儿感激得热泪盈眶："太好了！这下有救了！"

等晚上见面的时候，秦岭还是像以前的大哥那样和她们有说有笑。陈贝儿一直给苏苏使眼色，她这事不知何时提合适。

吃到一半，该说的热闹事都说完之后，苏苏开了场："对了，陈贝儿受处分的事秦总你听说了吧？"

秦岭一愣："你怎么还能受处分？不应该啊。"

陈贝儿这才一五一十地把事情说了。

秦岭当下就明白了："你和王总有过节儿，我看一时半会儿不会好转，这个检查你决定写吗？"

陈贝儿坚决摇摇头："宁可被开除也不会写，除非让财务也写，一视同仁，否则我不会写。"

秦岭想了想说："不过王总的话确实也有些过了，处分最长期限也就是十年，十年后就作废了，怎么可能跟你档案一辈子，这明显是说话太没水平。"

苏苏插了一句："是啊，这简直就是威胁，对人不对事啊。"

陈贝儿道："这明显就是泄私愤，这样水平的领导集团怎么会重用他呢？当时怎么把他提起来的？"

秦岭欲言又止道："我估计还是有关系吧，但具体是什么关系我也不知道。"

"这人真是连郑总的一半的一半都不如。"陈贝儿叹道。

"那当然，郑总要能力有能力，要人品有人品，这样的领导不可多得啊。"秦岭赞道。

苏苏忙说："秦总，你不如回公司当一把手吧，你跟郑总说说，看看有没有可能。"

秦岭笑道："这怎么可能，我哪能开这个口。集团有集团的安排，也不是郑总就能定的。我调到深圳还不到一年，不可能马上回来的，至少也得干三年吧。"

"三年？太长了！"陈贝儿泄气地说，"真盼着你能回公司，这样我们也有条活路。"

秦岭道："这事你也不用着急，我看他多半也是吓唬你，检查你自己看着办，如果不想写就不写，我看他也不会拿你怎么样。"

"真的吗？他会不会把贝儿开除？"苏苏担心道。

"应该不会，如果这点事就能开除一个员工也太随意了。毕竟公司还有上级单位，公司要开人也得和集团打招呼。再说贝儿也是正式职工，相信他也不敢轻易开除。你犯个错也不至于被开除。但你以后可得注意，他会盯着你不放，你不能再犯任何错，明白吗？"秦岭提醒道。

陈贝儿点点头，感激地看着他说："真想给郑总写封信，他可能不知道他走后我们有多惨。"

"放心吧，找合适的机会我也和郑总唠叨一下。"秦岭安慰道。

"太好了！一定把我们的苦和郑总说说。"陈贝儿眼眶泛红。

"公司的事也别总放在心上，你做好自己的工作，以后多仔细检查几遍，尽量让他抓不到把柄。这个处分你也别介意，应该入不了你的档案。检查你可以不写，但我建议你写一个说明，把这个错怎么发生的客观地写出来，交给主任就行了，也别太硬碰硬了。"

"好吧。"陈贝儿点点头，但心里已觉温暖，有秦岭在，她似乎笃定了许多。幸好周围还是有好人的，不至于让人太绝望。

"在公司必须得和领导搞好关系，不然你会非常难受。你试着和王总改善一下关系。"秦岭建议道。

"这个比较难……"陈贝儿也不相瞒，便把他们之前相过亲的事说了。

苏苏瞪大眼睛道："怪不得啊，原来如此。我说也没有无缘无故的恨嘛。"

秦岭也略显尴尬："这种情况还真不好办了……男人如果心眼小一些，可能很难把你当成其他一般同事那样对待。你俩这关系还真不好改善了。"

苏苏道："贝儿也怪你，当初干吗看不上王总，你要看上他了，还有黎玉什么事啊，也怪你自己不把握机会。"

陈贝儿白了她一眼："王总那人品我确实看不上，我怎么也得拿秦总当标杆。"

秦岭笑道："唉，也怪我结婚太早。哈哈，不开玩笑了，你俩赶紧把终身大事解决了,别把心思都放在公司上。你们大好青春别挥霍。"

陈贝儿一笑,秦岭也才四十出头,搞得好像是长辈一样。

"以后常回北京多聚聚啊,我们全靠你了!"陈贝儿伤感地说,说完看了苏苏一眼。

苏苏赶紧补了一句:"一定争取调回北京来啊!"

秦岭笑笑,看着这两个傻丫头也有些感慨。职场如战场,已步入中年的他尚感吃力,更别说那些涉世不深又没背景的姑娘。自从他调到深圳总部之后,虽说职位提升了,但离家远了,一个月回北京一次,多少还是有些不方便。家里老婆、孩子都埋怨,可为了仕途,他不得不舍弃家庭。他现在这个年纪正是往仕途上冲一冲的时候,错过这几年,恐怕还真没机会了。

想到这些,他也有些无力感。在深圳他至少要干满三年,这三年也真是煎熬。他长长地叹了口气举起了手中的啤酒杯:"好,下次回来咱们再聚。"

陈贝儿平时从不喝酒,但今天她也举起酒杯全干了,还好身边有秦岭在,她心里踏实了许多。虽说同事之间很难成为特别交心的朋友,但能遇到像苏苏和秦岭这样的同事,她已然觉得遇到了知己。这种情谊才是她在公司支撑下去的最大动力。

[46] 居然还有这么巧的事

邢宇涛特别意外今天公司老总能找他谈话，他一直以为自己是不是犯了什么错，心里正忐忑不安。没想到一落座，总经理说他这两年表现不错，决定把他提为技术总监。宇涛吓了一跳，简直惊在座位上半天反应不过来。

总经理笑着鼓励他好好干。他狠狠地掐了一下自己，感觉到疼才明白自己不是在做梦，赶紧连连感谢表态一番后才离开。

说实话，他这些年工作一直很努力。他始终觉得：现在，不努力过上自己想要的生活，那以后，你就要花更大把的时间，去应付自己不想要的生活。

有时他常常郁闷地想，自己这么努力为何一直得不到晋升；现在突然要提拔他，竟又有些范进中举的感觉了。

最近"吃货三人组"都没有动静，自从高翔那事发生后，接着陈贝儿又出事，大家情绪都不高，看来只有邢宇涛在职场顺风顺水。

他马上发了一个网红餐厅的链接，表示要请客。陈贝儿和高翔都兴致不高，把吃饭的事推到了下周。宇涛也不好说什么，本来挺好的心情也只得压抑住。谁让他这两位死党最近都走背字。

周一上班，主任孙娜过来跟陈贝儿要检讨。

陈贝儿还是那句话："财务写我也会写，如果只惩罚我一个人，对不起我不能接受。"说着她把之前写好的情况说明递给了她，补充道，"这件事的来龙去脉我已经写清楚了，这个可以交给你们。"

她本以为孙娜会冲她大呼小叫一番，没想到她接过那张纸一句话没说就走了。

陈贝儿坐在座位上心里发毛，她应该是又找王总告状去了。下一步王总应该会找我谈话了。找就找吧，反正我就是这个态度，谁也别想改变。

那天她和梅若琳也说了此事。

梅若琳不愧是知己，她马上安慰说："没事，反正你在职场上也不想当什么官，也大可不受这个委屈。我要是你我也不想写这个检查。如果他们借此想开除你，你大可以到我这儿来做。"

陈贝儿感动得无以言表，只是扑过去给了她一个大大的拥抱。

梅若琳接着说："不过你放心，我觉得他们也不敢开除你，你有劳动合同，如果他们开除你，也得有充足的理由。他们不可能就因为你算错了一次账就开掉你，理由并不充分，而且你还可以走劳动仲裁。"

陈贝儿骇笑一下："我可不想走劳动仲裁，我懒得跟他们折腾，没什么意思。等等吧，看这个王一铭怎么治我，他可能也会权衡一下。"

"你就别为这个心烦了，我觉得他们不敢开你。即便开了，你还有我。"梅若琳露出微笑。这熟悉的笑容里有满满的深情厚谊，这种东西是爱情里没有的，也是友情里最可贵的。

陈贝儿抓着她的手,从包里拿出一对耳环:"这个送你,珍珠耳环最配你。"

"无缘无故的送什么东西。"梅若琳笑吟吟地接过来。

"这个月你过生日,可是我忘了是哪一天了,我该死!只好早早送了。"

梅若琳冲她摇摇头,又忍不住笑起来。

昨天才是她的生日,她回到家面对空空的房子心里莫名地伤感。

这个生日她老公早忘得干干净净。

她打开那对珍珠耳环戴上,照了照镜子。那张苍白的脸配上珍珠,说不出来的一种感觉。看着镜中的自己,愣愣的,呆呆的,一不小心眼泪竟悄悄滑落。

她打开手机发了一条微信给老公:"你回来吃饭吗?"

"我有饭局,你自己吃吧。"

客气却疏离,那感觉再次刺痛了她。

眼泪又一次滑落,她已懒得擦掉,默默流了一会儿,她终于放声大哭起来……

周三公司组织体检,几天后拿到体检报告把陈贝儿吓了一跳:胆固醇高、甘油三酯高。一旁的苏苏也是吓一跳:"你这么瘦怎么胆固醇和甘油三酯会高呢?我最近在减肥,晚上不吃饭,只吃水煮青菜,结果我还甘油三酯低了。"

"你就别气我了,医生说如果饮食不好瘦人也会三高。看来我得锻炼身体了,也可能我在外面吃得太多,饭店的菜都油大。"心里还偷偷怪起"吃货三人组",成天胡吃海塞,这下可好了,年纪轻轻已三高了。

"幸好你血压还不高,不然跟我妈一样了。"苏苏坏笑,"你应该喝点茶,茶叶应该能降胆固醇。"

一提起茶叶才想起给严朋飞寄的快递。这家伙怎么一声不吭，他应该早收到了！

"我喝茶失眠。"陈贝儿沮丧道。这沮丧里还有对严朋飞的失望。他至少应该发微信告诉她一声东西收到了，连一句感谢都没有，真过分！

"那你还是锻炼身体吧，跑步也管用。"苏苏支招。

陈贝儿从这天起准备每天晚上去操场跑圈了，再不锻炼可真完了。

"我监督你啊，至少每天一万步。"苏苏打开微信运动，"你今天才一千步，这可不行。"

"我晚上一并还给你，不到一万步不回家。"陈贝儿发誓道。

果然到了晚上七点半，饭后半小时，陈贝儿来到了家附近的操场。刚跑了一圈她已经快虚脱了，根本跑不动。

边上一个穿运动短裤的男人一圈圈地从陈贝儿身边跑过，她吓了一跳，那背影和严朋飞一模一样。她几次想追上去看看那人的长相，可根本追不上。那人好似职业运动员，陈贝儿数着他已跑了快十圈了，真不是一般人啊。

连续几天，陈贝儿都会在操场上碰到这个人。她睨着那个熟悉的背影，心道怎么还会有长得这么相像的人。可每次她只是看到背影，两人的身高、发型都一模一样。她忍不住拿出手机拍了一张背影的照片，转手发给了严朋飞："你看这人多像你。"

严朋飞回道："一点儿都不像。"

"你自己的背影你又看不见。"

"反正不像。"

"快递你没收到吗？"陈贝儿说到了正题。

"那是你寄的？我还没打开，寄的什么？"严朋飞正在加班，没心思跟她对话。

"你太过分了,你居然连打开都不打?!"陈贝儿气炸了。

"我忙啊,行了,回头说吧。"严朋飞回完这句再也没说话。

陈贝儿已快气得胃穿孔了。她事后把这事告诉陆玲时,对方都不相信。这是什么男人啊,奇葩啊!

陈贝儿关了微信,她觉得严朋飞好似完全变了一个人,两人真的是渐行渐远了。就好像现在她拼了命地想追上这个跑步的人看一下他的正脸,可就是永远追不上。

跑了两圈,走了几圈,凑够了一万步,她准备往回走。

没想到这个跑步的男人也走出了操场,还貌似跟她同一方向。

陈贝儿好奇地跟在这个男人后面,看看他到底往哪个方向走。如果他每天都在这儿跑步,应该也是住这附近。

走了一个路口以后,这人居然过马路了,和陈贝儿的方向完全一致。

她跟在后面好似一个侦探,心里琢磨他不会是跟我住得很近吧?

再一抬眼,这人居然走进了那个三号楼,天哪,居然跟我一个楼!陈贝儿也同时迈进三号楼,只是稍晚了一步,这人坐电梯上楼了。陈贝儿看了一眼电梯停在了十层。看来这人住十层,居然还有这么巧的事!

当晚她就把这件事当个故事告诉了顾曼。

顾曼开玩笑道:"下回你可以跟他打个招呼啊,没准还是个单身呢。"

"我没这么无聊吧。我只是想看看他正脸长什么样。"跑步的这些天,她已然把这人当成了严朋飞,每天看到他的背影也觉得好似多了一份亲切和鼓励。

"没准还真能发展一段恋情呢,你们住楼上楼下,约会也方便啊。"顾曼笑起来。

"哪跟哪啊。等找机会吧,我们住一个楼我感觉应该能有机会说话。"陈贝儿想象跟这人打招呼的画面,她多想这人一回头就是严朋飞的那张脸。可想想又觉得自己很好笑。

"等你的新故事啊。严朋飞那个人你就忘了吧,别浪费时间了,他要是对你有意思早过来跟你见面了。"顾曼知道她的心思。

陈贝儿盯着手机屏发呆,谁都看清的事实就她一个人还陷在自己编织的幻想里,久久不肯出来。她天真地想,只要不说出分手两个字,她就不想放弃。

女人的弱点莫过于此,尤其像陈贝儿这样的,平时对任何男人都高冷,而一旦遇到心仪的男人,恨不得不撞南墙不回头。

[47] 人生头一次主动搭讪

晚上从八点走到九点，正好凑够了一万步，陈贝儿看了看从她边上跑过数圈的那个背影也在前方不远处停了下来。她慢慢朝那个背影走过去，甚至有一种跟他立刻打招呼的冲动。

那个男人正在拉筋，可就是不回头。

陈贝儿犹豫来犹豫去，走走停停，一路寻思要不要上前打个招呼。酝酿了半天，她还是觉得张不开口。

顾曼在微信里骂她："你就不能大方点儿，打个招呼怎么了。"

"我心虚。"陈贝儿回道。

"你心虚什么？又不让你干什么，仅仅是打个招呼。"

"我还是张不开嘴，我从没跟男的主动搭讪过。"

顾曼叹了口气："怪不得你嫁不出去呢，我也是服了……"

说话间，那个男人拿起了水杯离开了操场。陈贝儿也跟了上去。

两人一前一后走了一段。陈贝儿几次想上前打个招呼，可都败下阵来。

直到进了楼,两人同时等电梯,她仍不敢说话。她挨着他并肩而立,只有他们两个人,电梯半天下不来。

这稍显尴尬的空间里,陈贝儿终于说话了:"你也是这个楼的?我总看见你在操场跑步。"说完恨不得脸都红了。

男人这才回头看了看陈贝儿,眼前一亮:"是吗,你也去那个操场跑步?"

陈贝儿点点头,她终于看清了那个男人的长相——真的只是背影像,五官有些差距,年龄也有差距,看着像是个二十出头的学生。

一问果然这人才工作两年。陈贝儿立刻蔫了,这种小男生她向来不感冒。

"看你的背影我以为你三十多了。"陈贝儿说着,两人一同进了电梯。

"我长得显老。"男人笑笑,"加个微信吧,以后可以约着一起跑步。"

"……好吧。"陈贝儿赶鸭子上架,也拿出了手机。

加了微信后,陈贝儿下了电梯,她在八层。

"你是八零几号?"男人问。

"802。"

"我是1002,咱俩方位一样。真没想到我在这儿住了二十多年了,都没见过你,你是刚搬来的吧?"

"也搬来一年多了吧,那我先回去了。"

男人点点头,笑着跟她告别。

回到家,陈贝儿跟顾曼抱怨起来:"你看看,我厚着脸皮搭讪了,结果还是一个小男生……"

"小男生怎么了?小男生有活力啊。怎么样,他是不是对你挺有意思的?"

顾曼正说着,那个男生就发来微信:"认识你真好,我叫李伟,你长得真好看，认识一个漂亮邻居真好！"

陈贝儿一看有些头大，只好发了一个笑脸。

李伟开始聊上了，一发不可收拾。

顾曼笑道："挺好！别在一棵树上吊死。我敢说这男生一定是单身，你好好把握，接触一下，我感觉有戏。"

"我可不想找个小弟弟谈恋爱，没感觉。"陈贝儿直言道。

"现在流行姐弟恋行吗，人家姐弟恋都挺好的，你可别排斥。"

这之后的几天，李伟每天在微信上跟她聊天，好似两人已认识许久的样子。晚上一到七点半，他就约上陈贝儿一起跑步。

"我已经单身一年多了，你也是单身吧？"李伟跑了几圈后停下来跟她聊。

"宁缺毋滥吧。"陈贝儿面上有些尴尬。

"我也是。"李伟笑笑。

"你怎么那么执着于跑步，风雨无阻。"陈贝儿问。她记得有一天下着大雨，操场上还有他跑步的身影。

"为了减肥啊。我以前太胖，我女朋友嫌我胖就把我甩了。"李伟挠挠头。

"看你不胖啊，现在正合适。"

"我以前快二百斤了。"说着他拿出手机，翻出以前的照片，"你看，惨不忍睹吧。我自己也快受不了了，下决心一定要减下来。"

陈贝儿看了看照片吓了一跳，照片上那个瘫在沙发上的胖子和眼前这个小伙子简直判若两人。

"你可真有毅力。"陈贝儿吐舌道，"你这是刚减下来？"

"减下来有一年多了吧。减下来之后我还真是挺有女人缘的。上个月有个小前台跟我表白，那女孩特漂亮，非要当我女朋友。前几天你又跟我搭讪，还都是美女。"李伟脸上乐开了花。

陈贝儿一愣，有些想笑："这个小前台你不喜欢？"

"还行吧，我们出去约会过几次，但我还没正式答应她呢。谁叫我遇见你了呢。"李伟专注地看着她。

这眼神令她极不自然："我可比你大，我也不想找年纪比我小的。"

"年龄不是问题吧。你看咱们住这么近，约会多方便啊。楼上楼下的，连接送都省了。晚上咱们还可以一起跑步，多好呀！"

陈贝儿不敢直视他，顾左右而言他："你是做什么工作的？你爸妈退休了？"

"我做IT的，在望京上班，我妈退了，我爸还没退。我妈就比我爸大，他们俩也挺好的。"李伟笑意满满的。

"你谈了几个女朋友？"陈贝儿赶紧问其他问题。

"我从高中就开始谈了，也不算早吧，谈了七八个吧。"李伟坦白道。

"也谈了不少呢。"

"还行吧，都是她们抛弃我，我从来没主动提过分手。"

"为什么？"陈贝儿看着他的样子也不难看，应该还挺受女孩欢迎的。

"咳，就是我脾气不好，我爱发脾气，把她们都吓跑了。"

"你能发多大脾气？"陈贝儿看他一眼，感觉还算是个温和的男生。

"我发起脾气来比较吓人，我自己控制不住。"

陈贝儿有点害怕："什么事你能发起脾气来？说得这么瘆得慌。"

"也许以后你能领教到。"李伟坏笑道。

"我也不喜欢男人发脾气。"

"放心吧，我争取不在你面前发脾气。我已经改很多了，我得改，不然连女朋友也找不到了。"

那晚的聊天只是冰山一角，没想到第二天李伟的脾气就暴发了。

晚上七点半，两人约好在操场见面。

陈贝儿早到了一会儿，李伟跑了一圈后突然停下来说："这操场特么的没人管吗？什么孩子都在这上面乱跑，让我怎么跑步啊！把他们撞着了算谁的呀！真特么的生气，老子不跑了！你自己跑吧，我走了！"

撂下这几句话，李伟就走了，边走边骂骂咧咧的。

陈贝儿吓傻了，就因为几个家长带孩子在操场上玩，李伟就发疯了。她发微信劝道："这操场也不是只能你来啊，别人也有权利来啊。你跑步绕开他们就行了，用得着发这么大火吗？"

李伟气道："你怎么还帮他们说话呀，前一段网上还报道几个跳广场舞的大妈到篮球场跳舞，让打篮球的人给揍了，这就叫活该！操场本来就是让我们这些人跑步的，哪是孩子来玩的，要玩回家玩去，占别人场地干吗！要是搁以前，我早揍他们了！你就是那个跳广场舞的大妈，没文化，没见识！"

还从没有人这么骂过自己，陈贝儿一时蒙了，这是哪跟哪啊。她气得一句也不想给他回了。原来他这脾气还真是无可救药。

李伟脾气还没发完，又在朋友圈发了一条："一帮没文化、没素质的家长带着孩子在操场闹，还让不让人跑步了，真特么该死，都去死吧！"

陈贝儿看了更是忍无可忍："你发这样的朋友圈好吗？是显得你素质低啊！"

"我愿意，你管我呢！"李伟犯浑。

陈贝儿立刻意识到这样的人不能再理了，索性一句话都不说了。

心里暗暗后悔，看来以后决不能主动认识什么陌生人，太吓人了。

隔天，李伟一早就发来了微信："我想了想，是我不对，我不该冲你发脾气。"

陈贝儿看了一眼，并没打算回。

跟顾曼一说，她也吓了一跳："这人也太可怕了，你还是离他远点吧。怎么奇葩人全让你遇上了。"

"这晚上谁还敢去跑步，岂不是又要碰面？"陈贝儿担心道。

"那没事，操场本来就是公众场合，谁都可以去，你也没必要躲他。你跑你的，再说你俩也才认识几天，只是一般朋友关系，他应该也不会拿你怎么样吧？"顾曼也觉得这事有些不可思议，本以为她会遇到新恋情呢，哪想到还踩上雷了。

陈贝儿想了想也觉得这事应该也没什么大不了的，只是这楼上楼下的关系稍显别扭。

晚上八点，陈贝儿才到操场，李伟果然已在操场上跑步了。

他发微信道："你昨天批评我批得对，操场确实不是我家的，我没权力指责别人，我也没权力要求那些家长不带孩子来玩。我想通了，他们玩他们的，我跑我的，他们在里道玩，我就在外道跑。我是得改改了，你得监督我。"

陈贝儿有些无奈，他还真是转变得快，这一晚就想通了？她没回，继续走路。

"你别不理我呀，都是我的错，我这臭脾气我自己都讨厌，我一定改，你一定要给我机会。"李伟又发来。

"你专心跑步吧。"陈贝儿不得已回道。

"好的，我跑完你等我呀，咱们一起回家！"说完回头冲陈贝儿笑笑。

陈贝儿摇摇头，还真是个小男孩，还没长大。可对这样长不大的男生，她更是没有了兴趣。

九点钟，李伟跑完已在操场出口处等她。

陈贝儿走过去，李伟嬉皮笑脸地说："原谅我吧，我一定改。

是不是我这臭脾气把你吓坏了?"

"假如你和你女朋友去外地玩,我觉得你是那种脾气一上来,能立刻把女朋友甩一边自己坐飞机回来的人。"陈贝儿面无表情地看着他道。

"是啊,你怎么知道的?还真有一次,我把她甩了自己回来了,谁叫她惹我生气啊!"李伟还自觉有理。

"昨天操场谁惹你了?我惹你了?你不是也连我一块儿骂了?"陈贝儿气不过。

"我没骂你啊,我怎么舍得骂你呀。"李伟不承认。

"你不是骂我是没文化、没见识的跳广场舞的老大妈!"陈贝儿忍着气道。

"那是气话,说完我都忘了,嘿嘿,你还记得。"李伟笑笑,挠挠头。

"你以后真不能这样,太以自我为中心了,稍不顺着你的意,你就破口大骂,你在单位也这样?"陈贝儿反问。

"在单位不敢,我一骂,老板肯定把我开了。"

"那你是看人下菜碟了?"

"没有,我就是没忍住,我下次一定忍。"李伟做出发誓的样子。

"你减肥、跑步这么有毅力,为什么在发脾气这件事上做不到控制自己?"

"是是,我一定要学会控制自己,我下次再也不发脾气了。改天我请你吃饭,给你压压惊。"李伟讨好地说。

"你不发脾气就谢天谢地了。"陈贝儿白他一眼。

"你挑地方,我请客,周末吧,周末不跑步放松一天,我请你吃大餐算是赔罪。"李伟跟在陈贝儿后面,那样子又乖得不行。

陈贝儿想气又觉得没必要,冲他无可奈何地摇摇头。

[48] 我这个部门解散了

袁刚面色沉重地坐在王一铭对面,任他骂了二十多分钟。

自从他上任后,销售部的业绩一路下滑。那些老员工都不服他,他自己也感到压不住。

忍了忍,他还是说:"之前那个总监赵恒肯定背后说我坏话了,现在销售部的人都不听我指挥。我的一些创意想法他们开会都给我否了,不让我执行。我干得也很难受啊!王总,你得上我们部门开一次会,把我的权力重申一下,不然我怎么树威信啊?"

"威信还用我帮你树,你得自己树啊。我也是后来的,我怎么一上任就没人反对呢?你不从自己身上找原因。"王一铭并没给他台阶下,这个袁刚只是他挤走赵恒的一步棋,既然是一步棋,他又怎么可能对他和颜悦色呢。

"王总,我已经非常努力了,你应该知道每天我都是最后一个下班的人,但有些事不是我能左右的。那个沈总的项目不灵,茶叶根本卖不动,现在谁还缺茶啊。当时定这个项目的时候我还没进公司，如果我参与这事的话，我肯定不会同意这个项目，这明摆着就是赔钱的买卖。"

袁刚从内心质疑王总的能力，这种项目弱智才会同意。可面上又不能表现出来，只能忍。想当初能进这家公司他也是靠偷拍到了王一铭和黎玉的亲密照片，当然这只是敲门砖，重要的是他送了王一铭二十万，这才能迈进这家公司。他也清楚以他与王一铭的关系，不可能会火速提拔他为销售总监，这里面必有内情，多半是与赵恒有关。但他会做人，提拔后该送王总的好处，他也一样没少。他以为照此发展下去，他们俩的关系至少面上应该过得去。毕竟他俩是一条船上的，他相信王总也不傻。但现在业绩下滑全扣到他头上，他有点儿接受不了。

王一铭听了这话，气不打一处来："这个项目就是我定的，你的意思是我的问题?!"

袁刚知道王一铭的脾气，立刻改了路子："这个项目当初不是李总定的吗？我还听说那个陈贝儿也参与了，这怎么成了您的不是，这是他们判断能力有问题，跟王总您没任何关系。"

王一铭哼了一声，这家伙还真是个马屁精，这种货色留在身边早晚是个祸害，但现在还不是赶他走的时候。

袁刚见王一铭没吭声，马上又补充道："王总，您放心，这事我再找沈总谈谈，争取卖不出去的茶让他回购，这个损失也不能咱们替他包了。这事我抓紧办！"嘴上是这么说，可他也知道那个沈总狡猾得很，又精明得要死，跟他谈判哪那么容易。可是不这么说，也堵不上王一铭的嘴。

这场谈话下来，袁刚极其不舒服，没办法，为了在公司立住脚，他还得硬着头皮干下去。

"吃货三人组"终于聚上了。

宇涛如实说了自己升官的事，非要请客。

虽说陈贝儿和高翔都兴致不高，但也不好意思不去。

宇涛心细，餐厅就订在了陈贝儿家边上。他知道陈贝儿懒，故意安排在她家门口。

陈贝儿早早去占位，却不经意地在饭店遇到了一个熟人。

赵恒也认出了她，两人各自的朋友都还没来，就坐下聊了一会儿。

陈贝儿知道赵恒走得突然，故意引他说出来："你说你这个老员工干吗还辞职啊，工作十年以上公司是不会随便开你的。"

"我就是受不了这个气了，以前郑总在的时候，咱们公司环境多好啊，自从王一铭来了以后乌烟瘴气地瞎指挥，他又不懂业务，公司弄得一团乱，没法干。他给我们部门定了一个不可能完成的销售额，说如果完不成就扣我年底奖金，如果完成了，他要拿30%，有这么干的吗？"赵恒走了多时仍是带着一肚子气。

陈贝儿惊讶道："他不会就这么明着要吧？"

"他当然不会明着要了，他是说30%交公司。我心想既然交给公司你应该开会公开这事，发文通知大家，为什么偷偷摸摸地只跟我一个人谈，你为什么不敢公开，这里面当然有猫腻。以前郑总在的时候，所有的数据都是公开的，我们奖金怎么分配也都有规章制度，现在他一个人说了算，凭什么！"

"你这么说我也明白了，扣掉的那30%肯定他们几个人分了。"陈贝儿一听也来了气。

"所以你说我还怎么干？没法干了，正好有别的公司挖我，干脆走了。"

陈贝儿压低声音道："你干吗走，为什么不把这事告诉郑总，至少捅到集团去啊。秦岭也在集团，都可以说啊。"

"算了，既然决定走了，何必得罪人呢。再说以后没准还能合作什么的，我可不想把这事闹大了。"赵恒压抑道。

陈贝儿叹了口气，这就是息事宁人、明哲保身的心态，一般人也都是这种心态，所以王一铭才会这么狂。从职场安全角度考虑，这是大部分人都会选择的一种方式，不得罪人，全身而退，也给自己留后路。

可陈贝儿不认同："你这样更让王一铭得意了，其实你留在公司对他本身就是一种威胁。全公司也就你这个资历才敢跟他叫板，但如果连你都这样，他只会更变本加厉。现在你走了，他更肆无忌惮了。"

"他那种人我可不想跟他正面冲突，只要和领导发生冲突，后果肯定是对我不好。没有人会说领导的不是，矛头肯定会指向我，我何必呢？"

陈贝儿点点头，以前她和赵恒接触不多，但现在她也基本了解了赵恒的性格，再多说也无益，只好随便说了一句："走了也好，眼不见心不烦。不像我们还生活在水深火热之中。"

"有好地儿你也走吧，这个公司如果一直由他在管，没什么发展前途。你也挺有能力的，没必要在这儿浪费青春。听说我走后，销售部的业绩一落千丈。听说那个新来的总监屁都不懂，还是以前咱们楼的保安，这也太可笑了吧。"赵恒干笑了两声。

"是挺可笑的。那人能进来也不知跟王总是什么关系。"陈贝儿对袁刚始终是敬而远之。

"我敢说这人也做不长。这个王一铭实际就是自己想当销售总监，所以任何一个人上来也都是替死鬼。王一铭以前就是做销售出身，他的格局也就是个做销售的，即使他现在当了公司一把手，他实际上还是个销售，我的话你能明白吧？"

陈贝儿点头道："我明白，他没有当一把手的能力，所以他即使在这个位置上还是把自己当成了一个大销售，所作所为都不是一把手的样子，而是一个销售。我理解得对吧？"

"太对了！"赵恒畅快道，"他就是格局太小了，哪有郑总的风范。"

"郑总是不可能回来了，你觉得秦岭有戏吗？"陈贝儿问到了自己关心的话题。如果秦岭能回来，她的失眠症都会自愈了。

"我觉得至少也得两年后吧，秦岭调过去还不到一年吧？"

陈贝儿泄气地点点头。

"公司的现状你倒是可以跟秦岭说，我一大老爷们儿不太好张口，你们可以去说。反正我也走了，公司倒闭了都跟我无关了。"赵恒出主意。

"别啊，有机会你还可以回来。万一王一铭调走了，你还是可以回来。"

赵恒冷笑："我听说他跟集团老总认识，这种关系他能轻易走吗？"

"你是说集团一把手？"陈贝儿有点吃惊，王一铭能有这么大能量？

"也只是听说，他的背景并不清楚。"

那天跟赵恒聊完后，基本上她也没什么胃口了。

宇涛点了一桌子菜，她和高翔都没吃几口。

高翔面色疲惫，看样子也没休息好，跟宇涛精神抖擞的样子形成鲜明对比。

"你最近怎么样啊，那事之后杂志社没为难你吧？"陈贝儿关心地问。

"别提了……"高翔欲言又止。

"怎么，还没完没了了？"宇涛惊道。

缓了缓，高翔开口道："他们把我这个部门解散了！"

"啊——"陈贝儿和宇涛异口同声道。

"这也太过分了！部门解散了，那你去哪个部门啊？"陈贝儿同情地看着高翔，看来一比较她还不是最惨的那个。

"杂志社说现在杂志卖不动，也不需要一个专门画插图的部门，让我自己找岗。如果有别的部门接收我，我可以留下。"高翔说得有气无力的。天知道他这些日子经历了什么。他知道这是杂志社故意整他。之前部门里的其他员工都是临时聘的，只有他一个正式工。如果这个部门解散就只有他一个人有转岗的问题，其他人就自动下岗了。

"太欺负人了！那必须辞职了，这个破杂志是绝不能待了！"陈贝儿义愤填膺道。

"我老婆的意思是让我转去做美编。"高翔淡淡地说，看不出任何喜怒。

"美编也不能去做，人活一口气，现在没必要了！"宇涛也气不过。

"阎珍是怎么想的？她怎么回事啊？"陈贝儿看得出高翔这种状态显然已是在家里吵过了。

"她就是怕我开工作室不稳定，怕挣不来钱。"高翔替她说。

"你现在这么有名，怎么可能挣不来钱呢！"宇涛愤愤地说。

高翔为难地说："先干一段美编吧，一天不干她也急，干一段再说。"他也能理解阎珍的想法，自己开工作室虽说自由，但确实也有不挣钱的危险。现在他挣得又不如阎珍多，自然说话也没底气。吵归吵，吵完他还是得听阎珍的，不然每天吵架他也快疯了。

"哎——"陈贝儿长长叹了口气，"我无语了。"

"我也无语了……那就先干一段再说，干不下去咱们再开工作室，也先给嫂子一个面子，她也是担心你，能理解。"宇涛也只能这么说。

"我有点理解不了，钱就那么重要吗？杂志社都这么欺负人了，还有必要这么委曲求全吗？"陈贝儿忍不住道。

"你在公司也被人欺负,你不也没走吗?也别轻易走,看情况再定。"宇涛从大局出发。

"我是女的啊,在社会上就是弱势,而且我也不想当官,在哪儿混也是混。但高翔不一样啊,他现在是畅销书作者、著名漫画家,他用得着这样低三下四求他们吗?"陈贝儿反驳。

"什么著名漫画家,你看看现在全国还有几个搞漫画的,市场不景气,杂志都卖不动,我看杂志社自身都难保了,他们还顾得上我?"高翔一脸苦笑。

"你要对自己有信心。如果你的画不好,不可能畅销啊!"陈贝儿鼓励道。

"今年还凑合,谁敢说明年怎么样?"高翔面色一沉,他显然也是信心不足。以前漫画书卖上百万册的都有,现在卖一两万册就算畅销书了。

三人长吁短叹一番,全无往日聚餐时的欢声笑语。

陈贝儿头一次面对一桌子的美味却无动于衷。

这时李伟发微信来:"你在哪儿呢?今天没看到你跑步。"

"有饭局。"陈贝儿回了一句。

"这么好啊,我晚上没怎么好好吃饭,现在肚子又饿了,有什么好吃的给我打包回来呗。"

陈贝儿看了看这一桌子的菜回道:"行,都给你打包。"

宇涛听陈贝儿要打包,一愣:"你确定这些菜你还要?"

"确定,别浪费了。"关于李伟的事,她自然不想提。

就这样她提了四个餐盒回家了。

回到家已快十点。没想到李伟又发微信来:"你给我打包回来了吗?我看你家灯亮了。我现在去取吧。"

陈贝儿一凛,这都能看得见:"我一会儿要洗澡,餐盒我放门口,你直接取走就行。"

"不请我进去坐坐吗?"李伟嬉皮笑脸道。

"太晚了,我放门口了,你来拿吧。"

"好吧,我这就下去。"

过了五分钟,李伟又回道:"我已经吃上了,真好吃!下回有好吃的还给我打包啊。"

陈贝儿没说话,一头扎进了浴室。

在氤氲的湿气中,她突然觉得累得不行,连呼吸都变得艰难了。

[49] 原来是个奇葩暴力男

"怎么这两天没看到你跑步了,今晚八点我在操场等你啊。"下午李伟就发来了微信。

陈贝儿看了一眼,连回的力气都没有了。最近情绪一直低落,跑步也懒得去了。

下班时,李伟又发来信息:"怎么不回我呀,是有事吗?还是不想跑了?"

"不想跑了。"陈贝儿只得回了一句。

"如果你今天不想跑,我就请你吃饭吧,你定地方。"李伟知道陈贝儿可能还在生他的气,只好用请客这一招。

"没什么胃口。"陈贝儿如实回道。

"是面对我没胃口吧?"李伟有些微愠。

"随你怎么想,今天确实没胃口。"

"我看你就是不想跟我吃饭,我请你吃一顿怎么了?有必要拒绝吗?"李伟的脾气又上来了。

"我真的没胃口，要不改天。"陈贝儿貌似已看到李伟怒发要冲冠。

"什么改天，你就是不想见我，这几天你连操场都不去了，你什么意思？就是不想看见我吧！我有那么讨厌吗？你至于吗，我已经跟你承认错误了，你还想怎么样！"李伟忍着火回道。

陈贝儿见状，知道情况不妙，她索性什么也不回了。

过了一会儿，李伟又发来："告诉你，老子不伺候你了！你有什么了不起的，你跩什么？请你吃饭还不去，你狂什么？去你妈的！"

陈贝儿看了这一番骂，头皮都快炸开。她毫不犹豫地把这人删除了。

心里不断向外冒火，自己跟这么个疯子搭讪，惹得一肚子气，就因为这人的背影看起来像严朋飞，这叫什么事啊！

事后，顾曼说："赶紧删吧，原来是个奇葩暴力男啊，这种人千万别再联系了。只是我有点担心，他知道你住哪儿，会不会报复你啊？"现在人渣太多，她不得不往坏里想。

"他应该不敢吧？楼道里都有摄像头，他应该不敢怎么样。"陈贝儿倒没想到这层。

"我感觉这人有点儿暴力倾向，还真说不好。万一给你泼硫酸怎么办？你还是搬家吧。"顾曼越想越害怕。

"你别吓我了，这一年的房租我都交了，搬什么家啊。我不相信他能把我怎么样。"陈贝儿有些大条，胆子也大。

"那你平时小心点，最近也别去操场跑步了，换个地方吧。万一再碰上也是麻烦。"顾曼劝道。

这倒是真的，最近这一段时间是不能再去操场了。

顾曼又说："对了，我办了张羽毛球卡，咱俩以后打球去，如何？"

"要办也是我办呀,怎么让你破费。你的体检指标又不高。"陈贝儿嘴上说着,心里已感动万分。

"谁说我不高,我也要减肥啊。"两人都笑起来。

总是女人之间带来更多的正能量,而男女之间,好的时候比蜜还甜,不好的时候立刻撕破脸,成千古仇人。这样的两性关系不要也罢。

中午吃完饭,苏苏和陈贝儿在街头边走边聊。

苏苏问道:"哎,你那个检查一直没交,王总也没找你谈话?"

陈贝儿不以为意道:"没找,估计他也就算了,听说销售部的业绩一路下滑,应该没工夫管我这事了吧。"

"你怎么知道销售部业绩下滑?袁刚说的?"苏苏忙问。自从袁刚当上销售总监之后,他们俩的联系也少了。

"他可能跟我说吗?我那天碰到赵恒了。"陈贝儿便把那天见面的情形说了一遍。

苏苏恍然道:"我就说他不会无缘无故走人。这王总还真是眼里揉不得沙子啊。"

"他不是揉不得沙子,他是嫉贤妒能,赵恒资历最老,肯定对他威胁最大,把他挤走了,他才能安心啊。"陈贝儿都觉得脑仁疼。

"现在公司乱成这个样,眼看着都快关门了,集团怎么也不下来调查一下民情啊。"苏苏担忧地说。

"天塌下来有高个子的顶着,公司的事集团都不管,你操什么心啊,混一天是一天吧。"陈贝儿满脸写着绝望。

"以王总那脾气他为什么不追究你了,也是奇怪。我感觉他一定得是分出输赢的人。"

陈贝儿不经意地掠过一丝笑意:"我不是写了一份情况说明吗,我给了孙娜一份,也同时给了集团一份。"

苏苏立刻停下了脚步,瞠目道:"真的?你可以啊!你也是豁出去了吧。"说完又笑笑,"哈哈,怪不得王总不行动了,没准集团也给他通知了?"

"不知道,但愿吧。"陈贝儿寄信的时候也没多想,只是觉得这个情况说明应该让领导知道,不然万一王一铭把她开了,至少她还有个为自己说理的地方。

"你这么做,会彻底把王总激怒的,我真担心你以后怎么办。"苏苏也害怕得不行。

陈贝儿倒想开了:"走一步算一步吧。"想想高翔的处境,妥协之后又怎么样,连部门都能解散了。

苏苏不舍地挎起她的胳膊:"贝儿,我可不想让你走……"

"瞧你那没出息的样子,你就知道输的人一定是我吗?"陈贝儿打趣道。

苏苏当然希望她能赢,可她知道这种概率太低太低了。

两人就这么走着,突然前面不远处的饭店走出三个人。苏苏一眼看到,推了一下陈贝儿,示意她看前方。王一铭、黎玉、李辛、韩菲菲四人鱼贯而出。

"铁三角改成四人帮了?"苏苏悄声说。

陈贝儿拉她停下了脚步:"等等,好像还有一位美女!"

苏苏仔细一看,果然王一铭旁边还有一位陌生美女,浓妆艳抹,打扮得好似明星一样。

"这女的是谁呀?这蛇精脸好像是哪个网红。"苏苏问道。

陈贝儿顿了顿,"让他们先走,别打照面了。"

"看来袁刚混得不行啊,'四人帮'里居然没他了。"苏苏好笑道。

"一个保安混上销售总监,这事只有在咱们公司才有可能发生。这已经算是奇迹了吧。"陈贝儿愣愣地看着前方四个人有说有笑。

"李总太会搞关系了,也就他能跟王一铭融洽相处,换个人可能早被排挤了。"苏苏也看到了这一点。

两人故意慢悠悠地回到了公司。

不想一进公司就看见刚才那个蛇精美女正跟王一铭往他的办公室走去。

"这是什么情况？难道是新员工？"苏苏诧异道。

这时袁刚走了过来，和苏苏打招呼道："这是咱们公司请的代言人安安，香茶的代言人，怎么样，漂亮吧！"

陈贝儿真想做出呕吐状，面上还得忍着说："香茶不是卖得不好吗，请个代言人就能有销路了？再说这女的也不出名啊，什么安安，听都没听说过。"

袁刚马上说："她是新晋网红，怎么不出名，你们太落伍了，现在她可火了，好多地方都请她去做代言人呢。"

苏苏哼笑一下说："看她能红几天啊，她那张脸假得能当面具了。"

"你就盼她大红大紫吧，咱们公司的茶可就指着她来卖了……"袁刚看着那网红的背影，心里不是滋味。这是沈总出的馊主意，但目前似乎也没有更好的办法。让他回购，沈总一口拒绝，这种精明的商人确实不可能干回购这事。袁刚知道跟他谈了多个回合也无济于事，也只好用他这一招了。但愿这个网红能让这狗屁香茶起死回生。

[50] 精神疾病真的比身体疾病更可怕

周末的傍晚，华灯初上，霓虹灯光闪闪烁烁，映在夜色中煞是好看，正可谓东风夜放花千树，更吹落，星如雨。

陈贝儿刚从馨慈诊所出来，便接到了诗兰的电话，她说她住院了，希望陈贝儿有空能去看看她。

想也没想，她就跟梅若琳打了个招呼，便直接赶到了医院。

诗兰一个人半靠在床头，面色苍白，头发胡乱散着，夹杂着一些白发。

见到陈贝儿进来，她挣扎着打起精神笑出来："你真的来了，看到你我好多了。"

这次她是因为治疗失眠住进了医院。

"我已经连续快两周睡不着觉了。吃安眠药也没有用，再不住院可能撑不下去了。"诗兰虚弱地说。

"你做得非常好，是应该住院调理一下。"陈贝儿坐到她床边宽慰地看着她。

"我现在生活不能自理了，站起来都头晕，只能躺着。白天我妈过来陪我，晚上我表妹来陪我睡。幸好有她们，不然我可活不了了。"

"你周围都是好心人，你应该感到幸福啊。想想如果我现在住院了，可能连个陪床的人都没有。我可比你惨多了。"陈贝儿自嘲地笑笑。

父母不在身边，最好的朋友顾曼也有家庭，如果自己真的住院，还真不知找谁来陪，这就是现实。所以她不能生病，不能住院。

这时从门外进来一个女孩，诗兰赶紧介绍："这是我表妹，幸亏有她照顾我。"

陈贝儿盯着这姑娘，越看越面熟。

谁知对方先认出了她："陈贝儿，怎么是你啊！"

"方溪？"陈贝儿走近了才敢确认。

对方使劲点点头，两人都非常意外。方溪是陈贝儿的大学同学，毕业后她嫁去了南京，两人也很少联系，没想到能在这儿碰面。以前方溪是短发，假小子似的。现在留起了长发，女人味十足，弄得陈贝儿一时没认出来。说起来两人也好几年没有见面了。

"你居然是诗兰的表妹，世界好小啊！"陈贝儿感叹道。

"是啊，我听她说她找你看过病，但她说的医生名字叫陈思，陈思是你吗？"方溪意外道。

"那是我当咨询师的名字。你怎么从南京回来了？准备回北京工作了？"

方溪摇摇头："我老公当律师，挣得还行，不用我上班。在南京我也待习惯了。这不我表姐病了，我正好也没事就过来陪陪她。你来太好了，咱们一起吃晚饭。我来请，同学一场，难得碰上，得好好谢谢你呢。诗兰一直说你人特好。"

"诗兰这情况能到外面吃吗？"陈贝儿疑惑地看了一眼躺在床上的诗兰。

"我没问题，七点之前我都还行，咱们出去吃吧，我请客。我得感谢你们两个人。"诗兰赶紧从床上起来，拿起包就要出门。

方溪说："她其实身体一点儿事都没有，验血各项指标都正常，她就是心理问题。"

三人去了医院对面的一家餐厅，随便点了几个家常菜。

方溪接着说："你也不是外人，其实我觉得我表姐这病完全能治好，她就是受不了一点委屈，稍微一头晕她就受不了，没有毅力，也是以前父母太惯她。"

"她这么有才，到底怎么得了这个病？总有病因吧？"陈贝儿看着诗兰有些惋惜。诗兰也不插话，安静地坐在旁边吃饭，吃得很慢，也没什么胃口似的。

"她得这个病至少十年了，当时她父母也不知道是抑郁症，也没管她。她自己也没在意。最早就是她总说有人要害她，一会儿是楼上的邻居，一会儿是对门的孩子，一会儿又是院里的人，总说这些人要害她。其实那时候她就犯病了，但没有现在这么严重。现在吃这些药，后遗症也很严重，她总说头疼头晕，我估计是这些药闹的，可不吃药也不行……"方溪同情地看了看表姐。

诗兰说："我真的是头疼头晕，我又不是装的，是真的难受。"

方溪说："知道你难受，但你确实也娇气，吃不了苦。"

诗兰突然小声说："旁边病房的一个人总是往我病房里偷看，那个人肯定想害我，现在坏人太多了。"

方溪道："你看妄想症又来了，成天疑神疑鬼的。"她又转头对诗兰说，"没人想害你，别瞎想。再说有我在你身边谁敢害你。"

陈贝儿无奈地说："你不能管别人怎么想，但可以控制自己。即使别人真的想害你，你有办法吗？重要的是你要保护自己不让别人害你，所以你要健康起来。"

方溪道："是得有人说说她，你说她父母都七八十岁了，还得照顾她。如果父母一旦走了，她一个人怎么生活啊。"她看着诗兰叹口气。

陈贝儿看着诗兰说："你不能指望父母照顾你啊，你要尽快把病治好，你得锻炼身体。得这种病的人都是不锻炼身体的人，你必须得运动出汗。"

大家正说着，突然诗兰脸色一变："我不想在这儿吃了，饭店太吵，我又开始头晕了，咱们打包回病房吃吧。"

方溪摇摇头："你看，我就知道她坚持不下来。"

陈贝儿劝道："诗兰，你忍一忍，马上就吃完了，别打包了。在病房吃得到处都是，不好打扫，不如就在这儿吃完。"她用了劝小孩子的口气。

诗兰坚决道："不行，我受不了了，旁边的声音太吵，一吵我就头晕得厉害。"

方溪没办法只好让服务员打包。诗兰坚持要自己结账，她把钱给了方溪，让她用微信付账。陈贝儿忙阻止。方溪说："让她付吧，别和她争，不然又该情绪激动了。"

三人只好又转回医院。

方溪打开饭盒让诗兰接着吃，她和陈贝儿早没了胃口。

"你看看，我说她娇气吧，连别人说话的声音都嫌吵，听不了。"方溪又气又无奈。

"诗兰，你这样怎么生活下去啊。你得学会适应这种嘈杂的环境。你不能天天躺在床上，你得下楼运动，你得走路。"陈贝儿劝道。

"我走不了，我走一会儿就头晕。"诗兰边吃边说，吃得仍是非常缓慢。

"你走不了也得走,你得活下去啊,你得有生活质量啊。"陈贝儿声音大起来。

方溪也跟着说:"对啊,你看你现在活得,每天就是躺在床上,等着吃三顿饭,健康人成天躺在床上也得躺出病来啊!"

"是啊,你不能这么下去。头晕就让它晕吧,你也得下去走路。你先试着走走,今天走十分钟,明天走二十分钟,后天走半小时,循序渐进。你总会慢慢好起来。但你就这么躺在床上,你的病永远也好不了。你不能光靠药物,药物只是辅助治疗,重要的还得是你自身的调节。药不是万能的!"陈贝儿赶紧接上。

"没错,她现在就是光指望药物,以为住了院就能好,怎么可能呢。"方溪无可奈何。

"行,那我试试,我也在努力。"诗兰替自己辩解道。

"你根本没努力,刚住进医院的时候,她都不下楼。后来是医生逼着她下楼做操,不然就是躺在床上。她现在不接触社会,疑心病又重,又不锻炼身体,这样怎么能治好呢?"方溪也急得不行。

"诗兰,你看你身体各项指标都正常,你一点儿病都没有,你完全是心病。你现在也不工作,每天就是想你头晕的事,你得转移注意力,找点事情做。不然你养一只猫或者狗,养它的过程很可能就把你自己的病治愈了。你可以试试。"陈贝儿建议。

"她才懒得养呢,我了解她,她真的是懒,就喜欢躺床上,其他什么也不干。"方溪说得有气无力。

"我对养这种猫狗的没兴趣。"诗兰自己说。

"那你对什么有兴趣?你可以养养花、植物什么的,就是你要培养一种兴趣,不能让自己无所事事。你每天要制订一些计划,今天干什么,明天干什么,你拿个本子记上。你要培养对生活的热爱,不能任自己这么下去。"陈贝儿苦口婆心道。

"我知道了,我出院后就订个计划,我再想想,我努力。"诗兰做出安慰大家的样子。

"她说来医院治疗失眠,你说她天天躺床上晚上还有觉睡吗?不失眠才怪。医生让她十点半以后再躺床上,调整作息时间,她又做不到。吃完饭就想睡觉,怎么可能睡着呢?你看她这病就是自己折腾出来的。"方溪数落她,"也是父母从小太娇惯她。现在父母七十多身体还好,再过十年怎么办,你说谁来照顾你?我真替你愁啊!我也是最近没什么事,过来陪陪你。以后我要是生了孩子,哪还会有时间来照顾你啊,你说你怎么办?"

"你可以试着看电视,你要接受嘈杂的环境。再说你可以让自己忍一下。我们大老远来看你,我跟方溪又是同学,难得见上,碰到一起吃个饭你怎么就不能忍一下,弄得大家都没吃好。"陈贝儿也不打算掩饰,直言相劝。

"不行,我看不了电视,太吵了。我顶多能看一会儿微信,看时间长了我也头疼。"诗兰解释。

"你看,她拧着呢,自己不能受一点儿委屈,稍微不舒服都不行。这样怎么能战胜疾病?"方溪也是一肚子怨气。

陈贝儿见状也不好再说她了,只好换了口气说:"行了,慢慢消化,让她马上改也不可能。以后咱们三个有机会就定期吃一次饭,你今天吃一半就走了,下次你必须陪我们吃完。慢慢你就练出来了。"

诗兰忙点头道:"好,太好了,以后咱们三个定期见面,下次我一定陪你们吃完。"

"好了,我该回去了。今天别忘了十点半再上床。"陈贝儿边嘱咐边出门。

方溪送她到电梯口。

她叹道:"太难了,得了这个病没有坚强的意志力根本不会治好。她意志力太弱了。"

陈贝儿点点头:"咱们多鼓励她,希望她能好起来。身体指标都健康,可脑子坏掉了,什么都完了。精神疾病真的比身体疾病更可怕。"

"是啊,多好的一个人就成了这样。我也真替她愁她以后自己怎么生活。"

"慢慢来吧,有时间我再来。你们这次住多久?"

方溪坚持送陈贝儿到楼下:"住一个月吧,看看情况。如果好就出院,如果不好再住一段时间。但我也只能陪她到八月底了,我老公也有意见啊。"

"你真不容易!诗兰有你这样的表妹真是三生有幸。"陈贝儿投过去感动的目光。

两人并肩在医院外走着,方溪执意要送她到大门口:"对了,你还是一个人吗?"

陈贝儿点点头。

"赶紧找个好男人嫁了,看你这么瘦,你要让自己幸福,别光会劝别人,自己也要替自己着急一下。"方溪认真地看着她。

"我急啊,总在相亲,你放心,我是心理医生,我会自我调节的。"陈贝儿强笑了一下,"你呢,你老公在南京怎么样?"

"我老公开了一家律师事务所,我现在也在考律师执照,这样我也可以帮他。"方溪一脸恬静。

"真好!那以后有什么法律问题我还得跟你请教。"陈贝儿羡慕地看着她。

"没问题啊,我是不行,我老公行。"方溪眼睛在夜色中显得格外亮晶晶的,"月底有空咱们再聚一次。"

陈贝儿笑笑:"那必须的!"

"咱班大学同学你还跟谁联系多些?"方溪问。

"跟高翔有时会碰面吃饭什么的,其他人好像都不多了。咱班留京的就不多。"

"对了，你跟高翔大学时就挺好的，我还一直以为你们是一对呢，哪想到高翔又娶了别人。"方溪直言道。

"男闺蜜不是挺好？"陈贝儿笑笑。

"还是缘分没到，等着吧。我相信你那么好的一个姑娘肯定会遇到一个特别适合你的人。别放弃，好的一定会在后面。"

以前她们俩接触不多，两人又不在一个宿舍，没想到再次遇上还很有交集。人和人的缘分就是这么奇妙。

陈贝儿扬手打了一辆车。灯光莹莹的夜色中，两人在拥抱中告别。

[51] 干瘪得像个大烟鬼

陈其结束饭局一回到家,就兴高采烈地冲老伴汇报好消息。

今天的饭局是以前的同事聚餐。他以前的一个部下说要给女儿介绍,正好那人在北京上班,他一口答应了。眼看女儿都要三十四了,再不结婚怕是嫁不出去了。现在上了三十的姑娘都不好找了,陈其当然明白。

老伴刘婉忙问对方是什么条件。

陈其说是银行的高管,年龄三十八岁,也可以,就是离婚带着一个孩子。

刘婉一听,马上说离婚带孩子的女儿肯定不同意见。

陈其语气决然地说:"这次必须得让她见,离婚带孩子的怎么了,只要人优秀就行。她都这岁数了,也别瞎挑了,先见了再说。"

果然刘婉跟女儿说了这事之后,陈贝儿一口拒绝。

刘婉也是铁了心:"告诉你,这人你必须见。你爸同事介绍的,你得给人家面子。已经把你的手机号告诉那人了,这两天他就会和你联系。你们约着见见。不管怎么样，先见了再说！"

不容女儿再辩解，刘婉"啪"一下挂了电话。

"必须得给她施加点压力，不然她还想不想结婚啊！"陈其在旁边补了一句。

电话那头的陈贝儿气不打一处来。但无奈父母之命，也只好受着。

第二天，一个叫刘远峰的男人加她微信，他就是陈父介绍的那人。

刘远峰一句废话没有，在微信上直接约了见面时间、地点。

陈贝儿也答应了，晚见不如早见，见完完了。她打开他的朋友圈想粗略了解一下，但对方只显示三天可见。

见面地点约在了朝阳门附近的一家咖啡店。

周日的中午，阳光正好，空气清新。

陈贝儿见到那男人的时候还是吓了一跳。这人比照片上还要老，看着就像四十八岁的。他的头发短短的，有些微卷，乱七八糟地挤在脑后，戴一副黑边眼镜，深深的法令纹显得他一脸疲惫，脸上所有的线条都往下垂，脸颊没有一点脂肪，干瘪得像个大烟鬼。

男人开门见山地说："我是离异的，有个五岁的女儿，你知道吧？"

陈贝儿点点头，这人说话够愣的。

"你能接受离婚带孩子的？"刘远峰干脆地问她。

"看人吧。"陈贝儿心想这种问题让人怎么回答。

服务生走过来："先生要点东西吗？"

"我倒不渴，一杯咖啡吧，你呢？"刘远峰似乎并不想点东西，但不点又觉得不合适。

"一杯西柚汁吧。"陈贝儿观察这个男人，眉头紧锁，很不放松的样子。坐姿也不正，看人的目光总是斜视。她能感觉到这男人对女人的挑剔和警惕。

"我先说说我的情况吧。我离婚是我老婆的问题，是她有了外遇，把我甩了。她不上班，我上班挣钱，她却在外面找外遇，孩子也不管。这种老婆是得离，不称职。"男人这口气听起来让人很不舒服。

"那她没工作应该依赖你啊，她怎么能提出离婚呢？"陈贝儿不解道。

"她又找到更有钱的了，那个外遇比我有钱，有豪车和别墅，后来她跟那个外遇结婚了。"男人越说越来气。

"你不是在银行工作吗？收入也不会差吧。"陈贝儿奇怪道。

"不行，我们现在收入缩减，几乎没什么外快了。别墅我是买不起，也不是买不起，而是觉得没必要，住城里多好，为什么去郊区住别墅？"

"那个男人应该不止一套房子吧？"陈贝儿说到了重点。

"那倒是，不然也不叫有钱人。"男人扫兴地说。

"那你老婆还挺有魅力的，有老公有孩子还能找到这么有钱的。"陈贝儿想到了自己，这一对比有点惨烈，有手段的女人果然厉害。

"她长得是挺漂亮的，身材也好，不然我当初不会跟她结婚。但是她不适合当老婆，人品不行。"男人继续数落。

"外遇的那个男的也正好是单身？"陈贝儿权当心理咨询了。

"不是，那男的也有家庭，他也离了，两人才结的婚。"

陈贝儿叹道："双方各自离了，也要结婚，那看来是真爱啊。一般人也就是玩玩，不会真离。"

男人不爱听这话："什么真爱，我老婆也就是图他的钱，我太了解了！如果我有这么多钱，她肯定不会跟我离。"

陈贝儿觉得谈话似乎进行不下去了。从一个男人对他前妻或者前女友的评价中最能看出这个人的为人和品性。很显然，这人对他老婆是羡慕、妒忌、恨。

这种情绪他不该展现给相亲对象看，任何女人对这样的男人都不会有好印象。但这个男人好像更像是发泄，把他对前妻的不满一件件说了出来，听得陈贝儿极其厌烦。

最后她打断道："看得出你对你老婆还有感情，你当初应该不同意离婚，用实际行动再把她追回来啊。"

"我才不追呢，我凭什么！她先有的外遇，我也不可能原谅她！"男人愤愤不平道。

"那你就祝福吧，毕竟她也找到了好的归宿。"陈贝儿劝道。

"我不可能祝福她！只是我挺心疼孩子的。将来我怎么和孩子说她妈有外遇的事？"

"那就不要说，大人的事别让小孩子知道，没什么好处。她始终还是孩子的妈妈。"陈贝儿说完似乎觉得自己说得多余。面前的这个男人格局太小了，她实在看不上。

"孩子是判给我了，因为我比她更配当一个好父亲，她不行，她从来没管过孩子。孩子也不喜欢她。"

听到这儿，基本上陈贝儿已经听不下去了。全程都是他在骂老婆，这样的男人气量太小了。正想掏出手机看时间，结果胳膊一碰把桌上的西柚汁洒了。她忙拿餐巾纸擦拭。

刘远峰开口："你是不是性格特别急躁？"

陈贝儿保持沉默，不想回答。

"看得出你个性特强，一般男人跟你合不来吧？"他继续发问。

全是些不友善的话。陈贝儿有些坐不住了："不要老拿你自己的思维去判断别人，你有什么想法也不用非得说出来吧？"

男人哼笑："我这人有什么就说什么。我一看你就是那种不好相处的女人。"

"你这种跟女人说话的态度如果不改，也很难找到女朋友。"陈贝儿不客气道。

男人霍地站起来："走吧，我咖啡也喝完了，下午我还有事。"

这个举动倒让陈贝儿吓一跳，完全没有任何缓和，做事没有任何回旋的余地。这种男人经营家庭和事业都会有些困难。

两人出了咖啡店，男人再见都没说就走了。

陈贝儿心里有数，打开他的朋友圈一看，果然只剩一条横线，这么快就把她删了。她也意外这男人竟能做得这么绝，也不奇怪她老婆为什么会有外遇了。哪个女人会愿意一辈子守着一个渣男呢？

什么银行高管，素质低到尘埃里。这种负能量的相亲，陈贝儿是再也不想参与了。

后面的事可想而知，陈其和刘婉两人轮番数落她，又错失了一次能结婚的机会。陈贝儿懒得跟他们辩论了，幸好不在一地。不然以陈其的脾气，一定得当面说她个三天三夜。

[52] 欲速则不达

晚上，陈贝儿的怨气堵在胸口让她辗转反侧。以后她发誓再不相亲了。

顾曼给她建议："跟陌生人确实很难产生感情，见一面就把你拉黑，这种男人心胸、气度都太小了，确实不值得交往。这种垃圾人你要庆幸没有第二面，不然你受到的伤害更大。不如你从身边的人挖掘一下，有没有可能发展的，自己认识的可能会好些。别再盲目地相亲了，成功率确实太低，还破坏了自己的心情。"

"身边有可能发展的早发展了，还可能等到现在？"陈贝儿自嘲了一句。

两人正在微信上聊着，一个陌生的头像冲她打招呼。

她有点陌生地问："哪位？"

"我陈南啊，你又把我忘了？还是我一换微信头像你就记不住我了？"

陈贝儿脑子一转想起了这个人。但她印象中两人加微信也有好一段时间了，好似从没聊过。

"有事找我？"陈贝儿不经意地问。

"我那天突然在附近的人里找到你了，原来你离我这么近。"陈南答。

"不会吧？我从不看什么附近的人。"微信的这个功能她从没用过。

"那也可能你无意中打开了吧，总之我看到你了。既然咱们离这么近，哪天一起约饭吧。"陈南主动道。

"你请我吃饭？有什么由头吗？"陈贝儿问。

"好久没见了，一起吃个饭也可以吧，你架子不会那么大吧，还是你男朋友不让你出来吃饭？"陈南试探地问。他还不确定陈贝儿的男友情况，但他感觉她应该是个单身。

"你不是有女朋友吗，干吗请我吃饭？"陈贝儿反将他一军。

"我是单身，女朋友上个月分手了。"陈南如实说。见陈贝儿问到这句，他心里有些窃喜，他感觉她对他应该有点兴趣，不然为什么问女朋友呢。

"原来是失恋了，想找人倾诉吧？"陈贝儿突然想到了顾曼的话，身边的人他算一个人选吗？

"我猜你也是单身，既然咱俩都是单身就一起吃个饭吧。"陈南热情邀约。

陈贝儿想了想，她对陈南也说不上反感，只是觉得他年龄比自己小，但吃个饭也无所谓，便答应了。陈南马上约了明天晚上。

两人选了一家港式餐厅。

多日不见，陈南成熟了不少，脸上也多了几分帅气，陈贝儿印象不差。

陈南见到陈贝儿也是心里一颤，她比之前更添了些女人味。

他边吃边大胆地说："其实在广州飞机上第一次见到你，我就对你有好感。"

"是吗?"陈贝儿礼貌地笑笑。

"真的!你就是总觉得我太小,其实我不小了,我都工作一年多了!"陈南大声道。

"那还是比我小啊。"陈贝儿骇笑。

"现在姐弟恋很流行啊,再说我也没觉得你比我老啊。而且从生理结构看,女人就应该找比自己岁数小的,这样才和谐。你说现在让你找个老男人你愿意吗?"陈南打开天窗说亮话。

"我现在也没想找,单身生活没什么不好。"陈贝儿不想接他的话题。

"为什么不想找啊,大好青春别浪费时光啊。"陈南有些着急。

"看缘分,这种事急不来。"陈贝儿搪塞道。她当然明白他什么意思。

"我现在就是太忙了,我这家公司要求特别严,每天都在加班,老板不下班,我们也不敢下。老板加班,我们也得加,忙得连自己的时间都没有。"陈南抱怨道。

"所以前女友跟你分了?你没时间陪她吧?"陈贝儿一针见血道。

"没错,我周末都在加班,平时又累得半死,哪有时间陪她,跟她在一起基本就是解决生理问题了。"

这话说得这么糙,陈贝儿反感地瞥了他一眼。

陈南见状赶紧说:"当然也不只是这一件事了,我还陪她吃饭、看电影啊。对了,一会儿吃完饭咱们去看电影吧。"

"最近有好电影吗?"陈贝儿倒也没排斥。说起来她也好久没进电影院了。

"不在于什么电影,而在于跟什么人看,对吧?"陈南嬉皮笑脸地说。

陈贝儿笑笑，也没点头，也没否认。

陈南选了一个科幻电影，问她的意见。

陈贝儿道："电影票我买吧，吃饭是你买的单，电影票就我来吧。"

"也成。"陈南倒也没有拒绝。

陈贝儿网上买了两张电影票，两人饭后便往附近的电影院走去。

不知怎么的，她想起了上次跟严朋飞看电影的情形，她完全忘了那部电影演的什么，只记得他坐得离她很远，虽然两人座位挨着，可就是觉得他离她很远。

电影院里多是一对对情侣，都是一方亲密地靠在另一方的怀里，陈贝儿稍显尴尬地落座。

"你吃爆米花吗？"陈南问。

"不吃。"陈贝儿盯着银幕。

"那我买两瓶水吧。"陈南又说。

陈贝儿点点头。头一次约会就看电影确实很让人不自在。电影正式开始后，陈南倒还比较本分，手并没有伸过来。陈贝儿心里的一块石头总算落下。她最烦有些男人一进电影院就开始动手动脚。

只是电影演到一半，陈贝儿就看不下去了，这美国科幻片实在让人看不懂，只看了半小时她已头昏脑涨。她出去上了一个厕所，并没有着急回到电影院。

头一次因为片子难看，她等在了电影院门外。这个空当她和顾曼简单聊了几句。

"我觉得挺好的，这个男孩是你自己认识的，应该比介绍的强。年龄小就小吧，姐弟恋挺好！你赶紧把握机会，就他吧！"顾曼欣喜道。

"怎么搞得你比我还急。"陈贝儿哭笑不得。

"难得这人没对你动手动脚,说明这人素质还行,你就跟他交往吧,没准能成。"顾曼开心道。

"八字还没一撇呢!"

"我觉得有戏,等你好消息啊!你赶紧进电影院吧,别让他等太久了。"

陈贝儿收起手机便再进到电影院。

陈南问:"你上厕所这么长时间?"

陈贝儿笑笑:"这片子实在头疼,看不下去。"

"我觉得还行啊,挺好看的。"

"你们男的爱看,我还是喜欢看文艺片。"

"好吧,下回咱们改看文艺片。"

电影结束后,两人打了辆车回家。

"先送你吧,先路过你那儿。"陈贝儿客气道。

"那也行,你要不要上去坐坐?我一个人。"陈南继续试探。

"太晚了,下回吧。"陈贝儿拒绝了,但又没说得那么绝,所以加了一句下回。

陈南失望道:"都到家门口了,上去坐坐吧。家里我收拾得挺干净的。"陈南仍不死心。

"真的太晚了,都十一点了,我困死了。"陈贝儿继续找借口。

"没事,我那儿有床。"陈南直白道。

陈贝儿白了他一眼:"你赶紧下车吧,到了。"

司机停了车,陈南也不好再说什么,只好悻悻地下了车。

回到家他还发了条微信:"你也太狠心了,过家门而不入啊。"

陈贝儿心想这才见了几面,他也太着急了。

"你赶紧睡吧,我也睡了,晚安。"

她赶紧关了手机,她不想两人发展得太快。虽说现在是快餐时代,可是在爱情面前,她不想提速,欲速则不达。

[53] 我老公有外遇了

今天会议结束得早,顾曼早早回到家。

她本想先去趟超市,后来一想今天是结婚纪念日,至少应该和魏然出去吃个饭才算正式庆祝。一转眼他们结婚也五年了!

这个点魏然应该还在班上。她开了门,刚想换鞋就看到了魏然的皮鞋,他怎么今天这么早就回来了?

"魏然?"她轻叫了一声。房里没有人应答她。

她看了看魏然的房间,房门紧闭。什么情况?她走过去,隐约听到房间里有说话的声音,但声音很小,听不清楚。她下意识地扒在门口听了听。

果然是魏然的声音:"我今天提前请假回来了,头疼,可能有点儿感冒。"像是在跟别人打电话。

"我也想你啊,你什么时候肯出来见我呀,别老发照片引诱我了,我都流口水了……"还是魏然的声音。听到这儿,顾曼已经觉得事情不对了。

她忍住继续听。

"我那老婆就是一只母夜叉，就会冲我大呼小叫，我看到她就烦……还是你好，我喜欢你这样的，说话酥酥的，身材火辣的……我老婆那身材不灵……"

顾曼实在听不下去了，怒发冲冠，推开门便吼道："魏然，你在说什么?!"

魏然吓了一跳，他没想到她会这个时候回家。

"你今天下班这么早？"他颤颤巍巍地问，并想马上关闭手机。

顾曼二话不说就把手机夺了过来。她打开一看，魏然正和一个陌生女人在微信上聊天，她一页页地翻着，女人发来五六张性感照片，三点式的，露屁股的，露乳沟的，她实在看不下去了，狠狠地拿起手机往地上一摔。

"什么也不用说了，离婚！"顾曼大吼着，眼泪绷不住地掉下来，哗哗的一片，"母夜叉？你形容得挺好啊！你当初是瞎了眼了要跟我结婚吗?!"

魏然见状也吓坏了，赶紧说："你听我解释啊，不是你想的那样！"

"还什么跟想象中的人说话，什么抑郁症，你真能编啊！我还奇怪你怎么一面对我就抑郁了，怎么你妈一来你就活蹦乱跳了，你可真能装啊！"顾曼完全崩溃了。

"你听我解释，这个女孩只是网友，我们并没见过面，她人在上海，我们纯粹是网聊，我们什么也没做过，连面都没见过！"魏然心虚地解释。

"鬼才信你的话！没见过，在上海？你继续编啊！我再也不愿意听你那些鬼话！这个婚我离定了！"

"她真在上海，你看她朋友圈，我没骗你，我只是精神压力大想找个人聊聊天而已，我们真的什么也没做！顾曼，你原谅我吧！

我并没有出轨，我们只是网聊……"

"什么都不要说了！你的声音我都觉得恶心！"说完她背起包就冲出了房门，接着就是肝肠寸断的哭泣。谁能想到她这样人人称羡的白领，又是公司小主管，竟然还敌不过一个外地的网友。她戏谑地边哭边笑，像疯子一样在街头乱晃……

忙了一天没有任何成就感的工作，陈贝儿回到家。懒得做饭，手机上点了一份外卖。就在等外卖的无聊时间里，她刷了刷朋友圈。不想有个陌生人加她好友。

她问了一句："是哪位？"

对方答："谢琛。"

陈贝儿愣怔了一下，这个谢琛十年没联系了，怎么会有她微信的？

两人加上好友之后，开始热聊起来，原来是王程伟把她的微信号告诉了谢琛。虽说十年没联系，却没有任何陌生感，好像还是当年那个坐她旁边的帅气男生。如今十年过去了，谢琛远在美国，已是两个孩子的父亲了。

谢琛没想到陈贝儿仍没结婚，不禁打趣道："你不会一直在等我吧？"

陈贝儿一反常态："对，一直等你，非你不嫁。"

这下弄得谢琛反而不好答了："你这是逼我离婚的节奏啊。"

"不会让你离婚的，破坏别人家庭的事我不干。"陈贝儿正色道。

"你说当时我也是太傻了，如果当时咱们俩能在一起，现在可能就没有遗憾了。"谢琛认真地说。

"如果当时咱们俩在一起，还怎么高考，美国你也别想去了。"陈贝儿转念一笑。

"是啊，我肯定就不出国了，在国内现在也挺好的。美国生活压力也大啊。"

"可惜没有回头路啊。"陈贝儿遗憾地说。

记得高中的时候,别的班有男生追她,谢琛知道后每天放学送她回家,不让那些男生跟过来。别人还都以为他们俩是一对呢。每天一路回家有说有笑,那段日子任何时候回想起来都是甜滋滋的,那应该就是初恋的感觉吧。

有一次两人回家正巧被老爸陈其撞见,他回家后大发脾气,以为女儿早恋了,坚决不让她再和谢琛来往。其实陈贝儿心里多委屈,两人什么也没有发生,仅仅是一起回家,这都不行。

后来两人只能传些纸条说说近况。只要他俩走在一起,就有人在旁边指指点点,弄得陈贝儿脸红脖子粗的。

高中毕业后,谢琛就出了国。陈贝儿考到了北京,两人彻底失联。

"你出国时为什么连个招呼也不打啊,你什么意思?当时我真气坏了,至少咱们还是朋友,不至于连个再见也不说吧。"想起往事陈贝儿仍有气。

"怎么没打啊,我记得我给你家打过电话,你爸接的说你没在家,还让我以后不要再打了。我还生气呢。"谢琛回忆道。

"我爸没跟我说啊。"陈贝儿也陷入回忆中。那时陈其误以为两人谈恋爱,电话的事肯定也是不会说的。

"后来到美国后我还给你家寄过信呢,都石沉大海。寄了几次都没回信,我还以为是不是地址错了,或者你们家搬家了。那时我跟咱班同学联系得也少,只想知道你的情况,却一直联系不上你。幸好王程伟在机场偶遇到你,不然咱俩很可能真的联系不上了。"

陈贝儿愣了愣:"我真没收到过你的信,也可能我爸都给收走了。这事全怪他……不过,现在说这些也晚了。"想想她又觉得好笑。

"……"谢琛也叹了一口气,"命运捉弄人啊。后来我在美国上大学就交了一个女朋友,我们一个班的,毕业后就结婚了,非常简单。"

如果时光能倒流多好!两人聊着往事,许多美好涌上心头。年少的感情如此纯真,以至多年后再相遇,仍是彼此充满期待和回忆。只是人生不能只如初见,十年一晃,许多结局已经注定,相逢也只道是惘然。

陈贝儿跟谢琛正聊得火热,以至连门外一阵紧似一阵的门铃声她都没听到。紧接着手机就响了,是顾曼。

"快开门,我在你家门口!"

真的是顾曼的声音,陈贝儿吓了一跳,这大晚上的,顾曼怎么会深夜到访?

门一打开,面色憔悴的顾曼张口便说:"我老公有外遇了!"

陈贝儿脑袋一蒙:"什么情况?"

顾曼进了门,便把今天发生的一切说了一遍。从家里跑出来,她本来想回父母家,可又怕自己哭红的双眼让父母发现端倪,想了想只好投奔陈贝儿来了。

陈贝儿吓了一跳:"魏然不会有外遇吧,你弄错了吧?"

顾曼便把那女的发来的性感照片描述了一下。

陈贝儿咋舌道:"G奶?那肯定是假胸。"

"不管是真的假的,总之已跟我老公勾搭上了。那女的一看就是二十出头,我看他俩的聊天记录,那女的是医院的护士,两人还挺有共同语言。"顾曼欲哭无泪的表情。

"他们发展到哪一步了?"陈贝儿担心地问。

"他说没见过面,你信吗?"

顾曼痛苦地把脸埋在手掌里,陈贝儿生怕她哭出来,赶紧拉住她:"这也没准,如果只是网上聊一聊,也不是不可能。好多人空虚无聊在网上找个美女热聊,纯粹就是打发时间。我看没准也真没见过,只是一陌生网友。如果仅仅是网聊,也不能算是外遇。二人也并没有实质的关系。"

顾曼痛恨地说:"要见面还不随时可以见啊,这也是我发现得早……我准备跟他离婚了,美国我也不去了。"

"你别冲动,先冷静。你老公绝不会同意离的,如果他真的没跟这个女的见过面,那就并没有实质的外遇行为,充其量就是精神出轨。你为这个事离,他肯定不同意。"陈贝儿劝道。

"他是不同意,但这事由不得他,我想离,不想跟他过了。一想起那个女人的裸照我就恶心,你说还怎么过!"顾曼强忍着泪道。

"这事发生多久了?"陈贝儿也跟着心酸。

"他们应该有几个月了,几个月前我就发现他总是关在房间里跟什么人说话,一开始他还不承认,说他是跟想象中的人说话,还骗我是什么狗屁抑郁症,太过分了!"顾曼咬牙切齿道。

"是,确实撒谎这事不能容忍。而且还拿抑郁症说事,太可气了!"陈贝儿想到了可怜的诗兰,愤愤道,"他确实是太让人失望了!"

"这个婚我是离定了!我明天就找律师起草离婚协议。幸好也没孩子,离婚手续倒也不麻烦。"顾曼决绝地说。

陈贝儿知道这时候不能激她,劝道:"离婚倒不用着急,先冷静一下,万一这里面有什么误会呢?万一是这女的勾引他呢?你先冷静一个月,一个月以后你再做任何决定我都支持你。"

"我等不了,我觉得恶心!"顾曼的眼眶微红,看得出她在强忍。

陈贝儿赶紧把纸巾递给她:"你们结婚这几年,一直风平浪静的。我觉得肯定是这女的主动勾引他的。现在的女人看到条件好的男人都往上扑。我敢说你老公也只是排遣一下寂寞。你想,他晚上在医院上夜班，也够无聊的，能理解。真要是这个女人站他面前，他敢娶她吗？也不可能的，他也只是打发时间。现在的男人都这样，男人只要不肉体出轨其他也就算了。"

"这种女人我老公也能看得上，就因为大胸大屁股？他就这眼光？多丢人啊！"顾曼激动道，"你说咱们都是比较清高的人，谁能接受这个？"

"我明白，换成我，我也接受不了。但咱们都是心软的人，我觉得过了这一段，你可能气就消了，自然也就原谅他了。就像我对我父母一样，他们惹我生气的时候我恨不得一辈子不想联系他们。但他们对我好的时候，我又会把之前所有的过错都忘了，还是觉得父母好。你肯定也是一样的。等他对你好的时候，你总会原谅，那时如果你离了，可能就会后悔。所以我劝你先冷处理一下，先不理他一段时间。让他认识到自己的错，给他一个回头的机会。"劝别人都头头是道，陈贝儿坐在顾曼身边，抚着她的肩膀。

顾曼长长地叹了口气："所以说你现在不结婚是对的。现在哪有什么爱情可言，哪有什么天长地久。我老公怎么追我的，你也不是不知道。但现在又怎么样？还不是左手握右手，靠老公都是假的。幸好我还有自己的工作，我工资比老公挣得还多，我怕什么。我想得很开了，如果两个人走不到一起没什么，只要自己强大了，离开谁都能活。"

这就是顾曼，坚不可摧的顾曼。女人坚强起来真的比男人都男人。

陈贝儿握住她的手："你已经很强大了。你当然可以一个人生活得很好。只是我觉得如果离婚也不是现在，先冷静一段时间再说，等心情平复后，那时再谈离婚的事也不迟。冲动是魔鬼，任何决定都不能在冲动的时候做。"

"我现在很冷静，真的，你看我一滴眼泪都没有。"顾曼定定地看着她。

"别忍着了,想哭就哭吧,哭出来也会舒服些,可是妆花了可别怪我。"陈贝儿打趣她。

下一秒顾曼便落下泪来,紧接着她又破涕一笑:"都怪你,你还来招我……"说完把头靠在陈贝儿的肩头,那是她最脆弱的时候吧。即使强大如顾曼,在婚姻里仍是无助的。

劝了半天,最后顾曼还是同意妥协,先不提离婚的事,先过一段时间再说。她也不确定自己会不会原谅丈夫,一切交由时间来决定。

结婚这几年,她和魏然基本没红过脸。魏然脾气好,也无不良嗜好,他们一直是别人眼中的模范夫妻,谁能想到这样的老公也会出轨?

陈贝儿一把拉起顾曼:"别想了,早点休息吧。我这儿地方小点儿,你凑合一晚,明天赶紧回家吧。"

"我不想回去,你不是让我先冷静一个月?"

陈贝儿摇摇头:"好吧,那我只好暂时收留你,只是暂时噢。"

顾曼好不容易挤出一点笑:"可我睡不着,不想睡。"说着泪又成片流下来。

陈贝儿见她这样,知道心里的怒火仍没发出来,便说:"那走吧,看电影去,到电影院里哭别人也看不见,走吧——"

顾曼站了起来:"这个主意好,好久都没进电影院了,走!"

那天顾曼在电影院里哭了个稀里哗啦。头一次见顾曼这么难受。陈贝儿也只能默默陪着,除了陪伴和倾听,她不知还能为她做些什么。

"如果有一天我跟老公真离了,你也不用替我难过,我从此远离臭男人,我就一个人过了,也挺好。"顾曼感慨道。

"你不会,你后面追的人一大把,没准你都二婚了我还是嫁不掉。"陈贝儿配合地笑笑。

"别胡说，你一定会嫁得很好，你这么善良，这么能干，谁娶了你是上辈子积的福报。"顾曼鼓励道。

"你也不会离的，我了解你，过几天你就心软了。"

两人肩并肩走在回家的路上，夜风袭来，没有太寒冷，却也没有任何温度。也许那一刻两人都麻木了，任凭这样的夜将她们吞噬，没有恐惧，没有悲伤，也没有欢乐。

生活给予我们的大抵就是这样的感受——因为知道黑夜的尽头总会有曙光，所以再冷的夜也不会太担心；而白天的温度也总会被夜晚侵蚀，贪恋阳光的野心也终会慢慢平复。

一切感受都是淡淡的不痛不痒的时候，风暴就真的过去了。

[54] 男人这个物种可以灭绝了

陈南加完班，匆匆吃完公司发的盒饭，便挤进了地铁。

这个破公司天天加班，累得他的腰都快断了。

几次他都有想辞职的冲动。想想还是干到年底再说吧，至少得把年底奖金赚到。

回到家，一片狼藉，衣服、酒瓶从这间屋铺到厨房，连个下脚的地方都没有了，看来必须得请个女人回来收拾了。

他打开手机，想也没想就点了陈贝儿："嗨，干吗呢？"

陈贝儿回道："收拾屋子。"

陈南一乐："我也正想收拾屋子呢，你来找我吧，顺便也帮我收拾一下。"

"美得你！"陈贝儿心想这人脸皮够厚。

"咱们好久没见面了吧，哪天约呀？"陈南躺到沙发上。

"周末看看吧。"陈贝儿也没拒绝。她对陈南并不讨厌，只是不想发展得太快。

"我挺想见你的，我觉得咱们挺合适的。我就想找一个比自己大的。"

"你以前的女朋友比你大？"陈贝儿问。

"对呀，她比我大八岁呢，我觉得我们特合拍，尤其是那方面。"陈南直言不讳。

这话让陈贝儿有些不舒服："既然这么合拍，怎么也分了？"

"她有老公。"

陈贝儿差点把喝到嘴里的水喷出来："有夫之妇你也交往？！"

"没办法，我生理需求特强，正好她老公也满足不了她，我们一拍即合。"

陈贝儿突然觉得这个陈南并不是她想象中的幼齿，似乎也并不是什么好人。

陈南继续说："我那方面特别强，尺寸比一般人的大，时间也比一般人长，真的！要不我们试一试？"

"流氓！"陈贝儿拉黑他的心都有了，真是人不可貌相。

"我可不是流氓，我都是真心和女孩交往的，我也没主动抛弃过谁，都是女孩抛弃我。也可能我光注重那方面了，忽视了其他交流。"

陈贝儿突然不想回复了，这个陈南让她一下失望了。

"你看，要不咱们俩约炮吧，咱们当炮友挺合适的。目前我也不太想结婚，但我又需求强，如果你能当我的炮友，我保证让你很满意。如果你愿意，我每天都可以满足你……"

陈贝儿毫不犹豫地将此人拉黑了。

简直是人渣！现在男人都怎么了，一个比一个恶心。想想顾曼的遭遇，再想想自己最近遇到的这些垃圾人，真觉得男人这个物种可以灭绝了。

自从香茶有了代言人之后，销路并没有显著增长。

袁刚急得团团转，动不动就给沈连打电话，让他再帮着想想办法。

沈连从没把袁刚这样的人放眼里，这个层次的人他真看不上。袁刚几次约饭，沈连都推了。即使王一铭亲自请他，他都未必会去，更何况是袁刚。

香茶这个项目他也看到没有市场了。现在送礼的少了，高端茶叶卖不出去，低端的又有些廉价，如果这个茶本身没特色更不好卖。香茶只是一个噱头，名气不够，他早已看到前景了。也幸好他醒悟得早，赶紧将云南那个茶园转手了。

至于王一铭这边，他该赚的钱已经赚到了，茶叶能不能卖掉就跟他无关了。

当初他的建议是做个五千袋先试试，谁知王一铭太贪心，一下做了两万袋，听袁刚说都压在库房里。这就活该了，现在卖不动找我回购，脑子进水了吧。沈连愤愤地想，一个饭桶袁刚再加一个弱智王一铭，还不够他闹心的。至此他决定再不与毅迅公司合作了。

不想这天王一铭亲自约请，请他一起泡温泉。沈连看了一下地点是在某郊区温泉酒店。他还是拒绝了，王一铭打的什么算盘，他心里有数。

不想王一铭说会派代言人安安去接他。

这是打美女牌？想了想，他也只好答应了。有时候也得身不由己地给合作者面子，尽管他再也不想跟王一铭合作了。

安安美女只可远观不可近看，本人那巴掌大的小脸再加快戳死人的下巴，眼角开到了鼻梁，照片还能看得过，本人实在有点吓人。

他给袁刚出招找个网红当代言人，但至少也得找个本人能说得过去的。这个袁刚办事真叫人哭也不是，笑也不是。

王一铭打的这个美女牌实在让人提不起兴趣。

没想到真正碰面以后，王一铭身边除了安安还有一位美女。

这个美女完全不是网红脸，很有些特别的味道。

四人一起泡汤这事对沈连来说多少有点尴尬。毕竟他都结婚六年了。安安和那个美女都穿着三点式，大秀火辣身材。很明显，安安分给他，另一个美女则陪着王一铭。

"沈总，我来介绍，这位是安安不用说了，咱们的茶叶就靠她了。这位是新晋网红安妮，我们也准备进行下一轮合作。"王一铭搂着安妮，两人一看关系就不一般。

沈连说了几句不痛不痒的话，然后进入主题："王总今天把我叫来，是有新项目合作？"

王一铭笑笑："沈总还真是急脾气。这次我特意请你过来泡温泉，你没发现什么特别之处？"

"王总所谓的特别之处不是说安安和安妮这对姐妹花吧？"沈连笑笑。安安温柔地钻到他怀里。

"哈哈！"王总朗声大笑，"这对姐妹花当然好，我想说这温泉水也不赖吧，你细看看这水质和颜色，再闻一下味道。"

沈连并没发现水质的特别，只是觉得水的颜色有些深，至于味道他只闻到了安安身上的香水味。

"安安的香水很好闻啊，比水的味道好闻。"沈连打趣道。

王总又一笑，他从水底拿出了几个药包递过去："沈总你看，这是咱们的香茶，把他放在温泉里泡效果特别好。这个功效可以开发啊。"

沈连这才明白了王一铭这趟的目的："王总的意思是想跟温泉酒店合作？"

"沈总的人脉广，我们可以一起合作嘛。这对咱们茶叶的销路也有好处啊。"王一铭不得不拉上沈总，身边的人不得力，光指着袁刚估计要全赔了。

沈连知道王一铭的用意,只是他真的不打算再跟此人有任何合作。当然这话他不能直说,只好打哈哈说:"这个思路也不错,就是不知喜欢泡温泉的人多不多,这个还得做市场调查啊。"

王一铭知道沈连不会轻易答应,也只好说:"不急,咱们泡完温泉去吃海鲜,这里的海鲜很有名。安安,你可得好好陪沈总啊。"

"那当然啦……"安安娇滴滴的声音响起来,沈连鸡皮疙瘩都起来了。

顾曼在陈贝儿家住了两天就搬回父母家了,她担心魏然找到父母那儿,反而更添乱。

父亲见她要回来住,第一个感觉就是夫妻俩是不是吵架了。顾曼赶紧解释说魏然出差一段时间,她一个人怪害怕的,所以搬回来住两周。

母亲坐在轮椅上,她已经认不出顾曼了,直问谁回来了。

父亲喊了一声:"女儿回来了!"

她仍坐那儿一脸迷茫:"谁的女儿?干吗住咱们家啊?"

母亲的老年痴呆症又重了,目前医学上对这个病没有有效的方法。顾曼走过去,看着母亲摔得遍体鳞伤,心疼得眼泪都下来了。

"唉——"父亲长叹一声,"脑子坏了,身体也跟着垮了。小脑萎缩后,身体失去平衡能力就会摔跤,保姆看都看不住……有时候好好的,她就往墙上撞……"

顾曼擦去眼泪,看着母亲:"妈,我小曼啊,我回来住一段,陪陪你……"

母亲陌生地看着她:"你帮我找找,我的钱包不见了,前两天还看见了,这家里肯定有贼,老有人偷我钱。"

每次翻来覆去都是这几句,顾曼赶紧把抽屉里的钱包塞到母亲手里:"妈,你看看,钱包在这儿呢,没人敢偷您的。"

母亲赶紧攥紧钱包,生怕再不见了。

父亲和顾曼对视了一眼，都有气无力地垂下眼睑。

目前老年痴呆症没有办法治愈，医学上一直是个空白。顾曼隐隐地想，将来的自己或许会和母亲一样得这个病，一想到这个，她的心境越发凄凉。那一刻，她突然觉得以后的生活再不令人期待了，好像所有的快乐都被一双双无形的手给抢走了，自己多久没有笑了？再看着父亲满头银发，年迈的父亲又多久没笑了？

当快乐从身边消失的时候，还有什么东西可以期待？

[55] 那是积压多久才能成股流下的眼泪

　　百叶窗被拉得密不透风。袁刚坐在王一铭对面内心虽是颤颤巍巍，表面还得佯装镇定。
　　王一铭看着他就气不打一处来，口气坏到了极点："沈总那边谈得怎么样?!"
　　袁刚皮笑肉不笑道："正谈着呢，对温泉这个项目沈总还挺看好的，他也答应帮着联系几家温泉酒店。咱们这个香茶应该不愁销路了。"
　　王一铭一股火就蹿了上来，沈总什么态度他早就门清了，没想到袁刚还在这儿打肿脸充胖子。他直接抄起桌上的一本书摔了过去："你放什么屁！沈总原话是这么说的吗?! 他要是有兴趣，到现在都没个动静?!"
　　袁刚对这一举动完全没防备，当书摔过来的时候他吓了一跳，直接从椅子上跳了起来。
　　"王总，您别激动啊，有话好好说嘛。"

王一铭恨铁不成钢似的看着他:"我问你,香茶还有多少库存?你多久才能卖出去!"

"这个……这个……"袁刚半天说不出话来,他实在黔驴技穷。

"你说话呀!"王一铭又拿起一本书摔出去,这次是直接摔到了他脸上。

袁刚捂着脸,更张口结舌。他真没想到表面看着挺斯文的王一铭,竟然暴力倾向如此张狂。这种人千万不能火上浇油。他口气嗫嚅着:"我马上再找沈总商量,我马上!"

"还不赶紧去!滚!"王一铭直接爆了粗口。

他现在真有点后悔挤对赵恒走了。如果他还在,至少比袁刚强百倍。这么个饭桶在身边真是成事不足,败事有余。

袁刚赶紧扭身想逃。

"把书捡起来再滚!"王一铭又吼了一句。

袁刚赶紧把书捡起来小心地放到原位,灰溜溜地走了。

王一铭看着袁刚的背影,气得胸口都发紧。这些破香茶如果年底再卖不出去,都不知怎么跟集团领导交代。

袁刚回到座位上,抹了一把脸上的汗,从没做人如此狼狈。这个王一铭也太狗眼看人低了。自己看中的香茶,卖不出去赖到我身上,凭什么呀?!

他越想越气,可当同事的面又不敢发作,只好拿了一包烟冲进了厕所。几支烟的工夫,他突然计上心头。这个王一铭不把自己当人看,那也不能让他活得痛快了。想好了计策,袁刚横冲直撞地从厕所冲出来。

苏苏正好也从厕所出来,撞见袁刚怒发冲冠的样子有点不解,正想跟他调侃几句,谁知袁刚都不抬眼看她,直接走了。苏苏白他一眼,想想几个月之前,他没进公司的时候还天天殷勤地冲自己眉来眼去、嘘寒问暖的。自从成了同事以后,更确切地说他高升了以后，就简直把自己当陌路人了。可见同事之间没什么情义可言。同事之间若能谈上恋爱的肯定是真爱。

苏苏刚在位子上坐稳，孙娜就打电话把她叫了过去。

苏苏脑中一阵恍惚，她的主管领导是黎玉，怎么孙娜会叫她？听口气还挺急的，难道是跟陈贝儿有关？

等苏苏推开办公室的门，发现陈贝儿早已坐在了孙娜对面。

两人对视了一眼，面面相觑。显然陈贝儿也不知孙娜同时把她俩叫来做什么。

孙娜见苏苏进来，便开始说："正好你们俩都到了，我就一块儿说吧。集团下个月要到公司来调研，公司准备做一本画册，这个项目准备交给你们两人。苏苏你以前是做宣传的，对公司这几年的活动都比较熟悉；陈贝儿，你之前跟出版社合作过几套书，对出版这块比较熟悉，所以这个画册交给你们俩来做比较合适。你俩又是闺蜜，默契也比较好，相信这个项目能顺利完成吧？"

陈贝儿看了一眼苏苏，便问："时间上有什么要求？"

"时间比较紧，现在已经是八月底了，十天得完成这个画册，再加上印刷的时间，9月20号左右要拿到画册成品。"

"时间够紧的。"两人肚子里都在嘀咕，但嘴上又不能说出来。

苏苏忙问："美编安排谁了？"这是重中之中，画册这种东西美编太重要了。

"美编交给策划部的杨莉了，你们可以跟她沟通一下。"孙娜说。

"这个画册要什么风格的？"陈贝儿又问。

"没什么具体风格，就是大气一些，有纪念意义的东西别做得太俗。将来这画册印出来，人手一册，也会往集团发一百册，集团的领导也都会有，所以这个画册对公司来说非常重要，不能有任何错误。你俩听明白了吧？"

苏苏和陈贝儿同时点了点头。

孙娜递过来一份纸质材料："这些资料你们看一下，公司每年发生的大事件都在里面，画册要按时间顺序排列，图片我已经转给杨莉了，具体怎么排版，怎么设计，你们自己沟通吧。初稿排出来，你们交给我。时间要快，下周就得交初稿，不然来不及。"

两人从办公室出来都有些沮丧。

"你说这活儿为什么交给咱们俩，这明明就是策划部的事啊。"苏苏皱眉道。

"策划部那俩人谁能接？成天陪着领导出席活动，我看快成领导专职秘书了，谁愿意干这出力不讨好的事。"陈贝儿低声道。

"我怎么觉得这事有点儿不对劲啊。"苏苏也压低声音道。

"肯定是白使唤咱们俩呗，你以为还能开劳务费呢。"陈贝儿知道凡是这种没人愿意接的活儿肯定会安排到她身上。

她拉了一把苏苏："走吧，赶紧去找杨莉吧，这姑奶奶也不是个省油的灯。"

杨莉一直在策划部当美编，平时给公司设计点东西。此人微胖，长相平凡，年龄比她俩都大，说话嗓门特别尖，特别会拍马屁，跟几个大领导关系都不错。以前她俩跟杨莉接触都不多，去年发生的一件事让杨莉在公司出了名。

据策划部的人说，杨莉和老公关系一直不好，两人也一直没孩子。但碍于老公是副局级干部，在单位是二把手，社会地位使然，一直也没离婚。有一段时间杨莉成天跟销售部的刘健在一起，听说有一次在办公室里亲热还被同事撞上了。那段时间这两人的八卦成了大家茶余饭后的笑点。但大家都把这事当笑话看，也没人当真。谁知突然有一天听说刘健在公司门口被打了，据传打人的就是杨莉的老公。这下公司上下沸腾了，老公亲自到公司来打人，说明这八卦就不是捕风捉影了，看来十有八九是真事了。再后来，刘健就辞职了。

据说杨莉的老公找王一铭谈了话,要求必须开除刘健。为了息事宁人,王一铭也只好照做。

从此大家把杨莉视为了公司网红。鉴于此,苏苏和陈贝儿也从不敢招惹这位敢爱敢恨的大姐,敢在公司公开搞小三的除了黎玉应该就是杨莉了。但黎玉是跟王一铭,谁也不敢多嘴议论。杨莉就有些委屈,只要人多扎堆的地方大家都爱议论她。其实杨莉私下要比黎玉低调多了,平时也不怎么打扮,也不化妆,走在人堆里最邋遢的那个肯定是她。这样的外形都很难跟八卦沾上边。

最近大家突然发现杨莉的肚子大了起来,原来是怀孕了。于是八卦又开始了,这孩子到底是谁的?

杨莉之前和老公结婚六年一直都没孩子,怎么刘健一走,就怀上了?大家乐此不疲地议论来议论去。当然最后的结果还是不知道这孩子到底是谁的。

苏苏和陈贝儿从不关心这些无聊的八卦,孩子即使是刘健的又怎么样,人家照样没离婚。都是吃饱了没事干,拿点八卦打发无聊的办公时间。

现在这个项目交给了杨莉,苏苏还是有些翻白眼。

"我之前从没和她打过交道,我印象中好像连句话都没说过。"苏苏回忆道。

"我跟她偶尔碰上了点个头,好像也没多说过话。"

二人边说边去了策划部。

"等下讨论业务可别带情绪,有什么说什么。"陈贝儿叮嘱道。

"当然,除了工作我真不想跟她多说一句。我一想她和刘健在一起的那个画面我就觉得恶心。"苏苏吐了吐舌头。

陈贝儿嘘了一下,示意她严肃。

见到杨莉时,才发现她的肚子又大了一圈。两人先以何时生啊作为开场白打招呼。

"刚四个多月,还早呢。只是我比较胖,显得肚子比较大。"杨莉笑出了双下巴。

"这个项目孙主任和你说过了吧,你接这活儿行吗?电脑对胎儿有辐射吧?"陈贝儿关心了一句。

"我穿着防辐射的衣服呢,应该没事。我拿手机试了一下,手机盖上防辐射服就没信号了,应该能管用。"杨莉尖细的嗓音慢悠悠地传来。

"那还好,这活儿比较急,你先设计一稿,我们来修改,你先按你喜欢的风格做一稿,孙主任说风格要大气,别太俗。"陈贝儿道。

"没问题,太俗的东西我也做不出来。行吧,我今天就开始弄,弄完发你们,你们把文字尽快给我,我先排图。"

陈贝儿道:"没问题,文字下班前肯定能给你。"

苏苏又补了一句:"辛苦了!"

"没事,这是公司的大项目,能交给我也挺好的。"杨莉灿笑,露出旁边的小虎牙。

陈贝儿和苏苏眼神一碰,悄声说:"那我们先走了,有事QQ点我。"

从策划部出来,苏苏才敢用正常语气说:"这杨莉一看就是挺会拍马屁的,不然走的人为什么不是她而是刘健。"

陈贝儿在楼道里四下一看,嘘了一声:"谁不喜欢拍马屁的下属。"

像她和苏苏这种的,估计当领导的都会烦。不过两人也算开心,进公司以来还从没一起做过一个项目,现在两人一起干也不错,总好过让一个人扛。想到这一层,两人都雀跃起来,好像浑身立刻充满了干劲。

孙娜正好从办公室出来倒水,路过茶水间时看到这姐妹俩的身影,不免哼笑了一下。这一对傻姐妹外表看着挺机灵,实际就是一对二百五。公司里的姑娘小伙哪个不是领导长领导短的,就这俩傻姑娘见人都不会叫,笨嘴笨舌,也难怪王总会看不上。

方溪帮诗兰办完了出院手续顺便就给陈贝儿发了微信。本来她想回南京之前大家再聚一次,但陈贝儿加班也无法前去,两人只好打了个电话告别。

方溪说诗兰状态不错,已经可以去楼下的商店转转了,晚上也能睡得着觉了。

陈贝儿松了口气,但愿她出院后能慢慢好起来。

"只是她依赖性太大,晚上还是要有人陪她,特别没有安全感,总怀疑别人要害她。这种精神疾病确实比较难根治。只希望她能慢慢融入社会,能自己独立生活。我也不可能总陪她,她父母年纪大了,也不可能伺候她。我看将来她还得雇个保姆,不然凭她自己比较难……"方溪断断续续说了一些诗兰的情况。

陈贝儿叮嘱道:"她出院后最好养个小狗或者小猫什么的,让她去照顾小动物,慢慢培养出她的生活能力。而且她必须每天制订生活计划,每天几点做什么,必须安排好。她现在不上班,要培养一个固定的作息时间,不能天天躺床上什么都不干。什么时间看书,什么时间去超市,什么时间走路,什么时间看电视都列一个计划表,照着去做。不然她很难好起来,过一段又会再犯。"

方溪道:"是啊,我也跟她说了,不知道她能不能照做。其实她身体什么毛病都没有,验血各项指标都合格。但她就是成天说自己这疼那疼,浑身都不舒服,一会儿又说心脏不舒服,可查了一点毛病都没有。她就是疑心病。"

"是啊,这是她的一种幻觉,她觉得有人害她,实际并没有;她觉得心脏不舒服,实际也没有。她就是活在了幻觉中,别人拉不出来。我怀疑她自己说头晕、听不得嘈杂的声音也是因为她陷在幻觉中，实际她可能没有头晕，但她觉得自己在头晕。"

"没错，我也是这样想的。如果她不舒服，至少身体的指标会显现出来。如果各项指标都合格，说明她一点病都没有，全是精神上的。"方溪分析道。

陈贝儿接着说："让她养小动物、列作息表，就是为了把她从幻觉拉回到现实中。这个恐怕你要和她父母谈，让她父母监督她每天的生活作息。"

方溪点头道："我会和她父母说，只是她父母年纪太大了，我都怀疑能否监督得过来。"

陈贝儿叹了口气："所以说人不管得什么病，千万不能精神出问题，不然即使有再好的身体也是没用的。抑郁症也是一种精神疾病，只是有的人轻，有的人重。像诗兰这种情况还好，至少她能正视自己这个病，像她这样的就不会自杀，因为她已接受自己得病的事实。就怕有些病人他不能接受自己得了这个病，生怕别人知道。这种情况的病人自杀的概率就特别大……"

两人正说着，苏苏又过来找陈贝儿问画册的事，她只好挂了电话继续加班。

周末，梅若琳跟陈贝儿见面的时候，脸上突然多了一块瘀青。

吃饭的时候，陈贝儿看着那块瘀青，终于还是忍不住问了："你不会又是打球打伤了？"

梅若琳掩饰地笑笑："还好，过两天就散了。"

陈贝儿沉吟一下，还是说："这伤应该是打的吧？已经不止一次了。"

梅若琳面色一沉，眼光定在桌前的那碗汤上，她若无其事地盛了一碗汤。

"谁会把你伤成这样？应该不是女人干的，你不会告诉我是你老公吧?"陈贝儿不知哪里来的勇气,直接说了。

梅若琳仍是不动声色地喝着汤,什么也不说。

"我知道你不想说,你就是死要面子活受罪。如果真是你老公干的,这种男人早该离婚了!家暴的男人决不能原谅,你原谅了这次还会有下次!你是资历这么深的心理咨询师,你能不知道吗?"陈贝儿说得有些激动。

梅若琳强忍着笑了笑:"你希望我离婚?"

"我不是希望你离婚,我是不希望你再受伤害!有暴力倾向的男人必须远离!"陈贝儿说得有些失态,她是太心疼若琳了。

"你放心,不会再有下一次了。"梅若琳面色紧绷,那表情严肃得有些吓人。

"谁来保证?"陈贝儿抬眉。

"我来保证。"梅若琳说得淡淡的,却又好似很坚定。

"你要保护自己啊!别硬撑着。"陈贝儿觉得她坚强得有些过头。以前她觉得顾曼已经是坚不可摧了,可跟梅若琳一比,还是小巫见大巫。

白天的一幕重复袭来。梅若琳清醒地知道发生了什么。

这已经不是第一次了,差不多隔一两个月就会发生这么一次。只要他喝了酒,只要他们吵了架,那男人就会像疯了一样打人。风暴过后,他又会无比后悔,一次次跪求她原谅。这样的日子何时是头?每次原谅之后,很快又会再来,噩梦一般。她下了多少次狠心,可男人软话一来,对她再好些,她又忍不住原谅了。她爱他,爱了这么多年。可是打人的习惯却一直改不了,成为两人无法逾越的障碍。

这一次,她已经下了狠心,不能再忍了,她必须要离婚!没想到就在她下定决心的今天被陈贝儿说了出来。梅若琳沮丧地靠在椅背上,却没有一滴眼泪。已经流得太多太多,好似流干了一样,再悲伤的时候都哭不出来了。

陈贝儿看着这样的梅若琳有些不知所措。她知道她不愿意打开心扉，她心里有一扇门，不愿意向外人甚至朋友打开。

"我决定离婚了！"酝酿了半天，梅若琳终于说了出来。

陈贝儿松了一口气，她终于肯说出来了。

"我支持你，无条件地支持你！"

梅若琳痛苦地挤出一丝笑："以后咱们并肩作战，我再也不是一个人的战斗。"

"你早该告诉我，你太逞强。"陈贝儿不知是该哭还是该笑。

"我是逞能，不知天高地厚，以为自己什么都可以，可以应付一切。"梅若琳长长地呼出一口气，说出来心里舒服多了。

"你是可以应付一切，你是女魔头，我是你的小跟班。"陈贝儿也努力一笑。

"就是太累了，累得我瘦了好几斤。"梅若琳自嘲。

"正好你想减肥，倒也没吃亏。只是以后不能再瘦了，现在刚刚好！"陈贝儿鼓励道。

"我还不如你，真的，别看我年纪比你大，看上去也比你强悍，实际是外强中干。"梅若琳无措地一笑。

陈贝儿摇了摇头："我也是外强中干，要不为什么咱们俩走在了一起。"

"我打算离婚的事你不要跟其他任何人说，尤其是陶莎。"梅若琳嘱咐道。

陈贝儿知道她和陶莎之间的关系微妙，她们是对手又是合作者，离婚的事自然不想让对方知道。

"你放心，你看我跟陶莎连微信都没加，我们的关系就这么淡。她知道我跟你好，自然也不会跟我走近。"陈贝儿给她吃定心丸。

"接下来我会请两周的假，也可能更长，离婚的事需要时间处理。我不在的时候你能替我就多替我。我会跟陶莎给你申请补贴。"

陈贝儿笑笑："行，多申请一些！我最近想买车了，需要钱。"

"你摇到号了？"梅若琳换了口气。

"我觉得快了。"陈贝儿笑了出来。

"你这家伙，没心没肺的，真拿你没办法。"梅若琳又气又笑。

她才明白自己为什么愿意跟陈贝儿在一起，只有让自己变得没心没肺，人才能快乐起来。面前的这个傻丫头就知道关心别人，自己混得比谁都惨，还要去关心别人开不开心。这样的傻姑娘怎么不叫人去心疼她？

"谢谢你！"梅若琳用了一种从未有过的语气。

陈贝儿一愣："谢什么？"

"谢你陪我吃饭。"梅若琳不想多说，一切尽在不言中。在感情方面她向来是个不喜表达的人。

"你的意思这顿得我买单了？"陈贝儿做了个鬼脸。

"行，从你补贴中扣吧。"梅若琳故意道。

"讨厌——"

就在两人没心没肺地大笑时，梅若琳竟然笑出了眼泪。头一次她不加掩饰地哭了出来。没有任何声音，只是眼泪成股地流下。

陈贝儿愣愣地看着，那是积压多久才能成股流下的眼泪。

[56] 刀子嘴豆腐心

周日,父亲盯着顾曼在厨房忙活的身影,随便问了句:"魏然出差还没回来呢?"

顾曼停下手中的活儿,很熟练地答:"还没。"

"他怎么出差这么长时间?"父亲不解道。他看这几天顾曼都面色沉重,也能猜出个八九分,两人多半是吵架了。

"公司忙吧。"顾曼什么也不想说。

"周末你也回家收拾收拾吧,我这边有保姆,做饭都有人。"父亲想给顾曼找个台阶。

"没事,我就是想跟妈多待几天。"顾曼继续洗手中的菜。

这时门铃突然响了,她一阵慌乱,她的直觉是魏然。

果然父亲开门后笑道:"魏然回来了,出差刚回来吧?"

魏然心知肚明,尴尬地圆场说:"是啊,我是来接顾曼的。"

父亲赶紧说:"她在厨房呢,中午一起吃饭吧,吃完你们就回家。"

顾曼心一紧，恨又不是，不恨又不是。

魏然赶紧挤到厨房，冲顾曼低声说："我是来道歉的，回家吧。"

顾曼不说话，继续洗菜。

魏然怕岳父看出来，只好又走出厨房说："爸，我今天给您露两手，我做的鱼您不是最爱吃吗，我今儿特意买了一条鲈鱼。"

"好啊，好久没吃上你做的鱼了。"父亲乐呵呵的。自女儿结婚以来，他对这个女婿还是非常满意的，基本没挑出什么毛病。

魏然在厨房洗鱼，一边时不时地跟顾曼道歉。半个多钟头，魏然做了一桌子菜，没让顾曼动手。说实话，这也是当年魏然最打动顾曼的地方。

男人有一手好厨艺，女人就特别会有嫁他的冲动。每天能吃到丈夫亲手烹饪的美食，是多少女人的梦想。一个男人，喜欢待在厨房变着花样做出可口的饭菜，这种感觉多让女人踏实和安心。踏实——是心甘情愿地想跟他过日子的那种踏实，安心——是秋裤扎在袜子里的那种安心，都是实实在在的。只是再强大的厨艺也敌不过小三的杀伤力。在小三面前，所有的踏实和安心都变得无影无踪了。

顾曼边吃边想着这些乱七八糟的事，面上还和父亲说着话，不想让他看出来。

父亲也不傻，见二人面上都有些不自然，就知道两人肯定吵架了。他故意道："魏然，你也别成天忙工作，有空带顾曼出去转转，去国外旅游度假，别成天闷着。"

"是，爸，我正想这些日子休假呢。"魏然赶紧应和。

"你俩到现在也不要个孩子，我这个老头子什么时候当姥爷啊！"这是老人的心病，看着同龄人都有了孙子、外孙，自己心里酸酸的，不舒服。

"爸，我一直也想要孩子，顾曼她总不想要，您也劝劝她……"魏然说完看了顾曼一眼。顾曼没理他。

"小曼，你也别任性了，你们俩结婚这么多年，不要孩子始终是不对的，你听爸一句话，趁你妈现在还活着，赶紧生个外孙给我们看看。你妈看到了也高兴……"

说到这一层，顾曼不好再反驳了："……也不是没要，一直没怀上。"

"爸，您放心，这个任务我放在第一位！"魏然用力笑笑。

他盯着顾曼，可顾曼就是不接他的眼神。

吃完饭，父亲开始赶人："碗你们别洗了，让保姆洗吧。你们俩赶紧回去吧。"

这一声令下，顾曼也不好再坚持了。

魏然打开车门，请顾曼上车，嘴上仍是一个劲地道歉。顾曼坐上了车，她不得不佩服陈贝儿的话。她竟然真的开始心软了。她以为她会一直恨下去，可是当魏然把一桌子菜做好了，努力冲她微笑的时候，她就已经心软了。

"夫妻哪有隔夜仇啊，赶紧好好过日子，别太逞强了，你们俩赶紧要个孩子，不要孩子始终不稳定，记住爸的话。"打开手机，就看到了父亲发来的短信。顾曼突然鼻子开始发酸。

魏然看着这一幕，一个劲地说："顾曼，以后我重新做人，再也不找什么网友瞎聊了。你放心，我今天在你面前发毒誓！真的，你相信我！再也不会了！"

顾曼看着前方，头微微仰起，抑住快要流出的眼泪。

"以后我的手机你随时检查，我要是再有下次，我不姓魏！真的，顾曼，我是认真的，你一定原谅我！"他抓住了顾曼的手。

"你好好开车！"顾曼推开他。虽说已经不恨他了，可要马上原谅也不是件容易的事。

"小曼，咱们要个孩子吧。我真心想要个孩子。"

顾曼看着前方，也许父亲说得对，没有孩子家庭始终会不稳定。也许男人当了父亲以后会有质的改变。

魏然的手再次伸过来。这一次，顾曼没有推开他。以前一直排斥孩子的她，现在终于动摇了。

经过几天加班加点，公司画册的初稿终于完成。苏苏和陈贝儿一起把打样交到了孙娜手上。

孙娜接过来翻了翻："干得还挺快，行，我回头再交给王总看看，有什么改动再叫你们俩。"

苏苏还以为能轻松几天了，陈贝儿提醒道："你别美，他们肯定会改个稀里哗啦，再让你重新编校。"

"他们不会这么变态吧？"苏苏吐舌道。

"交给领导的东西，如果他不改怎么显得他比你强呢。"陈贝儿总结道。

"还好，杨莉没为难咱们，不然也不好合作。"苏苏听说之前杨莉和别的同事合作时都吵翻了，幸好这一次她还比较正常。

"你尽量说她爱听的话就完了，别说真话就行。"陈贝儿坏笑道。

羽毛球卡办了好久，都没打过几次。顾曼忍不住冲陈贝儿发牢骚，问她能不能好好健身了。

陈贝儿一乐，知道顾曼的情绪调整过来了："我早想打了，就怕你懒。"

"下午三点到四点我订好了，不许迟到。"顾曼也笑了。经过这一段的折磨，她总算把那点事看开了。也该恢复自己的生活了，成天活在自怜自艾中，精神没垮，身体也垮了。

酣畅淋漓地打了一个钟头后，顾曼坐到了地上。

陈贝儿喊道："你打鸡血了吧。我以为你都浑身无力了，谁知你这么猛。"

"我得锻炼身体了,没有好的身体一切免谈。"顾曼边擦汗边说。

陈贝儿呵呵了两声:"你这状态看来是渡过难关了吧。你原谅他了?"

"谈不上原谅,也不可能当这事没发生过。只是觉得两人在一起总不可能一帆风顺,总得给你设儿个坎儿。过去了就过去了,过不去就离,我也想开了。"顾曼这种心态也不知是消极还是积极,她好像内心有些麻木,又有些不甘愿;不想停下来,又不想走得太快,内心充满了矛盾的东西。

"我就说吧,过一个月你肯定好了,你跟我一样都是刀子嘴豆腐心。魏然一哄你,估计你也心软了。"陈贝儿把她拉起来,坐到椅子上。

"有一些观点确实应该改变了,不然自己会很痛苦。将来你要是结了婚你就会明白。"

"我估计结不了婚了,身边有几个婚姻幸福的?"陈贝儿向来是悲观主义者。尤其是面对婚姻,她就像泅于海底的溺水者。

顾曼正要开口,一个中等身材的男人走了过来:"能跟你们一起打双打吗?我们正好两个男的,配你们两个女的。"

陈贝儿和顾曼意外地对视一下,马上顾曼应道:"好啊,一起打吧,我们打得不好啊。"

"没事,我们打得也不专业,就是大家一起玩玩。"男人大方道。

陈贝儿自知打球水平偏低,还有点不好意思:"如果打输了,请多包涵。"

男人笑道:"没事,输了算我的。"

这时另一个男人也走过来。就这样四人打起了混双。

男人自我介绍道："我叫梁升，他叫郭凡，认识你们很高兴。"

陈贝儿也介绍了一下她和顾曼。四人就算认识了。

一场球结束，顾曼这队居然输了。

梁升得意道："你看看，我说输不了吧，有我呢。"说完示意要和陈贝儿击掌。

陈贝儿赶紧回应，表情却极不自然。顾曼看到眼里，只是笑。

"咱们加一个微信吧，以后可以约着一起打球。"梁升主动道。

"好啊，加一下吧。"顾曼替陈贝儿加了微信，顺便又问那两个男人，"你们俩都是单身吗？"

梁升尴尬道："我是单身，郭凡结婚了。"

顾曼赶紧回道："陈贝儿是单身，我也结婚了。你们多联系啊！"

陈贝儿尴尬地瞪了顾曼一眼。

梁升笑道："好啊，以后我们可以多打球。我也加你一下微信吧。"

"好啊。"顾曼也大方地加了他。

四人正说着，又走过来一个男人。

梁升马上介绍道："我们这个队是网上组织的俱乐部，几个人经常打就熟悉了。这人也是我们队的叫刘远峰……"

"刘远峰？"这名字何等耳熟！陈贝儿一愣。随着眼前这个人的走近，她忽然恍然大悟，这不就是之前相亲的那个渣男吗？

她马上背起包，拉起顾曼："我们还有点事差点忘了，我们先走了——"

顾曼还没闹清楚是怎么回事就被陈贝儿拉走了。

逃离了球场，陈贝儿才说出了实情。

顾曼感叹道："世界真小啊，渣男无孔不入啊。不过这个叫梁升的我觉得还行啊，长相是差了点，但人看着还比较老实。"

"魏然看着也老实啊。"陈贝儿回了一句，说完又有些后悔，觉得欠妥了。

顾曼也没和她计较，她现在的态度是完全平和了："这倒也是，人不可貌相。先联系着吧，观察着。多打几次球，自然也就熟悉了。"

"我可不敢再来了，再碰上那个叫刘远峰的，我这不给自己添堵吗！"

"唉，你这命也是够惨的。"顾曼都不知该劝什么，真是已婚有已婚的苦，未婚有未婚的烦，一个也别想好。

[57] 朋友之间的友情也是有底线的

梅医生神采奕奕地走了过来,脸上已看不到任何受伤的痕迹,她妆容精致,嘴角弯到一定的弧度,过来和陈贝儿打招呼。

陈贝儿暗忖,她到底是怎么做到的?刚想问她,梅若琳先开口道:"你陪我去对面商场一趟,帮我维一下权。昨天买了一个烧水壶,烧的水味特别大,想去退了。你也知道我这方面不行,你陪我一起去。"

陈贝儿立刻点头,维权向来是她的强项。

走到那家柜台,跟售货员说明了情况后,谁知对方马上拒绝了:"你这壶肯定没法退了,第一你用过了,第二包装你也扔了,影响我们二次销售了,所以肯定退不了。"

梅若琳赶紧把陈贝儿推到了前面:"交给你了。"

陈贝儿便接口说:"第一,这壶肯定要用过了才能知道出问题;第二,当时买的时候你也没说不能退,也没说需要保留包装,这些你都没说啊。"

"抱歉,没有包装我们确实退不了。"售货员强硬道。

"那我找一下你们经理吧。"陈贝儿只能用此招。

售货员将她支到了地下一层的办公室,说经理在那边。

陈贝儿便跟经理说了情况。谁知经理说了同样的话,没有包装就是不能退。

陈贝儿一看这情形,马上转了思路:"我这朋友怀孕了,这壶烧出来的水味道特别大,没法喝。如果你们不退,喝了这样的水以后造成了胎儿畸形或者流产,你们负得起这个责任吗?"

梅若琳在边上一听,差点惊到了下巴,她怎么知道我怀孕了?

经理一听这话,看了一眼梅若琳,便手一抬:"算了,给你退了吧。"

陈贝儿冲梅若琳一笑,冲她做了一个"V"的手势。

梅若琳一脸怔忡,还没反应过来。

办完了退款手续,陈贝儿冲她得意道:"你得请我吃饭吧?"

梅若琳笑笑:"当然,必须的!"

"喂,你今天怎么心情这么好?事情办妥了?"陈贝儿才敢转入正题,小心地道。

"没那么快,他不同意,还在谈判。他应该谈不过我,我是谈判专家。"梅若琳应道。那脸上的神情半认真半开玩笑。

"看来这事不是很顺利啊。"陈贝儿靠过来,"你还打算离吗?"

"也许还有别的方案。"梅若琳眉毛一挑。可陈贝儿还是捕捉到了她眼神里的一丝认真。

"别的方案?你什么意思啊?你是又心软了吧?"她知道离婚对女人意味着什么。她都不知道该劝离还是不离。

梅若琳冲她瞥来一丝异样的神色:"看来心理咨询工作对你帮助不少啊,很会察言观色了。"

陈贝儿刚想回她,梅若琳把脸贴过来:"不是心软的问题,还有其他原因。"

"不离可以，如果他能改掉家庭暴力。"陈贝儿严肃道。

"也许这一次他能改掉。"梅若琳眼中燃起希望。

陈贝儿就怕她这样的眼神，希望越大失望就越大："你有把握？靠什么相信？"

"就是你刚才在商场里说的……"梅若琳欲言又止。

陈贝儿有些不明所以："我刚才说什么了……难道你真怀孕了？"陈贝儿几乎快跳了起来。

"不许跟任何人说，听到没有，现在还不足三个月，明白吧。"

陈贝儿捂着肚子笑个不停："我也太神了！"又轻拍了她一下，"放心，我绝对不和陶莎说的。"

梅若琳满意地点了一下头。

"你打算要这个孩子了？什么令你转变？"陈贝儿又问。

"该来的就得来，是你的跑不掉，所以照单全收，顺其自然。也许我会有不一样的生活，也许他会改变。"梅若琳悦然道。她一直给自己打气，不向别人抱怨，不对自己唉声叹气，就算每天活得很丧，也要尽可能活得体面。

"恭喜你！"陈贝儿握住了她的手，头一次觉得梅医生很有女人味，不光是外在，连说话的声音都柔软得快将人化掉。那个风风火火的女魔头一晃不见了。孩子会令女人改变的，而且绝对是质的变化。

"你怎么样？还无进展？"梅若琳也关心地问。

陈贝儿摇摇头，索性不吭声了。

"不如先生个孩子，不要婚姻也罢。"梅若琳给出这样的建议。

"跟你生吗？"陈贝儿抓狂道。

"当然跟你喜欢的人生！"

"我没你那么想得开。"陈贝儿坐下来，脑子里却又莫名地想到严朋飞。

"我也是被逼得想开了。你自己不改变，难道叫别人改变吗？你不能左右任何人，包括你的老公、你的亲人。"梅若琳反驳。

这话又让她想起了顾曼，这两人似乎都到了想开的境界，唯有她，还纠结在自己的小宇宙里，不得安生。

"听说我请假这些天你替我咨询的成果不错，许多顾客点名想找你咨询。"梅若琳转入正题。

"真的吗？"陈贝儿有些不敢相信。

"最近有一家医院想来挖我。"梅若琳突然说。这声音里似乎透着犹豫。

陈贝儿马上追问："你想离开这儿？"

"还没想好。现在我这个情况好像又不适宜换一个新环境。"

"对啊，保胎要紧。好不容易我也干得有点起色，不如再干一段时间，等你孩子生下来再做打算。"陈贝儿话里透着小心思。梅若琳当然明白。

"放心，我走也不会抛下你的。"

陈贝儿这才表情放松下来："吓死我了，我以为你真的想抛弃我了。"

"你这傻丫头，我怕你离了我，活都成问题了。"梅若琳打趣她。

在外人面前铜墙铁壁似的一个人，在她面前完全像个小女人。可是又有几个男人能看到陈贝儿这如此脆弱的可怜样？梅若琳打量着她，却想到了这一层。

陈贝儿笑道："只要你不抛弃我，随你到哪个医院都行。"

梅若琳指了指墙上的钟，示意她心理咨询的时间到。她冲梅若琳吐了吐舌头，推门而出。

周一，苏苏一上班果然接到噩耗，初排的画册方案被王一铭推翻，要求全部重新制作。她和陈贝儿只好再次来找杨莉沟通，重新排版设计。

"这种画册一千人做就有一千个样，谁能做到王总心坎里？我看只有他自己做才会满意。"苏苏一肚子怨气。

陈贝儿也好不到哪儿去，这么做下去肯定是累死人不偿命。她让杨莉停了下来："不如我们去书店买几本画册回来，让王总选，哪一种风格他满意咱们就照着做，不然又会是白忙。"

"还是陈贝儿聪明，我也是这么想的，咱们就去楼下选几本。"杨莉也顺着她的话说。

三人赶紧去书店挑了一些，由杨莉送到王一铭那儿，选好了，她们再开工。

"还真的不能傻干呀。"苏苏刚感叹完，杨莉抱着一本画册出来了。

"就这种风格，王总同意了。"

三人都松了一口气。

果然又加班了两天，新的画册打样送到王一铭手上时，他没有皱眉头。

他翻了翻画册，脑子里想这自然是陈贝儿的主意。他不得不承认，什么东西只要交到陈贝儿手上，他就放心。

他也没细看就交到了孙娜手上："让她们校对一下文字，人名、地名什么的别出差错。弄完后让她们签个字，赶紧印吧。下周集团的领导就要来了。"

孙娜把原话传给了苏苏和陈贝儿，让她俩认真校对文字，绝不允许出错。

两人也不敢大意，谁都知道像这种人名、地名出了错可是要惹得全公司的人笑话的。果然，陈贝儿校对时发现杨莉把王一铭的名字写成了王一酩。其他错误倒没发现。苏苏又看了一遍，也没再发现什么问题。让杨莉改了以后,她们把最终定稿交给了孙娜。

这件事终于算是告一个段落了,这几天加班累得苏苏直喊着要大吃一顿。

陈贝儿也正有此意,两人网上团了一个日本料理自助,打了辆车就直奔目的地。这家日料两人早就心仪已久,平时一直嫌贵。今天也算是犒劳一下自己,准备好好大吃一顿。

二人落座后见着琳琅满目的美食,早就起了奋不顾身之心。

正准备开战,手机特别不识趣地响了。陈贝儿拿起一看是陆玲。说起来两人也好久没联系了,也不知她和老公关系怎么样了,正想问,陆玲却急道:"贝儿,能不能帮我一个忙?"

听她口气像是急事,陈贝儿让她细说。

"是这样的,我老公家的亲戚在北京做手术,是个挺大的手术。我老公说怎么也得跟医生表示表示。我们最近也不往北京跑了,我就想到你了。你能不能帮我给医生送点儿礼啊。"

听陆玲说完,陈贝儿有点犹豫了,给医生送礼这事她还真没干过,她实在有些为难,只好说:"送礼这事还是你们亲自送比较好吧,我毕竟是个外人。"

"我们也想亲自送啊,这不最近不去北京嘛。"陆玲以为陈贝儿会一口答应,毕竟她觉得她们关系一直不错,没想到她还会犹豫。

"是你老公的亲戚做手术,那就让他自己送好了,他肯定在北京啊。"陈贝儿有些不解。

"我老公的亲戚肯定也会送的,这不我们也想表示一下。我和老公商量了一下,直接送钱呢也不太合适,还不如送东西。我老公他家那边有一种大坛子酒挺有名的,想给那个大夫送两坛子酒。我们快递给你,你再帮我送给那个大夫,你看怎么样?"

"如果你想送可以直接快递给那个大夫,不用快递给我呀。"陈贝儿还是不解。

"是啊,我要是能快递就不找你了,这酒我们问了,快递公司不收,我们只能寄到北京南站客运那儿,你去那儿取,取走后你再送给那个大夫。"陆玲这两天就忙活这事了,问了一圈没有一家快递公司愿意收这两坛子酒的。

陈贝儿有点哭笑不得:"酒这种东西肯定快递不收啊。那你就改送别的吧,送一个快递能收的,干吗非送酒啊。再说这么两大坛子酒我也拎不动啊。"

"也不太大,你可以找人帮你一起拎。反正我是能拎得动。"陆玲有些不高兴,觉得这点小忙她都不愿意帮,这明明就是举手之劳。

"我劝你还是换一样东西快递吧,你可以寄项链、手表啊,这种小物件,寄起来也方便,东西也保值。"陈贝儿也觉得有些莫名其妙,为什么非得送酒呢。

"这些东西大街上哪儿都有卖的,不稀罕了。我老公家的酒北京肯定买不到的,而且那种大坛子酒喝起来特有味,肯定是好东西。"陆玲觉得她就是在找借口不帮忙。这么好的酒,别人都在抢。

"陆玲,你知道这个大夫爱喝酒吗?现在北京人都养生,谁还这么爱酒啊。尤其他还是医生,肯定更会比较注重健康,我觉得你送酒不太合适。"陈贝儿冲苏苏皱了皱眉,旁边的苏苏也大概听了个明白。她示意陈贝儿赶紧挂电话,自助餐也是限时的,别浪费了宝贵时间。

"男人有几个不爱喝酒的,我敢说他肯定爱喝。我当然不能去问人家爱不爱喝,这也不用问啊。再说,我从来没求你帮过什么忙,你帮我一次有什么难的吗?"陆玲有点生气了,她没想到陈贝儿是这种人。

陈贝儿也听出了陆玲不高兴,赶紧解释:"陆玲,我不是不帮你的忙,别的忙都好帮,本身给别人送礼这事我是不太愿意,不是针对你，别人找我帮这个忙我可能也不太会帮。现在北京抓得紧，谁还敢行贿受贿？现在医院也管得严，你就算真送到了，医生也未必敢收。再说又不是什么特贵重的东西，为了两坛子酒人家再冒着受贿的风险，犯不上啊。我觉得你再换种方式……"

陈贝儿还没说完，陆玲就气愤地打断道："我觉得你就是不想帮忙，我觉得你对朋友不真诚！"

"陆玲，你误会了，咱们是好朋友，但朋友之间也是讲原则的，这种事我确实不好帮。"

"你就是懒，你跑一趟南站，再跑一趟医院有那么难吗?!"陆玲越说越气了。她觉得朋友之间就是互相帮助的，像陈贝儿这样的怎么算朋友。

陈贝儿苦笑道："陆玲，我真不是懒，别的事我可以帮你，但这事我真帮不了。"

陆玲面色越发铁青："我觉得你不够朋友！我给你讲一件事。有一次我生病，突然上吐下泻，我老公正好不在家，我就给我一个好朋友打电话，人家二话没说，半夜过来拉我去医院看急诊。这还不算，第二天还起一大早，凌晨起来帮我去挂专家号。我想这事如果换成你，你肯定不会帮我去挂号的，我指不上你，你是大小姐，咱们之间的友情也不是什么真友情，我算看透你了！"

陈贝儿面色也暗沉下来，这事还越说越解释不清了。这个陆玲今天是怎么了，好像弄得这事就是她不对一样，怎么求人帮忙的没错，不帮忙的就是千错万错了？

她回道："你说的朋友之间的友情也是有底线的，你我关系再好，有些事我不能做的就不会去做，不管咱们是多好的朋友。友情不是强加的，我跟你好，也不意味着我能无条件地去帮你，这是两回事。帮你就是跟你好，不帮你就是对你不好？友情不是这么衡量的。几个月前你让我给你女儿寄衣服，我寄了五大包，这难道不是友情吗?"

"那都是你的旧衣服,我要了就不错了。你扔了也是扔,给我寄你还吃亏了?"提起这事,陆玲还和她老公吵了一架。那次她是看陈贝儿体形和女儿差不多,心想这些衣服女儿都可以穿的,女儿不要的还可以给老家的亲戚孩子送去,也是个人情。谁知老公见了就骂,说什么人家的旧衣服还好意思张口要,弄得跟要饭的似的,家里又不缺这点钱。

陆玲是个会过日子的人,她没觉得这有什么丢人。旧衣服扔了也可惜,再说都是八成新的,洗洗就能穿,穿不了送给老家的孩子,他们也都感谢呢,这个人情干吗不要。

陈贝儿也有些来气了:"给你寄我是心甘情愿,朋友之间谈什么吃不吃亏?陆玲,你怎么了?"

陆玲完全听不进去:"算了,你也不用多说了,你就是不想帮忙,还找那么多借口。这事不用你帮了!"说完赌气地挂了电话。

苏苏看陈贝儿吃惊的表情,忙问什么情况。

陈贝儿跟她大致重复了一遍。听完苏苏也乐了:"你这同学也太逗了,现在给医生送礼谁送酒啊,还两大坛子酒,脑子有毛病啊。再说要送他们家亲戚送呗,干吗非让你送啊?"

"我也没想明白,她还生气了,挂了电话。"陈贝儿这下什么好胃口都没了。

"别理她了,她要是在北京生活一段时间,她绝对不会送这两坛子酒了。原谅她吧,女同志容易头发长见识短。"

那一餐本来是准备奋不顾身地消灭掉的。因为陆玲的这通电话,打了个对折。

后来陆玲干的离谱事就一件件地来了……

[58] 高翔工作室开张

夜深人静，忙完白天的一切烦琐，洗漱完毕躺在床上的那一刻是她最放松的时候。陈贝儿刷着朋友圈，看大家的新鲜事。

"吃货三人组"闪了一下，邢宇涛发了一个链接，又是一家网红餐厅，看着那些美食都让人流口水。陈贝儿点了一个赞，高翔没有任何动静。也许这个点已经睡下了，她也没多想。宇涛还想跟她臭贫几句，陈贝儿吼他："早点睡吧，哪天你约下高翔，一起去吃。"

她预感高翔这段时间应该情绪不高，不然早就组局吃饭了。

宇涛又发来一个高翔做客某网站的视频。陈贝儿赶紧打开看，视频里的高翔有些憔悴，整个人好像瘦了一圈。她随手把这个视频私信转给高翔，说："下周约饭，好久没见了！"

高翔并没有回。

也许是真的睡了吧。陈贝儿没再多想。正准备关机，微信又闪了一下，竟是严朋飞，他发了一个搞笑视频。

"你还活着？"陈贝儿没好气地回他。

"当然！"严朋飞躺在床上，正打算睡觉。

"我想跟你通个话。"陈贝儿突然想听他的声音。她知道自己心里始终都在想着他。

"改天吧，睡觉吧，困死。"

永远都是还没开始就已经结束了。这个严朋飞简直是恶魔。每次都是快忘记他的时候，他又来了！

"不许睡，聊一会儿！"陈贝儿不甘心地发过去。

这时的严朋飞早进入梦乡了。他是那种一沾枕头就着的人。

陈贝儿气恼地骂了一句，这下睡意竟全消失了。这时，她看到王琪发了一条朋友圈——她写了"晚安"两字，并转发了一张图片，上面有一段话："他不是想你了，他只是想起你，别想多了。"

陈贝儿笑笑，这话仿佛就是说给她听的，真够讽刺的。

确实，"想"和"想起"是两个概念，严朋飞一直在偷换概念，而自己一直也在将错就错。她不愿意认输，她倔强地把"想起"当成了"想"，在这个游戏里她一直乐此不疲。

周一，按照自己定的惯例，陈贝儿总是打开电脑后查一下摇号信息，没想到在这个普通得不能再普通的周一，她居然摇到号了！第一时间她就把这个喜讯发到"吃货三人组"的群里。

宇涛立刻发来祝贺的表情，一连发了三个："真是特大喜讯，必须庆祝，赶紧约饭！"

"就今晚吧，趁热打铁！"陈贝儿配合地也发了三个馋嘴的表情。

高翔还是没有任何动静。

"呼唤高翔，赶紧出现！"陈贝儿忍不住在群里吆喝。

还是没有动静。

"你赶紧给他打个电话，别出什么事了。"陈贝儿担忧地对宇涛说。

邢宇涛马上拨通了高翔的电话。好半天他才接。

"什么情况，怎么不吭声啊？"宇涛上来就埋怨。

正在办辞职手续的高翔表情冷漠，沉声道："晚上见吧，你们把时间地点发我。"

宇涛也没听出异样，只说了个"好嘞"就挂了电话。

高翔不想透露自己的情绪，辞职是早晚的事，他有这个准备。

只是今天部门主任突然找他谈话，说室里最近丢了一千块钱，问他看见了没有。这显然是对他人格的污辱。他什么也不想说，交出了早已准备好的辞职报告，递了过去。

主任看了看落款时间，竟然写的是上个月的时间，纠正他把日期改了，手续可以给他马上办。

高翔气得快吐血了。但他不是那种暴发的人，一切都是隐忍着。默默地办了手续，默默地离开，什么废话都没有。

他本以为杂志社的领导至少能出面一个找他谈个话，或者假装挽留一下，没想到他是想多了。没有任何领导出面，也没有任何人挽留。他自嘲地笑笑，办公室里的所有东西他一样也不要，赤条条地走了。

有几个同事吃惊地说："高翔，怎么好好的辞职啊，别走啊，我们都舍不得你啊！"

高翔只是笑笑，那话里面究竟是虚情还是假意，他已分辨不出来，也懒得去分辨了。

"抽屉里的东西你们想要就要，不想要就扔了吧，都是些画画的东西。"高翔面无表情地说。

"还有不少画稿呢，高翔，你都不要了？"同事仍陷在吃惊里。

"都不要了，扔了吧。"他头也不回地走了。

"多可惜啊，不能扔啊，没准能卖钱呢。现在高翔的画有名，可不能随便扔,赶紧收着吧……"

"是啊,是啊,哈哈,我全要了,你们别跟我抢啊……"

乱七八糟的对话声在他身后飘来荡去。他哼笑了一下,招手打了一辆车。

一时他竟不知该去哪里。阎珍把孩子带回娘家了,他已经几个月没见到孩子了。那个空荡荡的家他是不想回去了。抬眼便是一家书店,高翔示意司机停下车。

好久没去书店转转了,他不自觉地就走到了动漫书专柜。他的书转着圈地码放在那里,非常醒目。许多小读者都在翻着他的书,令他僵硬的脸一下子化开了。

这时一个小读者突然看了他一眼,疑惑地说:"您是高翔叔叔吧,你怎么和他长得一模一样?"

高翔不好意思地笑笑,并没有承认,也没否认。

那小男孩便认准了是他,赶紧说:"快帮我签个名吧。"

周围的小同学都闻讯朝他这边拥过来,一时这家小小的书店被围了个水泄不通。高翔终于笑了,露出白白的牙齿,欣慰地给这些小同学一本本地签名。

幸好还有这群读者,他好像一下子找到了方向。

"你们喜欢画漫画吗?"高翔问其中一个小同学。

"喜欢啊,就是画得不好。您要是开班授课,我肯定第一个报名。"小同学笑答。其他的小朋友也跟着喊起来,都要找他报名。

这一下给了他信心,他激动地说:"马上我就会开班授课了,到时我会把报名方式发到微博上,你们有兴趣的可以报名!"

小同学们一呼百应,都纷纷表示要马上报名。

从书店出来,高翔像是换了一个人,他马上打了辆车直奔宇涛的公司。

宇涛正在公司里开会。自从他被提成技术总监后,大小会议都得出席，虽说有些枯燥，但好歹他是中层了，面上也是风光无限。以前不怎么搭理他的同事都开始上赶着巴结，这种感觉多少有些扬眉吐气。

他坐在列席中，看着总经理讲得眉飞色舞，他却一句也听不进去。但他比较会伪装，他只需拿好纸笔，做做样子，别人就以为他在做会议记录。一切都因为他长了一张纯朴憨厚的脸。

换成高翔就不行，他太英俊，处事又不圆滑，最致命的就是哪个领导会喜欢一个名气比自己还大的下属。虽然高翔的业务没的说，可是在杂志社就是混得不行。在宇涛看来，高翔实在有些可惜。

当然陈贝儿也好不到哪儿去，她太聪明，又太不会来事，领导的马屁从来不屑于拍，这样的员工领导也烦。即使她再能干，领导也不会重用她。

所以分析来分析去，也只有像他这样面上老实巴交、嘴又笨又听话的员工才最受领导喜欢。这样想着，他也就不意外领导为什么会提拔他了。

他们这三个吃货，看来也就他在职场算是混上中层了。但他也有悲催的一面。只要中层拉出去开会，不用问，写报告的那个肯定是他。其他人都躲在屋里玩牌，只需把一台电脑交给他，其他人就可以尽情斗地主了。

宇涛先是不服气，凭什么你们玩牌，就我写报告啊。后来他也想通了，写报告这事看着悲催，实则也说明领导信任你，变相肯定了你的工作能力。为什么不让别人写，就让你写啊。肯定别人写不出来啊，也只有他宇涛能完成，而且还完成得很好。这样一想，他就没什么可抱怨的了。

再说斗地主这事也是有风险的，你老赢肯定也说不过去，装输心里又憋屈，还不如自己写报告呢，还不用动心思。

这一段时间，宇涛的变化由被动地写报告，发展成把写报告当成了乐趣，领导几次在会上点名表扬了他，前途一片大好。当他正沉浸在光明前途中不能自拔时，手机响了。

他一激灵赶紧按住了电话，原来是高翔打来的。这家伙还没到饭点就坐不住了。他让高翔在一层等一下，他开完会才能走。

高翔觉得有些无聊，也没打算等他，直接又打了辆车去找陈贝儿。

此时的陈贝儿正在和苏苏分享胜利的果实。今天刚拿到了印好的画册，两人边翻边有些沾沾自喜。突然苏苏翻到一页时，手停了下来，下一秒她就发出了一声惨叫。

陈贝儿马上凑过去看那一页："出什么问题了？你可别吓我。"

苏苏惊恐地说："不对啊，你看这一页，王一铭还是打成了王一酩，这是什么情况啊，当时我记得明明已经改了呀。"

陈贝儿仔细看了看，果然"王一酩"这几个字扎扎实实地印在了画册中。

"得去找杨莉问问清楚，她怎么回事啊，让她改她没改？"苏苏气愤道。

陈贝儿把她按住了："先等等，你去找杨莉事情就闹大了。现在反正没有人发现，先放放，万一能躲过去呢。"

"不可能！"苏苏警惕道，"多少人盯着这画册呢，咱俩都能发现，别人肯定已经发现了，像孙娜这样的弄不好已经给王总打小报告了。"

陈贝儿示意苏苏冷静："最后一份打样上你我都签了字了，对吧？"

苏苏点点头。

"签字那份样子上我记得非常清楚，是改过来的。如果出这样的错，那就是杨莉给工厂的文件不对。因为咱俩都盯着她改过了。"

苏苏马上回神说:"对啊,我亲眼看她改的。"

陈贝儿接着说:"文件她肯定是改了,但最后发给工厂的文件她肯定发错了,发成之前那个文件了,所以才会发生这样的错误。"

"那现在怎么办?"苏苏已经六神无主了。

"这事没那么可怕。即使孙娜发现错误,咱们有签字的文件为证,证明这个地方已经改过来了。如果再有错,跟咱俩就没关系了,应该就是杨莉的事。"陈贝儿安抚道。

"也是。"苏苏沉吟道,"反正这事跟咱俩没关系。"

"就怕杨莉恶人先告状……"陈贝儿对杨莉没把握,毕竟她之前的所作所为有些让人不能太相信她的人品。

"很有可能啊,那咱们要不要先去找王总说明情况?"苏苏担心道。

"我可不愿意去,要不你去?"陈贝儿把难题丢给她。

苏苏皱眉道:"我也不想去,咱们俩是一根绳上的蚂蚱。"

陈贝儿头疼道:"这样吧,先放放。现在马上就五点了,孙娜也没来叫咱们,也可能是咱们过于担心了,也可能什么事都没有,别杞人忧天了。"

高翔的电话就在这时候打过来。

一听他已到了楼下,陈贝儿就安抚苏苏道:"先什么都不要说,一切看明天。如果明天发生情况,一切按我刚才说的办。咱们有签字,不用怕。"说完就赶着下楼和高翔会合了。

说起来他们好久没见面了,再见时觉得他整个人果然瘦了一圈。两人边说边往宇涛订好的饭店赶去。等宇涛来的时候,他们早已点好了菜。

陈贝儿举杯先报摇到号的喜讯,让他俩帮着参谋买什么车。

"宝马,或者奔驰。"两人起哄。

"少讨厌,我只想买十万左右的车,其他免谈。"陈贝儿冲他俩翻了个白眼。

"真没劲，十万的车就不用找我们俩商量了。"宇涛挖苦道。

"你以为我都跟你俩似的这么有钱啊，我是穷鬼你们不知道吗？一分钱不赞助还挖苦我，你还想活吗？"陈贝儿反唇相讥。

"我赞助一万元。"高翔发话了。

"那我也一万吧，我向翔哥看齐。"宇涛笑道。

"我看你们也别赞助了，直接送我一辆车就完了。"陈贝儿坏笑。

"得寸进尺啊！"宇涛开始迎战。

"什么叫得寸进尺啊，你会用词吗？"

高翔忍不住插嘴道："你俩怎么一见面就掐啊。"

这种氛围下，他辞职的事只字未提。不知从什么时候开始，他就喜欢看着陈贝儿和宇涛掐架。他只需在旁边看着，什么也不用想，什么也不用说，乐在其中。这是他最放松的时候。

"我就喜欢三人吃饭，你俩掐，我不用说话，我只吃就行。两人就不行了，我就必须得说话。"高翔乐呵呵的。

"你连说话都懒啊，你跟宇涛你俩就是两个极端，一个贫死，一个连话都懒得说。"陈贝儿添油加醋。

"男人压力大啊，我就喜欢没事的时候对着一面墙发发呆，什么也不用想，多好啊！"高翔感叹了一句。经历越多就越不想说话，环境不同，想说的话别人未必会懂，也就慢慢学会了自己承受。

"对着一面墙发呆？你没事吧？"陈贝儿促狭道。

"发呆多好啊，能发会儿呆就不错了。"高翔永远一副笑眯眯的表情。印象中好像从没见过他发火。

宇涛抢白道："别理他，让他发呆吧。老年人都这样。我爷爷在的时候也喜欢对着一面墙发呆。"他举起了酒杯，坏笑道，"来，庆祝陈贝儿摇到号，庆祝高翔提前步入老年。"

"那庆祝你什么呀?"陈贝儿抬杠道。

宇涛脸一红,只是咧嘴笑笑,他总不能说庆祝自己升官吧。

"庆祝宇涛当上总监!"高翔替他说了出来。

高翔在公司等他的时候,门卫一听是找宇涛的,立刻口气都变了,直呼邢总监。

"你小子当上总监了!那这顿必须你请了!"陈贝儿都不记得他什么时候升官了。

"我怎么记得我请过了呀。没关系,今儿高兴,我请就我请!"宇涛把杯中酒一饮而尽。

"今天我来,我也高兴!"高翔也不相让。二人又开启了抢着买单的模式。

每次结账时二人都得争抢一番。陈贝儿就这么乐滋滋地看着他俩你抢我夺,也是每次聚会的一大乐趣。

"我准备开工作室了!这几天就准备注册下来。我在家附近买了一套房,工作室就设在那儿。等弄好了请你俩过来玩。我准备先把漫画班办起来,你们记得帮我招生啊。"高翔突然说起了正事,他俩一时还没反应过来。

好半天,宇涛才拍了他胸口一记:"你小子可以啊,终于肯干了!"

陈贝儿也跟着雀跃道:"太好了!我先报名!"

"你捣什么乱啊,我们招小孩,你这么老了拒收!"宇涛替高翔发言。

"贝儿报名就特批,而且还免费!"高翔兴奋道。这时的他早把和阎珍为工作室吵架的事抛到了脑后。那一段,他真的有干劲,也有热情。

"耶!"陈贝儿比了一个"V"的手势。

三人为工作室的事热烈讨论起来,陈贝儿主张把受众放在成年人身上,宇涛主张主攻儿童市场,两人又掐得不亦乐乎。

　　高翔一脸笑意地看着他俩掐来掐去,还是那个招牌笑容,不疾不徐,平静又美好。

［59］ 塑料姐妹花

虽说已入秋，但杭州的天气今天高达三十七度，陆玲停好车就躲进了超市。

她本来是过来接老公的。中午老公喝了酒，自然是她开车过来接他。见他饭局还没结束只好先去超市逛逛。

今天是周末，超市里的人比平时多了一倍。她挤在人潮中，一脸嫌弃。不想她刚想转到二楼，一个熟悉的面孔就冲她走过来。

这不是王琪吗，她上前打了个招呼。二人都颇意外能在超市里遇上，自然也就你一句我一句地聊起来。

"你最近没跟陈贝儿联系吧？"陆玲试探性地开头。

"没有，我们俩早不联系了。"王琪说话淡淡的，表情并不友好。

看来这二人的恩怨是结下了，见此时机，陆玲便将那天想找陈贝儿帮忙送酒又遭她拒绝的事赌气般地说了一遍。

王琪听后直觉得想笑。这年头送酒也顶多送茅台之类，谁还送什么乡下的大坛子酒,也亏陆玲想得出来。但面上她还是没表现出来,直接顺着她说:"这个陈贝儿我也是看透了,挺不会来事的,情商、智商都有点低。这种人自以为去了北京就跟咱们身份不同了,这种小忙她才不会帮呢。"

陆玲总算是找到了发泄口:"是啊,她以为有了北京户口就能在北京立足了,简直是自恃良好。她以为在北京那么好混呢。怪不得她到现在也找不到对象,就是人品不行!咱们同学多少年,这个小忙有什么不能帮的?我真不能理解。"

王琪哼笑一声:"她在北京没车没房的,混得还不如咱们呢。咱们在杭州至少都有房子了,我看就她混得最差。就她这条件还想追我们领导呢,简直是自不量力。"

陆玲忙迎合:"是啊,我就说你们那个严总为什么看不上她。论经济条件,她没车没房;论外表,也就是个一般人,瘦不拉叽的,我老公都看不上她;论人品,连老同学的忙都不帮,我觉得你们严总能看上她那才叫怪呢。"

"你分析得没错!我当时就告诉她了,别在严总身上浪费时间,我们严总是不可能看上她的,她不听啊!非上赶着追到杭州来,有什么用啊,还不是让人白睡了!她以为用一夜情就能把我们严总拴住啊,怎么可能呢!"王琪不屑道。

"是啊,像她这样的,越主动男人越看不上。谁喜欢轻浮的女人啊!哎,我一开始还挺想帮她的,谁知她是这么一个人品,真让人失望。"陆玲现在想想还是王琪靠谱些。

"我当时多苦口婆心地劝她,她听我的吗?一句也不听啊,结果怎么样,白白让男人占了便宜,玩完了就被甩了。告诉你吧,追我们严总的女孩多了去了,哪一个都比她强。"说完这话,王琪自己心里也多少有些不舒服。最近总有些女人下了班来找严朋飞,说是什么客户,但看那妖艳的样子就知道是来勾引他的。

没办法，现在这年头条件稍好一些的男人都有大把女人往上扑，更何况严朋飞从北京过来，又长得一表人才，估计那些女人甩都甩不掉。曾经有一次吃饭，严朋飞自己都说从来不缺追求者，这也成了他的烦心事。

王琪当然心里也不舒服，但也没办法，男人就是比女人有优势。

"那肯定的，咱们这个年纪都三十多了，跟那些二十出头的小姑娘没法比。男人当然会选二十多的，陈贝儿一点儿优势都没有。她也真是活该！"陆玲总算在王琪面前把火发了出来。

"咳，咱们也管不了那么多，就让她好自为之吧。"王琪叹了口气，不想再多说。本以为严朋飞和陈贝儿断了以后，她能有机会，没想到严朋飞还是老样子，跟她若即若离，好的时候非常好，可以无话不谈，但就是不跟你捅破那层窗户纸。也可能同事之间本来就有些微妙，他可能也有所顾忌。

别说严朋飞顾忌，她老公去世还不到一年，她也不敢发展什么恋情。如果她跟严朋飞好了，估计同事说闲话的会多了去了。至少也得守三年，想想，也只能维持现状了。

"哎，你怎么样？老邓走了以后你没打算再找一个？"陆玲又八卦起来。

王琪面色一沉，真是哪壶不开提哪壶。她皱眉道："老邓才走了几个月，我能马上找吗？我这么传统的人不可能犯这种低级错误吧。"

"咳，现在都什么年代了，你还想着守孝三年呢？别苦着自己了，遇到喜欢的男人先找着吧，可以先不结，先同居呗。"陆玲觉得王琪在装，她可从来没觉得王琪传统。

"目前我是没这个想法。追我的人不是没有，你看我脖子上的蜜蜡就是一个追求者送的。是老邓的兄弟，对我和孩子非常照顾，但我不想太快发展。我是不太想再结婚了。"王琪有些灰心，老邓的事给她打击很大。她怎么也不会想到自己会有一天丧偶。老邓是父母替她选的,她并不爱,只是可以接受。她从小不愿意和父母争辩,父母安排的婚姻她接受,但结果怎么样?结果就是父母看错了人,选了一个短命的,让她成了寡妇。她当时是有一个心仪的对象的,但因为不是本地人,父母一直不接受,不愿意她找一个外地的,结果非逼她跟老邓结了。

她终是妥协了,结婚了,孩子也有了,小日子慢慢步入小康,就在最好的时候老邓却走了。

父母对此一直很歉疚,觉得如果当初让女儿自己选择,可能结果会不同。但世上哪有后悔药,他们只想以后让女儿自己做选择。现在只想加倍对女儿好,帮女儿带孩子、做饭、做家务,几乎快把女儿宠成了公主。他们想用这样的方式补偿女儿失去老公的遗憾。

王琪自己倒不急,上一段婚姻她并没觉得太幸福,老邓对她不错,但那是老邓对她的爱,而不是她对老邓的爱。这种爱的不对等,让她没有幸福感。

现在老邓也走了,她倒也不着急了,幸福要慢慢寻找。她不想再选错人。就像眼前的严朋飞,她喜欢,但也不急着确定一种关系。只要现在天天能在一起就够了。

但她也不想跟陆玲说这些,骨子里她还是有些看不上陆玲,对这种没上过大学的女人她总有些看低。

陆玲劝道:"先找个男人好着吧,别苦着自己就行。"心想,这个王琪也够快的,老邓才走了几个月就开始找男人谈情说爱了,还收了人家的东西。看那蜜蜡价格不菲,应该是个有钱人吧。想想又替老邓不值,前脚走,后脚就搭上别人了,还说自己传统,也真是可笑。

两人在超市面和心不和地聊着。面上都没有一丝尴尬。女人就是这样,明明互相不欣赏,却也能成为无话不谈的"闺蜜"。这就是所谓的塑料姐妹花吧。

[60] 罚款一万元

风暴来得果然比陈贝儿预期的还要猛烈。

隔天一早,孙娜通知她直接去王一铭的办公室。同时苏苏也被一并通知。两人在王一铭办公室碰头的时候已经心照不宣。幸好之前她俩碰过头,不然面对今天的突发状况肯定会发蒙。

王一铭把那本画册摊在桌面上,正翻到他名字出错的那一页。

"王一铭"被印成了"王一酩"。他第一反应就是有人故意为之。这三个人陈贝儿、苏苏、杨莉,不用问肯定陈贝儿是主谋。此他的眼睛只盯着陈贝儿,让她先给个合理解释。

陈贝儿不急不慌,明确说这个错在校对的时候已经发现了,并且已经让杨莉改了,而且她们也在校样上签了字,为什么印出来还是这个错跟她和苏苏没有半点关系了。至于是不是工厂拿到了之前错的文件就需跟工厂核实。苏苏在一旁也做了证。

孙娜也不急不慌地拿出了他们之前签字的校样,并翻到了那一页递给了王总。王一铭一看,那个"酩"字就是没有改过来。他气得把校样往桌子上一扔:"这怎么解释?"

陈贝儿和苏苏赶紧拿起校样一看,那个酩字果然没有改。

她质疑道:"这个不是最终的校样,最终的校样这个字我们肯定是改过的。"她仔细看了看这份校样,并没有装订,每一页都可以抽出来。很显然,这份校样被人做了手脚,那一页被人替换了。她懊恼地看了一眼苏苏,她确实大意了,这个细节她竟然忽略了。

苏苏自然也发现了同样的问题,她也做证说:"这页我们确实改了,而且我是看着杨莉改的。很可能是最后杨莉发错了文件。"

孙娜马上说:"这个我们跟杨莉也确认过了,她发的就是最终文件。是你们认可的文件,而且这个签字的校样上就是这么写的,你们没有发现这个错。这跟美编没有关系。"这显然是替杨莉说话。

"这本校样并没有装订,中间谁替换了一页没人说得清。我和苏苏确实改了这个错,我们可以互相证明。但杨莉的话是她一个人说的,谁能做证?"陈贝儿明白这是杨莉把错往她俩身上推。

孙娜马上说:"你和苏苏好得跟一个人似的,你们当然可以互相做证,这不能说明问题。问题是错误发生了,属于文字的错误就该你俩承担,跟美编没什么关系。如果是设计方面的问题我们会追究美编的责任。但现在是文字的问题,你俩必须承担!"那口气不容置疑,也不容反驳。

苏苏还想解释,王一铭打断道:"这个错误意味着整本画册要重印,这个损失由你们俩承担。"

陈贝儿马上反应过来:"这一页的错只需要把这页撕下来替换就行,不用整本重印。"

王一铭气愤道:"即使这一页替换你以为损失就小吗?!"

"现在这个错误怎么发生的先要调查清楚,这事不可能跟杨莉没关系。如果最终文件是我们发给工厂的,那么我认错。但现在文件是杨莉发给工厂的,我怎么知道她发的是哪个最终文件?我现在手里就有最终文件,那份文件上是没有错的,这怎么解释?"说着她打开手机,把这份文件转发给了王一铭。

王一铭并没有打开看,而是转向孙娜说:"马上通知工厂把这页重印,让他们报一个价,所有的费用由她们两人承担。"

"凭什么呀?!"这句话还没说出口,孙娜就站起来把她们二位请了出去:"最终的文件你们直接发给工厂,这次千万不能再出错了!"

陈贝儿冷静道:"文件我会马上发。但这笔费用所有当事人都要均摊。这份校样孙主任你也看了,杨莉也看了。出了错,我们四个人都有责任,不可能只由我和苏苏承担。"

孙娜气得正要反驳,王一铭道:"你们先出去,具体措施我们领导班子会讨论。孙娜你盯着这事,让工厂加班解决这件事。"

"好!"孙娜略带得意地走了出去。

陈贝儿和苏苏都已气得面色铁青。两人眼神一碰,直接去到了一层的书吧商量对策。两人躲进最角落的那个位置,窃窃私语起来。

"这事怪我大意了,那份校样我应该装订起来,而且咱们应该自己留一份复印件。现在出了错,她当然会往咱们身上推。这个杨莉果然不是个省油的灯啊!"陈贝儿自责地说。

"我也没想到会发生这样的事,怪不得没人愿意跟她合作。这女人太恶毒了!而且她明显是把孙娜收买了,孙娜完全向着她说话。"苏苏越想越气。

陈贝儿想了想马上把电话打给了赵恒,她知道以前赵恒跟工厂打交道多,应该知道替换一页需要多少钱。

赵恒答:"如果你们跟工厂是长期合作,不收钱他们也会干。但如果只是这一次合作,说多少都不算多。这一页得撕,印了得插进去再粘,还得弄得看不出来,这些都是手工活。怎么也得收个一万多吧。我只是估计啊，具体还得看人家工厂人工贵不贵。"

陈贝儿道了谢，跟苏苏说："赵恒说应该也就一万块钱。还得看这家工厂跟咱们公司的关系，如果是长期合作，人家也可以不要钱。我觉得赵恒说得应该没错，这下咱们心里有底了。"

"但这钱咱们肯定逃不掉了，这可怎么办？"苏苏叹了口气，"哎，我现在明白他们为什么找咱们俩干这事了，意图太明显了！"

"也怪咱俩不争气。如果不出错呢，他们想抓把柄都抓不着。"陈贝儿还是一脸的自责。

"欲加之罪何患无辞？如果这事是他们预先设计好的，任何错都可以发生。"苏苏怒目圆睁。

"不会那么恐怖吧，咱俩是最底层的小人物，他们用得着这样使尽手段？"陈贝儿有些不敢相信。

"如果这事是孙娜和杨莉事先就商量好的，或者有人授意的，那么错误就必须发生。即使咱们再改得万无一失，她还是可以发错文件给工厂。"苏苏灰心地说。

陈贝儿沉重地点点头："那他们也太坏了！"

"我也只是瞎猜。"苏苏自己说完也有些不敢相信。

"也不是没有这种可能。孙娜一直看我不顺眼。或者还有一种可能，比如这事是王总或者黎玉事先授意的，那么它必然会发生。"

"那现在怎么办？咱们俩就认罚吗？"苏苏眉头紧皱。

"当然不能认罚，先等等，看看他们罚多少。"

陈贝儿把文件发给工厂后，顺便跟工厂的师傅聊起了费用。那个师傅说费用问题是厂里的领导决定的，他们也不知道。看来具体费用还真问不出来。

第二天，大家就在微信群里看到了一条处罚通知。因这本画册的重印错误，处罚陈贝儿和苏苏每人一万元，分三个月从工资里扣除。大家都惊呆了，都有点儿人人自危的劲，也都感叹幸亏这活儿没派到自己头上。

陈贝儿和苏苏当然也第一时间看到了这条处罚通知。

一万块确实太多了！苏苏不得不把陈贝儿拉出办公室，继续商量对策。

"他们也太绝了，不留一点儿余地！"苏苏咬牙切齿地说，"咱们该怎么办？你聪明的脑瓜想想办法啊！"

陈贝儿长吁一口气，她脑子不停转着，想着周围人的名字，这个忙谁能帮得上呢？想了好久她说："第一，在公司遇到问题咱们可以先找工会求助，员工的利益受到损害，工会应该能帮职工解决。但现在黎玉兼着工会主席，所以这条路堵死了。第二，咱们可以写信给集团，向集团领导反映。但这么做，郑总很可能会知道，我不太想让郑总知道，毕竟这是个错误，我不想让郑总失望。第三……"

"第三什么呀？你快说！"苏苏急道。

"第三，就是通过法律程序解决，跟公司打官司。"

"啊，这不靠谱吧，谁敢跟公司打官司？"苏苏泄气地摇摇头。

"再想想吧，这么短时间内谁能想出好办法。"陈贝儿一时也无措。

晚上回到家，她心情全无。叫了一份外卖，收到后直接扔到了垃圾桶，实物和图片差得太远，连胃口都搅黄了。她半靠在沙发上，反复读着这条处罚通知。

想了想她转手发给了顾曼，她想听听顾曼的意见。谁知手一抖，她居然转给了严朋飞。对方马上发来一个坏笑的表情。

"你还幸灾乐祸！"陈贝儿把火撒到了他身上。

"这显然是得罪领导了。谁叫你平时不拍着点，这种事可大可小，你不低头就得罚你。"严朋飞正在参加一个无聊的饭局，顺便跟陈贝儿调侃几句。

"你说怎么办?"陈贝儿向他求助。

"没办法,虚心接受惩罚。"

"凭什么呀?错又不在我,是美编的问题。"陈贝儿辩道。

"领导说是你的问题,就是你的问题,没什么可说的。谁让人家是你的领导。"严朋飞懒得和她争辩,又加了句,"开会呢。"

"十一我回杭州找你。"陈贝儿下意识地想到这个。

"十一我不一定在杭州,也可能出差,说不好。"此时的严朋飞看到了饭局上新加入的一个时髦女子,精致又时尚,身材长相无可挑剔,目光一下子被吸引了过去。

"咱们也有大半年没见了,还能不能见?我只是想散散心,在北京太烦了!"陈贝儿突然觉得心很累,又无助。他俩的关系算什么?朋友不到,恋人未满?

"我知道你心情不好,但我也忙啊,没工夫见你。"严朋飞时不时瞥向对面那个充满魅惑的女子,这么多年来他很难有这种感觉了,这算一见钟情吗?

他记得以前陈贝儿曾问过他有过一见钟情吗,他答没有。他确实从没遇到过令他一见倾心的女子,他也自认为这样的女人不存在。没想到今天竟然在一个无聊的饭局上遇到了。

她是朋友带过来的朋友,大家起哄让朋友介绍这位妙龄女子。

女孩很大方,介绍自己也是做翻译这一行的,以前做过空姐,后来转行的。怪不得有如此气质,原来是空姐出身。严朋飞愣愣地盯着她,头一次觉得心跳都紊乱了。

"我想见你,特别想。"陈贝儿撒起娇来,无助的时候她的坚强的外壳也会瓦解。

"我没你那么闲,我得完成总公司交的任务,忙死。"严朋飞想尽快结束话题。

"对了,我下周可能会出差去绍兴,到时候再拐到杭州见你一下,省得你十一没空。"陈贝儿故意试探地说。

"我真说不好,你绍兴办完事就回北京吧,不用拐到杭州了。万一我没空,你又会骂我。我真的特别忙。"严朋飞推托,他完全没心思再应付她了。最近找他的女人特别多,莫非是撞上了桃花运?

"你就是不想见我。"陈贝儿说着又气上了,但这个结果她已料到了。

"你真的别来,下周我特别忙。等月底吧,我可能十一前回北京,到时候我找你。行了,不说了,我开会了。"

严朋飞收了手机,眼睛再次看向那个女孩,看样子二十出头,美得无可挑剔。那女孩也看向他,四目相对,电光火石。

陈贝儿知道是自找没趣,跟这个严朋飞过招,她永远处于下风。她自认聪明,却总是败在他手下。也许是她爱他多过他爱她吧。谁更爱对方,谁就输了。谁先爱上对方,谁就输了。以前她没有这种感觉,这次她算遇到对手了。在严朋飞面前,她彻底输了。

很多事,没有来日方长;很多人,只会乍然离场。这样的不对等早已说明了问题,只是她总盼着剧情能反转。不服输的脾气,让女人在爱情里吃尽苦头。

她重新把那条处罚的通知转给了顾曼。儿女情长该放一边了,先解决大事吧。

顾曼马上拨来了语音电话。陈贝儿把三种方案说给她听,顾曼选了第三种:"这事只能通过法律解决,因为公司这是明显治你,你跟公司申诉是没有任何作用的,除非你通过第三方介入。第三方只能是法律。我建议你找个律师问一下,要一下相关的法律文件。"

说到这儿,陈贝儿突然想到了大学同学方溪,她记得她老公是做律师的,这事或许只有通过法律途径解决了。她马上打给了方溪。

电话接通后，陈贝儿先问了问诗兰的情况，之后马上转入正题。方溪听了事情的来龙去脉后，第一反应是公司罚得太多了，但她必须得有法律依据才好跟陈贝儿说。她只说要晚上等老公回来具体问一问才好答复。

陈贝儿只得苦等结果。

第二天，一整天都没有方溪的电话，陈贝儿有点坐不住了，又给她发了条微信。

方溪回道："我老公昨天回来太晚了，我都睡了，今天我还没碰着他，他太忙了。今天晚上我一定帮你问。晚上你等我消息。"

下了班，苏苏也没回家，两人找了家咖啡店，一坐就是半夜，苦等方溪的结果。

十点钟，方溪终于回了电话："好消息，贝儿，这事你不用担心了。我老公说了现在国家法律已经收回了公司的罚款权，就是公司不能对个人进行财产上的处罚，只能进行行政处罚。所以公司罚你们的钱是不对的，应该全部退回。"

"真的？太好了！"陈贝儿有些不敢相信自己的耳朵。

"我一会儿把相关的法律条款微信上转你，你可以把这个打印出来交给你们领导，应该会管用。我想任何公司也不可能凌驾于法律之上吧。"

陈贝儿千谢万谢挂了电话，苏苏听后也如同打鸡血般起死回生。

"还真是天无绝人之路啊！"两人都几乎要喜极而泣了。

当夜两人就写好了申诉报告，第二天便打印出来，签字后交给了王一铭。

王一铭不禁眉头一挑，这个陈贝儿还果然是小看她了，没想到她还精通法律。他收下报告后什么也没说，便把孙娜叫了进来。孙娜看了一眼报告，心想这俩丫头片子还挺能折腾。

王一铭让她找一下公司的法律顾问，把公司罚款权的事问清楚再做决定。

当下孙娜就约谈了公司的法律顾问，果然律师说的和陈贝儿报告上写的一样。目前所有公司都无权对职工以各种理由进行罚款。

孙娜下午又找到了王一铭，问他该怎么办。

王一铭脑子也蒙了，他一时也想不出什么办法。如果收回罚款，那他这个领导也当得太丢人了；如果不收回，那么他就是跟国家法律对着干。他面上有些尴尬，示意孙娜先出去，他再想想。

孙娜走后，他又叫来了黎玉，冲她埋怨："你看，当初这罚款也是你定的，现在人家说了公司没有罚款权，你说怎么办？"

"公司没有罚款权？怎么可能呢？公司没有罚款权怎么对员工进行管理啊！这是哪家的法律？"黎玉难以置信地直摇头。

"孙娜已问过律师了，确实收回罚款权了。"王一铭头大了。

"那现在怎么办？通知都发下去了，不可能收回吧?!"黎玉瞪眼道。

"那你说怎么办？"王一铭反问她。

黎玉想了想，面带笑容道："我倒有个办法。这个报告咱们先不处理，工资照扣她们的。如果她们有异议让她们申诉去，反正咱们也不是没有根据去罚的，画册的错误都摆在眼前，这是事实。"

"你的意思是愣扣？"王一铭说话底气都不足了。

"为什么不扣？这是咱们公司内部管理机制，我觉得这没什么不可行的。"黎玉坚决道。

王一铭想了想，为了面子也只有硬撑着了："那你跟孙娜说吧。"

"她现在拿法律说事，咱们是拿公司管理制度说事。如果她不服，她可以告公司，她敢吗？她还想不想在这儿干了！"黎玉把握十足道。

王一铭也料到陈贝儿虽胆子大，但也不敢跟公司打官司吧。他面上阴转晴地说："行，这事你办吧。"

他不得不承认，他和黎玉总是这么默契十足，什么事情交给黎玉办，他就是放心。反而是孙娜，总是一副胆小怕事的样子，这种人成不了大器。

高翔的工作室如火如荼地做起来。

第一期漫画班一周就报满了，前景大好。为此他又听陈贝儿的建议开了一个成人漫画班，也很快招满了人。最近这段时间是够他忙的。日班、夜班他都开了，就为了迎合各个年龄段的需求。

阎珍带孩子搬回了娘家就再也没有回来，说是为了接送孩子方便不折腾了。高翔忙得一点儿空余时间都没有，也只能由着她去了。只是几个月见不到孩子，他也怪想的。没办法，创业初期什么困难都得克服。只能在课间的时候和孩子通通视频。

以前在杂志社干，他还能掌控时间，现在自己单干了，他才知道什么叫分身无术。后来他干脆搬到了工作室去住。这房子他贷款买的，并没有跟阎珍说。说了她又要嚷嚷了。反正贷款是他来还，不说也罢。

他招了两人当他的助手，每天面对那么多学生、家长，没个助手他确实要疯了。宇涛周末有空了，也会去高翔的工作室帮忙，大家忙得不亦乐乎。唯有陈贝儿没有动静，她现在忙着维权，"吃货三人组"她都快忘了。

跟苏苏的第一次申诉失败后，陈贝儿草拟了第二份申诉。

公司并没有理会她们的申诉，强行从工资里把钱扣了。第一个月扣了三千多，第二个月照扣不误。

陈贝儿没有办法只能又给方溪打了电话。

方溪摇头道："你们公司的领导是法盲吗？还一意孤行地扣钱？"

"没办法，对人不对事，他们是故意的。"陈贝儿颇感无奈。

"那现在只有一个办法了，就是你们去申请劳动仲裁。"方溪大致讲了劳动仲裁的程序，又道，"不过你想好了，你走劳动仲裁他们可能会更恨你。"

"我想好了，必须走，没什么可顾虑的。"陈贝儿下决心道。

"好，那你先写材料吧，然后要一下你们公司法人的身份证复印件，直接递交就可以。快的半个月会答复，慢的也会几个月，但总会有结果。而且我告诉你，你肯定胜诉。"方溪给她吃定心丸。

"真的？肯定胜诉？我不打没把握之仗。"陈贝儿又问了一遍。

"放心吧，这事你们绝对有理，公司就是没有罚款权，说到哪儿他们也没理。如果他们想罚款，必须到相关部门备案，审批通过了他们才能罚。但显然他们不可能审批通过的。我老公说的错不了。钱先让他们扣吧，等赢了再追回来，一样的。"

陈贝儿这才安心地放下电话。

她和苏苏快马加鞭地开始写劳动仲裁的报告，这一次有理的事她绝不妥协。苏苏也豁出去了，背水一战。大不了最后辞职走人，也没什么可怕的了。

陈贝儿向来不打无准备之仗，这次有了方溪这个法律后援团，她更不担心了。

周末，她仍和平时一样，不带心事地去了馨慈诊所。谁知前台的护士说梅若琳请假了，让陈贝儿替她出诊。

难道身体出了状况？她发了条微信，但梅若琳并没有回。

这个梅若琳总是神神秘秘的，什么也不说。想必是去做产检吧，她也没多想。

谁知道一周后，梅若琳带给她的竟是一个噩耗。

[61] 梦的解析

对面的女人面色白皙，五官也清秀，应该是属于女人会觉得她不错，但对男人没有诱惑力的那种。因为打扮不时尚，身材也不性感，想了想，这不正和自己是一类人？陈贝儿不禁自嘲地一笑。

虽说不是头一次替梅若琳出诊，但今天的陈贝儿还是有些紧张。因为对面的这个女人看起来并不像是病人。看了一下她的年龄，三十五岁，果然和她差不多。那么她又为什么会来诊所？

女人叫唤雨，好特别的名字。

陈贝儿和她打了个招呼，直接进入主题："看你资料写的是单身，今天可是来咨询这方面的问题？"

唤雨一笑："并不是，我觉得单身挺好。"

果然和自己的想法如出一辙。陈贝儿示意她说下去。

唤雨不疾不徐道："我今天来就是想解开心中的一个结。我爷爷去世两年了，我是他从小带大的，他走后我一直走不出来，每天做梦都会梦到他。不知道为什么，几乎是每天。"

"梦里都是什么情境？"陈贝儿问。

"就是平常的生活，就好像他活着的时候一样。第一年的梦都不太好，梦里都是我带他去看病，他又吐血，有时还抽烟。我爷爷从来不抽烟，梦中他竟然会抽烟。最可怕的一次是我看到他抽烟，去夺他的烟，结果他的头一转过来是一具骷髅，当时我就吓醒了。后来就好一些，没那么恐怖了，但也都是我带他去看病，怎么都治不好。他总是远远看到我来了就大声喊我的名字，一听那声音我就会流眼泪。

"第二年的梦好一些了，梦中不再带他去看病。他在那边好像渐渐适应了，有时梦里跟我有说有笑的。有一次，他带我去了他现在住的地方，非常美，是依水而建，周围有竹篱笆，院子里养了一只长颈鹿。两层的一个小楼，有宽敞的玻璃窗。需要坐船过去，水的两边全是高高的绿绿的树。划着小船到他院子，门口长颈鹿会先跟你点头。住在这样一个地方你说有多美！"

听着唤雨描述梦中的情境，她竟然听得入神了。

"你跟你爷爷感情很深！"陈贝儿说着便想起自己的爷爷，两人的经历如此相似。

"是啊，他走后我觉得自己的精神支柱没有了，一下子就垮了一样，没有目标了。以前我过两天就会和他通一次电话，每年都要回老家陪他住几天，给他买新衣服，带他去饭店吃饭，带他出去玩，跟他照相……但他一走，没有人再需要我去照顾，人一下子就空了。"唤雨失神地说。

"是啊，人都有母性的那一面，想对一个人好，想去照顾一个人，这是天性。"

唤雨点点头："我这辈子最喜欢的人就是爷爷，他是个没有缺点的人，所以我心里一直想找个像我爷爷这样的男人。我总觉得上辈子也可能我爷爷就是我的情人，这辈子投胎成了我爷爷。"

陈贝儿微微一笑:"是啊,我也曾这样想的,我觉得应该是这样。"

"但现实中我再没遇到像我爷爷这样的男人,现在的男人都很猥琐,没个男人样,让人欣赏不来。所以我宁肯单身,也不想将就。"唤雨目光中透出一种坚毅,很让人赞许。

陈贝儿赞同道:"是啊,我也是单身。婚姻这个事不能将就,一定要找一个你欣赏的。其实我倒遇到过欣赏的人,但同时那人也要欣赏你才行。感情是双向的,是两个人的事,就这比较难。两个人同时对上眼,我觉得还是挺困难的。"

"也可能是我要求太高了,或者我爷爷在我心中太完美了,所以找不到能和他相提并论的人。我爷爷四十多岁时我奶奶就去世了,他没有再找,生怕再找一个对孩子们不好。他一个人又当爹又当娘,非常不容易。我爷爷很英俊,玉树临风,九十四岁走的。走的时候脸上都没有多少皱纹。他非常爱干净,每天穿的白衬衣都要洗一遍,院子里每天晒的都是他的换洗衣服。难得他又人好,从不抱怨谁,他儿媳妇在他碗里下药,想占他的房,希望他早点死,他都不记恨。一生与人为善,省吃俭用。每年家里人给他寄的钱他全攒着,走了以后我妈还在他柜子里翻出了一万块钱……当时我都气坏了,为什么不把这钱拿出来看病啊!他当时肺部感染,医生说没救了,治不好。我妈当时就说不治了,住院一个月已经花了七万块,再烧下去也是无底洞。医生也劝出院。我当时不同意,可确实也没钱了……结果一出院第二天人就走了……如果有这一万块,至少还能维持几天……"唤雨说着眼泪又流下来。

陈贝儿赶紧把纸巾递过去。她觉得这个女孩好像就是自己的分身,她经历的好像就是自己经历的,为什么如此相似?

"我跟我爷爷感情也非常好,你经历的好像我也都经历过。你心中的结应该就是你爷爷,你一直走不出这个阴影,对吧?"陈贝儿问。

唤雨擦去眼泪，点了点头说："总是梦到，然后就醒了，醒了就哭……"

"你爷爷临走时最放心不下的是什么？他的心愿是什么？"陈贝儿接着问。

"他最放心不下的当然是我，我父母对我不好，他最明白。他希望我能成家，有个自己的孩子，有个爱我的老公。"

陈贝儿点点头，这何尝不是爷爷对自己的希望？遗憾的是自己至今也没完成这个心愿。

"你之所以天天梦到你爷爷，其实你的内心深处就是想结婚，想完成他的心愿。如果有一天，你放弃了结婚的念头，可能你就再也不会梦到他了……"陈贝儿说出了自己的内心感受。爷爷走了三年之后，她渐渐对结婚的念头不执着之后，爷爷就很少出现在梦中了。

最多梦见的人其实是心里一直有和这个人相关的执念。

陈贝儿给她说了一个例子："我大学毕业后工作了几年，又去考研究生。我用了一年的时间复习功课，上各种辅导班，生怕考不上。那一年我梦见最多的，几乎是隔两天就会梦到一次，是我的一个大学同学。我跟她并没有太多私交。但她就是学习特别好，特别聪明，回回都是班里第一。我特别羡慕她。我也在想为什么我考研的这一年会整天梦到她，一开始我还以为她是不是出事了，我还向同学打听过她。人家说她过得非常好，家庭幸福，孩子也挺好。后来我终于考上了研究生，之后我就再也梦不到她了。那时我才明白过来，原来我梦到她，实际就是想像她那样学习变得特别好，能顺利考上研。这是我那段时间的一个执念。你听明白了吗？大概就是这个意思。"

唤雨愣愣地听着，微微颔首："也有可能。我内心也想遇到一个像我爷爷这样的男人，能结婚生子。也许等我年纪再大些，上了四十以后，也许我心中不再有结婚这个念头时，就不会再梦到我爷爷了。"

"是的，有可能的。这件事不要太当回事，头三年是这样。老人常说三年才能入土为安。"

"嗯。"唤雨点点头道，"我这个人阴气太重，总是梦到死去的人。"

"我也是。"陈贝儿附和，"还是内心执念太多，这也不是坏事，可能比一般人想得会多些。"

"我也觉得跟你挺像的。"唤雨突然微笑了一下，"我一开始以为是自己的一种病态，经你一开解我才明白过来。"

"这不是病态，千万不能这么想。我们这类人其实也不少，表面看着大大咧咧，毫无心事的样子，实际想得比谁都多，特别敏感，特别多情，容易流泪，容易感动，表面坚强又高冷，内心火热又脆弱，就是这样。"陈贝儿分析道。

唤雨笑笑："是啊，你说得太准了，我就是这样的人。看来我们真的是一类人。梦这个东西真的很神奇。"

"是啊。其实动物身上都有一种对自然界的特异性。比如地震来临前，有些小动物会到处乱窜，它们对地震有预警。比如金鱼就会在鱼缸里游得特别快。还有一些动物能闻到癌症病人身上的特殊气味，因此它们不愿意跟这类病人待在一起，比如有些小狗就能闻到这种气味。以前人身上也有这种特质，但随着进化，这种特质在人身上逐渐消失了。现在只剩下做梦，还会反映一些潜意识的东西。"

"我一开始以为日有所思，夜有所梦。"唤雨说。

"这是对的，一般情况是这样。白天想什么有可能晚上就会梦到，这是常态。但也有一些会是预警。比如你梦到自己出车祸，或者自己死了,这说明你最近要格外注意,这是身体预警。"

"但如果我梦到亲人或者朋友去世呢?昨天我还梦到我爸去世了,吓了我一跳,为什么会这样?我爸很健康。"唤雨插了一句。

"梦到别人去世,往往是特别亲的人去世,并不是他们真的要出事,而是你心里其实正恨着一个人,你希望他死,但现实中他不可能死,所以反射到梦中变成了你的亲人或者朋友去世。你想一下,肯定能马上找出那个你恨的人。"

唤雨听完马上脑中浮现出她的老板:"我讨厌我的上司,非常讨厌。"

"具体有原因吗?"陈贝儿问。

"我那个上司就是个老流氓,他对我性骚扰。"唤雨咬牙切齿的。职场中最讨厌的恐怕就是性骚扰吧。

"那你有没有反抗?"

"当然!"唤雨强调道,"快六十岁的人了,没个正经,成天想占人家的便宜。"

"那你拒绝了,肯定在职场上会比较头疼。"陈贝儿能想象那个画面。以前她刚入职场的时候也遇到过,所以她才辞职考研。

"是啊,我就是职场最底层,工资最低、奖金最低,永远得不到晋升。那些接受潜规则的都升成了主任。但我也不羡慕她们,升得多高,她们付出得就有多大。我反而会同情她们,家里有老公,还得在单位伺候老男人,多可怜!"唤雨快人快语道。

"可能追求的东西不同吧。有的人就是官迷,想在职场上出人头地,她觉得这样的付出很值得。像你我这样的,可能更注重内心的感受,不太在意官位,所以自然也不会接受潜规则。"

唤雨坚持道:"对,我宁可内心安宁平静,我也不要那种本不该属于你的野心,那样会很累。"

"你已经看得很开了。"陈贝儿赞道。

"我还经常梦到重复去一个地方,或者去到一个地方会觉得梦中见到过。这是为什么?"唤雨又回到梦的话题上。

"这说明你最近很疲劳,需要休息了。重复梦到一个地方,或者到一个地方觉得梦到过,就是你身体疲劳的预警。"

唤雨点点头:"怪不得呢,是啊,有时会觉得很疲惫,睡眠不好。"

"咱们这个年纪是会出现睡眠不好,尤其是在倒霉前几天,失眠的频率会比较高,这叫经前紧张症。我一般都会吃一粒谷维素,能马上帮助入睡。谷维素比安眠药好,你可以尝试。"

"太好了!我一直是抗拒安眠药的,没想到还有替代药。"唤雨露出微笑。

"谷维素就和一般的维生素差不多,非常便宜,也没什么副作用。"陈贝儿补充道。

"我还会梦到经常被人追杀,以前做得最多的梦就是从楼梯上掉下来或者踩空了。"唤雨露出孩子般天真的表情。

陈贝儿笑了,自己也经常会做这样的梦:"被人追杀是你的手放在胸口了,手放到胸口就会做噩梦,所以要调整你的睡姿,不要让手或者被子压住胸口。梦见踩空楼梯说明你在长个儿。不过你现在想想,是不是现在也不会做这样的梦了?因为你不可能再长个儿了。"

唤雨咧嘴轻笑:"还真是啊。呵呵,但我总觉得做梦就是睡眠不好,没有深睡。"

"做梦实际是反映人的浅睡眠,这实际不是什么坏事。许多人总追求深睡眠,但人不可能一整晚都是深睡眠,总是深浅交替。浅睡眠能起到很好的预警作用。比如你睡梦中遇到突发事件,像地震或者家里进贼,如果你是浅睡眠,你就会惊醒,这会有助于你逃生。但如果你一直是深睡眠,你就会浑然不知,反而对身体是极危险的。所以不用一味地追求深睡眠。但如果你一个梦接着一个，早上醒来特别疲惫，白天也没精神，那可能才需要调理。"

唤雨恍然大悟的样子："但我周围有的人从来不做梦，那是怎么回事？"

"那是不可能的，是人就会做梦，除非他是精神病患者，可能不会做梦。有些人是根本记不住做了什么梦，所以他可能会说从来不做梦，实际是他记忆力不好。那个没必要去羡慕。做梦是非常正常的，也有助于你的记忆力。"

"今天跟你讨教了这么多关于梦的信息，感觉收获很多。"唤雨放松地笑了一下。

"心情好多了吧？"陈贝儿也松了一口气。

"好多了，跟你聊完，我也觉得跟你好像。我想我们能成为朋友。"唤雨过来给了陈贝儿一个大大的拥抱。

"我总研究自己这些稀奇古怪的梦，因为我的每个梦都能记住。有些人做完梦醒了就全忘了，我却连细节都记得。我总觉自己是不是病了，或者是一种病态。"唤雨彷徨道。

"这不是什么病态，我比你还夸张，我曾经在梦中看了一个电影，醒了以后我居然把这个电影写了下来。我觉得很有趣，梦能带给我灵感，很奇妙的东西，怎么又会是病态？不必太纠结这些。每天让自己过得开心，这才是你要关注的。"

唤雨点点头，分别的时候又给了她一个大大的拥抱。

陈贝儿跟唤雨这一席谈话，自己也跟着梳理了一遍。经常梳理自己的各种情感细节，确实也是一种自我成长。

她欣慰地看着唤雨脸上透出来的光彩，自己也跟着面目一新。

和那个不完美的自己握手言和，总是一件让人欣慰的事。

可是等到后来，陈贝儿再回想和唤雨的这段对话，两人关于梦境的讨论，她反而迷茫了。多年后她都仍会梦到高翔，就如同唤雨反复梦到爷爷。

那么高翔对她的未了心愿又是什么呢？

他什么都没说过，走时连一句话都没有留下。曾经他希望自己和宇涛在一起，这算他的未了心愿吗？可后来，他再也不提这事，他甚至都不鼓励她走入婚姻，甚至他也劝宇涛别走入婚姻。那么他的期许到底是什么？那为什么她又会反反复复梦到他呢？自己心中的执念又是什么呢？

或许是悔意作祟，她歉疚。身为心理医生，她却没能救他，这是她一辈子的痛。

[62] 怪怪的眼神

陶莎放下电话后，五官气愤地拧在了一起。梅若琳三天两头地请假，令她非常不快。

今天前台又通知她说梅医生请假了，她一气之下直接把电话打了过去质问。梅若琳就是不说为什么请假，只说身体不舒服，如果是借口也至少换一换，永远是身体不舒服，这算什么理由。

平静了一下，她把陈贝儿叫了进来，通知她可以正式独立面诊了。

陈贝儿一时没反应过来，陶莎说了第二遍，她才恍然地兴奋起来，赶紧冲陶莎表示感谢。

"你实习这段时间表现不错，病人对你的评价都很不错。独立出诊后你的工资会涨一些，我很看好你，好好干吧。"陶莎嘴里是赞扬，面上却无表情。

陈贝儿也管不了那么多，赶紧道谢后离开。她又怎么会知道，正是梅若琳和陶莎之间的不愉快才成全了她。

头一次以"陈思"的名字挂牌出诊,心里既忐忑又兴奋,她盼这一天真的好久了!

前台护士进来冲她甜美地说:"陈医生,今天有位病人找你出诊,一个小时后到。"

"好的,没问题。"陈贝儿一脸幸福。她想把这个好消息发给梅若琳,但想想也许她还在医院,也别打扰她了。还有一个小时的时间,她赶紧忙活起来——收拾诊疗室,把窗台的花洒上水,点上淡淡的熏香,再去卫生间把假发整理好,戴上无框眼镜,平整了一下身上的白大褂。这个样子从镜中看起来,完全像一个专业医生。

很快,护士领着一位病人走了进来。陈贝儿也好奇,第一位找她出诊的会是个什么样的患者?

当这个病人走进来时,陈贝儿却怔愣在了当场:"高翔?怎么是你?"

高翔也怔住了,他仔细看了看对面的医生,竟然是陈贝儿:"你怎么这副打扮,你剪头了?怎么是短发了?"

陈贝儿摸着假发:"这是我的医生造型啊。哎,你怎么来找我了,还不跟我说,还冒充病人,想给我一个突然袭击啊?"说完自己都笑起来。

高翔一脸尴尬,赶紧顺着陈贝儿的话说:"是啊,就想看看你是怎么当心理医生的,你怎么名字也改了?"

"这是化名,哪能用真名,我可是兼职,万一让人发现了可惨了。"

高翔慢慢平复了情绪:"你还挺有心眼。"

陈贝儿一改医生的端庄样子,又恢复到以往的活泼少女姿态:"我还说呢,今天是我第一次正式出诊,怎么那么快就有患者来找我了,弄了半天是你搞的恶作剧,我白美了半天。"

高翔都快流冷汗了,忙掩饰道:"这不想找你吃饭吗,几点下班？"

"这才几点，刚下午两点，我得六点才能下班。"陈贝儿忽一顿，"哎，对了，你怎么知道我在这儿上班，我告诉过你吗？"

高翔又是一怔，忙说："你说过啊，你自己都忘了。"天知道他今天是网上随便搜了一家心理诊所，没想到就碰到了陈贝儿，约都约不来这么巧。

"也可能，我最近记性不好。"陈贝儿也有些迷糊了，馨慈搬过一次家，她都忘记是否说过这事了，"你不会是为了给我捧场都交了咨询费了吧？"

"对啊！"高翔将错就错，"我多支持你啊！"

"那你都交了钱了，我就陪你聊一小时的吧。"陈贝儿一脸坏笑，她又怎会知道此刻高翔心里的苦涩。

两人就这么胡说八道地闲扯了一个小时……

今天的顾曼神采飞扬，她和陈贝儿早就约好每年生日一起吃大餐。今年也不例外。

经过了那件事后，她反而看开了，不管伤口是否愈合了，她都不让自己再去想那道伤。她相信身体有自愈功能。看顾曼的气色这么好，陈贝儿也替她开心。

今天的生日大餐两人吃海鲜自助火锅，海鲜一直是她俩的最爱。难得有吃得到一块儿又玩得到一起的闺蜜，两人都格外珍惜。

餐厅很贴心，知道顾曼过生日，特意赠送了一大块巧克力蛋糕，真是锦上添花。

看顾曼许了愿，陈贝儿也跟着偷偷地许了愿。不用说穿，两人许的什么愿都心照不宣。

两人正有说有笑地吃着，邻桌一位看上去八十多岁的老人带着一位四十多岁的女人还有个五六岁的孩子落座。老人马上问陈贝儿:"我们是第一次来,请问这个自助餐怎么点菜啊?"

陈贝儿一听这话就想笑:"自助餐不用点菜,随便拿。"

老人笑笑,又顺便提醒顾曼道:"姑娘,你的纱巾掉地上了。"

顾曼一看果然在地上,赶紧道谢捡起来,看来自己吃得有些得意忘形了。

接着老人又说:"我今天带着保姆和她的孩子来这儿吃饭,这孩子想喝你们桌上的这个汤,是去哪儿拿啊?"

"这叫酥皮汤,我帮您去拿一份吧。"顾曼主动站起来。

老人赶紧谢了谢。保姆也站起来,领着孩子一起跟顾曼过去了。

这时老人又说话了:"姑娘,你们是姐妹俩吧?"

陈贝儿点点头,也没想解释。

老人接着说:"她是你姐姐还是妹妹呀?"

"是我妹妹。"陈贝儿随便答了一句。

"你应该是妹妹吧,你比较年轻。那个女孩长得比较凶,你长得比较可爱。"老人夸赞道。

"是吗?"陈贝儿笑笑,她可没觉得顾曼长得凶,只是顾曼一直是女强人白领的打扮,可能气场会强一些。

"姑娘,你长得真漂亮,气质也好。你老公怎么没一起来?"老人又问。

"我没结婚。"陈贝儿想起老妈常挂嘴边的一句话:树老根多,人老了话多,边上这老人还真是如此。

老人点点头。这时顾曼回到座位上。陈贝儿便把桌上的巧克力蛋糕分了一半给那个保姆的孩子,两桌人其乐融融地用餐。

老人边吃边问:"你们是做什么工作的?住在附近吗?"

陈贝儿觉得这位老人的问题实在太多了,但又不好意思不答,只得简单说了一下。

"我是大学教授，退休了，今年 85 岁了。我家也在这附近。"

"真看不出来您都 85 岁了。"顾曼叹了一句。虽然他拄着拐，但看上去好像七十多岁的样子。

"我儿子都老大了，我儿子在美国。"老人又冲着陈贝儿说，"你还没结婚啊，是不是很挑啊，想找个什么样的？"

顾曼一听，马上说："她要求不高，您要有合适的给她介绍吧。"

陈贝儿瞪了顾曼一眼，示意她少说话。

老人说着拿出手机："那咱们就留个电话吧，你打一下我的号，再加一下微信吧。"

"您还用微信呢？"顾曼又叹了一句，现在的老人真不简单。

"我儿子帮我建的微信，他在国外也只能通过微信联系。"

陈贝儿也只好留了手机号。

顾曼冲她坏笑一下，小声说："没准他儿子单身呢！"

陈贝儿却觉得好像哪儿不对劲，但又说不出什么。

"你加一下我微信吧，我叫陈老师，你先加上我，我现在没网，回去后我加你。"

"好好，贝儿，你赶紧加一下陈老师。"顾曼在一旁催促。

那餐吃完后，两人跟老人告了别。走出餐厅，陈贝儿便说："我怎么觉得这老头怪怪的。"

顾曼说："有什么怪的，我觉得那老头挺热情的，没准真能帮你介绍呢。他儿子在美国也未必好找，没准就是这个意思。"

"但如果是这个意思，他当时可以直说啊。"陈贝儿疑惑道。

"饭桌这么多人怎么直说啊，你放心，他微信上会跟你说的。你等着吧，有什么好消息可要告诉我啊。"顾曼喜滋滋地，"看来过生日选这儿是对了，还帮你把对象问题解决了。"

"那看看吧，看看是你的感觉对，还是我的感觉对。"陈贝儿见顾曼笑得这么开心,她却笑不出来。

陈贝儿还是觉得哪里不对劲,好像是他看人的眼神不对劲,但怎么不对劲,她也说不上来。

晚上回到家,她便接到了陈老师的微信留言:"小陈,你好,这两天我手机微信不通,刚找人调了半天才弄好,现在我们可以聊天了。您气质好,有才华,才貌双全,感觉您比妹妹还要年轻十岁,您才貌出众的魅力,使我勇敢地与您说话。您是哪年大学毕业的?"

陈贝儿看了这话,还是觉得怪怪的,便问:"您是替您儿子问情况?"她向来不喜欢拐弯抹角,更何况是这样的陌生人。

"不是的,我儿子已结婚,有个小女儿三岁了。听您说您没有结婚,我估计您可能也没有男朋友,而且要求一定很高。我有认识的人,可以给您介绍。"

陈贝儿想了想又问:"您身边有三四十岁的单身男?"

"有!"老人马上回道。

陈贝儿发了一个"好"的表情。

老人又问:"这个图标是什么意思?"

陈贝儿好笑道:"这是等您介绍的意思。"

"我老了,输入汉字有时要查字典。您可以先详细介绍一下您的情况。我根据情况再考虑哪个男人合适,好吗?"

陈贝儿便简单说了一下情况。

老人又问:"您父母是做什么工作的?您父母有几个孩子?您现在有多大岁数?"

年纪大了还真是啰唆,陈贝儿只好又说了几句。

"请您最好把您的岁数具体告诉我,好吗?是三十几?"

这老头还真是执着,不知道问女性年龄不礼貌吗?

陈贝儿只好说:"三十四。"

"好，您是本科还是研究生?"老人又问。

"研究生。"

"您工作单位叫什么名字?"

"毅迅。"

"您身高多少?"

"167。"陈贝儿已经有些烦了。

老人说:"好，我先了解一下男方的情况，再跟您说。"

说完又发了一张风景照片，这场对话才算结束。

她随手将对话截图发给顾曼。

顾曼雀跃道:"我就说吧，他肯定会给你介绍的，不然要你电话干吗。等着吧，肯定会有好消息。"

顾曼的预言果然应验了，只是接下来发生的故事简直可以用匪夷所思形容了。

[63] 原来是个老色鬼

不知何时,办公室斗争成了一道家常菜,每天都要拿出来炒一炒。

一早上班,陈贝儿和苏苏一起去了孙娜的办公室,因为劳动仲裁需要法人的身份证复印件,她俩打了一个申请报告交给孙娜。

孙娜看到这个报告,先是惊了一下,没想到这两个丫头片子居然还有胆量走劳动仲裁。她不动声色地留下了报告,说会转交给王总。

当王一铭看到这个报告时也吓了一跳,立刻把黎玉叫进了办公室。

"你赶紧把律师找来,如果她们真的走劳动仲裁,胜诉的概率有多大?"

黎玉却不以为意道:"她们不可能胜诉,不用找律师,我就敢说这话!"

王一铭却火了:"让你把律师叫来你废什么话!赶紧去叫!"

黎玉见王一铭发火了,只好把律师叫了过来。

律师给出的答案正如王一铭所料:她们应该是能胜诉的,因为现在确实不让罚钱了,有法律条款。

王一铭泄气地往椅背上一靠:"那就是说只能把罚的钱退回去?"

律师点点头。

王一铭气得面孔铁青:"那我手底下员工犯了错我还不能惩罚了?"

"可以进行行政处罚,比如给处分或者通报批评,但就是不能经济惩罚了。"律师解释。

王一铭有些语塞,因为处分和通报批评他都已经执行了,看来这件事是要进入死胡同了。想了想,他示意黎玉送律师出去。等律师走出门之后,他才愤怒地把那张陈贝儿写的申请撕得粉碎……

"你猜王总看到咱们这份申请会不会气得撕个粉碎?"下班的时候,苏苏跟陈贝儿挤在地铁里,你一言我一语,面带促狭。

"肯定!那还用说。估计黎玉也会气个半死吧。"陈贝儿无畏地一笑。既然走到这一步了,倒也有了死猪不怕开水烫的精神。

"他们肯定会找律师问的,你猜咱们这事能赢吗?"苏苏并没有胜诉的把握,毕竟这种事她还是头一次干。

"我觉得能赢。"陈贝儿笃定地说。她跟方溪的老公也通了电话,更给了她信心。

"贝儿,我现在就信你了!真的,我觉得待在你边上特有安全感!"苏苏崇拜地看着陈贝儿,她身上的那种来自职场的自信一直是自己所没有的。

陈贝儿一笑:"我又不是男的,怎么给你安全感?"

"你的强大给了我安全感,现在我的偶像就是你。"

陈贝儿忍不住笑了出来:"行,好好崇拜我吧。等他们把钱退回来，咱们就去好好大吃一餐。"

"行！咱们去吃北京最贵的自助餐！"苏苏笑到见牙不见眼。

从地铁里挤出来，手机嘀了一下，陈贝儿一看是陈教授发来的微信："小陈，这两天我想了想，做了一定的了解，视您为我的女儿认真帮忙。您找对象之事，按您的要求，我们有人选了，他是北大毕业，其经历和家庭情况用微信说不清楚，请您于本周日上午十点来我家，当面仔细介绍，并有保姆协助我招待和交谈。好吗？"

陈教授还留了家里地址，又说："我家非常好找，请打车到大学东门最北边门，即步行门走进来，右手第二个楼就是。"

陈贝儿有些疑惑，为什么要约家里？她回道："不太方便去家里，可以通电话，打电话说可以的。"

陈教授又说："好吧，同意面谈不在我家内，但电话不便说清，再说我已八十五岁听力不行，还是面谈为好。面谈地点改在大学东门马路对面的我校研究生食堂，我与保姆和她的孩子，三人于本周日上午十点在东门步行门（东北门）接您。好吗？"

陈贝儿想了想，便说："您可以先把对方照片发我看下。"

陈教授果然发来了三张照片。

"以上照片说明，这是今年我带保姆和她的孩子去看男方的父亲，他请我们吃饭的三张照片。男方与他父母。男方眼睛不小，很帅气。照片未照好。"

陈贝儿看了看照片中间的那个男人，肥头大耳，一脸横肉，看上去就像一个贪官。她直言道："我对这个男人印象一般。"

"这个男人条件非常好，这就是我要与您面谈的内容之一。男方是回国探亲，是外籍华人，在国外工作。"

陈贝儿回道："还是找个在北京工作的吧。两地并不容易联系。"

陈教授过了一会儿回道："好吧，您对男方的学历有哪些要求？

大专毕业可以吗？"

"最好是本科毕业。"

"我儿子的对象就是我协助找到的。现请您把您的照片发我，我来协助您找。"

"微信头像就是我的照片。"陈贝儿回道。

"我年纪大了，不太会存照片，你还是再发我一下。"

陈贝儿只好把头像发了过去。

陈教授马上说："谢谢！这张照片似是仙女，美极了！"

对话总算结束，陈贝儿心里还是觉得怪怪的，总感觉这老头有些奇怪。她把那张肥头大耳的照片转发给了顾曼。

顾曼果然跟她审美一致："这男人差点儿意思，太肥硕了，我这关都过不了。但至少那陈教授还帮你介绍了，你再让他继续找。他的学生里可能有不错的。"

"我觉得这里面好像有问题，毕竟是陌生人，让陌生人介绍对象你不觉得怪怪的？"陈贝儿发怵道。

"这有什么怪的，不管用什么方式方法，只要能找到好男人，管他呢。"顾曼这方面要比她想得开。

陈贝儿也懒得去想了，这种不靠谱的事她还是放放吧。

今晚上"吃货三人组"约饭，本来挺高兴的事，结果她到了饭店，高翔打电话来说工作室实在走不开，让他俩先吃。紧接着，宇涛又打电话来说马上快"十一"了，老板临时通知节前要加班，也去不了了。两人同时爽约把她气得够呛。

既然已到了餐厅，她随便找了个位子坐下，只好一个人先把肚子填饱了。

饭吃到了一半，一个电话打来吓了她一跳，她以为这两个吃货刚才是和她开玩笑，现在准备赶过来了，哪想到电话是来自严朋飞。

陈贝儿有些吃惊地问:"你打错电话了吧?"印象中已经好几个月没有通过电话了,她早已视作分手了。

"没打错啊,你的电话我怎么可能打错呢。"严朋飞嘴上抹了蜜。

这下陈贝儿有些招架不住了:"有什么事吗?"

"没什么事,就是十一回北京看你去。"严朋飞笑着说。

"不会吧?太阳从西边出来了?"陈贝儿仍不敢相信。他葫芦里卖的什么药?

"太阳照常升起啊。我到了给你电话,可能一号,也可能二号,你来接我吗?"

"接你?"陈贝儿还是没反应过来,"我没车。"

"你怎么还没买呢?"严朋飞故意激她。

"我摇到号了,是准备买了,这不等我们家的赞助呢。"

说到这事,陈贝儿也是一脑门子官司。她就想买个十万块钱的车做代步工具。可陈其不同意,说太差的车开不出去,还会被别人碰瓷。陈贝儿也不客气,说买好车也行,但她没钱,得靠父母赞助。

陈其向来抠门,说最多赞助一万。母亲刘婉也在旁边起哄,说她最多也是赞助一万。最后她还是只能买十万块的车,她自己出八万,父母出两万。

本来上周宇涛和高翔都答应陪她看车了,谁知忙来忙去,就把这事耽误了。

"你赶紧买吧,在北京没车寸步难行,你又摇到号了,赶紧买呀!"严朋飞鼓动道。

"周末就去!你不赞助吗?"陈贝儿故意道。

"我也是穷人啊,你还好意思找我赞助。我穷!"

"你少在我面前哭穷!"

"我是真穷!"

两人又开始贫起来。这个严朋飞,永远就在快要忘记时,他却又来了……

周末,宇涛本来要陪她去买车,结果老板又通知加班,陈贝儿只好叫上了顾曼。谁知顾曼出差了,并不在北京。她又打给了梅若琳,总得有人帮她参谋一下,结果梅若琳正在去医院的路上,身体有些不舒服。陈贝儿只好作罢,可一想到"十一"如果有车就可以和严朋飞一起出去玩了,便只好一个人去了4S店。

宇涛推荐了一家闵庄路叫晶保行的4S店。陈贝儿最后挑了一辆大众POLO,价位合适,便也没多想就签合同交钱了。

她一个人把车开回家,一路心惊肉跳,生怕当了马路杀手。

好不容易开回了家,她便拍了照片给父母发了一下,顺便也发给了严朋飞。

谁知严朋飞回了一句:"怎么买了这么一辆破车。"

"你赞助就买更好的,你不赞助还发什么牢骚?!"陈贝儿气不过,"要不是为了去接你,我还不买车呢!"

"哟,原来是为了我啊。"严朋飞笑了出来。这傻丫头有时还真是挺可爱的,只是这种傻劲他确实不来电。他喜欢的是那种一下能把他整个人吸引过去的女孩,陈贝儿身上没有这种吸引力。就像上次聚会他遇到的那个空姐,对他来说就有致命吸引力。但一听,那女孩有男朋友了,也只好作罢了。

"你十一怎么舍得回北京了?王琪放你回来了?"陈贝儿反击道。

"她能管我吗?她是我的手下。我想回来不用经她同意。"

这口气听起来好像并不太友好,看来他两人的关系也并不如想象中那么好。

"别聊她了,怎么动不动就爱提她啊,她就是我一个普通同事,也不可能有什么其他关系。"严朋飞斩钉截铁道。这个王琪天天追着他,他也有点烦了。最主要的是他的大老板还专门问过这事,公司都在传他和王琪谈恋爱,对他影响太不好了。他赶紧跟大老板一通解释,这事弄得他无比尴尬。

唉,谁叫他是单身,总有单身女人围着他,弄得他应付不暇。如果是那个空姐约他,他肯定义无反顾。但是王琪毫无姿色可言,长相还不如陈贝儿,更激不起他的兴趣。只是他初来乍到,身边必须得有能帮他的人,王琪就是个比较好的人选。只是对她稍好一些,感情这东西就变得不好控制了。都说女人多情,但多情背后可是无穷无尽的麻烦。

两人有一搭没一搭地聊着,但他俩的这种关系,陈贝儿一直也没琢磨明白。严朋飞对于她,是一直没得到,所以总是在想望和绝望中徘徊;她对于严朋飞呢?难道是得到了,所以不珍惜?想起你时就甜言蜜语,想不起时就直接消失了。

正坐困愁城,这时微信提示音响了一下,她一看又是陈教授:"小陈,您希望我帮您找对象,我一定认真付出。有两位大年龄男方,我一个一个联系都不成。现在进行中的,他是我校正式职工,在后勤集团工作,五十岁,大专毕业,已离婚九年,有个孩子在台湾上大学,今年毕业。听说男方外表不错,一米七八的身高,我只与他通过一次电话,未见本人,如您有意,我想与他见面聊聊,听听他的谈吐,看看他的外表,好吗?"

陈贝儿倒有些不好意思了:"您不用刻意找,不用太麻烦。感谢!"

"如您愿意,咱们最好面谈,不用非去家里,可以在大学里。"

"您的好意我心领了,谢谢!"陈贝儿只好这样回。

陈教授没再说话,陈贝儿总算是松了一口气。

谁知到了晚上十一点,她正准备睡觉的时候,陈教授又发来了一条微信："昨天是我的生日,我带保姆和她的孩子又去那家店吃自助餐,我们仍坐在b27桌上,我吃饭喝酒时,想起您的魅力使我去认识您,其目的并不是想当红娘,是想与您交往,您会使我年轻,我会多活几年,我要感谢您。您能接受吗?"

妈呀!陈贝儿惨叫了一声。活到三十多岁,她竟然遇到了八十五岁的追求者,简直可以当作天方夜谭了。那一瞬她才明白,为什么之前总觉得有什么地方怪怪的,原来眼神这东西是骗不了人的,幸好没去家里面谈,想想脊背竟有冷汗流下来了,太吓人了!

"弄了半天这个陈教授是个老色鬼?"顾曼惊得下巴快掉了,"没想到你的感觉还真准,我怎么就没看出来他是个色鬼呢,我还觉得他挺慈祥的。"

"我也只是感觉,就是觉得他的眼神怪怪的。"陈贝儿有些郁闷。虽说有人追是好事,但追你的是八十五岁的年纪,还真让人啼笑皆非。

"赶紧删了吧,老色鬼就没必要留着了。"顾曼把手一挥,露出坏笑,"这也证明你有魅力啊!我现在理解为什么杨振宁娶翁帆了,原来男人到了八十五岁这个年纪对女人还是有想法的。我原来以为岁数大的人早没有感情需求了,看来我还真是落伍了。我是既追不上年轻人的节奏,也赶不上老年人的步伐。"

陈贝儿被这话逗笑了,前仰后合道:"你跟不上,我也跟不上了。"

"走吧,赶紧开你的新车带我兜兜风。"顾曼提议。

提到车,陈贝儿又想起了严朋飞嫌弃她买的车差。

顾曼听了也来气了:"这人有毛病吧,他有钱就给你买一辆,一毛不拔还说东说西,我真觉得这人人品有问题。"经过这么多事,顾曼对严朋飞的印象早已一落千丈。她得给陈贝儿泼点冷水。

"他就是嘴欠。北京男的不都这样嘛。"

"你别替他说话,他怎么又突然联系你了?我看是追别人没成又想起你了吧。你忘了上次你去杭州,他嘲笑你是A减,这种人能是什么好人,真要有感情会嘲笑你的身材吗?这就不是真爱。"

都说旁观者清,顾曼早把他俩的关系看清看透了,可当局者迷,陈贝儿总是抱着一线希望,总是不撞南墙不回头。这次严朋飞"十一"要回来见她,她立刻又觉得希望来了。

"也可能是开玩笑吧?"陈贝儿替他解释,说得都有些理不直气不壮。

"你别傻了,像我老公当初那么追我,日后都会变心,更何况像严朋飞这种追你的时候都三心二意,你还指着日后他能对你好?"顾曼一针见血道。经过魏然这件事后,她对男女情爱早就看淡了。

"十一见面再看看吧,反正现在也没有人选……"陈贝儿不想再提这个话题,换了一张笑脸,"走吧,开车带你去奥莱吧,让你血拼到底。"

顾曼也只好打住了话题,跟她一起向停车场走去。

她知道陈贝儿身上有不到黄河心不死的劲头,这种事只有让她自己走出来才算,旁人再劝都是在做无用功。但该说的话她一定要说,谁也不愿意看到自己的闺蜜受伤。

在感情里,自己跌倒只能自己爬起来,别人只能提醒,却不能代替她去摔那一跤。她对此深有体会。

谁都需要自己承担起旅途风雨,守住了,才能等来彩虹满天。

[64] 遭遇 4S 店敲诈

一早，陈贝儿刚从床上爬起来，便接到了4S店的电话，销售叫周宝玲，她娇滴滴道："陈女士，你看你今天方便过来吗，把车的尾款交了吧。"

陈贝儿一愣："所有的钱都已交齐了呀。"

周宝玲便解释说4S店要求新车必须上全险，这辆车陈贝儿只交了四千元保险，还差四千，让她补交。

陈贝儿觉得很好笑："当初合同单上写了保险就是四千元，我当时就跟你确认过，我说不上全险，这个你也认可了。如果你说要交八千，单子上就应该写八千，你现在这种做法不是敲诈吗？没有你们这么做生意的，而且我车都开回家了。既然还有欠款，你为什么还让我把车开走，为什么不说清楚？！"

周宝玲马上说："你别忘了大绿本还在我们手上，车辆行驶本也在我们手上，你不交尾款，这些你也别想拿到。"

天哪，当时陈贝儿就惊了，这还真是赤裸裸的敲诈啊。无奈陈贝儿只好报了警。警察的处理意见是：车辆行驶本必须归还车主，4S店无权扣。至于其他纠纷他们就不管了，建议到法院起诉。

陈贝儿也是服了："双方都有合同，合同上写明保险费就是四千，这明显是4S店讹人，警察应该管啊。4S店也无权扣大绿本啊，那是车辆登记证，是车管所发的，他们有什么权力扣？如果他们觉得我欠钱，他们应该到法院起诉我，但不能以扣证件要挟。"

警察说他们只能管身份证和行驶本，其他的证件他们无权管。无奈陈贝儿只得把电话打给了高翔求助。高翔一听就知道这是4S店的惯用伎俩，当年他买车也遇到这个陷阱。

"不光是大绿本，这车的购车发票、备用钥匙，他们都给你了吗？"高翔问。

陈贝儿又恍然，这些居然4S店也都没给，真是一家黑店。

"直接找他们店长，先把这些要回来。"高翔支招。

她马上去找了店长，要求把这些东西返还她。

这个店长抹着大红唇，脸上浓妆艳抹，眉毛又画得极细，看上去真像上海滩30年代的歌女。那女人和周宝玲一个口气：不交尾款，这些东西一律不给！还让陈贝儿去法院起诉去。

真没想到买个车还会遇到这样的事情，陈贝儿自认维权是她强项，但在无赖面前她也没有任何办法。只好又打电话给高翔。

高翔想了想说："我想到一个办法，你直接去车管所就说大绿本丢了，重新补办一个就成。发票不要也罢，其实也没多大用。备用钥匙你先放放，先把大绿本办了。"接着他就给陈贝儿发来一个位置，"这是办大绿本的地方，你赶紧先去办这个。"

陈贝儿一看那地方离这儿有一个多小时，但没办法，也只能去办了。

谁知好不容易到那个地方，工作人员却说："你要办大绿本得先验车，你没预约吧？"

陈贝儿又蒙了:"我这是新车啊,不用验。"

"那不行,新车到我们这儿来办也得验。今天已经过了四点了,排不上了,你明天再来吧。或者你先交费,明天再来。"工作人员冷脸道。

陈贝儿为难道:"我离这儿非常远,能否今天给我办了?"

"那不行,谁都像你这样,我们还怎么工作!"

话说得这么绝,陈贝儿只好作罢。第三次又打给了高翔。

高翔见她快崩溃的样子,安慰道:"行了,你先回来吧。这事我帮你去办吧,你别折腾了。你一个女孩,根本对付不了这些流氓商家。"

"你有什么办法?"陈贝儿忙问。

高翔只让她别管了,其他的事交给他处理。陈贝儿当时就想他能有什么认识的人?

三天后,高翔打来了电话:"4S店说你欠他们四千?是吗?"

"对,他们想再讹四千,但合同写的就是四千,钱我也都交了,单子他们也盖章了,我不可能再多交他们一分钱。"陈贝儿坚决不妥协。

没想到高翔说:"我就在闵庄路这家4S店呢。我今天就把这些东西都帮你要回来。"

陈贝儿吃惊道:"你找到熟人了?"

"你别管了。"高翔打断道。

突然陈贝儿一激灵,马上说:"高翔,你不会给他们四千吧?你可不能这么傻,这钱一分不能给他们!"她了解高翔,他向来主张能用钱解决的问题,决不用其他方法。

"你别管了。"高翔重复一句挂断了电话。

到了晚上,高翔的电话又来了,他淡定地说:"我在你家楼下呢,下来吧。"

等陈贝儿飞奔到他面前,果然他拿出一个纸袋递给她:"大绿本、发票、备用钥匙,全在这儿了!以后你保养车去别的4S店吧,这家黑店不用再去了。"

陈贝儿喜极而泣:"你怎么拿到的?你是不是找了熟人啊?"

"对,找了熟人。"高翔淡淡一笑。

那表情陈贝儿却觉得有问题,她机警地说:"老实告诉我,你是不是帮我交了那四千?"

高翔摇摇头:"没有,你放心,这事就这样了,我还得赶回去,走了啊。"

陈贝儿揪住他:"如果你真付了那四千我跟你拼命啊。"

高翔没理她,坐回了车里。

陈贝儿仍不放心地说:"你不会那么傻真给了四千吧?你要真给了我得把钱还你——"

高翔早开上车离开了,他冲她挥挥手:"我走了,你别再跟那家4S店联系了,听见了吗,别折腾了——"

陈贝儿愣愣地立在原地,她知道高翔是不会说实话的。她也没再跟那家黑店联系。

后来,她买了一个紫砂壶给他,知道他爱喝茶。再后来,高翔走后,这件事就成了不解之谜。

多年后,再和宇涛说起这件事的时候,宇涛恨不能敲她的脑袋:"那笔钱当然是高翔替你付的,只是当时他不让我跟你说,知道你这个傻丫头爱较劲!"

当时陈贝儿的眼泪就飙出来。

都说爱情千回百转,叫人肠断。可遇到这样的友情,她宁愿抛弃爱情一千遍。

只可惜事过境迁,物是人非,谁又能抓得住藏在影子里的人,空留满满的悲痛。

[65] 易经都不信了，我只信你

再次跟梅若琳见面时，陈贝儿还是被她肿胀的眼睛吓到。即使化了妆，仍掩盖不住满脸的疲惫。

"身体怎么样了？"陈贝儿担心地问。

谁知梅若琳云淡风轻地一笑，可又笑得极其痛苦："孩子流掉了，没保住。"

陈贝儿惊了几秒都没反应过来："怎么回事？什么原因没保住？你吃什么东西了，还是摔跤了？"

梅若琳别过头去，并不想回答的样子。

"难道是他又动手了？"陈贝儿小心地问。

"离婚的事我交给律师办了，需要一段时间。这段时间我会慢慢调整……"梅若琳死撑着不让眼泪掉下来。

陈贝儿气得胸口发紧，她知道梅若琳要强，不愿让别人看到她的不堪，只好说："离了也好，开始新的生活，我相信你一定能调整过来，因为你是梅若琳。"

她苍白地一笑:"你太高看我了,我也不是万能的,也需要时间。"

"你赶紧给自己放一个假吧,工作的事有我呢,我会尽可能地替你出诊。"此时好像只有这样安慰了。

梅若琳面色一转:"有家医院想挖我过去,我跟你说了吗?"

"提过,你真想走了?"陈贝儿心疼地看着她。

"最近我脑子不好用,好多事说过没说过全记不住了。我昨天又和他们谈了一次,谈得还行,现在这家馨慈诊所确实我也想退出了。"梅若琳想起前些天跟陶莎吵了一架,更让她有了走的决心。陶莎嫌她请假太多,把工作都推到她身上,很是不满。梅若琳又不想告诉别人自己怀孕又流产的消息,所以两人谈得很不愉快。

她本以为怀孕可以挽救婚姻危机,没想到老公对这个孩子兴趣不大,可有可无的样子,而且仍是对她发脾气,动手的毛病根本改不了。她记得以前他明明是渴望要孩子的,现在有了他反而不在乎了。太可笑了!她不是笑别人,而是笑自己太天真了,以为孩子可以拯救一切。

现在孩子没了,一切都可以了断了。如果能换个环境当然更好。只是那家医院薪资不是很高,她还在犹豫。

"你上哪儿我也上哪儿,你不能抛下我。"陈贝儿恨不能把梅若琳抱在怀里。

梅若琳笑着推开她:"少肉麻了,我当然不会抛下你,再等等看吧。"

陈贝儿看着她一脸憔悴却又坚强无比的样子,内心不得不佩服。她是怎么做到的?

她轻轻抚了抚梅若琳的脊背,心疼道:"我去跟陶莎说吧,你再休一周。身体是革命的本钱。"

"我找机会说吧,你别管了……"披着坚强的外壳,披久了就成了习惯，即使在陈贝儿面前，这个外壳她一样不会轻易卸下。

也许经历了那样一段婚姻，她才会披上如此坚强的外壳。这个外壳并不是天生就有的，是有多少苦与痛才累积起来的。

女人的坚韧与强大背后又隐藏了多少血与泪，真不敢去细想。

孙娜坐在王一铭对面，大气不敢出。旁边的黎玉一脸愤怒。

"这个月就给她们俩把罚款退回去？"孙娜忍不住又重复了一句。

"对，马上退！"王一铭急赤白脸地吼道。

"凭什么退啊？就不退，让她们打官司去！"黎玉插进来，张牙舞爪的。

这时财务主任于阳说话了："如果要退应该还要再扣税，因为之前把这笔钱扣了，就没算这笔钱的税，现在要退的话也不能全退，至少要把税扣了再退。"

"那就扣了税再退！"王一铭不耐烦地一抬手，"行了，你们都出去吧。"

孙娜和于阳赶紧溜了。关门的一瞬间还能听到黎玉大呼小叫的声音。谁都不愿意服输，更何况是黎玉这么强势的女人。

最气的当然还要数王一铭，但这次实在没办法，谁也不能跟法律对着干，他不得不服输。可心里那个气啊，一时难以消化掉。再加上边上的黎玉一直叽叽喳喳说个没完，他忍不住破口大骂："当初要扣钱的主意就是你出的！我说给个处分就得了，你非要扣钱，最后还不是出我的洋相。你还大呼小叫，罪魁祸首就是你！"他把怨气都撒到黎玉身上。

"你还怪我？扣钱也是你同意的啊，谁知道她俩这么有本事，还敢打官司。你倒赖到我头上了，你可真行！"

两人就这么吵起来，闹了个不欢而散。

于阳回办公室后就把苏苏和陈贝儿叫了过来，说了一下退罚款的事,也重申了一下要扣税的事。

苏苏还没反应过来,陈贝儿先开口了:"扣税的事我不同意,这笔钱本来就不应该扣,扣了多少就应该退多少。这是领导工作失误造成的,这个税费应该由公司承担,而不是由我们个人承担。如果这事打官司的话,公司还应该赔偿我们精神损失呢。"

苏苏听完赞许地看了一眼陈贝儿,可心里也捏了一把汗,陈贝儿这底气太足了,换成她断然不敢跟公司讲条件。

于阳马上说:"这个我还得向王总汇报,我们只是执行部门,具体退多少钱也是领导说了算,那我再问一下王总吧。"

"好的,辛苦了。"陈贝儿客气地道谢,拉着苏苏就走了。

这个陈贝儿还真是厉害。于阳心里暗暗叹了一句,只好又去找王总请示了。

王一铭气得有些张口结舌,他实在不愿意在这件事上浪费时间了,只得咬牙说:"扣多少就退多少,税公司承担!"

"那怎么做账啊?"于阳怯怯地问。

"怎么做账还用我教你吗?你财务主任干什么吃的!"王一铭彻底火了。

于阳吓得赶紧说:"行,我马上去办。"说完赶紧逃了。

楼道里只剩下苏苏和陈贝儿,她啧啧地夸道:"贝儿,你太牛了,你真是我的偶像,我现在易经都不信了,我只信你!"

陈贝儿哈哈笑出来:"钱拿到后去吃什么来着?"

"北京最贵的自助餐!"苏苏也忍不住笑起来。

"行,你负责订位。"陈贝儿给她布置任务。

"好嘞,你说什么我全听你的,你就是我的神!"苏苏崇拜地看着她,"我觉得那税的事不行就算了,咱们反正赢了,税就让他们扣吧。"

"不是税的问题,也不是钱的问题,就是要给他们一个教训,让他们以后做任何决定之前先走走脑子、问问律师。现在是法制社会，不是有了强权就可以想治谁就治谁。"陈贝儿不依不饶道。

"贝儿姐，你真的是我的亲姐！等我以后有钱了，我养你！"苏苏佩服得五体投地。

"这话你得再说一遍，我录下音，省得你以后有钱了就耍赖了，你得养我。"陈贝儿说着就拿出手机。

苏苏笑道："我用微信把这话发你，你截屏为证，这不更省事？在法律上微信也可以做证据吧？"

"你小子可以啊，法律意识说来就来啊，总算没白教你。"

两人在楼道里笑成一团，可又怕别的同事看到，及时收住，各自回了办公室。

陈贝儿刚回到座位上，手机就响起来，她一看竟然是陆玲，眉头不禁一皱，又有什么幺蛾子要来？

"贝儿，你忙吗？说话方便吗？"陆玲这边打着电话，老公在边上指手画脚。

"有事吗？我在公司。"陈贝儿知道她是无事不登三宝殿。

"那我长话短说吧。我老公不是去年买了块地吗，一直没有动工，现在请了个设计师，想盖一座三层楼，你看看能不能借我点钱周转，50万行吗？今年你先借我，明年等房子盖好了，肯定还你。"陆玲示意老公别说话。她本来不想打这个电话，但老公非逼她跟亲戚朋友借钱，她也实在走投无路了，能借的都借了，只差陈贝儿。连王琪她都开口了，结果王琪说老公死了负担重，家里也没闲钱，她也只好作罢。但陈贝儿没结婚，她应该手里有些闲钱。

"50万？我哪有50万啊！我要有钱我早买房了，北京的房价你应该知道吧。再说最近我刚买了车，基本没有一分多余的钱了。"陈贝儿有些哭笑不得，她死也没想到陆玲能找她借钱。

"贝儿，你工作这么多年连50万都没有吗？你没有，你父母应该有吧,能否借我周转一下,我可以给你打借条,明年肯定还你。咱们同学这么多年,我不可能不还你的。"陆玲只好继续游说。

"我父母怎么可能借我呢,我买车跟他们才借出两万。你还是找别人问问吧。我是穷鬼,你别盯着我了。"

陆玲没好气道:"贝儿,上次我找你帮忙送礼你就不愿意,现在找你借钱你又不愿意,你可真够朋友!"

"实在不好意思,我真的没钱。"陈贝儿觉得有嘴都说不清,怎么才能证明自己没钱呢,要不要把自己账户余额信息发她一份?

"行了,不耽误你时间了,不借就不借,没什么大不了的!"说完她就扣了电话,同时还得埋怨老公,"都是你,陈贝儿那个穷鬼她能有钱吗?她要有钱,王琪的那个领导早看上她了。"

老公一脸气愤:"你这都是些什么朋友,都是铁公鸡啊!这种不能借钱的朋友留着她干吗?还不删了!"

陆玲想了想也是,这个陈贝儿什么忙也帮不上她,确实留着也没什么用。上次她就想删了,当时还是忍了,这次一分钱都不借,也实在不能算是朋友了,删了也好。就这样陆玲把陈贝儿从微信中除了名。

老公在边上继续补刀:"干脆直接拉黑,省得她再加你。这种朋友不值得交了,直接拉黑!什么叫朋友?能借钱的才叫朋友!"

[66] 最后一面

"十一"假期,苏苏听陈贝儿说并没打算回杭州,便把吃北京最贵的自助餐放在了假期第一天。但陈贝儿要去机场接严朋飞,只好把大餐改到了第二天。苏苏也只得听命。

说起"十一"假期,陈贝儿一直也没想好是否回杭州,毕竟也好久没见父母了。月底给父母打了个电话,她还没张口,母亲刘婉就让她"十一"别回来了,他们要去海南玩。好吧,这倒也不用纠结了。

顾曼对陈贝儿的父母也是超级佩服,女儿一个人在北京,平时连个电话也没有。她总问:"你是他们亲生的吗?"

陈贝儿总是无奈地回答:"应该是亲生的吧,我长得就像我爸。"

母亲刘婉有时会在微信上发些链接或者搞笑视频,正事几乎没有,连个嘘寒问暖也没有。父亲陈其就更不用说了,基本一年也没个电话,连微信都没加。这种常态她已经很习惯了。有时情绪低落的时候也会羡慕别人的父母，能有父母疼着，再大的伤痛都能抵过去。但自己就赶上了这样的家庭，也只能哭一哭就算了，第二天太阳升起时又是一条好汉。这么多年就是这样没心没肺地过来了。幸好周边还有一群可以依赖的朋友，他们的作用甚至比父母还大。对此她一直是充满感激的。尤其是顾曼，还有"吃货三人组"，他们的关爱都是她最大的慰藉。

如此疏淡的亲情关系也让陈贝儿对感情不寄予希望。再加上遇到严朋飞这么个成天跟她捉迷藏的人，她更是丧失了信心。但这次他又峰回路转杀回来，难道是要死灰复燃？

下午四点严朋飞到北京，那天路上堵得要命，原来三环上出了一起严重事故，两个当事人谁都不肯挪车，路被堵得死死的。陈贝儿只好让严朋飞在机场多等会儿。

严朋飞回道："那我先去舅舅家吧，我估计你一时半会儿也过不来。我先坐地铁走了，等我看完我舅舅你去那儿接我吧。"

"你舅舅家在哪儿啊？"陈贝儿郁闷道。

"在通州。"

"啊，这么远。我还没开过这么远。"陈贝儿打怵道。

"你可真够笨的，那咱们晚点约吧，我先去看我舅舅，晚上咱们再碰头。我就不跟你吃饭了，晚上看电影吧。"严朋飞提议道。

"可我都出来了，现在还堵在三环上呢。"这个严朋飞太可气了，居然把晚饭都取消了。

"我舅舅肯定要留我吃饭，我们也好久没见面了。"

"你怎么不去看你爸妈，怎么先去看你舅舅啊？"陈贝儿奇怪道。

"我爸妈好着呢，不用我去看。我舅舅倒是好久没见面了。我跟他感情好。"

"那咱们几点集合？"陈贝儿又问。

"八点多吧，你想看什么电影把名字发给我，我买票。"

"你早点出来吧，你跟你舅舅说晚上要跟美女看电影，让他先放行。"

严朋飞笑道："我不能撒谎啊，明明不是美女我非说是美女。"

陈贝儿气道："你可以把我照片发给你舅舅，你让他说是不是美女。"

"哪有逼别人认美女的，我可不逼我舅舅。你先自己找地方吃饭吧，我吃完饭跟你联系。"

"好吧。"陈贝儿只得同意，可是现在堵在半路上，去哪儿都不行。她气得打开了车里的音乐，开车烦的时候只有音乐才能救命。好不容易出了主路，她随便找了一家快餐店吃了一点饭。

等到八点，她坐不住了，给严朋飞发微信："你完事了吗？在哪儿碰头？"

"没呢，正跟我舅舅喝酒呢。"

"什么时候完啊，你赶紧说要去看电影的事。"陈贝儿急道。

"看你急的。"严朋飞得意道，"你再等等，估计差不多了，我吃完坐地铁过去，你到地铁口接我。就在三环边上找一家电影院吧。"

"你从通州过来还不得一个小时啊，你赶紧出来吧。"

"你放心，不行咱们就看夜场的，今晚肯定让你看上电影。"

陈贝儿气得没办法："我不能老在这儿傻等你啊，你现在出发咱们九点才能碰上面。看完电影就十一点多了。"

"十一点多也不算晚吧，正好看完回家睡觉。"

"你先买票，不然票都买不上了。"

"行，我知道了，出发的时候告诉你。"

严朋飞放下手机，舅舅便问："朋飞，你晚上还有事吧，是不是有约会啊？"

"就是跟一个朋友见个面,一般朋友。"他随便说了一句。陈贝儿也只能算他的一般朋友,女朋友之外的朋友都叫一般朋友吧。

"你也该交个女朋友了,最近有没有什么相中的人选?"舅舅关心地问。

"不着急,男人先以事业为重。"严朋飞对这事还有些抵触,也可能是上一段婚姻让他疲了,无论如何他都不想再进入另一段婚姻了,至少目前他不想。

"也别光忙着事业,你也该成个家了。也别总陷在上一段感情里,过去了就过去了,没必要纠结。"舅舅劝道。

"我没纠结,就是觉得结婚太烦了,我还不成熟,也暂时不想要孩子,所以先不考虑结婚。"

"那你可以先交个女朋友吧,身边总得有个人照顾你吧。你爸妈离得早,他们又各自成家有孩子了,谁来管你啊。也就是我这个舅舅替你操心呢。"说着他打开手机把一张照片亮在严朋飞面前,"你看这姑娘怎么样?我觉得她不错,年轻又漂亮,又是空姐,我估计能合你的眼光。"

严朋飞仔细一看,这姑娘还真是漂亮诱人,而且又是空姐,模样和他上次聚会碰到的那个女孩出奇地像。

"怎么样?还合眼缘?"舅舅笑道。

"还行吧,怎么联系?"严朋飞有点着急了,看来不是不心动,是没遇到合适的。他第一次见陈贝儿照片的时候完全没有这种心动的感觉,看来果然是不一样。

"你俩加一下微信,自己聊吧。"说着舅舅拿出一张纸条,把女孩的联系方式递了过去。

严朋飞马上就加了她微信,但女孩并没有马上加他,他只好边吃边等了。

舅舅说:"她可能也在吃饭,放心,这是我一个朋友的女儿,很可靠的，26岁，年龄也合适。"

严朋飞点了点头，看看表已经快九点了，陈贝儿那边不停地在催他，他只好起身告辞了。

十点十分两人才在地铁口碰上面。陈贝儿气从胆边生："我都等了你几个钟头了，你可真行。现在这个点估计电影院都关门了。"

严朋飞今天心情格外好："谁说的，咱们现在就去买票，夜场电影有的是，走吧。"

陈贝儿气鼓鼓地把车开到了离地铁口最近的这家电影院。还好，最后一场电影总算买到了票。

严朋飞得意道："我说什么来着，肯定有票。你吃爆米花吗？"

"不吃！"陈贝儿的气还没消。她从三点出门就是为了见他，结果等到十点多才见上面，谁还有这个耐性！

"行了，好好看电影吧，我又不是迟到，我确实是走不开。"严朋飞看她一脸委屈的样子，只好解释。

两人就这么一言不发地看了一场电影，看完已经十二点多了。

从电影院出来，陈贝儿问他："你回哪个家？"

"你要送我啊，好啊！"严朋飞心情丝毫没受影响，但想了想又说，"算了，你还是自己回去吧，这么晚了，到家告诉我一声，我自己打车回吧。"

"你说地址吧，我导航。"陈贝儿又气又不忍心。

"不用导航，我知道路，我指挥你开。"严朋飞知道她非送不可。

半个小时车程就到了。眼前是一个很老的小区。

严朋飞有些不好意思道："去我家坐坐吧，认认门。这是我奶奶的房子，以前在北京的时候我和我奶奶住。"

陈贝儿一下来了精神，她赶忙停好车，跟他上去了。

202，严朋飞打开了房门。

陈贝儿看到满墙都是照片。她迫不及待地一张张看起来。都是严朋飞从小到大的照片，跟父母的合影，还有跟奶奶的。但有一张照片让陈贝儿的脚停住了。

严朋飞和一个面容秀气的姑娘坐在草地上，两人都笑得灿烂，姑娘一手揪着严朋飞的耳朵，无比甜蜜的样子。

"这是谁？"陈贝儿忍不住问。

严朋飞没回答。

陈贝儿心里有数，这应该是他前妻吧。可分了这么久，为什么还保留这张合影？难道旧情还未忘？

"这照片你还保留？"陈贝儿又说。

"这房子一直没动，我奶奶去世前什么样，现在还是什么样。"严朋飞并不想解释这姑娘是谁。

"也没打算出租吗？"陈贝儿完全没有睡意，这要在平时她早困得不行了。

"能租几个钱？这房子一共才六十多平米，两室一厅，租不出价钱。我又不差这点钱。主要也是我懒得收拾。我在四环外买了套大房子，十一回来也是要搬家。好多东西都没收拾呢。"

"要我帮忙吗？我帮你搬。"陈贝儿自告奋勇。

"不用你，我爸帮我搬，他开车，还有司机。"严朋飞见她仍没有睡意，便说，"你今天是不想睡了吧，我可困了。"

陈贝儿看看表已经一点了。

"要不你今天就在我这儿住吧，这么晚也别回去了。"

"你这家伙是不是故意的啊，拖到这么晚，成心的。"陈贝儿白他一眼。

"我是怕太晚了你开车危险，你怎么不识好人心啊。"严朋飞也白她一眼，"我睡觉了，你继续看照片吧。"

"讨厌！你什么都不洗就上床了？"

"我在舅舅家洗过了。"

"你有一次性牙刷吗？"陈贝儿问。

"没有，你就凑合一晚吧。"严朋飞早躺到了床上。

陈贝儿突然拍一下脑袋："对了，我包里应该有。"

严朋飞坏笑道："你怎么还带着牙刷出门啊，早就打算住我家了吧？"

"你少讨厌！"

"你是不是经常这么干，包里带着洗漱工具，你经常在别人家过夜吧。"严朋飞继续挖苦她。

"你才经常到别人家过夜呢。别人不敢说，王琪家你肯定去过。"陈贝儿以牙还牙。

严朋飞没脾气了，只好不说话，假装睡过去了。

陈贝儿洗漱完，悄悄地躺到了严朋飞旁边。那种熟悉的味道又来了。她好似又回到了杭州那一晚，他们并肩躺着，好像从未分开过。她偷偷看了一眼严朋飞，他双目紧闭，脸上的轮廓依旧那么让人心动。可她什么也不敢做，只是默默地看着他。

严朋飞突然开口了："喂，你不困啊？"

陈贝儿吓得赶紧闭上了眼："我以为你都睡着了呢。"

她刚说完这话，那个熟悉又陌生的吻就这么偷偷地袭来了。她热烈地回应了，因为她知道自己仍然喜欢他，一分都没减。

严朋飞依旧吻遍她的全身，温柔得让人心动。可就在最后那一刻，严朋飞却突然停了。

"怎么了？"陈贝儿吓了一跳。

"忘了买套了，这屋里没有。"严朋飞泄气地说。

陈贝儿突然脑中一根神经跳了出来，她一激灵道："那奇怪了，为什么你在杭州的屋里有这个？"

严朋飞也意识到这个棘手的问题居然让她问到了。他含糊其词道:"我一个单身男人总得预备这个吧,不能让女孩买吧。"

陈贝儿回想在杭州的那晚,他娴熟地从大衣柜的抽屉里拿出那东西,嘴上还说幸好还有一个。这话什么意思?怎么叫还有一个,那之前的都用完了?

"赶紧睡觉吧,我困死了。"严朋飞说完倒头就睡了。几分钟后便鼾声四起了。陈贝儿却完全没了睡意。只好愣愣地躺在他身边,慢慢远离他的身体。她突然意识到之前自己太大意了,不是没有细节,完全是自己忽略了。但另一个解释又跳了出来:认识你之前的生活谁也无权不让它发生,谁没有点过去,最重要的是认识你之后的生活……

左脑右脑来回打架,各有各的说辞。闹了一整晚,夜不能寐。

早上严朋飞醒来时,发现边上的傻姑娘仍瞪着眼睛看着他。

他吓了一跳:"你又没睡着?"

陈贝儿可怜地点点头,她太纠结了,这个严朋飞难道真的就是一个花花公子?她多么不愿意相信。

"你可真行,精力太旺盛了,你就不困啊?"严朋飞觉得奇怪,他记得这傻丫头在杭州时也没睡着。

"躺你身边不可能睡着。我已经习惯一个人睡了。"陈贝儿神情怠惰,一夜未睡,她明显觉得疲惫。

"你这个习惯得改,以后可怎么办?"严朋飞觉得好笑。

陈贝儿强颜一笑:"以后一人一屋,谁也别打扰谁。"

严朋飞看了一下表:"你得赶紧回去了,我爸一会儿要来帮我搬家。"

"才七点钟,你爸就来?"陈贝儿不悦,故意道,"你爸来了正好见一下,也挺好。"

"他又不知道你是谁,回头他一进来,发现咱们俩躺一张床上,多尴尬啊。"严朋飞可不想让父亲知道他和陈贝儿的关系。

"你可以介绍啊,我又没有什么见不得人。"陈贝儿皱起眉头,这个严朋飞果然还是这样。

"现在介绍还不是时候,你先回吧,等找机会。"严朋飞敷衍道。幸好昨晚他及时打住了,想了想,他确实不能再跟她发展下去了,不然跟舅舅都没法交代。他打开微信,果然那个女孩加他了。他心里一阵窃喜。

严朋飞穿好了衣服:"你赶紧起来,我送你下楼。"

陈贝儿穿好衣服,板着脸道:"不用你送,我自己会下楼。"左脑右脑好似已经分出胜负了。

"行,那你自己下楼吧。你回去导航一下吧,别走错路了。"严朋飞嘱咐了一句,眼神却是异常冷漠。

陈贝儿愣愣地看着这眼神,仿佛这是在跟她告别,抑或是诀别?她好似已有这样的预感,从此一别两宽,各自安好。

想到这儿,她忍不住走过去轻轻拥住了他。她主动吻了他,头一次。这算是告别吗?她不知道,她只知道自己内心依然有不舍,有眷恋。她多希望面前的男人不是被细节出卖的渣男,她甚至想赌一把,自己不会那么容易就输掉。

"好了,赶紧回去吧,免得我爸撞上就不好了。"严朋飞没有任何心情跟她亲热。

陈贝儿失望地看了他一眼,走出了房间。

那一刻,她还心存侥幸,她以为他们之间的故事不应该就这样结束了。她转身把目光定在了202门牌号上,当时的她又怎会想到,她早已赌输了,这真的是他们的最后一面。

[67] 替死鬼

　　当一个人不断找借口不见你的时候,你才会慢慢接受,原来他不是变了心,他只是从来没爱过你。
　　"十一"的假期,严朋飞一直推说忙着搬家,再也不肯与陈贝儿见面。为此她还偷偷跑去他奶奶家,找到了202那个门牌,可惜大门紧锁,再也敲不开。
　　回去的路上,陈贝儿精神恍惚到把不住方向盘,她只好先把车停到一边,她不敢再开,怕会出事。
　　可就在她往路边靠的那一瞬,一辆车毫无预兆地撞过来,紧接着叫骂声就从耳边响起来:"你找死啊!有你这么开车的吗?!你给我下来……"
　　车才开了没几天,官司就惹上了。最后警察来了,她的全责,还要替对方修车。
　　"严朋飞,你这个混蛋!"她在车里怒吼了一句,之后又觉得自己非常可笑,即使再大声再用力,他能听得到吗?

顾曼劝她：因为得不到，所以患得患失，其实错了是经历，对了是幸运。

可是谁又愿意一错再错呢？其实她心里也明白：把所有解释不了的事都视作幸运，也只是一种逃避。

"十一"上班后，全公司都被一条公示信息惊到了：袁刚接连受了两个处分！

给出的理由：一是袁刚私自把香茶低折扣卖给了亲戚，从中牟取了暴利，给予处分；二是袁刚的履历经核实多处造假，给予处分。

袁刚受不了这个气便辞职走人了，实际就是变相开除了。

陈贝儿看到这则消息，并不吃惊，这事早在她意料之中。只是这些罪名是否真的成立，那就没有人去调查了。本身公司的人对袁刚当这个销售总监意见就很大，现在他一走，倒有点大快人心的感觉。

袁刚走了之后又开始跟苏苏联系，跟她痛骂王一铭，说王一铭把他坑了。

苏苏也只是一听，她对袁刚早不信任了。她把这些话转给陈贝儿听，内容很有意思。

袁刚说他并没有把香茶低折扣卖给亲戚，而是王一铭逼他减库存，他只是把香茶卖给了洗浴中心，并不是什么亲戚。而且给多少折扣他也是问过王一铭的，他并没有过错。哪想到王一铭居然落井下石，倒打他一耙。

苏苏只关心履历一事。

袁刚又解释，说自己进公司根本就没有提供学历证件，并不存在什么造假问题。

"你不是说自己是大学毕业吗？是还是不是？"苏苏反问他。

袁刚半天没说出话来，只是说自己从来没骗过王总。

"你压根就没有大学文凭吧?"苏苏不想跟他绕圈子。

"我有啊!"

"那你直接提供给人事看不就得了。"

"他们又没找我要过,我为什么要提供?"

苏苏有些哭笑不得:"人家都说你造假了,你当然要为自己证明啊!"

"我为什么要证明,我不跟他们玩了!"袁刚理直气壮回应。

说到这儿,陈贝儿已经笑翻了:"说来说去,他还是拿不出文凭。"

"是啊,这个袁刚也太可笑了,自己还给自己找台阶,你要有本事你拿出学历堵他们的嘴啊,为什么辞职啊,真是自欺欺人。"苏苏都想把这人删了,太二了。

袁刚其实早知道会有这么一天,当他把王一铭和安妮泡温泉的亲密照片寄给黎玉时,他就知道一定会有这么一天。因为知道他们那天去泡温泉的人只有袁刚。当时他也只是想偷拍几张照片留着防身。后来王一铭对他大呼小叫,他早想报复了,想也没想就把照片寄给了黎玉,至少让黎玉教训他一下。

最后黎玉是否教训他了不得而知,但安妮和安安这对姐妹花再也没在公司出现,这大概也是黎玉的功劳吧。

王一铭一猜就是袁刚干的。那天他本来是派袁刚去请沈连的,但这个笨蛋没请动,他只好亲自出马。当黎玉拿着那些照片来质问他时,他当时就已决定了,但直接开除似乎又不合适,正好香茶的事得找个替死鬼,袁刚这是自己找死,怨不得他。

幸好他把安安找来做证,说这照片是P的,当时沈连也在场,也绝不可能干什么下流的事。为了避嫌,他又把和安安、安妮合作的项目都取消了。黎玉自然也就信了。王一铭只觉得可笑,袁刚这样的智商还想跟他斗,也太自不量力了。

没过几天，公司又发生了一起劲爆事件，而这件事只有陈贝儿看到了。

那天她去找王一铭签字，他们下午是一点半上班，看了看时间刚好一点三十五，她就直接去了。见王一铭办公室的门虚掩着，她就随手推开了门。

哪想到，此时的王一铭正抱着个女人又亲又啃，那女人坐在王一铭大腿上，两人正情到浓时，不想陈贝儿就这么闯了进去。

头一次看到如此香艳的场面，陈贝儿也吓了一跳，但她并没有移开眼神，她清楚地看到了黎玉的脸。之后，她淡定地说了一句："哟，对不起啊。"

"怎么不敲门啊?!"王一铭吼了一句。

陈贝儿早就走了。

王一铭又吼了一句黎玉："你怎么没关门啊?!"

"我关了呀，怎么自己又开了，也可能没锁好。"黎玉也气得不行，这场面居然让陈贝儿这个死丫头看到了。不过她倒是也不着急，她心里有数。忙在王一铭耳边安抚了几句，便当什么事都没发生似的走了出去。

陈贝儿只恨自己怎么没带手机把这场面拍下来，有了这样的照片，估计王一铭也不敢再嚣张了吧。

王一铭懊恼地把桌上的一本杂志扔到了地上。这个陈贝儿真是他的克星！

不过他倒也没太在意，口说无凭，即使陈贝儿对外说出去，没人会承认的。况且他跟黎玉也有应对之策，倒也无所谓了。

自从退了罚款以来，王一铭安静了许多。除了把袁刚开了，其他好像没见他有什么大动作。他心里肯定是恨陈贝儿的，她也心知肚明，但他也不能轻举妄动，免得又惹出什么笑话。

魏然今天做了最拿手的红烧鱼。

顾曼对他的厨艺倒从来没失望过。只是今天看他的脸色，似乎有话要说。果然绕了一圈之后，魏然才说出重点。

美国移民申请办得差不多了，他的合伙人希望他能下个月就过去，先干起来。

顾曼却并不吃惊，淡定地说："是应该早点过去适应一下，你先过去吧，我不着急。"

"明年应该都能申请下来，我先过去安顿好再来接你。"魏然是这么打算。这边的医院他也是干够了，他早想换个环境了。顾曼劝他赶快去，先过了语言关。

魏然也奇怪她会这么痛快就答应了，他以为她会犹豫，甚至不让他走。但如此痛快地让他走，他又有些小小的失落。他已看不到她脸上的不舍，这种感觉也并不好受。

自从那件事过后，他们夫妻之间反而变得相敬如宾了。这种感觉曾经一直是他想要的。可真正开始相敬如宾之后，他反而觉得生疏了，不自在了。

这道伤口总是需要时间来慢慢愈合的。也许他到美国之后，一切会有改观。

当顾曼把魏然走的消息告诉陈贝儿之后，她先吃了一惊："你就这么放他走了？你不怕他在美国那边有外遇？"

"该来的总会来，挡也挡不住。所以我不会拦他。如果他真在那边有了外遇倒也省事了，直接可以离了，也不用像现在这样放又放不下。"顾曼坦然道。

"你可真行，你这态度也太消极了。"

"不是消极，是看开了。让他去美国好好发展吧。如果他混得好会接我过去；如果混得不好，再回北京也行。我都行。"顾曼淡然得像个局外人。

"你可真是到一定境界了。"陈贝儿想到自己还在为严朋飞的事纠结,是否有些小家子气。

"男人抓得越紧越腻烦,还不如让他想干什么干什么,这样也省心了,也省得累了。"顾曼口气一转,"别说我了,你跟严朋飞十一见得怎么样?"

陈贝儿便把车祸前后的事都说了。

顾曼马上接口说:"不是我迷信,能让你发生车祸的人我觉得可以远离了,肯定是相克。遇到对的人能让你变得更好,而不是出车祸。我觉得你应该放下了。"

陈贝儿点点头,"十一"之后,严朋飞没有任何消息,第二次玩起了失踪。都说事不过三,她是该清醒了。

"你还记得打羽毛球的那人吗,叫梁升。"顾曼突然想到了这个人,"前几天他还在微信上问我你的情况,我让他约你吃饭,他约了吗?"

陈贝儿这才想起确实有这事,但因为要见严朋飞,所以她把饭局给推了。

顾曼气道:"你赶紧主动联系一下他,那个严朋飞你再也不用想了,跟这个梁升发展一下吧。我觉得他人还行,年纪相当。经济条件好像一般,不过他也在创业阶段,说和朋友开了一家设计公司,事业也算是刚刚起步吧。你跟这人聊聊,约着吃个饭,多接触一下。"

陈贝儿点点头,她知道顾曼是为她好。

这个叫梁升的她也并没有排斥,只是聊过两次好像有些话不投机。他经常会转发一些链接或者视频过来,但她也没有回的欲望。这次"十一"约饭,她也给推了,好像没有太大的动力和他见面。但或许是她还没把严朋飞的影子抹去,所以容不得其他人走进来。

感情这个东西,有时天雷勾地火,一发不可收拾;有时又心如止水,激不起一丝波澜。

受了情伤之后,女人心大都变得一石激不起千层浪了。

[68] 当一回媒婆

晚上九点钟，刚给孩子辅导完功课，安排她入睡后，王琪才有片刻喘息的时间。

自从老邓走了以后，她才知道以前老邓做这些事有多么辛苦，可当她挂念上老邓的好时，人已经不在了。真是命运捉弄人，总让人在得不到和已失去之间千回百转。

半躺在沙发上，她才有时间刷一波微信，才没翻几下，陆玲就给她发了语音，她点开一听，原来是陆玲找陈贝儿借钱没借到，跟她抱怨陈贝儿人品差。

王琪不免好笑，都什么年头了，现在房价那么贵，谁有闲钱借别人啊，自身都难保呢，即使再好的朋友也不可能借啊。当时陆玲找她借钱的时候，她就把老邓搬出来，哪想到她又去找了陈贝儿借。结果可想而知。这个陆玲怎么越变越市井，完全像个没文化的家庭妇女，虽说她也不待见陈贝儿，但这事她也不会站在陆玲这边。周围一圈人她都借了个遍，连她这样的寡妇都不放过，真有些过分了。还跑到她这儿来抱怨，抱怨得着吗？

王琪并不打算回她，权当睡觉了。

陆玲见她没回，又补了一句："亲，你睡了吧？那你早点休息，明天再说。"

王琪看了一眼，心想明天我也不想跟你说。

女人之间就是这样此一时彼一时。想当初陆玲还站在陈贝儿这边指责自己不对，现在又拉拢她，指责陈贝儿不对，这种搬弄是非的女人她确实也烦。

正想到此处，她见陈贝儿发了一条朋友圈，内容大意就是说圈子不同，不必强容。她也有同感，想了想她点了一下陈贝儿，两人好久也没联系，不妨问问近况。

陈贝儿见王琪主动联系她，也吃了一惊。她们自从杭州一别也几个月没联系了。

"听说陆玲找你借钱了？"王琪主动开口。

"我没借她，她应该也找你借了吧？"陈贝儿简单回了一句。

"对，我也没借她，没闲钱。我看最近陆玲也有点魔怔了，你看她最近朋友圈发的那些东西，全是迷信那套东西。"

陈贝儿这才想起好久没注意到陆玲的朋友圈了，便随意打开看了一下。这一看不要紧，原来陆玲已把她拉黑了。

"还真是好笑，我才发现陆玲把我拉黑了。"陈贝儿也不瞒她。

"不会吧？看来她心眼也挺小的。不过她倒是没把我拉黑。"王琪也觉得好笑，真不至于。自己和陈贝儿关系这么紧张，她都不会拉黑，而且还会主动找她聊天。可见心胸这个东西不是每个人都有的。

王琪停顿了一下说："你最近怎么样？"

"就那样吧。"陈贝儿不想多说，不知道王琪葫芦里卖的什么药。

"你跟严总还联系吗?"王琪不甘心地问了一句,因为她知道"十一"严朋飞回北京了,她担心他们二人又会见面。

陈贝儿一笑,看来她还在较劲呢。她故意回道:"联系啊,十一还见的面。"

王琪一听就来气了,没想到他俩居然还联系,她以为早断了。

"怎么样?有进展吗?"她接着问。

"看了场电影,去了趟他家,还行吧。"陈贝儿只说了一部分,她当然不会和盘托出。

王琪吃了一惊,这个严朋飞难道又回心转意了?可是不应该啊,之前她跟马总打听过,严朋飞正在追一个空姐,怎么可能又找陈贝儿复合?

"你去了他家?见了他父母?"王琪追问。

"他奶奶家。"

王琪松了一口气,想想也不可能去父母家。不过,严朋飞的父母早就离异了,倒也不可能见到。

"你觉得你俩有发展下去的空间吗?"王琪又问。

"听天由命吧,走一步看一步。"陈贝儿真这么想的,说这话的同时,她已经能接受最坏的结果了。

"我听说他在杭州也没闲着,你还是别在他身上浪费时间了。"王琪劝道。

不知王琪说这话是站在什么立场,陈贝儿也只是一听,毕竟王琪也喜欢严朋飞,而且能看得出,现在依然喜欢。

"你怎么样?老邓走后没再交往新人?"陈贝儿也把问题抛给她。

"我是不打算再找了,带孩子就够我累的了,再找个对孩子不好的,不是更要我的命,还不够烦的!"王琪说的也是真心话,至少这两年她不想找。

"还是没遇到喜欢的吧,如果这人你真喜欢,应该会愿意吧。"陈贝儿说的当然是严朋飞。

王琪并不接这话,而是说:"我最爱的人是老邓,我觉得再不会有男人像老邓那样爱我。前一段,老邓的一个哥们儿追我,但我还是拒绝了,没找着感觉。"

"也别这么快地拒绝,先交往看看啊。"现在换成陈贝儿劝她。

"没这个心情了,天天忙孩子的作业就烦死了,小升初是个坎儿,你没孩子不知道。"

"你也别太操心了。"

两人你一言我一语,字里行间还挺温馨。

最后,王琪收场:"不早了,你也早点睡吧。严朋飞你也别放在心上,我感觉没什么戏,别浪费时间,女人的青春经不起浪费。"

陈贝儿权当这话是肺腑之言。现在看来,王琪怎么也比陆玲强了,至少面子上还能过得去。女人之间也是要讲情商的,不然可能早就分崩离析了。

陈贝儿看看表已快十点了,她正准备洗漱,突然听到有人敲门,这么晚谁会来敲门。陈贝儿突然心里一颤,不会是之前楼上那个跑步的暴力邻居吧?

她颤巍巍地问:"谁啊?"

"我是你的邻居,你开下门。"是一个轻柔的女声。

陈贝儿这才大胆地打开门。

"你的钥匙插在门上忘了拔了,我赶紧告诉你一下。"是个娇小的女生,样子挺可爱,就是有一脸的雀斑。

陈贝儿这才发现自己的钥匙真的插在门上,真是老糊涂了,连钥匙都能忘了拔。她赶紧连连道谢,又请女孩进来聊了几句。

以前她记得邻居是一对中年夫妻,不知何时换成了这个年轻女孩。

原来这女孩刚搬到这儿一个多月,也是为了上班方便租的房子。女孩叫韩小敏,今年三十岁,山东人,还是个单身。两人越聊越有共同话题。

从那以后,两人经常会碰到,有时也一起搭伙吃饭,倒成了好朋友。

一次闲聊,韩小敏还托陈贝儿给她介绍。

虽说陈贝儿自己是单身,但当起红娘来她倒是热情高涨,因为她想到了邢宇涛,冥冥中她觉得没准他两人能对上眼。

细看韩小敏的五官很秀气,雀斑也很可爱,再加上身材娇小,整个人都是萝莉范儿,宇涛没准会喜欢。

当下,陈贝儿就跟高翔说了这事。她得先听听高翔的意见。

高翔一听就觉得不错,最主要的是女孩人不错,这是第一位的。

"你去做宇涛工作,我来牵线搭桥。"陈贝儿喜滋滋道。

"你自己直接跟他说也行啊。"高翔打趣道。

"我是怕他不正经,咱们四个可以一块儿见,你觉得怎么样?"陈贝儿提议。

"可以啊,顺便我也见见那姑娘。我感觉应该能成。但不知道宇涛怎么想的,万一他还惦记你,那就不好办了……"高翔说到了重点。

"不可能,我俩见面就掐,这么多年不可能产生什么火花了。"陈贝儿斩钉截铁道。

"那女孩肯定没你好看吧?"高翔又问。

"人家肯定比我好看,还比我年轻,才刚三十岁。"陈贝儿像个正经的媒婆。

"行,我来做宇涛工作,咱们争取把宇涛的个人问题解决掉。"

等高翔把这消息告诉宇涛后,没想到宇涛提出要和人家单独见面，不同意四人聚餐。

"看来嫌咱们是电灯泡，那就听宇涛的吧，你让他俩加上微信，自己联系去吧。"高翔拿了主意。

陈贝儿没想到宇涛这么痛快就答应见了，她原以为宇涛会拒绝呢。

看来年纪到了，也都想有个伴儿了。

两人周末就约了见面。

见完之后，陈贝儿马上抓着韩小敏问了个底掉。

开始她还担心小敏会嫌宇涛胖，没想到小敏却说："宇涛不胖啊，他个子高，是得有点肉，不然就成电线杆了。他现在的体形正合适。"

没想到她对宇涛还真是有点一见钟情的意思。虽说陈贝儿和宇涛也好久没见面了，但在她印象里，宇涛就是个胖子，没想到在小敏眼中，居然还是体形正合适。

小敏接着说："他又是北京男孩，素质挺高的，谈吐各方面也不错，人也大方，吃饭他都点贵的，我都不好意思了。"

大方这点陈贝儿也认同，每次他都抢着和高翔买单，这点确实比较让女孩有好感。

"总之，我觉得还不错吧，就是不知道他对我印象怎么样？也没准他没看上我呢。"小敏露出担忧之色。

"不可能，宇涛肯定也对你一见钟情，你等我好消息吧。"陈贝儿赶紧回去就给宇涛打了电话。

没想到宇涛一听是她，立刻沉下脸说："你还说什么美女，一脸雀斑能是美女吗？"

"雀斑不是问题啊，现在激光可以点掉啊。主要是人好啊，你不觉得这女孩不错吗？"陈贝儿被当头一棒，她赶紧劝。

"人品应该还行吧，但我没什么感觉，她这一类型我不感冒。"

宇涛直接拒绝了。

陈贝儿气得直咬牙:"你别一面就否定了行吗?你再交往交往,没准就有感觉了。"她都不知怎么和韩小敏交代。

"我这么忙,哪有时间跟她交往,我连你都没时间见。"宇涛直白地说。

看来宇涛是真的没意思。陈贝儿不死心又让高翔打电话劝他。

高翔回话说:"我劝了,他说不喜欢,这东西就不能勉强了。我看他还是对你不死心,要不你俩谈谈?"

"讨什么厌啊,这个宇涛怎么回事啊!如果他没意思就别跟人家见啊,见了又说没感觉,叫我怎么跟人家说呀。"陈贝儿为难道。

"你也是瞎操心,以后也别瞎给人家介绍,先把你自己嫁出去再说。"

这个媒婆当得颜面扫地。

她也不敢跟小敏说实话,只得客气地说:"他对你印象也挺好的,就是工作太忙了,不如你主动约约他……"

"我还是等他约我吧,如果他对我有意思,肯定会约我的。如果不约那就是没意思。不过,贝儿姐,我对他印象确实不错,我也会找机会约一下他,看看有没有发展空间……"

"对对,交往看看吧……"

陈贝儿尴尬得额头都快冒出汗了。看来媒婆还真不是你想干就能干的。

[69] 过一天算一天吧

宇涛怎么也没想到陈贝儿能给他介绍，心里那个不舒服。

要不是高翔好说歹说，他才硬着头皮去见的。这个陈贝儿一点儿脑子都没有，居然还说四个人一起见，她倒真不嫌热闹。

宇涛郁闷地坐在电脑桌前，一点儿没心思工作。他原以为这么长时间了，总会日久生情吧，没想到陈贝儿还只是把他当兄弟，这种感觉太让人沮丧了。有时他都想放弃了，可是一见到她，那个心思又会不可控制地跑出来……

还在胡思乱想中，老板的一句话将他打回现实："马上开会！大会议室，宇涛你做一下记录……"

悲催的会议又要开始了，他用手洗了一把脸，强打精神走进了会议室。

可脑中一直盘旋着一个问题：他是否真的该放弃了？

同样走进会议室的还有陈贝儿。

今天王一铭召开全体大会，原来是宣布由黎玉暂时接任销售总监的位置。底下一片哗然。

"看来真的是没人了，真是服了。"苏苏不得不悄悄感叹。

陈贝儿突然想到了黎玉坐在王一铭大腿上的那个香艳画面，只觉得有些恶心，这样一对璧人，真是无孔不入，公司所有的好处都要捞尽了。

"以黎玉的本事能 HOLD 住销售总监的位置？"陈贝儿悄悄问。

苏苏不屑地答："袁刚都能当，她更能当了，搞不好还搞不坏吗？"

两人淡淡一笑。

不知何时职场成了一出有趣的舞台剧，剧情一天比一天精彩。不知往后的日子里还会有什么更刺激的剧幕。照现在的发展趋势，应该是高潮迭起，一浪高过一浪了。

果然没出几天，公司又爆出了新的八卦——黎玉离婚了！

这下她终于可以名正言顺地和王一铭在一起了。陈贝儿突然明白了那天她撞见那个香艳场面时黎玉的眼神，她连一丝慌乱都没有。原来她已离婚，再也不用顾及他人的眼光了。

苏苏听了之后，嘲讽地说："那下一步他们二人该摆酒了吧？"

"不好说，王一铭会娶她吗？"陈贝儿并不看好。

"以黎玉的手段我觉得能。"苏苏这次倒是心里很有数的样子。

"那就看好戏吧。"

这出好戏没有马上等来，却等来了另一出。

十二月初的时候，公司爆出黎玉被人举报了，听说与香茶销售有关。苏苏打听来的具体消息是，香茶的销售有人做了假账，由亏损变成了盈利。据说做假账的人就是黎玉。但这事只是打听来的，具体是否真有此事，谁也不敢说。

当然也许财务会知道真相，但谁也不敢说。尤其是财务主任于阳天生是个胆小怕事的人，恐怕这事她得受到牵连。即使是黎玉做的假账，经手人肯定也得是于阳。看来这次她是凶多吉少了。

陈贝儿和苏苏跟于阳并不熟络，也就是见面点个头，没什么私交。对于她是否真能配合黎玉做假账，还真不好判断。

"十一"期间，方溪还赶回了北京跟陈贝儿见了一面。

她原本回来是想看看父母，再看看诗兰的情况。没想到诗兰恢复得特别好，还嚷嚷着要请客，叫上陈贝儿三人一起聚餐，吃日料。

"真能好得这么快？"陈贝儿也替诗兰高兴，接到方溪电话时便一口答应。

可等陈贝儿到了餐厅，才发现只有方溪一个人。

"诗兰怎么没来？"陈贝儿诧异道。

"别提了。"方溪皱眉道，"昨天诗兰就跟我联系，让咱们俩去吃吧，说她头又疼了，要上医院做检查，她又怀疑自己脑子里是不是长了东西。唉！"

陈贝儿也跟着叹了口气："我就说她怎么突然就好了，原来还是不行……你说这个病怎么这么难治！"

"精神上出了问题肯定比身体出问题更严重。我也以为她好转了，以为她能到饭店去吃饭了，至少能正常生活了，看来还是不行。"

"所以说一定不能让自己精神上出问题，一定要排遣，找到精神慰藉。现在大家普遍压力大，得找到释放渠道。"

那种深深的无力感都写在了两人脸上。

"唉，不提她了。"方溪调整了气氛，"对了，要不把高翔也叫来吧，毕业后我就没再见到他，想当年他可是咱们班最帅的。你打电话叫他出来一起吃饭。"

"没问题啊。"陈贝儿马上给高翔拨了电话。谁知高翔并不想出来，吞吞吐吐的，说有点事不太想出来。

陈贝儿面上有些尴尬，只好替高翔编了个借口。她想可能高翔与方溪也不太熟，他又性格内向，不太愿意见生人吧。方溪倒也不介意，也说是太多年没见可能太陌生了吧。陈贝儿马上转了话题，举杯向方溪表示了感谢，没有她，罚款的事也不可能退回来。方溪也替她开心，两人美美地大吃了一顿。

事后陈贝儿还问过高翔那天为什么不出来聚餐，弄得她在方溪面前很下不了台。高翔早把这事忘了，只说没什么心情，谁也不想见。

作为心理医生的陈贝儿，在最熟悉的人面前却丧失了灵敏的嗅觉，她都没有发觉那个时候的高翔其实已经病了。

周末是高翔最忙碌的时候，辅导课周末安排得最多，他实在忙不过来，招了两位绘画老师，也都是他以前学画的同学，兼职过来帮忙。

周日刚忙完，他便赶去了阎珍的父母家，太久没见到女儿了，他怪想的。

自从阎珍搬到父母家后，两人一周也见不上一面。孩子学校离阎珍父母家近，为了接送方便，高翔也只好同意她们搬回去。但这一搬，他连孩子的面也见不上了。有时工作特别累，想回到家见见女儿，跟她玩一会儿都不能够了。那心情别提多难受了。

没想到今天赶到阎珍家之后，家里居然没人。他赶紧给阎珍打了电话，她轻描淡写地说全家去普吉岛度假了。

高翔气得要发火，这么大事为什么不告诉他?!

"你那么忙，打你两次电话都打不通，那我们只好先去了。"阎珍却不以为意。

"你可以给我发微信留言啊，什么话都不留就走了，我跟孩子多久没见面了!"高翔发火道。

"行了，孩子在边上呢，跟你说几句。"阎珍把手机递给了女儿。

女儿立刻甜甜地大叫:"爸爸,我想你了!你来找我们吧。"

那一刻,他的心都化了:"爸爸也想你,可爸爸要忙手头的工作走不开啊。"

"那么咱们回去见面吧,好久都没见到爸爸了。"女儿撒娇。

"好,爸爸在北京等你回来,一回来爸爸就去看你!"

不知怎么的,他竟然觉得眼眶湿润了,一摸还真的是眼泪。他已经几年没有流过眼泪了,今天竟然脆弱得连自己都快不认识自己了。

看了看四周车水马龙,他才惊觉自己竟然还愣愣地站在大街上。他下意识地抹去眼泪,生怕被别人看到耻笑。

他一肚子委屈,自己辛辛苦苦做这个工作室,阎珍不闻不问,这算什么夫妻?!好像自从辞职后,他跟阎珍的关系就一落千丈。

阎珍打心眼里看不上他的那股劲儿,从他岳父岳母的言谈举止里都能表现出来。有一次他去找阎珍,阎珍还没下班,岳母就开始唠叨上了,话里话外就是说他现在辞职了,收入不稳定,全靠自家女儿的高收入来养家。岳父也不是个省油的灯,说自己女儿天天加班,那么辛苦就为了这个家,每天七八点钟才能回家。他可倒好,早早就能回家吃现成饭了,替女儿打抱不平似的。

高翔听了气不打一处来,工作室开张现在生意很好,岳父岳母非但不支持他,还冷言冷语。当时他气得一拍屁股就走了。从此关系一直僵着。

后来两家老人也不来往了。以前过春节至少两家人一起吃个饭,但他和阎珍关系不好之后,聚餐的事再也没人提了。

想到这些,高翔心里不是滋味。他不知道究竟问题发生在哪儿?难道一切都因为他辞职了吗?还是说辞职只是一个导火索,真正的原因是他们之间的感情出了问题。

自从生了孩子后,他和阎珍不仅面见不上,夫妻生活更没有,简直形同陌路。可他要面子,不想让外人看出来,还努力维系着这个家。他曾经跟宇涛提过这事,他苦闷得必须得找个人说说,不然他会憋死。但宇涛自己还是个光棍,对婚姻里的事也一知半解,只是怀疑是不是阎珍有外遇了。但这事也只是推测,没有证据谁也不敢说。但如果是有外遇,以阎珍的性格肯定会跟高翔提出离婚的。但直到如今她也没曾提过这事。

"她不提,你提,这种老婆不要也罢,重新再找一个!天下好女人多的是!"宇涛给他出馊主意。

"好女人多的是,你怎么还单身?"高翔反驳他,知道家务事宇涛也无能为力。

宇涛只好又说:"咳,夫妻哪有不吵架的,身边好多夫妻都是貌合神离的,也不奇怪,都为了孩子凑合着。你俩也老夫老妻了,新鲜感也早没有了,维持着吧,也没什么大不了的。男人事业为重,其他都是浮云。"

后来高翔也没在宇涛面前提婚姻危机的事了,实在是没有交集。

宇涛见高翔再也没提这方面的事,还以为他们后来就和好了,而实际上破镜很难重圆。只是高翔一直没明白所谓的破镜到底是什么?他几次想找阎珍谈谈,但她总是说忙,都没机会谈。再后来他也不想谈了,只是他想女儿,特别想她。至今他手机铃声还是女儿小时候唱歌的声音。每次手机铃声一响,他脑子里全是女儿可爱的笑脸。

现如今有女儿却见不上面的惨境他都无法想象,爷爷奶奶也是几个月都见不到孙女了,他只好在中间圆谎。爷爷奶奶其实也心知肚明,毕竟两家老人都不联系了,这婚姻状态能好吗?

高翔的父母都是老实人,父亲曾跟他谈过一次,说不行就离婚吧。母亲却反对："离什么离啊，咱们邻居街坊的，有哪个离婚的，说出去多丢人啊！"

高翔也不表态，爱怎么着就怎么着吧。他忙工作室的事倒也没精力分心去想个人的事，过一天算一天吧。

在外人看来他如此风光，如此优秀，不想在家里却被老婆看不起，这种反差没有人能相信。也许正是婚姻关系的不顺成了他内心最解不开的结。

这个结没有人能替他打开，连最亲的父母都不能。

[70] 一辈子最好的朋友

婚宴厅里张灯结彩，昨天陈贝儿才被通知来参加婚礼。

电话是高中同学王程伟打来的。当时陈贝儿一愣，一时没反应过来。

几个月前他们在机场偶遇过，他还揭穿了晶晶表姐的骗局。陈贝儿恍然时间竟然过得这么快，她都以为是很久之前的事了。

怎么王程伟也是刚刚结婚？正疑问，王程伟倒也没瞒："上次见你的时候其实我心情正不好，刚离婚。现在这个是二婚，但我们一见钟情，遇到好姑娘不容易，人家也没嫌我是离婚的，对我还不错。我得赶紧把好姑娘娶进门，省得夜长梦多。"王程伟性格开朗，他倒不介意拿自己开涮。

陈贝儿忙道喜。

王程伟说："对了，我还邀请谢琛了，他也会来参加我的婚礼，你们都来，热闹热闹！"

陈贝儿有些意外，看来谢琛和王程伟的关系确实不错，不然也不会专门赶到北京参加婚礼。自从和谢琛加了微信后,但因为时差的问题,两人很少能碰上,偶尔发几句问问近况,也没怎么深聊。总觉得分开那么久了,就是有些陌生。

没想到多年后,两人会在一场婚礼上见面。

陈贝儿刚一落座,就四处回望看看有没有谢琛的身影。想想又觉得分开那么久了,即使谢琛就坐她旁边可能也认不出了。

片刻,一个高个子男人真的坐到了陈贝儿旁边。陈贝儿扫了他一眼,完全愣住了,她竟然一眼认出了他,而且他一点儿都没变,英俊的五官更添了成熟的气质,一笑露出好看的牙齿,让人如沐春风。

"真的是你?"陈贝儿竟有些不知如何相认。

谢琛也不顾边上是否有人,直接和她拥抱了一下:"太久没有见了,是我。"

陈贝儿倒有些不好意思了,赶紧轻轻推开他,示意他坐下。

谢琛会意,两人一边看着主席台上王程伟和新娘子的亲密互动,一边窃窃私语地聊着,好像从未分开,没有一丝一毫的陌生感。

这种感觉太奇妙了。小时候的感情就像是盖房子打的地基,最稳固的那一层,任时间推移多久都不曾松动过。

婚礼结束后,二人又找了一家咖啡馆继续聊。

谢琛这次是带孩子回北京度假,会待一个月左右。他爱人就是北京的,所以全家回北京过圣诞,过完元旦才回去。

看着面前一脸幸福的谢琛,陈贝儿心里竟是莫名的酸涩。

谢琛当然觉察出陈贝儿脸上的变化,他安慰道:"一定会有一个人等着你,只是时机还没有到。你那么好的一个姑娘,老天不可能辜负你。我呢以后每年都会回来看你,做你的强大后盾。"

陈贝儿感动得快哭了。

"如果我没记错的话,十二月你过生日吧,今年生日我给你过!"谢琛体贴地说。

陈贝儿泪盈于睫,喉头被堵住了,一时说不出话。

"但你得先陪我吃一次烤鸭,咱们去大董吧,听说不错。"谢琛讲条件。

"大董挺贵的。"陈贝儿咋舌道。

"再贵我也得请你。"

"不是我请你吗?"陈贝儿破涕为笑。

"你的钱留着当老婆本。"

那一刻两人笑得那么默契,陈贝儿不得不暗暗感叹,如果面前的谢琛还是单身多好,他们真是天造地设的一对。

以前生日都是和"吃货三人组"过的。今年眼看生日临近,没有人提一句。高翔忙着工作室,估计也没有时间。宇涛自从给他介绍韩小敏之后,像是把他给得罪了,再也不理人了。连微信都设置成三天可见了。这家伙还真是小心眼。

本以为今年的生日会过得无比凄惨,没想到谢琛来了。三十四岁的生日就在大董饭店温馨度过。

谢琛什么也没说,打开一个红色的锦盒递到陈贝儿面前:"这是今年的生日礼物,看喜不喜欢?"

是一条钻石项链!陈贝儿呆住了:"这得花多少钱?你疯了!"

"我三十四年都没给你送过生日礼物,这个还不应该吗?"谢琛绅士般地微笑。

"你对我那么好干吗?你又是别人的老公。"陈贝儿又犯酸又感动。

"老公不一定是一辈子的,但朋友一定是一辈子的!"谢琛笃定地说。

陈贝儿重重地点点头。是啊,友情是可以一辈子的,爱情也许只有那么一阵子。

"跟我说说这些年你都是一个人吗?"谢琛终于问出了一直想问的话。

陈贝儿本不想提,但不提确实不足以说明这些年她如何地不容易。她从初恋讲到了严朋飞。

"都是人渣,你怎么就没遇到一个好男人呢?那个严朋飞你再也不要理了,这种渣男太多了,你千万别浪费感情和精力,这种人不值得你付出!听到没有?"谢琛也听得一肚子气。

"听到了!"陈贝儿向他保证,也是给自己一个警告。

想起上星期,她发微信问严朋飞过生日有没有生日礼物。严朋飞回了四个字:"没有,我穷。"再问他生日要不要见面,他回一个字:"忙。"之后就再也无音讯,也难怪谢琛会说他人渣。

是该把这个人从记忆中抹去了。陈贝儿在那一刻暗暗发誓。

"别再被他甜言蜜语骗了,这种人都是脚踩好几只船的,无聊的时候勾搭你一下,你别理他了。以后即使他再找你,你都不要理他!或者直接把他拉黑了,这种人不值得联系!"谢琛不断嘱咐,他知道陈贝儿心软,怕她又上当。

"放心吧,这个人我能跟你说得出来,说明就已经是历史了。"

那天生日餐之后,两人又去了后海、南锣鼓巷、三里屯、蓝色港湾、798艺术区……凡是有风情又热闹的地方都去了。

不知道的人都以为他们是一对情侣,只有陈贝儿清楚,他们会是一辈子最好的朋友。

[71] 十二月的最后一天

十二月的最后一天，梅若琳结束了和贾里、陶莎的谈话。

本来她只约了贾里，没想到陶莎也一起来了。看来这事没有余地可谈了。既然如此，就不如体面地分开吧。

他是信任贾里的，也想把她怀孕又流产的事跟他说说，但陶莎来了，显然已没有说这些私房话的必要。之前她是明确说过的，想跟贾里单独谈谈，毕竟贾里才是馨慈诊所的法人，没想到陶莎还是来了，这更坚定了梅若琳离开的决心。

贾里还一再挽留，但陶莎一句都不表态。也许这夫妻二人是在演戏吧。但人家毕竟是夫妻，妇唱夫随也能理解。

陶莎提到了陈贝儿的去留问题。

梅若琳直接道："她也一起辞职。如果还有拖欠的工资，麻烦你们再跟她结算一下。"

陶莎不客气道："十二月的劳务费已经打给她了。"

"那就好。我的那部分股份你们尽快处理吧。"梅若琳站了起来，礼貌性地和他们握了握手。

没想到今年的最后一天竟是这样一个场面。是时候换一个新环境了！

梅若琳走出了咖啡馆，外面的空气冷冽又新鲜。她深呼吸一下，也许新的一年会有说不出的美好。

十二月的最后一天，高翔跟女儿在一起度过，他带女儿去了动物园，别提有多开心了。阎珍没有来，两人反而玩得更无拘无束。好久都没有这种放松到得意忘形般的单纯的快乐了，他多希望这样的日子能天天拥有。

对于阎珍，他已经放弃沟通了，只要有女儿在身边，世界对他来说已经足够。

新的一年会怎样，他不敢想，也没有期待。

他的神经好似已经麻痹，一天中大片的时间他对着墙发呆，做不了任何事情，没有心情，没有兴趣，没有痛，也没有爱……

十二月的最后一天，邢宇涛在加班中度过。

老板把会议安排到了郊区，不用问，又是老一套。他们在斗地主，写会议总结的一定是苦逼的他。

本来他还想"吃货三人组"元旦前再聚餐一次，但内心一个声音总跳出来挣扎。是啊，他已经下决心放弃了，就不要再见面了。

想了想，他还是忍住了。家里元旦给他安排了相亲，以前他绝对是断然拒绝，但现在他同意了。既然等不到他喜欢的人，不如就找一个喜欢他的吧。甚至一度他都想同意和韩小敏交往，可想了想，她和陈贝儿是邻居，如果最后走不到一起，反而还会影响到陈贝儿，还不如找一个八竿子打不着的人。

今年陈贝儿的生日他也没有动作。其实礼物他都买好了，可是他还是没送出去。如果这份感情是多余的，那么礼物就更加多余了。

今年的最后一天,宇涛把自己完全封闭起来。

也许明年会有一个不一样的开始。他一边写总结,一边这样暗暗憧憬。

十二月的最后一天,顾曼去了美国。

魏然几次叫她过来度假,顾曼拗不过也就去了。正好年假还有十天,索性年底一块儿休了。在美国的生活有些无聊,但也透着一些新鲜。

她听老公描绘着以后在美国生活的蓝图,也有点动心。

这里安静、舒适,可就是没有一种归属感,感觉在别人的地盘下生活,总有种寄人篱下之感。

魏然劝她赶紧把北京的工作辞了到美国来。

顾曼倒不着急:"暂时我还不想辞去工作,你先在美国干吧,干好了我再来。不然我再找工作可就麻烦了。"

魏然在美国的这一段,她反而一个人过得挺自在。就好像恢复了单身生活一样,无拘无束的,想干吗就干吗,不用向谁请示,不用看人脸色,想几点回家就几点回家,别提有多惬意。所以一时半刻她都不想去美国生活。

但一个家总归是要两个人在一起,她知道也拖不了多久,最终还是要跟老公在一起,但能拖一天是一天吧。难得有现在的欢愉,再享受几天。

魏然不明白顾曼在拖什么,但他也能理解。自己在美国这一段确实也挺无聊的,比不上北京多姿多彩。但美国没有雾霾,空气好得像洗肺,周边环境也好,房子也大,生活质量没得说。

他知道顾曼还留恋北京的活色生香,他只有一点点劝吧。他计划再过几个月就贷款买房子,只要房子一买,顾曼也不得不来了。

想想明年诸多美好的计划,魏然把老婆拥在了怀里。他们热烈地拥吻,就像刚刚恋爱那般浓烈。

十二月的最后一天，陈贝儿跟谢琛去了王府井教堂。

不知多早的时候，她看到有人在这里结婚就羡慕得眼泪汪汪。今晚谢琛陪她来这里许愿，她期待新的一年能梦想成真。

"喂，你这几天总跟我在一起，你老婆没问你吧？"陈贝儿不安地问。

"问了，我告诉她要和老同学见面啊，她同意啊。"谢琛笑道。

"她知道这个老同学是女的吗？"陈贝儿又问。

"当然知道，我还给她看了你的照片。"谢琛波澜不惊道。

"啊，她都没意见？"陈贝儿不得不赞叹还真是个大度的女人。她也见过他老婆的照片，很贤惠乖巧的女人。

"我老婆没那么多事，她百分百信任我，因为我什么都跟她说，从不隐瞒她。跟你见面她都知道啊，她让我多陪陪你，说难得回来一趟。"谢琛娓娓说道。

"天哪，她太大度开明了！"陈贝儿不敢置信道。

"是，她是挺善解人意的，不然我怎么会娶她呢。"

陈贝儿既羡慕又有些妒忌。

"你可一定要珍惜她！这么好的女人真是打着灯笼也难找啊！"

"是啊，我对她也不错。我们结婚这么多年，一直挺好的，我印象中都没吵过架。有时候顶多为孩子的事发生点分歧，我们俩自己几乎没什么事。"

真是神仙眷侣！

本来陈贝儿还有私心想跟谢琛在一起，但听了这些话，她只觉得自己太罪恶了，这么好的一个女人，任谁也不能对她不好。自此，她就把自己的小私心收了。许愿的时候还祝愿他们一家能和和美美。

"你跟她说我也特别喜欢她。"陈贝儿发自内心地说。

谢琛笑了："这话我就不转达了，我知道就行了。"

"元旦后你们该回去了吧？"陈贝儿不舍地问。

"对啊，这次来这么长时间光陪你玩了，明天要陪孩子去故宫转转。"

陈贝儿点点头："以后说好了一年回来一次。"

"一定。"谢琛给了她一个大大的拥抱，"明年所有的愿望都能实现，相信我吧！你自己要照顾好自己，那些渣男都不要理了。以后再遇到什么人先跟我说，我帮你把关！"

谢琛一遍遍嘱咐。

"知道了，你比我爸还唠叨。"

那天分别后，陈贝儿大哭了一场。泪水里五味杂陈，有悲伤、有委屈、有不舍、有感动……可又说不出到底是哪一种情绪。

"分别就是为了更好地重聚！"她反复念着谢琛留给她的这句话。只是向来悲观的她只会想："重聚之后还是要长时间地分别。"

不知谁在窗外放了一朵烟火，她痴痴地看着。

在最暗的夜她看到最亮的星。

[72] 第二个走的人竟然是她

元旦后陈贝儿才知道梅若琳离职的事。

她知道这一天早晚会来,但没想到还是这么快。

梅若琳决定去之前一直想挖她的那家医院,那家医院最后给的条件还不错,梅若琳也没必要在陶莎和贾里之间纠结了。

陈贝儿自然是要跟梅若琳走的,但她知道梅若琳自己刚过去,也不会那么快地就把她也带去,便说:"我不着急啊,你先站稳脚跟,再调我去。"

梅若琳一笑:"是这个意思,等我消息吧。"

公司里一派安静,只是苏苏发现了一个奇怪的现象,元旦后一周了都没看到黎玉上班。陈贝儿分析也许是人家休假了,这也正常。

只是又过了一周后仍没见到黎玉的影子。

苏苏不怀好意道:"不会是上次举报的事成真了吧?"

陈贝儿不敢下定论。但紧接着第二天,公司就传出了黎玉辞职的消息。

天哪，黎玉都辞职了，这是什么情况？全公司的人都沸腾了，大家说什么的都有。

有的说举报的事属实，黎玉被开除了；有的说黎玉跟王一铭结婚了，因二人的特殊关系，不能在同一家公司上班，所以主动分开了；有的说是财务主任于阳把黎玉给告了，并且提供了有力的证据，也算是替自己保住了位置；有的说黎玉离婚后老公到公司来闹过，所以不能在原公司待下去了……

总之，说什么的都有，就是不知哪一条是真的。

"不管真相是什么，结果是最好的！"苏苏提议必须要去庆祝一下。

"不能再吃自助了，上次吃得我快撑死了。"陈贝儿笑着抗议。

"那就改成海鲜火锅吧。"苏苏坏笑。

二人都没想到，自袁刚走后，第二个走的人竟然会是黎玉。如果真是于阳举报的，那她真是立了大功。但于阳天生胆小，这事又不像是她干的。

"那会不会是袁刚举报的？"苏苏想到了另一种可能。

"也没准。但这事的罪魁祸首应该是王一铭，怎么会栽赃到黎玉头上？"陈贝儿气愤道。

"肯定事情兜不住，黎玉一个人都给扛了。爱情的力量啊！"苏苏叹道。

陈贝儿忍不住扑哧一笑："是够伟大的。"

"你说王总会娶她吗？"苏苏八卦道。

"这得问王总啊。他会找一个二婚带孩子的吗？我看黎玉牺牲也是白牺牲了，未必会有她想要的结果。"陈贝儿分析道。

"哈哈，我也是这么想的！"

两人心照不宣地一击掌，这默契实在也太要命了。

黎玉一走，销售总监的位置又空缺了，公司不得不宣布由副总李辛暂时接管。那么黎玉的位置由谁代替呢？大家都开始无奖竞猜起来。有说于阳的，有说孙娜的，有说韩菲菲的，还有说杨莉的。

"你觉得会是谁？"陈贝儿问苏苏。

"我觉得会是你。"苏苏笑得脸都变形了。

"你可真够讨厌的。我分析应该会是孙娜。这几个人中我觉得孙娜跟王一铭走得最近吧？"

"可孙娜长相不行，王一铭能看得上吗？"苏苏实话实说。

"这倒是，你还挺有分析能力。"陈贝儿对苏苏有点刮目相看。

"在你的培养下，我也得茁壮成长啊。"苏苏俏皮地说。

马上要过春节大家谁也没心思工作，再加上最近公司这么多变动，都人心惶惶的。

"我估计黎玉这个位置肯定要春节后公布了。你别忘了还有集团领导呢，不是王一铭想提谁就提谁的。公司出了这么多事，我看集团也不会袖手旁观吧。"

陈贝儿的分析果然正确，春节前公司里再没有什么新动向。

这天下班回家，她刚要拐进三号楼，正看见前面走着一对勾肩搭背的情侣，看背影有几分熟悉。再走近些，她才恍然，那个和严朋飞极其相似的背影正是李伟。她还记得那人的名字，正迟疑要不要停下来，结果怀中的那个女孩转了一下头，天哪，不是别人，却是韩小敏。这下她可尴尬了，怎么他们会成了一对？

她不得不停下来，等他们拐进楼道，等了好一会儿，她才敢上楼。

该不该告诉小敏，她纠结上了。

到了晚上十点，她还是忍不住给小敏发了微信，问她睡了吗。

小敏单纯得很，马上告诉她："贝儿姐，我还正想告诉你一个好消息，我最近交男朋友了，一直还没机会和你说。那个人正好还和咱们一个楼，我们操场跑步认识的，我觉得这人不错，很开心！"

陈贝儿只好说："小心交往，多了解一下对方的人品，比如有无暴力倾向啊，等等。"似乎也不能往下说太多。

小敏欢快道："放心吧，我都考验过了，他是暖男，特关心我，人特好！我认定他了！"

这下陈贝儿也迷茫了，这个人她会不会看错了，难道真是同一个人吗？可那个背影打死都不会错啊。也许人家把坏脾气已经改了也说不定，这也不是自己能操心的事了。

唉，世上的事就是这么奇妙，不适合你的人未必不适合别人。那一双鞋是否合脚，只有自己知道。陈贝儿只好心里默默为她祝福。

所以说，世上没有对错，只有因果。

节前高翔忙完了最后一期水彩课，总算松了一口气。

他开车把最后一课的任课老师，也是他的老同学送回家后，正寻思要不要召集"吃货三人组"吃饭，说起来也好久没聚餐了。

看看表五点多，他先给宇涛发了微信，但没有回，估计他可能又忙着开会。之后他又给陈贝儿发了微信，把他的位置也发了过去。陈贝儿一看居然就在她公司附近，她赶紧说一会儿会合。

高翔便给宇涛留了言，说他和陈贝儿在东四的火锅店等他，让他下班赶紧过来。这家火锅店生意红火，两人到了还得先排队。

就在等位的时候，宇涛回了微信，说开会不过去了。

高翔听出这口气中的异样，这要放以前，他一定会说："你们先吃着，开完会我立马杀过去。"但现在宇涛口气淡得完全对聚餐失去了兴趣。

他知道宇涛的心思，见陈贝儿风风火火地闯进来，便拉她坐下等位。

"你跟宇涛闹别扭了？"

"没有啊？为什么这么问？"陈贝儿不解道。

"宇涛今天不过来，让咱俩吃。"高翔觉得有必要跟陈贝儿谈谈。

"这个吃货不是最喜欢吃火锅了吗？怎么还不来？"陈贝儿还是不解。以她大大咧咧的性格，她是断然不会想到宇涛在肚子里做文章。

"宇涛肯定生你气了。"高翔故意道。

"那他也太小心眼了，我给他介绍女朋友，他非但不感谢我，还生我气？你评评理，有他这样的吗?!"陈贝儿气呼呼地说。

"这不介绍没成吗，他肯定是对你介绍的不满意呗。"

"你说他自己那么胖，还对别人挑三拣四的。那女孩照片你也看了，你都觉得不错，他非嫌人家脸上长雀斑，人家都没嫌他胖。说起这事，我还来气呢，他倒先倒打一耙。"陈贝儿越想越气，真是好心没好报。

"你说你怎么就那么傻啊！宇涛喜欢的人是你，你给他介绍别人，即使那姑娘再漂亮，他也觉得比不上你啊！"高翔不得不捅破了窗户纸。

"你别替他瞎分析了，这话宇涛亲口跟你说的？"陈贝儿怀疑地看着他。

高翔只好说："这还用亲口说吗？我们俩是兄弟，这么多年他什么心思我能不知道？"

"我们俩都认识多少年了，要产生感情早产生了。这事我都跟你说过多少遍了，你还打算撮合？"陈贝儿无措地说。

"我真没撮合，我只是觉得宇涛对你一片真心，你怎么就不能考虑一下他？"高翔也递过来无措的眼神。他真是不明白陈贝儿，她究竟在等什么？在他眼中，她要是跟了宇涛，肯定会一辈子幸福。

"感情的事不能勉强的,我跟宇涛是好朋友,我不想失去这个好朋友,你明白吗?"陈贝儿缓缓地说。在没有确定是爱情之前,她不想连友情也失去了。她珍惜宇涛这个朋友,友情就是友情,爱情就是爱情,这是质的不同。经历了和严朋飞的狗血恋情,她不想再轻易迈入爱情的门槛。更何况她对宇涛没有爱的感觉,她不能骗自己。

"不明白。"高翔就是不能明白陈贝儿的心思。

说话间,终于等到座位了。两人边吃边接着聊。

"其实我今年谈了一个,一直没和你们说,但那人有些不靠谱,就分了。我当时很喜欢他,有点一见钟情。那是爱的感觉,总想见他,满脑子都是他。但我对宇涛没有这种感觉,你明白了吧?"陈贝儿接着说。她觉得高翔应该能懂。

"你这个年纪不能光凭感觉了,你喜欢的那个人是有感觉,但最后不是也没成,这种花花公子都会招人,但不会有好结果。宇涛虽然不能让你心动,但他适合做老公,你们知根知底,将来他肯定会对你好,肯定不会辜负你。"高翔苦口婆心道。

"我现在还不想找个喜欢我的,我只想找个我喜欢的。"陈贝儿故意唱反调。

"那你还得栽跟头。找个你喜欢的多累啊,找喜欢你的才是最舒服的,你怎么不明白这个?"

陈贝儿白他一眼:"为什么就不能找个互相喜欢的,就像你和阎珍一样。"

高翔叹了一口气,欲言又止。想了想,他俩还很少单独聊天,今天宇涛不在,他倒想聊一聊。

"我跟阎珍一开始还行,后来也总吵架……"

"夫妻哪有不吵架的。"陈贝儿从来没怀疑过高翔和阎珍的感情。

"如果吵架还说明有感情，最怕的是后来连架都懒得吵了。"高翔只说到了这一层，那些破事他真懒得重复。

"哎，你俩都老夫老妻了，哪能像刚结婚那会儿甜蜜。"她又想到了顾曼，谁的婚姻又会是一帆风顺的，"我身边结婚的也都那样，没有特别好的，都是维持吧。"

高翔想说什么，又停了一下，有些话不知该不该和陈贝儿说。

"别瞎想了，赶紧吃吧，我能再要盘鱼吗？"陈贝儿看高翔一脸纠结，赶紧转了话题。都说清官难断家务事，她一个局外人也没法对他的家庭指指点点。她一直也不喜欢阎珍，但这个也没必要在高翔面前说，再好的朋友也要有所保留。

高翔见她那副吃相，也收起了思绪："要吧，在我这儿肯定管够啊！再来盘虾！"

"哈哈——"陈贝儿终于笑了出来。

生活的根源就在于吃，吃好了才能心情好。尤其是在高翔面前，她可以无拘无束，大快朵颐。

高翔看着她，忽然觉得像陈贝儿这样没心没肺地生活也挺不错。可是他怎么就做不到呢？

自从开了工作室以来，他的压力与日俱增。开了班，又怕招不来学生；请了老师，又怕给人家发不出工资；再加上为工作室买了房子，还有贷款的压力；阎珍这边更是让他不得喘息……每周他都要失眠好几次，可这些疲顿和压力，他都无处张口。

有时看着镜中那个明显衰老的中年男人的影子，他都不敢多加凝视。白发一根根地冒出来，去理发店的时候，师傅都劝他染染吧，可他连这个心思都没有。他已经习惯戴着帽子出入本不太多的那几个场合。

何时他才能真正放松下来？也许等工作室慢慢走上正轨，可能一切才会有转机。

火锅的热气袅袅升起,对面陈贝儿的五官时而模糊,时而清晰,他的脑袋一舒一胀地疼痛,好似有东西在里面捣乱,松一阵,紧一阵……

[73] 两场哭笑不得的相亲

都说年关将至,是最想家的时候。虽说没有太浓的思乡情切,但陈贝儿还是早早请了年假回家过年了。

公司这现状,让人一刻都不想多待。

父母见女儿这么早就回家还吓了一跳,以为她被公司开除了。陈贝儿有些哭笑不得,当父母的怎么就不盼着女儿好啊。

刘婉却说了另一件事:"今年过年,你表姐准备到咱们家来过。她说了想跟你和解。也给我打过电话了,她全家过年都来,我同意了。"

"妈,你疯了吧,这个晶晶我是再也不想理她了!"陈贝儿直后悔回家早了。

"终归是亲戚,有什么深仇大恨。你爸也同意了。我们下周一订了一个饭店,请他们全家吃顿饭,到时候你也参加。"刘婉接着说。

"我不去!再说凭什么是咱们家请啊,她犯了错就该他们家请!"陈贝儿气不过。

这时陈其走过来说话了:"一家人有什么可闹的。过去就过去了,人家晶晶也认错了。大家吃一顿饭也就和解了。"

"和解有什么好处吗?她还会再骗的!"陈贝儿不容置疑道。

"不会啦,她都知道错了,怎么还会再骗。你以后长个记性就行了,还能再让她骗去?"陈其淡然道。

"至少应该把骗的钱退回来!"陈贝儿争辩道。

"那你怎么开口,一家人有什么退不退的,这钱就当送他们家了,这有什么的!"陈其大方道。

"真服了你俩!"陈贝儿气得无语了。

那天的饭局果然热闹。陈贝儿被父母强行押去。

晶晶一见面先不跟陈贝儿打招呼,直接把一条丝巾塞到了刘婉手里:"这条丝巾是我从国外买的,很贵的,您收好了!"

之后又跟陈其打招呼,夸了半天陈其有多年轻的话。最后她才把目光落在陈贝儿身上。她马上咧嘴笑道:"哎呀,贝儿,好久没见啦,找天我请你逛街啊!"

逛街还用你请吗?陈贝儿只觉得好笑。她为什么不说找天请你吃饭啊!

陈贝儿也没说话,只是尴尬地笑笑,坐到饭桌上。

两家人就这么在无比尴尬的气氛中吃了一顿和解饭。但真正和解了吗?只有陈贝儿心里清楚。

过年期间,陈贝儿相了两次亲。

一个比她小几岁,一个比她大两岁,全是亲戚介绍,她照单全收了,听话地挨个去见了。

第一个男人是搞投资的,头发微长,看起来不精神,再加上身材不高,五五分,显得个子很矮。

男人很知趣,一见面就说:"幸好你没穿高跟鞋,不然就跟我一样高了,太给我面子了。男人是杭州人,在北京搞投资,所以经常世界各地地跑。

男人点了一碗米粉,陈贝儿点了一份咖喱虾、一个青菜。

服务员问:"这些够吗?"

男人答:"先这些,我不太饿,不够再点。"

服务员只好走了。

一会儿菜全上齐了。男人说:"咱们可以分一下这米粉,味道不错。"

陈贝儿要了一个空碗,分了一小点儿。感觉这个男人不是很大方,但毕竟是陌生人,能请吃饭就不错了。好多人连饭都不请,直接点杯水。

"我一年也在父母身边待不了几天,全忙着投资。最近我看上了一个项目,做美容产品,我觉得挺好的。你看我脸上的痘印都浅了吧,我亲身试用,觉得这款产品不错。在上海我还投资了一个项目,马上签约了。如果这个项目能挣钱,我就给我爸换辆车。他老人家也快七十了,也该开个好车了。"

男人特能说,陈贝儿几乎插不上话。她刚想说话,男人又问:"你背的这个COACH包在哪儿买的?"

陈贝儿一愣,他这话题转得也太快了。她答:"网上全球购。"

男人张了张口,想说什么又咽了回去。不说陈贝儿也明白他那咽回去的话是什么,无非是想说:"网上买的肯定是假的吧。"

陈贝儿没理他,埋头吃饭。男人又说:"你看我身上的裤子G-STAR特别好穿,主要特别适合我,我这身材穿别家的裤子要么太肥,要么腰不合适,就他们家的裤子我穿着合适。我一口气买了二十条。"说着男人打开手机递过来,"你看这是他们家的官网,我觉得他们家东西不错。"

陈贝儿瞟了一眼,看到一条牛仔裤标价两千多,便问:"两千多一条,你买了二十条?"

"他们家也有便宜的,也有一千多一条的。"男人露出笑意。

陈贝儿有些反感,这人是在炫富吗?

"你听说过大鹅这个牌子吧?特别恶心,好多人在门口排队,说好的抵制呢?中国人就是这点不好,崇洋媚外。你看我就不穿大鹅。"男人骄傲地说。

陈贝儿完全接不上话,她能说什么?

男人接着说:"其实我家里条件挺好的,我爸妈也是开公司的,但最近生意不是特好。昨天我们开了家庭会议。我妈今年的公司没挣钱,我爸是做英语培训的,也没挣什么钱。我这边今年谈了一百个项目也就成了一个吧,所以还得加把劲。最可恨的是我去年挣了点钱全买股票了,结果全赔了,气死我了……"

陈贝儿有点烦了:"你怎么全谈的是钱啊,生活中没有别的事吗?"

"没钱万万不能啊。不过我们家有房子,在外地有几套,在北京也有,在北京有一层楼呢,每年的租金不少,但那是我爸妈公司的钱,跟我没什么关系。"

"你是独子,你爸妈的钱最后不也是你的钱?"陈贝儿忍不住说。

"那不一样,我还是想凭我自己的本事挣钱。说实话我这人比较善良,特容易被别人骗,有几个项目都是被北京的女人骗了,想想就来气啊。"男人怨怼道。

"这个怨不着别人,谁叫你不留心眼。"

"我这人就是没心眼。过完年我准备去深圳发展了,深圳机会多。公司准备在香港借壳上市。去年很不巧,本来都快上市了,结果我的大老板和二老板都被抓了,一事没成。"男人沮丧道。

"你没受牵连?"陈贝儿故意道。

"没有,我只是小跟班,他们还查不到我头上。没跟对老板啊,也是我有点倒霉。今年准备东山再起,去深圳好好发展一下。深圳有个项目挺好的,做美牙的,你看我这牙做了几次,白了不少。"说着把牙露出来。

牙齿倒还算白,陈贝儿看了一眼。

男人接着说:"你的牙给我看看是否需要美白一下,我这个产品你可以试试,都是国外进口产品,效果非常好。你快张口我看看。"

陈贝儿有些无语,直接拒绝道:"不必了。"

男人只好转了话题:"我还想开个餐厅,只可惜股票赔了,也没闲钱了。"

"谁叫你买股票,现在都什么行情了,还敢买股票?你还不如买房呢。"陈贝儿已经有些不太想继续了。

"几百万在北京也别想买房,没个一千万什么也别想。男人压力大啊,男人没事业不行。男人就得挣钱,没钱就没安全感。"他一直吃那碗米线,虾一口没吃。

"几百万也可以在外地买了。"陈贝儿有些不能理解,是真有几百万吗?

"外地已经有几套了,不买房了。"男人虚张声势。

"你是不爱吃虾?"陈贝儿忍不住问了一句。

"没有,我爱吃,我只是不爱吃咖喱。以前在印度出差,天天咖喱,吃烦了,所以不爱吃了。"

"那要不要你再点其他的菜?"陈贝儿见他只吃米线,还半天吃不下去。

"不用,我吃青菜吧。"男人夹了一口青菜。

"你皮肤挺好的,平时用什么化妆品,有没有兴趣用一下我新投资的这个化妆品?我给身边的女性都试用了,她们都说好。"男人继续游说。

"那你给我寄点,我可以试试。"陈贝儿半开玩笑。

"好,等我这个产品做火了,请你当我代言人啊。"男人也半开玩笑接上。

"我又不是明星,能帮你代什么言?"陈贝儿有些哭笑不得。

"你可以,你皮肤好啊,这就是有力的说明。"

陈贝儿看了看时间,也差不多要结束了,便起身去了一下卫生间。

回来时,男人已结了账,继续说:"你知道借壳上市吧?我为什么选香港,也是为了借壳上市方便。深圳这个地方不错,离香港近,发展机会也多……"

陈贝儿实在有些听烦了,站起来说:"咱们走吧。"

男人也站起来:"好吧,咱们有机会再见。你家在哪儿,我送你回去吧。"

"不用了,很近,就一站地,我走着就回去了。"陈贝儿也客气了一句。

"好吧,那我就不送了,慢走啊,有机会咱们再约。"

这一场相亲,陈贝儿觉得头都大了,一个字,全是"钱"。

两人刚分开,男人的微信又发来了:"对了,你应该喜欢韩剧吧,是不是觉得那里面的男主角都特帅,你一定喜欢张东健吧?"

陈贝儿笑笑,回道:"不喜欢。"

男人非追问他喜欢哪一个,陈贝儿答权相佑。

男人赶紧网上搜了一下权相佑,给陈贝儿发来这人的三张照片,然后说:"我怎么觉得跟我特别像啊。"说完又发来自己的三张自拍照,一张大脸配上绿豆大的眼睛,别提多丑了。

陈贝儿哭笑不得:"我看一点儿都不像,你可以照着人家的样子整一下。"

男人回道:"我还是不整了,还是丑点好,不然一堆女人追着我多烦啊。现在就有不少女人追着我,特别烦。你不用整了,你本人就挺漂亮的,不用整。"

陈贝儿快笑出声来。

男人见陈贝儿不回,又说:"我春节后还要去广东看一下项目,这个项目可厉害了,如果成了能挣不少钱呢!"

陈贝儿再也不想回了,头一次遇到生意人,她算是开了眼了。

第二个男人家在杭州,但在北京工作。春节加了微信后直接约见面。陈贝儿定在了中午,她可不想约晚上。男人却说下午吧,下午茶。

这倒连吃饭都省了,看来又是一个老油条级的相亲对象。许多老油条级的相亲,绝对不会约吃饭,只喝一杯水,不然如果没成,还不至于浪费一次饭钱。现在吃饭也贵,能省则省。

下午三点,陈贝儿准时到了那家约好的咖啡店。男人已在座位上等她,并给自己点了一杯咖啡和一块蛋糕。

他见陈贝儿来了,便打了个招呼,把菜单递给她。一旁的服务生问她点什么。

陈贝儿问服务生都有什么热饮。对方答除了咖啡就是茶。这两样陈贝儿都不想点,都是影响睡眠的东西,她只好点了杯热水。

男人见状,便把面前的蛋糕推了过来。

陈贝儿面上一笑,以为他给她点了一块蛋糕。不想男人却说:"咱俩可以一块儿吃。"

陈贝儿有些尴尬,头一次见面就分吃一块蛋糕,而且这么小一块,有些无从下勺。她从左边挖了一勺,男人便从右边挖了一勺。她一直以为男人不喜欢吃蛋糕,哪想今天遇到一个爱吃的。

陈贝儿吃了几口,实在不忍再下勺了。男人也吃吃停停,两眼只放在蛋糕上,好像生怕陈贝儿一下就把那块迷你蛋糕吃光一样。

在这样的氛围中,别提多难受了。

男人圆圆脸,嘴特别小,嘴唇特别薄,简直可以用樱桃小口来形容。尤其是吃蛋糕的时候,光看嘴,险些会当成女人。

男人说自己是做游学的,就是带学生寒暑假去国外学校上个一两星期的课,挣这个钱。

"现在寒假不太好做,暑假还行。我现在一年就做一个暑假。"男人边吃蛋糕边说。

"那招生谁来负责,你们有公司吗?"陈贝儿问。

"公司肯定是要注册一个,但不需要人,我一个人就够了。生源就是靠朋友推荐,学校的老师、朋友呀推荐。"

"那你只做暑假,平时做什么工作?"陈贝儿接着问。

"平时就是待着吧,陪朋友去谈谈项目,有时翻译一本书,也挺好的。我的时间大把。"男人笑笑,而且是笑不露齿,"我最近翻译了一本书,不知道介绍人告诉你了没有。稿费很低,也就三万左右吧。如果以后稿费能涨三倍,我觉得还是可以做做。现在稿费太低,我也就是闲着没事。我之前在美国待了七年。"

陈贝儿忽然想起了介绍人之前给的资料,此人在美国读的研究生,十年前有过一段婚姻,不到一年就离了,谁也不知道原因,也不好问。

"凭你的学历,你完全可以找一份稳定的工作。"陈贝儿建议道。她不知道为什么,总是很烦男人不上班在家待着。

"我不行,我受不了管制,天天让我坐班我肯定疯了。"男人又吃了一口蛋糕。眼看着就要吃到蛋糕的交界处了,一般人肯定会停下来,但只见他一口把蛋糕都吃了。这场面,陈贝儿差点笑出来。

"现在自己干也不是很好干。"陈贝儿只好说了这么一句。

"是不好干,混着吧。"接着男人分析了一下国内形势,又说到了国外形势,从中美关系到中非论坛,从蒋介石到毛泽东,从邓小平到现任领导人,他逐一点评。听得陈贝儿都傻了,感觉对面坐着的这个人应该是个政治课教授吧。

陈贝儿看了下表快四点了,便说去一趟厕所。

回来后,陈贝儿便说:"时间差不多了,今天就到这儿吧。"

男人这时才说道:"要不你再点点儿东西吧,你今天什么都没点。"

陈贝儿觉得好笑,都站起来要走了,才客气一句。

她也就明白了这人为什么离婚。谁愿意找一个小气又没有稳定工作的人?但最重要的是她觉得这人连起码的待人接物都不太会。

临走时,男人直接在咖啡店门口拜拜了,连句再见都没说。连上一个拜金男都不如,起码人家还客气了一句,他连客气都没有,直接闪人了。

这两场哭笑不得的相亲,真让她这个年过得意外又深刻。

[74] 医院的意外偶遇

春节热热闹闹地过完,再回到北京顿时觉得清冷。

即使在祝福信息铺天盖地满天飞的时候,都没有收到严朋飞的任何消息。陈贝儿一脸苦涩,却也是真的想开了。

这么多年大大咧咧地长大,一路荆棘,一路坎坷;生气一股烟,高兴又会笑半天;没心没肺,却又多愁善感;容易满足,容易犯错,又容易感动……她从不认为自己有多优秀,却活得简单明了;不太自信,却也不过多自卑;很多事都能看明白,就是不愿意接受现实;从不奢求太多的物质,却要求精神富足;自强不息,甚至会咄咄逼人,脆弱的时候,连一片落叶也能泪流满面;永远在心底记住别人的好,悄悄不动声色地双倍奉还;不会甜言蜜语,刀子嘴豆腐心;厉害的时候也能翻江倒海,温情的时候也能秋水怡人……

一个假期慢慢梳理自己,自己和自己对话,寻找自己想要的东西,珍藏最好的记忆。挥别过去,才能遇见更好的自己。她给自己鼓劲：珍惜所有的不期而遇，看淡所有的不辞而别。

这一番感悟，也是一分收获。

梅若琳在新医院干得如火如荼。

这是家中医医院，以前没有心理门诊，院长一直在物色人选，想把这个心理门诊建起来。经朋友推荐，他认识了梅若琳，双方一聊，理念、经营思路等各方面都合拍，他便大胆起用梅若琳，让她来组建心理门诊。

这对梅若琳来说是个全新的挑战，一切都要白手起家。不过想想，最开始馨慈不也是白手起家，现在经营得也不错。有了馨慈的经验，一切都不难。

院长很支持她，她的一些建议，院长基本上都同意，放手由她去做。

一切都顺风顺水，梅若琳笑逐颜开。但最开心的还要数陈贝儿，她得赶紧找机会跟梅若琳提兼职的事，但一时又张不开嘴，怕梅若琳有负担。

这天中午，陈贝儿应邀去参观梅若琳的新办公室，一路上她都满怀雀跃。

看着梅若琳的状态比先前不知好了多少，打心里替她开心。像梅若琳这样的女强人，唯有事业上的起色能让她精神焕发。情感于她就是折磨人的东西，倒不如踏踏实实地做些事。

看着崭新明亮的办公室，很有老板气派，陈贝儿笑道："不知道比馨慈强多少呢！"

梅若琳只有半小时时间，下午她就要出诊。她安慰道："别着急啊，申请兼职这事还得院长批。我最近提的要求比较多，院里也会调几个医生过来，所以我一时还不好提，你还得再等等。"

"不着急，好饭不怕晚，我正好休息一段时间。"看看表一点半了，陈贝儿也不好再打扰，两人拥抱着告别。

刚走出办公室，便看到一个熟悉的身影——高翔，怎么会是他？

陈贝儿跑过去猛拍了他一下："怎么这么巧，你来这儿干吗？你跟踪我啊？"

高翔吓了一跳，面色尴尬道："是啊，你怎么往这家医院跑？"

"你不也往这家医院跑吗？你来看中医啊？怎么跑到心理门诊来了？"陈贝儿连珠炮似的发问。

高翔赶紧把挂号单偷偷塞进了裤兜里："噢，我……我来开点药，最近嗓子疼。"

"上火了吧，你别成天忙着工作室的事了，该歇就歇一下，别那么拼命。"陈贝儿劝道。她发现今天的高翔有点不对劲，魂不守舍的。

"你来医院干吗？"高翔问到了重点。

"我想在这儿兼职，我一个好朋友在这家心理门诊。"

高翔眼皮一跳："叫什么名字？没听你说过。"

"叫梅若琳，刚调过来，以前我也是跟着她干，她跳槽了，我也得跟她过来。这不今天过来看看。"

高翔一愣，他挂的正是梅若琳的号，幸好碰到陈贝儿了，没想到她们竟然认识。

"你的药开了吗？"陈贝儿看他两手空空。

"开了，在包里。我看着有个人背影特像你，我就跟过来了，没想到真是你。"高翔勉强地笑笑。

"你的眼神有那么好吗？"陈贝儿笑笑，两人边走边说。

"走吧，去我工作室坐坐，离这儿不远，是不是你还没去过？"高翔提议。

"还真是，怎么还没去过呢，走吧，反正今天我请假了，不用去公司。"

两人一拍即合，直接去了高翔的工作室。

两人刚走出医院，心理门诊的楼道里就传出女护士的声音："下一位高翔，哪位是高翔？"

患者们相互看看，没有人作答，护士只好又叫了下一位。

十几分钟的车程，车驶进了一座装修有些特别的写字楼。陈贝儿左看右看："这可是高档社区啊，是你租的房？"

"贷款买的，我想每月交租金还不如每月还月供呢。"两人下了车，走进写字楼。

高翔按了14层，陈贝儿啧啧地看着，一脸羡慕。在她眼中，高翔就是成功的代名词了，年纪轻轻已经有车有房。

进了房间，陈贝儿奇怪道："咦，怎么今天没人？"

"今天没课，我正好也休息一天。"高翔给陈贝儿倒水，"菊花茶行吧？"

"行。"陈贝儿环顾四周，这一百多平方米的房子，大厅和房间都是授课教室，高翔带她每间屋转了转。

"这房子得不少钱啊，你的钱都搭上了吧？"陈贝儿咋舌道。

高翔笑笑："我买了两套，当时看这小区不错，正好一套做工作室，一套我自己住。这样来回也方便。"

"两套！你可真是有钱人啊！"陈贝儿惊得眼睛睁得老大，转念一想又不对，"你干吗自己住啊，阎珍不和你住？"

"她上班地方离这儿远，孩子上学离她妈那儿近，我现在自己住这边。"高翔口气淡淡的。他早已习惯了现在的生活方式。

"怎么搞得跟两地分居似的，那你们周末见一次？"陈贝儿好奇道。

"嗯，有时候忙也没时间回去，孩子我都好久没见到过了。"高翔忍住内心的痛苦，轻描淡写地说。

"也别全忙工作，孩子肯定是要看的。"

高翔打开手机，放出孩子的视频给她看："你看，她都长这么大了，多快啊！转眼都要上小学二年级了！"

陈贝儿看看很可爱的小姑娘，长得也漂亮："是啊，你说咱们能不老嘛。"

高翔语气一转："你跟宇涛还没联系呢？"

陈贝儿摇摇头："这家伙心眼太小，他不理我，我也不理他。"

"你俩可真行，服了！"高翔坐到沙发上，"我看你也别结婚了，现在想想结婚有什么好。想当初阎珍追我的时候天天到我家门口等我，制造各种偶遇。高考补习的时候，天天帮我抄笔记，我当时还想，真要娶了她估计能享清福了，谁知结婚后就变了。"

见他感慨上了，陈贝儿说道："谁能结婚后还一直保持热恋状态啊，不可能啊！"

高翔叹了口气，说："我重拾画笔那会儿，上了一个提高班。我记得当时老师说要画树根，让每人第二天带些树根来。我到哪儿去弄树根啊，当时我就和阎珍抱怨了几句。哪知道第二天上课，她居然抱着一捆树根来了！当时我们全班的同学都感动了，起哄说我还不赶紧把人家娶回家。那次我真的是感动了，那时候应该是真感情吧……"

陈贝儿静静地听着，头一次见高翔这样伤感。

"一开始她追我的时候我还不同意呢，我嫌她有点胖。她一直努力减肥，后来减得都贫血了。刚开始她跟我谈男女朋友，我说只是暂时女友，先谈着，我还让她可以交往别人。因为那时候心思真不在这儿。高考压力太大，我那会儿还说如果再考不上大学，我们俩也不再联系。后来我俩都考上大学，也就自然在一起了。但开始都是她在付出，她追我。我一直不同意跟她结婚。主要是我们家有点儿看不上她，说她面相不好，克夫。我也不想跟我们家顶撞，所以一直也没同意结婚。后来她怀上了，医生说不能再打胎了，因为之前已经打过一个了，怕再怀不上了，我狠了狠心就结了。

"刚结婚那会儿还不错，孩子一出生，两家人都挺高兴，关系也融洽了。可后来孩子慢慢大了，问题也就来了；再加上阎珍在外企挣得多起来，也变得越来越会打扮了，反而她开始挑剔我了……"高翔陷入回忆中。

"咳，别说这些不愉快的了，家家有本难念的经。我和宇涛还不如你呢。至少你还有家、有孩子，我们俩什么也没有。你还有两套房子，我们连房子都没有，这么一比，你是咱们仨中最幸福的了。再看看咱们班大学同学，也没几个混得比你好的啊……"陈贝儿打断他。

高翔坐了起来，站到窗边，突然道："咱们去日本玩玩吧，你陪我去。"

什么？陈贝儿一愣："咱俩去？你不怕阎珍吃了我？"今天的高翔怪怪的。

"她才不会管呢。"高翔无奈地笑笑。他心想没准阎珍在外面早有人了，不然她不会如此冷淡。

去日本的事他也问了宇涛，宇涛说之前去过日本，所以也懒得请假再去了。

"关键是咱们俩去不方便住啊，你拉着宇涛去。"陈贝儿笑笑。

高翔自言自语道："想去富士山看看。"

"你们一家三口去多好，带着老婆孩子好好玩玩。"陈贝儿看着他的背影说。

高翔没再说话，看着窗外的天色渐渐暗下来。

他突然转过身："走，带你去吃好吃的，有一家烧烤不错，自助，想吃什么都有，走！"

提到吃，陈贝儿咧嘴一笑。

高翔摇摇头："你就是一个吃货！要不要叫上宇涛？"

"不叫他,咱们吃完了给他发照片,气气他。"陈贝儿赌气道。

高翔无语,他拿这个傻丫头没办法。

那一餐,他看着陈贝儿大快朵颐,自己却无半点儿胃口。满脸的郁悒隐在热闹的餐厅里,更显得格格不入,好像随时眼泪都会掉下来——那样一个陷落在危险里的高翔,陈贝儿却浑然不觉。

[75] 五十步笑百步

又是一个晴朗到骨子里的周末，顾曼和陈贝儿如约去打羽毛球，巧的是正好又碰到了梁升。

梁升看到了陈贝儿，便主动过来打招呼，邀请她俩一起打混双。顾曼看在眼里，心知肚明，赶紧拉着陈贝儿过去。陈贝儿倒有些不自然。

就这样打了一个小时，陈贝儿去场边喝水休息。

梁升便走了过来："打累了吧？晚上一起吃饭吧。我请你们两位美女吃饭。"

顾曼赶紧迎合道："好啊，附近有什么好吃的？"

两人好像商量好似的，把吃饭地点定了下来。

陈贝儿冲顾曼使了个眼色，顾曼也不理，悄声道："别那么拒人于千里之外，吃个饭，多了解一下。我陪你一起去，你还担心什么？"

陈贝儿见状也不好再多言了。

三人一起去吃鱼火锅。

谁知顾曼才吃了几口就说:"哎呀,差点忘了,晚上我老公要跟我视频对话,我们约好了七点,我得赶紧回去了,你俩慢慢吃啊。"说完就先跑了。

剩下陈贝儿有些傻眼,她冲顾曼直翻白眼。梁升也明白,只是呵呵傻笑几下。

顾曼走后,吃饭的氛围一下就尴尬了。陈贝儿都不知说什么好。

梁升赶紧打开话匣:"我是做设计的,上次和你说过了吧。你是在哪儿上班?"

这是多陌生的对话啊,陈贝儿只好硬着头皮答。

"现在设计也不好做啊,客户太少,你有什么客户也可以给我介绍。"梁升笑笑。

"我们公司有美编,应该用不上。等周围有人需要的话我介绍给你。"陈贝儿觉得有点像在谈工作,"你们在哪儿办公?"

"我和朋友在昌平租了个房子,还在创业阶段。北京竞争太厉害,不好做啊。上周我参加了一个饭局,一个朋友在出版社说需要美编设计封面,我就免费帮他们设计了几个方案。谁知道那个朋友连感谢都没有,最后就是白做了,想想真是来气。"梁升渐渐说话放松下来。

"那为什么之前不谈好价,干吗替他们免费设计呢?"陈贝儿不解道。

"我这不是想拉客户嘛。我想先给他们免费做,如果他们觉得好,以后就可以长期合作了。"

"问题是如果他们不觉得好呢?设计这个东西也是讲身价的,越是免费的东西,他们可能越觉得廉价。"陈贝儿分析道。

"可我做得不廉价啊,我觉得我做得挺好的啊。"梁升辩解道。

"你是为他们设计,肯定要他们觉得好才行。"陈贝儿觉得这个梁升愣愣的。

"我现在非常努力地在拉客户,几乎每天我都跟不同的圈子打羽毛球,累得我都快瘫了。可为了能多认识客户,我也是拼了。"

陈贝儿听了一惊:"啊,你打羽毛球是为了拉客户?"

梁升不以为意道:"对啊,你还以为我是为了锻炼身体啊!我身体挺好,不用锻炼也没事。但圈子是最重要的,你进不了这个圈子,就不可能认识什么人,认识不了人还谈什么拉客户?每一个来打羽毛球的人都是我的潜在客户。"

陈贝儿差点儿惊掉了下巴:"你不会也把我当成了潜在客户了吧?"

梁升一笑:"那倒没有,我把你当成了朋友。你看我总是发微信叫你来打球,从来没跟你提过设计吧。"

"可你这么拉客户,成功率高吗?一般人来打球都是为了锻炼身体的,谁会为了找客户啊。"陈贝儿不解道。

"万一有呢?这个东西就是要累积人脉,累积资源。"

陈贝儿摇摇头:"有多少客户是你打羽毛球认识的?"

"暂时还没有,但我相信早晚会有的。"梁升说着叹了口气,"哎,我去年事业运不行,也赶上我运气不好。老天也不作美。上个月,我一个大客户本来都谈得差不多了,设计方案他们也基本满意了,结果突然这个客户的父亲去世了,这个项目就停掉了。你说我多倒霉,怎么他父亲偏偏在这个节骨眼上去世啊,真是太背了!"梁升抱怨道。

"这个项目停不停跟他父亲去世没有关系啊,我觉得他父亲去世只是一个拒绝你的借口吧。"陈贝儿倒是另一种观点。

"我觉得不是借口,我的设计那么好,他没有理由不接受。就是他父亲去世了,他没心思做这个项目了。"梁升仍是在为自己辩护。

"好吧,你要是非这么认为我也没办法。"陈贝儿觉得眼前这个人好犟啊。

"现在整个市场就不好，我设计做得再好也没有用啊。今年我得想办法破破运势。你有什么建议吗？"梁升边吃边问。

"我觉得你不妨换个角度看问题。如果我是你，我肯定不会给别人免费做东西，设计是要讲身价的；第二我肯定不会把客户的父亲去世当作是自己运气不好，我肯定还会觉得是我设计的东西不行，不然他们一定会用，这和他父亲去世没有多大关系；第三，我肯定不会通过打羽毛球找客户，你目的性太强了，反而会招人反感。"陈贝儿直言道。

"你的意思你是反感我了吗？"梁升有点不快地问。

"你不是让我提建议吗？我只是建议，你也可以不听。"陈贝儿已经全无吃饭的胃口了。

梁升见气氛有点僵，便口气一转道："你再去拿点菜，这边的菜是自取的，我帮你拿吧。"

"不用了，我吃得差不多了。"陈贝儿客气道。

"你怎么还带把伞啊，今天会下雨吗？"梁升看到她包里的伞突然问。

"天气预报说会下雨，谁知道呢，带着以防万一吧。"陈贝儿淡淡回道。她想的是如何尽快结束饭局。

"我觉得今天不可能下雨，天气预报从来不准，你还真信，带把伞多费事啊。"梁升又开始辩起来。

"我觉得不费事啊，万一下雨被淋感冒了才得不偿失呢。"陈贝儿觉得有些好笑，这个话题也够无聊。

"我是觉得没必要带，也没必要信天气预报。我从来不带伞，淋就淋吧，也没什么大不了。"梁升没完没了了。

陈贝儿实在不想跟他浪费口舌，便说："我带我愿意啊，你可以不带，这没什么可讨论的吧。我吃得差不多了，要不就到这儿吧。"

梁升便结了账。两人一出门，果然下雨了。陈贝儿好笑地摇摇头。

梁升有些尴尬地说："没想到天气预报还真准了一回。没事，我不怕淋雨。"

"我开车走了，你怎么走？"陈贝儿客气地问了一句。

"我也有车。"说着一指路边上的一辆超大的摩托车。

陈贝儿忍住笑，跟他招了招手："好，再见！"

梁升却没有想分开的意思："要不然咱们在雨中散散步？咱们再走一会儿吧，反正现在时间还早，雨中散步也挺浪漫的。"

陈贝儿强忍着说："我怕感冒，我还是先走了，不好意思。"

看着陈贝儿的背影，梁升又补了一句："回头再约啊，下周记得来打球！"

陈贝儿再没回头，现在的男人真的够叫人着急的。

刚回到家，顾曼的微信就来了。

陈贝儿没好气地把今晚的经历讲了一遍，笑得顾曼前仰后合的。

"哎呀，看着挺机灵一个小伙子，怎么在你面前成了一个傻瓜了。"

"还不是你干的好事！自己倒先跑了。"陈贝儿把怨气都撒到了顾曼头上。

"多接触男人，才会让你飞速成长。"顾曼也没想到，现在的男人怎么都不禁接触啊。这么一比较下来，魏然还算好一些，至少没那么傻吧。

想到这儿，她或许还真该认真考虑一下魏然让她辞职去美国的建议了。如果她认定了魏然，老公在哪儿，她应该义无反顾地跟过去。可是想想要牺牲掉自己的事业，还是得需要下一番狠心。

陈贝儿当然不希望闺蜜走,但夫妻俩长期分居也不是个事。一方总要为另一方牺牲的。而通常都是女人为男人牺牲,这个好像历来都毋庸置疑。

"你何时去美国?定了吗?"

"我想年中过去吧,再干半年,还挺舍不得现在这份工作。"顾曼正经道。

"也该过去团聚了。"陈贝儿不舍地劝道。

"上个月从美国回来那次,他非不让我回来了,小孩一样。走的时候我没让他送,诊所也需要他盯班。后来我登机后他给我打电话,我不知道。他又气坏了,说我不爱他……有时候觉得他就是不成熟,我都关机了,当然接不着他的电话了,这和爱不爱他有什么关系。男人在婚姻里永远不成熟,永远长不大。"顾曼回忆分别的那个场景竟还是满满的气。

"你应该让他送,虽说老夫老妻了,但婚姻需要仪式感,你应该让他送,让他体会分别的情感,这也是一种表达。你是为了他的工作,体谅他,不让他送,但他又不领情,最后反而误会一场,何苦呢。以后你想着,别替男人着想,要让他参与你们之间所有的过程。"陈贝儿又操起了老本行。

"好吧,你是心理咨询师,你说的应该是对的。我也奇怪,我是太坚强了还是怎么的,我竟然都没觉得需要他送,我觉得一个人能走,省得他来还弄得难舍难分的,还麻烦。"顾曼直白道。

"你这是有多强大啊,你就不能软弱些吗?"陈贝儿哭笑不得。

"你还说我,你就不能在男人面前软一些吗,你看你今天估计把这个梁升都吓傻了……"

"物以类聚,咱俩别五十步笑百步了。"

两人都笑了起来,这笑里却多了一份酸涩。

眼看顾曼就要去美国了,这样没心没肺的聊天还会有几次?

[76] 还是有好消息

霏微腊雪不沾尘，收拾阳和作早春。

立春后，天气明显暖了几分。

周末，高翔约了宇涛来工作室喝下午茶。

宇涛之前来过几次，每次都是人声鼎沸。没想到今天周末，工作室却变得安静。他还是忍不住问了："人都去哪儿了？"

"教素描的老师干不了了，教水彩的老师今天跟我提出辞职，都说太忙了，顾不过来。我本来也是找他们帮忙，但人家都有事，能理解。"高翔说得淡淡的。

宇涛却坐不住了："那怎么办，得赶紧找老师啊。"

"今年生源不太好，招不上来学生。人少也好，我自己教就行。"高翔仍是面无表情的样子，"我在想要不要转型。"

"你想转到哪方面？"宇涛问。

"动漫或者动画制作。我一个朋友搞这个，说这个很赚钱，我在想要不要转型。"高翔犹豫道。

"可以试试啊。"宇涛倒觉得不是坏事。

"如果转动漫,我现在这个漫画班就得关门,我肯定顾不过来。但我朋友那边说希望合作,意思也让我投一部分钱。"高翔默默地喝着茶。

"投钱你要慎重,你还有闲钱投吗?阎珍会同意吗?"宇涛想到了这层。

"是啊,我现在没钱了,确实也拿不出钱投资。"

"那就等等,不行找别人投,看看有没有人愿意合作。"

高翔叹气道:"谈了几家,不太好谈。我这次去日本看了看人家的动漫,做得真的好,真是学不来。"

"你去日本了?一个人去的?"宇涛忙问。

高翔点点头。

"收获很大吧?"宇涛没想到他真一个人去了。

"我就是想去那儿散散心。我挺喜欢那儿的,挺安静,挺适合我的。"高翔陷入一种回忆中,又说不出这种回忆是苦还是甜。

"你最近忙什么呢?"高翔从回忆中抽离出来。

"忙着加班,也忙着相亲。"宇涛如实说。

"相亲成功了吗?"

"刚见了一个,准备谈谈,还行吧,想交往试试。"

高翔故意道:"陈贝儿不打算考虑了?"

宇涛失落地一笑,摇摇头。

"你俩一直没联系?"

宇涛又点点头。

"感情的事确实不能勉强,但我总觉得那个傻丫头最后还得选你。"高翔宽慰道。

宇涛无措地笑笑,他知道高翔了解他,可他也了解陈贝儿。他觉得这个傻丫头其实一点儿也不傻,真正傻的只有他自己。

"咳,结什么婚啊,我都劝你们也别结了,一个人多自在,结了婚有啥好啊。你看看我,结了也等于没结,连孩子的面都见不上……"高翔欲言又止。他郁闷得想倾吐出来,可又不想在宇涛面前说太多。他不是那种外向的性格,总觉得有些事烂在肚子里最好,说出去也是丢自己的脸。

宇涛见他又老生常谈了,也没在意:"你和阎珍都老夫老妻了,有什么事聊开了就没事了。吵架了找她道个歉就完了,别计较了。"

高翔见宇涛这么说,自己也懒得再继续这个话题。内心的结始终解不开,他感觉自己已经走入了一个死胡同,没有人能拉他走出来。他觉得四周一片黑暗,没有人会举着灯给他哪怕一点点的微光。

昨天父亲找他谈话,又提了离婚的事。现在这个半死不活的样子,还不如离了。母亲仍不同意,嫌离婚丢人。一家人吵了个天翻地覆。他自己倒也无所谓了,离不离主要看阎珍的。可阎珍始终不提离婚的事,就是不让他见孩子。她这是要折磨死他吗?整宿整宿地睡不着觉,他知道自己快要耗尽了。他多希望这个时候,女儿能跑过来叫声爸爸,依偎在他怀里,哪怕只叫一声,他也心满意足了……

王一铭郁闷地坐在办公室里,已经戒了三个月的烟又重新拾起来。

这段时间他太郁闷了,郁闷到什么也不想做,就想发呆抽烟。

年底时,集团领导找他谈话,他把香茶积压的库存情况全赖到袁刚头上,最后以开除袁刚来应付。这是他早就安排好的一步棋。之前那个赵恒是资深员工,不可能把这祸算到他头上,所以必须让赵恒走人他才好安插袁刚。这个袁刚有野心,又不是正式工,太适合这个位置,随时可以当替罪羊。总算是在关键时候救了自己一命。但这事罪魁祸首就是那个沈连，要不是被他忽悠上他的当，他不可能接这个香茶项目，他发誓此人从此上了黑名单，再不与他合作。

最头疼的事还要数有人把他和黎玉的事举报了，说他们乱搞男女关系。他跟集团领导解释，黎玉本身已离婚了，他们在不在一起属于私人问题，即使他们交往也是合理合法。但领导说了这事影响非常不好。

当时王一铭就没敢再辩解，只说黎玉早就打算辞职了，所以这事往后也不会再有人提起了。这才算息事宁人。

结果黎玉气疯了，自己干得好好的，居然被辞职了，她能不气愤嘛。但王一铭求她，只有她辞职才能平息这场风波，不然他也会受到牵连，他俩总得保全一个啊，黎玉也只好认了。但她没有别的要求，只让王一铭承诺必须马上跟她结婚。这又是一个让人骑虎难下的要求。王一铭心里明白，他压根也没想过娶她。他钻石王老五，又从没结过婚，干吗要找一个二婚带孩子的？真要娶了他，同行都得笑话，这是找不着了拿个老女人垫底。但在这非常时刻，他也只有甜言蜜语应付。这个黎玉他最了解，只要哄好了也能耗一段时间，先应付过去再说。

他什么也不承诺，只拿出了一个戒指当礼物送了她。

"消消气，这个钻戒你肯定会喜欢，早给你买好了。"

接过戒指，黎玉什么话也说不出来了。王一铭趁势再吻过去，一切危机就解决了。

但最要命的事是集团给他提了醒，公司内部的任何职位任命，以后都要经由集团决定。这下等于把他的用人权给没收了。作为公司的一把手，如果连个用人权都没有，许多事就没法干了。现在销售总监这个位置还空缺，本来他想物色一个自己的人，这下他只能干瞪眼了。黎玉走后，秘书这个位置也空着，这个人选必须得他满意才行，现在倒好，连用个秘书都不能他亲自定了，这就等于捆住他的手和脚，还让人怎么活啊。

他疯狂地吐着烟圈，看看表已经七点了。这时打扫卫生的阿姨敲门走了进来，示意王总把烟掐了，办公室内现在不让抽烟，她要打扫卫生了。

王一铭烦躁地把她轰了出去。这是什么世道，连个保洁阿姨都能骑在他头上。他气愤地又点了一支烟，更肆无忌惮地抽起来。

最近这段时间苏苏一直在休假，当她和陈贝儿在公司碰面后，都感觉分开好久似的。

中午聚餐时，苏苏赶紧透露近况："虽说我在休假，但是我身在曹营心在汉，公司的事我一点没耽误。最近的大事你听说了吗？"

见苏苏又爆料，陈贝儿先笑了："赶紧说吧！"

"又有一个人辞职了！你猜是谁？"苏苏卖官子。

"我才懒得猜，肯定是王一铭。"陈贝儿坏笑。

"那怎么可能。是杨莉，你不喜欢的人又走了一位。"苏苏也坏笑道。

"她不是马上要生二胎了吗？应该是休产假了吧。"

"我也以为，后来领导让我给她办离职手续我才知道。至于她为什么辞职我还真没弄清楚。"苏苏一停顿，"你不觉得最近讨厌的人都相继离职了吗？先是袁刚，再是黎玉，再是杨莉，下一个会是谁？"

"应该是王一铭吧，我怎么感觉快轮到他了。"陈贝儿憧憬起来。

"没那么容易吧。这个杨莉有点奇怪，难道她也有什么不可告人的事？"苏苏好奇道。

"上次罚款那事，就是她害咱们的，故意把那个错页替换掉，她这种人我觉得会遭报应的。"陈贝儿想起这事就来气。

"我听说她二胎不稳定，回家保胎去了。"苏苏眉头紧锁道，"但保胎也不用辞职啊。"

"肯定他们之间有问题，什么问题他们自己心里清楚。"

杨莉前脚刚走，今天公司又迎来了新人。

听说黎玉的总经理秘书职位来了新人，还是集团派过来的。大家都好奇会是什么三头六臂的人能从集团空降过来。结果等大家见了真人都不可置信，此人正是崔晶！之前她就是总经理秘书，只是生孩子后辞职了。没想到今天居然又重新回来了。

崔晶和陈贝儿、苏苏的关系都不错。当时也是因为崔晶的推荐，陈贝儿才当上了郑总的秘书，只不过被王一铭撤了下来。现在崔晶来了，那么意味着她们的战友又多了一个。

三人赶紧下班后悄悄聚餐。

陈贝儿怪她为什么来公司都不透露一点儿风声。

崔晶解释，她本来不太想工作，是有一次去深圳跟郑总吃了个饭，郑总让她回来。想想这么长时间不上班，在家也确实有些无聊，孩子现在有保姆带，她倒是可以腾出手来上班了。

苏苏赶紧跟她把公司这一年发生的乱七八糟的八卦事全说了一遍。

崔晶也没想到，她走后这一年竟然发生这么多不可思议的故事。看来这个王一铭不是个省油的灯。一个单位乱，大体是因为一把手不行，擒贼先擒王也正是这个道理。

"公司发生了这么多事，王一铭能没事吗？"陈贝儿问。

"一把手下来比较难，除非是犯了重大错误，或者集团命令，不然他很难动。"崔晶说道。

"现在公司业务一团乱，人员走的走，撤的撤，没几个正经干事的。销售总监这个职位到现在还空缺，谁管事啊。"陈贝儿发牢骚。

"我觉得集团肯定不会不管的,没准很快就会有消息。"崔晶安慰道。

苏苏说:"郑总能让你回来,说明郑总还是很关心咱们公司的,知道咱们公司现在乱得很。"

崔晶笑笑说:"郑总当然关心咱们公司啊,这是他一手创建的啊。"

"现在公司领导除了王一铭就是李辛,这两人都不是干正事的人。如果还让他俩这么混下去,公司早晚要倒闭。之前赵恒干得好好的,也把人给逼走了。"陈贝儿气愤道。

崔晶点点头:"我也听说了。赵恒走挺可惜的,他其实挺有能力的。"

"但愿集团能再给咱们配一个能干的销售总监,不然真的要完蛋。"苏苏叹道。

那天,三人忧国忧民地聊了许久,气氛却很愉快。

陈贝儿和苏苏这两个孤军奋战的人终于有了同道加入,不觉心里踏实了许多。有崔晶在,她们不再像热锅上的蚂蚁,一下子安定了。

从餐厅走出来已是九点多了,陈贝儿和她俩告别后,正准备坐地铁回家,却赫然看到马路对面写着"北京城西中医院"几个大字。这不正是梅若琳所在的医院吗,没想到离她们吃饭的餐厅这么近。想也没想,陈贝儿拿出手机打给了她。果然梅若琳还在加班中。陈贝儿嘴上说没事,自己悄悄地进了医院,想给她一个惊吓。

梅若琳正整理病人的资料,突然听到门外敲门,打开一看竟是陈贝儿。

"你这家伙怎么说来就来啊!"

陈贝儿笑道:"看你这个劳模还在加班,就来看看你啊。有什么需要我帮忙的?"

梅若琳指着桌上的资料说:"你也帮不上,最近来看病的人较多,我想给他们分个类,也好管理。你看看,还有一些挂了号的并没有来的,不知道是什么情况,也可能是碍于面子又不来了。现在好多人对抑郁症有误解,觉得得了这个病好像很丢脸。这种病人往往很危险……"她边说边摇头。

陈贝儿看着桌上的挂号单,果然有不少人都没有来。

突然,她瞳孔一放大,竟看到了高翔的名字。她赶紧拿起那张挂号单,名字、年龄都没有错,应该就是他,难道他也来看病?

她赶紧问道:"这个人也是挂了你的号没有来?"

梅若琳点点头:"应该是吧。"

陈贝儿看了看挂号的时间,又看了看日历,果然和她上次来医院是同一天。她回忆那天的高翔怪怪的,当时她就奇怪为什么会在医院碰到他,果然不是什么偶遇,他真的是来看病!他怎么了?难道他……

陈贝儿想想又觉得不太可能,疑惑道:"这个高翔是我的男闺蜜。"

梅若琳道:"不会这么巧吧?肯定是同一个人吗?"

陈贝儿越想越不安,还是觉得不对,她干脆给高翔打了电话,直接问道:"前一段你是不是挂了梅若琳的号?"

高翔一愣,旋即道:"噢,我挂错号了,怎么了?"

"你这么大人怎么会挂错号呢?"陈贝儿不解。

"那天有些感冒,脑袋是晕的,想挂个专家号挂错了。"

高翔这样解释,陈贝儿也就信了。

[77] 这一笑竟然是诀别

　　三月的北京乍暖还寒。天没那么蓝，还蒙着一层淡淡的灰。
　　宇涛刚相完亲，便接到了高翔的电话。一听是"吃货三人组"约饭，宇涛不置可否。
　　高翔听他支支吾吾的，便说："你跟贝儿真不联系了？没必要吧，再说你的心思我还不知道吗，做不成情人做朋友吧，何必闹僵呢。大家关系一直不错，你俩不能一直这么僵着。今天我做东，你说什么也得来。"
　　宇涛对今天的相亲对象印象还行。最近他一口气见了三个，都是之前他拒绝见面的，现在一口气全见了，他是狠下心来忘记陈贝儿。可偏偏他这个决心刚下，高翔又来劝了。
　　"你就大度点儿，吃个饭没什么大不了吧。你俩和解一下，你别那么小心眼。听我的，今晚一定来，不然我真生气了。我现在过去接你！"
　　见高翔这么苦口婆心地劝，宇涛也只好硬着头皮答应了。

两人在车里有一搭没一搭地说话。

高翔全程面无表情。宇涛觉得他今天怪怪的，看上去整个人没有一点儿气色。

他随口说："你昨天没睡好吧？"

高翔只顾开车，竟然没听到："你说什么？"

"我说你昨晚没睡好吧，看你两眼都发青。怎么最近瘦得那么厉害？"宇涛细看他，觉得他好像瘦了一圈，人也仿佛老了好几岁。

"睡眠不好，岁数大了吧。"高翔像是自言自语一样。

无意中，宇涛一低头发现脚底下滚落着一瓶药，他捡起来一看是一串奇怪的名字，什么氟西汀，完全看不懂的名字。他便问："这谁的药啊，怎么落车上了？"

高翔一见便一把夺过来塞兜里，胡乱说："噢，我爸的，那天落车上了，我回头给他带过去。"

宇涛也没在意。此后高翔只默默地开车，再无话。

陈贝儿第一个到饭店，等了好一会儿才见高翔拉着宇涛进来，也明白了个大概。肯定是宇涛不肯来，高翔去接他硬拉过来的。

她本来是想好好气气宇涛，可不知为什么，几个月不见面，再见他竟然有些不好意思起来，竟也没有发作。

宇涛见陈贝儿没吭气，也没敢多话，空气中突然多了一丝拘谨感。三人头一次这么客气地坐在了一起。高翔也没注意两人的表情，只顾点菜。

他点了一桌子的菜，嘴上还说着："这是你俩都爱吃的广东菜，想吃什么再点。"

一种生疏感不停地在两人身边穿梭。陈贝儿看看宇涛，他整个人瘦了一圈，便打趣道："宇涛，你可瘦多了，减肥成功了？"

宇涛不自然道："还行吧，一直坚持跑步。"

两人突然这么相敬如宾，弄得高翔很不适应："你俩头一次这么和平共处啊，我都不适应了。"

陈贝儿笑笑，宇涛也笑笑。虽说只是几个月不联系，但两人好像分开了数年，谁都不能放松下来。

高翔见气氛不对，努力打圆场。宇涛也很拘谨，完全不似以前那样油嘴滑舌。他在努力克制，甚至他都不怎么看陈贝儿。这数月他好不容易积累下来的决心，他不想轻易就这么放弃。

"你俩以后别闹了，跟俩小孩似的，都这么大人了，别老让我操心。"高翔用了老师训学生的口气。

陈贝儿想笑，可看看宇涛一脸严肃的样子，又觉得笑不出来。

高翔一下拉住宇涛的手，又拉住陈贝儿的手，把他俩的手拉在一起，劝道："你俩就算是握手言和了。"

陈贝儿辩解道："我俩也没吵架吧，宇涛？"

就在握住手的一瞬间，宇涛还是觉得会心动，他忙缩回手，故作平静地点点头："没吵啊。"

"就是，我俩没什么事。"陈贝儿也装作若无其事。

"那就好，赶紧吃吧，平时吃那么欢，今天都不动筷子了？"高翔当和事佬，自己却没有半点胃口。

"吃啊，我一直在吃。"陈贝儿又夹了一口鱼往嘴里塞。今天也不知怎么了，所有的菜竟然都吃不出味道。自己的味觉怎么就失踪了？

宇涛也夹了一块鱼，强颜道："这鱼做得真地道。"

高翔看他俩吃得津津有味，这才露出微笑。

吃了一会儿，他说："吃完咱们去唱歌吧，好久没听贝儿唱歌了。"

"会不会太晚了？"陈贝儿有些犹豫。这个时候去唱歌，肯定超尴尬。

"是啊，我明天还得早起，现在天天加班，不能太晚。"宇涛也找借口。他最受不了陈贝儿唱歌,只要她唱,他好不容易硬起来的心一定会融化。

"要不就唱一个小时,咱们现在就去。"高翔还是不想放弃。

陈贝儿不说话,她等宇涛的反应。

果然宇涛说:"还是不去了,咱们改天约吧,今天特别累。"

高翔只好说:"那……好吧。"

那天的和解饭吃得无比艰难,也就是这顿饭让陈贝儿和宇涛终生后悔。当时的他俩又怎么会知道这竟然是"吃货三人组"的最后一次聚餐。

那天的高翔安静地看着他俩吃饭,露出的那个略带满足的微笑,何时想起来都让人无比心痛。

那天饭后,等宇涛冲到收银台时,才知道高翔早把账偷偷结了。

临出门,高翔又叮嘱道:"你俩以后可别再闹了啊。"

"我俩真没闹,是吧宇涛?"陈贝儿又重复了一句。

宇涛配合地说:"是啊,我俩一直挺好。"

"那就好。"高翔又露出那个久违的微笑,"今天就是遗憾没能去唱歌……"

"有的是机会啊,等周末咱们去唱,我正好今天嗓子也不行。对了,下周10号不是你的生日吗,等你生日那天咱们去唱。"陈贝儿安慰道。一向聪明的她都没发觉高翔眼中深深的郁悒。

多年后陈贝儿都会后悔,如果那天去唱了歌,结局是否就会不一样了?可是那天她只觉得高翔表情淡淡的,淡到不表现出任何喜怒。她只顾埋在和宇涛的尴尬氛围中,完全忽略了高翔的感受。这是她一辈子都不能原谅自己的地方。

"对,等你过生日吧,也有个由头。"宇涛也加了一句。

当时的宇涛也只顾躲开和陈贝儿之间的尴尬,甚至分别时他都没看一下高翔面如死灰的脸。

　　看两人都纷纷拒绝，高翔什么也没说。提到生日，他更是淡淡地一笑，又转瞬即逝。

　　谁能想到那个意味深长的笑竟然是诀别！

[78] 艰难的寻人之旅

就在愚人节那天,陈贝儿接到了梅若琳的电话。梅医生通知她下周末可以去兼职了。

陈贝儿知道她是故意捉弄她,便开玩笑地反唇相讥:"不行,最近忙着结婚,没时间兼职了。"

梅若琳没好气道:"今天是愚人节,你还想骗我!"

"那你说的是真的?"陈贝儿窃喜。

"当然,这种事我怎么会开你的玩笑。"梅若琳好笑地摇摇头。

"太好了!我先不结婚了,先请你吃饭!"

"讨厌!没个正经。"

这是愚人节陈贝儿收到的最好的消息。

也就是在这天,陈贝儿接到了一个令她片刻都不能呼吸的电话。

电话是方溪打来的。她一开口就问:"高翔是怎么失踪的?"

陈贝儿脑袋一蒙,反问道:"谁说高翔失踪了?我上周还跟他一起吃饭呢。"

方溪也一愣:"那就奇怪了,昨天,咱们班的班长还在微信上说高翔好像失踪了。最近,咱班不是想搞毕业十周年聚会嘛,他一直忙着这事,结果高翔死活联系不上。问了好几个人,都说他电话关机打不通。那你赶紧跟高翔联系一下,是不是换手机号了?"

陈贝儿挂了电话马上给高翔打了过去,他的电话果然关机。她又马上给高翔在微信上留了言,等了一会儿没有任何回复。紧接着,她就打给宇涛:"什么情况,高翔换手机号了?"

宇涛吞吞吐吐的,半天说不出一句完整的话。

"邢宇涛,我问你高翔是不是换手机号了?你说呀!"陈贝儿火了。

宇涛一阵沉默。

"什么意思?有人说他失踪了,他是失踪了吗?"陈贝儿慌了。

"是,我也没联系上他……"宇涛不知道怎么往下说。

"那你还等什么?你是哪天联系不上他的?你俩是发小,是好兄弟,你联系不上他怎么不告诉我,怎么不去找他呀?!"陈贝儿吼叫起来,一种不好的预感悄然来袭。她突然想到了在梅若琳那儿看到的挂号单,还有她第一次出诊时高翔的来访,怎么可能有那么巧的事?

宇涛沉默着,什么话也不敢说。

"你去他家了吗?你去工作室了吗?你去找了吗?!"陈贝儿续大叫。

"去了,都没找到他……"宇涛声音弱弱的。

"那报警啊,还等什么!"陈贝儿说着眼泪就下来了。她是不是真的大意了,如果高翔真的得了那个病,后果不堪设想。

"我去他爸妈家了,说报了……"

"那怎么还没消息,哪天报的警?"陈贝儿害怕极了,她怕高翔真出了什么意外,而不好的预感扑面而来。

"前两天报的,可能没那么快……"宇涛一直在组织语言。

"那你在哪儿?你怎么还能坐得住,赶紧出来找啊!"陈贝儿觉得宇涛太不够意思了。

"贝儿,你先别急……"

"什么别急,人都失踪了!你把他爸妈家地址发我,我现在就过去。"陈贝儿果断道。不管怎么样,她都要弄清事实真相。

"你去他爸妈家也没用,他们也着急。我昨天拉他们去了高翔有可能去的地方,都找了,没有找到人……"宇涛痛苦道。

突然,陈贝儿一激灵:"我想起来了,他肯定在日本。他说过他想去日本,我当时没陪他去……对,他一定在日本。"

"日本他去过了,他一个人去的。"宇涛打断道。

"他也可能再去啊,他当时是怎么说的?"陈贝儿追问。

"他说他挺喜欢那个地方,挺喜欢富士山的……"宇涛回忆道。

"那他肯定有可能再去啊,他不可能关机的,肯定是在国外。"陈贝儿分析道。

"那你想怎么做?"宇涛赶紧问。

"去日本,马上去,一定能找到他!"陈贝儿挂了电话,马上在网上订机票。

宇涛紧接着又把电话打过来:"我来订,你别管了,我收拾一下就过来接你。"

陈贝儿这才松了一口气。她赶紧跟公司请了假,简单收拾了一下就出门了。

半小时后宇涛赶来了,两人一路往飞机场赶。

"一定在日本,我有这个预感。"路上,陈贝儿仍在碎碎念。她不相信那么一个阳光大男孩会生病。

宇涛回想两人最近这几次见面,他确实说过日本很安静,很适合他,也许还真有这个可能。

两人赶到日本后,马上去了富士山。

在山顶有一家小邮局,陈贝儿慌乱地走了进去。她四处寻人,不放过每一个角落。就在靠墙的一个角落,她看到有一小块许愿墙,赶紧一张一张翻起来。

果然她看到了高翔的名字,他写了一段话:"别人之所以放弃你,是因为你先放弃了自己。只要你不放弃自己,就没有人会放弃你。相信自己才是力量之源,不相信自己就不可能成功,因为一脚已经踏入失败的坟墓中。"

陈贝儿激动得眼泪都流了出来:"找到了,宇涛,他真的来了,他在啊!"

宇涛赶紧仔细看了一遍,沮丧地说:"你看看日期,不是现在,是上一次他来写的。"

陈贝儿不死心地又看了一眼,果然是之前的日期。

"那也不一定,这也不能说明他这次没来。"陈贝儿仍然坚定地抱着这个念头。

富士山转了快一天,仍没有见到高翔的影子。

"明天去哪儿?你再想想,他还说过日本哪儿好?"两人回到酒店,陈贝儿仍不觉得疲惫。

"我感觉他好像不在这里。"宇涛可怜地说。

"我怎么感觉在,我有第六感,这东西女人才有,你们男人不明白的。"陈贝儿为自己打气。

突然,宇涛想到一点:"对了,他上次说参观了日本的动漫制作,觉得非常好。"

"那他可能这次还是来参观动漫了,肯定啊!那个地方在哪儿?"陈贝儿兴奋道。

"不知道啊,他没说那么具体。"宇涛皱眉道。

"都怪你,干吗不跟他一起来啊。也怪我,他让我陪他去的,可我也给拒绝了。我是女的啊,怎么能跟他单独旅行呢,他们家阎珍还不掐死我。但你不一样,你们是哥们儿,你怎么就不能陪他一起来一趟。"陈贝儿把气都撒到宇涛身上。

"我哪知道他会失踪啊,他那么大一个人,怎么能说失踪就失踪了啊!"宇涛也气不打一处来。

"这死家伙,我要是找到他非痛打他一顿,怎么说走就走,一个招呼也不打啊!"陈贝儿气得胸口疼,"先网上查一下日本的动漫公司,从最大的开始找,一定能找到他!"

"但愿能碰到,这家伙是有点可恨。"两人一边抱怨,一边又互相打气。

隔天一早,两人打听了一圈,最后去了一家日本动漫杂志,去那里或许也能打听出来。到了那儿,杂志社的工作人员很客气,说并没有见到高翔这么个人来访。还说日本的动漫公司太多了,如同大海捞针,实在给不出更好的建议。

两人灰头土脸地坐在大街上,一片迷茫。这茫茫人海究竟去哪里找啊?

就在此时,宇涛收到了高翔父亲的微信,说人找到了,让他们回来吧。

宇涛正要欢呼,高翔的父亲又发了一句:"回来后请直接来我家,不要带其他人,见面细说吧。"

情况似乎不妙。宇涛赶紧补了一句:"人没事吧?人没事就好。"

没有再收到回复,宇涛心里咯噔了一下。

他想了想,没敢跟陈贝儿照实说,只是说有人发微信告诉他看到高翔了,让他赶紧回北京。

陈贝儿立刻欢呼起来:"这家伙还终于被人找到了,你说他多缺德啊,害得那么多人为他担心。"

宇涛强忍着没有说话，但他心里已经预感凶多吉少了。

回到北京后，他先送陈贝儿回了家，自己则马不停蹄地去了高翔父母家。

一进门，他一眼看到了高翔的遗照……

[79] 他真的走了

高母一见宇涛，泪就下来了，泣不成声。

宇涛看着黑白照片中的高翔，一下子跪到了地上。

高父失声痛哭道："宇涛，你可来了，高翔走了！没有天理啊，白发人送黑发人啊！"

尽管在路上宇涛已做了最坏的打算，可是他还是崩溃了。眼泪鼻涕流得稀里哗啦。

"这是为什么呀？为什么呀！"他一声声问着，失声痛哭……

等知道了所有的前因后果，接下来宇涛最难的就是不知道如何跟陈贝儿说。他说不出口，他也不忍说。紧接着陈贝儿的电话就追来了，她要和高翔见面，问他们在哪里。

宇涛控制着眼泪，一时不知道怎么说下去，只好说手头有点事，晚上给她打过去。

"高翔在你旁边吗？我跟他说话。"陈贝儿不管不顾道。

"他病了，送医院了，心脏要动个小手术，咱们先别打扰他，等明天咱们一块儿去看他。"宇涛极力用了平常的语气,这才把陈贝儿劝住。

从高翔父母家走出来,他知道这事瞒不了太久。而且他要忙的事太多,追悼会要开,他还要组织起来;花圈要订、八宝山要订;派出所也要他联系……高翔啊,你这是为什么呀……眼泪再次控制不住地掉下来,长这么大他从没如此伤心过。他从没想过高翔会以这种方式离开他,离开这个世界。

第二天,陈贝儿早坐不住了,电话已打来了三个,宇涛都没接,他实在没想好怎么开口。

"你再不接电话,我报警!"陈贝儿发来了微信。

没办法,宇涛只好接了电话。

"高翔怎么样了?在哪个医院,咱们赶紧去一趟!"陈贝儿急急地问。

宇涛只想再拖一天,太多事他要去安排,他不想陈贝儿添乱。他太了解那丫头的性格,她一定会疯掉。

"手术刚做完,医生说还不让探视,得明天了。明天我找你一块儿去。"

陈贝儿也只得听命。

第三天一早,她又把电话打给了宇涛:"今天赶紧去看一下吧,不然他也会怪咱们不去看他。你在哪儿,我今天请了假,咱们赶紧上医院!"

"贝儿,你听我说,你在哪儿?"宇涛还在组织语言。

"我在家。"陈贝儿听宇涛的口气觉得有点儿不对。

"我现在过去找你吧。"

宇涛想了想这事只能当面说,他也怕陈贝儿干出什么极端的事来。

放下电话陈贝儿越想越觉得不对劲。宇涛的口气吞吞吐吐,好像有事瞒着她。她感觉好像浑身不对劲。她突然想到了跟高翔的最后一面，那张藏匿在夜色中苍白的脸，脸上发出的那一抹淡淡的忧伤的笑——那笑为何如此怪异，那又怎么是笑，分明是哭，只是没有眼泪！

那严肃的眼神、那痛苦的笑容、没能唱歌的遗憾，还有那张写着他名字的挂号单……陈贝儿一下子慌了，高翔要出事！

突然，门铃就响了，她吓了一跳。战战兢兢地打开房门，看到宇涛那张泪流满面的脸。陈贝儿崩溃道："高翔怎么了？"

宇涛愣愣地坐到椅子上，他怕自己会站不稳。

"贝儿，你听我说，高翔他……"努力了半天仍说不出来。

"高翔怎么了？"陈贝儿机械地重复。

"……他走了……"泪一滴滴落下，控制不住。

"走哪儿了？"陈贝儿认真地问。她都没发觉居然眼角也湿润了。

"他死了……"宇涛高声一叫，呜呜地哭出声来。

陈贝儿的眼泪已成片流下，可她没有喊，只是平静地问："什么病？"

"……心脏病突发，手术没成功。"宇涛纠结了一会儿，吐出这一句。高翔的父母反复叮嘱他，跟谁都说是心脏病，其他什么都不要说。

"心脏病？"陈贝儿重复了一句，"不可能，高翔没有心脏病，你也知道他没有！"

"他自己也不知道，突发的心梗，谁也没想到。"宇涛试着编下去。

"我觉得不是，他身体很好，心脏不可能好好地会突发心梗。"陈贝儿觉得这里面有问题，她再次想到了那张挂号单。

"明天追悼会，八宝山我订好了，我请他另一个哥们儿虎子主持。虎子也是他的发小。晚上我再找人去做个幻灯,到时候现场放一下……"宇涛有气无力地说。

"他人在哪儿?"陈贝儿面无表情地打断他。

"他死了,高翔死了——"宇涛悲痛地号叫。

"我问他尸体在哪儿——"陈贝儿终于爆发地叫了一句。

"在冷冻室。"宇涛话落,陈贝儿就要冲出门去。

宇涛死死拉住她:"这么晚了,医院不让进,该办的手续都办完了,明天追悼会你就会见到……"

陈贝儿挣扎着大喊:"我要去见他——"

"你不能去!"宇涛死死抱住她,"人都走了,明天早上请了化妆师,化好了,你体面地见他最后一面……"

陈贝儿停止了挣扎,气若游丝道:"他到底怎么死的?"

宇涛把她拉回到椅子上:"你今晚早点休息,明天上午九点八宝山见,你早点儿来,我安排你先去看他……"

陈贝儿失声痛哭:"为什么?他为什么要走?为什么——"

突然她停了下来,失声问:"他哪天走的?"

宇涛愣了一下,说:"前天。"

"前天是4月10号,咱们4月5号见他最后一面,当时还说等他过生日再去唱歌,4月10号就是他生日!你不记得了?"

宇涛没反应过来:"我记得啊。"

"你不觉得有问题吗?怎么那么巧他生日那天去世?"陈贝儿一针见血道。

"赶巧了。"宇涛知道瞒不住了。

"什么赶巧?!邢宇涛,你没跟我说实话!这一切分明是有计划的,高翔是不是自杀?"陈贝儿愤怒道。

"不是,真的是心脏病,他爸妈亲口跟我说的。"宇涛硬撑着。

"那就是他爸妈也撒谎。"

"你别再深究这个了,我先回去了,明天你早点到。"宇涛躲开了陈贝儿的直视,这目光让他刺痛。

陈贝儿没有再说话,也没有再追问,眼睁睁地看着宇涛开了门走出去。她要是还有力气,一定会按住宇涛的肩膀,甚至用刀逼着他说出真相。但此刻她没有一丝力气,她连叫住宇涛的力气都没有了。

屋子里一下子沉默了,时空停滞的一刹,她突然感到了害怕。高翔真的走了吗?

她忙打开他的微信,4月2号他就停止更新了。最后一条微信是他转发了一篇文章《走进日本动漫圈》,之后就再也没有动静。

陈贝儿一条条翻看他的朋友圈,基本上都是美术培训的信息。她看到最后一期美术班招生信息,上面留了联系人的电话。这个联系人叫非非,陈贝儿知道他,是高翔的助手,刚大学毕业。想也没想,陈贝儿马上把电话打了过去。之前有一次他们在工作室打过照面,是个很腼腆的男生。

"你知道高老师是怎么去世的?"陈贝儿开门见山地问。

非非接到陈贝儿的电话也是一愣,一时不知怎么开口:"我听说是心脏病。"

"你最后见到高老师是什么时候?"陈贝儿不知他是否知情,又追问。

"3月底吧,我们在工作室见的面。"非非回忆道。对于高老师突然去世,他也很意外。

"你们都聊什么了?"

"那天聊了一下招生的事,后来来了几个学生咨询,咨询完我们又聊了死亡的话题。没想到一聊完这个话题,高老师就出事了。"

陈贝儿一听神经紧张道:"怎么会突然说起死亡的话题?"

"他说他最近看到了网上发的一个帖子,探讨哪种死亡最没有痛苦，而且能死得最快。"非非如实说。

陈贝儿心跳加速："怎么说的？"

"他说吃安眠药痛苦小，但有可能死不了，剂量不够还会被救活；跳楼会摔得面目全非，比较可怕；割腕也比较残忍，晕血的人不适合……"

陈贝儿实在不忍听下去："那最后的结论呢？"

"上吊。说上吊痛苦小，而且死得快，也不容易救……"非非说到这儿也觉出一丝诡异。

陈贝儿的眼泪哗地流出来："那天高老师还说什么了？"

"当时大家就是开玩笑说的，都没当真。我当时还说安乐死最好，没痛苦，但在中国，安乐死不合法……"

"除了死亡的话题还聊什么了？"

"其他也没说什么，最近招生情况不好，高老师也曾说要不要转型，也问过我的意见。但我刚大学毕业，其实我也不懂……"非非有些难堪。

"今年到四月份还没招到学生？"陈贝儿抹了一把眼泪平静地问。

"是的，一直招不上来，所以工作室也想转型，但往哪个方向转高老师也没想好，让我们出主意。哪想到昨天就接到了高老师的噩耗。高老师人特别好，对我们也特别好，他走得太可惜了……"非非沉痛地说。

陈贝儿不忍再说下去了，说了一句"节哀"便挂了电话，紧接着上吊的场面一幕幕地都来了……

陈贝儿猛地抓起电话又打给了宇涛，对方竟然已关机。陈贝儿知道他是故意的，气急地骂了一句。重新点开高翔的朋友圈，发现他在去年十二月份的时候还发了两个视频。

一个视频题目叫：《寻找幸福》，但他加密了，打不开。另一个视频是《送给女儿的礼物》。陈贝儿打开后，都是高翔为女儿画的漫画，每张都配了一段话：

孩子，对你不好的人请别介意，在你的一生中没有人有义务对你好，除了你的亲人；

那些对你好的人，你要珍惜和感恩；

没有人是不可替代的，没有东西是必须拥有的；

或许失去世间最爱的一切时，也应该明白，这不是什么大不了的事，至少还有我在陪你；

生命是短暂的，今天你还在浪费生命，明天就会发觉生命已经远离你了；

孩子，我不需要你养我，当你长大到可以独立的时候，我的责任已经完结；

人要发达还要靠自己，世上没有免费的午餐……

都是励志的肺腑之言。当看到最后一句："孩子，你能明白爸爸的用意吗？"陈贝儿再次泪崩。

难道那个时候他就已经做了决定？

[80] 追悼会

一出了地铁，就闻到了空气中弥漫的烟火气味。那味道刺鼻难闻，陈贝儿用围巾捂住鼻子，却看到了天空中细小的黑色尘埃。

第一次去八宝山，不用问路，顺着那呛人的味道一路可以找过去。每靠近一步，陈贝儿的心跳就加速一下。高翔的脸离她越来越近，她越走近越害怕。她无法想象再见到他时，她会是什么反应。

宇涛老远就看到了她，直接把她拉进了大厅。大厅里全是花圈，各路高翔的亲友聚在一起，全是悲伤的脸。

陈贝儿一眼看到了摆在正中的黑白遗像，她记得这张照片，这是宇涛拍的，之前他们去郊区玩的那一次拍的。陈贝儿腿软了，一步也不敢往前走，眼泪在眼眶里打转。

宇涛忙扶住她："你要坚强些，我现在带你去见他。"

陈贝儿崩溃地大哭起来："宇涛，我走不动了……"

宇涛用力地拉住她，一步一步往那个门里拖。

陈贝儿一边哭一边抗拒着："高翔，高翔……"

一条窄窄的过道里，一个人安静地躺在那里。陈贝儿远远地看着，一步不敢走近。

"刚化好妆，你过去看他吧。"宇涛轻轻地说。

陈贝儿远远地就看到了那顶帽子，高翔常戴的那一顶。只看到那顶帽子，她已泣不成声，可又不敢大声哭出来。

旁边的工作人员悄声说："这是死者的爱人吧？"

宇涛赶紧解释："是朋友，他爱人还没到，在路上了。九点二十的时候推出去吧，追悼会九点半正式开始。"

工作人员点头走开了。宇涛也走开了，窄窄的楼道里只剩下陈贝儿和高翔。她一步步艰难地走过去。高翔的脸越来越清晰。就是看清他整张脸的时候她不得不停下了。高翔满脸涂了粉，甚至口红也用上了。他是那么安静，安静到像一个假人。

"高翔——"陈贝儿小声叫了一句，没有任何反应。

她又走近了一些，可是看到熟悉的五官，还有那熟悉的帽子，她再次泣不成声。

"为什么？高翔，为什么？！"她在心里一遍遍问着。

她身体靠住墙，生怕自己会站不住。

她用围巾一遍遍抹着自己的眼泪，再捂住嘴，生怕被别人听到哭声。这时她才注意到高翔穿了一件高领毛衣，下身是牛仔裤。她一直记得高翔不喜欢穿高领毛衣，他总说扎脖子。

"这是宇涛给他穿的吗？还是家人胡乱找了件衣服给他套上的？"她猜测着，身体控制不住地往前走去。

她用手抚了抚高翔的脸，感受不到任何温度。她吓得又缩回了手，可是又忍不住扶了扶他的帽子。就在那一瞬，她突然有了一个大胆的举动。她轻轻把高领毛衣往下扯了扯，天哪，脖子上的瘀痕仍清晰可见！

她吓得缩回了手。非非电话中的那番话又一次袭过来。

他真的是自杀！高翔，为什么？这到底是为什么?!

哭声终于把宇涛给引了过来。看她靠在墙边发抖，宇涛赶紧握了握她的手，果然冰凉。

"你怎么不多穿点，把我的大衣披上吧。"宇涛赶紧把外套脱下来给她。

陈贝儿却狠狠地拦住了："高翔为什么自杀？"

宇涛四下看了看没人，只好压低声音说："回去跟你说，今天什么都不要说。追悼会马上开始了，阎珍已经来了。"

"她还有脸来？到底是不是因为她？"陈贝儿强忍着说。

"不知道，你别冲动，这是追悼会。你听我的，你在这儿什么都不要说，一句话也不要说，行吗？我求你。一会儿你见了阎珍什么也不要说！"宇涛哀求道。

陈贝儿沉重地吐出一口气。宇涛把她领了出去。临走的时候，陈贝儿回身看了看高翔，用尽全力地看了一眼。

大厅里已经挤满了几十个人，大家排成队默默站着。主持人虎子开始读高翔的生平事迹，大屏幕上开始放高翔的照片。就在屏幕旁边，陈贝儿一眼看到了阎珍。几年不见，她果然脱胎换骨，衣服时髦，这种场合依然浓妆艳抹，很不合时宜。整个人却比几年前还要年轻，脸也小了一圈，连一丝皱纹也没有看到。

陈贝儿惊叹这个女人的变化。宇涛站在她旁边，默不作声。

"他父母呢？没见到人，他女儿也没来？"陈贝儿现场只看到了阎珍。

"他父母不来了，说白发人送黑发人不好，就没来。他女儿是阎珍不让来，说孩子太小承受不了这种场合。"宇涛解释。

"太过分了吧。儿子死了最后一面都不来送？女儿也不让见爸爸最后一面？"陈贝儿又想起了高翔给女儿做的视频，眼泪又控制不住地掉下来。

"别人家的事没法管,我能说什么?"宇涛悄声说。

现场进入默哀环节,大家都泣不成声。尤其哀乐响起来,再配上高翔生前的一张张阳光帅气的照片,大家都觉得是天妒英才。

人群中唯有阎珍一滴眼泪都没有!

陈贝儿不停地用围巾抹眼泪,一遍遍,抹也抹不尽。可阎珍面无表情地看着这一切,仿佛屏幕上那个人根本不是她老公,她仅仅是个看客。

轮到每个人向遗体告别。

陈贝儿和宇涛走上前,一一向他鞠躬。陈贝儿泪眼婆娑地看着那张惨白的涂了粉的脸,目光却怔怔地定在高领毛衣处,那个触目惊心的伤口没有人会看到。

宇涛见她原地不动,赶紧拉着她围着遗体走了一圈。

"高翔,一路走好!"宇涛嘴里念着,眼泪肆无忌惮地乱流,"一会儿要火化了,再多看他几眼吧。"

陈贝儿仿佛行尸走肉一般,被宇涛生硬地拖着,完全不知道自己在干什么。目光钉在了高翔脸上,就像是拿着刀一下下剜自己。那么痛还要逼自己去看……

下一个环节是向家属告别,陈贝儿直直地走到阎珍面前。宇涛一个箭步追上,死死拉住她。陈贝儿刚想说什么,宇涛抢先一步道:"节哀顺变。"

阎珍面无表情地点点头,仍是一滴眼泪也没有。

陈贝儿看看花丛中的高翔,只几步之隔,再看看这面无表情的阎珍,真的是替他不值!

宇涛说完赶紧把陈贝儿拉走。

最后一个环节是献白花。陈贝儿一直把白花攥在手里,一边擦眼泪,一边愣怔地看着这一切。

宇涛把她手中的白花拿过来献了过去,一边说:"一会儿要火化了，你跟我去。"说着拿出一包衣服，"这是高翔平时最爱穿的，你烧给他。"

"我不要——"陈贝儿嗓子眼里发声，说了一半嗓子又被堵住了。

"你要坚强，这个你拿好。一会儿阎珍捧着遗像，我走在她后头，你在我边上，听明白了吗？"宇涛嘱咐道。

陈贝儿说不出话，只能努力地点点头。

一群人排成了一个长队，向火化场走去。陈贝儿双腿如灌了铅，每一步都如履刀锋。

宇涛手里拿着高翔的那顶帽子，正准备扔进去烧，陈贝儿一把拦住："留下来，留作纪念吧。"

"傻瓜，这是他最爱戴的帽子，要烧给他的。"宇涛直接把帽子扔进了火堆。

"不要——"陈贝儿哭成了泪人。

"你的袋子呢，赶紧烧——"宇涛在边上催她。

"不要……可不可以不烧……"陈贝儿抱着衣服，手里直打哆嗦。

"不行，要烧给他……"说着宇涛抽出了一件毛衣。

陈贝儿心如刀割地也跟着他把衣服一件件扔进了火堆……

不知过了多久，只见阎珍手里捧着骨灰盒在她面前晃。陈贝儿一心想冲上去说几句。宇涛赶紧把她死死拦住："一会儿我送你回家，你答应过我，今天什么话也不说。"

眼看着仪式差不多结束了，宇涛把陈贝儿拉到大街上，招手打了辆车，把她塞进去："你先回家，我还不能走，还有些后续的事再处理一下。完事了我给你电话……师傅，赶紧开车吧……"

就这样，高翔的追悼会在一片阴霾中结束了。

[81] 一场艰难的对话

宇涛最近连请了几天假都在忙高翔的事，今天刚到公司就被老板骂了一顿。他负责的一个项目程序出问题了，当时他顾不上，交给其他同事处理了，结果非但没处理好，还差点把全公司的局域网给弄瘫了。

老板劈头盖脸一顿骂，一骂就是一上午。

宇涛也不敢反驳，只好一声不吭地听着。

被数落完回到座位上，一看手机有七个未接电话，全是陈贝儿的。接着微信留言还是她，她说就在他公司楼下。宇涛吓得赶紧往楼下跑。

果然在马路边上看到陈贝儿，可能是站得太久累了，此刻她正蹲在路边。宇涛见状不禁心疼了一下，可又不能表现出来。

高翔出事前，他都已准备把她戒掉了。可高翔现在已经不在了，"吃货三人组"只剩下两人了，他还怎么戒？他走上前一把将她拉起来："走，找地方吃午饭。"

陈贝儿没拒绝，顺从地跟着他走。

宇涛找了一家最近的餐厅，进到最里间的位置。

"你自己点。"说着把菜单递给她。

"我吃不下，你先吃，吃完了咱们说话。"陈贝儿面色憔悴，这几天她都没睡好。

宇涛也不听她的，点了两碗馄饨："你也得吃，吃完说。这家的馄饨你爱吃。"

陈贝儿只好机械地吃起来。两人默不作声，也互不看对方，都把视线集中在馄饨上。

很快，两人都吃完了。

"要不要再来一碗？"宇涛问。

陈贝儿摇摇头："现在可以说了。高翔不是心脏病。"

宇涛看看周围一片安静，只好说："走吧，出去说。"

终于一脚迈进街市，陈贝儿的声音也跟着大起来："高翔是自杀。"

宇涛不敢跟她对视，看着前方说："高翔的父母不让说。"

"为什么？觉得自杀丢人？"陈贝儿也愣愣地看着前方。两人都走得很慢，很沉重。

"不想外人知道太多细节，能理解。"宇涛缓缓地说。

"为什么？"陈贝儿盯着宇涛的脸，"高翔到底为什么自杀？"

"抑郁症。"宇涛停了下来，"你是心理医生，你应该知道这个病。"

陈贝儿痛苦地皱着眉："他怎么会有抑郁症？我怎么一点儿都没发现！"

"他谁都没说，他父母知道，阎珍也知道。"

"他为什么不说？"陈贝儿忽然想到了在医院偶遇高翔那次，看来那次并非偶遇，是他真的去看病，可自己这傻瓜脑袋一点儿也没往那方面想。

"他跟虎子说了，就是追悼会主持的那个哥们儿。但他也没当回事，也没跟我说。高翔吃了半年的药，但药的副作用太大，自己就偷偷停药了……再加上他一个人住，身边没有亲人，很容易自杀……"

街心公园的长椅上，宇涛坐了下去，感觉身体在打晃，不得不坐下说话。

陈贝儿当然清楚抑郁症最可怕的就是高翔这一种，谁都不说，不去向别人求助，又一个人住，又停药，这些都会导致他马上自杀。更可怕的是他早就计划好了一切。最后一面他是想让自己和宇涛和解，还想再听她唱一次歌，这几乎就是他最后的心愿了。还故意选在生日那天结束生命……这一切他全都计划好了！

眼泪又哗地流出来，陈贝儿飞快地抹去："都怪我，我曾经在医院碰到他，我竟然都没有发觉。"

"他那么开朗的一个人谁会想到他抑郁，就算他亲口跟我说了，我都会以为他在开玩笑。其实他也几次提到过工作上的困境，他想转型，工作室招不来人；也说过跟阎珍感情不好了，一直见不到孩子……这些都说过，可我没在意，我以为夫妻就是这样，吵吵就好了，哪想到酿成大祸。我有不可推卸的责任。"宇涛也红了眼圈，一脸的自责。

"这些他也跟我说过，我也没在意，我以为他自己会化解，没觉得这事有多严重……更可笑的，我还是心理咨询师，我什么都没往心里去，甚至都没劝解。如果当时我能在意，我一定会劝他进行治疗，一定会经常陪他聊聊天、见见面……可我什么也没做。他让我陪他去日本散散心，我也没去……如果那次我陪他去了，可能一路开导，心里的结也就解开了，可我没去……是我害了他……"说着眼泪鼻涕都流出来。

宇涛递了她一张手纸："我也没陪他去，我光想着自己的工作，又觉得日本之前也去过，就没有动力再去。如果我那次陪他去了，情况可能也不会像现在这样……我也是罪人……"

两人各自坐在长椅的两头，隔着一个人的距离，谁也不敢看对方的狼狈样。

陈贝儿擦了一把眼泪："他计划好了一切，特意选在生日那天结束自己的生命……当时的他是多么无助……4月10号我在哪儿？我可能还在吃喝玩乐，最好的朋友却在自杀……"

宇涛拍了拍她的背："全是我的错，我是他最好的哥们儿，他居然没把病情告诉我，可见我是多么忽略他……"

"在哪儿发现的尸体？"陈贝儿突然问。

宇涛张了半天嘴，有些说不出来："……这些你别问了，人都走了。"

"告诉我！"陈贝儿直直地看着宇涛，那眼神吓人。

宇涛别过脸去，看着不算蓝的天，痛苦道："地下室，他住的小区车库下面有个地下室，平常没什么人去……"

泪又涌出来，她嗫嚅道："他早就选好了这个地方……"

宇涛点点头，抹了一把眼泪。

"谁发现的？"痛还是要问。

"小区的修理工，那天一早他正好去地下室修什么东西……当时就报警了，警察来的时候人都没气了……为什么给他穿高领毛衣，就是把脖子上的血痕遮一下……"

陈贝儿终于哭出声音来，实在忍不了了："我看到了，他平时最不喜欢穿高领毛衣，我知道。那天我就知道他是自杀……他怎么那么傻！我是心理医生，他为什么不找我说！他不找你也罢了，他为什么连我也瞒?!"

"可能越是亲近的人越难开口吧。高翔看着开朗，实际骨子里是内向的，不愿向别人吐露内心的东西……"

停顿了好一会儿，她说："墓地选哪儿了？"

"顺义。火化后就安葬了。"

陈贝儿一愣："为什么选顺义那么远？"

"阎珍选的，咱也不能说什么。"宇涛也很气愤，葬这么远看都不方便，大概那里的价位便宜吧，可是他又不能这么说。

"太过分了！故意的吧，这么远，连看都不会去看吧。"陈贝儿想到那张没有一滴眼泪的脸就恨。

"这个不能说。对了，我定做了一个高翔的石膏头像，五月初就能做好，我去安上，到时候我带你去墓地看看。"宇涛平静下来。

陈贝儿不知所措地点点头："他女儿现在都不知道高翔的事？"陈贝儿又想到了他为女儿做的那个视频。

"没告诉她，说等她上了高中再说。去墓地的那天也没看到别人，只有阎珍和她哥哥。"

"真可以。但我也奇怪为什么高翔的父母追悼会不去，连下葬也不去？"

宇涛叹了一口气："说是讲老理，白发人不能送黑发人。他父母我觉得对这事也负有责任。"接着他便把了解到的一切都说了。

高翔的父母文化不高，人也特别善良老实。对高翔的婚姻他们也知道不好，但也没办法。高翔也要面子，再加上不喜欢与人争执，阎珍不提出离婚，他肯定也不会提。高翔的父母也知道儿子得了抑郁症，也都替儿子保密，觉得这个抑郁症不太好听，不能跟外人说。所以有时宇涛跟高翔在家里见面时，他父母也是只字不提这事。这实际上也是把高翔往死亡的边缘又推进了一步。

他们婚姻出现问题后，两家老人基本也断了联系。阎珍很坚决，不让孩子见高翔，也不让孩子见他父母。她觉得高翔患抑郁症，生怕把孩子给影响了，总说爸爸有病，不能见。爷爷奶奶也捎带着都说有病。阎珍这个做法也是逼死高翔的一步棋。

高翔的父母也曾托别人带话，让她带孩子来见见，但阎珍就当没听见。后来高翔死后，他父母还托宇涛给阎珍带过话，想见孩子，让她带孩子来家坐坐。可阎珍特别绝，最后连宇涛的电话都不接了。宇涛给她发短信劝她，她直接拉黑。至此宇涛也明白了，高翔和阎珍之间早不是夫妻关系不好这么简单了，甚至都带着深深的仇恨。但到底为什么恨成这样，连死都不能释怀，宇涛也不能明白。

有一点宇涛可以肯定，在高翔结婚前，他父母是看不上阎珍的，一说她面相不好，说她是克夫相；二是高母比较迷信，托人算过八字，说两人不太合，所以当时就不同意两人的婚事，为此阎珍就一直记着仇。不让孩子见爷爷奶奶，也是阎珍想报复他们。最后为什么同意结了，也是因为阎珍怀了孩子，而且之前已经打过一次胎，不能再打了，两人可谓奉子成婚。

陈贝儿回忆，刚结婚有孩子那会儿，高翔一直说比较幸福，还劝他们也快点结婚。但等孩子大了些以后，他们就出现婚姻问题了。后来高翔是劝他们不要轻易结婚。至于究竟是什么问题让两家人反目，高翔也并没有说。

宇涛听虎子说过一件事，说高翔孩子上小学的时候，他妈迷上了练什么功，后来被派出所抓进去了。从那以后，阎珍就再也没让孩子见过爷爷奶奶。那件事应该是个分水岭，两家人从那儿决裂了。但这前后是不是还有更大的事，也可能有，但高翔连虎子也没有说，谁也不知道了。

虎子说阎珍是个特记仇的人，一直恨高翔的父母。阎珍的父母也非常势利，一切向钱看。一开始觉得高翔也不错，但后来高翔在杂志社受处分后就不再来往了。特别是高母被派出所抓了以后，更觉得他们家一家子都不行，看不起他们一家。

高翔一向传统，也一直想挣钱改变他们家的地位。只要挣了一点儿钱他都会往阎珍家送。据虎子说还送了不少。但阎珍一家也没感动，还是那样。

高翔的父母很早就内退了，下岗待业，全家的收入都靠高翔。宇涛记得他父母养一条狗，每天的任务就是带狗遛弯。有一回，宇涛去他家吃饭，那时高翔的孩子还小，高父抱着她，正给她喂狗粮呢。宇涛还以为孩子吃的是什么饼干，结果看了一眼包装竟然是狗粮，赶紧制止了。这件事让宇涛印象深刻，也可能这种事多了，也会加深阎珍和高翔父母的矛盾。

那天追悼会之后，宇涛和虎子聊了一晚上，他们从小一块儿长大，谁都没料到高翔会走到这一步。但虎子想起小时候的一件事，说高翔的母亲特别爱算命，还没上学的时候就给高翔算过，那个大师说高翔命短，活不过四十岁。当时高翔还开玩笑地把这事说给他听。那时候他也没在意。但后来工作后，有一次虎子做生意失败，曾让高翔陪他一起去算过一次，那个师傅悄声对他说他没事，生意很快能起死回生，但说高翔不对，说他阳寿短，也就三十多岁的命。当时虎子听完就没让那师傅再说下去，生怕门外的高翔听到。但现在再回想这两件事，似乎这是命中注定的事。

宇涛不信这个，但也觉得这事有些诡异。高翔母亲自从知道儿子走后，曾卧床几天起不来，后来把从小算命这事拿出来说，她才释怀，觉得儿子可能命中注定要走这一步，这才慢慢恢复过来。

陈贝儿也不信这个，但她也解释不了这些东西。

那晚聊天虎子也说了一个细节，说高翔结婚这些年和阎珍基本没有夫妻生活。阎珍性冷淡，为此高翔也苦闷过，但从来没想过离婚。他太传统，觉得结了婚就是要承受一切后果。虎子也劝过他，别死要面子活受罪，但高翔就是不听，全忍了。有一次，虎子把高翔拉到一个按摩院，就是想让他排遣一下。谁知那天也寸，刚出按摩院就碰到了阎珍，阎珍当时就骂开了。其实高翔什么也没干，但有嘴说不清啊。那天阎珍连虎子也骂了。到现在虎子都有点怕阎珍，那嘴巴厉害得没人能骂得过她。

因宇涛一直没结婚，这方面的事高翔从不跟自己说，倒是跟虎子说得多一些。虎子说从那以后，阎珍就一直以为高翔找小姐。其实根本不是那么回事！

陈贝儿觉得这事本身阎珍做得不对，高翔是男人，也有正常的生理需要啊。那既然两人连夫妻生活都没有了，为什么还在一起？陈贝儿想不明白。

"为了孩子啊，现在多少夫妻感情没有了也得凑合过，都是为了孩子。"宇涛解释。

陈贝儿转念一想："那如果是那样的话，他俩一直是分居状态，高翔会不会有外遇？"如果没有外遇，她都不能理解高翔这些年是怎么过来的，作为心理医生，她知道男女在生理需求上是完全不同的。女人可以接受一辈子没有性生活，但男人不行，他总要有发泄渠道。

宇涛这时想起了一个人，这人叫卓婷，是高翔工作室的合伙人，对高翔非常好。阎珍也知道这个女的，是个重庆妹子。一开始阎珍也曾怀疑过高翔和卓婷的关系，因为他俩天天在工作室泡着，难免不产生点感情，还向宇涛打听过这个卓婷的情况。但后来见了卓婷本人后，阎珍就再也没介意过。因为卓婷长得比较艳俗，看着就是那种没文化的打工妹，五官不丑，但气质不行，她知道高翔不喜欢这类，心想这种女人放在高翔身边倒也安全。

宇涛倒觉得那姑娘不错，心地好，把高翔照顾得无微不至，甚至他都想劝高翔跟阎珍离了娶卓婷。但高翔确实也说过不喜欢卓婷这类型，宇涛也没再多话。高翔出事后，卓婷哭得比谁都厉害。那天他们接到警察电话后，去停尸房认领尸体，宇涛带着阎珍，卓婷也执意要去。他们三个人赶到四环边上那个地方，满眼都是非正常死亡的尸体冰柜，确实很吓人。当时看到高翔的尸体，哭天抢地趴在地上起不来的就是卓婷。阎珍只掉了几滴眼泪，见卓婷那样，实在有些喧宾夺主。当时阎珍就怒了，马上质问她和高翔是什么关系。卓婷根本没理她，直哭得个死去活来。

宇涛看在眼里，他看得出卓婷对高翔是全身心的。但阎珍在场，他也只好把卓婷拉起来，一通劝。

陈贝儿听到这儿完全蒙了，她从来不知道还有这么个叫卓婷的女人。

"高翔的工作室不是他一个人开的吗？哪儿冒出这么一个合伙人？"

宇涛说："一开始是高翔招的助手，后来就变成了合伙人，帮他一起经营这个工作室。"

"我怎么从没听高翔说起过这个女人？他的助手不是叫非非吗？是个小男生。"

"我以为你知道她。我有时候去工作室找他，总能碰到卓婷，她给我们做饭，把高翔照顾得非常好，比阎珍强多了。阎珍对他这个工作室从来不闻不问。"

陈贝儿心里沉了一下，看来高翔也不是什么事都跟自己说。

"那有没有可能高翔跟卓婷好了？"陈贝儿转念一想又觉得不对，"不应该啊，如果真是那样的话，高翔就不会自杀了。"

"是啊。我开始也以为他们走在了一起，但现在想想可能只是卓婷单恋他吧。卓婷非常崇拜他，仰慕他的才华。高翔又长得帅气，有追求者很正常。只是我觉得他应该没有接受，如果接受的话，他应该不会死了。"宇涛分析道。

陈贝儿点点头："抑郁症患者就是对什么都没兴趣了，包括工作和爱情。如果卓婷的爱能唤起他对生活的兴趣，他也不会自杀。

那现在卓婷她人呢?继续经营高翔的工作室?"

"阎珍没同意。追悼会后我跟她也没联系了,不知道她还在不在北京。如果高翔能跟她在一起,可能真不会走到这一步……"

"追悼会上我怎么没看到她这么个人?"

"她和非非还有几个同学在一起,还拉了一个横幅。你当时只顾得哭,其他人可能没在意。"

那天追悼会的凄惨场面又来了,宇涛拿着帽子往火里扔的那一刻,心都跟着撕碎了……

陈贝儿迷茫地看着街上的人来人往,她多希望能有高翔的身影,他冲他俩打招呼,缓缓走过来,露出招牌的笑容……

清泪洒落衣角,发丝乱如荒草,夜夜留梦朱颜憔,今生情何时了?

[82] 爱情走了，友情便来了

就在高翔出事的那几天，谢琛在美国也受到了重创。

那天周末，公司临时通知他去加班，接孩子的事他就交给妻子文西了。他本来还有点担心，文西的驾驶技术一般，之前还出过事，他有点担心。但文西说没事，周末孩子正好上的是中文补习班，那个地方离家很近，开车也就二十分钟。谢琛也没多想，就让文西去接了。

结果意外就真的发生了！当时两个孩子坐在后座，她在前面开，开到一个路口拐弯时，不知怎么从对面横穿过来一辆大货车。她本能地想躲，可能是方向盘打得太急了，一下子撞到路边的一个石礅上，安全气囊弹了出来把她打晕了……

等谢琛赶到医院的时候，文西仍在昏迷中。幸好两个孩子系了安全带，并没有受伤。伤的只有文西，和之前出车祸的情形一模一样。谢琛懊恼地捶打着医院的墙壁，发誓以后再也不让文西碰车了。

医生说文西的身体比较弱，可能会昏迷几天。也需要做进一步检查，看看是否伤到脑部。

谢琛觉得天都要塌下来了……

跟宇涛那天长谈之后，陈贝儿就发起了高烧，也可能那天在公园长椅上坐得太久着凉了，也可能是太过悲伤，抵抗力骤然下降，要知道她已经多年没发过烧了。

吃了退伤药，她昏昏沉沉地躺在床上，脑子里盘旋的全是这几天发生的事，一幕幕不堪回首，却又控制不住地循环往复……

不知到了几点，手机微信的声音开始响，半梦半醒间，她听到了一个男声的语音留言。那声音有些像严朋飞，她一度怀疑自己是在做梦。

"在吗？最近忙什么？"

又听了一遍，再看微信头像真的是严朋飞。他又是从哪儿冒出来？

"有事吗？"陈贝儿头疼欲裂地回了一句。

"没什么事，我下个月结婚，告诉你一声。"

陈贝儿一下就清醒了："结婚？你跟谁结？不会是王琪吧？"

"你不认识。"严朋飞觉得好笑。他跟王琪早就是一般同事关系了。

"你这是要邀请我参加婚礼？二婚还办？"陈贝儿心里那个气，可又觉得连生气都是自作多情。

"没打算办，连婚纱照也没拍。"

"你不是不想结婚吗？"

"这次不结不行了。"

"奉子成婚。"陈贝儿揶揄道。

"没有，时候到了就结了。"

"你不是一直说不想结婚吗？"陈贝儿再次反问。

"怪不得你现在还单身,瞧你问的这话。不结婚肯定是没遇到合适的啊,遇到了就结呗。"严朋飞一直觉得陈贝儿看似聪明,实则就是一个傻丫头。

"你把我当什么?!"陈贝儿怒了。那一刻她才明白,原来男人跟你说不想结婚,只是表明他不想跟你结婚。那既然这样,当初为什么还要发展呢?这不是渣男是什么!

"当朋友啊。你挺好的,只是跟我不合适。"严朋飞笑笑,"等你交了男朋友,咱们四个可以一起玩啊,都是朋友嘛。"他说的是心里话。陈贝儿这个人他觉得人挺好,但身材实在是不敢恭维。而在他的审美来说,女人没有身材就等于没有吸引力。

"太可笑了!我男朋友会愿意跟你玩?"陈贝儿只觉得今天严朋飞是不是脑子进水了。她觉得两人都走到这一步了,这辈子是不可能再见面了。

"我大度,无所谓吧。"

"怎么,找了个杭州姑娘,把家安杭州了?"陈贝儿换了个口气。她觉得没必要在渣男身上动气了,他不配。

"怎么可能,我找的当然是北京姑娘,我们一个系统的,北京总部的。"严朋飞随口编了一句。但他私下对舅舅的眼光不得不佩服。一引荐两人就天雷勾地火,很快就成了。他一直想找个空姐,总算得偿所愿。

"怎么确定你不是在撒谎?发张合影来。"

严朋飞拒绝道:"没合影,没照片。"

"不可能,她微信里没照片吗?"

"她微信什么也不发,跟我一样。"

"那你真的找到知己了。微信头像总有吧?"陈贝儿一面恨他,一面还是对这个女人好奇。

"没有,她微信头像是风景照。"

"丑女才用风景照当头像,长得稍好一点的都用自己照片做头像。"陈贝儿嘲讽道。

严朋飞发来一个愤怒的表情:"我能说的就是无论身材、长相、气质都比你强。"他就是不发照片。他才不想让陈贝儿评头论足呢。

"你够混蛋!"陈贝儿骂了一句。

严朋飞又说:"怎么老不让人说实话呀。"

陈贝儿刚想拉黑他,转念一想,说:"你结婚的事也通知王琪了?"

"没有,谁都不知道,我低调。"

陈贝儿哼笑:"那你干吗通知我?缺德。"

"不告诉你合适?不告诉王琪他们,是怕他们给红包。"

"你说了我也不会给红包,你这段婚姻也长不了,不浪费钱。"陈贝儿以牙还牙般。

严朋飞发了一个晕的表情。

陈贝儿继续补刀:"千万别要孩子,省得离的时候麻烦。"

严朋飞气得没说话。本来他是想跟陈贝儿说另一件事,不知怎么话赶话把结婚这事说了,简直是自找麻烦。

陈贝儿赶紧把对话截图转给了王琪。严朋飞隐瞒王琪的用意也很明显,她偏要揭穿。

王琪立刻也惊到了,忙问是什么时候的事。

陈贝儿说下个月结婚。

王琪不相信,这个严朋飞可是只字未提,她一直以为他连女朋友都没有,怎么突然就结婚了?便问:"他是不是逗你玩的,忽悠你的,没听说他要结婚啊,在你面前吹牛吧?而且北京总部的同事我也都认识,没一个漂亮的。"

"谁会拿结婚的事撒谎?但他就是不发照片。"

"我们都不知道他有女朋友,如果是真的就祝他幸福吧。"王琪心里也酸酸的，但她还是不太相信，"问题是他还在杭州挂职，如果他找的是北京的，那他们两地分居？而且我敢肯定他找的女孩肯定是年轻的初婚。"

"现在的年轻女孩谁守得住？让他们分居吧。"

"好歹他有房子，现在他这个岁数找个年轻的媳妇挺容易的。"王琪越说越觉得心里不舒服，口气一转道，"各人都有各人的生活，你也赶紧找个合适的人，别在他身上浪费时间了，过自己的幸福生活吧。"

王琪又补了一句："我觉得他配不上你，别灰心，你一定会找到适合你自己的，以你的条件完全可以找到一个更好的。也许严总找的那个还不如你呢。这就是看对眼了，就像我们家老邓当初看我就觉得比别的女人好，怎么看都喜欢……"

见陈贝儿没说话，她又说："你跟他就做朋友吧，其实朋友比恋人关系维系得久。只是我也没弄明白他为什么要告诉你，而不告诉我们？"

陈贝儿不屑道："告诉了你，你还会对他那么好吗？"

王琪马上纠正道："我跟他只是上下级关系，他个人私生活的事我也不方便去问，也没必要问。他迟早也是要回北京的，也不可能一直在杭州。我猜他明年可能就能调回北京了。"

陈贝儿一听这话，知道她和严朋飞的关系也淡成一般同事了："他告诉我是为了炫耀，我也不想给他这种炫耀的机会。不告诉你，用意也非常明显。"

王琪正色道："咱们也别猜了，任何事情都顺其自然吧。他可能真是出于朋友的考虑，通知你一声。而我跟他只是纯粹的同事关系，可能连朋友也算不上，所以更没必要跟我们提。但我觉得他还是个重义气的人吧，对朋友也挺够意思，在我最难的时候他帮了我，我挺感激他的，仅此而已。"她说完瞟了一眼对面的办公室，严朋飞藏在百叶窗后的脸时隐时现。说实话，这个时候她对严朋飞也已基本死心了。

"婚姻是个挺复杂的事，每个人选择的角度不一样。既然他做了决定和选择，那就尊重他吧。我相信他这次能用心经营，应该也不会轻易离了。"王琪又补充了一句。她的态度现在很中立，既然她和陈贝儿都跟严朋飞没有缘分，那么他们三个人之间的纠缠也可以结束了。就在陈贝儿放弃严朋飞的那一刻，其实她也放弃了。不管是主动还是被动，结果都是放弃了。

"没有容易得到的幸福。就像我和老邓，我们的幸福很短，但是也很灿烂。我很珍惜，也不会再轻易爱上谁。我算是经历过的人，所以很多事情都看开了，也看淡了，能理解和包容别人了。你也别太在意，过去了就过去了，还是往前看吧。"王琪感慨道。

陈贝儿突然觉得王琪好像一下子脱胎换骨了，是什么让她有如此改变？

王琪接着说："时间过得多快呀，我女儿马上就要小学毕业了。个头马上就要跟我一样了，我觉得现在挺幸福的，有父母，有孩子，有车有房，钱也够用，这就够了。男人不是必需的，有的话，是锦上添花；没有，那就过自己的生活，自己也可以活得很精彩。你也抓紧吧，尽快走出来，别让自己困在过去，你还是要追求自己的幸福。咱们从小一起长大，受的教育都一样，都很单纯，很正面，都是重感情的人，别让自己陷得太深，对自己好一些。我觉得现在除了生死没有过不去的坎儿。老邓走后，我该经历的都经历了，真是看透了很多事情。"

陈贝儿竟有一丝感动："我会走出来，我会把他删了，开始新生活。"

"他也没必要删，做朋友吧。我感觉他也不是坏人，只是和你没缘分罢了。每个人都要掌控自己的情绪，学会情绪管理。世上没有绝对的事情，说不定哪天你们又走到了一起，所以没必要删。"

"这个不太可能吧，不走回头路。"陈贝儿差点笑了。她感觉王琪真的变了，好像又回到了最初她们高中时闺蜜来闺蜜去的纯真年代。

王琪不疾不徐地说："我现在重心都放在女儿身上，我觉得活得很踏实、很满足。我现在也不会轻易找人结婚了，实在难受的时候就哭出来，也别憋着，该释放就释放，哭完了就过去了，明天太阳照常升起，又是美好的一天。我就是这样想的，所以觉得每天很充实，也很愉快。有时候烦的时候，看到女儿也就没烦恼了。很多人、很多事都有注定的结局和归宿，我信命，也接受一些因果。我会想，他不选你，是他的失误，是他没这个福气。"这话她也是说给自己听，她再也不会认为是自己不优秀，而是他没这个福气。

陈贝儿恨不能给她鼓掌了！这才是她心中的王琪。

"我觉得他选择的老婆真的不如你，除了年龄。"王琪又发来一个笑脸。

陈贝儿也给她回过去一个笑。

"早点儿休息吧，睡一觉，明天又是新的开始，我永远相信明天依然美好！"

陈贝儿给她发过去一个拥抱。当两个女人同时喜欢的那个男人消失后，一切又回到了最初的美好。正所谓没有永远的朋友，也没有永远的敌人。

生活就是这么有戏剧性。可这样的转变，陈贝儿欣然接受。

失去一段爱情，换回一段友情，不论成败，都是收获。

[83] 天下哪有不散的筵席

毅迅公司终于迎来了新的销售总监。

陈贝儿休假结束后,一上班就知道了这个消息。这人叫林寒,来自深圳总部,四十出头,不苟言笑,看着像是比较正派的人。用苏苏的话说,只要不是王一铭招进来的人,都有可能是咱们的人。

陈贝儿却笑不出来。自从高翔走后,公司的尔虞我诈都似乎跟她没关系了,她全程的冷漠脸倒让苏苏好不适应。

"贝儿,你不是病了吧?你休假这段给你发微信也不回,出什么事了?"苏苏觉察到她的异样。

陈贝儿掩饰道:"最近手机出问题了,正打算去修呢。"

"赶紧换手机吧,旧的不去新的不来。"

陈贝儿无力地笑笑,手机可以旧的不去,新的不来;渣男可以旧的不去,新的不来。可高翔呢?人死还能复生吗?

此刻陷入绝望中的,还有谢琛。文西已昏迷一周了,仍未苏醒。

陈贝儿知道此事后也是吓了一跳，最近是怎么了，接二连三的噩耗。她每天替文西祈祷，这样一个好女人不应该被安排成如此的命运。

夜晚，她久久不能入睡，脑中总有文西的面孔闪现，可又非常不清晰。一会儿，顾曼的面孔也跑出来，说要带她去一个地方。陈贝儿想也没想就跟着去了。

她们走进了一幢居民楼。楼道很破旧，已有些年头了。走到二楼，一间房门已被打开，她跟着顾曼走了进去。

这是谁家？她突然看到了202的门牌号，难道是严朋飞家？可顾曼怎么会知道，正想问她，可眼前的顾曼却消失了。她挨个房间找，就是没有人。

陈贝儿害怕了，顾曼怎么会凭空消失呢？突然，她发现门背后好像有人在动，她悄悄地走过去，刚想推开那扇门，突然从门背后伸出一只血淋淋的手，只有一只手悬在半空，并没有人！陈贝儿吓疯了，惨叫一声，那只手猛地锁住她的喉咙，差点把她掐死。

她不知哪儿来的一股劲，大叫着把那只手推开，赶紧冲到阳台上，把门反锁。接着没有任何犹豫，她从阳台上跳了下去……

幸好只是二楼，她并没有受伤。爬起来她就拼命地跑，一群打扮怪异的人正在办红白喜事，她吓得赶紧用围巾蒙住脸，然后没命地往前跑。

可是顾曼呢？她到底去哪儿了？

一个跟头她就摔倒了——然后她醒了。好可怕的一个噩梦！

陈贝儿一身的汗。她半坐起来，心里仍害怕得起伏不定。为什么会做这样一个梦，难道顾曼要出事？

第二天，才真相大白。原来等待陈贝儿的是一场离别——顾曼要去美国了。

那天，顾曼什么也没说，两人照常去打球。

最近发生了太多不愉快，顾曼知道陈贝儿心情不好，便也不多说。

到了球场，她们还特意换了一个时间段，竟然还是碰到了梁升。

顾曼冲她使眼色："不想再试试了？"

陈贝儿摇摇头。

顾曼知道她没心思，只好礼貌性地跟梁升打了个招呼。

"要不要一起双打？"梁升一如既往。

但顾曼还是莞尔拒绝了。

这时陈贝儿听到梁升大声和队友打招呼："刘远峰你来了，怎么这么晚？"

那男人不阴不阳地点了一下头，就开始热身。

陈贝儿小声说："咱们还有十分钟，算了不打了，赶紧走吧。"

顾曼也看到这个男人，再看看陈贝儿的表情，奇怪道："怎么，这个人你认识？"

"以前一个相亲对象，特别差劲的一个人。"

"那怕什么，没准他早不记得了。"顾曼瞟了那人一样，确实面相不善。

"看着就讨厌，不想破坏自己的心情。"

顾曼面色一变："走，咱们去吃大餐，你最喜欢的日料，今天我请客。"

陈贝儿边走边说："什么喜事非要你请客？"

"到了便知。"顾曼神神秘秘的。

等到了餐馆，陈贝儿才知道所谓的喜事就是顾曼要去美国了。

陈贝儿鼻子一下就酸了，她心酸道："怎么觉得亲人好像都要离开我了……"

"别这样，我也是下了狠心才辞职的。女人就是嫁鸡随鸡，老公在哪儿,家就在哪儿。从美国探亲回来后,魏然就非让我辞职,开始我还真是狠不下心。可是他最近身体一直不好,身上起了什么红疹子,一直在找过敏原,每天痒得他都没法上班。我想我还得过去照顾他,不然他身体真出了问题,倒霉的还是我。我爸也跟我说得过去,不然老两地分居,哪像一个家啊。"顾曼说得无奈又心疼。

陈贝儿知道自己不能太自私,闺蜜又怎么能和老公相提并论。可是在她最脆弱的时候,她多希望顾曼能留在她身边。

"我舍不得你走。"

顾曼抚了抚她的肩:"我知道,你可以来美国找我,特意给你留出一个房间。"

陈贝儿点点头,努力不让自己掉泪。最近的眼泪流得太多,太多。

这时,顾曼忽然把筷子一放,一本正经道:"有件事,我觉得必须和你好谈一谈。"

看顾曼严肃的样子,陈贝儿一时不能适应。

顾曼屏气凝神地说:"你的终身大事我不放心,我走后你必须要找一个男朋友,只当多一个人来照顾你。你知道吗,你身边是有合适的人选的,我知道你不爱听,可是我必须要说,这个人就是宇涛!发生了这么多事,尤其是高翔出事后,我觉得他才是你托付终身的人!"

陈贝儿沉默了,四周全是宇涛的脸,接着下一秒就是高翔的脸,他们好似是一个人,轮流在她面前转来转去……

"你跟我说说,你到底怎么想的?"顾曼不停地问。

陈贝儿说不出话来,对于宇涛,她只觉得是亲人,就好像顾曼在她心中的地位一样。

"亲人可以是爱人吗?"陈贝儿苍白地问。

"当然!我老公就是我的亲人,结婚久了哪还有爱情,只有亲情。亲情不好吗？我觉得挺好，亲情比爱情更持久、更踏实。"

那次长谈之后，陈贝儿和宇涛再无联系。两人都不敢联系，一联系就是眼泪，围绕他们俩的全是高翔的影子。谁也不想去碰那道伤疤，谁也不想。

"太痛了，你知道吗？我跟宇涛见面就是痛，就是流泪，这个阴影怎么也挥之不去。"陈贝儿痛苦地说。

"我知道，但这道伤疤会好的，你们需要时间。等你们都从高翔的伤痛中走出来，你们会好的，真的，我有这个预感。"顾曼鼓励道。

"不知道这个时间会有多长？一年，两年？还是多少年？"陈贝儿泄气道。

"不会的，最多也就一年。相信我，你们俩都能走出这段阴霾。"

陈贝儿一脸苦涩，她不知道，不敢想："至少不是现在，我们都需要时间。"

顾曼点点头："慢慢来，但是我怕时间长了你会失去宇涛。好男人都会有女人惦记的，如果他被别的女人抢走，那时就晚了。"

"是你的就是你的，任谁也抢不走。"陈贝儿天真地说。

"你这个傻姑娘，那是骗人的童话，哪儿有什么抢不走的男人。"顾曼骇笑。

"也许有……顺其自然吧。"陈贝儿喃喃自语。她对宇涛什么都不确定，也不想逼自己往那方面想。高翔走后，什么都崩塌了。

"最讨厌你说什么顺其自然。我不放心你，你身边要有一个男人。这个男人我只放心宇涛，我确定他能对你好，你明白吗?!"顾曼声音放大，她替陈贝儿着急。

陈贝儿沉重地点点头："我知道，我全都知道。我需要时间，我们都需要时间……"

那一餐谁也吃不下。陈贝儿愣愣地看着顾曼，顾曼心疼地看着她。

两人谁也不想面对告别。可是天下哪有不散的筵席？

第二天，陈贝儿把顾曼送到了机场。

顾曼坚决不让她送，可她能不送吗？哭得稀里哗啦，人都快散了架，还是要送啊。

顾曼拿出一个红色的锦盒塞到她手里："这是特意给你买的护身符，你戴着它，我也放心些。"

陈贝儿马上戴上，迅速抹去眼角的泪，强颜一笑："会好的，慢慢都会好起来。下周我和宇涛会见面，他带我去看看高翔的墓地。"

顾曼马上投过去一个拥抱："别太难过了，一切都会起来的，别太逞强了，你又不是女强人，你也不是梅若琳，你没那么强大，有宇涛在你身边，我也放心。"

陈贝儿点点头，又笑："你放心，即使我跟宇涛一辈子不结婚，他也会对我好的。我有事他不会不管我的。"

"这话我不爱听啊，我希望你们俩能有结果。"

"顺其自然。"

陈贝儿这话一出，顾曼生气地狠狠拍了她一记。

陈贝儿吐了吐舌头，转而泪又掉下来："微信必须天天在线，不能让我找不到你。"

顾曼也哭红了眼："那当然，我也要随时找到你，每天跟我报平安……"

世间最好的爱，陈贝儿还是觉得就是友情。爱情一阵子，友情却可以是一辈子。也许她一直不曾体会过海枯石烂的爱情，所以在温暖朴素的友情面前，她一样会感动得热泪盈眶……

又送别了一位亲人，从机场回到家，陈贝儿只觉得心被掏空了，她甚至没有力气在房间里走动，空心人只能瘫坐在沙发上发呆，再默默地流泪，连声音都没有，像回到了默片时代，整个空间都是悄无声息的。

就在这时，手机终于打破了静默。微信留言像一记响雷，闷闷地从听筒里传出来：

"有件事你能不能帮我一下。我们领导的爱人要评职称，想在杂志上发表一篇文章，你看看能不能找一下关系，帮她发表一下。可以出点钱，钱没有问题，对方要几万都不成问题。"是严朋飞的声音。

陈贝儿只觉得好笑，这时候居然还能听到严朋飞的声音。而这个曾经令她朝思暮想的声音，此刻听来却令人如此厌恶。

见陈贝儿没回话，严朋飞继续说："你就帮我这个忙吧，我们领导找过我几次了，点名得是核心期刊。我哪认识什么杂志社的人，估计你有可能认识，你帮我联系一下。我领导的爱人是学医的，得是医学核心期刊。人家着急，能帮的时候就帮一把吧。"

她并不想回。

"在吗？？"严朋飞十万火急，他已经联系了一圈人了，都没人认识核心期刊的，他可急坏了。领导轻易是不跟他开口的，开口了若再给办不成，那真是面子扫地了。

陈贝儿见他一直催，只回了三个字："不认识。"

"你好好想想，再托人打听一下，你周围肯定有人认识啊，拜托！等回头请你吃大餐，吃螃蟹！"

"这辈子应该不见了。"陈贝儿还是觉得可笑。

"那你不见我也行，让我们领导请你吃饭，我不去还不行吗？让你好好吃螃蟹。"严朋飞从来没这么低三下四过。

"我为什么要帮你？"陈贝儿反问道。

"帮帮呗，你要帮成了，肯定也会给你好处的。钱不是问题，只要找得到花钱能用上的门路。"

"你想拍马屁，关我什么事？"陈贝儿讽刺道。

严朋飞气不过："什么拍马屁啊，我们相处得很好啊，这是帮朋友忙。"

"你的朋友一律不帮。"陈贝儿决绝道。

"别呀！"严朋飞有点拿她没办法，转念道，"要不我让王琪找你吧，那人也是王琪的领导，你就当是帮她的忙。"

"太可笑了，王琪又没找我。"这个严朋飞连尊严都不要了。

"那我现在就让王琪找你说！"严朋飞笑笑。

"不管。"陈贝儿铁了心。

严朋飞急道："那还有谁能帮忙啊？杂志社的人我还真不太认识，我只想到了你。"

"问你老婆，她会帮你的。"陈贝儿挖苦道。

严朋飞面一沉："算了吧，那我再想想吧。"

这个陈贝儿还真是变脸比翻书还快，以他对陈贝儿的了解，只要他开口，她应该会帮忙啊。怎么现在的女人都靠不住了。只可惜他这老婆太年轻，在社会上基本没什么人脉。他老婆倒提了一个人是飞机上认识的，好像是杂志社的总编。但严朋飞没让她联系。飞机上认识的人哪有个好，都是色鬼。空姐这个工作确实没什么安全感，倒不是飞机失事的安全感，主要是现在色鬼太多，防不胜防。他也几次提出来不让她飞了，她都没同意。看来除了生孩子是没有别的办法让她放弃工作了。

而他向来对孩子不感冒，让他养孩子还不如养只猫。纠结了一会儿，他还是跟王琪说了这事，让王琪找陈贝儿帮忙。

谁知王琪竟说："这事还是您自己找她说吧，您都说不通的话，我肯定更不行。我的面子哪有您大啊。"

这话把严朋飞噎得够呛。现在的女人都怎么了，做不成情人就不能做朋友吗?怎么一个个心胸都那么窄。果然是唯女子与小人难养也!

王琪看着他怒气冲冲地走了,那个背影竟然变得如此陌生。她发现曾经疯狂爱慕过的这个男人,走起路来竟然一肩高一肩低,以前怎么就从没发现呢?

回想老邓走路的样子,永远笔直挺拔,自己最容易忽略的细节如今却成了最刻骨的记忆。命运喜欢捉弄人,只是这样的捉弄代价太大太大……

陈贝儿握着手机愣愣地发呆。

严朋飞的声音好像仍然盘旋在空气中,挥之不去。她厌恶地打开窗户,微凉的风吹过来,一瞬间,好似什么声音都吹走了。

她再次打开手机,毫不迟疑地对着那个头像点了删除键,平静又安宁的。

微风被阳光宠着,才显得温柔。

慵懒地靠在沙发上,她静静地想,去追随能使人平静又安宁的东西,去做使人觉得有价值的事情,这才是最美好的时光吧……

阳光一缕缕错落有致地筛进来,带来一室的璀璨和宁静。

[84] 精疲力竭的告别

一场莫名其妙的雨，凌空而下。

五月初的北京已是初夏，穿着短袖的陈贝儿在车里已冷得瑟瑟发抖。气温骤降，猝不及防。谁也没有预料会有这样一场倾盆大雨。

本来宇涛要来接她的，但高翔墓地的方向是顺着宇涛家的方向，陈贝儿便直接开车去找宇涛，省得他来回折腾。哪知道一开上车，大雨就莫名其妙地来了。

宇涛已在楼下等了，过了好一会儿才看见陈贝儿的车，他示意她停到马路对面的停车场。

等陈贝儿停好车走过来，宇涛忙递给她一把伞："我猜你肯定没带伞。"见陈贝儿冻得瑟瑟发抖，又把外套脱了下来递给她，"出门不看天气预报啊？我的车在地下停车场了，走吧。"

陈贝儿愣愣地拿着他的外套，心里一暖，刚走几步，却又大叫一声："糟了，我的手机落车上了。"说着就要再次冲进雨里。

宇涛一把将她拽住："你别跑了，车钥匙给我，我去拿。"

陈贝儿也没拒绝，听话地把车钥匙塞到他手里。

宇涛赶紧冲进雨里，跑到马路对面的停车场去。

那一瞬，陈贝儿感动得有些心疼。以前宇涛为她做了那么多的事，她都觉得理所当然一样，从没感动过。可今天，他只是帮她去取手机，可是她却感动得想哭。是自己越来越脆弱，还是高翔走后自己已变得不堪一击，连一场雨都能把她的心打湿。

宇涛很快取来了手机，塞给她："还是那么大大咧咧，手机这么重要的东西怎么能落车上。"

陈贝儿也不吭声，只是跟在宇涛后面默默地走。他们之间变得小心又小心，陈贝儿生怕自己会不小心落下泪来。

高翔的墓地在顺义，开车至少要两个钟头。

宇涛见陈贝儿坐在旁边没有想说话的意思，他只好打开了音乐，让淡淡的旋律填满车里的不安和沉默。

离高翔的墓地越近，陈贝儿的心抽得越紧。脑中全是以往他们三人在一起的画面，美好的、搞笑的、贫嘴的……直到最后追悼会的画面袭来，陈贝儿才停止了回忆。后面的片断她是再也不想忆起。

"石膏像带了吗？"陈贝儿突然问。

"在后备厢呢，你现在才问，都快到了。"宇涛故作轻松地笑了一下。

"做得像吗？"陈贝儿又问。她看了一眼宇涛，他的侧面瘦得显出棱角，竟然有些高翔的影子，她吓了一跳。以前她总嫌宇涛胖，不减肥，现在看他瘦得快脱了相，心里还是一惊。

"我觉得还挺像的吧，就是按那张遗像做的。"宇涛茫然地把着方向盘，心里空落落的。

那张遗像清晰地浮现在眼前。陈贝儿摇下了车窗，想吸一口新鲜空气，无奈雨越下越大，又只得把车窗摇上。

"早知道今天这么大雨，咱们应该换一天再来了。"宇涛有点自责地说。

"没事，老天也替他难过，冥冥中的事，谁也改变不了。"陈贝儿看着窗外，极力控制情绪。

"就在前面了。"陈贝儿看到了陵园的大门，心里一沉。

宇涛停好车，便把石膏像从后备厢中取了出来。陈贝儿用伞护着，一看眼泪便不受控制了，那神态、那表情太像了，俨然就是高翔本人。

"谁做的？怎么把神态抓得那么好。"

"他同学做的，都是学美术的，跟高翔也是好朋友。"

"怪不得做得这么像，看得出来是有感情在里面的。"陈贝儿迅速把眼泪抹去，不让宇涛看到。

宇涛抱着石膏像说："你在门口等我一下，我去买把花。"

陈贝儿叫住他："一起去吧。"

"嗯。"宇涛点点头。两人走进了门口的花店。

陈贝儿挑了一把菊花和百合的花束。宇涛也说这束好看，二人便向墓地走去。每走一步都是如履刀锋，刀刀泣血。

突然面对成片成片的墓碑，陈贝儿害怕得心都快要跳出来。有的墓碑加上铜像，又大又豪华；有的连名字都模糊了，四周全是杂草；有的照片放得大大的，彩色照片鲜艳得让人不忍直视；有的连黑白照片都没有，简陋粗糙；有的墓前摆满了鲜花和水果；有的全是乱石，一看就是很久没人祭拜了。

眼前黑白灰混成一片的世界，高翔竟然就躺在这里面，多恐怖！

"到底在哪儿？"陈贝儿一手打伞，一手捧花，脸上已分不清是泪水还是雨水。

宇涛穿着雨衣，小心地护好石膏像，边走边看，在一片墓碑中竟然也转了向："坏了，我也忘了是哪一区了。要不你先在这儿等我，我先找，找到了我再过来叫你。"

陈贝儿害怕地说："一起去找吧，别把我撇下。"

宇涛看出她在发抖，赶紧说："好，咱们往东边走，我感觉快到了。"

转了一圈又一圈，这片墓地俨然成了一个迷宫，怎么也找不到高翔的墓碑。

陈贝儿泄气地往台阶上一蹲，她已经走不动了："打电话问问他父母，到底是几区几号，不然咱们走一天也找不到。"

宇涛突然看到了一块高台："我记得这块高台，再往上走几行就是了。"

陈贝儿气喘吁吁地跟在后面。就在她快支撑不住的时候，终于听到宇涛喊了一句："找到了！"

陈贝儿一下振作起来，盯着宇涛站立的地方发愣，脚却不敢往前迈一步。

"赶紧过来吧。"宇涛又喊了一句。整片墓地只有他们两个人，不免让人瘆得慌。陈贝儿一步步艰难地往那个方向挪。

宇涛也顾不得管她，赶紧开始安装石膏像。

陈贝儿也把伞一扔，要跟他一起安。宇涛忙把伞给她支好："你别动手，你把花护好，一会儿要献花。"

陈贝儿看着墓碑上"高翔"两个字，已经潸然泪下。

宇涛一声不响地把石膏像固定好，再把墓地周围的乱石杂草清理了一下，才说："可以了，你看看高翔还挺精神的吧，我估计他能满意。"

陈贝儿把花献过去，两人静默地立地墓前，任由雨水把两人浇个透心凉。

"高翔，我们来看你了，你在那边还好吧？我跟贝儿帮你把石膏像安好了，你还满意吧？"说到一半，宇涛已泣不成声了。

陈贝儿接着说："高翔，你怎么那么缺德，扔下我们俩，为什么呀?！我是心理医生，你不知道吗？你为什么不找我看病，为什么——"越说越歇斯底里，陈贝儿失控地号啕大哭。

宇涛也忍不住了，终于放声地哭出来："高翔——你回来吧！"

两人疯子一般在陵园里恸哭，雨水、泪水把五官模糊了，把天空模糊了，把时间模糊了，而那段痛苦的记忆却怎么也模糊不去。

最想忘记的，总是最刻骨铭心的。最挥之不去的，永远清晰如昨。

那是一场精疲力竭的告别。

[85] 前门拒虎,后门进狼

从墓地一回来,陈贝儿就高烧不退,从来不发烧的她最近连着发烧了两次。那场大雨把身体的病痛都引了出来。

周一,拖着病痛的身体昏沉地走进办公室,陈贝儿没有一丝精神。

苏苏给她发了若干微信,都没见到回复。无奈,中午的时候,苏苏拉着崔晶一起把陈贝儿拉了出去。

"不就是感冒嘛,怎么跟林黛玉似的,这可不像你的风格啊。"苏苏觉得最近的陈贝儿好似变了一个人,之前那个说一不二、雷厉风行的她哪儿去了?

"点份鸡汤吧,鸡汤治感冒。"崔晶拿起了菜单点菜。

"没胃口啊,你们点,别管我。"陈贝儿有气无力的,吃了药也不见效。

苏苏眉头一挑道:"哎,财务主任于阳走了,你们怎么没反应啊?"

"于阳走了？辞职？"陈贝儿一惊。她们之前分析了半天谁会走，她想到的是孙娜，没想到却是于阳。

"你都不知道？我给你发那么多微信留言，你都没听啊？"苏苏意外道。

"这不是发烧嘛，一直在睡觉，哪有工夫看微信。"陈贝儿头疼道。

"我也挺意外的，如果照之前的分析，黎玉的走跟于阳有关，那她没理由再走啊？"崔晶点好了菜，喝了口茶。

"所以黎玉的走应该就和于阳没关系。"苏苏推理道。

"那她为什么要走？"陈贝儿还在迷糊中，以往都是她做分析，现在她只能听别人分析了。

"我觉得她走肯定还是跟业务有关，听说新来的销售总监林寒很厉害，查了一些之前的账，说销售数据好多是假的。"崔晶小声道。

"那肯定是王总干的啊，财务也是要听王总的，于阳胆那么小，她敢造假吗？"苏苏看菜上来了赶紧下筷子，今天没来得及吃早饭，这会儿她快饿晕了。

"是，于阳向来很谨慎，她应该不会造假，除非王一铭让她这么做，她没办法。"陈贝儿补充道。

"问题就来了，如果是王一铭的问题，为什么走的人是于阳？"崔晶故意发问。

"那还用问吗，于阳肯定是替死鬼呀。"苏苏抢白道。

"但是于阳走了，这事就能摆平吗？"崔晶继续发问。

"如果真是林寒发现的问题，那就看他是否继续追究了。王一铭之前肯定跟林寒不认识，那么事情就更简单了。林寒是集团派来的，如果他向集团汇报，王一铭肯定是吃不了兜着走了。"陈贝儿喝了几口热鸡汤舒服多了，思路都清楚了不少。

"林寒看上去应该也是比较有野心的，他肯定还想坐王一铭的位子，这样一来，事情就好办多了。"苏苏露出坏笑。

"那么下一个走的人很可能就是王一铭了。"陈贝儿替她下结论。

大家脸上都笑开了花。

崔晶又说："你们没发现最近王总没怎么在公司吗？"

苏苏好笑道："你是他秘书，你应该知道他去哪儿了呀？"

"问题就在这儿，他的行踪从来不告诉我。有几个签字找他，他电话都不接，也真是奇了。"崔晶发牢骚。

"你要是黎玉，人家王总就告诉你了。我觉得要么出差，要么开会……但也有可能正忙着找下家呢。"苏苏促狭道。

陈贝儿的感冒仿佛一下子就痊愈了："真有可能啊！天哪，咱们的愿望难道这么快就要实现了？"

"也别高兴得太早，这只是咱们瞎分析。林寒也不可能刚当上销售总监就取代王一铭当一把手，我觉得还是不太可能。"

"我怎么有种直觉，觉得他真的要下台了。"陈贝儿充满期待。最近这么多倒霉事，至少能发生一件令人开心的事也好啊。

崔晶笑道："拭目以待，我也觉得这事好像快了。"

"你问问秦岭，他到底有没有可能回来当一把手啊？"苏苏急道。

"应该不会是秦岭吧，在一个位置上至少得干满三年，他年限还不够啊。"崔晶之前跟秦岭关系也不错，大家都希望他能回来上任。

"不管是谁，只是不是王一铭就行。"陈贝儿做出祈祷状。

但她万万没想到，前门拒虎，后门进狼。职场的江湖就是这么险恶。自认已经百炼成钢的陈贝儿还是无法预料接下来的突发事件。

一周后，仍不见王一铭的影子，公司上下开始议论纷纷，他要走的消息也呼之欲出。但也有的说，他和黎玉忙着结婚去了；还有的说，集团已下令让他辞职了。因为都是传言，谁也不敢肯定。

又是一周，王一铭仍没来上班，大家都有些坐不住了。就连林寒都跑到副总李辛处打听小道消息。

李辛自己还万般焦虑呢。这几天，王一铭也没接他的电话，不知是出了什么情况。以他的经验，八成是待不长了。林寒也曾把那些虚假的销售数据给他看，他全推到了王一铭身上。幸好当时他没签字权，王一铭都独揽了，为此他还耿耿于怀，现在看反而是救了他。真要签了字，有嘴都说不清了。看得出林寒也是个极有野心的人，本身也能干，他不可能放着这么好的料不去报。如果集团领导看到这些虚假数据，估计王一铭的位置难保。只是李辛也在隐隐地担心，这事会不会跟他自己有牵连。

幸好最近这段时间也没任何人找他谈话，他稍松了口气。但王一铭始终不接他电话，估计凶多吉少。他甚至也曾暗自想过，万一王一铭下台，是否就该轮到他了。但冷静下来又觉得不太可能。如果轮到他了，至少这个时候应该有人找他谈话了。他也曾悄悄向集团的人打听，但个个都守口如瓶，什么也没问出来。

当于阳辞职时，他心里就咯噔一下，生怕把自己也连累了。但所有的单子他都没签字，他也有装傻的理由。即使领导追究下来，他也会一问摇头三不知。这样想着，他的心才慢慢放下来。

五月的最后一个周五，当大家都沉浸在王一铭各种版本的传言中乐此不疲时，HR李莉终于在微信群里通知下午两点召开全体会议，不得缺席。

在大家看来，应该是宣布王一铭辞职的大会吧。但谁也没想到，新的一把手已经在主席台就座了。大家都惊到了，看来王一铭走的事早已既成事实，就连新一任人选都已定好了。

陈贝儿悄悄走到后排,挨着苏苏坐下,眼睛却直盯着主席台正中的那个男人。

他的头发短短的,有些微卷,乱七八糟地挤在脑后,戴一副黑边眼镜,深深的法令纹显得他一脸疲惫,脸上所有的线条都往下垂,脸颊没有一点脂肪,干瘪得像个大烟鬼。

这人如此眼熟!陈贝儿心下一惊,可因为坐在最后一排,五官看得并不真切。

先是李莉讲话,接着是李辛。

陈贝儿暗暗观察这个男人,眉头紧锁,很不放松的样子。坐姿也不正,看人的目光总是斜视。

苏苏在耳边悄声道:"怎么感觉这人不像好人啊,看面相就不正。"

陈贝儿示意她噤声。

这时李莉说:"现在请我们新上任的总经理刘远峰讲话,大家欢迎!"

话落掌声四起,而人群中只有陈贝儿傻在了那里。

刘远峰?不可能吧?这个名字怎么一直阴魂不散地跟着她。

男人开口说话了,这阴沉的声音更令她毛骨悚然——她真的认出了那张脸,那张她原本以为再也不会见到的脸……

[86] 半年后

　　文西在医院里昏迷了三个月，终是没有醒来。

　　连医生也很抱歉，毕竟她太年轻了。脑部受创导致的昏迷，谁都以为会醒来，但谁都没有想到会真的醒不过来。

　　谢琛曾做好了最坏的打算，文西可能成为植物人，但多少植物人都活了过来，文西才三十出头，应该能挺过来。哪想到命运之手就是把这扇门给关上了，她没能从医院走出来。

　　两个孩子还小，不知道妈妈躺在那里一动不动是为什么，见爸爸哭泣，他们也跟着哭。

　　谢琛把两家的父母都叫来了，对这个噩耗大家都不能接受。

　　文西的父母只是怪罪谢琛没有保护好他们的女儿，谢琛不停地自责、流泪，也都意难平。

　　谢琛的父母两边劝和，这种事谁都不会好受，即使文西不是他们的亲女儿，他们也一直把她当成亲女儿来待。接到消息后，他们马上买机票从杭州飞到美国，一分钟都没耽误。但两家人见面，全都没有好脸色。

尽管已经做了最大的妥协，但文西的父母还是执意要把两个孩子接回北京。文西是北京姑娘，她的骨灰也要带回北京安葬。谢琛全都同意了，这个时候他没有任何理由拒绝。

谢琛的父母也不想让儿子为难，儿子一个人在美国带两个孩子肯定也不现实，他们想把孩子接回杭州，也有些自私，也就默默同意了。

处理好后事，他们各自返程，没有多余的话。原来热热闹闹的两家人，现在相顾而无言，景况凄惨。

谢琛一个人留在了美国，公司的事要处理，他也不可能马上辞职。即使回国重新找工作也需要时间。父母当然希望他能回杭州，但谢琛为了孩子还是要选择回北京。

"孩子已经没有了妈妈，不能再失去爸爸，我必须在他们身边。"谢琛含泪说出这话。父母还能说什么，只能慨叹命运为何如此不公，让自己的儿子遭受这样的打击。本来小两口在美国生活舒适，一切顺风顺水。孩子慢慢长大，一家人不知道多和睦，现在幻境打破，好似一下跌入人间地狱。

谢琛一边在北京找工作，一边在美国公司做收尾，这个难关能否渡过来，他不知道。已经适应美国的生活了，回到北京重新开始能否顺利，他也不敢想。只能走一步看一步了，正如危险无法预知，前景也是一片模糊。

那天跟陈贝儿把肚子里所有的苦水都吐了一遍，方才觉得一直憋在心里的郁气稍稍舒解。

陈贝儿也劝他回北京发展，至少他们在一个城市还能互相照应。只是文西的意外和高翔的离世都让人无法释怀。

什么爱恨情仇都可以用时间化解，唯有生离死别，叫人无法抽离。

两人面对面坐在一起的时候，已是北京的深秋。

一切恍如隔世，仅仅一年的时间，巨大的变故让两人都觉得已分开数年。

美好的时光永远走得最急最快，沉淀下来的痛苦却又弥久恒长。

谢琛一下苍老了好几岁，额边已冒出几丝白发，眼尾已有了深深的皱纹。

陈贝儿也好不到哪里去，面色如纸，嘴角下垂，脸上看不到一丝生气，充满灵气的眼睛却放出迷离之光，无精打采。这要是以前，见到谢琛，她不知多兴奋。现在人就在眼前，她却怎么也笑不出来。

谢琛找到了工作，下个月便开始上班。陈贝儿以茶代酒，向他举杯祝贺，挤出来的笑容僵僵的，比哭还难看。

"如果高翔当初跟你在一起，或许不会有这样的后果。"谢琛把目光落在咖啡杯上，淡淡说了一句。

"这是命运的安排，人生的字典里从来都没有如果。"陈贝儿苍白地笑了一下。

"如果文西当初不选择我，也可能会有不一样的结果，我觉得是自己害了她……"谢琛越说越沉重。

"没有这样的因果吧。即使高翔当初选了我，也可能会发生其他的事；即使文西选了别人，也不见得会幸福。我是宿命论，一切都是命运的安排，不信不行。人从一生下来可能命运都已经写好了，谁也无力改变。"陈贝儿无助道。

"哪天和你一起看去看看高翔吧。"谢琛突然这样说。

陈贝儿一愣，又说："好啊，先去看高翔，再去看看文西，一直想跟她见面……如果她活着，我想我们会是很好的朋友。"

谢琛点点头："如果高翔还活着，不知道我们会不会成为哥们儿?"

"会的,肯定会的。"陈贝儿笃定地说,"还有宇涛,你跟宇涛也能成为很好的朋友。"

谢琛凝神道:"宇涛还好吗?你们俩……"

陈贝儿打断道:"我们俩是好朋友,更像是亲人。"话落她有意避开了这个话题,抬手道,"你看这是高翔那年过生日送我的手套。那年特别巧,他和宇涛同时送了我一份生日礼物,结果打开一看全是手套,他俩都惊呆了,连礼物都能撞车,真是服了……"陷落到回忆中,有苦有甜。

"宇涛送的手套呢?"谢琛问。

"竟然找不到了,非常奇怪。"陈贝儿不好意思道。

"高翔的礼物更重要一些吧。"谢琛直言道。

"不是有意的,也可能有些东西藏得太好了,反而找不到了。"陈贝儿无措道。

"以后我送你的东西不要藏,要拿出来马上用,知道吗?傻丫头。"谢琛有些心疼地看着她。

陈贝儿避开他的眼神:"我觉得你跟宇涛会是很好的朋友……"

不知何时,她面对谢琛都已变得不自然了。以前那种轻松自在、不怀心事的快乐好似再也找不回了。

晚上落寞地回到家,看到手机QQ上有人给她留言,打开一看是诗兰。

她说最近去做了一次妇科体检,因为下体总流血,怕是长了什么东西。结果检查没做好,把处女膜破坏了。

陈贝儿叹了一口气,心里说不出是悲哀还是心疼,只好回劝了她几句。快四十的诗兰从没交过男朋友,这个病害得她不能有正常的感情生活,人到中年竟连恋爱都没谈过。

诗兰说,下个月方溪从南京过来,一定要安排聚一聚。

陈贝儿问她身体恢复得怎么样，在饭店吃饭能否坚持下来。

诗兰说应该没问题，白天她都可以，只是晚上精神差些。

"下个月我请客，咱们约中午，我可以的，白天都没问题。咱们去吃海鲜自助。最近我胃口好起来，都长胖了几斤……只是这个可恨的大夫没处理好，让我不是一个完整的女人了。"

"没关系的，那东西年纪大了也会自动脱落的，别去想了，下个月我们开开心心聚餐。"陈贝儿劝完都觉得心酸。

她把对话截屏发给了方溪。

方溪早已知此事，马上回道："哎，我也劝她没必要纠结了，现在的年轻女孩还有这个吗？破了就破了吧，她这一生能不能结婚还另说了。现在对她来说，健康才是最重要的，其他的东西还有什么可耿耿于怀的。她现在不光是抑郁症，还有点精神分裂……"

"但感觉她比前一段好多了，还说下个月等你来聚餐呢。"

"坚持治疗应该会慢慢好起来，下个月她还有一项 CT 检查，她害怕，叫我去陪她。我尽量去陪吧，她父母年纪大了，也不可能去，她一个人确实害怕……"

都是善良的人，陈贝儿心里默默念了一句。

刚想说什么，陈贝儿突然发现高翔 QQ 上线了，她一惊，赶紧点开了他的 QQ 头像："你是高翔？"她问了一句极傻的话。

对方并没回话。

她又问："你是谁？"

这个头像是不可能再亮起了，那么这个人怎么会有他的 QQ 密码？难道是阎珍？

对方终于回道："我是高翔工作室的。"

"你是非非？"陈贝儿又问。

对方又不答话。

陈贝儿想了想，突然想到她："你是卓婷？"

"是。"

果然是她,可是她为什么会有高翔的密码,看来他们的关系非同一般。换位想想,高翔不可能把密码告诉自己。

"我替他处理工作室的事。"卓婷补了一句。

"现在工作室还开吗?"陈贝儿关心这个。

"他老婆不让开了,但我换了个名字继续开,高翔的事业我想帮他继续完成。"

陈贝儿竟有一丝感动:"我叫陈贝儿,也是高翔的好朋友,如果有需要帮忙的,随时可以找我。"

"我知道你,好的,谢谢!"

看来以前高翔提过自己的名字,陈贝儿又问:"阎珍后来没找你麻烦吧?"

"她跟任何人都不联系了吧。听说高翔的父母要跟她分割财产,她都一概不理。"

"真是恶毒的女人。这在法律上是不允许的,财产的一半归配偶,这属于夫妻共同财产,但另一半就得父母、兄弟姐妹、配偶共同分割,她凭什么一人独占?"陈贝儿气不过。

"我相信因果报应,高翔应该不会白死吧。"卓婷也气不过。她深爱着高翔,却又无能为力。现在能做的,就是把他的工作室继续经营下去。

陈贝儿突然思路一转:"你知道高翔有抑郁症?"

好一会儿,卓婷才说:"知道。"

"那你为什么不说呢?抑郁症是要大家帮助才行,你谁都不说,他就会走向自杀的。"陈贝儿激动道。

"他不让我说,我只能听他的。"卓婷向来对他言听计从。

"可你这样就是害了他!"

"是,我知道,我有错,我也很后悔……"

陈贝儿停了下来,她知道现在说这些也都无济于事了。沉吟一下,她说:"你用自己的号加我QQ吧,以后尽量不用高翔的QQ,省得别人误会。"

"好的,谢谢你!"卓婷也知道陈贝儿和高翔是大学同学,甚至她还一直很妒忌她和高翔的关系。但事到如今还有什么可妒忌的,大家都是关爱高翔的人,这就足够了。

卓婷下了线。陈贝儿坐到了沙发上,脑子里想东想西,全是高翔的事。

呆愣了好一会儿,方觉得肚子饿了,才去厨房给自己下了一碗面。可是吃了两口,才能体味出自己的厨艺已退步到无法下咽的程度。也许心情不好的时候,厨艺也跟着下线。

不到一刻钟,QQ又发来了提示音。陈贝儿也觉得纳闷,今天是怎么了,QQ从没像今天这么热闹。

是一封新邮件,发件人竟然是Cathy!这个疯女人难道又来投诉了?

她并没有删除,直接点开,每字每句却令她意外——

陈小姐,你好!

去年我经历了人生第一次洪水,明白了其实很多东西和事丢弃了也没什么可惜,只是有的人却值得珍惜。时间证明,之前我做了许多荒唐事,听说你也被撤职,我心里很内疚。这一年我得罪了许多朋友,自己也跌得很重,失去一些朋友后,我很后悔,也很想念。我们为一些鸡毛蒜皮发生摩擦真是很不成熟,希望你能原谅我。又到年底了,新的一年又要来临,不好的我想忘记,只记住美好的东西。希望我们能重新建立联系,之前我把你的电话删了,我想重新和你联系,能否把你的电话再发给我,我们加一下微信好吗?

新的一年，希望我们能有业务上的合作，我又写了一本新书，也希望与你们公司继续合作。

给你发了一张我的近照，是在海边拍的。你看我是不是苍老了许多？

这个世界很大，我要把心变得更大才算真正配得上我的年龄与阅历。

你永远的朋友 Cathy

陈贝儿有些不敢相信这封信会来自 Cathy。这字里行间竟充满了情真意切。只是这样的当下，陈贝儿已经不想再去回味旧人旧事了。

世上没有完美的人，也没有完美的事，她能有这样的醒悟，就已足够了。

隔天中午，苏苏正要找陈贝儿吃饭，却见她健步如飞地朝写字楼外狂奔，不知有什么火急火燎的事情。

其实她哪有什么火急火燎的事情，只是宇涛突然来找她，她担心又发生了什么事。宇涛一见她便说："高翔的石膏像掉下来了，都怪我没安结实，摔碎了。"

"啊！"气喘吁吁的陈贝儿还是吓了一跳，"这不会是什么预兆吧？"心里又惊又怕。

"你别瞎想，就是没安结实。我已经又定做了一个铜像，铜不容易坏，等做好了再去装上吧。"

"嗯，到时候叫上我。"

两人在街上边走边说。宇涛正好开车经过她的公司，顺便跟她一起吃午饭。

苏苏和崔晶就在他俩身后的不远处跟着，苏苏的目光全盯在邢宇涛身上。

"这男人看着不错啊,从背影看跟贝儿挺搭的。"苏苏喜上眉梢。

"我说最近她怎么有些魂不守舍,弄了半天谈恋爱了。"崔晶也盯着宇涛看,只是看不到正脸。

"哎,要不要上前打个招呼,这样不就看清楚了?"苏苏忍不住道。

"算了,别打扰人家二人世界了。"崔晶把苏苏拉进了一家餐馆,"赶紧吃饭吧,别弄得跟私家侦探似的。"

两人四周看了看,见没有同事在场才踏实地坐下来。

苏苏看了看菜单,神情怠惰:"真是没什么胃口,这个刘远峰,我看还不如王一铭呢,成天对同事吹胡子瞪眼的,好像大家都跟他有仇似的。王一铭还会装,起码有时会跟大家装客气,但这个刘远峰连装都不会装,素质也太低了。"

崔晶也欲哭无泪状:"所以说一代不如一代,以前郑总多好啊,王一铭就非常差,这个刘远峰更差。"

"前几天,陈贝儿找他签字,就因为用了有字的打印纸背面打印,结果被刘远峰骂了一顿,还冲她拍桌子了。你说多可怕啊!把陈贝儿气坏了。大家为了省纸都是用背面打印啊,这不是成心的吗?!"苏苏点了碗面,气愤道。

"这就是没事找事,哎,贝儿也够倒霉的。我还好,刘远峰还没敢对我拍桌子。"崔晶点了份饺子。她对刘远峰的策略始终是敬而远之。

"你是他秘书,他当然不敢对你拍桌子了。幸好我找他签字的机会少,不然肯定也会被他骂。"苏苏心有余悸。

"听说他离婚了,有个孩子,可能心情也抑郁吧。一般在家里受气的男人都会把火撒到单位来。"崔晶分析。

"离婚男人好多变态的,哎,这以后的日子可怎么过啊。好不容易走了一个阎王爷,结果又来了一个瘟神,真够要命的!"苏苏吃了口面,味道全无。

"再看看吧,反正干得不舒服,我肯定就辞职了。老公可以养我,何必在职场受这个气。我出来工作也是想给自己找点事做,不想当家庭妇女。但现在在职场,没有关系又不肯拍马屁的女人很难生存……"

两人边吃边抱怨,怨气冲天,又万般无奈。

那边陈贝儿和宇涛也进了一家餐厅。这家餐厅并不在街边,要走进胡同里好一段,她也是想避开同事。可她刚落座,就发现窗角的位置有两个熟悉的身影。再细看,天哪,这两人竟然是王一铭和袁刚。

简直太可笑了,两人明明之前已经撕破脸了,现在又坐在一起吃饭。男人的友谊她真是搞不明白。看两人窃窃私语那个劲,显然又在计划什么勾当了。看那不安的面色,就知道王一铭辞职后应该还没有着落。估计是走投无路了,居然还能再找到袁刚合作,这也太可笑了。

这下胃口全无。陈贝儿赶紧拉宇涛去了二楼,眼不见心不烦吧。

坐到二楼最里面的角落,陈贝儿才稍稍有了些安全感,这才开始点菜。

宇涛也看到了那两个人:"是同事?"

陈贝儿便把王一铭和袁刚的那点儿恶心事都说了。

宇涛突然想起了自己的老板,还真是天下乌鸦一般黑啊。看来在哪个公司都不好混,跟陈贝儿比,至少他在职场还算顺风顺水了。

两人又说回了高翔的墓地。

"石膏像这事我也跟高翔的父母说了,没想到他们连墓地都没去过。我说这次安铜像也带他们一起去看看，结果他们还拒绝了……"宇涛叹了口气。

"太过分了，这是什么父母啊！"陈贝儿气得拿筷子的手都发抖。

"他们可能也怕触景生情吧，但我觉得至少应该去一次。最近他们也闹心，高翔走后，他们提出财产分割，阎珍不接电话，他们也找不到人。昨天他们让我帮着联系阎珍，可她也不接我的电话。我给她发了短信劝了半天也没回。我建议他们请个律师，这事肯定要打官司。但他们年纪大了，一开始说让我帮着打官司，这种事我一个外人也不好出面啊。后来他们又觉得和儿媳妇打官司也掉面子，也就算了，钱也不要了……哎，事情闹到这个地步也真是悲剧。"

陈贝儿听完愤愤的："要不我帮他们请律师吧，我同学的老公是律师。"她想到了方溪。

"算了，你别掺和了，这种事处理不好你会里外不是人。我现在是两边劝，结果他父母还怪我没办好，阎珍这边也恨我，觉得我只帮他们。所以这事不能管。他们后来也想开了，说那些房子将来也是要留给孙女的，干脆也不要了。"

陈贝儿叹了口气："所以说找对象绝对要谨慎，找不对，连命都搭上了，让父母也痛苦。婚姻不是一个人的事，是两家人的事。"

宇涛也赞同，这也是他一直不敢结婚的原因。现在目睹高翔发生的这一切，更加恐惧。有时他想，即使跟喜欢的人生活在一起，也不愿走入婚姻。可一般女孩也不会只同居不结婚的，再加上他也不愿意耽误别人，所以一直单身至今。当然，陈贝儿始终在他心里占着重要位置，也让他举步维艰。

"我估计墓地阎珍也没去过吧？"陈贝儿幽幽地问。她有时想想，高翔这一生空耽误了一身的才华，最后以这样的方式谢幕，到底错在谁？

"下葬的时候去过一次，后来应该没去过吧。我后来去过几次，墓地都很脏，应该没有人来祭拜过。"宇涛悲哀地说。一桌子菜，两人都无心吃饭。

"真可悲，高翔死得太不值了。"说完，陈贝儿忽然想起了昨天和卓婷的一番对话，便和宇涛说了。

谁知宇涛一愣："前几天我也在QQ上看到高翔上线了，当时我也吓了一跳，我以为他又活过来了。我当时赶紧点他跟他说话，结果他一句也没回。我当时也想到卓婷了，我就给她打了个电话，她说不是她，她不知道高翔的QQ密码。我当时想的可能是被盗号了。可是今天你又遇到这种情况，她居然承认了，那就太奇怪了，那她可能对我撒谎了。可是当时电话中听她的口气是真的不知道，不像是撒谎。"

陈贝儿听着汗毛孔都立了起来："那到底是谁啊？因为我们只是打字，我没听到她说话，可如果是盗号又不像。盗号的话，对方肯定会让你打钱的。而且我们的对话我觉得就是卓婷，外人根本不知情啊。"

"咳，别管她了，不管是谁，也不可能是高翔。"

"我感觉卓婷还是挺爱他的，但高翔为什么不接受呢？如果他接受了这份感情，可能就不会死了。"陈贝儿难过道。

"卓婷这类型高翔是不会喜欢的，她属于比较火辣的那种，重庆妹子嘛，穿衣服也比较大胆，但高翔觉得没有气质，我猜啊。至少他觉得阎珍比她气质好。阎珍看上去就是一个白领，可那个女孩看上去，就是一个打工妹。对了，我手机里好像还有卓婷的照片。"话落宇涛就拿出手机，打开一张照片。

陈贝儿一看，卓婷骑在一匹马上，穿一件紧身格子裙，底下配了条皮裤，还是荧光色的，头发染成金黄。确实气质上差了些，可是看脸蛋还是美的，五官鲜明，眼睛也大大的，笑容充满活力，只是这种美稍有些俗气。

"但我觉得这女孩挺漂亮的，身材也挺性感，只是没有知性美，但我觉得高翔跟她在一起也比跟阎珍强。至少这女孩对他好，生活、工作上都能照顾他。"陈贝儿客观地说。

"是，她做饭也挺好吃的，包括给高翔买衣服，她挺大方的。工作室里里外外也都是她张罗。但就是替代不了阎珍在他心中的位置，别人能说什么。我也不知道他喜欢阎珍什么，但我感觉他对阎珍是真爱，不然为什么这些年连同床都没有，还依然对她言听计从，还不断地给她送钱。我记得有一次高翔跟我说，家里全放的是阎珍家人的照片，没有一张是高家人的照片。我听了都很气愤。高翔说为了避免吵架，只能忍了。可想而知他在家有多被动，很受气的。后来她又不让孩子见高翔，更别说见爷爷奶奶。阎珍表面看着很大气、很弱小，但实际上内心特强势，高翔完全被她控制住了。"宇涛越说也越不能理解了。

陈贝儿简直听不下去了："高翔图什么呢？这里面肯定有不为人知的地方，不然我不能理解。一个女人既不跟你住一起，也不让孩子见你，你还求着她，对她好，还给她送钱？这是正常人吗？"

"所以他病了啊，长年的积累让他心理出问题了。我觉得高翔是个要面子的人，也是个重物质的人。我们从小一块儿长大，有些东西可能你不会知道。阎珍家庭条件比高翔家要好，所以阎珍家从骨子里看不起高家。阎珍那时候追高翔一是因为他帅，二是因为他有才。结婚头几年还行，后来阎珍不知为什么对那事毫无兴趣，拒绝跟他同房。有一次，高翔说过两人直接在床上就闹翻了，那次还动了手，高翔把阎珍踢下了床。这事我也是听虎子说的，我从来也没问过他。这事也不太好问。可后来高翔就变了，对阎珍非但没有抱怨，还对她百般容忍。两人早就不住一块儿了，可高翔挣了点钱就往阎珍家送。这个我确实也不能理解。也可能这里面还有别的事,不然逻辑上说不通啊。"

陈贝儿也一直想探究,高翔为什么好好的一个人能得抑郁症,还走上自杀的路,她这个心理医生自己都不能把这事合情合理地梳理开。听宇涛说这些她更不能理解了:"也可能真有咱们不知道的事,不然说不通啊。以高翔的条件什么女人找不到?"

宇涛沉默地一顿,又说:"后来高翔开了工作室,可能是直接导致他发病的诱因,一个是压力大,收入不稳定;另外,他总想挣好多的钱在阎珍家面前扬眉吐气,这也可能是给她送钱的原因。"

"但我觉得很可能有精神层面的东西。高翔缺少精神层面的沟通。他和阎珍基本是貌合神离,夫妻感情早破裂了,但高翔为了面子,也为了自尊心,不愿意承认破裂,还是想不停地挽救这段婚姻。他有才华,想成功。漫画书畅销那会儿,他的状态是很好的。他经常上电视,也出了名。但很快这个潮流就过去了,没人找他出漫画书了,杂志社又对他排挤,逼他辞职,这是一个导火索。感情不如意,如果事业上春风得意也可以。但开工作室之后,开始还行,后来并不顺利,连招生都困难了,那么问题就来了。所有他可能成功的路都堵死了。卓婷对他好,本来也可以救他,但他没有接受,所以病情越来越严重,停药后就走向了自杀,而且是计划性的,谁也救不了他。"陈贝儿面无表情地客观地分析,"总结起来就是三点:自身的性格懦弱,不懂得释放,精神层面封闭自己;婚姻不如意,可又不放手,越陷越痛苦;工作上不顺,走入瓶颈,断了经济收入;原生家庭也没给他太多的帮助,知道他得了抑郁症,没人重视;还有一条,就是他从不锻炼身体,没事喜欢在家发呆,慢慢丧失了一切兴趣……最后只能选择结束一切。"

宇涛边听边点头:"如果高翔活着的时候能听你说这一切,也许他就不会死了。"

"只是他隐藏得太深了,我这个医生都看不出他是病人。你看我有多失职……"陈贝儿永远自责。

"我知道得比你多,了解的事也比你多,我跟他从小一块儿长大,我自认为没有比我更了解他的人。但我却不了解他的病,不知道他早已处于生死边缘。我的罪过比你大多了。"宇涛同样自责。他流的眼泪一点儿不比她少。

"现在冷静下来看高翔这短短的一生,真是一个悲剧。谁能想到这样一个悲剧会发生在我们身边,又是跟我们那么亲近的一个人。"陈贝儿最近看了一篇文章,说是多看书能治好抑郁症,因为精神富足才能抵抗身心的抑郁。她依稀记得高翔很少看书,最多是看漫画书,还有他的专业书,似乎也从不跟他们交流精神层面的东西,这也是一个源头。

而宇涛不同,他喜欢读小说,看各种文章,喜欢研究人性,讨论精神层面的东西。经过了那么多事,她一直以为高翔才是自己欣赏与匹配的人,现在再打量,似乎宇涛远比高翔更适合她。只是经历了这样的伤痛,谁也不想在伤痛面前谈情说爱,好像不会了,也不去想了。

宇涛看着陈贝儿冷静又深思的面容,一下子觉得她成熟了许多。这怎么会是那个成天跟他打嘴仗的陈贝儿呢?而他自己,也好似一夜长大,再不会去和她耍贫嘴、逗闷子,两个人都有了如蜕的成长。

可是,这种无奈又痛苦的一夜长大,他宁可不要。

他多希望面前的贝儿还是那个没心没肺、一见他就像小辣椒似的和他呛呛个没完的傻丫头。

如果时间能倒回,他多想回到那个曾经的黄昏,他拿着相机对着她,那个气质独特、清丽干净的印在霞光里的剪影,美得让人惊心动魄——那是一种惊艳了时光的心动。

[87] 尾声

谢琛头一次坐陈贝儿的车,一路他都提心吊胆。拐弯弧度稍大些他都要拉一下她的手臂,生怕她会出事。

陈贝儿好笑地看着他一惊一乍,不但没减速,还把速度加快,更让谢琛如坐针毡。文西开车出事后,他对车有了恐惧,现在他宁可打车都不愿意碰车。

见贝儿如此着急地开车,他不得不大声吼她:"慢一点!你要再这么开车,下次绝不坐你的车了。咱们还是把车停下,打车去吧。"

陈贝儿放慢了速度:"好吧,我慢慢开,只是这儿离墓地两个多小时,我怕宇涛等太久。"

"不会的,今天路况好,人少,肯定能准时到的。"

宇涛一早约好了时间,高翔的铜像做好了,她也迫不及待想看到。本来宇涛要来接她,她说会再带一个朋友,宇涛也没坚持,也没问。

他隐约觉得有这么个人夹在了他和贝儿中间。那天在机场，他去接一个朋友，却意外看到了陈贝儿，看样子她也是来接人的。本来是要跑去吓她一下，结果他意外看到了一个男人的身影——那人高大英俊，气质不凡，穿着打扮像是从国外回来的，看样子还和贝儿熟络得很。那一刻，他停在了原地，愣怔地看着男人坐进她的车，很快消失在他面前。

宇涛在车里一遍遍回忆机场的那一幕，有些虐心。

中午十一点，他准时到了墓地。想起上次他和陈贝儿来赶上的倾盆大雨，那仿佛就是昨天的事情。等了好一会儿，才见到贝儿的车缓缓驶来。

宇涛竟有些莫名的紧张。果然，陈贝儿和一个身形高大的男人一同下了车，正是宇涛在机场看到的那人。他心里竟然咯噔一下。

陈贝儿冲宇涛笑笑："我来介绍，这是宇涛，这是谢琛。谢琛是我高中同学，后来去了美国，现在回北京发展了。"

谢琛主动跟宇涛握了握手，宇涛一脸的不自然。他显然已把这人当成了陈贝儿的男朋友，他又怎么可能自然。

"早听贝儿说起你和高翔，一直想跟你见见，你们三个人的感情我都感动了。今天我也要一起来看看高翔。"谢琛倒很自然大方。

宇涛点了点头，尽量做出若无其事的样子。他从后备厢取出了铜像，陈贝儿一看，说不出来的一种滋味，百感交集。

谢琛仔细看着，赞叹道："和照片好像。"

宇涛也点点头，他今天话不多，面上始终带着微笑。可谁知道这笑里有多少苦涩。三人缓缓向高翔的墓地走去。

"这次我记得路了，你呢？"陈贝儿也发现了宇涛的不自然，她故意这么问。

"我当然更记得了，我比你来的次数多。"

他们很快走到了那个高台，再往上走就是高翔的墓地。三人一眼都看到了之前那个石膏像可怜地碎了一地。陈贝儿和宇涛赶紧上前收拾起来。这一地的碎片让人不忍直视。

宇涛赶紧安装铜像，谢琛也过去帮忙，很快墓地有了新的样子。高翔好似露出了欢快的笑脸，正冲他们微笑。陈贝儿站在中间，宇涛和谢琛立在左右，三人一同向高翔鞠躬。

这一次，宇涛忍住了眼泪，徐徐地说："高翔，给你做的新铜像还满意吗？应该还满意吧。我们都挺好的，也挺想你，贝儿还带了一个朋友来看你。"

陈贝儿接着说："这是我的中学同学谢琛，我觉得你们应该能成为很好的朋友。"

谢琛也说话了："高翔，你好，希望你在天堂没有痛苦。"说完又想到了同样在天堂的文西，心里一阵刺痛。鞠完躬竟然泪就来了。

陈贝儿明白他的痛，一把拉住谢琛的手，宇涛在边上看着一脸尴尬。陈贝儿也一把拉住宇涛的手。三人手拉手地立在墓碑前。

这时陈贝儿说："高翔，你走后'吃货三人组'就再也没有消息了。现在谢琛回来了，他替代了你的位置，我把他拉进了群里。以后他就代替你和我们吃饭，你说好吗？"

宇涛有些不知所措。陈贝儿转向他说："宇涛，你说好吗？"

宇涛泪盈于睫，点头道："好。"

陈贝儿更紧地握住了他们俩的手，欢呼一下："太好了！以后'吃货三人组'又开张了！今天去哪儿吃？宇涛，你替高翔说。"

"就去大排档吧，有一家大排档，高翔原来一直说想去吃烤串，今天去替他吃吧。"宇涛建议。

"好啊，我没问题。"谢琛也爽快地一笑。

"以后你俩都是我的好闺蜜，也是好兄弟、好哥们儿！以后你俩要争着买单啊，我没钱的时候你们要救济我啊……"三人手拉手向高翔告别。

"没问题——"宇涛和谢琛异口同声,又相视一笑。

这以后的日子又该怎么面对?把谢琛当成兄弟还是情敌?宇涛看了一眼谢琛,那帅气的五官还真有些神似高翔。

谢琛也暗暗看了一眼宇涛,这个男人体贴又可靠,怪不得陈贝儿把他视如亲人。

陈贝儿满足地看着身边这两个男人,还能有什么更奢侈的想望吗?此刻,她心无杂念,她喜欢的人、她感恩的人能健健康康地在她身边,陪着她喜怒哀乐、陪着她吃喝玩乐,这就足够了。

不是爱情里才有慢慢陪着你变老,友情里也有。

岁月更迭,陪伴是最长情的告白。此刻她最想拥有的,便是这全心全意的陪伴。

好久没像那天那样尽兴欢愉,一种久违的幸福感悄然袭来。饭桌上,她好似看到高翔举起了酒杯,把酒言欢,推杯换盏,欢畅淋漓。

幸福是一种能使人安宁的东西。跟自己喜欢的人在一起,做喜欢的事,时光荏苒,他们都在,便是最好的安排。

头一次在医院心理科面诊,就遇到一个被打得鼻青脸肿的女人。

陈贝儿见到她时吓了一跳——眼眶乌黑,面颊青紫,嘴角肿得老高,还带着瘀血。一看就是被家暴的女人,陈贝儿一下想到了梅若琳。她把这个病人转过来,可能也是不想被刺到痛点吧。

女人开始断断续续说她的故事。

她跟老公结婚十年,有个五岁的儿子,男人喝了酒就爱动手打她,已经成了他发酒疯的惯常动作。一开始孩子还小,她为了孩子都忍受着,而且男人打完第二天就会道歉,说他喝了酒控制不住,不是真心要动手。久而久之，女人也就习惯了。

但儿子慢慢长到五岁后，看到爸爸这样打妈妈，就开始去推爸爸，谁知爸爸连儿子也一起打，把儿子打得面目全非。女人看到儿子被打成这样，多年来的愤怒一触即发，立刻找来一根棍狠狠朝老公打去，几下就把老公右腿打骨折了。

男人惊呆了，头一次看到老婆居然敢反抗打自己，还打骨折了，愤怒地狂吼："你不是女人了！你还敢打自己老公！反了你！"

女人也害怕，又赶忙把骨折的老公送去了医院……

从此她不能正视自己，她居然也像泼妇一样，敢动手打人了，而且打的还是自己老公，她甚至还暗暗自责，自己是不是做得过了。

在陈贝儿面前说了一大堆之后，她慢慢地问："我老公说我不是女人了，我是不是真的不是女人了，我居然把他打骨折了，我真的疯了……"

陈贝儿打断道："你没疯，你学会反抗了，这就是一种成长。你老公说你不是女人了，可是，你是人了！你是一个正常人了！"

女人愣愣地看着陈贝儿，一下子泪如泉涌："我想离婚，但为了孩子我忍了。以前他打我，我也忍了，但是他打孩子我绝不能忍，你可以伤害我，但决不能伤害我的儿子！"

"他既不能伤害你，也不能伤害你的儿子；他打你儿子你不能忍，打你更加不应该忍。为什么要忍呢？"陈贝儿心疼地看着她，仿佛这个女人就是梅若琳。

"我一直犹豫要不要离婚，你说我要不要离？"女人无助地看着她。

"心理医生也不能替你做任何决定，这个决定必须你来做。自己的命运自己掌握，你的幸福永远在你自己手中。"陈贝儿鼓励道。

女人沉默了，眼泪默默地流。

陈贝儿把纸巾递过去，缓缓地说："可以做两种假设，离了你会怎么样？过什么样的生活？不离又会怎么样？这两种结果你可以清楚地看到。你想想——"

女人大胆地说："离了，我带儿子自己过，但我没工作，一切要从头再来，我不知道自己能不能独立把孩子养大；不离，我就要天天受他打骂，没有任何幸福可言，但经济上我不用发愁，他挣钱养家……"

"那么你有没有勇气从头再来？还是你愿意天天受他打骂？"陈贝儿看出了她的纠结。

女人也终于停止了哭泣："以前特别怕自己一个人带孩子，怕被人欺负，死要面子，结果是遭到自己家人的欺负，想想自己多可悲。我想我应该先去找一份工作。"

"非常好，这是第一步，也是你争取自己幸福的第一步，经济独立才是女人最重要的一步，依靠男人自己活得委屈，还要遭受身体的折磨。离不离婚是其次，重要的是你现在成为一个人了！"陈贝儿笃定地看着她。

女人一下子豁然开朗，她破涕为笑地点点头。

陈贝儿也松了一口气，她仿佛看到梅若琳正冲自己重重地点点头，露出难得的不带心事的笑容。

正好最近她看到了一篇文章，讨论为什么长期被暴力和欺骗的女性离不开施暴者，明知对方施暴，明知对方欺骗，可就是愿意自欺欺人地活在这种阴影中。作者总结出四个简单的词：孤独、欲望、妥协、爱。

面前的这个女人还要涉及一条：经济基础。正因为没有经济基础，依靠男人来养家，所以选择妥协，所以才会一次又一次地被家暴，最终一次又一次地原谅……但最终谁都会有承受不住的时候，自欺欺人之后总会有觉醒的时候。

陈贝儿把这篇文章转给她看。女人看了之后终于站了起来，从容地走出了诊疗室。

女人走后，梅若琳便走了进来。

陈贝儿仔细地看着她："最近可好？你的事情都办妥了吗？"

梅若琳笑笑："全都办妥了，连财产也分割完了，官司打了半年，上个月正式办完了所有的离婚手续。"

陈贝儿看不到一丝悲伤，她真的走出来了——走出曾经的伤害，不在人前戴着一个沉重的面具。

不知道是该祝贺还是劝解，离婚这种事是解脱，可也是伤痛，劝什么都不合适。陈贝儿只是温暖地看着她，一时不知该说什么。

梅若琳倒转了话题："在公司做得还愉快吗？不愉快就直接到我这边来。新老板没为难你吧？"

陈贝儿苦笑一下："简直就是第二个王一铭。我上辈子造的是什么孽，所有的相亲对象都跑来当我老板了。"

梅若琳也忍不住笑了："不是冤家不聚头。"

"等做满五年我就跟公司解约，快了。"陈贝儿终于下定决心。

"对，先把户口问题解决再说，我这里随时为你敞开大门。"

陈贝儿感动地拥抱她，鼻子微酸。

梅若琳推开她："别搞得这么肉麻好不好。"

陈贝儿吐舌一笑，又恢复了鬼马的表情："喂，看你最近打扮得这么美，有新恋情了？"

"你有的时候，我肯定也不远了。"梅若琳还嘴。

笑声满满溢出来，单纯而美好。

还好，顾曼走后，还有梅若琳伴在身边。陈贝儿笑着勾着她的肩，久久不肯松开……

夜深人静，陈贝儿半躺在床上，唯有床头一盏白色的台灯在黑暗中发出鹅黄静谧的光。

这时顾曼的声音从微信语音里悠悠地传来:"究竟这两个男人你选哪个?"

陈贝儿纠结地看向被窗帘蒙住的夜色。自从谢琛回国后,她的左脑和右脑就不停地打架。谢琛英俊帅气,青梅竹马;宇涛善良温和,一往情深,各有各的好,怎么选?时而是这个他,时而又是另一个他,难分伯仲。

反复听着顾曼的留言,陈贝儿不知如何答她。这恐怕是一生最难的选择题了。

迷茫了好一会儿,憧憬了好一会儿,她仿佛有了答案般,调皮地回道:"你猜……"